暗香　著

小城大医

新世界出版社
NEW WORLD PRESS

图书在版编目（CIP）数据

小城大医 / 暗香著. -- 北京 : 新世界出版社,
2024. 8. -- ISBN 978-7-5104-7953-3

Ⅰ. I247.5

中国国家版本馆CIP数据核字第2024RH2647号

小城大医

作　　者：暗　香
责任编辑：周　帆
责任校对：宣　慧　张杰楠
责任印制：王宝根
出版发行：新世界出版社
网　　址：http://www.nwp.com.cn
社　　址：北京西城区百万庄大街24号（100037）
发 行 部：（010）6899 5968（电话）　（010）6899 0635（电话）
总 编 室：（010）6899 5424（电话）　（010）6832 6679（传真）
版 权 部：+8610 6899 6306（电话）　nwpcd@sina.com（电邮）
印　　刷：天津中印联印务有限公司
经　　销：新华书店
开　　本：787mm×1092mm 1/16　尺寸：165mm×230mm
字　　数：500千字　印张：32.5
版　　次：2024 年8月第1 版　2024 年8月第1次印刷
书　　号：ISBN 978-7-5104-7953-3
定　　价：68.00元

目录

第一章 | 天上掉下个郑暖夏

1

幽暗冰冷的手术室里，郑暖夏躺在那里，乌黑的长发披散着，身上蒙着墨绿色的手术单，只有右乳穿透那层薄如蝉翼却又重若千钧的布，在无影灯下孤零零地挺立着，雪白丰满，微微地颤动着……整个画面美得惊人，却让人悲伤得不能自已。她像只待宰的羔羊，伸手想抓住石皓，却怎么也够不着，满脸的泪痕，哽咽着说："石皓，救救我，我不想死……"

石皓穿着墨绿色手术衣，满头大汗地站在那里，拿着手术刀的右手悬在半空，像台电动筛机般不住地颤抖。他几次想割破她柔软饱满的胸，却怎么也下不去手，手术刀"咣当"一下掉在了地上。

"暖夏，别害怕，我一定会救你的——"石皓大叫着从梦里惊醒后，发现窗外天色已大亮。

"&%#……"楼上两口子问候对方祖宗八代的声音传来，紧接着有什么东西摔到了地上，发出了"咣当"的声响。他苦笑着摇摇头，庆幸只是南柯一梦，抹了把额头上的汗，起身穿衣服。

早晨，细如牛毛的雨东倒西歪地飘着，像酗酒的醉汉，和这个过了冬至进入数九，仍没能正儿八经冷起来的冬天格外般配。

怀清市老城区，石碚的电瓶车急匆匆地穿越在高楼鳞次栉比的院前街上，左奔右突着，试图杀出早高峰的重重包围。

“院前街”名如其实，是中心医院门前的街道。这条街上的主要营生为——开小饭馆的、卖假发（为化疗患者定做）的、拍证件照（制作遗照）的……还有两三家寿衣铺子（卖骨灰盒的）。一些生意会分个淡旺季，而院前街上的商店却像人的生老病死，总在热热闹闹的轮回上旺盛地旋转着。

一辆灰色的丰田轿车也在院前街上用力地挤塞着。司机抢道别车，差点撞到石碚的电瓶车上，幸好他猛然往旁边扭动了一下车把，才躲过一劫。

石碚摁了下喇叭，提醒对方“小心驾驶”。对方却加大油门，很不屑地甩了他满脸尾气。

石碚抬腕看了下表，担心迟到，加大了电门。电瓶车愤怒地超越了灰色的丰田，从车流的缝隙间钻了过去。

被一辆“电驴”超越，丰田车主顿觉太没面子了，放下车窗，露出一张煞白如鬼的刀条子脸，骂了句“操——”。他看着被堵死的街道，满脸焦急地打电话：“喂，已经确定‘飞刀事件’的主刀医生就是石碚。我这会儿被堵在院前街上，你们最好快点过去，内部消息说他上午有手术，要是他进了手术室就逮不住人了！”

石碚的电瓶车完全没入了车流中，对即将发生的事情毫无觉察。他靠着高超的车技，总算将拥堵的街道撕开了一道口子，驶入了中心医院的大门，麻利地将电瓶车在车棚内停好，导弹般射向住院部大厅，在电梯闭合的前一秒挤了进去，摁下了 8 楼的按键。

电梯内满是上班的医护人员。都是同事，虽被口罩遮住了大半张脸，仍能从眼睛和身材轻松地辨识出来。

“早，石大夫。”

“石大夫，早。”

两个小护士神情羞怯地和石碏打招呼。他在口罩下面回以好看的45度角笑容。

关于石碏，若有面隐形电子屏的话，上面的内容一定是这样的——棱角分明迷倒众生的大幅帅照，旁边配文：石碏，男，35岁，某名牌医科大学硕士研究生学历、博士生在读，怀清市中心医院医术精湛的外科医生，人称“石一刀”，有点小不正经，黄金单身汉，欢迎来撩。

当然，所谓的“黄金单身汉”，和石碏户口页上“已婚”的事实严重不符，可大众就是这么评判的。

若在平时，石碏不会辜负了美女们的青睐，会准确地喊出她们的名字，回问一声好，可这会儿他的情绪留在那个可怕的梦境中。

十年前，郑暖夏斩断他们之间的关系后，他就使出浑身解数将她从记忆中剔除，比如，将和她有关的东西全都打包放进杂物间，连那款从不离手的保温杯也在其间。那是她送他的生日礼物。

保温杯俗称“大叔杯”，他曾因此被无数人笑话，可他就那么大大方方甚至招摇过市地带着，说是小迷妹送的。他不好意思承认自己是郑暖夏的“小迷弟”，虽然他比她还大那么几个月。

丢掉那个杯子后，郑暖夏的身影果真从他的眼前、脑海、梦里淡去了。可几天前不知道为什么，她像一缕无色无味的毒药，悄然顺着黑暗的窗缝又潜入了他的梦境，而昨晚，他竟梦到她得乳腺癌了……

可能是日有所思夜有所梦吧，都怪远在某一线大城市的师兄，最近总是电话骚扰，说凭他在乳房上动刀子的娴熟技术，到他们那里轻轻松松年薪过百万，并保证只要他这里辞职，他那里马上按高级人才将石碏引进过去。

近年来，大城市到小城市挖人的事情屡有发生，因此师兄总想挖他过去，可每每都被石碏以“家有拖累”为由拒绝了。

其实石碏最放不下的是他的那些老病人。一些癌症患者出院后，仍需要长期服药和定期复查。病痛不光干掉了他们的健康，还榨净了他们的口袋，为此他总是送医上门，还想方设法为他们寻找疗效不错、报销比例高的平价药，尽可能地为他们节省费用。

走出电梯后，石碏摇摇头，将郑暖夏连同梦境一起打包扔出窗外，大步走向普外三科。那是他的阵地，他要用忙碌来对抗生活的逼仄压榨。

那辆灰色的丰田车停在了中心医院的停车场。那个刀条子鬼脸下车后，有几个人立马围了过去。

“老李，消息不会错吧？”

“不会错，这是定金，每人五千元先拿着，公号、视频号点击过十万后另外有钱拿。”被叫作老李的人快速操作着手机，将钱转给了几个人，左边脸颊上的月牙形刀疤闪烁着嗜血的冷光。

“呵呵，等着瞧吧，‘飞刀’两个字就是流量的最大保障。”一个人收下转账后说。

“嗯，钱才是王道！”

早上八点是医院的正常交接班时间。普外三科的万主任和护士长肖小艳带着几个医生护士走进了大办公室，换上了白大褂的石碏也在其中。

值班护士介绍了昨晚的情况后，值班医生刘杰斌简单说了下自己的值班情况。

刘杰斌身高大约一米八，那对厚厚的近视加散光镜片后面，藏着一双幽幽的深不可测的眼睛。他虽说比石碏还大两岁，却是今年才评上副高职称，而石碏已经是正高了。

交班结束后是例行查房。在万主任的带领下，医生们将所有病房转了一圈。

石碏查完房刚走到办公室门口，就被几个病人和家属围住了。刚才查房时，他们没来得及问，或有当众不好问出口的事情，就又跟了过来。

“石大夫，我的手术排到几号？”

“石大夫，我老公麻药劲儿过去后一直喊疼，能不能再用点止疼的？”

“石大夫，能不能给我妈换个房间啊，32 床的老头太讨厌了，没事老找她聊天，骚扰她，影响她休息。”一个胖乎乎的大姐说。她是 31 床患者的女儿。

石碚每天都会被这些七嘴八舌轰炸，因此一点也不着急，笑眯眯地一一回答着。

“他敢撩阿姨，让阿姨也撩回去，咱相互撩，还不信了，谁怕谁啊！”他回复 31 床家属的话，逗得大家都笑了起来，胖大姐也笑了，虽没解决什么实质性的问题，气却莫名消了不少。

普外三是中心医院五个外科里收治病人最多的一个科，因此也是最忙碌的一个科。而石碚管的病床又是科室里最多的一位，面对病人和家属提出来的各种问题，他总能化腐朽为神奇，在欢乐的气氛中解决。

石碚像是普外三的开心果，只要他在，压抑的病房仿佛就会轻松一些。因此从医生护士，到病人和家属，没有不喜欢石碚的。

作为一名大夫，不仅要有精湛的医术，还要有绝世的好耐心。石碚之所以受患者和家属喜欢，是以上两方面的综合值较高。

大家听到满意的答复后，纷纷都回病房了，留下一个瘦竹竿似的身影戳在旁边，低着头，不走，也不说话。

“22 床，走吧，进办公室说去。”石碚看出她有话要说，却不想当着人讲。

22 床点点头，默然跟在他身后走了进去。

她叫梅小慧，是半个月前住进来的。身上的病号服像挂在衣架上，小风一吹，前后左右晃荡，要是风再大些，怕是会随风飘走。

她是二进院了，上次住院是 14 床，管床医生也是石碚……他亲眼见证了她是怎样像一朵鲜花一样凋零的。

“怎么了？说吧。”石碚轻声说。

22 床左右看了下，发现办公室没别的人后，才蚊子哼哼似的问：“石大夫，那个，那个，那个乳管镜的检查，能不能麻烦您给我做啊？”

她越说声音越低，头都快埋进瘦可见骨的胸膛里了。

“应该没问题。不过今天上午有个手术，估计得到下午或者明天了。”他说。

乳管镜检查是门诊上做的，但石硞毫不犹豫地答应了她。

梅小慧微微点点头，说了声“谢谢”后，转身走了。

望着那抹瘦骨嶙峋的背影，石硞轻叹了一声。他抬眼看了下墙上的钟表，见手术时间近了，起身朝外走去。

2

中心医院的手术室在住院部的 15 楼。石硞走出科室门，正要朝电梯走过去时，电梯的门开了，下来了七八个胸前挂着证件，手里拿相机、手机、录音笔等设备的人，鬼脸老李走在最后面。

过几天就是元旦了，石硞以为是医院安排的宣传，并未在意，和他们擦身而过奔向电梯时，不知谁认出了他，喊：“那人就是石硞吧……”

“石大夫你等等……”

石硞心中暗自嘀咕，院办做事也太随心所欲了，就算他上镜效果不错，足可以担任中心医院的形象大使，也没这么搞突然袭击采访的吧，总得让自己准备准备，端出一副“专业好大夫”的水准来，比如胸前挂个听诊器什么的当道具……

当他还来不及细想时，就被相机、手机、录音笔围了个水泄不通。

“石大夫，请你谈谈，你到西县飞刀做手术时，朝病人家属索要红包是怎么回事？”

“据说，你硬是等家属凑够了钱才肯上的手术台，不然就拒绝动刀子，有这回事吗？”

“治病救人不是医生的天职吗？你为什么要这样？”

记者和自媒体人猛烈的唾沫星子汇成了枪林弹雨，铺天盖地地朝石碚“射杀”。

由于火力太猛，石碚一时间没有反应过来，呆愣在那里，直到一只话筒顶住了他的腮帮子才有了感觉。他开始推那些“武器”，想从旁边的步梯逃命。

记者这活儿，真不是普通人可以胜任的。两名记者早已化身短跑飞人，以无人能够看清的闪挪腾移大法，迅速堵住了步梯的门。鬼脸老李等自媒体人便分工明确地开始行动，有的架直播设备，有的拍照录音。

一向以“不太正经”示人的石碚，汗极为正经地淌了下来。他平时化腐朽为神奇的幽默细胞，在关键时刻玩起了临阵脱逃。

石碚呆呆地站着，任凭记者和自媒体人轰炸。

所谓的“西县飞刀”事件，发生在上周末。那天石碚准备推户口本上的“配偶”去晒太阳时，接到了刘杰斌的电话，说他原本答应去西县做台手术的，可临时有事去不了，拜托石碚替自己去，红包归他。

近几年“飞刀”治病救人反被家属告发的事情常常发生，院长大会小会三令五申，提醒大家不要为点蝇头小利丧失大好前途。石碚想都没想就拒绝了刘杰斌。

刘杰斌随即发来了给母亲量血压的视频，低压100，高压180，他语音留言说母亲今天血压突然升高，自己必须在家陪着，哪也不敢去，可西县的胃癌手术他早就应承了人家，基层人民看病难一直是个不争的事实，希望石碚本着治病救人的原则去一趟。他说患者家属是个小老板，出手很大方，听说全市有名的“石一刀”可能会去主刀后，很期待，表示愿意出三千元的“飞刀”费用。

石碚望着床上除了脉搏跳动毫无其他生命体征的“妻子”，犹豫了起来。为了给她看病，自己欠了近十万元的外债。正常情况下，他们外出做手术，也就不到两千元的费用，三千元的确是个香喷喷的数字……何况，刘杰斌的母亲的确让人担心，等待手术的胃癌患者也同样让人揪心。长年累月和病人打交道，他们濡望通过手术医好自己的迫切心情，石碏再清楚不过。

犹豫了几分钟后，石碏给刘杰斌回复了个“OK”的表情。

十分钟后，他开着那辆到处龇牙咧嘴、窗户需要手动升降的福特老爷车上路了。车是石碏婚前买的。他的幸福日子，似乎都在婚前被打包消磨光了，如今只剩下无尽头的黑暗。他未来的光明有两个源头，一是“妻子”某天香消玉殒，二是她苏醒恢复健康，然后离婚。后者当然是最好的结局，但这只是个美好的愿望，而她躺在床上继续昏睡才是大概率事件，所以，他黑暗的未来仍将继续。

尽管如此，石碏仍希望自己在黑暗里摸索。

石碏到达西县医院时，对方已经做好了术前的所有准备。他消毒换手术衣，上手术台……一切行云流水般进行着。

这个手术难度虽高，但进展非常顺利，两个多小时就完成了。

走出手术室后，等在门外的患者家属激动不已地递了个信封过来，连声说谢谢。石碏略微怔了一下，还是收下了。一般来说，“飞刀”费用会由病人所在的科室收取，然后转交到他手里。

病人家属似乎看出了他的心思，连忙说：“石大夫您放心好啦，您这么老远跑来给我们做手术，这点报酬必须拿着。您是我媳妇的救命恩人，我感激不尽。您是好人，大善人，我们也是好人，不会害您的，真的，真的……”

那个男人有张老实巴交的脸，病人是他妻子。石碏似乎被“我们也是好人”给迷惑了，叮嘱几句注意事项后，就走了。

“石大夫，请你谈谈，你飞刀时向患者索要红包的感想？”那个戳过他腮帮子的记者第二次用话筒戳中了他，这次从脸上换到了胸前。

石碏感到有把锋利的匕首深深地插进了胸膛。他疼得跳了起来，猛然推开话筒，从缝隙间钻了过去，却被鬼脸老李的话筒挡住了。

这些哪是话筒啊，简直是炮筒，石碏感觉要被炸得粉身碎骨了，却无处躲避，汗珠子“噼里啪啦”地往下砸。

一个护士急匆匆地跑了过来，正是早上在电梯里和他打招呼的两个护士中的一个。

“干吗呢干吗呢，你们干吗呢，都让让，有个急诊病人等着石大夫救命，人命关天，烦请各位谅解……”她在电梯中和石碚打招呼时明明是株含羞草，此刻却像棵虎刺梅，嗓音自动高了八度。

那些长枪短炮好像被她镇住了，不由往后退了一步。她冲进去强势地拉着石碚就走，大步流星，义无反顾，仿佛他们要上的是战场。

电梯门关闭后石碚才反应过来：“小王，你不是在体检中心吗，什么时候去急诊了？”

小护士突然又成了含羞草，连忙放开他，微红着脸说：“石大夫，我还在体检中心，是我们迟姐想喊您过去看个病人，她有点拿捏不准。打电话您没接，才让我过来请您的。”

小护士嘴里的“迟姐”是体检中心的副主任，岗位在彩超室。迟姐做彩超的技术绝对是中心医院的一姐，若她都感觉有问题的话，结果还真不好说。

电梯门开了，石碚心事重重地跟小护士说了声“谢谢”后，朝彩超室走去。

彩超室里一如既往地幽暗，唯有超声波发出的微弱声音。

“石大夫，你来帮忙看看，我看她这个地方的界线有点模糊……”检查床上躺着一个模糊不清的女人，迟姐又往她的左边乳房上倒了点透明液体，仪器稍微用力地压了下，指着屏幕给石碚看。

中心医院至今没设专门的乳腺科，普外三科从胸到腹部的手术都做。石碚对乳腺疾病的手术和治疗都是拔尖的，因此有拿不准的病例时，大家都喜欢请他过去会诊。

石碚凑近彩超的屏幕看。的确像她说的，有块地方的边界有点模糊不清。

“你给她检查一下吧，这样更保险一些。她刚应聘到我们院办，今天过来体检时差点晕倒了……”迟姐说。

石碚点点头，手伸向了床上的女人。

“迟大夫，有人找——”外面传来喊声。

迟姐冲石磊点点头：“你先检查，我去去就来。”

石磊领首答应了，可他的心思仍被刚才的那群人牵着，内心万马奔腾，一时无法集中思想。他深深地吸口气，拼命让自己冷静下来，眼睛开始适应环境，手上的力度加大了些。

曾有人开玩笑说，在医生眼里，人体不过是一个个器官的组合体。眼前这个弹性十足、触感美妙的乳房，在石磊眼里不过是腺体、导管、结缔组织和脂肪的综合物……他微凉的手指熟稔地压在上面，上下左右摸着，准确地找到了那个肿块，神情专注严肃。

检查床上，郑暖夏的眼睛仍然微闭着。她刚才天旋地转晕得厉害，几分钟后便正常了，正好借此机会把透支的身体好好查一下。

郑暖夏是十年前离开怀清的。她提着行李离乡那天，天空是转过头去不愿向孩子挥别的忧伤的蓝。彼时她在心中默念着那句佛语——“你脚踩的天堂只是地狱的倒影，我唇角的故事只是时间的灰烬”，满目悲凉。

她用背井离乡走出了故土的苦海，十年后却又被它拽了回来，身心俱疲，摇摇欲坠。

3

一只温软的男人的手在自己的乳房上游走，来来回回地揉捏、摁压，像警察搜索犯罪分子般地毯式排查……郑暖夏再也不敢假寐，猛地睁开了眼睛。男人的侧脸猝不及防地闯入她的视野。

她怔怔地望着他，仿佛在读一本似曾相识的天书。目光轻易就穿透了淡蓝色的口罩，看着整张脸的内容——浓密的眉毛，倨傲的眼睛，紧抿的薄唇，让她电闪雷鸣般读懂了那是谁。

恐惧是最好的强心针，郑暖夏的魂魄迅速归位。她猛地一下子推开那只手，羚羊般连蹦带跳地下地朝外跑去。可手还没碰到门把手，就被那只手捉拿归案了。

“放开我！”她气火攻心，手脚并用地做着无用功。

石碚愣了下。那个声音像尖利的穿云哨般钻进了耳膜，手随即遭到强电流般弹开了。

这个声音他太熟悉了，还有那抹山野丛兰的淡雅清香。那是只属于她的气息。这种特有的气息向他扑杀过来，他怕自己扛不住会倒下去。

原来，梦并非只是虚无，还会是现实的预兆。

石碚抓着她，仔细打量。虽然隔着口罩，还是准确无误地认出了郑暖夏。难道上天聆听了他的凄苦，把她送了回来？石碚的眼睛突然潮湿，却又拼命憋回去凝聚的泪珠。好吧，他承认，那些咬牙切齿的忘记，原来是刻骨铭心的思念，他实实在在地想她。

可她的身体，是他此刻最该关注的。

“石碚，我说了，放开我！”她低喊。

“可能吗？”他故作肆无忌惮地挑挑眉，把她扛起来朝检查床走去。

郑暖夏气得连牙齿都用上了，还是无法挣脱，只好换上伪装色：“看在我们认识快二十多年的分上，放开我好不好？”她找回了当年的糯甜声音，堆起一脸甜笑，拿手护着胸部。

“就因为认识了二十多年，才不能放开你！”石碚的声音是横着从嘴里拉出来的，却透着难以掩饰的哽咽。怕她听出异样，他接下来就紧闭嘴巴，改武行，将她强行摁在床上，手再次伸向她的左乳，来回揉捏。

“啊，非礼啊……”郑暖夏并未留意到他眼中的湿润，用尽吃奶的力气喊叫起来。

这招果真管用，石碚的手立马从她的胸部移开，死死地封住了她的嘴。

郑暖夏趁机去扣胸罩的挂钩，拉好裙子的下摆。

“没疯吧你？这里是医院！”石碚的大眼睛瞪得最少是平时的两倍，他可不想把那群记者招到这里。

郑暖夏毫不客气地拿牙齿咬住了他的手，石碚“啊”的一下痛得吸着嘴，不由松开了。

“在医院就可以非礼我？！”郑暖夏毫不示弱地瞪了回去！等等，医院……她的三魂六魄总算神游归来了。自己刚才不过是头晕了几下，大概率是因为早上没有吃饭引起的低血糖，但想趁着体检揩医院的油，把在体检范围、不在体检范围内的项目全部检查一遍，怎么就会这么倒霉地撞上了石碚。

外面传来了零乱的脚步声。事件发展的速度，无法为郑暖夏提供仔细思量的时间和空间。最先进来的是迟姐，紧跟其后的是面试她的林院长和几名穿白大褂的医护人员，他们身后是两个制服笔挺的保安，刹那间将彩超室挤了个严实。

每双眼睛里都挂着一串问号，林院长的眼睛里还燃烧着熊熊的怒火。

郑暖夏没有想到，自己随便一吼竟喊来这么多拔刀相助的……她迷茫地看着大家，一时不知道该怎么办。她这次从帝都狼狈归来，到多家单位应聘都被拒之门外，在35岁这道就业的高门槛变成不可逾越的高墙之前，好不容易考进了中心医院，可入职尚未成功就闹了这么一出……看样子石碚在这里很久了，万一人家护短再把自己拿掉……她越想越怕。

郑暖夏的脑回路不是常人能比的，好赖在帝都做了几年的枪手编剧，这点小情节还难不倒她。

大家的眼睛探照灯般齐刷刷地聚在郑暖夏身上。伸头缩头都是一刀，她咬着后牙槽说：“他，他，这个医生非礼我……”她声音哽咽，眼泪配合默契地往下掉。

除去被石碚检查乳房的尴尬外，郑暖夏是很开心见到他的，可是理智告诉她，必须有多远滚多远，立刻，马上。

不知道为什么，明明特别感性的郑暖夏，面对石碚时理智就百试不爽地“诈尸”。

她今天化的是淡妆，却将五官衬托得更加精致，短发轻拢于耳后，露出一对泪滴形的珍珠耳坠，白色的毛呢长裙，黑色的高跟鞋，不张扬，却有一种朴素的惊艳，令人怦然心动。

世俗总偏爱赏心悦目者。若是面目狰狞之辈，大家会认为她骚扰石碚的概率更大一些，可出自漂亮的郑暖夏之口，就取得了压倒性的信任。素有中心医院“院草”之称的石碚，有了浓重的嫌疑，众人对他纷纷侧目。

“石医生，这是怎么回事？小郑可是我们院办刚招来的新人。”林院长问。是他亲自把郑暖夏招来的。院办极缺笔杆子，无论笔试还是面试，郑暖夏的文笔都吊打其他应聘者，他可不想痛失爱将。

石碚却仍然牢牢地抓着郑暖夏的胳膊不放手。俗世定律对他从不管用，他人的目光不会变成他的牢狱。

“石碚你昏头了吧！马上放开小郑！”林院长脸色铁青，愤怒地举举手机，“你自己看看，网上铺天盖地都是你飞刀向病人索要红包的视频和新闻，你给我解释清楚！我是怎么和你们说的？不让飞刀，就是不听，闯祸了吧？”那帮记者逮不住石碚，便围了院长办公室。在保安的护送下，林院长好不容易脱身来找石碚问情况，却看到了眼前的这一幕。

“院长，我……”见林院长真的发飙了，石碚稍微收敛了一下。当初也是林院长在人才交流会上把他要来的。

郑暖夏随口诬陷只是为了迅速脱身，不料事情像推翻的多米诺骨牌，噼里啪啦地倒下去没法收拾了。她使劲从石碚手里把手腕抽了出来。

这次他没再阻拦，放开了她。

近几年，“飞刀事件”一直处于风口浪尖，大家全聚焦到这一新情况上，现场静得掉下一根针都能准确地听到位置所在。

石碚一时不知道该说什么，嘴一张一合，像被扔上岸的鱼。幸好手机铃声响了起来，*Almost Lover* 伤感的旋律传来，似乎能把钢铁击穿。

郑暖夏心里像被一根针狠狠地扎了下，血珠子冒了出来。十年前，她无意间听到这曲子后特别喜欢，不由分说拿起石碚的手机设置成了铃声，没想到他一用就是这么多年。

“对不起，我体检时头晕目眩的，醒来后不知道石大夫在给我检查身体，是我搞错了。”郑暖夏对石碚和大家微微鞠了一躬，朝外走去。石碚正处于台风的风眼里，这时候是万万不能给他添乱的。

“既然是个误会，那就继续检查完吧。”石碚绷着一张脸说。

他严肃的样子让郑暖夏的心中打起鼓来。近年来，女性乳腺癌的发病率居高不下，她可不想凑这个热闹，何况自己回到怀清还有重要的任务——寻找音讯全无的女儿，那是她的亲人，一定要找到孩子，不然死不瞑目。

众目睽睽之下，郑暖夏老老实实地躺回到检查床上。石碚过去给她检查，大家见状先退出去。

昨晚那个梦境又在眼前晃荡，石碚拼命甩甩头，手再次压在郑暖夏的乳房上检查，神情专注，眉头时而紧蹙，时而松开。

这表情看在郑暖夏眼里，就是“绝症”的隐晦告知书。她的手越握越紧，满手心都是汗。

“石头，我不会真的是……癌症吧？”她把他的乳名都喊了出来，只是原来会在后面加个“哥”。

石碚的手机又响了，他猛地松开她，朝外走去。

“石碚，我到底什么病？”郑暖夏喊。

石碚头都没有回，大步向前，一如当初郑暖夏决绝地离开怀清，离开他时的模样。

林院长等人还等在彩超室外。石碚出来后却堂而皇之地接起了电话。

“好的，我知道了，马上过去。”他挂断电话，两手一摊朝林院长表达无奈，说患者麻醉好了，等他过去做手术。

“赶紧上手术去，下来再找你算账！滚蛋！”林院长当然知道石碚今天是给黄秘书长的岳母做手术，气得抬脚在他屁股上踹了一下，赶他走。这个看似气愤的动作，却传递着无言的亲昵。

石硞走后，大家便也散了。

4

石硞走后，林院长走进去关心地问郑暖夏："小郑啊，感觉哪里不舒服呀，体检时怎么会晕了呢？"

"可能是早上没吃饭的缘故。"郑暖夏不好意思地说。

"体检报告下午出来，这么年轻，应该没什么事情。走，我带你去办公室看看，顺便熟悉一下工作环境。"

刚才闹了那么一出乌龙，郑暖夏担心上岗会有波折，谁知道竟然这么顺利，还让她提前入职了，有点小惊喜地跟在林院长身后。

院办在中心医院的主楼上。

一间大办公室里，分成了几个格子间。林院长刚到门口，程主任便迎了出来。

"程主任，小郑可是咱们怀清有名的大才女，那部火遍大江南北的电影《一往情深付东流》看过吗？小郑就是编剧。要不是咱卫健委周主任推荐，我们可就和大才女擦肩而过了，哈哈。"爽朗的笑声穿过林院长的口罩喷薄而出。

暖夏这才明白，自己临近35岁再入职场，并非幸运的产物，除了用人单位慧眼识人外，卫健委的副主任老周也功不可没。

林院长不仅亲自面试郑暖夏，还陪同报到，这让程主任的脸开成了一朵热情洋溢的牡丹花，听闻推荐人竟然是周副主任后，她的表情简直诚惶诚恐了。

"程主任，今年市里的春晚，我们单位不是要出个小品嘛，现在编剧领进门了，你和小郑好好讲下主题，咱们医院今年也争取拿个名次，不能让他们再笑话我们是理工科集中营，缺乏文艺细胞。"林院长叮嘱。

"好，好，相信我们小郑肯定会圆满完成任务的。"程主任拍着丰满的胸脯保证。

"还有，时刻关注网上的舆情，石磊飞刀的事要是真闹大了，谁也保不了他。唉，这个石磊呀，做手术那么聪明，怎么会在这事上让人拿着把柄，笨蛋！我这就去卫健委汇报，看怎么解决……"林院长叹息了一声，走了。

郑暖夏的心口像蹦进了一只老鼠，扑通扑通地乱拱乱撞着停不下来。医生和教师，是大众要求道德水准很高的两个行业，稍有差池，便会身败名裂……可此刻她什么也不能做，只能跟着程主任坐下来，看着她从电脑里调出文档，给自己看医院救死扶伤的英雄事迹，要自己从中提取素材，争取创作出冲出怀清医疗系统、代表整个怀清文艺水平的小品。

这是郑暖夏到中心医院后的第一项工作。她连忙点头，表示会尽心尽力做好。

程主任的脸笑成一朵金灿灿的菊花，将临窗的一个格子间分配给了郑暖夏。

"小郑啊，我们医院能不能摘掉'理工科集中营'这顶大帽子就看你了……"程主任拍了拍郑暖夏的肩膀，回座位拿起保温杯，哼着"穿林海过雪源"朝外走去。

郑暖夏打开电脑，从邮箱里下载了程主任发来的文件，新建了文档后，就开始浏览网页，搜索"石磊飞刀事件"的相关消息，随后在几个影响力并不大的地方媒体上看到了一些，报道也相对客观公正。见阅读量并不怎么样，她紧绷着的心才稍微放松了点。突然间，一个弹窗跳了出来，见题目是"老李侃（砍）怀清"后，她鬼使神差地点开了，竟然也是石磊的"飞刀事件"。

郑暖夏不得不承认，这个 ID 为"老李侃（砍）怀清"的人文笔相当老辣，每个字都像淬了剧毒般见血封喉，字里行间暗示读者——石磊在手术台上向家属索要红包，否则就要把患者割开的肚子再缝上。

见"老李侃（砍）怀清"的粉丝有三百多万，郑暖夏的头猛然"嗡"了一下，那只刚刚收敛一些的老鼠又开始在胸腔里蹦跶，比刚才还要猛烈。

从石磊的手机铃声设置可以断定，他的电话号码也不会变。郑暖夏拿出手机想打给他，可想到他马上要上手术了，只好作罢。

通向手术室的路不过一千来步，石碏却走得格外漫长吃力。他今天像个拆盲盒的孩子，先拆到了“飞刀事件”这枚炸弹，又拆开了“郑暖夏回归”这块蜜糖……，他正穿手术衣的动作停了下来，想起林院长说，“小郑是我们院办刚招的人员”……想到郑暖夏此时可能就在离他不过千米远的办公室里，他千军万马纷沓过境的心突然沉淀下来。

今天的手术对象是 88 岁的苗老太太，是结肠癌引起的肠梗阻。肠道完全不通了，考虑到患者的年龄，往往做手术效果也未必好，石碏曾建议保守治疗……但病人的女婿黄秘书长和万主任关系不错，在黄秘书长的坚持下，手术安排在了今天。

好事不出门，坏事传千里。石碏的“飞刀事件”早就飞进了手术室，众人心态各异地等待他的出现。可待他出现后却发现，出了这么大的事，他竟然和往日没什么不同，嘴角甚至还多了一缕若隐若现的笑意。

拿起手术刀，石碏仿佛就换了个人，什么“飞刀”，什么郑暖夏，都被抛诸脑后了。他一定，也必须全神贯注地站在手术台前。

打开肚子后，石碏看到肿瘤完全堵死了肠道，周围淋巴结转移很明显，显然已经是晚期了。他没有丝毫犹豫，下手稳准快地做了个彻底的结肠癌根治术，快到旁边的助理医生和实习生根本来不及看清楚他是怎么切除的。

“神刀！‘石一刀’果然名不虚传！”一个实习生在旁边边拍教学视频边小声嘟囔。

手术很快很顺利，比预想的效果好。作为一名外科大夫，做了个漂亮的手术，石碏当然很开心。

住院部的走廊尽头，几名自媒体人和记者还等在那里。

鬼脸老李的电话响了，他看了眼号码，走到角落里接听。

话筒里传来低哑的声音：“喂，一会儿见机行事，今天石碏是给黄秘书长的丈母娘做手术，黄秘书长本人这会儿也赶到医院了，别闹得太大，让人给逮起来就不划算了。”

“嗯嗯，明白了。我号上的文章已经出来了，看了没？”老李问。

“看了，不错！你小子分身有术啊，人在这里，文章怎么就洋洋洒洒地出来了？”

“嘿嘿，我只负责爆料和提供精准有杀伤力的素材，有人执笔。我们是个很专业的团队，交给我您就放心吧。”

老李挂断电话，冲几个自媒体人招招手。他们走近后，他小心交代一些注意事项后，就走人了。

石磊从手术室出来时，看到黄秘书长和林院长等在门外。黄秘书长亲自把花送了上去，他欣然收下，心情愉快地叮嘱了几句注意事项，又和林院长打了招呼后，转身朝科室走去。他想把22床的乳管镜检查给做了。

可他刚下电梯，记者们的长枪短炮便又举到了面前。

“石医生，飞刀的事情你还没有回复我们呢。请你谈谈当时到底是怎么想的？”那个两度拿话筒戳中石磊面颊的记者三度将话筒举了过来。

石磊在心里责怪自己疏忽大意了。他扭头想再回电梯时，记者已先他一步斩断了去路。

“石大夫，请你正视问题，躲不是解决问题的办法。”一位记者表情严肃地说。

石磊正想解释什么时，刘杰斌匆匆赶过来挡在了他前面：“对不起各位大记者，你们有什么事情尽管问我吧。那天的手术本该是我去做的，可我妈的身体突然出了点状况，是我拜托石医生替我去的。”他边说边将石磊往科室里面推。

石磊却不想连累刘杰斌：“刘医生，事情因我而起，还是由我来解释吧……”

“解释什么呀，我下了夜班没有回家为的谁？赶紧回科室吧——”他不由分说把石磊推进了科室门内。

见有人愿意回答问题，大家便不再揪着石磊，将镜头转向了刘杰斌。

刘杰斌比石磊早一年来到中心医院，一路走来，也算同进同退的兄弟。这事的确是因为替刘杰斌飞刀引起的，石磊便放心地交给他处理，自己回了科室，让管床护士喊来了 22 床。

“去准备一下，一会儿我给你做乳管镜检查。”他温和地说。

那张瘦削苍白的脸上，突然泛起了一缕红晕，眼睛湿润了：“谢谢您，石大夫。”

石磊望着她远去的背影，鼻子突然就酸了。

普外三的乳腺病人中，有的只有一个乳房，有的是双乳全无。经常可以在走廊上看到头发飘飘的美女，可她们进到病房随手一扒拉，就变成了光头……那是化疗结的苦果。

乳腺病患者经常在保命还是保乳之间痛苦地挣扎，但凡有一线希望，都会选择保乳。但死神是强势不讲人情味的，最终大多数人只能无奈地选择了保命。

5

无论是 16 岁的青春少女，还是 60 岁的老太太，女人们没谁不想拥有一对健康的乳房的。那是她们在这个世界上存活的美好象征，也是她们身为女性的体征。一旦切除了，她们觉得自己柔软丰富的精神世界，也像被狠心地删除掉了，只留下硕大的伤疤和黑洞洞的无尽的痛楚。

石磊的母亲就曾是一位乳腺癌患者。那时他还很小，眼睁睁地看着风华绝代的母亲被折磨得形容枯槁。她不敢直视自己光秃秃的头，用报纸粘住了家里所有的镜子；她不敢打量自己空空荡荡的胸，有洁癖的她后来都害怕洗澡了。虽然石磊的父亲对她一如既往的深情，她却从天上骄傲的云，自卑成了河底的泥。石磊 13 岁时，母亲抵不住病痛的折磨，在一个黎明前的黑暗中绝望地自杀了。

母亲的经历，让石磊对乳腺病患者有种超出寻常的温柔。

石磊走进乳管镜检查室时，22床已经躺在了那里。她的手紧紧地拳着，枯瘦的手指上，细细的筋络像长长的青色蚯蚓般扭曲伸张，紧张程度可见一斑。

“没事的，放松……”石磊轻声说着，示意她解开胸前的衣服。

22床苍白的脸上骤然刷上一层浓重的红色。在医院，人是没有隐私可言的，她虽说领过结婚证，可让她在异性面前暴露，还是会情不自禁地羞涩。尽管那人是全科室病人都喜欢的石磊大夫，她仍然感到难为情。

22床曾是保险公司的推销员。在被病痛打倒前，她绝对算得上是幸福的。不仅颜值高，还年年是公司里的业绩冠军，有一位高大帅气的男朋友。可就在他们领了结婚证准备婚礼的前夕，查出了乳腺癌。石磊给她做的手术，用的是保乳术。刚开始的时候男朋友还一直陪在身边，可在术后化疗期间，男友就不见了。再后来，都是姐姐陪着她……可亲情的温暖，无法替代爱情的滋养，她像失去水分的花朵，一天天地枯萎了。

石磊希望22床（当时为14床）出院后能永远和病魔做切割，谁料时隔一年她又复发进来了。

22床是先天性乳头内陷。这次刚入院时做过一次乳管镜检查，是一位女大夫做的。女人最了解女人，按说检查时应该会手下留情的。也可能正因为“女人最了解女人”，女医生觉得女人的身体都能承受得住生孩子那样的撕心裂肺的痛，再无别的艰难险阻可言，因此下手有些生猛，疼得22床差点晕过去，中途喊停了。

石磊对女性患者的温柔，口口相传于病号中。这点温柔，是她们在痛苦挣扎时的一管安慰剂。人之所以区别于其他动物，除了语言外，肢体和眼神的交流也很难能可贵。她们从他的眼眸中读出了悲悯。在他的眼中，她们是活生生的人，而不是附着在头、四肢和躯干上的多个器官。

22床躺好后，石磊轻轻地拿手去掬那只留有刀痕的乳房。当时他手术做得很小心，只是切去了坏掉的组织，竭尽所能地为她多保留一些女性的美好……唉！他内心轻叹一声，手掌开始缓慢移动，轻轻地掬着，一点一点，慢慢地让塌陷的乳头从那个多角的坑内缓缓探出头后，才将那根细长的管子顺着乳头往里面穿。

22 床的眼睛微闭着。石碏温柔的举动让她几乎没有疼痛感，但眼泪还是慢慢地顺着眼角溢了出来，为命运。

郑暖夏轻轻推开检查室的门走进来时，看到的是这样一幅画面——阳光透过窗帘的缝隙洒在石碏的侧脸上，使得他立体的五官更加有雕刻感。他专注地操作着那根细管子，表情神圣庄严。

“放松，再放松……没事的，没事的……”石碏轻声说，磁性的嗓音宛若男低音般迷人。

床上的女孩点点头，眼角的泪在半明半暗的阳光下晶莹剔透得像颗钻石。她看上去像一具会呼吸的木乃伊，穿着小号病号服的身体，只有在稍加用力时才会出现起伏，彰显她作为生命体的存在。

对郑暖夏来讲，有现成的素材，划拉一个几千字的小品，简单得像煮碗泡面那样容易。但她还是先做出个一千多字的策划案，像模像样地请程主任阅览。

码字的世界相对单纯，拿钱办事就好，因此她没经历过太多职场上的厮杀，但基本的人情世故还是懂的。没有上司不喜欢被尊重，也没有上司喜欢被下属超越。因此郑暖夏给予了程主任足够的裁决权和充分的尊重后，溜达出来找石碏。

郑暖夏知道石碏温柔美丽的母亲是怎样香消玉殒的，因此对他在彩超室给自己检查时的态度耿耿于怀。

听闻他完成手术到门诊来做乳管镜检查后，便跟踪而至。

都说人在认真工作时最性感。这是郑暖夏第一次看到石碏工作的样子，虽然她在剧组跟组改剧本期间，见过许多帅气的男明星，颜值比石碏高的大有人在，但他们表演的成分居多，缺乏真实感。

石碏的脸和手臂上的线条，与身体的曲线和白大褂上面的褶痕形成的对照，加上床上 22 床哀愁的病人，汇成一种宁静悲悯的气氛。暖夏不得不承认，眼前的石碏很帅。

“没太大的事儿，不必过于担心。”检查完毕，石碏轻声安抚了 22 床后，扭头发现了门口的郑暖夏。

“石大夫，我的情况怎么样啊？”碍于有外人在，郑暖夏对石碚的态度相当恭敬。

可他对患者的耐心并没有用在她身上，脸上温柔的笑容，瞬间像被人拿着大针筒给抽干了。他将脸板成一张冰冷的塑料板，说：“这里是检查室，请你先出去。”

早上张牙舞爪喊“非礼”的郑暖夏完全不见了，她像受气的小媳妇般讪讪地退了出去。可她在门外等来等去，也没能等到石碚，连那个瘦得像个衣架子似的 22 床也没有出来。

已是午时，程主任殷勤地打来电话要郑暖夏过去，说带她去食堂吃饭，让她熟悉一下就餐环境，她这才不得已地再次推开检查室的门，发现里面早已空无一人了。另一扇洞开的门告诉她——石碚他们是从那里遁掉的。

“呵呵，好，这些年不见，你越来越能耐了，石碚——”郑暖夏咬咬牙说。

石碚并不是故意放郑暖夏的鸽子。万主任打来电话，说有人打架被刀子捅破了肚子大出血，需要马上手术。

上手术永远要保持冷静，石碚的名字里虽有两个大石头，仍压制不住见到郑暖夏后的情绪。他怕和她的会面会影响情绪，就和 22 床从另一扇门走了。

作为一名外科医生，一天几台手术是常有的事情。因此除了医术精湛、善于沟通外，他们还得有副铁打不坏的身躯，否则很难支撑下来。

等石碚将那位出车祸的大哥的心肝肚肠肺塞回原处，缝合好，已是六个小时后了。脱下那件满是血污的墨绿色手术衣，摘除帽子，拿掉口罩，他顶着满脸深浅不一的痕迹疲惫地走进了旁边的淋浴房。

温热的水顺着乌黑的头发流下，浇注在结实的胸大肌和后背上，一米八五的身躯，优美得堪比阿波罗。

石碚往头发上涂抹了一些洗发液，随着白沫沫的风起云涌，内心的潮汐也在一波波地推来涌去。

这次进手术室前，刘杰斌发微信给他，说在他苦口婆心的劝说下，记者们总算撤退了，并答应不再就此事来医院纠缠……可石碚心里还是有点惴惴不安。若在往常，发生就发生了，大不了他退还费用，道歉了事。如今郑暖夏回来了，他不想在她刚出现，就浓墨重彩地给她留下坏印象。

还有，当初她义无反顾地走出了怀清，走出了他的世界，现在为什么又回来了？难道是……因为老周？

人心如江河，窄处总是水花四溅。早上暖夏和石碚闹的那一出，很快就在医院里传开了。院办来了个美女的消息不胫而走。

六个小时艰苦枯燥的手术，是由胸外、普外等几个科室的大夫协同作战完成的。石碚的缝合技术在中心医院是一绝，大家看他灵巧地在患者的肠子上缝合打结，不知谁先起的头：“石大夫，你上午在院办刚来的美女身上，手法也这么娴熟吧？”

几个大夫随即发出了“嘿嘿嘿”的狡黠笑声。他们一边刀子、剪子舞动着，一边接着话题往下调侃：“石大夫剧透一下呗，美女不光是脸蛋好看，内在是不是……也一样柔软美丽？”

石碚没好气地拿鼻音啐了他们几下，没说话。这帮家伙经常同一堆鲜血淋漓的心肝肠肺肾战斗，在他们眼里，无论男女，不过是一堆会行走的碳水化合物组成的器官，哪会有心思去欣赏什么女性美。非要说人和人之间有什么不同的话，就是组织的好与坏。坏的切掉，好的留下来。当年导师带他们上手术台的时候，不止一次殷殷叮嘱：上了手术台，就不能有过多的感情发酵，一旦被患者和家属的悲欢离合牵着走，就没有办法冷静地挽救生命了，那样只会给他们造成更大的痛苦。

第二章 | “飞刀”救人还要命

1

赵护士长取走一大团血纱布时，接了句：“听说郑暖夏能应聘到我们医院，卫健委的周主任帮了忙。”

住院部的各科室都有自己的护士长，手术室也一样。今天这个车祸有点惨烈，护士长赵美花亲自上阵了。

有女人的地方，故事总是色彩缤纷的。按常理，石碚的“飞刀事件”才应该排在中心医院热搜榜第一，或许是“兔死狐悲”的原因，大家害怕某天这个锅会砸到自己头上，话题便自动绕道了，转向了“院草石碚被新来的美女当成登徒子怒斥”一事上，生生地将这一乌龙事件推上了热搜第一。

能坐上护士长宝座的，都是眼观六路、耳听八方的人精；能在手术室当护士长的，更是人精里的拔尖人物。消息传到赵护士长耳朵里后，她硬是压了几个小时，才在这时候新鲜美味地捧出来，给手术台前几个累得几近虚脱的理工男们醒脑提神。

这味提神药毒得石碚有点难以接受，觉得亲手切掉的那截烂肠像是从自己肚子里拉出来的，嘴疼得抽了一下。还好，手术接近了尾声，他将止血钳扔进盘子里后，朝外走去。

周副主任大名周作芳，45 岁，两年前不知何故离异了，至今未婚，是怀清市卫生系统含金量最高的黄金单身汉……不知道他是怎么和暖夏扯上关系的？石磁心里一阵阵地钝疼。

冲洗过后，他换上衣服走出了手术室。还真如刘杰斌所言，记者们果然没再对他围追堵截。

石磁拿出电话打给了刘杰斌："喂，刘医生，谢谢啊。"

"客气什么，自家师兄弟，当哥的应该做的嘛。"他声音温和地说。

石磁再次说了声"谢谢"，挂断电话，来到车棚前，骑上自己的电瓶车朝外驶去。

此刻已是华灯初上，进入下班高峰期的怀清城，"肠梗阻"再次发作了，街道被各种车辆塞得水泄不通。

与此同时，一家装潢豪华的饭店包间内，鬼脸老李和几个人热热闹闹在聚餐。一个戴着帽子的身影背对着门坐着，帽檐压得很低，像明星似的怕被人认出来。

老李等人围着他，又是端酒，又是夹菜，很是殷勤。

"那篇文章删除了吧？"那人问。

"删除了删除了，按您的吩咐，先给医院和石磁上点眼药，如果石磁听话，一切到此为止。要是他不识好歹，哥哥您尽管吩咐，我喊上几个大 V 联合出手，保管让他吃不了兜着走。"

"嗯，好，"那人从口袋里掏出来一沓钱放在了桌子上，"给大家分了，我先走了。"他端起酒杯一饮而尽，戴好口罩，把原本很低的帽檐往下再压低了些，起身朝外走去。

鬼脸老李等人点头哈腰地要送他出去，他却背对着他们摆摆手，要他们留步，左手那枚硕大的金戒指闪烁得有点刺眼。

石磁的电瓶车行驶在院前街上。大约二十分钟后，停在老城区一个老旧小区的车棚下。他下车，进楼道，上电梯，摁下了18。

1802本来是父亲买给石碚的婚房。他当初内定的媳妇人选是郑暖夏，后来却不得不让另一个人住了进来。

石碚开门进去，朝正在收拾房间的护工阿姨道谢后，让她走了。

他换过衣服，走向了主卧。

柔和的灯光下，一个和郑暖夏一模一样的女子悄无声息地躺在那里，像一具会呼吸的木乃伊。长睡了十年，她的美丽并没有减掉半分，眉目依旧如画，仿佛从瓷器上走下来的古典美女。

床头的墙上，挂着她和石碚的婚纱照。雕刻精美的红木相框，像个暗红色的牢房。女人坐在牢里笑颜如花，石碚却僵硬如石。她紧挽着他的胳膊，头极力靠向他。他扯着脖子朝外拽，恨不得逃遁三万公里。

石碚走到床前，职业性地翻开她的眼皮查看，摸了下脉搏，见她和往常一样并没有半点好转，转身出去了。他每天进这个房间，纯粹是例行公事，仅限于好大夫的职业道德范畴，和墙上照片公示的内涵无关。

冰箱里有昨天的剩饭，石碚拿出来放进微波炉里加热了一下，胡乱扒拉了几口，然后回了小卧室。这里是他的房间。

他躺到床上，抱起一只兔子布偶，将脸深深地埋在里面，拼命吸着，似乎想从中提取一些气息。这只掉了一只眼睛、歪着鼻子、旧得几乎看不出颜色的兔子，存储着郑暖夏的过往。

窗外，月亮被乌云嚼食得只剩下了一个小小的牙儿，往事突然从杂草乱藤间蹿了出来，毫无防备地将人缠了个结实。

郑暖夏现在的记忆他进不去，只能在过去的时光里寻找。

石碚记得，自己第一次见到郑暖夏时，她就抱着这只兔子。那时他刚随父母搬到怀清市下辖的竹坞镇上。彼时他舍不得江南的温润，舍不得一起玩耍的小伙伴，对这个北方小镇充满了抵触。爸爸却说妈妈就是在这里长大的，而且这里盛产四大怀药，气候干爽，有利于妈妈养病，才举家北迁的。

爸爸没有告诉石碚，妈妈患了绝症，他想通过缓解乡愁来缓解她的症状。

小小的石碚害怕面对陌生的面孔，赖着不肯上学。爸爸牵着他的手，硬把他往学校里塞。他的脚像章鱼的吸盘，死死地吸着铺在道路上的鹅卵石，不肯松动。

父子俩在学校大门口当众表演起强制与反强制的游戏，谁也不肯妥协半分。

“进不进去？不进去小心我揍你！”救死扶伤的爸爸，无奈地开始充当暴徒。

“不去。打死也不进去！”从没挨过打的他，根本不知道那是甜的还是咸的，毫无畏惧。

进进出出的家长和学生，不时对他们投来注目礼。家长的威严受到挑衅，爸爸有点撑不住了，举起的手想落下。

抱着兔子布偶的郑暖夏出现了。她笑眯眯地看着他说：“看不起不上学的小孩！”

他猛地甩开爸爸的手，气急败坏地追了进去，愤怒地说：“谁是小孩？说清楚谁是小孩？我都 6 岁了，我都上一年级了！”

“哦，原来是 6 岁的小孩子呀……”她的声音拉得长长的，像糖融化后拉出来的细丝，甜得人牙都倒了。

“再说我是小孩儿试试？”他鼓起腮帮子，捏紧拳头，努力让自己看上去更凶恶。

“把我的兔子给你抱抱，就开心了。”她不由分说把布偶塞进他怀里。

他本来想拒绝的，却鬼使神差地接住了，还揪着兔子的耳朵玩了两下。

“6 岁的小孩，敢不敢上学啊？”她甜蜜蜜地说。

“又叫我小孩！”他气急败坏地跺脚。

“嗯，就叫了，小孩，小孩，小孩，你想怎么样？”她笑得眼睛都成了弯月。

“我，我想和你做朋友。”他恶声恶气，很没出息地说。

第一次相见的模式，为石碚之后的为奴二十多载奠定了基础，还被她虐得很开心。

可惜，那么多的快乐时光，后来堆成的却是伤感的山峰。石碏的眼泪喷涌而出，濡湿了浓黑的冬夜。

小城的另一端，郑暖夏几乎和石碏是同一时间进的家门。下午体检报告出来了，果然和林院长预测的一样，除了石碏尚未下判决书的乳房外，她的身体一切健康。

春晚节目彩排在即，程主任急得头皮都快抓破了，好不容易逮住郑暖夏这根救命稻草，当然不会让她报个到就回去。她一边夸郑暖夏创意好，一边催促着快点动笔写剧本，说连演员都找好了。

三四千字的小品对暖夏来说虽是小菜一碟，但还是用了整整一下午时间。她在程主任提供的素材里看到了石碏的，了解到他不仅医术高超，还总是利用业余时间为一些家庭贫困患者送医送药上门。而他自己为给“妻子”治病，还背负着外债呢。

郑暖夏的心很疼！如果时光可以倒流，他们可以重来，那他背负的会不会轻一些呢？

一稿完成后，程主任虽然一个劲夸暖夏，却又毫不留情地指出哪里不符合医生的日常，要她改。如此几次，待程主任拍板定稿后，天已经完全黑下来了。

郑暖夏坐着公交车，晃回到住处。她走进厨房，撕开一个碗面扔进了锅里，加了火腿肠、鸡蛋、香菜、蒜苗，煮了一碗豪华版的方便面。

几分钟后面出锅了。她端起来坐到桌前，无滋无味地一边吃，一边翻看手机，输入“飞刀、红包、石碏”等关键字，发现 ID 为“老李侃（砍）怀清”所发的文章已经删除了，其他的还是上午那些消息。

见事情并没有进一步发酵，郑暖夏边释怀边又觉得有些奇怪……以她对传播学的了解，自媒体和流量的关系就是苍蝇与血，那篇文章的点击量已经超十万了，“老李侃（砍）怀清”为什么要删除？她百思不得其解……

2

郑暖夏关掉网页，快速输入石碚的手机号，却又一个数字一个数字地删除了。想起那首 *Almost Lover* 的铃声，她骂了声“犟驴”后，有点生气地将手机扔到了一边，起身站到了窗前，毫无意识地和石碚同赏一轮弯月，思绪如月亮旁边的乌云，快速翻滚着。她想在其间捕捉石碚，可他的脸却怎么也不肯入镜，只有一个模糊的轮廓。

时光的老磁带开始跳播，选择的竟是郑暖夏最羞涩、最难以启齿的一幕……

曾经的他们，都住在离市区几十公里的竹坞小镇。石碚总喜欢逗暖夏开心，热衷于带她离开小镇，到田野和溪流欢唱的地方。

13 岁那年的初夏，一个雨霁天晴的放学后，石碚和郑暖夏来到郊外清澈的小河里捉螃蟹。

“怎么让我等了那么久才出来？”他一如既往地恶声恶气。

“哦，今天打扫厕所嘛。”她一如往昔地糯甜。

“傻呀你，以后他们再让你干那个就拒绝！”他恨其不争，都说过多少次了，她一点记性都不长。

“今天轮到暖冬了呀。”

“郑暖冬没长手还是没长脚，干吗什么都让你干？”

“她是我妹妹啊。”

“管她是谁，以后不准替她做事！”

“就做，你要怎么样？”她笑得很轻。

“不怎么样，那我就帮你一起做！”他回答得很重。

“呀，石碚，我流血了，我，我……”暗红色的血顺着她白净的小腿肚子滴落到了水里，她惊慌失措，像一只被猎人追捕的小鹿。

“笨蛋，快，上去。”石碚的脸色变了天，慌忙拉起她朝岸上走去。

山坡上染满了绿色，各种山花天真烂漫地开着。风在一旁轻轻地吹着悠扬的口哨，为季节助兴。

石碚扶着郑暖夏坐了下来。撸起裤腿仔细给她检查着，却没有发现伤口。

“哪里划破了？”他收起了平时的恶声恶气，一脸凝重。

“不是破了，是，是从……屁股……那里流出来的，裤子后面好像都弄湿了。石头哥哥，我不会是要死了吧？”她的眼睛红了。

石碚的血色突然上涌，迅速蹿过耳际，浪涛般冲刷了整个面部，向后脑勺漫延。

“郑暖夏你是猪，不折不扣的大笨猪！”他骂得咬牙切齿，脱了校服，从后往前围在她腰间，拿两只袖子系紧后，起身朝山下走去，脚步又轻又慢，等着她跟上来。

“石碚，我是不是要死了？你告诉我啊！”郑暖夏一路踉踉跄跄，惊恐地朝他嚷嚷。

“吵死了！死不了，要死也是笨死的。”石碚带她来到山下的小卖铺前，塞钱给她，并附在她耳朵上低声说着什么。

郑暖夏的脸瞬间红了。她接过钱匆匆跑进了小卖铺，出来后直接奔向了旁边的公厕。

尽管她强调还得早点回去做饭，石碚还是蛮不讲理地把她拖回了自己家，将她推到被乳腺癌折磨成一把瘦骨的母亲面前后，自己退了出去，由着一大一小两个女人喁喁私语，传授和接受做女人的经验。

从那天起，他们之间突然就筑了一道墙，男女有别的墙。但心里却有嫩芽在萌生，像春天拱破地皮的小草，扎得她心里毛茸茸的，说不清楚是什么滋味。

连郑暖夏在内，中心医院的院办一共八个人。第二天一上班，程主任就重新分配了工作，根据郑暖夏的特长，让她负责对外宣传这一块。

郑暖夏立马进入了工作状态，向程主任要来名单，和报社负责卫生系统的记者对接后，敲定了年前将给中心医院安排个整版，另外还会给几名业内颇具权威的专家安排专访，手头的事情总算告一段落。

借着中场休息上厕所的机会，她溜达到普外三找石硞。

24 岁离开，34 岁归来，整整十年，他们之间似乎变得很陌生，却又很熟悉，以至于昨天在幽暗的 B 超室隔着口罩都能一眼认出来。

郑暖夏是怀着忐忑不安的心情走进普外三的医生办公室的。难得石硞这一天没有手术，查完房，见昨天手术的苗老太太一切正常后，才放了心。按惯例，他在回答了患者和家属每天狗咬屁股般追问若干次的问题后，回到办公室写病历。

石硞噼里啪啦地敲打键盘，累得手腕有些酸痛，停下来刚呷了口水，郑暖夏就飘了进来。

石硞眼角的余光瞥到了一个白大褂靠近，以为是哪个护士，并未在意，放下杯子，继续敲打键盘。

“石大夫，我，到底什么情况？”郑暖夏已从程主任那里得知自己上了中心医院的热搜榜，不想再吸睛，便尽量把声音压低。

熟悉的味道扑面而来，石硞的态度却和昨天大相径庭。他猛地把身子往旁边靠了下，转轮就将他带到了两米外。仿佛郑暖夏是传染性极强的病毒，他要退避三舍。

“石大夫，我的身体到底有没有问题啊，你到现在都没有下结论呢？”见他这样，郑暖夏的声音不由提高了。

石硞只是无声地望着她，什么话也没有。

“我不会是……真的得了绝症了吧……”她的声音一下垮了。

石硞仍悄无声息地对她行注目礼。

刘杰斌走了进来，见此情景，他想起了昨天的传言……他走到自己的位置上，目光穿过电脑和文件的间隙，打量着郑暖夏和石硞。

“石硞，请你回答我——”郑暖夏的声音是颤抖的，眼睛都红了。

“矫情！哭什么哭，乳腺增生，吃点药就行，”他恶声恶气着说，“我现在就开方，拿我的卡去药房取药吧。”

石碏不再理会她，快速在电脑上写处方，然后掏出医保卡塞向她。

“我，拿着你的医保卡去买乳腺增生的药……你有病吧！”她的话是从后牙槽里挤出来的，往后躲了一下，扭头走了，任由那张蓝色的医保卡掉到了地上。

“你回来，你怎么这样啊，你刚来，社保关系肯定还没有办好。再说医保局也没有规定，男同志的卡怎么就不能买乳腺增生的药了，男人也会得乳腺增生嘛……”石碏脑筋短路般冲着她的背影大喊。

见这株院草再度被院办刚来的女神拒绝了，刘杰斌先是小声笑，然后实在忍不住趴在桌子上大笑，边笑还边拍桌子。

“笑，笑，笑出了猪叫！”石碏弯身捡起卡，一点也不恼，嘴角甚至上扬着。

刘杰斌的笑声却突然消音了。他望着石碏，试探性地问：“你和郑女神很熟吗？”

“嗯——”

“熟到什么程度？”

“小学、初中、高中的同班同桌同学，大学邻校，她原来的零花钱全是我资助的。”

“哦——”刘杰斌的“哦”，像彗星的尾巴，长长的，还拐着弯。他沉吟片刻后又说：“兄弟，今天晚上一起吃饭怎么样？张总都约了好几次了，不给面子多不好。”

所谓张总，乃某大药企的代理商，最近想让他们公司治疗癌症的新药进中心医院的药房。普外科是医院里的用药大户，他想从这里打开缺口，便找上了刘杰斌。

医院里药物的正常采购程序是：临床科室提出申请，药学部审批，采购部采购，然后才能进到药房。因此，想让这种药进来，科室主任向药房提申请是第一道关口。而普外三的万主任和石碏的观点一致，目前治疗癌症的用药五花八门，他们不能拿病人做实验，只能查看同行业用药的效果后再考虑。

其实他们早打探过了，张总他们的药价格比同类产品高出不少，疗效却差强人意，性价比不高，因此不想引进这种新产品。

石碏是万主任一手带出来的，他 35 岁就能有今天的成就，和万主任的栽培分不开，所以他的话在万主任心中的分量也是最重的……张总几次没能攻下万主任后，和刘杰斌商量，准备从石碏这里下手。

石碏在患者面前是“模范好医生”的形象；在郑暖夏面前故意装恶，骨子里却是柔软的；可面对药商，就变成了硬石头，无论他们怎么邀请，他都以照顾生病的“老婆”为借口，不和他们靠近半分，还把人家送的红包直接退了回去。

刘杰斌在“飞刀”事件上帮了石碏，趁此刻他心情大好便又提出了这件事。

石碏的眼睛仍然盯在电脑上，没拒绝也没答应。

“你放心，只是单纯性吃饭，不谈工作，不会为难你的。”

“好。”石碏回答。

没想到他竟然爽快地答应了，刘杰斌开心得差点跳起来，连忙给张总发微信，告知此事。

3

晚宴设在怀清最高端的一家酒店里。除了石碏、刘杰斌、药商张总外，普外科的护士长肖小艳也来了。

肖小艳三十出头，长年累月盘着高高的发髻，微胖，一笑脸上会出现几个小坑坑，一脸福气相。她和石碏是同一年来到中心医院的，当时还有人撮合过他们，听说石碏已经有了另一半才作罢。肖小艳从未见到过石碏传说中的“老婆”，曾怀疑他单身，因为看不上自己才婉拒的，一度心生怨怼，直到从一位护工嘴里得知石碏的老婆是个植物人后，那股怨气才化作了满腔的怜爱，开始处处关心他。

肖小艳苦等了几个年头，石碏的老婆虽然一直未能醒来，但是他却没有任何想离婚的迹象。眼看韶华将逝，她只好嫁作他人妇，第二年便生下个大胖儿子。

但这并不影响她对石碚好。

科室的管理模式，看上去是科室主任责任制的，护士长却是财政大臣。虽说绩效核算方案是大家开会制定，最终主任签字后才能发放，但具体金额是由护士长统计的。因此普外三里谁见到肖小艳都会礼遇几分，刘杰斌也不例外。他外出开会一定会给她带礼物，有合适的饭局也会喊上她。

肖小艳很少参加这种饭局。她不喜欢男人们闹哄哄地吹牛皮侃大山。今天知道石碚要来后，竟鬼使神差地答应了。

石碚和院办女神的传说也刮进了肖小艳的耳朵里。今天郑暖夏到他们科室找石碚时，除了刘杰斌外，肖小艳也算见证者之一。当时她正要进去问石碚一个患者的化疗安排，不料在门口目睹了石碚硬将医保卡往郑暖夏手里塞的那幕。

虽然郑暖夏戴着口罩，可她怒而离去从肖小艳身边经过时的气场，差点将肖小艳掀翻。淡蓝色的口罩上方，两只漆黑的眼睛弯弯的，像两枚黑水晶雕刻的弯月亮，晶亮透澈。睫毛又浓又长，像粘上去的黑蝴蝶的翅膀。

肖小艳虽只看到了郑暖夏庐山真面目的一点点，心中已警铃大作了。石碚看上去人畜无害，对女性很友好，可肖小艳见识过他磐石无转移的另一面。现在，这一面竟被郑暖夏给融化了，她突然感到胃很不舒服，早上吃的豆腐脑黏糊糊地往喉咙上方涌。

郑暖夏走后，肖小艳走了进去。刘杰斌邀请她晚上一起去吃饭，她想也没想就答应了。

只有四个人的饭局，张总却是严阵以待——澳洲的龙虾，深海的刺身，扬州的大闸蟹……海鲜河鲜，捡了最贵的点。酒是刚从贵州运来的茅台。

外科医生绝对是个体力活，酒精可让疲惫的身躯暂时放松，因此大多拿手术刀的都有个好酒量。石碚却是其中的异类，他几乎从不沾酒。

这天晚上石碚竟一反常态，主动从转动的桌子上取下一个盛满酒的分酒器，放在自己面前。

肖小艳回去后还要辅导儿子做手工，来的路上就声称今晚滴酒不沾，见此情景，也鬼使神差地拿下个分酒器。

张总殷勤地斟酒、夹菜，让大家品尝刀法花哨的鲍鱼。石碏夹起来一个放进了嘴里，细细地咀嚼，连声说“好吃”。

肖小艳也送进嘴里一个。她的咬肌愤怒地蠕动着，一副咬钢嚼铁的狠劲，跟着说“不错”。

刘杰斌不动声色地观察着，跟着药商劝酒，四人都是一饮而尽。

饭局上的气氛看似和谐轻松，却又散发着某种怪怪的味道。张总隶属的公司是某国际大品牌的药企，他本人也很能干，攻下过很多常人眼里难以攻克的关卡。

“石大夫，我们这款新药要是能进中心医院的话，一定会为更多患者减轻痛苦。”酒过三巡后，见石碏脸上红扑扑地进入了状态，张总开启了攻关之势。

“价格和国产同类药物相差不多的话，我可以和万主任说下。”石碏口齿清晰地回答。

“我们可是……国际大品牌啊。品牌效应您应该懂的。比如一款国产的包包，无论做工和面料再好，性价比再高，价格都没办法和一款普通的 LV 包比，这就是品牌赋予的产品价值。”

“这是药物，不是普通商品。我们的用户群体是患者，很多还是需要长期服药的癌症患者，这种进口类药不在医保报销范围内，会加重长期服药的患者负担，让他们本来就不宽裕的家庭雪上加霜。医者仁心，我……不能这么做！”石碏回答得很干脆。

“喝酒，喝酒，”刘杰斌拉了下张总，朝他递了个眼色。他的下巴指向了肖小艳。

张总当即心领神会。

“肖护士长，您可是咱们中心医院的护士之花啊，来，敬你一个……”张总拎着分酒器，走到了肖小艳身边，“听说石大夫很少参加饭局，可但凡肖护士长参加的，他一定会到。”

肖小艳对石碏的那点小心思，全科室的人都知道，刘杰斌当然也门清，这个信息是他传递给药商的。

张总这话说得很微妙，石碏如果否认，就是对肖小艳的不尊重，何况她的确对自己挺好的，只能“嘿嘿”干笑了两嗓子。

不知道是酒精的原因，还是肖小艳的心绪波动，她的脸红彤彤的，任由药商给自己满上杯子，一饮而尽。

张总和肖小艳喝过后，又走到了石碏身边：“石大夫，您可是咱中心医院的‘第一把刀’，三十冒头都是正高了，这可相当于教授啊，前途无量，不久的将来就是石主任，然后是石院长……”

药商兴致勃勃地说着，用一堆恭维话连着和石碏喝了两个。

刘杰斌坐在那里，脸上表情阴晴不定，片刻后也拎起分酒器走到了石碏身边：“师弟，哦，不，石一刀，石教授，来，敬你一杯……”

石碏喝了一杯后，他却说他和张总喝的是两杯，不能轻慢自家兄弟，又让他喝了一杯才罢手。

肖小艳来之前，刘杰斌就送了一套韩国进口的化妆品给她，要她一定帮忙让石碏吃好喝好，说他最近太累了，让他放松一下。此刻肖小艳已有七分醉意，她本来想替石碏挡下酒的，却软趴趴地拿左手支撑着下巴，低垂着眼帘，右手夹菜，很斯文地吃着。

肖小艳之前参加的饭局虽不多，但向来是“大块吃肉大口喝酒”的，可今天见了郑暖夏后，好像被她身上散发出来的气息传染了，不由自主地向她靠拢。

饭局结束，刘杰斌借口顺道，喊了代驾，假装没看到肖小艳落在石碏身上火辣辣的目光，殷勤地要送她回去。张总趁机拉着石碏上了自己的大奔商务车，坚持要送他回家。

商务车无声地朝老城区滑去，直接开进了石碏的小区，停在他家楼下。

张总下车，扶着有些踉跄的石碏，朝楼道里走去。

上楼进门后，张总从内侧口袋里掏出一个沉甸甸的信封往石碏手里塞，却被他又塞了回去。

“你听我说，咱们是兄弟，这钱不是给你的，是给弟妹看病的。不管我们的药进不进中心医院药房，这钱你都放心拿着！”张总说得正气凛然，将钱再次塞回到石碏怀里。

“是给弟妹看病的”几个字，狠狠地捏住了石碏的七寸，他怔怔地站在那里，没再执着地让钱原路返回。

几分钟后，石碏满脸笑容，亲昵地挽着药商的胳膊，将他送进了电梯。

商务车驶出小区后，张总就给刘杰斌打了电话。而他刚把肖护士长送回家。

“鱼饵顺利……”他说到这里，后面的“吞下”两个字又被自己生生地吞了下去，摸向衣服内侧口袋的手突然停了下来。他送出去的一万块钱，不知何时又鼓鼓囊囊地回到了原地。

“妈的，还真是软硬不吃啊……”张总将过程简单讲述了一下，咒骂出声。

“别急嘛，慢慢来，或许有转机。”刘杰斌温和地劝着，挂断了电话。

十年码字为生，郑暖夏已经养成了晚睡晚起的习惯。到中心医院上班后，她不得不重启早起模式。可三千多个日日夜夜形成的生物钟，哪是说改就可以改掉的。

这天郑暖夏再次起晚了。高分贝的闹铃响了几遍都没能叫醒她，睁开眼睛已经是七点二十了。她匆匆起床，胡乱洗了把脸就冲了出去，边换鞋子边套外衣，冲到小区门前，赶在一位美女前面上了一辆出租车。

随后，绿色的出租车奋力穿过冬日冰冷的太阳和拥挤的街道，朝中心医院驶去。

郑暖夏坐在后座上，从包中取出化妆包，简单化了个淡妆，配上身上的白色短款羽绒服，愣是素出别样的明艳照人。

出租车停在医院门口，她跳下车，以百米冲刺的速度朝 2 号楼跑去。差三分钟打卡就截止了，她的全勤奖全要仰仗此刻的奔跑速度。

4

还好，郑暖夏在最后几秒钟触摸到了办公室墙上的打卡机。见金光闪闪的全勤奖总算无恙后，她长长地吁了口气，灌了几口随身带的冰萃咖啡，刚打开电脑，林院长就走了进来。

“程主任，你们的工作是怎么做的？事情怎么还在发酵！”林院长脸色铁青地走向了程主任。

程主任吓得“噌”地一下子站了起来。她也是刚在市政府的“舆情墙”上看到了消息，正准备向林院长汇报时，他就来了。

今天是林院长带队进行全院大查房，他穿上工作服走出办公室，就接到了朋友的电话。

“林院长，这个石碚，他前几天明明和我说，那件事情处理好了，怎么又掀起了这么大的浪啊。不光市政府的‘舆情墙’，网上铺天盖地也都是，微博、微信、朋友圈，尤其是几个大 V 的公众号，点击量都快上百万了……”

林院长摇晃了一下，只觉得心口隐隐作痛。他去年刚放了几个支架。程主任见状连忙扶着他坐了下来，倒了杯水给他。

林院长还没顾上喝一口，手机就响了。他看了一眼号码，脸色瞬间白了，连忙接了起来：“秘书长好，哎，哎，好，我知道了，立马就着手调查，绝对不会给政府脸上抹黑的。”

挂断电话，林院长有气无力地冲程主任说：“去，把石碚和万主任都给我叫来——”

程主任当即打了石碚的电话，*Almost Lover* 的哀婉旋律反复响着，却无人接听。

“我去吧。”郑暖夏起身恭敬地向林院长和程主任说，匆匆朝外跑去。听闻事件涉及石碚，她已悄然在网上瞄了一眼，发现“飞刀”事件突然又开始发酵。

“快去吧。小郑啊，宣传口本来就是你负责的，看这事给闹的……”程主任声音温温柔柔的，却明明白白地告诉林院长——舆情没能控制好，完全是郑暖夏的责任，和她无关。反正郑暖夏是个上面有人的妖怪，有周副主任在，也不会把她怎么着的。

郑暖夏混在帝都时，她的世界里只有甲方和乙方。甲方给钱，乙方（她自己）负责将活干好，单纯得像桶纯净水，一眼看透。如今的工作环境，却是大江大河的支流，看似清澈，放在显微镜下却是各种生物交错生存，稍不留神就会出事，轻则上吐下泻，重则直接进ICU，能不能活着出来，得看天时地利人和。

怪不得昨晚的饭局上，老周借着酒意，附在她耳边悄悄说，单位里要多用眼、多动脑、少动嘴。郑暖夏当时觉得他在故弄玄虚，纯属骗小姑娘的老套路，现在看来，果然有道理。

郑暖夏缺的是职场经验，又不缺智商，当然知道程主任的移花嫁祸大法，便火箭般蹿了出去。

穿过长长的走廊，上了住院部的电梯，郑暖夏的大脑飞速地运转着：石碚这事该怎么解决？她不是怕处理不好自己受处分，而是在为他担心。

她知道，石碚如今陷入泥潭，虽有他的冲动，更多的是来自自己的狼心狗肺。她欠石碚的，必须要偿还，不管用什么样的方式，都要还。就像老周说的，该面对的总要面对。

爆点新闻往往是各媒体收割流量的最好方式。郑暖夏下电梯后发现，通向普外三的门是紧闭着的，门外最少有十根手指头都数不过来的媒体人，其中有几个是拿着手机直播的自媒体人。鬼面老李的脸也在其中，他脸上那道疤痕被兴奋弄得又红又亮。

郑暖夏原来的工作好赖也和媒体有着千丝万缕的关系，她曾亲眼看见过明星们是怎么应对负面消息和媒体记者的，知道此刻自己绝不能直接摁门铃，不然这一窝蜂拥进去，医院就成了菜市场。

她想了下，又下到 7 楼的胸外科，从走廊尽头的隐秘步梯直接上到了 8 楼。

郑暖夏进去后，直奔医生办公室，却没能看到石碚，便转战旁边的护士站，恰巧肖小艳在，就问她：“请问石大夫在哪里？”

肖小艳的耳朵却像丢家里了，只顾在本子上记着什么，头都没抬。郑暖夏一出现她就发现了，认为自己没有义务帮她找人，便视她为无物。

好在普外三就二十多个房间，郑暖夏便一个个地找过去，总算透过治疗室门上的玻璃发现了石碚的身影。他正心无旁骛地在给一个患者换药。

“石碚啊石碚，你说说你，事情怎么会搞成了这个样子，院办程主任的电话为什么不接？听说林院长很生气。”万主任的眼睛都是红的。

石碚却沉声静气拿镊子取下了患者肚子上的纱布，清理伤口，涂抹药，再换了干净的绷带包扎好。

“石碚，我的话你听到没有？！事情闹成这样，是要处理人的！不然网上的舆论和门外那堆媒体怎么应对？”万主任气得直喘气。

“可以了，老高。”石碚轻声说着，将患者从床上扶了起来，送他到门外，对等在那里的家属指指旁边的步梯说，“搀着他往那里走吧。”

“谢谢您啊石大夫，这是我姐姐腌制的芥菜，给您尝个稀罕。”家属连连道谢，将一个黑陶罐往石碚的手里塞。

他大大方方地接过去，转身直接塞给了万主任：“知道您老喜欢这口，拿去吧，别客气。”

“你，你个小兔崽子……”万主任知道，要是自己不接，那个陶罐子铁定就当场五马分尸了。这就是石碚！

郑暖夏站在门口，他们却好像谁都没有看到她。一米六八的暖夏，也算是高个子女生，硬是被这两个理工男给漠视了，只好走到他们面前。

“万主任，石大夫，我叫郑暖夏，是院办的，林院长和程主任请你们过去一趟。”

"哦，你好，你就是院办刚来的小郑啊……好，好，我们这就过去。"万主任这才"发现"了郑暖夏，连忙打招呼。这个能让石碚主动塞医保卡给她买治疗乳腺增生药的女孩子原来长这个样子。

郑暖夏微笑着点了下头，转身走了。万主任和石碚跟在她身后。她感到后背上扎扎的，像有两把毛刷子在上面刷来刷去的，不用回头就知道那是石碚的目光。

她被盯得很不舒服，猛然扭头看向他们："石大夫，你们经常收患者礼物啊……"

"不不不，事情不是这样的。小郑，你刚才看到的老高是我们科室的老病号了，他们一家三口，不，甚至可以说整个家族都是我们的病人……"

郑暖夏本想借这个理由怼石碚，万主任的话让她有点吃惊，问："他们……什么病啊，怎么会是整个家族？"

"结肠息肉。随着年龄的增长，转变成结肠癌的概率几乎为百分百。这和基因有关，所以常常是家族性的。长年累月的治疗，都把家底掏空了。为了帮他们省点钱，我们都给他们开最便宜的药，有时候还会替他们垫付钱。像刚才那种简单地换个药什么的，直接免除了治疗费。人心都是肉长的，所以他们每次来都会带点土特产什么的，东西虽说不金贵，但为了让他们安心，我们都会开开心心地收下。"万主任满头大汗地解释着，生怕郑暖夏误会。石碚的"飞刀事件"捅的娄子都够让人头大了，这节骨眼上可别再闹出点什么来。

郑暖夏想起来，她在程主任提供的素材里，曾看到过石碚的事迹，知道万主任说的都是真的，心头一阵酸楚，动容地说："万主任，有你们这样的好医生，是患者的福气。"她看着万主任，话却是说给石碚听的。

石碚当然明白，抿着嘴乐，却恶声恶气说："别光说好听的，也来点实际的，给院长反映一下，劳模什么的多赏几个，奖金绩效的多给点。"

万主任气得想踹他，却被他灵巧地躲开了。

"万主任，石大夫，你们千万别大意了，事情的发酵出乎人的意料。前几天明明都没什么水花了，现在却连市政府的舆情墙上都有了，我们医院必须给出一个态度，所以……我担心下一步真的会处理人！”郑暖夏恢复了冷静。这个才是当务之急。

“林院长现在什么态度？”万主任小心翼翼地问。

“气得心脏病差点发作了。”

万主任和石硞的表情顿时严肃起来。

5

万主任和石硞是在药房值班室见到的林院长，因为院办和林院长自己的办公室已经被媒体人占领了。

“石硞，你自己拉的屎，自己擦干净！”林院长捂着胸口气若游丝。

“院长，事情已经成这样了，您是不是……去卫健委找找周主任啊，看怎么解决……”万主任满头大汗。他知道石硞看似镇定，心里肯定也煮开了锅，因为他的手不时拉一下自己的白大褂，像在外犯错的孩子寻求家长的庇护。

石硞身上留存着某种孩子的纯真，让人不由心生怜惜。

“我上次都找过周主任了，就是他出面，事情才没有进一步发酵。可是，可是……怎么又掀起了这么大的浪呢？这让我怎么再向人家开口？”林院长无力地用双手揉搓着脸，声音是从十个小胖和尚似的指头缝里透出来的。

“周主任人挺好的，要不您再去找找他，看怎样把事态平息下去吧。我总觉得这个事情没那么简单……”郑暖夏想起了那个“老李侃（砍）怀清”的 ID，“飞刀”事件起初就是它带起来的，后来似乎也一直由它在控制节奏。郑暖夏不知道那个账号后面是男是女，但总感觉有一双阴森森的眼睛在盯着石硞，像深夜旷野上饿极了的饿狼，发着绿幽幽的光。

她刚又瞄了一眼网页，发现“老李侃（砍）怀清”的号上已发出了所谓的“英雄帖”，并 @ 了许多媒体（主要是自媒体）人，要他们一起声讨石硞，还病人和家属一个公道。帖子的最后面，他用模棱两可的话甩出了重磅炸弹：据说石硞的老婆是个植物人，据说他始乱终弃想悔婚，而新娘子是结婚当天出的车祸，现场只有他们两个，没有其他目击证人……充分发挥一下你们的想象力，世界上哪有那么巧的事情，不爱了，对方就出了车祸……

下面的回复宛如决堤的江河，汹涌澎湃得能把石硞撕碎。他们的视线从最初讨伐石硞“飞刀索取红包”，成功转移为：石硞到底是不是车祸的制造者？

屋里的暖气明明很足，郑暖夏却不由打起了寒战。按说这里轮不着她出声，她却硬着头皮顺着万主任的话，建议林院长去找老周。男人的嫉妒心绝对不可小觑，普普通通一瓶醋，经由感情之舟摇晃后，可能会演变成决堤的滔天巨浪。为真正帮到石硞，郑暖夏不敢直接找老周。

“唉，我试试看吧……”林院长长吁短叹。

“不用麻烦周主任了，我自己惹出来的祸自己解决。”石硞闷闷地出了声，口吻却异常坚定。

郑暖夏的脚不受控制地踩上了他的脚。

别看石硞整天拿着手术刀割这个的胃、切那个的肠子，自身却特别怕疼，被针尖扎下都得号叫半天。郑暖夏今天穿的虽是粗高跟，还是踩得他直吸溜嘴，连着闷哼了好几下。

幸好大家的注意力全在发酵的事件上，并没有留意到二人之间的暗潮汹涌。

石硞强忍着疼痛，不为郑暖夏的意图所动。她气得拿后槽牙默然将他的名字碾磨个稀碎，除此外，拿他毫无办法。

男人的神经一点也不比天性敏感的女人笨拙，石硞已察觉出老周对郑暖夏的用心。

进入花季之后，郑暖夏身边总有各种雄性生物打转，还好她在感情上一向木讷，自动屏蔽了无数男人，却上了人渣郝子玉的贼船……十年前，她好不容易逃离了火海；十年后，石硞不能看着她再上刀山。虽然老周那座刀山金光灿灿的，亮瞎了很多女性的眼，但自己有义务有责任阻止郑暖夏的眼睛被闪坏。

“你，石碏，你狂什么狂啊？我看你怎么解决！解决不好就给我停职反省！”石碏的不识好歹把林院长惹火了。他气得狠狠地拍了下桌子，却疼得自己直吸溜嘴。

大家想笑却不敢笑，这让爱面子胜过里子的林院长更加恼火，脸黑成了一块冻猪肝。

一时谁也不敢再说话，现场有点死循环。

还好，万主任的电话很应景地响了。接通后，护士长肖小艳焦急的声音传来：“万主任，石大夫和您在一起吗？打电话没人接，22 床把卖义乳的给打了……”

万主任有点着急地看向石碏：“赶紧回科室去，22 床出事了！”

肖小艳的声音自带扩音器，石碏听了个一清二楚。他朝林院长说了句“对不起”后，就像一枚改了弹道的导弹，迅速撤退，奔向了病房楼。

石碏平时看着嘻嘻哈哈的，有点不怎么“正经”，但能让他从嘴里说出“对不起”三个字，不亚于蜀道之难。

看来他已意识到给医院惹麻烦了，林院长心里的气顿时消去不少，冲万主任摆摆手，要他也赶紧回去。

22 床的知名度似乎挺高的，昨天还听到有人议论，说整个科室她只听石碏的。这次入院，做个乳管镜检查也非要他亲自出马。

郑暖夏的眼前出现了一张巴掌大的清瘦的脸，那张脸架在一个衣架般的身体上……她不由哆嗦了一下，乳腺增生的右乳莫名地疼了起来，不由自主地跟在石碏和万主任身后朝外走，却被程主任喊住了。

“小郑啊，我们要急院长之急，想院长所想，从现在开始，你要 24 小时盯着网上的舆情，想尽一切办法控制好，不能再出任何乱子了！”

程主任虽然说的是“我们”，可郑暖夏知道，这担子百分之九十九是压在自己身上的。事关石碏，就算砸下来一座泰山，她也得咬牙扛着。她冲林院长和程主任点点头，转身出去，回到院办脱下白大褂后，直接奔向普外三。

郑暖夏没有再走隐匿的步梯。脱掉工作服后，她穿着便装大大方方地从电梯上走了下来。

那群媒体人仍围在普外三的门外，那扇乳白色的门依然紧闭着。

看热闹的永远不嫌事大。普外三的对面是普外二。普外二的一些病人和家属走出病房，一边围观，一边指指点点，议论纷纷。

郑暖夏下电梯后，隐身于其中。

有人开始在手机上输入“石碚、飞刀、红包”等关键词搜索，然后发表观点。

“哇，电视剧都不敢这么写，石碚移情别恋也就算了，竟在婚礼当天开车撞新娘子，太天理不容了！”

“你看你看，网上说，他老婆现在还是植物人呢……”那人朝大家晃着手机。

“故意杀人，该判死刑，还得立即执行。”有人开始充当网络法官。

“石大夫不是这种人，网上都是胡说的！他飞刀救人，还被家属反咬一口，还有没有天理了？”一个气愤的声音传来。郑暖夏望过去，发现是送石碚腌芥菜的老高的儿子，心头一热。

“我也觉得石碚是冤枉的，我妈的胆囊手术就是石大夫做的，他人挺好的……”又一个声音传来。

“呵呵，既然你们心目中的石大夫那么好，他怎么不敢出来呢？这说明他心虚！指不定就像网上说的，他媳妇就是他撞的。”一个阴森森的声音飘来。

郑暖夏转过身，一张煞白的面孔进入了视野。正是鬼脸老李。他的手机响了，他看了眼号码，走向旁边人少的地方接听。

老李的拍摄设备引起了郑暖夏的注意，她不动声色地挪动脚步，若无其事地停在离他不远的地方。

“好，我知道了。张哥，我鬼脸老李办事您就放一万个心吧，我现在就带人去石碚家，拍些照片发上去。有图有真相，我不信还治不住他了……”

郑暖夏的心脏像绑在一辆狂奔的大功率拖拉机上，“突突突”地狂跳起来。她顾不得再打探现场情况，奔向了旁边的步梯，边走边给林院长打电话汇报情况。

果不其然，电话中林院长又是一阵哀号。年后全市干部人事大调整，他有望高升的，真怕被石碚搞砸了。“可以无功，但绝对不能有过”，这条仕途至理名言，是被他奉为座右铭的。

郑暖夏知道林院长会尽力去处理这事件，但仍然不放心，挂断电话后，她迟疑了一下，又打给了老周。

那边却直接将电话掐断了。

凭直觉，郑暖夏认为那个自称“鬼脸老李”的男人，和“老李侃（砍）怀清”的 ID 不无关系，若任凭他们跑到石碚家所在的小区，拍下小区名字和门牌号挂到网上，那石碚将永无宁日了……

冷风像雾状的冰渣子，从少了一块玻璃的楼道窗口侵袭而来，郑暖夏却像踩在一块烧红的铁板上，烫得脚底起泡。她紧紧地捏着手机，不停地在步梯的转向台处踱着步。

“两分钟，两分钟内要是不回电话的话，以后就再也不联系了！”她在心里给老周下着最后通牒。

第三章 | 我们一起战斗

1

老周像会读心术，隔着几公里就读到了她的心声，刚过六十二秒，电话就打过来了。

还没等他解释为什么不接电话，郑暖夏便像炮仗般炸了起来，像写故事大纲那样，简明扼要地将事情叙述了一遍。

“这可怎么办？”她焦急地问。

“这事不是该你们林院长着急吗？你一个刚入职的新人急个什么劲儿。”老周幽幽地问。

郑暖夏心里“咯噔”一下。隔着电磁波，她都嗅到了老周余音里的狐疑，心里不由得发虚，担心下一步说错一句话，会导致事情朝更坏的方向发展。

“石碏的老婆叫郑暖冬。”郑暖夏犹豫了两秒，还是讲出了实情，虽然不是全部。

“你姐姐还是妹妹？”

“双胞胎妹妹。”

“好，知道了。飞刀的事情暂时无解，你也知道的，已经闹到了政府的舆情墙上，但那帮人想随便进入小区拍石碏家门，然后网暴他，还是可以阻止的。毕竟我们是法治社会嘛。”

电话里传来人喊“周局开会了”的声音。老周说了句“放心”后，便挂断了电话。

郑暖夏长长地吁了口气，整个人像被抽去了脊梁骨般，软塌塌地坐到了冰凉的台阶上。她抹了把额头，手心里湿漉漉的。

万主任和石碚顺着隐匿的步梯回到普外三的办公室时，一些病人家属正围着门探头探脑地往里张望。护士长肖小艳有点烦躁地赶人：“都散了吧，病人都在输液呢，快回去看着……”

有几个人走了，还有两三个继续围观。

万主任和石碚走进办公室后，看到一个男人垂头丧气地坐在那里，左脸颊上有一道长长的抓痕，看来刚被五指山问候过。

热闹的院前街上，除了卖骨灰盒、做遗像的外，还有卖义乳的。义乳虽说解决了女性外观上的缺憾，却在她们心上划下了更深的伤口……尽管如此，总还是有患者想买。

她们想通过保住外表的方式，来保护脆弱的自尊！

这个男人是普外三的常客，叫侯三，经常来科室里推销义乳，和普外三的医护人员都挺熟的。

“哟，侯总，是不是虐待了大虎，被人家拿爪子问候了？”石碚假装不知情，用关心的口吻表达了内心的幸灾乐祸。

侯三卖义乳本是件为患者服务的好事，可这家伙有点贪，价格小贵，无疑会加重财力耗尽的患者的负担，所以石碚并不怎么待见他。

为了能在普外三出入通行，侯三很会和大家套近乎，除了小礼物外，还把自己养的那只肉嘟嘟的美短猫拍成视频和照片给护士们欣赏，博取她们的好感。

一来二去，胖虎就成了侯三“送给”普外三医护们的伴手礼。石碚的耳朵也没能幸免于难，早被他挂在嘴上的“胖虎”给磨出茧子了。

“万主任，石大夫，你们给评评理，22 床就是个女疯子，我好心好意给她推销，她竟然打我……”侯三听出了石碏的揶揄，嘴噘得都能挂个油瓶。

“石大夫，22 床的情况现在有点不好……”肖小艳说。

石碏闻言脸色骤变，不再看侯三表演，拿起听诊器匆匆出了办公室。

22 床的脾气最近越来越暴躁，除了石碏外，几乎谁的账都不买。上次乳管镜检查时，石碏虽一再和她说没事，她最终还是从姐姐哭红的眼睛中知道自己的左乳保不住了，为保命，这次手术时必须切掉。

手术方案出来前，22 床犹如在滚烫的锅里烹煎。她使劲摁着锅盖，独自闷烧，貌似安静地躺在那里刷手机，竟在某音上刷到了那个曾和她领过结婚证的人正在举行婚礼……目前还健在的左乳就剧烈地疼痛起来，仿佛没打麻药，被人拿刀生生地剜去了。

就在这时，侯三大摇大摆地走进了病房，毫不生分地拉过凳子，一屁股坐在床前，开始向她推销义乳。

“戴义乳不仅为了体形美，更重要的是，能消除由于乳房切除后不平衡所引起的脊柱弯曲、肩膀倾斜、肌肉萎缩、肩部肌肉酸痛等症状，最最最重要的是，绝大多数乳腺癌患者在使用了义乳后，心情会变得开朗，这有助于继续与疾病作战……”侯三滔滔不绝地讲着，没有觉察出 22 床埋在被单下面的身躯在颤抖。她的脸色像刷了层米糊风干了，僵硬，苍白。她努力地抓着手机，给自己的绝望加上高压盖，怕它们冲出来伤人。

一向挺有眼色的侯三，今天像被驴踢了脑袋，仍不管不顾地讲：“看样子您还没结婚吧？我们的产品，和真的乳房一模一样。您这么漂亮，戴上义乳，保管能找到自己的另一半……”

压倒 22 床的最后一根稻草就这样砸了下来。她瘦若枯柴的手臂突然有了千钧力，猛然将手机掷出去砸向了侯三。

还好，砸中的是他的肩膀。侯三还没闹明白东西南北的时候，22 床的手指宛若九阴白骨爪，闪电般朝他的脸抓去。他躲过第一下，却没能躲过第二下，左脸颊上挨了一下。

22 床赤脚下地，疯了般拿起床头柜上的水果、水壶、水杯等东西，雨点般朝侯三砸去。

侯三无处可躲，只能抱着头喊“疯了疯了”。幸好 22 床的姐姐打开水回来，才救了他。

对方是个有今天没明朝的癌症患者，侯三总不能砸回去，只能气咻咻地去了医生办公室。

……

石碚走进来时，22 床静静地躺在那里，像秋风中飘落的枯叶。她放弃了对生命的热爱，一心求死。爱情对男人来说，可能只是一部分，可对许多女人来说，是阳光、空气和水。

当爱凋谢了，滋养她们生命的元素就风化成为齑粉。

22 床的姐姐站在旁边，眼睛红肿。

“石大夫您可来了，我妹妹她……”姐姐嗅出了死亡的气息。

石碚将听诊器放在 22 床的胸前，心音很弱，若不仔细辨识，几乎连呼吸都没有了。

拿开听诊器，石碚静静地打量着那张几乎和床单无色差的脸。她的双眼紧闭着，试图以此来阻断世间的险恶映入纯净的眼眸。

见石碚好像也没有办法，她姐姐更加焦急：“石大夫，我妹妹，我妹妹……”她泣不成声了。

石碚看到掉落在地上的手机。还好，它没有摔碎。他捡起那部浅蓝色的手机朝外走去，手背在后面朝 22 床的姐姐摆了下。她万分担心地看了一眼妹妹，跟着他走了出去。

病房外的走廊上，石碚要 22 床的姐姐打开了手机，开始检索浏览记录。很快，他锁定了那个婚礼场面。结合侯三刚才的叙述，他很快明白了事情的来龙去脉。

将手机还给她后，石碚再次走进了病房，俯身弯腰，将头凑近 22 床的耳朵。

“依我看，你打得还是轻。应该拎着狼牙棒狠狠地教训侯三那小子，最好打得他满地找牙，谁让他嘴贱！”石碏轻声说。

22床紧闭的眼皮像蝴蝶的翅膀般开始颤动，清瘦的泪水细细地渗了出来。

“梅小慧，你猜我的理想是什么？”石碏口吻俏皮地问。他知道22床不会回答的，便自问自答道，“我的理想就是好好活着，活着比什么都重要。那些坏人污蔑我的事情你知道的吧？我现在成了全网通缉的‘杀人犯’，但我就不气，我气死他们！你也一样啊，人生不仅仅只有爱情，还有亲情和友情，你现在的样子，都快把你姐姐急死了。我希望你能和我一样好好地活着，最好能活成个千年老妖，气死那王八蛋！”

虽然石碏没有点名，但22床知道“那王八蛋”是谁，再也忍不住“哇”的一声哭了出来。

她姐姐见状，总算松了口气。

石碏接着说：“打起精神，过几天我们两个要并肩作战的，谁也不许拖谁的后腿哦，不然是小狗！”他拿起22床的手，强行和她的小拇指勾了下。

感觉22床的指头也在用力后，石碏知道她的情绪有所好转了，放下心说：“梅小慧，我们一起加油！”

22床用尽蛮荒之力点点头。石碏放开她的手，朝她姐姐点点头，出了病房。

走在幽长的走廊上，他望着一张张加床上的病容，格外感慨。在郑暖夏回来前，他看似阳光灿烂地从死神手里抢回来一条条生命，但内心却是在既未选择活，也懒得选择死的无可无不可的状态中混日子。从来都是生死在选择人类，人类不能选择生死……可是郑暖夏回来了，他不光要帮助别人选择“活”，还要帮自己选择“好好地活”。

2

口袋里的手机振动了两下，石碏拿出来瞅了一眼，发现是护士长肖小艳发来的微信，第一条是一些事情别太固执了；第二条是你有空去看看苗老太太吧，她昨晚情况好像不太好。

石磁猛然想起了什么，大步朝苗老太太的病房走去。

苗老太太的精神今天看起来还可以，有点喘气，嘴唇有点发绀，是缺氧的症状。她女儿，也就是黄秘书长的夫人，坐在病床前打盹，看来昨晚没睡好。

石磁的脚步虽然很轻，还是惊动了家属。

“昨晚有什么情况吗？”他问。早上他到科室时，老高和儿子已经在等着了，换完药，他还没来得及查房，就被郑暖夏喊去见林院长了。

“哦，昨晚老太太伤口疼得厉害，呼吸有些快，我找了值班的刘大夫，给用了杜冷丁后，才好点了。”

听说呼吸快，病人又打了杜冷丁，石磁的眉头皱了下。高龄手术病人，术后恢复最主要的指标是呼吸情况，尤其是这个老太太，平时肺又不好，杜冷丁对呼吸有抑制作用……

昨晚值班的是刘杰斌。家属唠唠叨叨夸刘大夫服务周到，一晚上都没休息，来看望老太太好几次，说他昨天还主动给黄秘书长打电话，让他放心……

石磁越听眉头皱得越紧，叮嘱几句后，出病房，直奔万主任的办公室。

刚到门前，就听到刘杰斌的声音从里面传来：“主任，咱科室的门总不能一直关着吧？病人和家属反应很强烈，说出入很不方便。要我说，这事是石磁惹出来的，就应该让他自己解决。还有，我们科室也要有个处理结果，不然门口那群媒体肯定不会离开的……”

石磁感觉胸口被一个大木杵猛地给撞了一下，闷痛。有那么一瞬间，他以为自己听错了！这还是那个口口声声将“自家师兄弟”挂在嘴上的刘杰斌吗？

苗老太太的安危，像个巨大的斧头悬在头顶，石磁犹豫了一下，还是推门而入了。

刘杰斌的话被突然出现的石磁截断了，他站在那里不再言语，脸上却毫无尴尬之色。

护士长肖小艳站在刘杰斌旁边。她的眼睛在石磁脸上闪烁了一下，便跳开了。

想起肖小艳微信里那句“一些事情别太固执了”，石碚似乎明白了什么。他若无其事地和刘杰斌打了个招呼，问了句“夜班那么辛苦怎么没回去休息”后，看向了万主任，如实将48床苗老太太的情况做了汇报。

背后说人坏话总是心虚的，刘杰斌看似平静，额头上密密麻麻的汗珠子却出卖了内心的不安。见石碚的话题并没有在自己身上多作停留，才放心了。

万主任看了眼刘杰斌：“刘大夫，说下你为什么会那样处理？”

他却说：“病人目前情况不错，加强吸氧和补液就会好些的。”

他驴唇不对马嘴的回答让万主任很无奈。事关苗老太太，万主任不放心，带着他们再次去了病房，为保险起见，让测了血气。

大约半个小时后结果出来了。看着各项指标，大家顿时紧张起来：氧分压不到50%，二氧化碳分压超过了50%，这是二型呼吸衰竭的前兆……

“通知中心ICU室进行呼吸机辅助呼吸，加大吸氧吧。”万主任吩咐。

“科室门都不敢开，ICU室的人能进来吗？”刘杰斌小声嘟囔。

石碚看了他一眼，径直朝科室门走去。

“你去哪？”万主任伸手想拉住他，却没能拉住，“石碚你给我回来，院领导在处理这事，你别去节外生枝……”

石碚扭头嬉皮笑脸地对他说：“主任，您要相信，我可比咱林院长帅多了，我出去迷死他们，兵不血刃就能退敌千里。”

“厚脸皮！”万主任轻啐。他知道，一旦石碚决定的事情是拦不住的，只好由他去了。

郑暖夏坐在8楼电梯对面的步梯台阶上发呆，鬼脸老李带着几名自媒体人离开后，现场稍微有点安静，但还是有几个媒体人在守株待石碚。

郑暖夏像尾巴上拴了炮仗的兔子，上上下下地跳着。不知道过了多久，老周的电话打来了。

“小区的保安把他们拦下了，一切安好。”他声音低沉地说。

“好，谢谢。最近有时间的话，请您吃饭。”她的心总算放到了肚子里。或许是想和他保持距离，或许是对他出手相助心生敬意，她将之前的“你”，改成了“您”。

“你赏光就好，其他我来安排。”老周说完就挂断了电话，毫不拖泥带水。

郑暖夏怔怔地望着手机，感叹大叔对感情的态度和年轻人果然不一样，少了一份缠绵柔软，多了份睿智和空间感，令人舒适。

可是，自己的心……她摇摇头，捏着手机走出了步梯口。

同一时间，8 楼的电梯门也开了，鬼脸老李等几个自媒体人去而复返，从里面走了出来。

老李朝其他几个人递了个眼色，其中一个走到普外三紧闭的门前，对着镜头大声说：“大家请看中心医院是怎么护短的，为了保护石碚，他们不顾病人的正当权益，将科室的门关上。他们想掩盖什么……”

他正喋喋不休的时候，普外三的门突然从里面打开了，石碚走了出来。

此情此景，无论石碚说什么都是无用的，只会火上泼油，让事态更加扩大……郑暖夏的心“咚咚咚”地跳了起来，以百米冲刺的速度跑了过去，想把石碚再推回科室，却被鬼脸老李一把推开了。

郑暖夏一个趔趄，差点摔倒，幸好石碚眼疾手快拉了她一把，才避免了和地板的亲密接触，口罩从耳朵上滑落了。

“你们这是干什么？有事说事，干吗推人？”石碚的脸阴沉得可以捏出水来，拳头攥紧了。

鬼脸老李不由自主地往后退了一下，庆幸石碚手中没有拿手术刀。他的同伙则举起手机、录像机等设备对着石碚一阵猛拍。

“哟，石大夫总算现身了。那就请您谈一下，您当初为什么要驾车撞自己的新娘子？你这种人还配做大夫吗？你飞刀捞金，让贫困家庭陷入更加贫困的境地，你的良心不疼吗？”老李对石碚的称呼在“你”和“您”之间麻利地切换，一副咄咄逼人的气势。

“他没有撞人！”郑暖夏顾不得把口罩戴回去，冲了过来，挡在了石碚的前面。当初若不是因为自己，也不会有他和郑暖冬的孽缘。

石碚却毫不犹豫地又把她护到了身后：“你先进科室里待着！”

郑暖夏却倔着不肯走：“我要和他们说清楚，当初的事情不是这样的，他们不能冤枉你！”

“这么多年了，你怎么还犟得像头牛？”石碚不由分说，推着她往普外三的门里送。郑暖夏突然清醒过来，知道自己再坚持下去，带给石碚的会是更大的伤害。

她的眼圈红了，朝石碚点点头，转身想进普外三时，却发现两个人已被老李等人给包围了。

原来，鬼脸老李已从他们的神情中嗅出了一丝异常，就像饿狼闻到了血腥味。他快速冲身边的几个人呶了下嘴，他们一拥而上，迅速将两人围了起来，使得郑暖夏根本无法脱身。

老李盯着郑暖夏看，觉得她有些面熟……他拿出手机，迅速翻看相册——石碚和郑暖冬的结婚照进入了镜头。为了扒石碚的老底，他发帖子寻找那位神秘的新娘，一个影楼老板还真给他发来了这个。

“你是石碚的老婆？”老李迟疑着问。他不想自己运气这么差，刚指责石碚为“杀妻狂魔”，他如花似玉的老婆就出现了。

郑暖夏脸上一阵热辣辣的。她知道，自己点头默许便可救石碚于水火，但该面对的总要面对……迟疑了几秒钟说：“石碚的妻子郑暖冬是我妹妹。”

拿到石碚的“结婚照”后，鬼脸老李就开始挖和郑暖冬有关的一切，顺着这根藤，他发现了郑暖夏和郝家的关系。遗憾的是，郑暖夏和郝子玉分开后就音讯全无了，没想到竟会在这里撞上她。

以郝家的身份地位，若将郑暖夏抛出去，流量肯定会像黄河之水般滔滔不绝吧……那简直是开着收割机割钱啊，鬼脸老李乐得嘴巴都咧到了耳朵根上。

“哦，你就是传闻中的第三者啊。挖自己亲妹妹的墙脚，很爽吧？”鬼脸老李满脸猥琐地说。

他很随意地说出了龌龊的话，郑暖夏和石碚呆住了，一时不知道说什么好。

老李那张毫无血色的脸兴奋得通红，似乎掌握了什么惊天秘密。

石碚发现郑暖夏的身子在微微颤抖，努力让自己平静下来应对：“我飞刀做手术的事情和郑暖夏无关，请你们不要乱带节奏！”

他的眼睛眯成了一条线，那是大型猫科动物狩猎前的准备动作。

“私德这么烂的人，怎么可能有公德心？所以你在索取了高额红包后，才肯给病人动刀子……”鬼脸老李言之凿凿地说。

“没想到石大夫是这种人……”

“人设大反转啊……”

“平时看他挺好的啊，真是知人知面不知心……”

3

围观的人越来越多，普外三的一些家属也出来看热闹了。

“大家说，这种人能是好大夫吗？”鬼脸老李见把气氛调动起来了，不无得意地大声嚷嚷。

“我们要扒下他的画皮，把他丑陋的嘴脸公之于众！”老李的同伙一边举着手机拍摄，一边跟着叫嚷。

“你们别这样，石大夫不是这样的，他不是这样的，他对病人很好的，真的很好的……”老高的儿子一直没离开，可他被那帮自媒体人隔在人墙外，根本没人听他的。

石碚的拳头攥得紧紧的，郑暖夏的心越位到了嗓子眼。她太了解他了，只要再有一个小炸点，他就会爆起蘑菇云。

“石碚你冷静点！”她低声说道。

一个瘦骨嶙峋的身影从普外三的门内飘了出来，奋力扒拉着人墙，试图冲到石碏和郑暖夏身边。

“你们不是想扒掉石碏的画皮吗？我帮你们。”她声音嘶哑地说。

老李闻言，欣喜地望向她——见她一身病号服后，便让同伙闪开一条缝，让她走了进去。

“你好，请问你是石碏的病人吗？”一堆摄影器材对准了22床。

“嗯，我叫梅小慧，这是第二次住院了。上次的手术就是石碏给我做的，这次的手术安排在几天后……”梅小慧咽了口唾沫，等呼吸平顺一些后继续说，“你们不是想看看石碏这身白大褂下面藏着什么样的灵魂吗？我来告诉你们。”

现场一下子安静下来，众人的目光汇成聚光灯束，打在22床身上。

“我是在婚礼前夕查出乳腺癌的。当时我觉得天都塌下来了。让我感觉幸运的是，我前夫陪在我身边……哦，当时我们已经领过结婚证了。他安慰我说，不管怎么样，他都会一直陪着我的。可当他得知我的左乳有可能保不住、术后还存在复发的风险后，就消失不见了。我们相爱了八年才结婚的。他消失后我就崩溃了，知道他再也不会回来了，我在绝望中选择了自杀……”

说到这里，她抬起左臂，把袖子往上撸了撸，露出了一道触目惊心的疤痕。

“那晚恰巧石碏值班，是他首先发现了我的不对劲，抱起我就冲进了抢救室，快速给我止血缝合伤口，并在病床前守了一夜。第二天早上，我睁开眼睛第一个看到的是石碏，第二个才是闻讯赶来的姐姐。你们说，这个人可恶不可恶，他让一个人想死都死不成！”22床说得咬牙切齿，却泪流满面。

老李似乎明白了什么，脸上的兴奋逐渐散去，神情阴沉下来。他本想阻止22床继续说下去，可好奇后面的故事是怎么发展的，便由着她往下讲。

“后来他对我说，生命之上，一无所有，没有什么比活下去更重要。没了命，爱情绝对不会有绽放的机会。他说，留住身体这座青山，感情才能有生根发芽的沃土。他问我，你这么死了甘心吗？你甘心放过那个混蛋吗？我当然不甘心，便听了他的话，乖乖进了手术室。我的手术很复杂，对于医生和患者来说，切除术都是一劳永逸的事情，但他却整整在手术台上站了八个小时，保住了我的左乳……出院后，他还经常和我联系，发一些励志的鸡汤文章给我……”

22床说到这里，鬼脸老李已完全明白从她嘴里得不到什么有价值的东西了，便开始阻止她：“她肯定是石硞的托儿。我们不要听她胡说八道。耳听为虚，眼见为实，这只是她的一面之词……”

他想把22床推到一边，她却毫不退让，视死如归般盯着他说：“光脚的不怕穿鞋的，我现在连半条命都不到，你要是害得我摔倒，有个好歹的，想想后果吧……”

老李便被点了穴。说实话，这种人他是惹不起的。

“尽管石硞努力想把死神从我身边赶走，可出院一年后，我还是复发又回到了这里。昨天发生了一个很老套的故事，我爱的人结婚了，新娘不是我……今天看到视频后，我完全崩溃了，生无可恋，一心求死，还是他……”22床神情激动地指向了石硞，“又拿那套‘生命才是最重要’的狗屁道理，要我配合他一起对抗病魔……还有，他总是尽量开医保范围内的药，为我们省钱，你们说，这种医生可恶不可恶？他不仅要把我们从鬼门关里往外拽，还要关心我们看不看得起病？大家评评理，一个医生这么干，是不是有悖于医德？”

现场鸦雀无声，大家的情绪都被22床感染了。老高被儿子搀扶着，也走了过来。

“大家伙看看，我是个家族性肠息肉患者，已经发展成了结肠癌。石大夫不光救了我，还救了我们整个家。他还一次次免费送医送药上门，逢年过节的，还会拎上吃的喝的去看望我们……他真的是个好人啊。就算网上说的那个什么飞刀是真的，石大夫那么大老远去做手术，收点费用也是应该的啊……要我说，那病人家属就是忘恩负义，是恩将仇报，良心疼的应该是他！”老高说着眼眶红了。

现场一片唏嘘。22床的姐姐和一些病人家属的眼睛也都红了。

“治病救人是医生的天职，就算石硞的确对你们不错，也不能说明他就是个好人。一码归一码，他和这位郑暖夏……”鬼脸老李见形势不对，想抛出绯闻转换视线，却被同伙拉到了旁边。

“李哥，张哥刚才打电话你没听到吧，他要您看下信息……”

鬼脸老李连忙解锁手机点开了微信，看到留言：尽量不要动郑暖夏，免得惹上不必要的麻烦。

他的目光看向了郑暖夏，足足停留了十来秒才挪开，凶狠得能从她身上剐下来二两肉。

郑暖夏的眼睛也湿湿的。她有点心疼地伸出手，握了下22床麻秆般纤细的手腕。同为女子，她当然明白那种被生活打入地狱后，又被最爱的人推进油锅烹炸的疼痛。

“没事的，一切都会好起来的。”郑暖夏轻声对她说。这是个坚强的女孩，换自己，或许早就灰飞烟灭了……

梅小慧轻轻点点头。当初叱咤在保险业一线时，哪顾得上好好疼惜身体，被病魔击倒后才发现——果然是生命之上，一无所有。

郑暖夏感慨万千地望向石碏，这么多年了，他一直在原处。他的纯良，他的无私，他对世间万物的爱……他是一块会发光的石头，是自己刻意在两人中间铸了道无形的铜墙铁壁。

22床感激地望着石碏，老高父子感激地望着石碏，现场的病人和家属们崇拜地望石碏……石碏觉得自己被推到了十个太阳下面，那些热烈的目光都快把他烤煳了。

“呃，我知道自己帅得人神共愤，大家可以打，可以骂，还可以扔臭鸡蛋，当然，金银珠宝啥啥的也可以砸来，但请不要用这么火辣辣的眼神看人家嘛……人家会害羞的啦……”石碏故意扭捏作态，掩饰内心的羞涩。

除了郑暖夏轻声用“不害臊”啐他外，大家全部报之以热烈的掌声。

现场形势完全逆转了。除了几个自媒体人外，大家全站在了石碏那边。鬼脸老李给神秘人打了一通电话后，开始思忖怎么体面地离开。

“中心医院也太护短了，石碏飞刀向病人家属索取红包可是有图有真相的，他们不道歉，不处理他，反而用这些人来为石碚洗白……”鬼脸老李冷着声音说，脸上那道疤痕散发着鬼魅般的贼光，令人不寒而栗。

郑暖夏已然看出，鬼脸老李是那帮自媒体人的带头老大，更加坚信他就是那个言之凿凿撒谎的“老李侃（砍）怀清”，开口道：“我是院办的，这件事我们已经向市卫健委汇报过了，会给大家一个答复的，请你们少安勿躁，客观冷静地解读这个事情。”

“呵呵，什么答复？你可是石碚的大姨子，用脚指头想想，都知道你会袒护他。”神秘人不让鬼脸老李扯上郑暖夏，他还是忍不住将矛头对准了她。

“这事我来答复吧。”万主任从普外三里走了出来。

普外三的门开后，ICU 室的人进入，用呼吸机对苗老太太进行辅助呼吸，同时加大吸氧，经过半天的处理，老太太的脸色逐渐红润起来。万主任见状才放下心来，出病房后就匆匆朝这里走来。

“刚才西县医院的曹院长打来了电话，说他们已经把飞刀红包全额退还了病人家属。至于我们这边，等卫健委调查研究后，会给大家一个结果的。”万主任朝鬼脸老李挥挥手机，要他看自己的通话记录。

4

石碚一愣，他没想到西县医院退还了红包……看来，迫于压力，他们只好这样息事宁人了。但这么一来，还有谁敢下去飞刀救人啊，最后只能是基层的患者自己用健康买单……他摇摇头，一脸无奈，拿起手机，将钱退给了西县医院的外科主任。那边却拒绝接收。

事情走到这步，鬼脸老李等人也算捡了个台阶下，说“好，那我们静候你们的处理结果”，就离开了。

“谢谢主任！”石碚感激地对万主任说。他知道，肯定是万主任主动和西县医院沟通争取，才有了这个结果。

“老老实实把课题给我做好，不然看我怎么收拾你。”万主任故作凶狠地瞪了眼石硞，背着手回科室了。

护士长肖小艳躲在普外三的门内已经有一会儿了。她望着金童玉女般的石硞和郑暖夏，心里五味杂陈，走了出来。

“大家都散了吧，散了吧，这里可是医院，不是菜市场……”

见肖小艳赶人，看热闹的陆续离开了。22床梅小慧回了病房，老高和儿子对石硞千恩万谢后也走了。换完药，他们本来都走到大门口了，在那里遇到以前住院时结识的家属，说石硞有麻烦了，又转身回到这里。

医患关系既复杂又单纯，关键词是真诚、真情、真心，加理解。那些朴素的患者和家属，令石硞深为动容。

……

热热闹闹的现场安静下来，石硞、郑暖夏和肖小艳站在那里，一时相对无言。

“石大夫，苗老太太的情况有些好转了，你不去看看吗？”肖小艳打破了沉默。她的话是对石硞说的，眼睛却在郑暖夏身上打转。自己有件同款的短羽绒服，穿上去像帝企鹅般圆滚滚的，可它到了郑暖夏身上，怎么就将她装扮成了银装素裹的修竹，曼妙得让人难以移目呢……石硞此刻的目光就被她黏住了。

“知道了，我等会儿再去，现在有点事情和暖夏谈。”石硞说。

郑暖夏感觉有两颗子弹从肖小艳的眼睛里射了出来，穿过她的身躯，撞到对面的墙上后，又弹回来二度击中了自己。郑暖夏别的能耐可能没有，当缩头鸟的本事还是杠杠的，假装没有接收到肖小艳的敌意，冲她笑笑，点头致意。

肖小艳回敬她的是一个浑圆的背影。她看都不看郑暖夏，扭头朝科室里走去。

现场只剩下了郑暖夏和石硞，尴尬像病毒，迅速攻击了他们。

“想谈什么？”郑暖夏开了口。

“谈什么都行。”他答。

“一会儿该吃午饭了……”郑暖夏看了表，已是上午的十一点四十了。

“那，一起吃？”

“程主任还在等我汇报情况呢……”程主任虽然没出现，但一直遥控跟踪着事件的进展。郑暖夏在微信里一一回复了，可石碚是她妹夫、鬼脸老李中伤自己为“第三者”的消息肯定像蒲公英的种子一样在医院里播开了，她不想成为别人的开胃菜，决定悄然打点饭菜回办公室吃，婉拒了他。

石碚明白她的顾虑，没再执着。他有千言万语想对她说，最终出口的却是：“今天……谢谢你……可是，这不代表我已经原谅你了……”他声音凶巴巴的，却透着令人酸楚的不舍。

郑暖夏点点头，朝电梯走去。

“晚上一起吃饭。”他热辣辣的目光在她的背影上盖章。

她没有答应，也没有拒绝，按下了电梯按键。

他怔怔地站在那里，继续拿目光在她身上热烈地戳着。

电梯来了，她头也不回地走了进去，手臂高抬，背朝着他挥了挥手。

那扇灰色的钢铁之门关上一晌了，石碚仍然一动不动地站在那里。他像被一颗大钉子给钉住了，良久都没有挣脱，脸上保持着四十五度角的笑容，眼睛湿湿的。

午饭后，石碚躺在值班室的床上，头枕着胳膊，眼睛定定地望着上铺的床板，耕田般将大脑的角角落落犁了个遍，想找出一家环境不错、适合两个人吃饭聊天的地方，最终定格在城西的小城人家。

他想将定位发给郑暖夏时，猛然想起来，多年前她已将自己从 QQ 和微信上删除了。

思索了几分钟，他鼓起勇气拨打了她的电话，胸前像揣了只调皮的小兔子，扑扑腾腾地不安定。

还好，响了几下那边接起来了。

“喂，你好……”

仍是一成不变的软糯，却让石碏快速地清醒。她竟然没有保存自己的号！竟然向他问“你好”！

她可知，她的这种表现，让他一点也不好。

“我，一点也不好！加上微信，把饭店位置发给你！”他恶声恶气地说。

“呃……”她的声音拖着长长的尾巴，挂断了电话，然后……没加。

石碏举着手机，盯着微信界面，盼着“好友请求”从天而降，可他将手腕举酸了，脖子仰成了歪脖子树，却等来个寂寞。

还是那个不拿豆包当干粮的郑暖夏！石碏心中升起了蘑菇云，正要怒气冲冲杀向院办时，她的好友请求却翩然而至了。

这才像话嘛……他嘴角向上翘着，弯弯的，一边挂两个油瓶都没问题。

石碏每天都是顶着万家灯火下班的，今天却提前一个半小时就脱下了白大褂。他蹑手蹑脚地离开科室，从车棚里推出电驴，翘班回家，给郑暖冬喂食、换尿布、盖好被子后，进卫生间冲了个澡，穿上深蓝色的羊绒衫，外面罩了件黑色的长款风衣，对着镜子左照右照，嘴里轻快地吹着《斯卡布罗集市》的旋律出门，开上那辆老福特，再溜回医院停车场，给郑暖夏发微信：停车场，找最帅的那位。

该来的躲不掉。郑暖夏知道，自己总归要和石碏真正的面对面，于是默允了这个邀请。

拜石碏所赐，郑暖夏知道自己再度荣登了中心医院的热搜榜，因此整个下午她都静得像空气般窝在自己的格子间，奋笔疾书为林院长写年终工作总结，并自动关闭天线，屏蔽掉办公室里七长八短的眼睛发出来的各种探寻的电波。

下班后，待同事们都走得差不多了，她才把自己从静音模式调回正常模式，从包里掏出来气垫霜，稍微补下妆，涂了点淡粉的口红，两眼三百六十度无死角地扫描着，发现没有敌情后，才起身朝外走去。

像石碏那样，郑暖夏也是溜着墙根离开办公楼的。她刚一出现在停车场，那辆深蓝色的老福特车便驶了过来。

石碚想做个绅士，下车为她开车门，可他刚将驾驶室的门打开一条缝，就被她从外面又给关上了。

“别拿你那张脸出来招摇撞骗，觉得咱俩在医院的热度还不够吗？”郑暖夏背靠着车门，谨慎地四处打量着，发现没人注意后，才迅速蹿到右侧，以光速打开车门钻了进去。

“你怎么知道是我？”石碚踩下油门猛往前蹿，好奇地问。

“放眼整个医院，有比你还穷的吗？发动机这颤动，像得了强制性多动症，或是跳自杀式热舞！”她声音糯甜地挖苦。

石碚从生机勃勃的小草，变成了遭霜打的小草。沉默迅速集结成冰，横亘在驾驶和副驾驶之间。

“拜谁所赐，我十分荣幸地在穷鬼的宝座上一待就是十年？”车驶出医院，驶过热闹却令人窒息的院前街后，石碚打破了沉默。

“我。”暖夏毫不拖泥带水地答。

她的爽快，将石碚堵得哑口无言，良久后才长长地叹了口气：“世风日下，人心不古，果然是脸皮薄的干不过脸皮厚的。”

“脸皮多少钱一斤？是可以生煎着吃，还是凉拌着吃？谁揣着它只能自认倒霉。”她不疾不徐地说。

“郑暖夏——”他的声音提高了八度。

“有话说，有屁放。”

她花瓣般美丽的嘴里，竟然吐出了“屁”这个粗俗的字眼，但听进石碚耳朵里却再自然不过。甜美的长相，加上蜜糖般的声音，会让人误会她是个温柔可人的女孩，只有石碚知道，那是她赖以生存的伪装，里面藏着一条市井的车水马龙。但这并不妨碍她的优雅得体，更不妨碍他对她的——死心塌地！

“我，喜欢你……”被她的“屎尿屁”怼得沉默良久后，石碚幽幽地开了口。

这话像个消音器，将郑暖夏后面的话消了个一干二净。

老福特车像个步入暮年的老人，弯腰驼背喘息着，穿过热闹的院前街朝前驶去。

5

一家饭店，能生存十年以上，绝对有它的独特之处。

十二年前，郑暖夏生日那天，石硞偷开了老爸的车，载着她从山上玩回来后，看到路边饭店挂着“小城人家”的招牌，联想起了邓丽君的“小城故事”，便走了进去，谁想还真是个可人的地方，环境清雅，饭菜清淡可口。

啃老的时候，向来不用考虑腰包的胖瘦。两人找个临窗的位置坐下来，石硞拿起菜单，点了个海参小米粥，两道女孩子喜欢吃的素菜，和一道卤香猪蹄。他记得很清楚，彼时郑暖夏瞪着大眼睛盯了他半晌后问：“石叔叔会不会打你？”

往事泛起，石硞的心柔软如泥。那顿饭花了两百多点，不算贵，但对于伸手一族有点不太妥。不过只要是给郑暖夏花的钱，老爸当然不会打他。

老福特再次停在“小城人家”门前，几株云竹依旧倔强地挺立在那儿，欢迎他们的到来。

郑暖夏的头拂过那串迎客的风铃，“叮叮当当”的声音仿佛一直响了十二年。熟悉的场景拔掉了她身上的刺，她不由自主地收起了之前的张牙舞爪。路上她用毒舌怼石硞，不过是为了掩饰心虚。

是的，面对石硞，她心是虚的。因为，她欠他！

石硞进门后，服务员热情地迎了上来，带他们到临窗的位置上坐下，拿来了菜单。

石硞看都没看直接报：“卤香猪蹄，海参小米粥，有机花菜，糯米莲藕，”他顿了一下，继续道，“来一瓶自酿的原浆啤酒。”

和十二年前一模一样！

“我可没驾照……”郑暖夏小声说。

“你喝就好。”他答。

台词也和当年一字不差。

搞得仿佛在演一出回忆杀，郑暖夏的反骨突然再度蠢蠢欲动，用甜蜜蜜的声音找茬：“还真是打遍怀清无敌手的石一刀啊，连服务员都对你这么热络，看来是常客咯。”

虽然服务员只是一位四十多岁的中年阿姨，但她还是不由自主地生气。至于生什么气，她也不晓得。

石碚却不顺着她的竿子爬，没用她熟悉的恶声恶气接招，淡然一笑解释：“我每年的八月八号都会来，来后都点这几样菜，他们可能认识我了吧。”

“浪费！一个人吃得完这么多吗？”她假装嗤之以鼻。

他闷闷地说：“这些菜里有回忆，吃不完可以打包。”

郑暖夏的眼睛里突然进了沙子。害怕疼，她拼命用时间的河水去冲刷记忆的伤痕，而他每年还要再来复刻一次。

她努力击退造反的泪水，低声问：“这些年你们过得还好吗？”

“你说呢？”

郑暖夏语塞。她是在他们婚礼当天出走的。得知郑暖冬出车祸成了植物人后，她既没有勇气给母亲打电话，也没有勇气给石碚打电话。

还好服务员将小米海参粥端了上来，打破了尴尬。石碚端起碗给她盛粥，不再等她的答案。

“石头，我，正式向你道歉。但我们还是要向前看，毕竟，现在你是我妹夫。需要我帮忙照顾暖冬的话，尽管说。”

郑暖夏说得无比酸涩。

“说说你这么多年是怎么过来的吧，别拿‘我过得很好’来搪塞。我们之间没必要。你一日三餐山珍海味我不羡慕，你扛着打狗棍讨生活，我也不会施舍，更不会……心疼。”

石碏开始闷头吃饭。今天总算不用再打包了，他想。

“我……你知道的，读书的时候，我整天就是写稿赚钱……在帝都这么多年，也还是这样过来的。”郑暖夏想一笔带过她在帝都的“艰辛十年”。

“据我所知，目前的文化市场萎缩得很厉害，影视行业更是不景气，很多公司倒闭，你们公司怎么样？”石碏迟疑着问。虽然她拉黑了他的所有联系方式，微博也换了几次，但他穷尽一切办法，一路追踪，还是准确定位了她的新微博。她所有的书他都会买来读，她所有的影视作品他都会看，虽说后者给她署名的不多，但他还是从那些作品的叙事风格中，看到了她的影子。

他也一直在里面找自己的影子，他不相信郑暖夏无情到把过去完全用凿子凿掉，再磨平了。别说，还真让他找到了，她的作品里几乎都有个“医生”的角色，身份分别为老中医、菜鸟西医、医疗专家……但他们有个共同特点——嘴如钢铁，心若豆腐，总是甘之如饴地被某个女性欺负。

“《爱是不能忘记的》票房应该还不错吧？”石碏问。他看到她那条“总算有了署名电影”的微博后，就开始关注上映时间，好不容易等到后，却发现自己所在的五线小城根本没有排片……恰好某影院老总的父亲找他做前列腺肥大切除，他第一次假公济私，暗示加明示，对方才在午夜排了一场。

石碏记得很清楚，那是影院最小的影厅，他走进去后发现是自己的“包场”。他坐在黑暗中，兴奋地盯着荧幕，找着编剧的名字……可他的眼睛瞪得都快成斗鸡眼了，才在长长的“一二三四五六七八……”一串儿的署名编剧的尾巴发现了小小的“郑暖夏”三个字。

他激动地将手中的啤酒一饮而尽，然后紧紧地拿着空易拉罐，捏扁了都毫无知觉，仿佛自己攥着的是她的手。他的眼睛像强力胶，紧紧地黏着幕布，生怕错过任何一个镜头……

果然，里面也有个外科大夫，女一号喊他为“石头哥”。

那天石碏是泪流满面走出午夜场的。风很大，也很冷，可他的心却很暖。

回到家里，他躺在床上盯着郑暖夏的微博，想给她发条私信祝贺一下，却忍住了。他怕自己的关注再度让她销声匿迹。

就这样又默默地关注了她两三年后，某天，他发现她发了一条“我被帝都摁在地上使劲揉搓，都疼得没感觉了”的微博，内心顿时一片兵荒马乱。

石硞打小语文不好，作文更是被暖夏随随便便就甩出个三五千里，因此对她格外崇拜。帝都是文化中心，他以为，才华横溢的郑暖夏在那里肯定如鱼得水，没想到她竟然“被帝都摁在地上使劲揉搓，都疼得没感觉了”，配图是她拿黑白滤镜处理过的自拍照，清灵的大眼睛茫然无措，让人有种说不出的心疼。

他犹豫了一下，在微博注册了个小号，发私信给她，问她怎么了？她却一直没有回复，微博从此再也没有更新。他另外买了个手机号，拨打她的电话，也一直没人接听。

煎熬中，石硞只能每天上微博默默地盯着她的头像看几眼，再无他法。

谁知郑暖夏沉寂了几个月后，突然成了他的同事！

见石硞提起那部电影，郑暖夏的脸就成了煮红的大虾，满脸的苦大仇深，拿牙齿和海参作战，直至将那块价格不菲的黑色软体动物嚼成碎片吞咽下去后，才闷闷地说：“票房……不咋样……”

“为什么不好？那么好的一部电影，票房为什么不好？它凭什么不好？哼，观众的眼睛都被猪油蒙住了吗？”石硞脖子上青筋突起，像爬了几条蚯蚓。

“我倒霉你不应该开心吗，这么义愤填膺干吗？”郑暖夏吊着眼问他。

“哈，谁说我气愤的。自从你走后，我就换了表达开心的方式了，你的作品票房差，我很开心啊……我真的很开心的，呵呵，开心得……想打人！”他最后三个字低得几乎可以忽略不计。

郑暖夏的耳朵像一款小型收音器，将他的话一字不落地收了。那颗假装冷硬的心，从形式到内容，真真正正地软了下来。

“石头哥，我知道……你一直在关心我，你在微博上用小号发私信时，我就猜出来是你，可我没有勇气回，因为这些年，我过得并不好……”

原来，郑暖夏那个所谓“火遍大江南北”的现象级电影，不过是一部小成本的院线。从头到尾只有她一个编剧在工作，上映前老板和她说，这次给她署名了。入行那么久以来，郑暖夏参与编剧的影视剧一只手都数不过来，可署名的却无一部。

电影上映后，她自掏腰包喊了狐朋狗友们去观看，大家使出海底捞针的功力，才发现她只是八个编剧中的“小八”。

结束后吃饭时，朋友们全部一本正经地夸电影剧本写得好，实在是太精彩了，不大红大紫简直没天理！可吃到最后，一位还是没忍住幽幽地叹息：暖夏，幸好你姓郑，要是姓王的话，另一个接住了话茬：那就成了“王八”……一帮人哄然大笑，饭都喷了出来。

自此，江湖上便开始流传郑暖夏的外号——“小八”。

第四章 | 努力地活着

1

“小八”也好，“王八”也罢，过去的几年里，郑暖夏虽然受了不少委屈，收入还是可以糊口的。可随着全球经济衰退，影视行业也进入了冬季，她签约的公司几乎完全停顿了，老板没办法只能让她自谋生路，她便开始游走于各影视公司和网络平台，想找点零碎活：三两千的策划也接，三五百的方案也做，可往往是对方先抛出诱人的条件，让她试写。她费尽心血写出大纲和分集后，人家便找各种借口，拒绝进一步合作。她的创意就成了对方团队的盘中餐，匀开，再添加点新配料，就推向了市场。

这种情况，告都告不赢。何况维权的成本太高，她郑暖夏瘦弱的小胳膊，根本撼不动人家粗壮的腰身。

后来，暖夏通过微信群找了份写动漫脚本的活儿。对方声称“稿酬极其诱人”，最终却是，她用了十多天试写了两集，人家打发叫花子般扔来了两百元红包，说不合适不再合作了。

这成了压倒郑暖夏的最后一根稻草。每天一睁开眼睛，房租、水电、吃喝拉撒等基本生活费用就张开了饕餮大口，等待她拿血汗喂养。因此那晚的子夜，她才发了“我被帝都摁在地上使劲揉搓，都疼得没感觉了”的朋友圈，并同步了微博。收到石碏小号的私信后，她不知道如何回答他，便装死不言。

“死要面子活受罪，混不下去就回来嘛！”石碏明明很心疼，却仍端着凶神恶煞的口吻。他以为，作家、编剧，都是神仙一样的存在，没想到神仙也分穷神仙和富神仙。

石碏和郑暖夏沉浸在说不清道不明的伤感情绪中，并未注意到几个熟悉的身影走进了饭店。

走在前面的，是一个戴着帽子和墨镜的男人，鬼脸老李和刘杰斌紧随其后。

“张哥，这个地方还行吧？”鬼脸老李一脸谄媚地小声说。

他默然点点头。

“难道这事就这么算了？”刘杰斌一副心事重重的样子。

墨镜男却摇摇手，示意他们别说话。

服务员带着他们朝前走去，进了后面的一个包间。他们各怀心思，谁也没有留意到石碏和郑暖夏的存在。

郑暖夏看了眼石碏，苍凉地笑笑，端起杯子，猛地灌了一口啤酒，“其实我每年都会回来一趟……”

“菁菁生日那天？”石碏的心头被什么扎了下。

“嗯。”

“见过她吗？”

“没有。但我相信，只要看到她，我肯定一眼就能认出来。”郑暖夏闭着眼睛又是一大口酒。须臾，那冰凉的液体经由热腾腾的身心温煮后，又从眼睛里潺潺地流了出来，直到嘴角。

菁菁出生前，郑暖夏便说，不管男宝宝还是女宝宝，她都叫他（她）“菁菁”。为此石碏还特意查了这两个字的出处，源自《诗经》中的《国风·唐风·杕杜》里的“有杕之杜，其叶菁菁”。

石碏知道暖夏有多么渴望亲人，才盼着像杜树那样“枝叶繁茂”。然而，菁菁出生后，她都没能看上一眼，孩子就被人抱走了……

他至今还记得她当时的样子：不哭不闹，安静地坐在那里，眼眶塌下去两个骷髅般的大洞，上牙使劲地铡着下唇，硬生生将那块柔软的肉给咬了个透。血顺着下巴往下淌，将病号服都染红了一片。

她愣是悄无声息地将“疼痛”二字诠释个透彻。

石碚伸出手想为郑暖夏擦泪，手机却不合时宜地响了起来，是值班护士打来的。

“石大夫，您现在能不能来趟医院？8床和9床又吵起来了，我们怎么也劝不下。”

“又是因为开空调？”石碚问。

“不是，9床偷偷喝酒，8床看到后告诉了我们，肖护士长吵了他几句……他扭头就找8床干上了。”

“好，我知道了，和他们说我一会儿就回科室。”石碚摇摇头挂断了电话，夹菜给郑暖夏吃。

这个电话将郑暖夏的情绪从往事里拉回到现实中来，她想了下问：“你是不是得罪什么人了啊？我总感觉‘飞刀’事件背后有问题……”

“木秀于林，风必摧之，像我这么玉树临风的，肯定会遭人嫉妒啊……”石碚摘下了“凶恶”的面具，换上了一副戏谑的神情。其实他心中已隐隐有了目标。

见他不愿意多谈，她只好打住，话题岔道拐向另外一个方向。

“郑暖冬……还好吧？”她无比艰涩地将食物往嗓子里吞咽，却还是堵在了那里，一下子噎住了，连着打起嗝来。这么多年了，提起这个名字，她仍是如鲠在喉。

石碚连忙拿了茶水给她。她喝了几口，才将食物压了下去。

“就那样吧，十年如一日。”他回答得也无比艰涩。十年了，石碚精心照顾着郑暖冬，盼着她醒来。只有她醒来了，自己的无期徒刑才能改判有期，他才有恢复自由的可能性。虽说如此，他一点都不恨她，有时还会感激她。夜深人静，他想念郑暖夏的时候，会打开灯站在郑暖冬的床前，久久地注视着那张和郑暖夏一模一样的脸庞，相思之苦才会稍稍得到缓解。

两人谈到了他们不愿意直视，却又是联结彼此的关键性人物。

气氛一时凝成了絮状物，飘浮在他们的眼前、眉头。

“吃好了咱们就走吧。你科室里不是还有事情要处理吗？”郑暖夏说。

石碚点点头站起来，拿出手机走向柜台结账。他的后背忽然被人拍了一下，扭头望去，看到一个满脸痘痘的大个子站在身后，醒目的酒糟鼻像个矮胖的红辣椒般粘在脸上。

石碚打量着眼前的人，一时想不起来是谁。

“石大夫，我是二宝啊，二宝，就是那个……”他的嘴靠近了石碚的耳朵低声说，“黄秘书长的内弟，我妈的手术还是您做的呢，咱们见过的啊……”他挤眉弄眼地朝石碚表明身份后，无比热情地握住他的手说，“我姐夫可说了，您给我家老太太的手术做得很漂亮，不愧是怀清第一刀。”

石碚这才想起来，从苗老太太的手术上下来时，等在门外的除了黄秘书长外，还有这个二宝。最近千头万绪的，自己竟然没有认出他来。

石碚点头向他问好后，转身准备结账离去，却被二宝给拉住了。

“早听姐夫说石大夫技术第一，人品又好，有些相见恨晚，今天一定要给兄弟一次机会，让我表达一下心意，请你吃个小饭。”二宝激动不已地说。

“下次吧，下次提前约，一定遵命，今天已经吃过了。”石碚拍拍肚子，表示所言非虚。

二宝万分遗憾，嗔怪石碚不给家属表示心意的机会，非要拉他进后面的包厢再喝几杯，被石碚婉拒了。

石碚拿出手机再次准备结账的时候，被二宝一把夺过去塞回口袋。他转身看向柜台内：“老板，石大夫的账算三号包厢的。”

石碚的电话铃再次响了起来，他无可奈何地接了起来，护士焦急的声音传来：“喂，石大夫，您快点来医院吧……”

“8床和9床打起来了吗？谁赢了？”石硞轻声问，口吻不无调侃。

“不是，是9床的小孙子，吃了太多的柿子，现在疼得打滚，常主任值班，检查后怀疑是胃柿石，需要马上手术，可9床坚持要等你来……”

常主任是普外三的副主任。

“好，我知道了。20分钟后到。”他的表情立马严肃。

“知道您一向视病人为亲人，快去给咱的亲人看病吧，这点鸡毛蒜皮的小事情千万不许和我计较。”二宝还想拉他去喝一杯的，见状只好放石硞走，并殷勤地揽着他的脖子送出门外。

郑暖夏没想到石硞会在这里遇到熟人，踟蹰着，和他保持了一小段距离，也跟了出去。

二宝挥手和石硞道别后闪回门内，却在郑暖夏和石硞并肩同行时又走了出来。他拿出手机，借着路灯，用镜头给两个颀长的身影定了格。石硞打开副驾驶的门请郑暖夏上车的瞬间，他又咔咔嚓嚓地摁了几下快门，直至那辆老福特车驶远了，才再次进了饭店。

三号包厢里，刘杰斌、鬼脸老李和戴着墨镜帽子的神秘人物张哥已坐了下来。

二宝走进来后，一向倨傲的张哥起身给他拉椅子，鬼脸老李则哈巴狗一样为二宝脱去外套挂到了衣架上，刘杰斌连忙拆餐具。

二宝毫不谦让，迈着外八字步坐到了主位上，任由他们端茶倒水。

“猜猜我刚才遇到谁了？”他剥了枚瓜子扔进嘴里。

“谁？”

“你们导演的那出大戏的男一号和女一号！”

“石硞和郑暖夏？”几双眼睛瞪成了探照灯。

“嗯。”二宝将手机打开，翻出来照片给他们看。几个人传阅着。

“没错，是他们。”刘杰斌笃定地说。虽说只是背影，他还是一眼认了出来。和石硞朝夕相处，他太熟悉了。

2

“呵呵，我们就是为躲他们才跑到这鸟不拉屎的地方聚，没想到他们非要闯进来……有意思。”张哥猛地摘下墨镜和帽子扔到了桌子上，药商张总的脸完整地出现在众人视线里。

“刘大夫，我老娘的病情到底怎么样啊？”二宝抖着二郎腿，眼睛乜斜着刘杰斌。

“虽说是石碚做的手术，但二宝哥请放心，咱老娘的身体健康包在我身上啦。我昨天还给黄秘书长汇报了这事……”

“我姐夫也是多管闲事，老太太那么大岁数了，非要给她动手术。唉，让老太太受那份罪干吗……”菜还没吃一口，二宝却拿起牙签剔起了牙。

张总凑近了二宝，低声说了几句。他连连点头，脸上笑开了花。

老福特吱吱呀呀地行驶在夜色中，郑暖夏的心莫名有些慌乱，不时向后方瞟一眼。

“怎么了？”石碚问。

“不知道为什么，我心里有点毛毛的，有种被人监视的感觉。”她的两只手不停地在双臂上扒拉着，厚厚的衣服下面，鸡皮疙瘩已齐整地站成了防御的队伍。

“哪会？放心吧，我们可是五线小城市，那都是影视剧里才有的情节，根本不会在我们这里上演。”

“但愿吧。”郑暖夏悠悠地说。

“对不起，本来想送你回去的……”石碚说。

“没事，救人重要。到站前路口就把我放下吧。”

石碚拿眼角的余光打量着旁边的郑暖夏，感觉是那么的不真实，迟疑了一下问：“你，为什么要去我们医院应聘？”可还没等她回复，他又接着说：“可以不回答。”

他是那么地、那么地怕……为难到她，再吓跑她。

“那就不回答。”她长长地吁了口气。

站前路口很快就到了，石磊虽然有点恋恋不舍，还是将车在路边停稳，下车为她拉开车门，伸手打车。可接连过的几辆出租车都是满客。

“快走吧，病人在等你呢。”郑暖夏催促。

天大地大，都不如患者的生命重要……石磊当然明白这个道理，叮嘱她“注意安全，到家发信息”后上了车，从后视镜里依依不舍地望了一眼风中颀长的身影，加大油门向前冲去。差不多十分钟过去了，时间不容他多作停留。

若用一种液体比拟他此刻的眼神的话，那是一味上好的红酒，醇香，甜美，黏稠度和挂杯度很高。

那辆老福特驶向灯火阑珊处后，郑暖夏总算松了口气。她害怕石磊知道自己的住处，还好……

冬天是各种疾病高发期，普外三的走廊里塞满了加床。石磊穿过拥挤的走廊，路过护士站的时候，见护士长肖小艳站在那里。

看到石磊，她总算放了心，走过去说：“8 床和 9 床上辈子是冤家啊，这辈子住个院都恨不得拿把刀捅死对方，家属们跟着也不得安生。9 床的儿子和女儿天天往医院跑，4 岁的小孙子从幼儿园回来就自己在家玩，昨天孩子吃了很多柿子都没人发现，弄成了柿结石……唉，这叫啥事！”

“孩子在哪？”石磊问。

“抢救室。”

“安排手术了吗？”

“常主任已经和手术室打过招呼了，让紧急加台手术，可 9 床那倔老头，非要等你来了再说。他说，说不定等你来了，孩子吃点药就好了，不用挨那一刀。”肖小艳无奈地说。

石磊的眉头微微皱了下，又迅速放开了。8 床是个食管癌患者，前几天刚住进来；9 床是动过手术的肝癌患者。后者因为病情原因，燥热难耐，大冷的天非要开空调，这让8床难以忍受，两人因此大吵三六九，小吵天天有，连带家属也加入了战斗。石碏调解了几次，却收效甚微。

8床想调个房间，可没有空闲的病床，况且所有人都知道9床是个怪老头，没谁愿意和他一个房间的，事情就这样耽搁下来。

石碏和肖小艳匆匆走进抢救室时，看到孩子仍躺在那里疼得哭闹不休。孩子爸爸，也就是9床的儿子，在旁边急得直扯头发。

“他哪是我爸呀，他是我爹，不对，是债主，我上辈子欠了他多少啊，这辈子要这样折磨我……我儿子的手术我都当不了家，非要等人家石大夫来，不然他就不治回家等死……”

“唉……真没见过像你爸那么犟的人。”常主任给孩子揉着肚子，摇头叹气。

孩子爸爸抬头看到石碏后，像看到救星般冲过去抓住了他的手：“石大夫，您快给瞧瞧，我儿子需要手术吧？”

石碏和常主任打过招呼后，开始给孩子检查。他左手摁在孩子的腹部，右手有节奏地敲击着。

“做过彩超了吧？”他问

肖小艳点点头，将结果递给了他。

石碏看了下，望向常主任：“常主任，确实是胃柿石，我认为必须马上手术，您觉得呢？”

他知道常主任的决定也是马上动手术，但对方是普外三的副主任，无论资历还是职位，自己必须给予对方必要的尊重。

那个父亲见两位医生的决定一致，焦急的神情才稍微缓解，连连对石碏说“谢谢”。

常主任四十出点头，正是男人事业的高峰期，业务能力不错，人也精明能干。他淡然地看了眼石碏说：“我怎么觉得不重要，关键是你怎么觉得，9床可在等你的判断呢。好啦，既然你这个管床医生来了，我就撤了。”

他拍了拍石碏的肩膀，出去了。

“护士长，马上准备手术吧。在9床的病床旁加张床给孩子。”石磊尴尬了一秒钟后，拿出电话和手术室沟通。孩子痛苦的样子让他格外难受，没时间去思考微妙的人际关系。

小男孩的手术倒不复杂，微创切开个三厘米左右的小口，取出柿结石，缝合……一切进行得非常顺利，石磊十点多就下了手术。

他没有换下手术衣，就急忙打开柜子，取出手机翻看。

郑暖夏在一个多小时前就发来了微信：到家了。祝一切顺利！

石磊高举手机，自拍了个大头照发了过去。

那边几乎是秒回的：下手术了？辛苦。早点回去休息吧。

他回复了个“嗯”后，像偷了谁家二两蜜的熊瞎子，大眼睛笑成了眯眯眼，迅速将手机放回原处，冲进去洗澡。

石磊从手术室出来没有直接回家，去了科室。他走进病房时，9床还没有休息，神情焦急地躺在那里不住往门口看。他女儿守在床前，一脸无可奈何。

见石磊来了，她连忙起身：“石大夫，今天的事情都怪我爸，给您添麻烦了……”

9床像是看到家长来接的幼儿园小朋友，一把抓住了他：“石大夫，我孙子怎么样了？”

“老彭，你的酒从哪里来的？”石磊一脸严肃地问。

“我，我……”他像个犯了错的孩子，耷拉下了脑袋，“前两天朋友来探望，我拜托他用矿泉水瓶捎来的。”

“是酒友吧？”石磊没好气地说。

他不好意思地点点头。

9床因嗜酒患了肝癌。他跑了几家医院，医生都说是晚期了，劝他保守治疗，不要再做手术了……只有石磊说可以试试，效果好的话，再活个十年八年没问题。手术真的很成功，恢复得也不错，石磊便成了9床心目中的“神医”，对他无条件地信任。今天他不想让孙子挨那么一刀，才想让石磊看过后再做决定。

“你知道自己是怎么得的这病吧？”石磊的声音里隐含着怒气。9床管不住自己，这才几天，就又喝上了……而且性子好斗，没事就和8床掐，怒伤肝，这对他养病百害无一利。

“嗯……”9床不敢看石磊，不住拿被子往上拉，都快盖住头了。

“生病不仅自己受罪，还会给家人带去很多麻烦和痛苦。今天孩子要是真出点什么事儿，想想你和儿子的关系会变成什么样。以后别再那么倔了，当时的情况，常主任处理得很好。”石磊语重心长地说。

9床的眼睛像水底下的鱼，左右乱晃，不敢抬头看石磊，却发现8床伸手想去拿床头柜上的水杯，而家属没在跟前，他的另一只手上又扎着针，够了几次都没够着。

9床的手从被子下面伸出来，扯了下旁边的女儿，拿下巴努了努8床。

虽然两家不久前刚发生过战争，他女儿还是连忙走过去，端起水杯喂8床水。8床喝过后朝她点头道谢，却并未看9床一眼。

9床低声嘟囔：“要不是我，我闺女能帮你？没礼貌……”

8床显然听到了他的话，想冲他发火，却碍于石磊和他女儿的帮助，气哼哼地转过了身去。

9床对着他的背影吐舌头做鬼脸，发现石磊在看自己后，吓得又躲到了被子下面。

石磊见状不由哑然失笑。9床整天将“该死不能活”“阎王叫你三更死，谁敢留人到五更”等丧气话挂在嘴上，竟也有小可爱的另一面。

3

“好了老彭，你好好休息吧。以后一定要戒酒，好好养身体，争取早日康复出院，家属也能轻松一些。还有，没事别再和8床掐了，火大伤肝。两个加起来都超过一百多岁的人了，还像个小孩。”石磊又叮嘱了几句，转身朝外走去。

“石大夫，您还没有告诉我，我孙子到底怎么样了？”9床缩在被子下面的头终于探了出来，冲石磊的背影喊。

“孩子手术很顺利，没事了，一会儿就回到病房了。”

9床的眼睛蓦然湿了，不再说话。

走廊里的灯光，像饱食后的花豹，冷冷地坐着。大多数病人已睡去，偶有家属去打开水，和石磊擦肩而过时，客气地点头，小声打招呼。

石磊走进了苗老太太的病房，见她已经睡下了，便退了出来。路过值班室的时候，他想了下，敲了敲门，走了进去。

常主任靠着被子在看书。见石磊进来，似笑非笑着说：“小石你可真敬业，下手术了还要再回科室看看……”

这话明着听是夸石磊敬业爱岗的，稍微咂摸一下就品出了其中之味：反讽式的明褒暗贬，用一种漫不经心的态度指出石磊不放心他值班。

“我回来取个东西……”石磊说着拉开抽屉，取出个迷你手电筒，和常主任说了声“再见”后，走了。

他本来是想和常主任解释一下，让他别介意9床那个怪老头的话，可对方的态度让他明白，此刻什么话都是多余的。

这一天过得兵荒马乱的。从早上离开温柔的热被窝，到顶着一身刮骨冷风进门，郑暖夏感觉整个人都累瘫了。

她除去外套，迅速冲进浴室，用热水唤醒冻得硬邦邦的身体。

穿上宽大的浴袍后，她走进了卧室。

床的右侧是个竹质的小书架。她伸手从里面取出一个纸张有些泛黄的日记本，翻开后，扉页上粘着一张黑乎乎的超声波照片，显然是从检验报告单上剪下来的。下面是一行清秀的小字——箐箐宝贝，期待你来到这个世界。妈妈是你的第一任导游，负责给你介绍这个陌生的国度……

曾经，她开心或不开心的时候，都会拿起笔在上面和“箐箐”说会儿话。更多的时候，她在上面书写着对女儿的刻骨思念，以及对她生活现状的各种猜测。

那张超声波照片是怀箐箐8个月的时候，石碚陪她去医院检查时留下来的。彼时，那个承诺给她“七大洲四大洋的爱”的郝子玉已经不见了。

那天，石碚小心翼翼地扶着挺着大肚子的她从医院出来后，好不容易随着“中国式过马路”的人群走到了路对面，她却突然转身又朝医院奔去，差点被一辆疾驰而过的出租车撞倒。

幸好石碚拿胳膊护住了她，而他的胳膊却被擦伤了。

石碚一边恶声恶气骂她“傻瓜、笨蛋”，一边焦急地问她有没有伤到哪？问她那么着急过马路干吗？她说把“箐箐”的照片落在医院卫生间的洗手池旁边了。

他只好又扶着她艰难地穿越马路，再次回到了医院。保洁阿姨早已将那张纸丢进了黑色的大垃圾袋。在他们的央求下，阿姨才告诉他们存放垃圾的地方。

石碚从包里取出伞，打开后塞进她手里，自己蹲下去，在毒辣辣的太阳下，在一堆散发着各种气味的垃圾中翻找……用了不知道多长时间，总算找到了那张A4纸。

见郑暖夏拿着它又哭又笑的，他擦了把满额头的汗，也露出了傻乎乎的笑。

十年前的场景像电影画面般在郑暖夏眼前回放。石碚当年傻乎乎的笑容，和笔记本上这张泛黄的照片并列于眼前，她的眼泪涌了出来。如果时间也有撤回键的话，她会撤回到十多年前，删除和郝子玉那段，将郑暖冬剪切到别处，只留下她和石碚两个。

可惜，这个世界所有的“如果”只是个虚词，时间更不可能重来。而她和石碚，如今已成了两条平行线。

不知道呆坐了多久，微信提示音让郑暖夏切换到现实模式。她拿起手机，看到石碚发来一张身穿墨绿色手术衣、戴着淡蓝色帽子的照片。这是她第一次看到他手术中的模样。

认真工作的男人最性感。郑暖夏看着看着，眼中就涨潮了。

泪眼蒙眬中，她回复：下手术了？辛苦。快回去休息吧。

石碚将老福特在马路边停好，锁上车门，进了小区。

五线小城，每个月三到五千左右的工资，攒个几年，买个十来万的车不是太大问题，可十几万买个车位就是大大的问题了。何况自从郑暖冬出事后，石碚的生活水准便一天天地下滑，马路边是他停车的最好选择。

他抬腕看了下表，已是 11 点了，担心家里的郑暖冬，便疾步在小区昏暗的灯光下穿梭。

远远的，石碚看到有个身影在自家楼下徘徊，离停放电动车的车棚很近。

因是老旧小区，安保较为松懈，最近发生过几起电动车被盗事件。怀疑那斯是窃贼，石碚悄然隐身到一棵高大的冬青后面，观察他的一举一动。

那个身影晃悠着走近了车棚。以石碚 2.0 的视力，目测他站在了自己的电动车前。

看他将手放到自己的车把上后，石碚认定他就是个窃贼，暗想：呵呵，自己都混成这样了，竟还有人惦记他的破电驴……

石碚从地上摸起一块施工留下的半截砖，蹑手蹑脚地走了过去，准备在既可以撂倒对方又不致命的部位给他来一下子，然后再扭送派出所。

“窃贼”并未发现石碚，一屁股坐到电驴上后，掏出了一根烟。

难道贼也升级到 2.0 版了？不光胆大，还挺惬意的……石碚举起了那块砖，可就在他拍下的瞬间，“窃贼”听到了响动，扭头发现了他，像受惊的兔子般朝外蹿去。

石碚紧随其后追了过去。可他七拐八拐的，先是绕着花坛转了两下，又跑进旁边绿化带中的小路上，石碏愣是没抓着。

看来是个熟悉地形的老贼了！石碏暗自发誓非要亲手抓住他不可，闪挪腾移紧追不放。

在经过水池旁时，“窃贼”脚下一滑，一个狗吃屎摔倒了。

“我让你跑，你小子再跑啊！今年我可拿了全院短跑冠军呢，你小子能跑得过我——”石碏左腿单膝压住他，右手举起砖头就要往下砸。

“窃贼”突然出声了：“别打，石碏，是我啊——”

这个声音有点熟悉，不，很熟悉。石碏不由松开他，站了起来。

“窃贼”也从地上爬了起来，“啪啪啪”地拍打身上的灰土，没好气地说：“能得你，还全院短跑冠军，那是我有手术没参加，我要是去了，你连垫底的资格都没有！”

他说着再次从口袋里掏了根烟出来，随着“啪”的一声，打火机蓦然亮了，刘杰斌的脸不设防地进入视线。

见是他，石碏一时不知道说什么好，略显尴尬地调侃：“刘大夫，你可真是视同事为亲人，这么晚不睡觉，跑我楼下守着，不知道的人还以为你暗恋我呢。”他说着将砖头放下了。

“这小区姓石吗？别忘了，我也住在这里！我睡不着出来溜达一下不行吗？！一个拎手术刀的，不问青红皂白就操砖头，莽夫！出去可别说我们是一个学校出来的，丢不起这人！”他拿几个感叹号砸了石碏一通。

一向温和的他怎么像变了个人，石碏担心起来：“刘大夫是有什么心事吗？走，到我那里，兄弟陪你喝一杯。”

“我能有什么心事？我最大的心事就是你，闯祸精！整天替你擦屁股都擦不够，飞刀的事情还没过去呢，切——”他猛然抽了口烟后将它扔到了地上，拿脚狠狠地踩灭，转身朝家走去。

擦身而过的瞬间，一辆车从外面驶来，雪白的灯光下，他厚实的眼镜片后面散发出一种混沌不清的光，格外诡异。

石碏闻到了他身上的酒味，微皱了下眉头。这个刘杰斌，最近是越来越奇怪了，他摇摇头，也朝自家楼道走去。

路过车棚的时候，石碏犹豫了一下走了进去，模仿刘杰斌刚才的姿势，坐到自己的电动车后座上，抬头向上望——这个角度既看不到星星、月亮，也没有灯光秀，但自家主卧的窗户却进入了镜头。

石碏叹息了一声，上楼去了。

进门看过郑暖冬后，他回到了自己房间，和衣躺在床上翻手机，盯着郑暖夏的头像踟蹰半天后，还是打了过去。

这乱糟糟的一天，像过了一个世纪。他心中有千言万语却找不到人倾诉，只能和郑暖夏说。就算扰了她的清梦，他也必须说。

第一次无应答，第二次她总算接了起来。

4

“打扰你休息了……”他小心翼翼地说。

“知道打扰还打呀！”她的口吻像嘴里含着块臭豆腐，但声音是清亮的，并不是梦中醒来的呢喃。

“郑暖夏，我问你个问题，你老老实实回答我……”

“这样就可以放我睡觉吗？”

“嗯。”

“有话说、有屁放、有惑问……”她炮仗般又炸出一串“屎尿屁”。

“我想问你，你的初心是什么？”石碏像历尽沧桑的老者在寻找青春。

“挣很多钱，嫁个基因好的男人，制造一堆基因优良的亲人。”她想都不想地答。

这倒是她的真心话。从 6 岁那年认识郑暖夏开始，她就将这些梦想刻成了金字招牌，不时拿出来在自己面前亮一下。

石磊一时语塞，他想问的不是这个。

“回答完毕，我睡了啊。”她说着就要挂电话。

“等一下。你不想听听我的初心吗？”石磊有些磕巴地说。不用看，就知道她此刻的眼睛里北风吹，鼻孔里雪花飘，恨不得天上掉下个大砍刀砍死他。

郑暖夏不想说话的时候，硬被人缠着说话就会惹毛她。

出乎石磊意料的是，这次她没有狮吼，温和地问：“你的初心是什么？回医院后是不是发生什么事情了？”

果然，知他者，郑暖夏也。

石磊想了一下说：“当年报医学院，一是因为它和你们学校就隔着一道墙，还有就是因为我妈，我想当个好医生，为更多的病人解除痛苦。记得刚入学时我们曾发誓：敬佑生命，救死扶伤，甘于奉献，大爱无疆……”

“然后呢？”

“在医院工作这么多年，我和同事们大多也都是这样做的……”

“大多，也就是还有少数人不是咯？”郑暖夏敏感地捕捉到了他的话眼。

“嗯，我原来挺敬重的一个人，最近却发现他变了，似乎忘记了我们学医的初心，这让我心里挺难受的。”

她的声音严肃起来：“石头，我们没有义务教育别人怎么做人，但我们有责任有义务做好自己。我相信你一定能够成为最好、最顶级的医生，不会屈服，更不会和那些人同流合污。”

她早已隐隐猜出他得罪人了，甚至可能动了人家的奶酪。但他没具体说是什么事情，她也不会问，但会义无反顾地支持他。

“我不会让你失望的。谢谢你，暖夏。”

“晚安。”

“晚安。”

刘杰斌脚步踉跄地朝自家走去，往事的潮水汹涌澎湃地穿破岁月的堤坝，回溯漫溢，将他呛得满眼是泪。

他停了下来，抹了把脸，转身又朝石碚家走去，进车棚，依然坐在那辆电瓶车上，抬头仰望着石家的窗户。

主卧亮起了灯，石碚的身影映在窗户上，刘杰斌的心猛然提到了嗓子眼。他的拳头攥得紧紧的，愤怒组团袭来，咬牙切齿，恨不得一记飞拳隔空打去，将那家伙震出个颅内出血。

可最终，他还是将手伸向了口袋，掏出来的却是一个空烟盒。他摁开了打火机，从地上捡起那支因石碚突然出现吓得掉到了地上的烟，点燃，深深地吸了一口，再次抬头仰望。

主卧的灯关了，次卧的灯亮了起来。看来石碚已经打理好了郑暖冬，回了自己房间……

见石碚今晚仍没在郑暖冬的房间多作停留，刘杰斌才长长地舒了口气。手中明灭可见的烟火，将他的泪光折射出无数亮晶晶的星星，每颗星星里，都珍藏着一个郑暖冬。

十年前的一天，石碚刚到中心医院不久，一个眉眼如画的女孩子来找他。她脆声声地向刘杰斌打听石碚在哪？他告诉她，石碚刚和万主任上了手术。

刘杰斌和石碚一前一后来到的中心医院，万主任却对石碚更青睐有加，大大小小的手术都要带上他，这让刘杰斌很是羡慕。

那女孩坚持要到手术室外面等石碚。她美得令人不敢直视，却又忍不住想向她靠拢，见科室里没什么事情，刘杰斌自称是石碚的师兄，陪着她在手术室外面一起等。

闲谈中，他得知那女孩叫郑暖冬。一颦一笑都那么美的一个女孩子，后来却成了植物人，不会哭，更不会笑了……再后来，刘杰斌也在这个小区买了房子，他每晚都会站在石碚家楼下仰望她的窗户，计算石碚进入她房间的时间，要是可以的话，他真想在她那里装个监控，看看石碚有没有欺负她……

还好，石碚在那里停留大概一个小时，也就是正常的擦洗、喂药、翻身、肢体按摩等需要的时间，超过几分钟他都会忐忑不安，直至主卧的灯灭了，他才能安心离去。

他就用这种方式默然守了她十年。期待有一天，郑暖冬甜美的笑容会从那扇窗户里探出来……

烟燃尽后，刘杰斌依依不舍地朝家走去。他知道，接下来又有一场硬仗。打赢了，不光自己在普外三的地位更加巩固，还会有辉煌的前程。

茶水间永远不乏精彩的故事。上班后，大家打完卡，一般都会到茶水间接杯水，然后再各就各位开始工作。刚开始时郑暖夏还不太适应这种“习惯”，但过了几天，便入乡随俗了。

这天早上，她拿着保温杯准备走进茶水间时，程主任和医保办刘主任的声音从里面传来。他们聊的内容比较私密，为避免尴尬，她只好驻足，想等他们聊完了再进去。

“听说这次中层干部调整，竞争很激烈啊……”

“是。尤其是普外三,万主任年纪到了，论资历，常主任接替的可能性很大，那空出来的副主任可就成了香饽饽。”

“听说万主任推荐的是石硞……”

“但常主任好像更喜欢刘杰斌。”

“那这事可就精彩了。一个即将离任的老主任，一个势头正足的新主任，院领导会更重视谁的提议呢？”

“算了，闲吃萝卜淡操心，咱俩把党委会上的议题都提前讨论了。”

“哈哈哈……”

几声“哈哈哈”为这场聊天画上了休止符。郑暖夏知道他们要出来了，连忙蹑手蹑脚向后退了几步，默数了五下后才向前走去，在离茶水间两米远的走廊上和程主任他们相逢。

“早，主任。”她恭恭敬敬地打招呼。

“早，小郑。”程主任笑眯眯地回复。

双方就这样友好亲切地“擦肩而过”了。

今天虽说没有手术，石碚目测自己也不会有须臾的清闲。他和万主任一起做的课题必须在春节前完成，可论文还有一半没写呢。还有，他们和国内一家药企联手做的新药实验，因药品正式上市，厂家今天要过来谈下一步的合作事宜。

早上他例行查房，因柿结石动手术的小朋友目前状况良好，8 床和 9 床前所未有地和平共处，22 床配合着做术前准备，苗老太太平稳无大碍……一切都挺好。

或许因和郑暖夏的那场“初心论”，或许是今天查房一切良好，石碚觉得心情长了翅膀，幸福的失重感充盈了全身。

肖小艳拿把扫床刷子迎面走来。

“护士长早。”石碚觉得那张馒头脸好像也顺眼了些许，冲她挤了挤眼。

肖小艳吓得花枝乱颤了好几下，才稳住了心神。她笑眯眯地刚要和他说几句体己话时，他却泥鳅一样滑进了医生办公室，打开电脑，噼里啪啦开始写论文。

她笑成菊花的脸庞，立马拉平成了操场。犹豫了一下，她还是跟进了医生办公室，左右看了下没有其他人后，站到了石碚旁边。

“听说最近人员要调整……”

“哦……”石碚目不离屏，下指如雨地敲打键盘。

“听说，万主任会退下来，常主任接主任……”

“哦……”石碚停顿了不到一秒钟，继续写。

“榆木疙瘩……”肖小艳挥挥手中的刷子，不知道是说它，还是说石碚，转身离开了。

石碚的微信提示音响了起来。

“石碚，悠微的陈总来了，你来一下——”万主任微信语音呼叫。

他回复了个“好”后，又敲下几行字，才依依不舍地起身，朝主任办公室走去。

石碚推门进去后，看到万主任旁边的椅子里坐着个陌生人。

“这位是陈总，我们给老高他们用的那种新药，就是他们生产的。”

药品上市前的临床人体实验阶段，需要招募一些病人做试验。悠微的这种新药临床试验已经有几年了，效果还不错。临上市前，他们又找到了中心医院想进一步再取得一些数据，老高等一些需要长期服药的老病号，早因治病家徒四壁了，为减轻他们的负担，在符合道德伦理的基础上，万主任和石碚问他们愿不愿意参与试验，不仅免药钱，还可以拿到一笔补偿费用。

他们很开心地答应了。

石碚看着陈总开门见山地说：“根据病人的反馈，你们的新药疗效还不错。听说现在已经上市了，不知道价格怎么样？”

这种药目前还没有纳入医保范畴，石碚担心厂家定价高，加重患者负担。

5

“放心好了，只有同类进口药品价格的三分之一。”陈总说。

“那挺好。主任，我觉得可以把这种药向药学部申请一下。”石碚欣慰地看向万主任。

几声敲门声后，常主任陪着一位妆容精致的美女走了进来。见屋里有人，美女连忙将手里的冬虫夏草往身后藏了下。

“主任，这是艾瑞制药国内华中区的颜总。”常主任看都没看石碚，更无视陈总的存在。

石碚闻言，心中不由“咯噔”了一下。刘杰斌几次三番向自己推荐的张总不就是艾瑞的吗？看来没从他这里突破，又转向了常主任那里。

石碚突然想起来肖小艳刚才的提醒，看来万主任即将卸任，常主任接任主任的消息早就在医院和科室里传开了。这个刘杰斌，还真是……石碏暗自摇头叹息。

陈总见此情景，很识相地告辞了。

常主任很不客气地看着石碏说：“石大夫，麻烦你出去一下，我们和万主任谈点事情。”

石碏点点头，走了。

石碏回到办公室时，刘杰斌也回来了。两人眼神对上的瞬间，石碏明白他已经有了动作，而且和自己有关……他摇摇头，强行把乱七八糟的思绪从大脑中赶跑，坐下来继续写论文。

……

听了程主任和刘主任的闲谈后，郑暖夏本想去找石碏的，可被工作绊住了。全市春晚节目彩排正在进行，中心医院这次送的小品让大家眼前一亮，电视台的总监亲自给程主任打来电话，说很有可能获奖，但有几句台词需要再斟酌一下。

程主任马上把电话塞给郑暖夏，要她和对方好好沟通后再改一下。

那边要得比较急，郑暖夏只好按对方的意思进行调整。

改完发过去后，她才起身走出了办公室。

郑暖夏的一只脚已经迈进了住院部的电梯，却又缩了回去。“飞刀事件”虽没再起滔天巨浪，但石碏仍处于悬崖边缘，稍不留神就会摔下去……想了下，她转身朝医院的小植物园走去。

冬日里阳光灿烂的上午，冷风丝毫不减威风，小刀一样刮得人脸生疼。

郑暖夏站在草坪上，打电话给石碏。

那边很快就接了起来。

“喂，说话方便吗？”她问。

“等一下……”随后是一阵窸窸窣窣的脚步声。大概几十秒后，他才继续：“发生什么事情了？要不要我现在赶过去？”

隔着电磁波，郑暖夏都能看到他像特务接头那样四下打量着，生怕被人发现。

“谁在你身边？”自打郝子玉劈腿后，她的第六感格外敏感。

“嗨，没谁，科室里人太多，本想好好写会儿论文，可又被病人家属包围了。刚刚冲出包围圈，怕被他们发现，就躲到楼梯间和你说话。你那边没啥事吧？”石碚的话真假参半。刚才肖小艳追着他嘟囔，让他找下院领导，不要因为“飞刀事件”影响了这次的中层干部调整。

“我，我没事儿……”郑暖夏吞吞吐吐。

“我听着你好像有事啊，电话里不方便说的话，我过去找你……”她的态度让他焦急起来。

“我是说我没事儿，可是你有事。我刚得到的消息，说这次的中层干部调整，万主任推荐的是你，可常主任推荐的是你们科室的刘杰斌……”怕他真的跑过来，郑暖夏只好实话实说了。

“哦，这事啊……知道了。”他的声音立马降低了一个八度。

“那你准备怎么办？”她追着问。

“凉拌。”

隔着重重的钢筋水泥，郑暖夏就看到了一张兴趣缺缺的脸，不由提高了声音：“论学历，论水平，论职称，这个副主任都应该是你的……”

他却打断了她：“连你都说应该是我的，那还担心什么？”

“我，我，我，我不是担心你，我是担心你的职务，它关系到我……妹妹的幸福。”后面这几个字，郑暖夏是咬着牙说的，因为实在硌得慌。

“你很在意这个吗？”石碚问，“我是指你自己，和郑暖冬无关。”

郑暖夏捏着手机，一时不知道该如何回答。

“告诉我，如果你在意的话，我就努力争取。”石碚继续追问。

“郑暖冬是你……老婆，我是郑暖冬的……姐姐，我当然在意啊。你好，就是郑暖冬好，郑暖冬好，当然就是我好咯。”她努力在声音里加入了柔顺剂，又混入一把糖，脸上却是糨糊风干了般的僵直和苍白。

好在石碏看不见。

“我马上要去参加一个会诊，回头再说吧。”他怏怏地挂断了电话。

听着电话那头“嘟嘟嘟”的忙音，郑暖夏一时有些不知所措。或许，就让他误会自己在意名利也好，对彼此都好。

她黯然穿越草地，朝办公室走去。

挂断电话后，石碏的心里就长满了乱草，且呈燎原之势迅速扩张，他不知道该从哪棵下手开始拔……

石碏希望郑暖夏在意自己，却又不希望她特别在意一些事情。或者说，他希望她还是十年前的郑暖夏，没有被外面的喧嚣腐蚀了原本的安宁。

在石碏心里，郑暖夏一直是个心灵安宁的人。但他又不得不承认，这个副主任的位置对于自己是重要的。“在其位谋其事”容易，而“不在其位而强谋其事”，难度就会增加很多。他只想好好把手术做好，把科研做好，把该救的人救活了……但想要做到这些，就必须在一个更好的平台上。

从实习医生起，石碏就跟着万主任做手术。这么多年下来，他的技术越来越娴熟，人际关系方面却没有多少进展。

人虽然有两个心房和两个心室，石碏却做不到分心，他只会一心一意做业务。当今社会，似乎进入了凡物皆商品化的时代，肾脏可卖，眼角膜可卖，他却不想出卖尊严和良心。

石碏没精打采地想回办公室继续写论文，可走到门前看到除了刘杰斌外，肖小艳和两个护士也在。

“这是朋友从国外带回来的，我一个大老爷们又不吃，借花献佛送美女吧。”刘杰斌递给她们一人一盒包装精美的巧克力。

女孩子们总是将“减肥是终身的事业”挂在嘴上呐喊，可又对各种口味的巧克力屡屡缴枪投降。从刘杰斌手里接过巧克力后，三个人笑得花枝乱颤，连连对他说谢谢。

“谢什么呀，你们开心就是我最大的幸福，”他说着看向了肖小艳，“小艳妹子，你刚烫的新发型真好看，像一个大明星，叫什么来着，看我这记性……”他使劲拍着自己的脑门，证明所言非虚，只是记性不好一时没能说出来确切的参照物。

肖小艳便“咯咯咯”地笑了起来：“刘大夫，不，刘主任这嘴甜的，要不要我拿试纸测下含糖几个加？唉，我嫌总留一种发型太单调了，就胡乱烫了下，现在都被你夸成大明星了……”

女性对美的追求可谓跨越国界、打破年龄，无论中国人还是外国人，上至70岁的老太太，下至3岁的小女孩，没谁不喜欢被夸漂亮的。肖小艳明明被刘杰斌夸得心花怒放了，却一副嗔怪的口吻。来而不往非礼也，她把刘杰斌可能升副主任一事提前支取了。

对于“刘主任”这个称呼，刘杰斌既没反对也没承认，但心里乐开了花，开始夸两个小护士的耳环和发卡好看。

她们吃着巧克力，笑得格外甜美，仿佛连空气里的含糖量都升高了。

这种氛围下，石磊是不能进去的，只好继续朝前走去。

人的能力分多种，在维护人际关系上，石磊是佩服刘杰斌的，无论万主任还是常主任，以及护士长肖小艳和一众小护士，他都处得热热乎乎的。

中层干部的候选人是要经过科室同事推荐的，用脚指头想也知道，刘杰斌是在拉票……石磊平时和大家相处得都还不错，可让他为一己私利去讨好他们，他的脊梁骨突然就注入了钢水，怎么也弯不下去。

早上的好情绪，被一只看不见的扫帚一扫而空了。22床的手术安排在明天，他便去了梅小慧的病房。

石磊进去时，梅小慧已拔掉了液体，在一个笔记本上写着什么。她的右手上还粘着胶带，有瘀青从边缘露出来，将那只苍白的手衬托得更加瘦骨嶙峋。

“石大夫……”看到他，她放下了笔和本。

“各项检查结果都出来了，指标还不错，手术应该没什么问题的。”石硞说。

“嗯。买了牛奶，我准备今天开始吃流食。过一会儿等我姐姐来了，我们就去趟附近的洗浴中心，然后就可以做标记了……”她说着声音低了下来。

第五章 | “石一刀”被停职

1

所谓做标记，就是手术前医护人员用标记笔在手术部位画的记号，以防手术时切错地方。

石硞明白她已经开始手术前准备了。无论医生还是患者，手术都是一场战斗，术前均要做充分的准备。医生需要制定周密的方案，病人除了心理还需要身体的准备，吃流食、清洁皮肤，以及术前蛋白质的补充，都是其中一部分。

“放松，不要紧张，没事的。我对我们两个都很有信心。”石硞给她打气。

都说久病成医，见护士还没有提醒和告知，22 床就已经开始准备了，石硞心中感慨万千。

“嗯，我没事，真的没事……”

虽然她强调着自己没事，可那嗫嚅的话语和握紧的拳头出卖了内心的紧张情绪。

“你姐姐呢？”石硞想让她放松，就岔开了话题。

“去……药王庙了……”她低下了头，“我不让她去，她非要去。”

药王庙位于怀清市西北部的山脚下。据说药圣张仲景曾在此悬壶济世，普度众生，后人为纪念他而修建了药王庙。据说药王庙香火很灵，有求必应，因此石础的父亲当年才带着妻子千里迢迢从南方来到怀清，在离药王庙不远的竹坞镇上住了下来……

也因此，石础和郑暖夏走进了彼此的生活。顺带地，郑暖冬也挤进了他的生活！

人在无奈时，总会求助于神仙。当年，父亲也会在初一、十五到药王庙进香，身边总是带着石础。而石础每每也会想办法带上郑暖夏……

可能神仙需要普度的人和事太多，日程排得太满，人们的所求大多并不能如愿。但只要有一点希望，尤其是求生的希望，大家仍会拼尽全力去乞求。

石础格外理解22床的姐姐，因为他也曾经为了郑暖冬去求过药神。

从22床的病房出来已是中午时分，离家近的都下班回去了，离家远的也去了食堂用餐。石础感觉胃里满满的，仿佛早上吃的不是牛奶和馒头，而是橡皮。

他把自己扔进值班室的床上，拿起最近一期的外科学杂志翻看，里面对近期的学术热点讨论比较多，对老年人的手术选择进行了细分。外科医生是个良心岗位，尤其对肿瘤病人，手术做得彻底一些，清扫的范围就会大一些，效果可能会更好一些……但所有的事物都有两面性，创面越大，风险也会越大，不仅术中风险增大，恢复起来也很慢……比如苗老太太。

记得当初刚来中心医院实习时，万主任就对他们说，病人找到我们是对我们的信任，不能辜负了人家。对于患者来说，一生可能只有一次手术机会，如何既要效果好又要病人恢复得快，一直是他们这些从医者思考的问题。

往常只要沉浸在学术里就可以解千愁的石础，今天怎么也静不下心来，他翻了两页就把书扔到旁边。师兄老刘的语音电话这时候打了进来。

“喂，那事考虑得怎么样了？我上午又和院领导申请了，只要你来，保证可以分到宿舍，带家属是没问题的。干得好的话，将来奖励套房子也不无可能。”

能在一线大城市有个安身之所，是多少漂泊在外的人的梦想；将来若再能分套房子，那简直是给梦想插上了翅膀。这不是天上掉馅饼，而是天上掉金子的美事……石础却沉默无语。

“看在当年帮我在图书馆占座位的分上，才努力为你争取的，”师兄的声音突然一本正经起来，“石碏，就算你在那个小城市干到退休，又能怎么样呢？所谓的鲤鱼跃龙门只是个寓言故事，真相是，那条鱼从少年跃到老年，都没能跳过高高的龙门！垂垂老矣后，他只能待在那里，看着年轻的鲤鱼们像自己当年那样跃龙门，就这样，一代代的鲤鱼们全都梦断在龙门的这边，怀抱梦想翘首期盼。现在我可以送架直升机给你，带你直接飞过龙门，你还犹豫什么呢？你想变成千万条鲤鱼中的一条吗？”

师兄的话把石碏的耳朵振得嗡嗡响，他却依然沉默不语。

“喂，石碏，你在听吗？”

“嗯。”

“据我所知，你现在陷入了科室副主任的争斗中。一个地级市的外科副主任，值得你这么狼狈不堪吗？”

“你更想说的是，我飞刀赚的那点小钱，在你那里还不够吃个便饭吧？”石碏瓮声瓮气地说。

虽然师兄说的是这次中层干部调整，但石碏明白他已知道了“飞刀事件”，他不提，只是怕伤及自己的自尊。

师兄是善良的，这次换他沉默不语了。良久后，他才说：“我那上铺的兄弟，哥言尽于此，你远非池中物，把你放在芝麻粒大的小城，有点暴殄天物啊……那个胃腺癌特效药敏感性的课题还在等着你呢……”

“我知道了，谢谢二师兄。”石碏闭着眼睛回答。

“那事……处理结果出来了吗？”老刘终归没忍住关心地问，忽略他加了着重号的“二师兄”。

“没有。”石碏如是回答。

“你的头上还悬着一把剑，什么时候落下来还是个未知数。我不希望你受伤，现在辞职来我这里，一切都还来得及。好好考虑一下吧。”

“我，我会认真考虑的……不好意思师兄，急诊有个电话进来了，我得接一下，回聊。”石碚说着耳朵都红了，撒谎是他的短板。

“好，忙去吧，考虑好给我回话啊。”师兄幽幽地说着，挂断了电话。

石碚怔怔地盯着逐渐暗下去的手机屏幕，一脸的茫然。他知道答案只有一个，他不会去的！虽然师兄那里可以让他大显身手，可他要是走了，老高、19床和22床等特别信任自己的患者们怎么办？尤其是19床柳翠花！

柳翠花今年56岁了。几年前患了精神疾病被家人抛弃后，就一直在福利院生活。前些时体检查出来患了乳腺癌后，福利院把她送到了普外三。由于不是正常人，沟通有障碍，大家害怕万一出事了担责任，谁都不愿意做她的管床医生，可当着福利院的人和万主任的面，谁也不好意思直接拒绝。

就在这时石碚从手术上下来回到了科室。

柳翠花看到他后，不由分说跑过去一把抓住了他，声称他是她弟弟，说当初就是他把自己带到野外扔掉的，骂他狼心狗肺，说从小到大自己把好吃的好玩的都给了他，他却狠心丢下了自己。

她紧紧地拉着石碚，不停地控诉着“弟弟”的罪行，那张胖乎乎的脸上布满了泪水、口水和鼻涕，看上去特别滑稽。

“我不是你弟弟，我是这里的医生，你认错人了。”石碚十分严肃地否认。

“你就是我弟弟，你化成灰我也认得你是我弟弟！”她义正词严地说自己没认错人。

“我说了我不是——”石碚有点急了。连着几台手术下来，他累得连呼吸都不想亲自上阵。

“我说你是你就是——”柳翠花也急了，干脆抱住了他的腿。

“你，你有什么证据证明我是你弟弟？”石碚发出了秀才遇到兵有理说不清的哀号。

“你屁股上有颗黑痣，不信你脱了裤子给我们看看——”她振振有词。

在场的人见她一本正经说瞎话，哄然大笑起来。

“我不怪你把我丢掉了，你为什么不承认是我弟弟？为什么？我就你一个弟弟呀——”她哭得十分伤心。

石硞的心里酸涩难受，眼眶红了，蹲下身温和地看着她说：“好，我做你的管床医生。”

柳翠花灰暗的胖脸蛋瞬间阴转晴了，仿佛石硞说的是“我带你回家吧”。她开心得跳了起来，抱着他的胳膊摇晃着说：“那你以后不许再丢掉我，不许不管我，就算我犯病打人骂人了也一样。”

石硞点点头：“我答应。”

“其实我很想家，很想你们。我以后不发脾气了，不打人，也不骂人了，你们不要嫌弃我嘛……”那一会儿，她的精神世界不知道是昏睡还是清醒的，整个人安静了下来，满脸的可怜巴巴，讨好地往石硞身上蹭，像被好心人收养的流浪猫狗。

石硞的洁癖在普外三是有目共睹的，却任由她的眼泪鼻涕蹭了一身。

大家被眼前的这一幕打动了，笑声戛然而止。

从那以后，柳翠花就成了 19 床。

之后住院期间，她果然温驯听话，配合做各项检查和手术前准备。术后恢复得也挺好的，福利院为此还专门给石硞送来了锦旗，说让柳翠花在医院里多养一段时间，等她完全康复了再接她回去。

19 床履行了承诺，石硞却担心自己要食言了。一股暗潮在推动网上的舆情，卫健委和林院长一旦顶不住压力，他就得停职，从而不得不丢下她……

想起柳翠花，他起身又走进了办公室。

医生办公室的墙上挂了很多锦旗，紫红色的金丝绒布面上绣着醒目的金黄色字体，上面写满了患者对医生们的感激和夸赞。石硞望着它们，视线最后锁定在那面绣有“两只起死回生手，一颗安民济世心”的锦旗上，心里五味杂陈。这个是福利院送来的，缘于他对柳翠花的治疗和关照。

就这样离开，除了对患者们一时难以割舍外，他还放不下郑暖夏……

石硞神游太虚的时候，手机蓦然响了起来。他看了眼号码，不由苦笑起来，刚才骗师兄说急诊科来电话了，这会儿急诊科真的打来了电话！

接通后，急促的声音传来：“喂，石大夫，您这会儿方便吗？我们接了个出车祸的，马上就到医院了，能不能过来看看……”

“好，我马上过去。”

急诊科在门诊楼，石硌急匆匆奔向那里。或许只有拼命工作，才可以将自己从“不是太想死，也不是太想活”的状态中解救出来。

2

石硌赶到急诊科时，120的车也刚好驶到。后门打开后，出诊医生和护士推着担架车下来了，上面躺着一个年轻男人。

石硌过去想掀开被单检查时，他自己猛然揭开了，两只手随即又紧紧地拳住了，手背上的青筋像暴怒的蚯蚓，兀自突起；五官如同画在一层白布上，身子像条受伤严重的大蛇般扭来扭去，发出了痛苦的呻吟。

石硌给他检查后，发现并没有什么外伤，拿眼神问接诊医生。

“情况不太好，刚开始时心率100，这会儿都140了，血压却一直在降……”

男人的呻吟突然弱了下去，表情却越发痛苦。

“血压低，心率快，意识越来越模糊，情绪狂躁不安，应该是内脏受伤了，得马上做个腹腔穿刺……”石硌说着推起担架车就往前冲。

对大多数人来说，“今天”是余生的第一天；可对于眼前的伤者来说，医护人员稍有疏忽，就会成为他今生的最后一天……因此石硌等人格外谨慎，想让“今天”依然是伤者余生的第一天。

经过一番忙碌，腹部诊断性穿刺后，果然发现有血性液体。

“初步判断是小肠系膜损伤，这种情况越早手术越好，避免小肠大面积坏死危及生命。”石硌说。

出诊医生和护士点点头。

护士朝外面喊："家属请进来一下。"

一个表情呆滞的年轻女人走了进来。她的眼里没有泪，却红红的，像暗夜里明灭可见的鬼火。

急诊医生把大概情况向她讲述了一下。

石碏推着担架车准备前往手术室，却被旁边的家属拦住了："等等，请问石碏石大夫在吗？我想让他给我老公做手术……"

她的声音嘶哑，像是从一架被重锤击破的锣鼓里发出来的。

"这就是石大夫啊！"出诊医生无奈地说。

"真的假的，你们可别骗我。我爸刚才已经没了，我不能再失去我老公了啊……"

"我是石碏——"人怕出名猪怕壮，石碏苦笑着指了指自己的胸牌。

她看了一眼，确定他的身份后，才松开了手，腿一软，坐到地上号啕大哭起来。

虽说早已见惯了生死，石碏依旧敬畏生命。见她那样，他的鼻腔中像进了异物般难受。但就像导师说的，医生在生死面前不能有情绪，他只能奋力推起担架车向手术室奔跑。

"大货车追尾和他们撞上了，我们赶到时他爸已经不行了……"出诊医生低声解释，声音里也尽是伤感。

石碏沉默着点点头。家属那句"请问石碏石大夫在吗？我想让他给我老公做手术"让他心绪起伏不定，那是对他的极度信任。

信任是医生最大的动力。一线大城市的工作和生活环境都是小城市不能比的，但那里的好医生也很多，不差他一个……可小城的人们却需要他。感动的同时，石碏觉得肩上的担子也重了几分。

迅速换上洗手衣、洗手消毒、穿隔离衣、戴手套……以最快速度做完这些后，石碏站到了手术台前。

腹腔打开，里面的积血一股脑儿溢了出来。满肚子的血块和积血里，根本看不清器官。他迅速清除着积血，右手伸进腹腔中探查，凭着多年的经验迅速判定，这个病人的外伤伤及了内脏，属于多发性器官损伤。他迅速用左手控制住脾门的出血部位，拿血管钳夹闭出血的主要动脉，用线结扎住出血点，暂时压迫止住血，尔后轻轻提起小肠，看见有多处破裂出血，肠系膜也被撞得破了好几处，一段肠管已经发黑坏死了。

两个助理医生紧张地看着石硞，四只眼睛里飞出了若干个“怎么办？”。

石硞用“哼哼”和白眼告诉他们——凉拌！

“出去别说认识我，丢不起这人！”他说着，迅速显露手术视野，快速拿起血管钳止血。汹涌的出血总算缓了下来。

两个助理总算捡回了眼色，赶紧开始清理腹腔。里面的器官总算显现出来，情况出乎意料地严重——除脾脏破裂出血外，小肠多处损伤，肠系膜挫伤也很严重……有的地方依旧在冒血，如果不能快速止住，很快就会出现危险。

“脾脏受伤很重，破裂厉害，恐怕保不住了……”石硞说这话时，已经动手开始准备切脾脏了。他用血管钳分离结扎脾门血管，切断了脾胃韧带和脾结肠韧带，又结扎切断胃短血管……几分钟时间，破碎的脾脏已经完全切除和止血，两个助理甚至都没能看清楚他是怎么动的刀。

两人对视一眼后又看向了石硞，眼里写满了钦佩。

“我知道自己帅得很没良心，但脸上绝对不会长脾脏和肠子。集中注意力！”石硞先揶揄后训斥，和平时笑眯眯的样子判若两人。

由于病人出血过多，血压仍旧不稳定，时刻都有可能挂掉。

“出血太多，必须马上输血。从血库调血，快——”一助回过神来，满头大汗地朝旁边的护士吼。

她应了一声朝外面跑去，边跑边打电话：“喂，血库吗？请准备 2000（毫升）A 型血……”

手术室在上演着《生死速递》，血库也很给力，以最快的速度将 2000 毫升血送到了。

“加压输！”石硞一边扒拉着肠子，一边下指令。

“哎——”

随着血液的快速输入，患者的血压开始逐步回升。石硞和两个助理看了一眼监视器上的指数，总算松了口气。

“好了，今天回去不用哭鼻子了。”一助小李嘴角微微上扬着对二助小张说。小张神情讪讪地没敢说话。

前几天他们奋力抢救一个高空坠落的农民工，却因伤势过重没能救过来，小张晚上回去后哭了大半夜，第二天来上班眼睛都是肿的。

不是所有的人进入这里后，结局都是圆满的。

石硞拿剪刀指向了紫黑色的小肠，给小李、小张和实习医生讲解：“肠系膜广泛挫伤，血管断裂。你们看——这一块是肠管坏死的部位，这里是正常的和坏死的结线，估计缺血坏死的有四十厘米左右，要是再耽误几个小时，病人就可能会病危了。”

他开始动手切除坏死的肠子，两个助理和实习医生分工明确，有配合做手术的，有拿着手机拍教学视频的。

现场很安静，只有仪器嘀嗒嘀嗒的声响。

这个手术持续了三个小时，若不出意外，病人活下来是没问题了。

15 楼整层都是手术室，石硞出来时，刘杰斌正好从另一间手术室走出来，他刚做了台胆囊切除手术。

两人对视的瞬间，石硞想冲他笑笑的，可神经却不听大脑指挥了，怎么也不肯执行命令，只好朝他点点头。

刘杰斌的脸冷得像一块大雪糕，高昂着头朝前走去，进了一间更衣室。自从被石硞听到自己背后说他的坏话后，就不想再掩饰了。

石碚见状只好无奈地进了另一间更衣室。

怕出去后再遇到刘杰斌，他冲过澡换了衣服后，故意在更衣室扒拉了一会儿手机，才走了出来。

石碚刚出手术室的大门，就发现医务科的王科长站在那里。

“哟，王科长，等谁呢？”石碚堆起自认为帅气非凡的笑脸。

医务科是医院的实权部门，整个医师队伍都在他们的管辖范围内，因此谁见到他们都会自动开启笑口常开模式，无论开心不开心均如此。

王科长是个四十出头的中年女人，脸上总是涂着厚厚的粉，穿一身刻板的套装，手里永远拿着个文件夹，里面不知道装着什么重大机密。她积极响应国家号召生了二娃刚回到医院一周时间。人家生孩子都会自觉胖上那么几斤，她却像遭了虐待般瘦成根竹竿。

不管产前还是产后，王科长对石碚倒是一如既往地好。但凡有在风景区召开的业务会议，都会把名额留给他，考核的时候也总是将各种好处向他倾斜。

因此石碚见到她，就用四十五度角的纯天然笑容和她打招呼。这总能让王科长心花怒放，不自觉地露出二八少女般的微笑。今天石碚情绪虽然不高，但还是阳光灿烂地朝她笑着，想在温暖别人的同时也冲淡自己心头的怆然。

然而，石碚百试不爽的帅笑今天竟然没有打动王科长。她的脸色前所未有地阴着，连点多云的苗头也没有。

王科长的沉默不语让石碚有点发毛。

“石碚……我……”仿佛过了一万年，她才吞吞吐吐地开口了。

这可不像王科长的作风。或许是因为在医院“位高权重”，或许是自身固有的性格强悍，她瘦如芦柴棒的身躯里，仿佛比别的女人多了根骨头。因此，王科长虽然是名副其实的女性，却素以没有女人味名扬中心医院。

“怎么了？”石碚的表情也严肃起来。

“卫健委的处理结果出来了，建议你暂时停职反省。”王科长总算把话说了出来。

石硞的头“嗡”了一下，身子摇晃了几下才站稳了。这个结果虽然在预想中，但当实际来临时，他还是有些不愿意接受。

“手术费不都退回去了吗？”他努力让自己保持冷静。

“谁说不是呢。为了你，林院长磨破了嘴跑断了腿，可这事都上了政府的舆情墙，据说刚上任的副市长指示要严肃处理……”

网上的声音分两种，一种是力挺石硞的，一种是呼吁严惩的。挺他的声音里，有的说患者去大城市治病，路费住宿，吃用开销绝对不止那三千块，想要好的医疗又不想付出相应的成本，凭什么？再说原来说好的价格，后来又反悔，一点契约精神都没有。有的说，患者可以请当地医生做手术啊，为什么要异地请名医来做呢？请人家来救了人，又使出这种下三烂的手段，人家不欠你的，凭什么白给你救命？反对的声音说，医院费用一分不少，再加飞刀费，患者负担太重……

总之，支持的声音大过反对的，但是在“老李侃（砍）怀清”的带节奏下，石硞“杀妻”的绯闻一度甚嚣尘上，虽说郑暖夏站出来为他辟谣了，但从传播学的角度讲，正面消息和负面消息，人们总是不自觉地去相信甚至传播负面的。

之后，要求公安机关介入调查石硞“杀妻未遂”的声音高涨起来，怀清市政府首先要应对的是舆情，经过一番讨论，只能让石硞停职。

“我们医务工作者，没黑没白地忙碌，人家都双休，我们经年累月单休，有点风吹草动的，单休就变成了无休……”王科长长叹了口气，观察着石硞的表情。

那张帅气的脸，像一块白色大理石上雕刻了精美的五官，不会哭，也不会笑，毫无情绪表达。

“多长时间没休假了？”

石硞摇摇头，很努力地回想：“一年，两年……不知道，记不清了。”

“你这都还是主任医师级的，那些刚入职的年轻医生，三百六十五天都不带休息的！这些年你也够累了，听姐的，暂时回去休息几天……”王科长语重心长地说着，左右看下无人后，凑近了石硞的耳朵，“放心，我会和院长提议，咱争取来个停职不停薪，你就当休了个带薪假吧。”

石碚呆站着没有说话，像被谁拿着大针筒将身体里的血液抽了个一干二净，脸色苍白得像张纸，一米八几的大个头危楼般摇摇欲坠。

3

“王科长，22床，也就是那个梅小慧的手术定在明天，能不能让我给她做完手术再停职……”良久后石碚才开了口，声音像翻越了喜马拉雅山般疲惫无力。

“没问题，这事包在我身上。”听闻是22床，王科长爽快地答应了。

她还要说什么时，刘杰斌从里面走了出来。王科长便很官方地拍了拍石碚的肩膀，挺着一马平川的胸和格外瘦削的身板，将手中的文件夹背到身后走了。

为不再看到他，石碚才在手术室里拖延的，没想到又在这里遇到了。

刘杰斌路过石碚身边时，学着王科长的样子，也伸手拍了拍他的肩，露出一个似笑非笑的表情。前后二十分钟，他竟完成了从冷漠自傲到友善温暖的转变，看来已得到了石碚停职的消息。

石碚没有回应他，只是呆站着，仿佛世间万物既不在眼前，也不在心间。

谁都希望自己活得光鲜耀目，活蹦乱跳，但谁又能控制得了自己的人生？

和石碚通过电话后，郑暖夏心中钻进去个钟摆般摇摆不定。她想去普外三找他，可想到他正处于风口浪尖，不想再带给他不必要的麻烦，没敢去。

中午时她简单去食堂吃了碗擀面皮就回到了办公室，趴在办公桌上，望着窗台上那盆盛开的杜鹃花发呆。

自从有了种植大棚，植物们就没了应有的矜持，手舞足蹈地乱了分寸，该不该开花的季节，都会胡乱地开上一通，彰显存在感。窗台上这盆杜鹃花就是其中一棵。郑暖夏帮林院长写的年终工作总结深得他心，他便以自己有“过敏性鼻炎”为由，将别人送的杜鹃让她端走了。

取之医院，用之医院，郑暖夏便把那盆花放在了窗台上，让整个办公室的人都可以欣赏到。只是这家伙来到医办后，丝毫不拿自己当外人，将他乡当故乡，绽放得过于饱满妖艳，让花枝都有点不堪重负了。

郑暖夏趴在那里，头枕着右胳膊，拿眼睛瞅着那盆花，思考着和石硞有关的事情……要是错过了这次机会，他想再上个台阶就不知要到猴年马月了。

北漂狼狈归来的郑暖夏，深知平台的重要性。老周曾和她说过："有才华的人太多了，可大多数都被埋没了。猪站在风口都会飞，鹰被缚住了翅膀也无计可施……只有借着平台的力量，才可以施展才华，实现理想。"

老周的经典语录闯进大脑后，郑暖夏蓦然想起来，之前和人家约的饭局还一直没有兑现……她看了下时间，中午一点半，怕他在休息，便试探性发了个微信：周主任好，今晚有空吗？赏光一聚，请您吃个小饭如何？

那边几乎是秒回的，内容一如既往地简单干脆：好。我来安排，六点半芷兰小厨，就在你们医院后面。

为码字，郑暖夏这些年没少读心理学方面的书，对人性有所研究。她想，不管是出于矜持，还是"饥渴疗法"，老周就算第一时间看到，至少也得半个小时或者更久之后再回复她，甚至不回复，让她的心七上八下地悬着，以便于他之后一击攻破……可他却没有"端着"，对他的好感度略上升了那么一点。

在外飘荡这么多年，郑暖夏是从不占谁便宜的。上到有实力的导演、制片人，下到以长相取胜的演员，小礼物她笑纳，大礼物或赤裸裸的金钱诱惑，她全会找种种理由婉拒，才得以洁身自好这么多年。

今天她是真心想请老周吃饭，一是为了感谢他对自己回来后的各方关照，二是为了石硞。郑暖夏知道，以老周的身份地位，他要是能够打个招呼，石硞那个副主任的位置还是有希望的。

老周的回复虽说简短，"我来安排"四个字却带着浓浓的人情味儿，但郑暖夏还是决定到时候见机行事，最好在中途溜出去结账。

和老周约好后，郑暖夏沉郁的心情豁然开朗了不少。她扭了下酸疼的脖子，起身上了个卫生间，又到茶水间接了杯水，回来时办公室里的人就多了起来。

上班时间到了。

院办向来是个情报汇集地。她刚坐进格子间，就听到两个同事在小声嘀咕——

“听说没有，石硞被停职了……”

“真的吗？”

“嗯，医务科的人说他们头儿已经找他谈过了。”

郑暖夏刚对着杯子抿了一口，突然炸进耳朵的消息让水逆着食道向上涌来，从鼻孔和嘴里喷了出来。她咳嗽了差不多一分钟才停下来。

这么惊天动的声响当然惊动了同事，他们才发现刚才明明空着的位置不知何时坐进了郑暖夏。议论声戛然而止了几秒钟后，他们就像断电后突然又来电的机器，各自马不停蹄地忙碌了起来。

郑暖夏知道就算自己追问，也没谁愿意和她谈这个……想了下，她放下保温杯，起身朝外走去。

天气像人心一样凉薄，早上还阳光灿烂的，不知何时竟飘起了雪花，冰冷尖利，如同在地上均匀地撒了层玻璃碴子。

郑暖夏踩着细碎的雪，走向了住院部。和老周约上的喜悦一扫而尽，从脸、手、脚，到五脏六腑，都冷得可怕。

住院部的电梯前，一如既往地挤满了人。六部电梯同时运转，仍没能解决这个难题。

郑暖夏揣着一颗惴惴不安的心，站在队伍的后面。她不知道自己这会儿去找石硞能说些什么、做些什么，但她的心管不住挪动的脚。“必须见到他”的念头像磁铁对铁屑的吸引，使得她无法抗拒，必须到达。

一个熟悉的身影不设防地闯进了视野——修剪得整齐有型的短发下，是一张白皙的有些许皱纹的脸。一副金丝边眼镜架在清瘦的鼻梁上，一身深紫色的职业套装，将整个人衬托得十分精明干练。十年了，若真要说有什么变化的话，就是曾经乌黑的发丝间染了几缕霜白……

没想到会在这里遇到郝子玉的母亲黄帆。彻骨的寒气瞬间席卷了郑暖夏，她不由得打了个哆嗦，下意识地朝后退去。

对方却在此时无意间回了下头，和郑暖夏退缩的目光撞在了一起。

黄帆细长的眉毛紧紧地拧在了一起。恰好电梯来了，她紧走几步，几乎是蛮横地撞开其他人走了进去。她想以最快的速度摆脱郑暖夏。

郑暖夏突然清醒过来，使尽千钧之力也冲进了电梯，站在她旁边。

电梯里人满为患。大家都端着一张木讷的脸，除了偶尔看一眼显示的楼层外，没谁去打量身边人。

“郑暖夏，你最好离我们郝家远点，不然我有一万种方法让你在怀清待不住。”黄帆假装拿出手机打电话，把声音压得极低警告郑暖夏。

“把箐箐还给我，就老死不相往来。”郑暖夏现学现卖，对着手机屏幕说出给她听的话。

电梯里人多，黄帆便打住了。郑暖夏也跟着闭了嘴。电梯停在 8 楼后，二人一前一后走了出去。

黄帆既没进普外二，也没进普外三，她走到两个科室间的大落地窗前。那里有个阳台，上面摆着两张藤椅。

郑暖夏亦步亦趋地跟了过去。

“说吧，你这次回怀清到底想做什么？”黄帆仪态端庄地坐了下去，像在大会上做报告，嘴角间还夹杂着隐隐的笑意。一眼望去，绝对是个面容和蔼、修养良好之人。

郑暖夏站在她身边，像个秘书或工作人员。

“您清楚我想要什么。只要把箐箐还给我，我再不会叨扰。”郑暖夏硬是把眼中的泪意给逼了回去，她努力克制着情绪。

“那就没什么可谈的了。”黄帆说着起了身，朝普外三走去。

郑暖夏跟在她身后。

“奉劝你最好别跟着我，我是去看望黄秘书长的岳母的。黄秘书长是我堂弟，这个情况你最好掌握一下。”她一边声音温柔地祭出不无威胁的话，一边笑盈盈地朝过往的护士点头致意。

“我去这里也是找人，不是跟踪您。”郑暖夏不卑不亢地说，继续踩着她的脚后跟向前。她知道自己是蜉蚍撼树，但还是想拼一把。自己拼尽全力制造的亲人在他们手里呢。

“要不要我把你们林院长叫过来一起喝杯茶？”眼看苗老太太的病房快到了，黄帆优雅的神态终于被不耐烦打破了。

郑暖夏一怔，脚像被焊在了地上，再也不能动弹，只能眼睁睁看着那抹冷傲的身影进了一间病房。

护士长肖小艳拿着两个空瓶子从病房里出来了，看到郑暖夏后，诧异的眼神中透露出浓烈的厌恶，高昂着头从她身边走了过去。

肖小艳让郑暖夏想起来自己来住院部的目的。她望了眼郝子玉的母亲进去的那扇门，朝医生办公室走去，没有看到石碏，只好给他打电话。

Almost Lover 伤感的旋律响了三遍，却无人接听。郑暖夏的心蓦然提到了嗓子眼，神情慌张地走向了护士站。

4

护士站只有肖小艳一个在。她正在电脑上输着什么，胖胖的手指飞快地舞动着，像十个丰腴的小棒槌重重地击打，导致键盘发出了痛苦万分的“咔咔”声。

“你好……”

“一点也不好，忙得眉毛都快烧着了，没看到吗？”郑暖夏刚吐出两个字，就被她凌厉地截断了。

“我，我想问下石大夫在哪？”虽说她态度蛮横，郑暖夏还是问了想问的。

“哪个石大夫？”

“石碚石大夫。我是院办的郑暖夏。”郑暖夏不卑不亢地自报家门。院办的人无论到哪个科室，都会给三分薄面的。

“这我可帮不了你啊，下午上班就没看到他……”肖小艳一咏三叹着说，手下的力度更大了，敲键盘的声音从“咔咔”变成了“咚咚”。

郑暖夏没想到会碰个软钉子。她从肖小艳富态的脸上读出了“不友善”，暗自叹口气，准备离开。

她刚转过身，便看到石碚耷拉着头走进了科室。那张帅气的脸像被摁在青石板上搓洗了无数遍的布，皱皱巴巴的，又像被沙尘暴狂吹了三天三夜，灰头土脸的连五官都看不清了……

郑暖夏的心猛烈地跳了起来。这样的石碚她见过一次，就是他妈妈去世时。

那是一个夏天的傍晚，石碚抱着母亲的骨灰盒走出火葬场，回到家中放到堂上点燃三炷香后，就是现在这样子——没有眼泪，只有疲惫和空洞的眼神，仿佛有人拿着大铲子把灵魂给铲走了。

那天她一直陪在他身边。两个人只是静静地坐着，谁也没有说话。任何话语在当时都太过沉重，而少年的心薄如蝉翼、轻如羽毛，无法承受。

两个人就那样坐着，从暮色四起，到黎明释放出第一缕曙光，内心世界里脆如琉璃的东西开始慢慢变得坚强、敦厚。

“石头哥，我会一直陪着你的。”16 岁的郑暖夏说。

“嗯。我也是……”少年石碚点点头，憋了一天多的眼泪突然夺眶而出，越来越多，汹涌得像决堤的河水，呜咽咆哮起来。

旁边的石家爸爸见状，提着的一颗心才放了下来，眼角也是亮晶晶的。

夜不归宿的郑暖夏知道，她回家后会有怎样的一场暴风骤雨，但坚决不让石碚送自己回去。

几天后的放学途中，石碚发现大热的天她竟然穿着长袖衬衣和长裤子，除了脸外，郑暖夏全身像粽子一样裹得严严实实的，便不顾她的反抗，强行拉过去撸起了她的袖子，发现上面布满了青紫色的拧掐的痕迹。

“郑暖夏，以后绝不让谁再欺负你！”那个大她几个月的少年说。

“嗯。我也是……”她答。

18 年后的现在，郑暖夏望着魂不守舍的石碚，18 年前的往事从旧台历上飞速地往前翻，眼睛不由湿润了。

“接到通知了？”她虽然知道了答案，还是心存侥幸地问。

“嗯。”他答。

郑暖夏越过他朝外面走去。

没有任何眼神和肢体语言交流，他就很自觉地跟在她身后，也出了科室。

两个人坐到了普外二和普外三之间摆放的藤椅里。

“你先别着急，我，我们再想想办法……”郑暖夏本来想说她“找人再想想办法”，话到嘴边却拐了个弯儿。

“没事，就像王科长说的，我权当休个带薪假吧。”石碚故作轻松。

“嗯，一年 365 天地忙碌，休息一下也好。”她艰涩地说。

“再不休假我就该过劳死了。那就真应了那句——人没了钱还在……没有夜班，没有手术，没有午夜凶铃的急诊呼叫，未来的日子想想就惬意……”他的声音不无轻松，眼神却是飘忽的。

郑暖夏觉得他俩像坐在一艘漏水的船舱里，在找到救生办法前，只能陪着他一起沉沦。

多一个人陪伴，胆子会壮一些吧。

两人目光呆滞地望着普外二和普外三之间的大厅，直到郝子玉的母亲昂首挺胸地走出来，到电梯前摁下了按钮。

“石头，黄帆……”郑暖夏紧张地抓住了石碚的手。

她满手心的汗让石碚吓了一跳，随她的目光望去，也看到了那抹骄傲的身影。

两人谁也没有说话，却格外默契地起身朝她走了过去。电梯却先他们一步关上了门。石碚焦急地按下别的电梯按钮，显示的楼层离他们还有些距离。

石碚拉起郑暖夏冲向了旁边的步梯间，两人三步并作两步，连蹦带跳地向下跑。

等他们气喘吁吁地追到一楼时，那抹紫红色的身影已经出了电梯，向外走出了一段距离。一个司机模样的男人上前接过她手中的包，二人说着话出了住院部。

石碚猛然左转，从走廊西边的出口也出了住院部，直奔车棚。郑暖夏紧随其后。

二人骑上电瓶车直奔停车场，看到郝子玉的母亲上了一辆蓝色的宝马车，便悄悄地尾随其后。

那辆宝马车出医院后，沿着院前街向东驶去。

石碚的电瓶车在人流车流中蛇行穿梭，紧跟着那辆车。

两个红绿灯后，宝马车左拐向北驶去。石碚加大电门，也驶向了北边的怀东路。可没跑出去多远，电瓶车越来越慢，后来完全停止不前了。

“晕死，没电了！”石碚气得猛地锤了下车把，下车将车在人行道上支好，准备到马路边打车时，被郑暖夏拉住了。

“已经跑没影了……”她望着茫茫的人流车流说。

“都怪我！”他沮丧地揪扯着自己的头发。

“就算追上了又能怎么样？郝家会让我见箐箐吗？”她的眼睛里是无尽的苍茫，忧伤在此郁积成了化石。

“那至少知道他们住哪里啊！”

“知道了又能怎么样？他们还会像当年那样，轻而易举地搬家了事，或者，可以直截了当地威胁我……”

“他们威胁你了？”石碚的声音迥变，像刺刀般锋利。

“黄秘书长的岳母在你们科室住院？”她换了话题。

“嗯，我给她做的手术。这和郝家有什么关系吗？”

“黄帆是黄秘书长的堂姐……”

石碏的眉头皱在了一起，粗声粗气说：“不管谁的堂姐，我都不会让她再欺负你！”

“郑暖夏，以后绝不让谁再欺负你”，18 年前石碏的话和今天的几乎一模一样，连神情都那么雷同……在她的泪光中，16 岁的少年和 35 岁的石碏逐渐重叠在一起。

“走，回去吧。就算最后一班岗也要站好。”郑暖夏走向电瓶车，她已经在心中做好了打算。

和老周约的是六点半，五点半时郑暖夏就开始准备了。她悄然掏出化妆包，以电脑作掩体，趴在格子间里捯饬——拿气垫霜补了下妆，用眉笔将眉毛修整得又弯又长，涂了睫毛膏，擦了点口红，对着小镜子左照右照，发现妆容精致又不张扬后，才满意地收起了化妆包。

同事们开始陆续离去。郑暖夏搜索了，老周订的饭店离她仅有几百米，因此倒不急着走，待办公室只剩下她自己后才慢条斯理地脱下工作服，从包里取出白色的小丝巾，系了个漂亮的玫瑰结，从衣架上拿下长款的莫兰迪色系的羊绒大衣穿上去，亭亭玉立地出了办公室。

昏黄的天空中，小雪还在懒散地飘着。

郑暖夏出医院大门后右拐进了西边的胡同，沿着人行道慢慢地走着，内心有些忐忑不安。

她明明赴的是一场饭局，却像奔赴刀山火海，冰凉的地面竟然有些烫脚板了。几百米的路，像走了几个世纪……

郑暖夏刚站到“芷兰小厨”门前，老周的电话翩然而至。

“二楼 206 房间。”他声音浑厚，简短有力。

“好。”

挂断电话，她整理了一下思路，走了进去，在服务员的引领下来到了206房间。

郑暖夏进去时，发现里面已经坐了两男两女四个人。

看到并非只有他们两个，她紧绷的弦松懈下来，暗笑老江湖和小江湖真不是一条起跑线上的。看来老周早就明白了自己的尴尬，才带了人来。

老周乐呵呵地起身相迎，给他们一一介绍。另外三个人分别来自市委宣传部和市文联，总之和郑暖夏过去及现在的工作有点关联。

今天的饭局看似随意，实则暗中讲究规矩。老周在几个人中职务最高，当仁不让地坐主座，给郑暖夏留的是紧挨着他的右侧位置。

老周带的两个女孩子谈吐不俗，夹菜倒水，分寸拿捏得很到位，给人的感觉十分舒适。

在帝都混了那么多年，郑暖夏参加的各种饭局自是不少，大人物小人物都见过，虽不至于长袖善舞，但绝对不是笨头笨脑的傻女孩。今天因为心思过重，她一直在思索怎么和老周开口，因而笑得勉强吃得也勉强，当酒杯敬来时，就干脆灌下去一整杯。

老周热热闹闹地和三个人说着话，却不忘体贴地给郑暖夏夹菜盛汤。她则自顾自仰头喝酒，低头吃菜，酸甜苦辣咸聚集在嘴里后，就中和反应似的无滋无味了。

5

“该吃吃，该喝喝，没有解决不了的事情……”服务员端上来了拔丝板栗，老周夹起一块放到了郑暖夏的盘子里，扯起的糖丝散发着琥珀色的甜蜜光芒。

因为老周的这句话，板栗吃进嘴里后竟又甜又糯的，郑暖夏的心情好了些。

“来，大才女，喝一个吧……”老周端起酒杯朝向了暖夏。

因心不在焉，刚才和别人（她实在忘记都有谁了）喝过后杯子还空着，她便忙不迭地往自己酒杯里加酒，老周却拎着他的分酒器为她斟上了。

无论职务还是年龄，郑暖夏都应该先敬老周的，她有点尴尬地起身，恭恭敬敬地将酒杯举向老周。

老周竟也起了身，微笑着望着她。

“谢谢周主任。”若语言有味道的话，郑暖夏这句话是黄连味儿的。

“石碚是带薪休息的……”他低声温和地说。

“我，知道。可这对于一个外科医生和他的患者来说，都是……巨大的遗憾。”郑暖夏的眼睛盯着酒杯，不敢和老周对视。她可以断定，石碚停职不停薪是老周斡旋的结果，而不是王科长的功劳。但这不是她和石碚想要的结果。

外科医生的价值是在手术台上，而不是躺平做个米虫。况且去除手术奖金后的那点基本工资，也不足以支撑石碚和郑暖冬当两只躺平的米虫，因此她不得不把这些话说出口。

一向不求人的郑暖夏，为了石碚委婉地求了人，一如他那么多年为她闯的祸背锅一样。

“再有几天就过年了，让石碚安心把这个年过好……其他的，别多想。”老周笑着冲暖夏举起了杯子。

她连忙在低于他杯子三分之一的高度处碰了下，一饮而尽。“其他的，别多想”六个字，让她灰暗的天空中泛起了希望之光，眼泪违背大脑的军令，迅速在眼眶中集结成队，她努力压制着这场不设防的造反。

“谢谢，谢谢……”她几乎哽咽了。

当年在小城受的百般刁难和陷害，导致她背负着对故乡人的诸多怨怼和看法离开了。郑暖夏的内心深处是抵触怀清人的，可多年后却不得不灰头土脸地回来，内心的伤痛仍在，所以她对诸如老周这样的人仍保留着很难跨越的警戒线……

然而他的人情味儿却打动了她。她想了下，没有把石碚竞选副主任一事说出口。一个女人求男人帮忙，除了血浓于水的亲人，适可而止最好，因为大恩是很难偿还的。就算为了石碏，她也不想把自己送上祭坛。

和聪明人交手，只需一个眼神便可，不必过多赘述。

郑暖夏读懂了老周愿意“鼎力相助”，老周亦读懂了郑暖夏眼里的“感激涕零”。二人都朝对方笑笑，点点头，分别坐了下来。

其他三个人谈笑风生，仿佛没有察觉到老周和郑暖夏那杯酒已喝得风起云涌了。

关键时刻装傻充愣，也是高手必备条件之一吧。总之，这顿饭吃得“团结、和谐、开心”。结束后，老周让司机送三个女士回家，他和另外那个男士上了其他车辆。

路上郑暖夏和她们有一搭没一搭地聊着卡夫卡、陀夫妥耶夫斯基、莎士比亚，以及正火爆的几部国产电影，大脑却在飞快地运转着，思忖该怎么和石碏沟通，要他安心休这个带薪假。

22 床的手术，石碏提前几天就和手术室沟通过了。那边的赵护士长回复说将安排在今天上班后的第一台手术。

这是石碏“被停职”前的最后一班岗了，早上七点他就来到了科室，逐一查房。

石碏的病人和家属们今天似乎都起得格外早，查房时的气氛也很融洽，就连冤家对头般的 8 床和 9 床见到他时，都出乎意料地没有相互攻击告状。大家除了诉说病情外，还对石碏嘘寒问暖的，有家属问他住在哪？说马上要过年了，这两天带点土特产送过去。

他婉拒了他们的好意，叮嘱了一些注意事项后，就离开了。

令石碏感觉奇怪的是，他每走出一个病房，家属都要跟出来，目送他进入下一个病房后才回去。每天被家属们前呼后拥地包围着，他虽稍觉诧异，也没觉得过分奇怪，只是去掏手机时，却发现口袋里不知道被谁塞了几颗糖和一个做得很精美的香包。

还好不是红包，不然他还得破案，找出“作案者”归还……石碚笑着摇摇头，十分温暖地收下礼物，向 48 床的病房走去。

48 床苗老太太住的是个单间，石碚走进去时她还在沉睡中。

难得二宝在值班。看到他，二宝一脸的波澜不兴，没了那天晚上在“小城人家”遇到时的热络。刘杰斌最近恨不得生了四条腿，好分出来两条腿驻扎到这里，因此二宝在他这个管床医生面前这种表现也在情理中。

石碚拿起听诊器放在苗老太太的胸前听了下，又摸了下她的脉搏。她目前情况还算稳定，但他还是认真地叮嘱了几句。

二宝嘴里“嗯嗯嗯”着，眼睛却没有离开手机屏幕，相声的声音传来，笑得前仰后合，仿佛完全没有听见石碚说了些什么。

石碚只好摇摇头转身准备走人，却感觉衣角被人拉了下。他低头望去，发现苗老太太枯瘦的左手从被子下面伸出来，牵住了他的白大褂。

她不知道什么时候已经睁开了眼睛，望着石碚，嘴唇翕动着，似乎有什么话要说，但乜了下二宝后，只是微微地喘息着，又什么也没说。

石碚略迟疑了一下，拿出听诊器，再次放在了苗老太太的胸前，等待她开口。可她又看了下二宝，还是没说话。

二宝的电话响了。

“苗二宝你死哪去了？多少天没来了……”一个女人尖厉的声音传来。二宝神情慌张地瞅了一眼床上的母亲和石碚，跑出去接电话了。

苗老太太张张嘴想说话，却显得很无力。石碚便把耳朵凑了过去。

“管子，都拔掉，回家……”她虚弱地说，浑浊的眼睛里泛起一层亮晶晶的泪光，那只插着留置针的手仍旧牵着石碚的白大褂。

石碚心中一颤：“阿姨，这要经过家属同意的。等会儿我电话征求一下二宝姐姐和黄秘书长的意见。”

别看苗二宝咋咋呼呼的，可苗老太太入院治疗的所有事情，都是黄秘书长夫妇说了算。

苗老太太的身上戴着监护仪，插着胃管、腹腔引流管和氧气管，每天几瓶液体输下来，两只手背上布满了瘀青……这些对于体魄强健的年轻人都是一种刑罚，用在一个风烛残年的老人身上简直是酷刑了。

石碏不由想起当年母亲乳腺癌晚期骨转移后的痛不欲生。她曾无数次向父亲提出来想放弃治疗、安心离去，可父亲因为爱她，倾其所有去挽救她……于是，母亲不能自已的痛苦呻吟和父亲的轻声安抚，合奏成苦难的音乐，在他们家里循环播放，无数次让年少的石碏泪流满面。那时他暗中发誓，将来要做一名好大夫，治天下难治之病，救世上可救之人。

可现在，面对苗老太太，他却有些无力。

“他们，孝顺……”苗老太太摇摇头，眼泪终还是涌了出来。

石碏之前之所以不想给苗老太太做手术，一个是因为她的身体、年龄、病情的原因，另一个就是老太太曾私下和他说不想再受这份罪了。

有一阵子，“有尊严地死去”在社会上呼声很高，怎奈羁绊的因素太多，那些呼声最终停留在媒体和人们的口头上，想落地实在太难。石碏体谅苗老太太的痛苦，可这事他做不了主，只好安慰几句出了病房。

石碏本想找二宝谈谈，将苗老太太的想法告诉他，可他不知道跑哪里打电话去了。还好，他姐姐迎面走来了，看来是早上过来和二宝换班的。

石碏犹豫了一下，将老太太的想法同她讲了。她听后眼圈马上红了，说母亲不容易，他们唯有在床前好好尽孝，才能对得起她的养育之恩。

苗老太太带大了黄秘书长的一双儿女，那点退休工资也大多花在了孩子身上，因此他对丈母娘很有感情。之前石碏向他们提出来苗老太太并不适合手术时，两口子就一致反对，说老太太操劳了一辈子，还没享几天福呢，无论怎么样都要让她多活几年，好让他们好好尽尽孝。

石碏想帮苗老太太，可这是人家的家事，他不能说得太多，只好就此打住。

“对了，”他好像想起了什么，犹豫了一下问，“冒昧向您打听一件事，您知不知道黄帆黄主任家住哪里？”

第六章 | 冤家宜解不宜结

1

二宝的姐姐怔了一下问：“石大夫打听我堂姐……有什么事情吗？”她接着连忙解释：“有什么需要尽管说，我和老黄要是能解决的话会尽量帮忙的。”

石碚略显尴尬地说：“哦，不不，谢谢了。”他咬了下嘴唇，迟疑了一下继续道：“我和郝子玉原来是朋友，工作后就失去了联系，昨天看到他妈妈来看望老太太了，还没来得及问她就走了，所以想问问您……”

石碚虽然很努力，可这个谎言编得却漏洞百出。找郝子玉，直接要他的电话便好，打探家里住址干吗？好在黄夫人并没有多想，听闻并不是要帮忙后，便淡淡地说：“我也没去过，听说是在城北的嘉禾小区。”

嘉禾小区算是怀清的高档园林小区，以环境好、安保好、物业服务到位而闻名于怀清。以郝家的身份地位，住那里也不奇怪。

石碚还想问郝子玉女儿的事情时，看见二宝接完电话朝这里走来了。不想和他再有交集，便对他姐姐说了句“谢谢”后离去了。

石碚走进 22 床的病房时，她正坐在床头看书。抬头看到石碚后，她连忙将书放在了床头柜上。

“石大夫好……”她的声音很低，夹杂着一丝颤音。

“我们不是说好了一起努力，打胜这场战役的吗？”石碏以为她在担心手术。

她微微颔首，头垂得低低的，不敢和他对视：“石大夫，不管你在不在，我都会努力打胜这一仗。”

虽然她拼命压制着哽咽，石碏还是听出了浓浓的鼻音，心头一热，眼睛有点湿润，恍然明白了那些家属们为什么会送他到病房外了，看来大家都知道他要停职了，却没有一个人在他面前提起这个，只是用最朴素的行为为他饯行。

“梅小慧，都准备好了吗？”石碏强忍着心绪的波动。

“嗯，准备好了。”她声音如羽毛般轻微，却又像磐石般坚定。

“那就好。命运馈赠给奋斗者的总是最好的。加油！”他朝她点点头，出去了。

石碏最后去看的19床。进去前，他的心都提到了嗓子眼，不知道该怎么和柳翠花说。

柳翠花住进来后，根本没喊过石碏“大夫”或“医生”，一直叫他“弟弟”。当石碏问她“弟弟”的名字时，她蚊子哼哼似的说“小勇”，必须用加长版的耳朵才能听清楚，仿佛那两个字长有牙齿，会咬人。

虽然石碏和“小勇”八竿子打不着，但还是会给她带各种高营养低脂肪的食物，发红包给肖小艳等护士，让给她买衣服。柳翠花从不会对他说谢谢，却会在他出现时抱住他的胳膊摇晃着一口气“弟弟弟弟”喊上十几声，他推都推不开。

两个人的见面场景常常是——满脸憨笑的柳翠花拉着一脸嫌弃的石碏，周围是窃笑不已的其他医生护士。画风迥异，却十分清新和谐。

总而言之，柳翠花住院后十分黏石碏，使得他不知道该如何同她告别。

石碏足足在柳翠花病房外站了两分钟，才鼓足勇气推开了门……还好，她背对着门仍在睡觉，那重重的呼噜声让石碏稍微安了点心。他深深地打量了一眼那堵城墙般厚实的脊背，退了出去。

此时此刻，他多么渴望当个货真价实的鸵鸟。

早上八点钟左右，普外三的医生护士们陆续来上班了。

每周三是科室里的例行大查房。万主任一大早坐城际列车去省里开会了，今天的大查房由常主任带班。

刘杰斌今天格外兴奋，不管是不是他管的床，都会说上几句。常主任一问一答同他打着配合。石碚已看过自己的病人，整个过程中没发一言。

王科长昨天见过石碚后，把消息也同步传给了万主任。下班后万主任主动约石碚小酌了几杯。情同父子的两个人，有一搭没一搭地喝着聊着，话题天马行空，从医学界聊到商界，从国内谈到国际，唯独没有提及石碚的停职。

结束后，石碚骑着电瓶车送微醺的万主任回去的路上，他幽幽地说："石碚，你要坚持。"

石碚在黑暗中点了点头。万主任的"坚持"两个字极其简短，蕴含的却太多太多。

人想要成功，哪件事情不需要坚持？

今天上班，石碚兴致虽说不高，脚步却是踏实的。

……

一行人查房再度来到苗老太太房间时，刘杰斌对她殷勤地嘘寒问暖，老太太摇头或点头作以回复。

"阿姨，看看刘大夫对您多关心啊，昨晚不是他值班，还跑来看您……"肖小艳边给苗老太太整理被褥边说，突然意识到48床的管床大夫是石碚后猛然打住了。

昨晚刘杰斌来看望苗老太太，苗老太太本人当然是知道的。肖小艳此刻提起，不过是想告诉黄夫人，昨晚刘杰斌又来照顾他们家老太太了。

刘杰斌心领神会地朝她挤挤眼，只是那眼神被酒瓶底子般的眼镜片过滤后，折射出来怪怪的，不知道能留下几分真心，几分假意。

他们的互动全被石碚收入了眼中。识时务者为俊杰，相较于快要到站下车的万主任，和马上停职反省的自己，继任的常主任和上位的刘杰斌在她心目中更为

2

医生，尤其是住院医生，往往都是从上班忙到下班，电话一个接一个，语音留言一条接一条，走几步路都得前有开道、后有跟班（家属和病人），早来、晚走、望不到头的值班成了他们生活的一大部分。普通人加班无论是“晚八点还是零点回家”，总归可以选择，医生却不能。长年累月无休假模式，让很多年轻医生的恋爱陷入了“月恋”魔咒。

除了“恋爱魔咒”这项，石碚几乎全占了……往常忙得眉毛胡子都要烧焦的他，却因为突然而至的“停职”清闲下来，他像一枚疯狂旋转的陀螺被点穴了……只能端起那个灰色的保温杯大口灌起了水。

郑暖夏回来的第二天，他就从杂物间找回了这个保温杯。从此无论上下班都杯不离手……可因为要上手术，这会儿又不能喝太多的水，某种无法言说的渴在心头翻腾。

从心到肺的渴，没心没肺的渴，纠缠着石碚，他却只能让自己渴着，什么也不能做。

手机在口袋里“嗡嗡”地振动着。石碚以为是手术室扔来的救命稻草，连忙掏出来接听，屏幕上显示的却是“师兄”……他颓然地将手机扔在桌子上，待它安静下来后，拿起来打给了手术室。

一个小护士的声音传来：“喂，石大夫，护士长在手术上呢，等她下来让她给您回复啊。”

石碚“嗯”了一声挂断了。

两分钟后，一个陌生的号码打了进来。

他接起来后还是那个小护士，她的声音弱弱的：“石大夫，其实是有人交代，把您的手术往后排……您别着急啊，这边我再和护士长沟通一下，看能不能早点给您安排上。”

石碚的大脑顿时像遭受了核风暴，满目疮痍。

中心医院位于老城区，地段限制了它的发展，遇到突发状况，15个手术室全被占满后，会停掉一些原本定好的手术，让道给急诊转来的患者。可停的一般都是小张、小李那种初出茅庐的年轻医生，像石碚这样的主任医师（正高职称）一般不会停。石碚隐约感到其中有问题，但没想到会有人特意交代让停了自己的手术……

他不知道22床的手术几点才能安排上，这时候病人的情绪最重要，他准备去看下梅小慧，和她聊几句。

石碚从座位上起来时，发现刘杰斌不知何时已回到了座位上。二人目光对视的瞬间，刘杰斌的脸下意识地扭到了一旁。

微小的动作出卖了他。石碚明白，以刘杰斌目前的职务还没能力停掉自己的手术，但这事他肯定是知情者，甚至还是参与者。

至于原因，石碚不知道，也不愿意知道。或许是捕捉到了阴影里的小鬼，他的心里没那么堵了。

石碚走进梅小慧的病房时，护士长肖小艳也在。

肖小艳冲他点点头，走了。虽然口罩遮去了她大半张脸，但两人擦肩而过时，他从她红得能滴下来血的耳垂上嗅到了惭愧的味道。

果然，还没等他张嘴，梅小慧倒平静地开了口："石大夫，肖护士长和我说了手术可能要往后推迟一下，没事的，我做好准备了，您不用担心。"

看来手术推迟的事情普外三很多人都知道了，只有他这个主刀医生不知道……呵呵。

"那好，你安心休息，我们静候手术室的通知。"石碚说着冲她俏皮地挤了挤眼睛。

梅小慧回了个浅浅的微笑，那张苍白的脸上竟然泛起一丝红晕。

因为被叫停了手术，这个上午对于石碚来说就像橡皮筋一样被拉长了。科室里各种眼神像针一样扎着他，他本想仓皇而逃，一时又不知道去哪里，只好呆坐着。

还好，郑暖夏的微信飞来：祝手术顺利成功！加油，你是最棒的！

他回了个胜利的表情，然后端起保温杯灌了一大口，眼睛盯在手机屏幕上，嘴角泛起好看的四十五度笑容。

她的话像定海神针，让石碏茫然无措的心安定下来。他打开电脑，调出来之前制定的手术方案，看了又看，修改了其中两个细微处，尔后看了下时间，发现已是十一点一刻了，便拿起饭盒奔向食堂。

这个时间点来的好处是，大部分已做好的饭菜精神百倍地在等待肠胃的宠幸，人还少……无意识中，石碏开始躲避他人的视线。

他拿起盘子走向窗口，正要指向那盘“蒸荠菜”时，另一只纤细的手也指向了它。

石碏扭头望去，见旁边站着一个身穿黑色长款羽绒服的身影，掐腰的款式将她的身影衬托得格外颀长。虽在室内，她头上的帽子仍没有摘下来，口罩遮去了大半个脸，整个人看上去像一枚包裹得又细又长的粽子，根本分辨不出是何方神仙。

“师傅，给我来一份这个。”声音甜糯轻柔，像羽毛抚过人的心口。

郑暖夏！石碏心头闪过一丝诧异，不明白她为什么也在这会儿溜出来吃饭，难道又没吃早餐？

两人同时点的菜，师傅还是先打给了郑暖夏。石碏刚要叫她时，她却朝师傅说了声“麻烦给我再做个小碗烩面”后，端起菜走向角落里的位置，鬼鬼祟祟地像地下党接头。

石碏点了份大碗烩面后，走向郑暖夏。

她已摘下口罩开吃了。在他离她还有三米远的时候，她头都没抬冲他打出个“STOP（停止）”的手势。

看来她早就看到他了，只是不愿意和他“当面认亲”。

别人视他为细菌还可以接受，郑暖夏这样对他，他开始怀疑发“祝手术顺利成功”的是她本尊吗?

石碚有点受伤地端着菜走向另一个角落，低头没滋没味地和蒸菜战斗。他这个破落户得有点眼力见，中间的位置不再属于他了。

这么多年了，他和郑暖夏都爱吃荠菜的习性丝毫未变，心中说不清是什么感觉。

师傅将脖子伸出窗口大着嗓门喊：“烩面好了，两碗都好了。”

郑暖夏戴好口罩起身去端面。石碚犹豫了一下也跟了过去。

“看微信。”她的声音低得像蚊子哼哼，还是只未成年的蚊子。

他端起饭回到座位上，迫不及待地拿出手机，打开微信界面，果然发现五六条她发来的消息。

第一条：我去找过林院长了，他已经和手术室打过招呼了，等车祸的几台手术下来就安排你的上。

第二条：停你手术那混蛋，别让我逮到他，逮到就弄死他（凶狠的表情）。

第三条：本来想去普外三看你的，但不想给那些坏人话柄，我忍，忍忍忍……此处省略两部电视剧的“忍”！

第四条：知道这个上午对你来说，有点度日如年。要不，趁这会儿人少，我们去食堂吃饭吧，然后我假装不认识你，你也不认识我，再玩一把“陌生人游戏”，怎样（挤眉弄眼的表情）?

第五条：你是不是没有看微信啊?你个死石头，臭石头！！！竟然还和我要同样的饭菜，不是说好玩陌生人人设的吗?啊啊啊！！！

石碚就从一块冻土，变成了忽如一夜春风来的梨花。他下指如飞刀，快速在屏幕上戳下：好呀，现在开始我们就是陌生人，不，我来自火星，你来自水星，不跑上 N 光年，是不会认识的。

那边郑暖夏将帽子稍微往后面扯了下，眼神不屑地在石碚的头像上抽打了两下，又迅速收回。

吃饭的人陆续多了起来。两人低下头快速和饭菜战斗，然后到水池前清洗饭盒。尽管只有几十厘米的距离，表现得却遥如宇宙中的星辰。

“火星人你好。”洗净饭盒，郑暖夏轻轻地吐出五个字，并不看他，一脸高冷地朝外走去。

石碚的笑容就从惯常的四十五度，上仰到接近六十度了。

“啊，快来人啊……”

石碚还没走出食堂门，郑暖夏的尖叫声就传来了。

他飞速往外跑去，只见她跪在地上，怀里抱着一个昏迷不醒的女孩。旁边的地上掉着一个香奈儿的圆饼包包。

石碚三步并作两步来到她们跟前。

“怎么了？”

“她说肚子疼得厉害，我刚扶住就成这样了……”郑暖夏吓坏了，声音都是颤抖的。

石碚将手放在那女孩肚子上检查，她却突然呕吐起来。

怕呕吐物呛到堵塞气管，石碚连忙将她的身子挪成了侧位。她接二连三继续吐着，自己身上和石碚的鞋子都未能幸免。

郑暖夏惊得瞪了大眼睛。处女座的石碚有着标志性的洁癖……他却没像以前那样炸毛，耐心等女孩吐完，将她再次放平，开始检查。

有医护人员陆续围了过来，体检中心的迟姐也在其中。

“什么情况？”迟姐问。

“像是肠梗阻……”

“她这个样子做立位 X 光是不行了，送去 CT 室吧。”

石碚点点头，抱起女孩跟着迟姐朝前走去，边走边对郑暖夏喊：“打开她的包，看能不能找到证件和手机什么的，得联系上她的家人。”

3

“好。”郑暖夏跟在他们后面，拉开那只圆形的包包翻找，除了一部金色的手机和一个小化妆包外，什么也没能找到。

现在移动支付方便快捷了，许多人不出远门都不会带钱包，收纳在钱包内的相应证件也就被留在了家里。尤其女孩子，随身的包包很小，除了手机和化妆包外，容不下更多的东西。

郑暖夏试图通过手机通讯录查找到相关联系人，可女孩设置了解锁密码，她只好颓然放弃，跟着石碚和迟姐朝影像中心跑。

女孩子被推进去做 CT 后，石碚、迟姐和郑暖夏站在监视器前紧张地盯着。

“刚才手检时就感觉是肠梗阻，迟姐你看这里，我的判断应该没错——”石碚指着监视器说。

“嗯。这种情况得赶紧联系上家人才行啊，不然手术没人签字……”迟姐和石碚一样着急。

严重的肠梗阻会导致水电解质和酸碱平衡的紊乱，耽误时间长的话，会增加患者死亡的风险。石碚和迟姐非常清楚这点，焦虑的情绪在集聚。

圆包包里传来了清脆的电话铃声，郑暖夏慌忙取出手机接了起来。

“喂，雯雯……”电话中传出一个男声。

石碚一把从郑暖夏手里夺过了手机，问：“请问你和这女孩是什么关系？能不能联系上家长，能联系上的话，马上联系她的……”

“石碚？！我女儿的手机怎么在你手里？你把她怎么了？我告诉你，你敢动她我不会饶过你的！不过就压了你一台手术，你就绑架我女儿，无法无天啦你——”那边大喊大叫炸得石碚耳朵疼，他这才听出来是常主任的声音。

石碚焦虑的神情缓解下来，把手机递给了迟姐。从表情可以看出，她也知道对方是谁了。

“喂，常主任，我是迟薇。你女儿刚才在食堂门口突然晕倒了，现在在做

CT 呢，你快过来吧。”迟姐口气温和，却透着疏离冷淡。

自从“飞刀”事件爆出来后，石碏的一举一动都备受同事们的关注。这次被停职，再次将他推上了中心医院的热搜榜。一直是手术室宠儿的他，却在这种敏感时刻被压了手术，更加助推了事件的热度。

迟姐是中心医院的老人员了，当然知道给手术室下命令的是谁。常主任给万主任做副职那么多年，一直认为自己怀才不遇，几次找机会想取而代之，却一直未能如愿，心里累积了万般愤懑。这次万主任退休，据说他接任主任一事已在院党委会上通过了，石碏作为万主任一手带起来的新生力量，而且还是一股非常优秀的力量，常主任肯定要在他身上撒把气的。让大家没有想到的是，他会在石碏的最后一班岗上动手。

虽说晚几个小时手术不会对 22 床的病情造成什么影响，但盗亦有道，作为一个从业者，脱离了医学人文精神，就该受到鄙视。迟姐冷眼旁观事态发展，打内心不赞同常主任的做法。

“啊，雯雯……”常主任听闻女儿出了事，慌乱起来，“迟姐，我马上过去。”为了女儿，他将平时的“小迟”改成了“迟姐”。

得知女孩是常主任的女儿后，石碏冲迟姐点点头，转身走了。郑暖夏迟疑了一下，将包递给迟姐，和他一起离开了。

中午时分，楼道里空荡荡的。

石碏和郑暖夏从影像中心出来，来到前面的大厅，并肩坐在两张候诊椅上，一时无语。

“我们的陌生人游戏，就这样挂掉了……”石碏想打破凝滞的气氛。他不想暖夏跟着自己一起情绪低落。

“陌生人游戏”是石碏从南方来怀清那年，同郑暖夏一起参加学校的春节联欢会时，表演的小品。

老师的本意是让孩子们从“两个陌生人遇到困难时，通过相互鼓励帮助，变成真正的朋友”的剧情中，感悟出“帮助他人就是帮助自己”的道理，分享陌生人变成好朋友的快乐……谁料石硞上台后不是恶声恶气，就是噘着嘴不吭一声……还好都被郑暖夏的甜言糯语给化解了，她还用夸张的动作和自我增加的搞笑台词逗得台下哄堂大笑。在她的感染下，石硞渐渐回归到剧情中来，那场演出非常成功，成了学校的经典保留节目。

此后，每当他们两个有谁不开心时，常会即兴出演“陌生人游戏”，来为对方化解烦闷。

“你受委屈了。你二师兄老刘最近常给我打电话，要我劝劝你。如果你想去他那里的话，我支持你，毕竟更好的平台才能让你的才华得到充分的展示……”郑暖夏定定地望着石硞。

当年读大学时，老刘、石硞和郑暖夏时不时会凑在一起玩。如今老刘见自己单打独斗劝不动石硞，便想借助郑暖夏达到目的。

“你呢？”石硞哑着声音问。

“我……还要留在这里。找不到箐箐，我不会离开的。”她坚定地说。

“我也不会离开的，”石硞的态度也相当坚定，“不是因为你，而是因为老高、梅小慧、柳翠花他们……”

在马斯洛的五个需求层次理论中——生理（衣食）、安全（工作保障）、社交（友谊）、尊重和自我实现，石硞每项都被伤害到了，尤其是工作保障及尊重和自我实现被伤害得最为厉害，因此郑暖夏知道他的“不是因为你”五个字里，需要把前面两个字拿掉。当然，老高等患者也是他留下来的重要原因。

见他不想让自己担心，她也只能揣着明白装糊涂。

石硞的电话响了，他看了一眼，将手机举到暖夏面前。

“刘杰斌找你干吗？”郑暖夏的眉头皱在了一起。他和石硞争副主任一事在中心医院甚嚣尘上。有传言说，为这个，刘杰斌不仅巴结黄秘书长、悉心照顾他丈母娘，还把所有院领导的门槛都快踩平了。

石硞从郑暖夏的表情里看出来她也不喜欢刘杰斌，便直接挂掉了电话。微信提示音却接二连三地响了起来。

石碏猜测还是他，无奈地摇摇头，打开了微信。

果然是刘杰斌发来的一连串语音。他打开后却是常主任焦急的声音。

“石碏你跑哪了？赶紧来手术室！”

“石碏你听到没有？不要把个人情绪带到工作中来！”

“石碏，石大夫，你是医生，医生的天职是治病救人……”这条语音，常主任高昂的声音明显低了下去，没有了之前的嚣张。

“石大夫，请你来一趟手术室好吗？万主任不在，雯雯是我唯一的孩子，可我，我却感觉自己无法完成这个手术……”

最后这条，常主任的声音是哽咽的。

“医不医己”绝对是经过实战得出来的经验。石碏看向了暖夏：“我得上手术了。”

郑暖夏望着他，眼睛亮晶晶的，写满了钦佩和动容：“委屈你了，去吧。加油。”

石碏点点头，起身一溜小跑奔向了住院部，上电梯，摁下了 15 楼。

15 楼第 9 手术室里，已经麻醉的常雯雯静静地躺在那里，常主任拿着手术刀的手不停地颤抖，却无法落下，汗像小溪般沿着额头往下淌。

“主任，要不……我来？”刘杰斌在旁边跃跃欲试。

“让你找石碏，你却连个人都找不到……”常主任不是觉得刘杰斌水平不行，是觉得石碏比他更好。

刘杰斌只好又退了回去。

“算了，这个石碏是恨上我了，我自己来吧。”常主任这话既是对刘杰斌说的，也是对自己说的。

手术室的门被推开了，石碏身着墨绿色的手术衣走了进来。

三人目光交汇时，石碚的眼神坦坦荡荡，常主任既惊讶又感动，刘杰斌的则混沌不清。

石碚大步走到手术台前，常主任默然朝旁边让了一下，自我降格为一助；刘杰斌站到了二助的位置；实习生则退到了旁边。

石碚的到来，让手足无措的常主任找回了主心骨。手术电刀无声地切开了白生生的皮肉，他麻利地配合着主刀的石碚，切除，缝合……整个手术做得行云流水，一个多小时基本就结束了。

“手术结束应该就醒过来了，”石碚打完最后一个结说，“常主任，后面收尾的就由你们来吧，我马上要上另一台手术。”

半个小时前，手术室的赵护士长讪讪地走进来问石碚这边什么时候结束，说手术室准备去接22床了，麻醉师也已经准备好了。

石碚说大概半个小时。果然，正好半个小时结束了战斗。

“谢谢你，石碚……不好意思了……”常主任有些尴尬地说。

常雯雯的是紧急手术，事先并没有制定方案，但石碚的刀口切得并不大，这对一个未婚女孩子来说，无疑是幸运的，常主任内心充满了感激，却又没办法说太多，只能含糊其词说了几个字。

石碚朝他点点头向外走去，手拉住扶手后又扭过了头：“等刀疤长得差不多了，带雯雯去省三院吧，我一个朋友在那里做这种刀口文身，遮盖和美化效果挺好的。

常主任的眼睛忽的一下子就湿了，使劲点了点头。

4

22床梅小慧的手术安排在8号手术室。石碚重新换了手术衣、消毒洗手后，推门走了进去。

梅小慧的身上蒙着墨绿色的手术单，脸瘦得比他的巴掌张开还要小点，躺下后身子完全成了个放平的衣架，那只带着伤痕的左乳穿透了被单，孤独地挺立着，向这个不公平的世界抗议着，斗争着。

尽管她紧闭着双眼，他还是在口罩下面堆起了灿烂的笑容，默然对她说："梅小慧，你答应过我的哦，一起加油打赢这场战争。"

石硞戴了手套的双手用力握成拳头，做出了加油的姿势。

沉睡中的梅小慧似乎有了第六感，晶莹剔透的泪水顺着眼角滑落下来。

因为推迟了手术，赵护士长心有愧疚，她今天虽已上了两台手术，还是亲自出马做了这台手术的器械护士。

有人说手术室就是鬼门关，闯过去的继续祸害人间，闯不过去的就和阎王爷下棋去了。常年待在手术室，赵护士长可谓见惯了生离死别，但梅小慧的眼泪还是让她心头猛然一抽，那既是对石硞的信任，也是对命运的宣战，她拿起一块纱布，轻手轻脚地为这个命运多舛的女孩擦去了泪水。

一助李医生和二助张医生，是三年前来到普外三的，一直被万主任和石硞带着做手术，两人对石硞有着徒弟对师父的感情，知道这是他停职前的最后一台手术了，都格外认真。

石硞习惯性地看向了他们。两个人点点头，用肢体语言告诉石硞都准备好了。虽然不舍，但石硞被停职是无可改变的事实，他们除了配合他打胜这一仗外，别无他法。

外科医生大多喜欢追求手术的圆满，每个都恨不得做到极致……因此石硞的手术能做 NOSES（经自然腔道取标本手术）的尽量选择做 NOSES，能保留的神经和血管都会尽量保留。

有人说，外科医生对手术的要求，就像艺术家对待作品那样追求完美，可石硞不这样认为，他只是出于医生对患者的期望，他希望他们摆脱病魔的桎梏后，可以更健全地生活，重归人间美好。但这样手术环节多，需要更为精细的操作，耗费的时间也比常规手术时间长，而且风险也会增大，但他仍这样坚持着。

这台手术是梅小慧的第二次手术，也是她乳腺癌的根治术，之前已制定了周密的手术方案，石碏和两个助理医生及赵护士长配合得格外默契。

石碏虽心有不忍，但为了挽救生命，只能毫不拖泥带水地切除了左乳后，又将腋窝下的淋巴结清扫了一下，才开始缝合。

整个手术做得非常漂亮，“石一刀”的下刀神速再次得以体现，两个年轻医生除了佩服外，又增添几分敬仰。

结束后，石碏脱下手套，无比严肃认真地和两个年轻医生说：“李医生，张医生，22 床以后就拜托你们了。等她清醒过来，要及时进行心理疏导，用药也要注意，一周后开始化疗……发现掉头发后，多和她聊聊，那么爱美的一个女孩……”

两个年轻医生不住点头，强忍着翻涌的情绪。往常石碏只是喊他们“小张小李”，在他们做得不到位时，除了语言上的训斥、揶揄外，还会不客气地拿脚踹上两下。当然，最最重要的是会手把手教他们怎样重新做好……他们喜欢那样的石碏，不喜欢对他们恭恭敬敬喊“李医生张医生”的石碏，因为这样的他即将离去。

石碏拍拍两个人的肩，又看了一眼沉睡着的梅小慧，叹了口气，走出了手术室。

石碏回到科室时，已接近黄昏。他走进办公室，将自己的私人物品放进一个纸箱里，抱起来走到了门口，却又返身将它放回到桌子上，去了护士站。

肖小艳没在。石碏和几个护士道别后准备离去时，却看到她和刘杰斌有说有笑地从 8 号病房走了出来。

刘杰斌不知道说了句什么，肖小艳的脸突然红了一下，笑着拿胖手打了他一下，抬头却看到了石碏，手掌就像被蜜蜂蜇了下，猛地又缩了回去，眼神也岔到了一旁。

呼叫器响了，接通后 23 床说液体滴完了。护士小钱拿起棉签准备去拔针，经过石碚身边时悄声说：“常雯雯住 8 号病房。”

肖小艳之前对石碚的热络和如今的疏离，如同冰与火的游戏，早被大家看在眼里。虽说一朝天子一朝臣，大家嘴上不说什么，心里还是有杆秤的。

石碚本来想拜托肖小艳好好照顾 22 床的，见此情景，只好再次回了办公室。他脱下白大褂挂在衣架上，盯着胸牌上自己的名字，良久后才抱起纸箱走了。

常主任从办公室里走了出来，朝他招了招手。

石碚想了下，走了过去。

“石碚……谢谢。”常主任说。

他本以为常主任会对之前的行径解释一番的，人家却只为自己帮了他而道谢。石碚本想回一句“不客气，这是我应该做的”，但此情此景说这种话，似乎有点机械性的揶揄……

他冲常主任点点头，算是领了这份谢意，走了。

就在石碚的身影快要从普外三消失时，一个胖乎乎的身影快速冲了过去，从身后死死地抱住了他的腰。

“不让你走——”近乎蛮横的声音传来。

石碚没有转身便知道是 19 床。

他叹口气，扭头望去，柳翠花肥硕的身影进入了视线——她的大眼睛瞪成了怒目金刚，整个人看上去就像一块会行走的五花肉。

“柳翠花，快放开。你拆线没几天呐，别胡闹，回病房躺着。”石碚柔声细语，像在哄幼儿园的小朋友。

“我不放，就不放！你骗人，你是个大骗子，这么长时间我都没有打人，也没有骂人，你却扔下我不管了，你说了不会再丢掉我的……”她说着一屁股坐到了地上，大棒槌似的胳膊从石碚的腰部挪到了腿上，鼻涕一把眼泪一把地哭了起来，一如当初她来住院时的模样。

若不是她的年龄和颜值实在不能和石碚组 CP，别人肯定会以为石碚是个“始乱终弃的负心汉”。

“你好好表现，我肯定会回来的。”石碏鼻子一酸，蹲下来和她面对面。

“你说话算话？”

“嗯。”

“可我还是怕你不回来。你是我弟弟啊，你走了我就又成一个人了——”她哭得很伤心。

“你只要听话我就会回来的。”

“我听话也怕你不回来……”

“只要你听话，我肯定会回来……”

他们的吵闹，惊动了普外三的所有人员。

大家站在医生办公室门口和护士站的外面，静静地看着这一幕，眼睛里不约而同进了沙子。小张小李等经常跟着石碏做手术的年轻医生如此，常主任如此，肖小艳等护士也如此，就连刘杰斌……也如此，虽然那厚厚的眼镜片遮盖了百分之八十的泪意。

大家虽心有唏嘘，又担心给石碏造成更大的尴尬和难过，一时无人上前。

钱护士给病人换上液体出来了，眼前这一幕同样让她眼圈泛红。她将空瓶子放下后，想了下，朝他们走了过去。

天下无不散的筵席，总得有人站出来喊“席散了”。

“柳翠花，你看天都快黑了，石大夫累了一天，让他回去吃饭吧。”钱护士掏出纸巾给柳翠花擦眼泪。

“他是我弟弟，我怕他不要我了。”19 床哽咽。

“他是你弟弟，你更应该关心他，放他回家吃饭吧，不然饿坏了怎么办？”钱护士试着去掰她的手。

她竟然顺从地放开了，起身抽噎着说：“我听话，你做手术累了，回去吃饭吧……”

“谢谢啊小钱，”石碏感激地对钱护士说，又看向了 19 床，“乖乖听护士的话。”

“嗯。”她使劲点着头，捂着嘴不敢让自己再哭出来。

石碚的鼻孔里像被谁灌进了二斤醋，感觉再这样下去自己也要哭了，和小钱说了句“22床马上要回科室了，麻烦多关照”后，头也不回地走了。

柳翠花站在那里望着他，直至他的背影完全消失不见了，她才将胖乎乎的手从嘴上拿开，一屁股又坐到地上号啕大哭起来：“你说过的，不会再丢掉我的……”

长长的镜头从普外三的门口，慢慢向里移动——所有的门口都站着人，从医生护士到病人家属，大家都被这一幕弄湿了眼睛。

他们的眼神里有深思，还有更多的不舍。

5

郑暖夏知道石碚上手术了，下午没敢再联系他，但内心的担忧却像蝴蝶翅膀上的灰尘，因静止越积越多，压得她快要喘不上气来了。

还好程主任要她去急诊科送个文件，她想借这个机会透口气，便一溜小跑去了。

急诊科在门诊楼一楼。郑暖夏到那儿时，门口围着一堆人，有几个家属模样的紧张地望着紧闭的急诊室门。一个40岁左右的女人一直用手捂着嘴，想哭却不敢哭出来。旁边几个人不停安慰她，说某某肯定会没事的。

想来，她应该是里面那谁的妻子吧……

郑暖夏很害怕面对这样的场景，小心翼翼地越过他们，朝一名从留观室出来的护士走去。

“请问你们孙主任在哪？”

她指了下紧闭的那扇门：“正在抢救一个心梗的。”

两人正说话的时候，急诊室的门开了。郑暖夏看到孙主任一脸凝重地将心脏除颤器放回到原位，护士用淡蓝色的被单将患者连头带脸地盖住了。

尔后，一行人朝外走来。

“很遗憾，送来得有点晚了，没能抢救过来……”孙主任冲那位妻子说。

她紧紧捂着嘴的手像拧太紧断掉的螺丝，软软地垂了下来，踉踉跄跄地奔向了被单罩住的丈夫，哭声像泄洪的江河，奔腾而下。

郑暖夏的腿软得像豆腐，她拼命往里面打进去一些钢筋水泥。

两秒钟后，她跟上孙主任，将文件递到他手中后，逃命般跑了。

“中午吃饭的时候还好好的啊，这才多大会儿你就把我们娘俩丢下走了，你咋这么狠心啊……”

那位妻子的哭声和声讨声一直在郑暖夏耳边回荡，她被强行拉回到二十多年前。

二十多年前，父亲出车祸倒在了血泊中，生命便在那一刻摁下了删除键。骨肉亲情血脉相连的痛，比之这位妻子，有过之而无不及。而那只是郑暖夏疼痛的开始，从那之后，她就无限不循环、花样百出地持续痛着。

因为在那之前，父母离异了。

父母离婚前，母亲咬牙切齿地问郑暖夏和郑暖冬两姐妹：“你爸有了狐狸精，他不要我们了，你们选择跟谁？”

那年她们 6 岁。郑暖冬的眼睛里喷射着和年纪不相符的怒火，毫不犹豫地站到了母亲身边。郑暖夏看着灯影下木桩子般沉默的父亲，犹豫了一下，朝他走了过去。

母亲和郑暖冬的四只眼睛里飞出了无数条谴责的鞭子，使劲朝郑暖夏抽去，她的身子筛子般颤抖起来，却还是走到了父亲身边。父亲干涸的眼睛瞬间蓄成了两汪泪湖。

父亲拉着她朝门外走去。母亲瞪着他们的背影，眼里燃起愤怒的火苗。郑暖冬恨恨地骂了声“叛徒”。

郑暖夏跟着父亲在出租房里住了三天后，父亲就出车祸离世了，她再次回到了母亲身边。

虽然离家只有三天，但“叛徒”的身份重新定义了她在家中的地位。在那以后的日子里，无论郑暖冬打碎碗还是弄脏了新衣服，母亲的笤帚疙瘩伺候的永远是郑暖夏的屁股，掐的也一定是郑暖夏的胳膊。

从此，郑暖夏的衣服永远是郑暖冬穿旧的，坐的位置永远是离饭菜最远的桌角。郑暖夏在妹妹郑暖冬面前总是诚惶诚恐的，因为她只需要使劲犯错，就能狠狠地惩罚郑暖夏。

即便郑暖夏总是小心翼翼的，身上的伤痕还是新旧交织，青紫和鲜红相映生辉。

有一次郑暖冬扔了半包饼干，郑暖夏实在忍不住诱惑悄悄捡来吃了，被她追到教室里大骂“小偷”。同学们的眼睛里飞出了数以万计的感叹号——那个作文经常被抄在黑板报上的优秀生郑暖夏，原来还是“小偷郑暖夏”！她的脸顿时涨成了一枚小小的紫茄子。

那天放学后，郑暖夏没有回家，她沿着小镇的老街一直走啊走，不知不觉来一个店铺前，在台阶上坐下来，怔怔地望着马路中央，从黄昏到晨曦乍现。

父亲就是在那里消失的，她幻想着他还能从那里再回来。

天蒙蒙亮的时候郑暖夏回到了家。她开门进屋时，母亲正在灶台前给炉子换煤球，眼角的余光发现了她的身影后，斥责声就炸了起来——这么大早的去哪疯跑了？郑暖夏说我没疯跑，我去找我爸了。

父亲是背叛家庭的人，他的追随者和他本身一样可恶。母亲手里烧得通红的火钳子愤怒地朝郑暖夏飞来，一阵皮肉的焦煳味过后，她的小腿肚上便有了一弯月牙形的伤口，后来长成了月牙形的疤痕，终生抹除不掉。

那个妻子的哭诉让郑暖夏有种被车裂的疼痛。二十多年前父亲离世时，她也是这种感觉。从那以后，她特别害怕看到生离死别，因为那后面隐藏的是家破人亡和妻离子散。

郑暖夏摇摇欲坠地逃出了门诊楼，天空中飘落的雪花打在身上和脸上，丝丝冰凉将她从疼痛中拽了回来，心中蓦然又涌起了一些感恩——因为石碚还在，她的箐箐也在。虽然她不知道女儿身在何方，但她好好地活在这个世界上。

回到办公室后，郑暖夏给程主任请假，说有点事想早走会儿。

年关将近，单位里自动开启了假期预热模式，这会儿也没啥事情，程主任便恩准了。

郑暖夏飞快说了声“谢谢”后，拎上包走人了。

人活多少年才知道感恩的？万事万物，无一不是上天的恩宠……郑暖夏甩甩头，决定把今天当作余生的开端，该爱的去爱，该恨的不必耗费生命去恨。

活着就好，无论苟活，还是生活。

她拿出手机，发微信给石碚：下班了吗？

见那边良久没有回复，她便走到路边拦了辆出租车。车内空调很足，车窗上起了雾，郑暖夏的心里也起了雾。

石碚拖着千斤重的双腿走出住院部，从车棚中推出那辆半旧的电瓶车，骑着它出了中心医院的大门。

天空中，雪花像六角的透明锥子，锥着来来往往的车辆和行人，也锥得石碚的心生疼。

十几分钟后，他的车驶进了小区，从小卖铺买了几个馒头和两个熟菜后，朝家走去。

远远地，石碚看到一个颀长的身影站在楼道前。从不停跺脚呵手的动作可以看出她已经冻透了。

“暖夏……”石碚惊呼出声，隐含着喜悦，“你怎么找到这里的？”

“整理档案时看到了你的住址。”

“找我有事吗？”前后不过几秒，他的声音突然冷淡了很多。

“我，我，我来看看你和，郑暖冬。”只有两个人时，她仍没有办法称那个同年同月同日生的人为妹妹，虽然她们流淌着同样的血液，容颜也一模一样。

“你回去吧。等过两天我去看你。”石硞想也不想就拒绝了。

“为什么？”郑暖夏惊得瞪大了眼睛。

“我不用你可怜。”石硞知道她的醉翁之意不是郑暖冬，而是怕他出事情，便直接戳破了她的心事。

“说了我不是来看你的！”她的声音有点刚。

“别倔了，快点回去吧。”说着他拿出门禁卡，刷卡进入。

郑暖夏跟着他想混进去时，却被那扇快速关闭的门给挡在了外面。

“石头，石硞——”郑暖夏拍打着门，跺着脚喊。

“听话，回去吧，再晚就不好打车了。”石硞的心已经被她攻城略地了，却逼自己冷下声音赶人。

“你不会是把郑暖冬给剁去手脚做成人彘了吧？怕我这个亲姐姐发现才不让我进去。我是娘家人，我有监督的权利，必须马上放我进去。”她仍在挣扎，期待用这种方式激怒他，好让他放自己进去一证清白。

“我要是那样做了，你该放鞭炮送匾额感谢我才对。别闹了，快回去吧。”那个一向对郑暖夏恶声恶气的石硞突然不见了，他拿出对待患者的耐心和温柔来对付她。

只有石硞知道，郑暖冬曾对她这个唯一的亲姐姐做过什么，因此他特别想做个拎刀直行、惩恶扬善的侠客，可惜职责和做人的底线不允许他那样做。

“你——”郑暖夏的眼中充盈着泪水，“臭石头！”

她扔出这句话后，扭头走了。

读初二那年，石硞从老爸的书架上偷出来《红楼梦》给郑暖夏看，看她时常读得眼睛红红的，十分好奇，便在她读完后自己也读了一下。

等他将那本书读完归还老爸的书架后，恶声恶气地问郑暖夏：“林黛玉刚进贾府时总喜欢和贾宝玉吵架，知道他们后来为什么不吵了吗？”

郑暖夏一边帮郑暖冬做作业，一边摇头表示不知。

他生气地夺走她的笔，待她愠怒地瞪向自己后才说：“因为有一天贾宝玉告诉她，任凭弱水三千，我只取一瓢饮。”

郑暖夏的脸蓦然成了一块红布，从他手中夺回笔重新开始写作业。

他却又夺了去，定定地望着她说：“郑暖夏你听着，我也是，我也是！”

他这句话加了着重号和感叹号的。

郑暖夏回了一句“臭石头”后，连推带搡地将他赶走了。

第七章 | 烙在心上的月痕

1

此后，但凡两人起争执，只要郑暖夏祭出“臭石头”三个字，表示已画下了休战符。当然，前提是石碚已经赔了一万个不是，道了两万句歉。

今天却例外，但郑暖夏还是说出了“臭石头”三个字。她知道石碚担心自己再次见到郑暖冬会想起太多不愿回首的往事。 事实也真如他所料，在来的路上，她腿上那枚月牙形的伤疤就钻心地疼了起来。

石碚停职的第二天，中心医院中层干部调整了，副主任常主任毫无悬念地接了普外三的主任，刘杰斌接常主任成为副主任。

虽然离春节还有几天，普外三里却是一派新年新气象。科室会议上，常主任冠冕堂皇地讲了一番在大家的关心帮助下，科室及个人取得的成绩后，又十分谦虚地指出了不足，说普外三今后的良好发展，还需要大家齐心协力，共同努力。

常主任每讲完一个话题，刘杰斌都会带头使劲鼓掌。仿佛那双手不是为了拿手术刀，而是为鼓掌专门定制的。

坐轿子就需要有人抬轿子。刘杰斌的掌声鼓励，令常主任十分受用。他发完言后，便将话语权交给了刘杰斌。

刘杰斌先是列举出自己这些年做了多少台手术，获得了多少荣誉，然后委婉地指出，虽然一些人离开了，但普外三在常主任的带领下，会走向更大的辉煌。

他正滔滔不绝地说着时，柳翠花突然冲了进来，大声嚷嚷弟弟在哪？还没等肖小艳过去，刘杰斌便烦躁地将她推了出去，她却挣扎着还想进来。

钱护士连忙过去，塞了一颗棒棒糖给她，告诉她过一阵子弟弟就会来看她，柳翠花这才把势力范围维持在了门外。

小钱对柳翠花说的话，令刘杰斌有些愠怒。

“地球上几十亿人，卸下个累赘只会感到轻松，医院也一样。”刘杰斌没明着说出来“累赘”是何方神仙，但大家拿脚底板都可以猜出是石碚。

新官上任三把火，就算常主任不烧，刘杰斌也要烧上一烧。他做那么多铺垫才得来的这个副主任，当然要祭出一记杀威棒，杀一杀那些拥护石碚的势力，正一下自己的威风。比如由石碚带出来的小张和小李，以及那个心直口快的钱护士……

刘杰斌刚才讲那番“累赘”论时，他们一个在桌子上有节奏地打着拍子，仿佛在听音乐会；一个挤眉弄眼地和扒着门往里张望的柳翠花互动；一个竟然嘟着嘴做瘦脸操……三个人虽说没拿语言抗议，却用行动投了反对票。

在刘杰斌眼里，三个人就凑成了一堆反骨仔，骨子里是亲石碚的。

“有意见可以直接提，不要做那些小动作。都是成年人了，玩什么小儿科。”

张医生、李医生和钱护士谁也没有说话，他们的眼睛呈平线行，直直地穿过刘杰斌的身体，穿越普外三和中心医院灰色的建筑物，射向了浩瀚宇宙间……

就像石碚走之前叮嘱他们的，向前看，坚持。

有对手，斗争才有意义。刘杰斌重拳出击，却像打在一堆棉花上，不，是打在空气上，用力过猛却没有阻力，灵魂猝不及防地摔了个狗吃屎。

身体上的狗吃屎和灵魂上的狗吃屎一样让人不爽。他想继续寻找假想敌时，常主任的电话响了，准备滔滔不绝杀一儆百的刘杰斌像被抠去了电池的电动娃娃，立马静止下来。

“喂，普外三吗？有个手术来急诊看一下吧，需要你们和泌尿科一起会诊。”是急诊科的呼叫。

常主任的脸色像墓碑一样阴冷，却只能客客气气地说了句“好，马上过去”。

常主任看了旁边的刘杰斌一眼，朝外走去。

刘杰斌亦步亦趋地跟在他身后。

“主任，急诊科谁打的电话啊？”不得不说刘杰斌的读心术还是有一套的，已从常主任的脸色中读出了“不愉快”三个字。

往常急诊科打给万主任和石碚的电话他们不是没听过，都是恭恭敬敬喊“万主任”或“石大夫”，如今竟成了“喂”……

“谁打来的不重要，重要的是，以后要和他们搞好关系。尊敬都是自己赢来的。”急诊科是几个外科争相巴结的对象，他们接诊的病号给哪个科室，哪个科室的绩效和奖金便可以增加一笔，因此常主任虽然心里不爽，也只能往肚子里咽。

“嗯嗯，回头就让人安排他们出去撮一顿。”

常主任和刘杰斌来到急诊科后发现，伤者是个瘾君子。

他吸食毒品后，觉得自己是蜘蛛侠，抱住一幢老旧的六层楼的外置落水管往下滑，落水管有几处断裂，维修时用了水泥，有一处竟然还有一根裸露的钢筋，直接划破了瘾君子的肚皮，将肠子挑出来一截，连生殖器的外包皮也被完全翻了过来，从肚子到大腿全是血。

三楼的邻居开窗时发现了他，大呼小叫着报了警。瘾君子便被警察送来了医院。

“我挂着一截香肠还能飞。”瘾君子傻笑着说。毒品的作用，他到现在还没感觉到疼痛。

“马上送手术室，看样子小肠损伤比较严重。”常主任看后说。

“喊上小张和小李。”去手术室的途中，常主任对刘杰斌说。

“主任，这个手术不复杂，随便喊来个实习生做助理就行。”刘杰斌不理解常主任为什么这样做。

“把朋友变得多一点，把敌人变得少一点……”常主任幽幽地说。

刘杰斌只好拿出手机通知他们两个。

手术倒不复杂，的确如常主任判断的，瘾君子除了小肠受伤破裂较为严重外，别处并无损伤，切除几截受伤严重的，缝合住就 OK 了。泌尿科配合着一起做了生殖器的手术，也是将外皮部分切除后缝合。

“常主任对你们不错吧？有手术赶紧喊你俩。”更衣室里刘杰斌看着常主任的脸色对小张和小李说。

两人笑着点点头，说了句“谢谢常主任”后，再无他话。

常主任是将他们两个带进了手术室，可整个过程，他只是和刘杰斌配合着做，且两人全程都是拿眼神和肢体语言交流，在旁边观战的小张和小李根本不知道其中的秘诀。

作为上级医生，在手术时不讲解，很多操作技巧和诀窍，下级医生要摸索好多年才能悟出来；如果上级医生连动手实践的机会都不给的话，下级医生一辈子都无法成为真正的外科医生。

小张和小李当然知道喊他们上手术的意思，只能但笑不语。

再有四天就是春节了，停职后突然闲下的石碚不再雇用钟点工，除亲力亲为照顾郑暖冬外，还发挥了他处女座的特质，将屋里屋外打扫得一尘不染，就算创卫工作组戴着白手套检查也能轻松过关。

期间他和老爸通视频电话，问他过年要不要来怀清，说今年保证给他做承诺已久的红烧黄河大鲤鱼。老爸摇摇头说不来了，他忙得像个飞人，那些承诺都是橡皮筋串着的，可以无限期往后拉。

此处是父亲的伤心地。石碏考上大学后，父亲带着母亲的骨灰盒就回了江南老家。让他没想到的是，那个固执的儿子，为了郑暖夏在大学毕业后竟然又回到了怀清，一如当年他为了妻子来到怀清一样。

虽然石碏后来的户口本上加的不是郑暖夏的名字，老爸也没埋怨过他，想儿子了他就来看看，但不愿意留下来，说各人有各命，他不会干涉石碏的选择，也不会让儿子影响自己的生活。

父子间相互牵挂着，却各自有空间。

石碏知道，因母亲的离世，怀清成了老爸的伤心地。老爸过年不愿意来他也不勉强，拿甜言蜜语安慰一番后就挂断了。

小李、小张已在微信中把科室里发生的事情如实向他汇报了，他回复道：加油，努力，坚持。

这几天郑暖夏常网购了年货给他寄来，石碏收快递都收到手软了，没好气地正准备给她打电话时，她的电话却先打了进来。

“喂，您的快递到了，是放物业，还是您亲自下来取……”她甜糯的声音传来。

石碏顿时有点毛骨悚然。每当她有这种声音的时候，铁定不会是什么好事。

“你又想干吗？”

“穷人的思维不是？我路过，给你拿点青菜、腊肉！”她的声音立马从明媚的江南变成了风雪交加的漠北。

他长长地吁了口气，这才恢复了正常：“等会儿，我这就下去取。烦人，整天弄一堆东西，我是饕餮之徒吗？”

他的声音虽然不耐烦，心里还是窃喜的。在家待的这几天没见到郑暖夏，小有想念，不，很是想念，但又不能说出口。

来到小区门口时，她正从一辆出租车上往下卸东西。除了她说的腊肉、青菜外，还有粉条、牛肉、水果等。

“发的福利？”他问。

“嗯。你的也领回来了，给你放这儿我再去趟……竹坞。”

竹坞是药王山下的小镇，离市区二十多公里。郑暖夏的家就住在那里。当年石碏家也曾在那里。

“你要回去看她了？”

“嗯，反正这些东西我一个人也吃不了。”她咬着唇说。

“准备怎么去？”

“打车呀。”

“把我这份一起捎上送过去。等下我去拿钥匙。”他说着扭头就朝小区里跑，郑暖夏喊都喊不住。

五分钟后，石碏拿着车钥匙跑了出来，直奔几十米处的那辆老福特车，将它开到郑暖夏面前，把那些东西一股脑儿地装了上去，然后跑到副驾驶处给她拉开车门。

“请——”他很绅士地弯腰伸手，动作和英国管家都有得一拼了。

郑暖夏无可奈何地上了车。

“我回去看我……她，你跟着凑什么热闹啊？”她系着安全带没好气地问，“我妈”两个字到嘴边又换成了“她”，就像对郑暖冬一样，喊她“妹妹”总感觉硌嘴。

“你是她女儿，我是她女婿，凭什么不能去看她。还有，除了回竹坞，我还想再去趟许湾看下老高他们，药都给他们买好了。”石碏解释。其实郑暖夏离开的这么多年里，逢年过节石碏都会去看望邓梅，时间允许就陪她吃顿饭，没时间礼物放下就走人。

2

“这些年，她来看郑暖冬多吗？”

“有时候会来。”

“她……怎么不留下来照顾郑暖冬？”

“你知道她开有商店，没办法留下来。”石碚淡淡地说。

“商店”两个字像个从天而降的大锤，将郑暖夏砸成了肉酱。她闭上嘴不再开口。

石碚知道自己说错话了，手伸过去握了下她的手，冰得吓了他一跳。

“这破车，暖气不行了，我再开大些……”他开始转移注意力。

“她这些年怎么样，血糖、血压、心脏好点没有？”

这十年，郑暖夏除了往家里寄钱外，连个电话都没打过。父亲去世后，母亲郑梅就患了高血糖、高血压、冠心病，仿佛是用身体来对抗父亲的薄情。

“控制得还行，每次去都会给她带药。”见她主动问起，石碚便据实回答。现实世界总是以蜜糖草菅人命，只有他知道暖夏曾经因为家里的五金店付出过什么样的代价。

“哦，我忘记了，她有个著名医生做女婿。”

郑暖夏的声音极其温柔，却是淬了毒的，让石碚有万箭穿心的痛。被他无意间扎了心窝子，她得以痛还之才公平。

他自嘲是郑家女婿，和郑暖夏定义他是郑家女婿是两个概念。他是带着憧憬说的，她则将他完全推到了郑暖冬这边。

“那个……周主任说了，你安心在家过完这个年，应该没什么事。”她知道自己的话伤到他了，开始岔话题。

“你去找他了？谁让你找他的？我拜托你了吗？自作多情！人家王科长，不，是王姐，早就安排好的让我带薪休假！”他像一个装满汽油的容器，被她无意间扔进了一根点燃的火柴，“轰”地一下子就着了起来。

“哪条法律规定我不能去找他了？再说了，你停职不停薪还是人家周主任安排的，王科长不过做的顺水人情，看把你开心的，什么王姐，我看是王婆——”郑暖夏一向吃软不吃硬，石碚真吼和装模作样的恶声恶气她还是分得清的，因此炸得比他还猛烈。

王科长对石碚的好，郑暖夏早从院办七大姑八大姨的嘴里知道了，说那个“雌虎”对谁都板着一张大理石脸，唯独看到石碚，笑得脸上的粉都簌簌往下掉。

这话画面感太强，郑暖夏当时就笑喷了，暗叹办公室文化不可小觑，愣是将“母老虎”冠以更文雅好听的“雌虎”。

据江湖传言，中心医院的女士们，上至即将退休的产科主任，下到十八九岁刚入职的小护士，没有不喜欢石碚的。严格意义上讲，郑暖夏也是她们中的一员，但他刚才急赤白咧地吼自己，还喊那枚“雌虎”为姐，让郑暖夏很不爽，便毫不客气地用“王婆”来打击他。

怀清的冬天，冷得有些无情无义。老福特车像个步入暮年的老人，暖气开到了最大，吹出来的仍是冷飕飕的凉气，石碚和郑暖夏都冻得想打寒战，却硬扛着，连牙也不敢咬，仿佛害怕一不小心咬碎了咽到肚子里。

老福特颤颤巍巍地驶出肠梗阻似的城区后，总算顺畅起来，车里的温度也逐渐升了上来。郑暖夏时而望着窗外熟悉又陌生的景色，时而瞅一眼石碚鼓鼓的腮帮子，竟然笑眯眯地睡着了。

从秋天开始的故事，总是最美。山下小城，仿佛是大山节外生的枝，顺着地势，枝枝蔓蔓地朝河水流淌的地方延伸。

每条枝蔓上，都铺着大小不一的鹅卵石。鹅卵石的两旁栽种的是红槭树。过了八月，这些槭树就开始集体醉酒，从早到晚脸蛋都红彤彤的，醉得一塌糊涂。

“石头哥哥，把你的面包给我吃吧。”7 岁的郑暖夏坐在池塘边的槭树下，灿烂得像一株小红槭树，声音甜糯，朝面前的石碚伸出了手。

“烦死你了。”石碚恶声恶气，迅速将面包递过去，没有丝毫迟疑。

郑暖夏以光速将面包葬身腹海后，又伸出了手。

石碚万分憎恶地递上了可乐。她拉开，用牛饮大法消灭掉。

“石头哥哥，裤子……”关暖夏将空易拉罐放下，羞涩无比地望向石碚。

“干吗啊干吗啊？你可是女生！”石碚像一只喷火的怒龙。

“我转过身去，数三下哦，一，二……”郑暖夏的声音越发甜美，背对着石碚，两只羊角辫长铃铛般晃啊晃的。

“给你给你……你不是女生，是女土匪！”郑暖夏刚数到二，石碚就以光速把裤子脱掉了，一脸恨不得把她踹到太空去的表情，很是嫌弃地递了过去。

“谢谢石头哥哥。你转过去嘛……”郑暖夏的行动永远比声音快，麻溜地穿上裤子，脱掉外面湿答答的裙子。

“鞋子和袜子……”她的声音几乎可以滴下蜜来了。

石碚清秀的脸上刻满了“吹胡子瞪眼”，拿凌厉的眼神抵御她的甜糯进攻。

郑暖夏似乎被他吓得肝胆俱裂，节节败退。

两分钟后，郑暖夏穿着干爽的裤子和鞋袜，背着书包，安安静静地朝前走去。石碚衬衣配裤头，打着赤脚，拎着湿漉漉的裙子和鞋袜跟在她后面。

“白痴！说了不让你给郑暖冬捞发卡，非要逞能跳进池塘里，淹死都活该！”石碚恨得咬牙切齿。

“知道了。她是我妹妹嘛……”郑暖夏细声细气，头垂得很低，怯生生的。

“她只比你小了几分钟，自己不会捞呀。”石碚气急败坏。

“呃……我捞了，你打算怎么办？”她的声音依旧软糯。

“我打算原谅你！”石碚秒回，依旧霸气逼人，屁颠地跟在郑暖夏后面。

他们顺着小城的一根枝丫绕到了另一根枝丫，再从另一根枝丫转到了最中心部位的枝干上，走过卖浆面条的毛六门前、卖杏仁茶的张二门前、卖烤红薯的米阿姨摊前、卖豌豆糕的买大爷门前，接近了程香香卖丸子的店。

小城不大，乡音乡情交织的地图上，满盘皆是亲戚熟人。沿途摆摊设点的，都认识郑暖夏和石碚。

“肉丸滚肉丸，香喷喷的肉丸，来吃哦……”程香香扯着悠长的怀清音吆喝，笑眯眯地望着郑暖夏和石碚，“暖夏、石碚来吃肉丸啊，可香了哦。”她麻利地舀了两碗肉丸，脸上堆着真情实意的讨好。

“不许理她，不然你妈会打死你！”石碚吓得声音都劈了。

“谢谢香香姨，不吃了。”郑暖夏脆生生地回话，冲程香香笑笑，朝前走了。

不远处的槭树下，郑暖冬正在跳皮筋，那张和郑暖夏一模一样的脸上，五官突然挪了位。她停下来朝郑暖夏走了几步，看到石碚后又转身朝家跑去。

“郑暖夏，我的话你没听到吗？”石碚见郑暖夏不听自己劝阻，竟然和程香香说话了，不由气冲牛斗。

郑暖夏乜了他一眼，从槭树下捡起一片红叶子，放在左眼上，透过那个欣赏红彤彤的天空。

“郑暖夏！”石碚为自己不受重视更加愤怒。

“这样子看天好美呀。”她将红叶递给了石碚，自己则踢着一颗圆滚滚的石子儿往前走了。

“谁让你和程香香说话的？”石碚怒其不争，掏出书，小心翼翼地将红叶夹了进去。

“我自己。你要告状吗？”郑暖夏的眼睛弯成了月亮。

“不告！”他回答得斩钉截铁，将书本装回书包。

郑家近在眼前了。来到河卵石垒砌的院墙前，郑暖夏一边掏钥匙开门，一边冲石碚摆手，示意他走人。

“明天把衣服还你。再见，石头哥。”郑暖夏乖巧地说。

石碚转身欲走时，门却从里面打开了，郑暖夏的妈妈邓梅从里面走了出来。

“石碚来了，阿姨蒸了山药，和暖夏一起进来吃点吧。”暖夏妈妈温和地说，仿佛没有看到郑暖夏和石碚错位的衣着。

石碚的脸一下子就红了，低头打量着自己的裤头，两只光脚丫子往后退去，结结巴巴地说：“阿姨，我，我……”

郑暖夏妈妈不由分说，热情地将他拉了进去。

桌子上摆放着热气腾腾的山药，邓梅拿起一个蘸了白糖递给了石碚。

因穿着裤头，石碚如坐针毡地吃了一个后，逃也似的告辞了。

郑暖夏从书包里取出一枚红色发卡，讨好似的递给郑暖冬：“姐给你捞出来了。”

送走石碚后，母亲和郑暖冬脸上的笑容就拉平了。

郑暖冬不接发卡，郑暖夏只好讪讪地放到了桌子上：“妈妈我去换下衣服……”

郑梅说：“就在这儿换吧，我一会儿洗衣服顺带把石碚的给洗了。”

3

母亲的声音明明是温软的，郑暖夏却听到了尖利的金属音，手脚不由哆嗦起来。她刚把裤子脱掉，一只烧得通红的火钳便巡航导弹般飞来，精准地击在她白嫩的小腿肚子上……

“啊——”郑暖夏惊叫一声醒来，心有余悸地发现右手竟然压在左腿上，隔着保暖裤，都能感到那里一跳一跳地疼。

她的叫声利箭般穿透了石碚的心，他连忙将车靠路边停了下来。

“又做噩梦了？”石碚扯出纸巾给她擦拭额头上的汗。

“还好……”她拍拍胸口，长长地吁了口气。

看到眼前的石碚不再是梦中的小小少年后，郑暖夏欣慰刚才仅仅是个梦。虽然那件事情发生在二十多年前，这些年她却在不同版本的梦中被母亲拿烧红的火钳子击中，一次，两次……今天是第 *N* 次。

“还是一直做噩梦？”石碚忐忑不安地问。

“还生不生气了，大郎？”郑暖夏调皮地问，试图转移话题。

她知道，无论自己怎样凌虐石碚，他都不会真的恼。好似他在她这里存了一笔巨款，她尽情挥霍，总也花不光。

“切——”见她缓过劲来了，石碚重新发动车继续向前驶去。

“对不起，我不该叫王科长王婆，虽然她是个姓王的老太婆，”郑暖无比严肃地道歉，“大郎，谁让你上辈子欠我，不许生气了，生气还得还我利息呢。”

“欠就欠着呗，好让你忘不掉我。”石碚一本正经地说。

郑暖夏吓得不敢再说话，但更让她害怕的是见那个十多年没见过的人，那个把她带到这个世界上的人。都说近乡情更怯，她简直可以用恐惧来形容了，但又不能不去，血缘不是剪断脐带就可以焚尸灭迹、印迹尽毁的。

郑暖夏希望能在这条路上走几生几世，可不久后车还是停在了那个久违的胡同口。

郑暖夏家和石碚家曾在一条街上。石家的诊所在胡同口，郑家在胡同尾。

十多年过去了，郑家还在那里，石家却没了。石碚上大学后，石家爸爸就卖掉了诊所。待他大学毕业决定回怀清时，父亲用那笔钱为他在市区买了一套两居室的商品房。石家爸爸嘴上虽然没说，却暗示加明示是给儿子和郑暖夏结婚用的婚房。

故事的发展总是和开端大相径庭，石碚“娶”了郑暖冬后，石家爸爸极少来看望石碚，不是他不想念儿子，而是在他的心目中，郑暖夏是被他当成女儿一样疼着的。

郑暖夏下车，怔怔地站在那里，打量着熟悉又陌生的生养地。

胡同十年如一日，仅能并排过两辆自行车。石碚从尾厢里拎出来年货朝里走去。

这条路他隔一段时间就会走上一趟，因此轻车熟路挺顺畅。今天他走了几步后觉得有些不对劲，扭头望去，发现郑暖夏仍呆呆地站在那里，仿佛被点了穴。

“怎么了？”

她摇摇头，没说话，也没动。

石碚笑道：“我爸把房子卖了，别再想溜进去偷山楂丸吃了。”

郑暖夏打量着那扇紧闭的门，眼里闪过一团湿雾，努力吸了下鼻子，跟着他朝胡同里走去。

原以为仅仅是物是人非，如今却是物非人亦非了。往事如烟般在眼前弥漫，岁月却在泛黄的胶片里再也辨识不清了，无法还魂。

放寒假了，偶有打闹的孩子从他们身边经过。两人站住，感受了片刻的热闹后，才再次迈动了腿脚。

胡同尾部那个河卵石垒砌的院墙出现在视野里，有棵掉光叶子的老梨树探头探脑地朝外张望。十几年了也没长进，一如郑暖夏当初离开时的模样。

石硞推开那扇柏木大门，走了进去。

“石硞回来了……”一个软糯的声音从屋里传了出来。只闻其声的话，就是郑暖夏的苍老版。

“阿姨我回来了。”虽然和郑暖冬“结婚”十年了，石硞仍一直喊她妈妈“阿姨”，她也从没有纠正过。

“跑这么远冷吧？快进屋暖和暖和……”门从里面拉开了，郑暖夏的母亲邓梅那张细致好看的脸露了出来，同十多年前没什么两样。若真说有什么不同的话，就是头发稀疏了不少，两鬓被岁月涂了些霜白。

她走过来准备接石硞手中的东西时，他却往旁边让了下，躲在后面的郑暖夏一览无余地曝光了。

邓梅泥塑般立在那里，动也不能动了，眼睛瞬间湿润了。

郑暖夏的嘴唇嚅动半晌，才走到她身边，低声叫：“妈，我回来了。”

邓梅眼里的泪光却又极速风干了，讪讪地笑着说：“哦，暖夏呀，回来了就进屋吧……”说着她又看向了石硞：“石硞，阿姨蒸了年馍，热乎着呢，快进来尝尝。”

邓梅从石硞手中接过牛肉、粉条等朝屋里走去。不过五六斤的东西，就将她的步履压得蹒跚不堪……郑暖夏的眼泪刹那涌了出来，心头的疼痛第一次盖过了腿上的月牙形伤疤。

进门后，那张擦拭得锃亮的香椿木饭桌上，放着一个篾子编的竹筐，里面摆放着热气腾腾的花馍、豆包、肉包……邓梅拿来一个盘子，捡拾满满一盘放到旁边的小桌子上。

“石碚……暖，暖夏，吃馍吧，早上起来刚蒸了两笼屉。”她叫石碚的名字顺口熟稔，可喊到郑暖夏的时候，像吃饭嚼到石子儿那样硌得慌。

石碚没客气，一屁股坐到小椅子里，拿起一个肉包子就往嘴里塞，两个腮帮子鼓鼓的，像塞了两个乒乓球。

郑暖夏没有动，邓梅便将盘子往她面前推了推。她迟疑了一下，拿起一个往嘴里送去——地衣菜鸡蛋粉条馅，和十多年前一样香，只是多了一味苦涩。

那是不堪回首的往事泛起的味道。

“好吃吗？”邓梅看着石碚问，眼角的余光却在暖夏身上。

他点点头。

“好吃。”用语言回答她的是郑暖夏。

郑暖夏知道母亲在等她开口。十多年没见，她却不能像别的女儿那样搂着母亲的脖子撒娇、诉苦。从小到大，她连落泪也懂得谨慎。在这个家里，她是没有权利表达个人情绪的。

除了苦难。

郑暖夏的母亲是古董商人的后代，生活精致讲究。因此他们家是竹坞古镇上远近闻名的讲究人家，所有东西摆放的都有固定的位置，就连双胞胎郑暖夏和郑暖冬的言谈举止都像从礼义培训班里出来的。

白雾袅袅的蒸气，古色古香的青瓷盘子，大号瓷娃娃般的郑暖夏和石碚，眼神幽幽的母亲，构成了一幅精致的画。如果没有那些疼痛的往事，这幅画该一直挂在这个胡同的深处的。

郑暖夏和邓梅娘俩一个忙于和包子奋战，一个拿着抹布机械地擦拭着干净得能照出人影的柜门玻璃，眼睛却忙于观察女儿和包子奋战……没有人说话，气氛沉重凝滞，石碚仿佛被拽回到了二十多年前。那时候他每次心怀憧憬来找郑暖夏玩，她妈妈都会拿出美食招待，他却总是吃得万般压抑紧张。

还好，他的手机很体贴地响了起来。自从停职后，那部比国务院总理还要忙上几分的手机就和他一样清闲了很多，除了梅小慧等病人问病情外，就是他这个主人拿它刷刷网页。

“石大夫，您到哪里了？我老婆把大烩菜的料都备好啦，就等着您快到了好下锅……”老高看来恢复得不错，嗓门子大了不少。

“我到镇上了，大概一个小时到村里，四十分钟后可以下锅。老高，为了吃你这碗烩菜，我可是饿了三天三夜，今天一定要让我好好打打牙祭。”为了摆脱屋子里的沉闷，石碚的嗓门子也不小。

他想赶紧离开，好让郑暖夏和邓梅母女自己谈。怨也好，恨也罢，娘俩总得自己亲手拿刀把脓包划开。做手术他是个好手，可血脉相承的纠葛他实在无能为力。

许多事情，面对面谈，比通过无线电波或笔墨信件更容易讲清楚，一个眼神，一句欲语还休的表情，就能说明一切。

“阿姨我去趟老高那里，等我从山里回来再来接暖夏。”石碚将小半个豆包塞进嘴里后，起身准备走。

“我跟你一起去。”郑暖夏也站了起来。

邓梅的手僵在了玻璃上：“好，好，你们走，你们都走吧……”

她的声音还是那么温和好听，嘴角却是抽搐的。

石碚摁住郑暖夏的肩，想把她固定在椅子里：“山里很冷你扛不住的，就在家里等吧，我把药送去就回来。”

郑暖夏倔着不肯坐下，又扛不住他的力道，便用中跟的靴子问候了他的脚面。

他疼得咧嘴的时候，她站了起来。

“那，阿姨，我，走了哈……”石碚没想到郑暖夏一点面子都不给，只好尬笑着朝外走去。

郑暖夏拎起包跟在他身后。

邓梅拿着抹布跟在他们后面。

4

三个人走出屋子，走过院子里那棵叶子掉光的老梨树，走向大门时，邓梅突然喊道：“你等下——”

郑暖夏的脊背一僵，站住了。她知道母亲喊的绝对不会是石硞。

“你，为什么回来？”邓梅问。

“您认为呢？”郑暖夏的声音是哽咽的。

“暖冬，还没醒过来……千错万错都是我的错，我希望你不要伤害她。还有，石硞是个好孩子……”邓梅说得很慢，但很坚定。

“您放心好啦，我不会动您的宝贝女儿女婿。郑暖冬成了植物人，我犯不着杀她把自己装进去……”郑暖夏说着猛然转过头，看向了母亲，“石硞不过是个穷小子，我就算找男人也要傍个大款或者有权有势的，那样箐箐要是再有个妹妹的话，就不会被人给抢走了！”

郑暖夏眼里的泪水风干了，她的每个字都是横着从嘴里拉出来的，像一把把飞刀，直直地插进了邓梅的胸口。本以为母亲会问她什么时候回来的，住在哪里？生活得怎么样？没想到她守护的却是郑暖冬的利益。

邓梅摇晃了几下才站稳了。石硞连忙过来搀扶，她却摆摆手示意他别动。

“郑暖夏，我知道你恨我。但你走了就不要回来了啊，为什么还要回来？你活在那些汇款单里不好吗？对我，对暖冬来说，都是最好的！”邓梅说着死死地捂住了嘴，不让自己哭出声来。

十年前郑暖夏走后，每个月都会往家里寄钱，有时多，有时少，估计是根据她码字收入的情况来的。但她从来不往家里打电话，偶尔一两个月会寄来一封信，告诉邓梅自己很好，勿挂。在电子通讯高度发达的今天，鸿雁传书是有温度的……可邓梅收到的却像是一个个烧红的烙铁，烫得她的眼睛和手生疼，就仓皇地扔进了抽屉里。若不是汇款单有期限，她可能会一直埋藏在抽屉里。

“邓女士，对不起，我不再是十年前的我，不会为了您的喜好放弃自己的一切。您可以不要我这女儿，我却不能不要自己的女儿。我是回来找箐箐的。我五行缺亲情，所以想找回自己的亲人，这就是我回怀清的目的！”

郑暖夏说完后大步走了出去。

“阿姨，您……”石碚一时不知道该说什么。他内心为郑暖夏鸣不平，可又不想对邓梅说出重话。毕竟她是郑暖夏的母亲，不管她们认不认可对方，无论法律还是血缘上，她们都无法把对方从生命里剔除。

“我没事，没事。石碚，你要好好待暖冬，她可是因为你才成那样的。”虽然郑暖夏吐出的每个字都是掴在邓梅脸上的耳光，可她的神情好像比刚才好了很多。

石碚见她真没事了，说了句“保重”后，走出了这个院子。

邓梅紧走几步，倚靠在那扇绿漆斑驳的大门上，望着两个人的身影在狭窄的胡同里愈走愈远，直至完全消失后，忍不住老泪纵横。

许湾是竹坞镇下面的一个行政村，在太行山里。

上车后，石碚没有说话。他知道此刻自己不管说什么，都会变成划在郑暖夏心口的利刃。他将车载音乐打开，林海的《琵琶语》轻缓地流出。

用一种淡淡的忧伤，去疗撕心裂肺的痛，效果或许更好一些。

老福特缓慢地爬上山峦，沿着盘山公路进入了太行腹地，过了一孔漫水桥后，拐了个弯，来到了许湾村。

远远地，石碚就看到老高的儿子站在村口朝来向张望，待老福特进入他的视野后，一溜小跑着奔来。

“凯旋，烩菜做好了吗？我肚子咕咕叫了一路了。”石碚放下车窗同他打招呼。

小高兴奋地说：“当然好了石大夫，我爸妈在等着你呢。为了你来，他们特意多放了半斤五花肉。”

“坏了，我馋得流口水了……”石碚夸张地说。

车在村口的空地上停下来后，他和郑暖夏下车。

“这是我们院办的郑领导，代表医院来慰问你们的。”他促狭地朝郑暖夏眨眨眼。

“你好，我是中心医院院办的郑暖夏。”她气得差点再次拿脚问候石磊，却只能挤出笑意和小高打招呼。

“谢谢，您好，谢谢，您好……”没想到医院的“领导”能来看望他们，小伙子激动得脸都红了，词典里除了“谢谢，您好”后，再无其他字眼了。

他们这么容易满足啊……郑暖夏心头升起一股朴素的暖意，被母亲强加在心头的疼痛轻了些许。

石磊一一将东西从尾箱里拎出来：“凯旋，这是给你爸和你伯叔他们的药，这是给你们带的牛羊肉和点心。”

“石大夫，我爸说了今年不能再收您礼物了，我们只拿药，不然我爸会踢我屁股的……”小高要把那些牛羊肉和点心再放回车里，石磊却关上了尾厢。

“说了这是郑领导代表医院送来的慰问品。你爸要是敢踢你屁股，我就往他的伤口上涂酒精，不信了，医生还能管不住个病人。”

高凯旋不知是被石磊吓住了，还是被他说服了，挠着头“嘿嘿”傻笑着，拎起东西走在了前面。

“早说要来看老高，我再带些东西啊。”郑暖夏小声埋怨着。山村里的人格外淳朴，待人打心眼里亲，她被这一幕打动了，从石磊手里接过去两盒点心，一同朝村里走去。

许湾临近丹河，村子里的房屋清一色由河卵石垒砌而成。老高家住在村子的北头，是祖上留下的一所四合小院。

进门后，桌子上果然摆放着热气腾腾的烩菜，还有炸的红薯丸子、蒸的年馍等。

石磊先是检查了一下老高的伤口，见基本痊愈后，才放下心来和郑暖夏大快朵颐，有一搭没一搭地问他们的收成，开春后的农事等。

老高和老婆站在那里呵呵地笑着，不住添菜加饭，说一切都好，要不是生病，这日子就过到天上了，等治好了病，他们也会盖新房，给儿子娶媳妇，再抱个大孙子，人生就无憾了……

石碚说等他抱上大胖孙子的时候，他要过来讨酒喝。

他说着一本正经地看向老高问："到时候你孙子是喊我爷爷呢，还是伯伯？老高，按说咱俩是一辈的，但我这么年轻帅气，被人喊爷爷会觉得很老……"他有点苦恼地看向了郑暖夏："算了，就让他喊我小哥哥吧，我这辈子就想当人家小哥哥，不想当什么爷爷……"

石碚的话让老高和小高都笑了起来。

"笑什么笑？高凯旋我告诉你，你还得喊我大叔，是韩剧里那种帅气又多金的'大叔'，不是中老年大叔……"他啰里吧嗦解释着，郑暖夏和高凯旋却笑喷了。

"你什么辈分啊——"郑暖夏恨不得拿个东西把他嘴堵上。

一个身影慌慌张张地跑了进来："叔，我媳妇好像要生了，让我婶过去给看看吧。"

是老高大哥的儿子。老高做手术期间，他媳妇在医院陪床学了点卫生知识，回村后，家里人有事便来找她。

"娜娜的预产期不是俩月后吗？"老高媳妇惊诧地说，"这是早产了呀……"她看向了石碚："石大夫，您能不能帮着去看看啊？"

"我是外科大夫，只会拿手术刀啊……"石碚的手不情愿地离开了筷子。

"这时候该喊你小哥哥呢，还是大叔？"郑暖夏声音软糯，手却毫不客气地掐上他的脊梁。

"呃……那你多叫几声小哥哥……"没敢等郑暖夏拿脚踹，石碚先老高的侄子一步向外跑去，"快点啦，你想等儿子自己跑出来喊爸爸吗？"

女人生孩子都是在鬼门关走一遭，早产儿更是伴随着巨大风险，不管郑暖夏出不出手，他这个外科大夫肯定会去的。

老高的老婆、侄子跟着也跑了出去。香喷喷的烩菜对郑暖夏也失去吸引了，她起身跟在了他们身后。

石碚到时，老高的侄媳妇正在床上痛苦地呻吟着。他过去检查后，脸色立马变了。

“早产，胎位不正，应该是难产……”他说着拿出电话打给了中心医院的产科主任。

答案如他推测的。

“她这情况多久了？”产妇满头大汗，气息却越来越弱，仿佛挣扎了很久。

“不知道啊，早上我们去镇上赶集买年货，娜娜一个人在家，回来就是这个样子。”

“不能耽误，必须马上送医院……”石碚果断地说。

“可家里的三轮车胎破了，这可怎么办……”

“胎没破也不能这么送去，”石碚说着用被子将产妇包裹了，抱起来朝外冲去。

生孩子毕竟是不可围观的，郑暖夏虽然生产过，还是没好意思进去，只是站在门口。

石碚路过她时说：“钥匙在左口袋里，你来开车，病人的心肺功能很差，我得在后面看着。”

从他不容置疑的神情中，郑暖夏明白自己必须扛起这个重任，便将手伸进去掏出了车钥匙。

5

郑暖夏虽然拿驾照多年了，但身处帝都，既养不起车，更挂不上牌照，十多年了，开车的次数超不过两只手的手指头……何况石碚的老福特还是手动挡的，而她关于手动挡的记忆还停留在驾校时开的教练车。

好在她不算太笨。石碏一边鼓励产妇坚持，一边指挥郑暖夏挂挡摘挡。

老福特时而像愤怒的狮子般怒吼着朝前冲，时而像乌龟般缓慢低喘，顺着山谷驶向了盘山公路。

之字形的拐弯处，一辆面包车没摁喇叭警示突然蹿了出来，朝下冲来。郑暖夏连忙向右打方向盘，车子嘶吼一声撞在了路旁的老榆树上。

产妇坐在后排的中间，老高的侄子和石碏在她两边。事故发生的那一刻，左边的小高完全傻了，右侧的石碏猛然抱住产妇，用身子护住了她。

猛烈的撞击不仅让老福特安静了下来，也让后排的石碏和产妇安静了下来。

“娜娜，石大夫，你们怎么啦，这可怎么办？这可怎么办？”老高的侄子除了惊慌失措外，再也没有了别的办法。

郑暖夏揉了下头，发现自己只是额头上磕了个大包后，扭头大叫：“石头，石碏……”

产妇继续哼唧了起来，石碏却没有一点动静。

郑暖夏吓坏了，打开车门跳下来，要老高的侄子先下车，自己上去，胳膊绕过产妇，努力抻到最长去拍打石碏的脸。

“啪啪啪”她边使劲拍打边叫喊：“石头，石碏，小哥哥，大叔……”

“别打了，我还没死……”石碏揉着后脑勺睁开了眼睛。

发现他身上没有伤后，郑暖夏才放了心。

石碏连忙检查产妇，还好，她没受伤，但呻吟声越来越低，情况显然不太好。

“你来开车，我来照顾她。”郑暖夏果断地说。

“你行吗？”

“没吃过猪肉总看过猪走吧，何况我还生过孩子。下来——”她下车，霸道地命令。

这里到镇卫生院还有十几公里的路，依郑暖夏的车技，弄不好医院没到却被她送上了黄泉路……石碏不敢再有丝毫的犹豫，下车坐到了驾驶座上。

试了两下，他的老福特还算靠谱，“哼哼哧哧”地努着劲儿离开老榆树，回归到公路上。

郑暖夏和老高的侄子上车后，老福特拐过之字形路口快速地向上攀爬。

产妇的表情异常痛苦，却没有力气呻吟了。

“别紧张，放松，我也生过孩子，你和孩子都会没事的，听我的，来，吸气，用力——”郑暖夏想起自己当年生箐箐时，接生的女医生就是这样和自己说的。

产妇试图按照郑暖夏说的做，但一直做不到，汗珠子雨水般往下淌。

都说女人在生孩子上是铜心铁胆，不敢还敢。她痛苦的样子，比之自己当年生箐箐时有过之而无不及………郑暖夏紧紧地握着她的手，安抚着，有那么一瞬间，母亲邓梅的脸在眼前闪了一下，当年她生自己和暖冬，想必也是这么痛吧？

竹坞镇卫生院总算到了。

车停好后，石碏抱起产妇大步朝里面跑去。

妇产科医生检查后，得出的结论也是难产，说必须马上进行剖宫产。虽然这里有手术室，设备也算齐全，但缺乏医技精湛的医生，往常只是做个阑尾炎之类的小手术，大手术一般都是从外面请专家来。最近的“飞刀”事件闹得沸沸扬扬，专家们都不敢来做手术了，加上马上要过年，手术室冷清了很多。

“像这种情况，事先超声波做出来后，我们都会告知产妇和家属让去县医院生产，她这是早产了……”医生一脸为难地说。

“目前她的状况怕是无法支撑到县医院了，不然会出人命的。”石碏说。

“是啊，可我真没有做过剖宫产手术……”医生也是一脸焦急。

“我是市中心医院外科的石碏，”无奈中石碏只好自报家门，“这台手术我来主刀，怎么样？”

“石一刀”的大名闻名于怀清，这次因他而起的“飞刀”事件全怀清医疗界更是无人不知。听闻是他，妇产科医生请示院长后，同意了石碚的提议。

从业十多年来，石碚大小手术做了几千台，实习时曾在妇产科待过，给主刀大夫做过助理，今天是第一次主刀做剖宫产手术。他一丝不苟地切开产妇的皮肤，打开子宫，把那个小小的婴儿从母腹中带到了人世间……那种感觉真好。

麻药的原因，老高的侄媳妇已经感觉不到疼痛了。石碚举着那个小小的柔软的身躯给她看了一眼。

“男孩，早产体重较轻，应该不到五斤，不过看起来挺健康的。”石碚还没有拍打，小家伙就用响亮的啼哭自我宣告来到了这个世界。

石碚清理伤口时，表现出超乎寻常的耐心，也给妇产科大夫上了一课：刀口尽可能地小，缝得格外齐整。

“谢谢，谢谢……”新妈妈露出了疲惫而幸福的笑容，眼中满是感激之泪。她去鬼门关转了一圈，被眼前的恩人拉了回来。

医院里，妇产科可能是最让人喜欢的一个科室，因为接收的是一个病人，送出来的往往是两个或更多的人。当护士抱着那个只有四斤八两重的小家伙走出手术室，从郑暖夏身边经过去育儿室时，她特别想抱抱他。

“我能抱抱他吗？”她怯生生地问。

护士笑着递了过去，她轻轻抱了下，笑容溢满了全脸。

石碚下手术后，老高的侄子千恩万谢地要送他和郑暖夏到停车场，却被他们制止了，要他赶紧去陪媳妇。

“谢谢你……”郑暖夏跟在石碚后面，动情地说。她还想说什么时，猛然看到他后脑勺上的头发有一块黏在了一起。

“停下来我看看——”

石碚停了下来。

郑暖夏走过去要他蹲下去，扒拉着他的头发——那里有个小口子，渗出来的血都干了，把头发黏在了一起。看来是车撞在老榆树上时伤到的。

二十分钟后，石碚的后脑勺上顶着一块白色的绷带上路了。

郑暖夏不时拿眼睛瞄一下他，不住地埋怨：“傻啊你，头都磕破了不疼啊？就这还上手术了！伤口裸露在外不怕感染啊？”

“呀——”石碚猛然惊叫一声，右手脱离方向盘捂向了额头。

“怎么了怎么了？是不是伤口裂开了？”

“有只喜鹊总在我耳边叫啊叫，吵得头疼死了……”他说着把手放回到方向盘哈哈大笑起来。

郑暖夏明白被戏弄了，气得扭头看向窗外不再理他。无论他怎么拿话逗她，她都不再开口。

车驶入市区时，已是华灯初上。

“郑小姐，可以告诉我你的住址吗？”石碚问。

“涛声依旧。”郑暖夏答。

“大年三十我们再回趟竹坞怎么样？”石碚打灯驶向右转道，准备送她回去。

“你回去看望丈母娘，我去干吗？”郑暖夏的声音悠悠的，听不出情绪。

“把她接来一起过年吧，哪怕过完初一再送她回去。”

郑暖夏的父母离婚后，母亲邓梅就和所有的郑家人断绝了联系，而邓家只有几家老亲戚，也鲜少来往。

郑暖夏只是呆呆地望着窗外，没有回答。

时间可以轻易让台历翻过一页，却翻不去心上的疼痛。而翻过的那一页，永远毁在了往日，再也无法重新来过。

马上要过年了，无论是上班族还是在家族，都进入了春节预热模式。医院里除了急诊科外，其他科室都从平素的火热中冷却下来，能出院的都出院了，不能出院的也在寻找机会出院。

春节象征着一年的运势，没谁想在医院里度过。

郑暖夏创作的小品果然在全市春晚上拿了名次，一雪中心医院“理工科集中营”的耻辱，领导们大会小会都会表扬上几句，为她成为怀清医疗系统的“才女”奠定了牢靠的基础。

才女有才女的苦恼，从卫健委到兄弟医院，但凡有应酬，大家就会想起这个很有文艺气息的“花瓶”，喊郑暖夏吃饭的多了起来。

小城市有小城市的生存规则，郑暖夏知道这些人并无恶意，可以说是“慕才而来”，纵然极不情愿，也只得硬着头去见那些“叶公”们。

这天林院长亲自发微信给郑暖夏：今晚六点半怀府饭店666房间。

林院长身兼中心医院的书记与院长，实实在在的大权在握，郑暖夏只能回以“好，谢谢”。

下班后，她胡乱涂了点口红就出发了。反正应对这种场合，她从不会拿出十分的力气。虽不至于故意把自己搞得太丑，但绝对不会以最美好的姿态出现。

怀府饭店是最具代表性的怀清美食荟萃地，主打怀药系列养生菜，不仅外来者喜欢，本地人也很喜欢。

郑暖夏到时，林院长还没到，但房间里已经有四个人了。她大致瞄了下，好像都不认识，便礼貌性地笑笑，找了个最不起眼的位置坐了下来，静候林院长大驾光临。

第八章 | 停职不下线

1

先到的四个人里有药商张总。郑暖夏不认识他，他却认识郑暖夏。他是今天买单的人。

张总看到郑暖夏后，拿手捅了下旁边的组局者。

那人眯起眼睛打量了一下，没有认出来，便端起茶壶走到郑暖夏身边为她倒水。

怀府饭店在一个园林深处，郑暖夏下公交车后又走了一会儿，身上早冻透了，捧着那杯热气腾腾的怀菊花茶说了声“谢谢”。

那人却突然惊讶地叫了起来：“郑暖夏……”

她抬眼望去，觉得此人有点眼熟，一时记不起来是谁，客气地点点头没说话。

“我是姬小同……”他强调。

“你好。”她淡然地笑着，还是没能认出他来。

“就是，就是，”他犹豫了一下，继续道，“郝子玉的发小。”

郑暖夏的心被狠狠地扯了一把，喝进去的水就岔道拐进了气管，不住地咳嗽起来。

姬小同却不管不顾地拉过椅子坐了下来，压低声："我知道你回来了，没想到会在这里撞上。我和你说，别那么倔好吗？箐箐现在挺好的，子玉在美国也挺好的。你如果真的爱他们，就不要再纠缠了。"

"纠错，我只爱箐箐！麻烦你给郝家捎个信，只要把箐箐还给我，我和他们再无瓜葛。"郑暖夏放下了水杯。

"都说了不要这么倔了，想想石碚为什么会被停职？"

郑暖夏僵在那里。石碚的事情可大可小，网上支持他的声音远远大于反对的，就在所有人认为他没事的时候，他却被停职了……这个事情在郑暖夏心里打了很多问号，可没能找到答案。她曾问过老周，他还是那套说辞，说心急吃不了热豆腐，让石碚安心休息，过了年再说。

看来石碚的船弯在了郝家的港里。看来，他是被自己连累了……

"那下一个停职的就是我了吧？"郑暖夏的声音不由提高了。那天郝子玉的母亲说"要不要把你们林院长请过来一起喝茶"时，她就该想到郝家会有行动的，怪自己大意了。可她不大意又如何？自己除了会码字，石碚除了拎手术刀外，他们能怎么样？两个人的细胳膊细腿能掰得过郝家粗壮的大腿吗？

"谁敢停我们大才女的职，我第一个不答应！"林院长正好走了进来，笑呵呵地说。

郑暖夏连忙站起来迎接，同时看到了他身后的老周。

"林院长好，周主任好。"她委委婉婉地打招呼。

屋里暖气很足，老周脱下外套递给了郑暖夏。她接过去挂到了衣架上。林院长也复制了老周的动作，把外套递了过去，还客气地说："有劳我们大才女了。"

这些不经意间的小动作，显示出郑暖夏同林院长和周主任的关系非同一般，姬小同是个聪明人，立马意识到自己做错事情了。

林院长和老周接下来的举止更令姬小同大跌眼镜，两人推让着谁也不坐主位，却都要郑暖夏坐在中间，说万绿丛中一点红，他们要珍惜这唯一的花朵。

两人的口吻没有半分轻佻，非常真诚。

郑暖夏便笑眯眯地坐下了，拿双手端着自己的脸，大大方方地说："左边林院长，右边周主任，我的脖子一会儿向左转，一会儿朝右扭，然后……"

她说到这里，故意卖关子停住了，笑盈盈地给老周和林院长倒水、拿水果。

郑暖夏原本想用打酱油的形式将这顿饭悄咪咪地吃完，姬小同的姿态让她明白自己不能再低调了。她知道自己是墙上芦苇，虽说人在怀清，却没有根基，只能借力打力。

在怀清，林院长和周主任绝对算得上是人物。菜还没上来，两人叉起郑暖夏放在他们盘子里的草莓送进了嘴里，连声说味道不错，还客客气气对郑暖夏说谢谢，说不愧是从帝都回来的，连拿个水果都比别人取的好吃，看来是沾了贵气了。

放下叉子，老周一脸期待地看向了郑暖夏："小郑，你刚才那个'然后'的后面是什么呀？"

"对，我也很想知道，是什么典故吗，快给我们讲讲，也让我们这些理工男沾点艺术气儿。"林院长紧跟老周的脚步。

"哦，我左转转，右扭扭，然后多年的颈椎病就治好了。我给您二位各送上一面旌旗，写着：白衣红心迎来八方病友，精医良德化解万民苦痛。咱让那什么CT呀、X光呀、手术室呀、正骨呀，全部下岗去，只要我们林院长和周主任往那儿一站，百病殆尽，福禄自来。"

郑暖夏一本正经地说着，还拿手上下比画，仿佛那面紫红色的旌旗已经披在了两个人身上。林院长和周主任哈哈大笑起来，边笑边拿手指着她——

"林院长，怎么样，我举荐的是个人才吧？"

"岂止是人才，简直鬼才。你这个小郑啊，哈哈，看来我们医院是挖到宝了。"

三个人嘻嘻哈哈地说笑，完全无视在座的其他人。

中心医院准备新建个专科综合楼，姬小同想参与竞标，他约了*N*次才约到了林院长。谁承想她看到郑暖夏后就糨糊入脑，只顾着帮郝家说话，没考虑她应该和林院长关系不错才参加这个饭局……更没想到的是，她竟然和卫健委的周主任也关系匪浅。

好在菜很快上来了。姬小同左右逢源，给大家一一介绍，主动举起杯子，为没有到外面迎接领导自罚三杯。

厚脸皮向来是社交场上的利器，善于利用者往往无坚不摧。

“我是艾瑞制药国内华中区的张海啸，有缘结识林院长和周主任，以及才貌双全的郑才女，深感荣幸，为没能出去迎接大驾道歉，自罚三杯。”姬小同觍着脸罚过酒后，张总起身，满脸谦恭地举起了杯子。

伸手不打笑脸人，林院长和老周之所以无视他们，也是因为姬小同对郑暖夏的态度，见他们低眉顺眼了，便给了台阶，挥挥手要他们落座，算是为这个饭局开了光。

若将张总之前在刀疤老李等人面前的冷肃傲慢，和现在的卑躬屈膝剪成同框画面的话，简直判若两人。

他本想借这个机会搭上林院长和老周这条线，才主动要求来买单的。这是只修炼千年的狐狸，远不是姬小同这只张牙舞爪的小妖怪可以比拟的。还好郑暖夏并不认识他，因此他便用谦谦君子的模样，对林院长和老周献殷勤的同时，不动声色地对郑暖夏也表示了尊敬。

林院长和老周之后，又陆续进来两三个人，都是林院长钦点的。

饭局上就郑暖夏一个女士，她又是林院长带来的，自然成了众星捧月的焦点，除了张总和想挽回局面的姬小同外，为她端茶倒水和夹菜倒酒的大有人在，可她不是谁夹的菜都吃，也不是谁倒的酒都喝，总是恰到好处地婉拒，却又绝对不会让对方感到难堪。

面对林院长和老周时，郑暖夏每一次都能妙语连珠地说出个名堂来，比如林院长要她过圈，她拎着分酒器喝了一圈回到座位后，巧笑倩兮地左右看看说：“院长，周主任，咱们来个黄河泰山如何？”

两人不明所以地看向她。

“您二位就是咱怀清医疗界的黄河泰山嘛……”她笑吟吟地为两人斟满了酒。

这话要是换在座的任何人说都会有拍马屁的嫌疑，除了肉麻，不会产生任何好作用，可从谈吐不俗的郑暖夏嘴里说出来，林院长和老周就格外受用。

他们嘴上说着“不敢当”，但还是开心地端起杯子和她碰了下一饮而尽。

郑暖夏整晚的表现令林院长和老周刮目相看，花有色香味，人分才情趣，她今天就将“才情趣”三个字展示得淋漓尽致，不管是劝酒，还是喝酒，总能妙语如珠，却又不失知识女性的矜持优雅。

见识到郑暖夏的另一面，老周像挖到了宝，内心窃喜连连。但他毕竟是老江湖了，表面上不动声色，只是眼睛若有似无地往她身上黏。

酒是媒介，也是恶之发酵剂，郑暖夏对酒的态度总是敬而远之和小心翼翼，在外漂荡了十多年才得以全须全尾地保全了自己。

“到此为止别再喝了。”老周为她倒上茶，轻声说。虽然郑暖夏表现得很得体，但从她胭霞淡扫的脸和眉眼婉转的模样，已知道她到了临界点。

“石碚的事，黄主任出手了对不对？”她侧脸压低声问老周，音量却足以让左边的林院长听个一清二楚。

林院长的脸刹那就黑了下来。石碚停职后，他的病号不少都急匆匆出院了。林院长原本以为是年关将近大家急着回家过年导致，后来听说，一些病人从中心医院出院后，转身就去别的医院做后续治疗了。林院长怕这种情况继续发酵，心里格外不爽。

虽说医院的本质是治病救人，不以赚钱为目的，但维系这么庞大的体系正常运营，财政拨的那点钱无疑是杯水车薪，很大一部分还得靠自己的赢利来维持。

2

郑暖夏的话无疑戳到了林院长不大不小的痛处。“飞刀”一事，他四处奔波为石碚说情，眼看就风平浪静了，黄帆突然插了一杠子，硬生生让他前功尽弃了。

“有什么办法呢，黄主任的手长啊……”林院长叹一声，端起杯子仰头自己灌了一杯。

“是我不好，乱说话，来，我陪我们林院喝一个……”郑暖夏端起了酒杯。

“哎，小郑你喝茶就好，不光咱们周主任懂得怜香惜玉，我也很体恤下属的嘛。”

林院长打趣了一把老周，自己满上酒朝郑暖夏举起了杯子。

郑暖夏只好就坡下驴以茶代酒，既遵从了院长的话，又顺从了老周的关心，让两位都很开心。

八卦的速度永远比火箭快。郑暖夏和老周关系不错的消息早就不胫而走了，老狐狸林院长也根据自己的所见所闻旁证了这一点，才在节前的饭局上将二人一勺烩地约到了一起，给老周痒痒的心思挠上了一把。

待林院长的酒下肚后，郑暖夏拿起手机，翻出一张照片给他看。那是石碚发在著名的医学期刊《柳叶刀》上的文章。

林院长手中的酒杯“啪”的一下子撂下了，任由它像个醉汉般狼狈地摔倒在桌子上。能上《柳叶刀》杂志的，全省都没几个。他从郑暖夏手中夺过手机仔细查看，神情激动地猛然拍了下桌子：“石碚这小子，我果然没看错……”

他看了眼旁边的姬小同后，神情又颓然下来。今天的饭局他是万万不想来的，可姬小同打出的是黄秘书长的招牌。在怀清政界，大多人以为黄秘书长和黄帆不过都冠以“黄”姓，林院长和老周却知道他们是堂姐弟。

林院长不知道黄帆为什么要让石碚停职，但碍于黄秘书长，只得卖他几分面子，这让他很恼火。

林院长不是不知道姬小同觊觎综合楼的工程，却不得不来赴这场鸿门宴。酒喝了，饭也吃了，黄秘书长姐弟俩的面子也给足了，接下来事情……再说了，谁让他们折了自己一员大将。

这顿饭吃得很诡异，气氛看似融洽，可当姬小同和张总以工作名义提及生意时，林院长根本不接话茬，只和两人谈一些今天天气哈哈哈之类的万年不伤和气的套话。两人几次不死心地挣扎，想把话题往中心议题上靠，他马上就把脸扭向郑暖夏和老周，和他们一本正经地东拉西扯。

姬小同虽然不知道船弯到了哪里，但商人的大脑是自带润滑油的，明白自己得罪了郑暖夏，很快就想到了补救办法……

饭局即将结束时，郑暖夏去了趟洗手间。等她出来时，看到姬小同站在洗手池旁。

犹豫了下，她还是走了过去。总不能脏着一双手回房间吧。

姬小同看似很认真地拿消毒液洗手，却低声和她说："箐箐在省实验小学读书，平时周末都会被接回来。现在放了寒假在家呢。郝家住在嘉禾小区。"

郑暖夏只觉得耳畔响了个炸雷，却是惊蛰的雷，万物复苏的希望在心头燃起，眼泪雨珠子般"吧嗒吧嗒"往水池里掉，越来越凶猛。她的手狠狠地挤出来一大坨洗手液，使劲洗搓着，仿佛想将心上的屈辱洗个干干净净。

今晚的饭局，她坐在两位领导之间的主位是极其不合适的，其间左右逢源地讨好林院长和老周，有辱她清白为人的底子，她感觉那根文人的风骨被敲断了，但为了生存，只能咬牙硬撑着。

这天晚上，是老周的车送郑暖夏回去的。老周和她并排坐在后座上。

路上，郑暖夏出神地望着窗外，仿佛身边坐着的是一团空气。

"怎么了，还在为石碚的事情担心？"老周明显地感觉到了她的不对劲。

"怎么样可以进入嘉禾小区？"她毫无意识地说出这句话。

"我有门禁卡。"

"你住嘉禾？"郑暖夏的脸电光石火般扭转看向了他。

"没，我住新区，只是在那里有套房子，闲置很久了，想等着将来找到另一半后……再入住的。"后半截话老周说得格外缓慢，观察着郑暖夏的表情。

郑暖夏拿上齿咬着下唇，半晌没有说话。

"呵呵，我开玩笑的，开发商是我朋友，开盘时按最低折扣给的我，精装的房子卖毛坯价，有便宜当然要占啊，不然就是个大傻子，买来静等升值赚点小钱。”老周连忙转了风向。

“周主任，出不出租啊？”郑暖夏试探着问。

“租，只租给你，一个月一毛钱。”他无比认真地说。

“一千吧，不然我心里惊悚，不敢住。”她笑了，期待老周可以答应自己，而且不会像那些毛头小子一样会刨根问底追问原因。

小城的房租不比帝都，每个月八百到一千是个比较公平的价格，视房源情况而定。

对于她的提议，老周没点头也没摇头，郑暖夏的心便高高地悬了起来，像街头路灯杆上的红灯笼，在风中摇来摆去地不安定。

已是大年二十八了，怀清的每条街上都挂起了红红的灯笼，使得年味更浓烈了一些，却压得郑暖夏喘不过气来。

还好，她住的地方到了。

“那，周主任再见。”没等到老周的答案，郑暖夏只好怏怏地准备下车。

老周的手却在黑暗中突然伸了过来，如猛兽捕猎般敏捷地覆在她的手上，轻轻地握了下便放开了。

“好的，别胡思乱想，早点休息。”老周温和地说。

郑暖夏下车，极有礼貌地朝车内的老周微微颔首，目送着那辆黑色的奥迪离开后，才转身朝小区里走去，左手不停地扒拉着右手，仿佛老周在上面留下了什么细菌。

这天下午下班后，小张和小李拎了点年货直奔石碚家。若说社会是个大江湖的话，医院就是套在其中的小江湖。有江湖的地方，就会有帮派。虽说医院里的帮派是隐形的。

在刘杰斌和常主任眼里，小张和小李是石碚这派的，而石碚是万主任那派的……这就成了他们三个的原罪。

万主任退了，石碏被停职了，小张和小李就被晾到了冷板凳上。从瘾君子的手术上下来后，刘杰斌不知道对常主任说了些什么，之后再做手术就不带他们了。

两个年轻医生算了下，长期这样子下去，等月头开支时，除了那点可怜的基本工资外，他们的绩效会少很多，便格外想念石碏在的时光。

石碏开门后看到是他们，很是开心。

两个人除了年货外，还带了两瓶酒。石碏下厨麻利地炸了盘花生米，从冰箱里拿出一块酱牛肉和一块卤猪头切盘，再蒸个海鲈鱼，烧了个虾，拍两根小黄瓜凉拌了事。

“22床的伤口恢复得不错，昨天和我说想年三十出院回家过年，你看怎么样？”没等石碏问，小张便将他关心的事情说了出来。

石碏点点头，端起杯子和两个人碰了下，一口闷了。

被停职后，他生活宁静了，心绪就常常冒泡，便时不时地抿上两口，在短暂的麻醉中寻找一种平静。

说曹操曹操到，正说着梅小慧的电话打了进来。石碏拿着手机冲俩人晃晃，脸就绽放成了金灿灿的向日葵，接起了电话。

小张拿胳膊捣捣小李，小声嘀咕：“看看看看，咱哥俩进门这么大一晌了，那脸都像个大冰块，没温度没热情，病人打来电话，立马就打了鸡血。”

“有病人没朋友的怪老头。”虽说石碏是个大帅哥，可小李还是按照师徒情谊戏谑地称他为老头。

石碏也没和他俩客气，无影脚直接从桌子下面飞过去，一人腿上踹了一下，继续笑吟吟地听电话。

梅小慧先是怯生生地向石碏问好，问他最近怎么样？年货准备了没有？说姐姐让人从老家带来点山核桃，给他放到小区门岗了，让他有空去取一下。

3

石硞一边回答，一边说谢谢，眼睛还不忘盯着那俩正大快朵颐的小子，眼看那条清蒸鲈鱼就要被两张饕餮大口吞没了，又飞出去两脚，拿唇语警告：给我留一口——

小张和小李总算尝到了报复的快感，下筷如雨专门攻击那条鱼。那条不算小的鲈鱼转眼就成了鱼排，还是无一丝肉的纯排骨。

算了，看在有病人咨询的分上，石硞暂且不和他们计较，专心和梅小慧说话。

梅小慧绕了三百六十度的弯后，才支支吾吾问自己想过年回家之事，石硞连说可以，叮嘱她回去后注意服药，过了年视情况，可能还要跟着化疗一段时间。

“石大夫，过了年您回来上班吗？”梅小慧小心翼翼地问。

“……”石硞不知道该怎么回答她。

“您不在，我和我姐都感觉心里没底。我姐夫有个朋友在城南医院，过了年您要是不回来上班的话，我可能会去他们那里化疗。”

“在那里能得到更好的治疗的话，就去吧，不要有心理负担。把病治好是最重要的。”思忖良久，石硞悠悠地说，脸上的兴奋像被扫地僧拿着大扫帚打扫了个一干二净。

他又叮嘱梅小慧一些注意事项后，挂断了电话。

小张和小李这才明白22床打这个电话的意思。

小张挠挠头说：“梅小慧不是第一个。”

“什么意思？”

“你的病人里，有两个前脚从咱们这里办了出院，后脚就去别的医院继续住院了。”

“走就走吧，反正做完手术，伤口长得差不多出院也就没咱们什么事了……”石磊自己闷了一杯，“你俩的管床病人怎么样？”

“还行，不过以后我们可能会连一个病人都收不着了。”小李摇摇头说。

石磊猜出了其中的原因，没有说话，只是默然地给两个人夹菜。

“不管怎么样，我们哥俩真心感激你，谢谢石哥。”

小张和小李真心实意地举起杯子敬他。

外科和其他医学专业不一样，是个领、带、传、帮、实践相结合的学科。可是很多人却有一种“教会徒弟饿死师父”的想法，把刚入行的年轻医生视为对手，怕他们成长起来后跟自己抢病人，刻意打压，甚至给一些优秀的苗子设置障碍。

因此石磊是非常感激万主任的，若不是他的帮和教，自己也不可能成长那么快。

“我们俩想申报个课题，都被常主任给刷下来了。”小李撇撇嘴。

“我年后本来想到省肿瘤医院进修的，也没通过。”小张也闷了口酒。

“长此以往，咱普外三的生态就真的成了‘大树之下，寸草不生’了。”

“您带的那两三个刚入职的年轻孩子，现在每天不是让整理病历，就是应对家属咨询……”

“要是他们还傻乎乎地待在这里，可能做了十年的主治，连个阑尾都没切过。”

在酒精的作用下，小张和小李开启了吐槽模式。

石磊默默地听着，没有劝解和宽慰。积在心头的尘埃多了，需要清理一下，而倾诉就是最好的方式，不然会出问题的。

待两人将心中发酵的怨气发泄得差不多了，他才问：“柳翠花怎么样啊？”

“挺好的。科室的人对她都挺好，肖小艳还给她买了个大花棉袄，说是你买的，柳翠花穿上可高兴了，逢人便说是她弟弟买的，说过年的时候她弟弟肯定会接她回家……”小张口无遮拦地说着，完全没注意到石磊的神情黯淡了下去。

小李赶紧拿胳膊捣捣他，不然他不知道还会说出来什么。自从石硞停职后，柳翠花每天都要跑到护士站和医生办公室找“弟弟”，找不到就会吵闹一通，说他们把她弟弟藏起来了。

这些他们没敢和石硞说。

得知柳翠花还不错后，石硞格外欣慰。只要那个傻乎乎的女人安心治病他就放心了。不知道什么时候起，那个和自己毫无半点关系的柳翠花，竟成了他心里的牵挂。

日子像被狗撵般迅速掠过，转眼便是大年三十。

石硞决定在这天去接邓梅。

早上起来后，他便发微信给郑暖夏：一起回趟竹坞怎么样?

那边却久久没有回复。他按捺住心头的波动，去主卧给郑暖冬按摩喂食了。

等他做完这一切，手机仍是一派安静。今天可是法定假期，石硞犹豫了一下打了过去。

铃声响了三次后才接了起来，传进耳朵的却是“呼哧呼哧”的喘息声。

“怎么了？”石硞的每根毛发都站起来排成防御的军队。

“哦，我，我在搬家，刚把两个大箱子弄进来。”郑暖夏犹豫了一下说。

“搬哪了？”石硞的头像出锅的爆米花般炸了下，膨胀了几圈。

她没有回答。

“不会是又要走吧？”石硞的心“咚咚咚”地狂跳了起来，心率最少上一百了。

“没有，我搬到嘉禾了，和郝家院门对院门。”早晚他都要知道的，她索性说了出来。

“见到箐箐了？”石硞的心跳直逼两百。

“没有，不过早晚的事。等我把那个望远镜架起来就可以了。”她定定地答。

十年前，郑暖夏饱受撕心裂肺之疼后带到这个世界上的亲人，还没来得及看清楚是什么样子，就从她的世界里消失了。为了看到她，郑暖夏曾用一沓的稿费单，换回一个尼康的高倍高清望远镜，架在窗口，目不转睛地对着郝家的客厅。

当那个像玫瑰花一样漂亮的婴儿出现在镜头里时，她的眼睛瞬间就涨潮了，一浪高过一浪。她受不住那种甜蜜和悲怆，踉踉跄跄扑进床里，号啕大哭，喊着“箐箐，我的女儿啊”，使劲地捶打着双臂，恨不得捶出一对翅膀，飞过去，叼起那个柔软的小身子飞走。

十年后，她仍然想通过这台望远镜，让自己干瘪的生命再次充盈起来。

郑暖夏准备再次搬到郝家的对面让石碏大吃一惊。他匆忙挂断电话，套上羽绒服就往外冲去。

半个小时后，石碏出现在那幢三层的独幢别墅里时，郑暖夏正兴致勃勃地在装那台望远镜。

“疯了你，这是违法的！”石碏想把那个大炮筒再卸下来。

“他们抢走我的孩子难道不犯法？”郑暖夏护着那个宝贝，不让他动。

“你……”石碏气结地望着她，一时不知道该拿她怎么办，“你怎么住进这里的？”

他开始曲线救国。这幢别墅的装潢不是太豪华，但处处体现出主人的品位，尤其是院子里的花草山石，更见匠心。郑暖夏怎么找到这样一个住处，石碏着实好奇。

那晚老周没有直接答应郑暖夏用一千块钱租房子，第二天却开车载她来看房子。当她发现那是一幢漂亮的新别墅后，很是懊恼自己怎么会提出来那么个愚蠢的请求，恨不得找个地缝钻进去。

老周大大方方地将钥匙放进她手里时，她感觉被烧红的烙铁烙了下，慌慌张张地又塞回给他。

老周很快就意识到自己的唐突和郑暖夏的尴尬，告诉她这是朋友的房子，两口子退休后去上海看孙子去了，要他帮忙找人看房子，要求最好是单身女孩，不收房租，唯一的要求是帮着照顾好满院子的花花草草。

他怕郑暖夏不相信，特意翻出来和朋友的聊天记录给她看。看着满院子的树木花草，郑暖夏知道想把这些打理好，不付出一番真材实料的劳动是不可能的，便答应了。

钥匙交到她手中后，老周才悠悠地告诉郑暖夏：对面那扇黑色铁艺的大门就是黄帆家。

郑暖夏先是呆若木鸡，继而欣喜若狂，催促他将自己送回到住处，开始打包收拾。

面对石硞的追问，郑暖夏是心虚的，只推托说朋友让帮忙照看院子，没敢提及老周。

石硞半信半疑，还是苦口婆心劝她不要再重蹈覆辙，先不说她的行为违不违法，万一惊动郝家，他们再搬家，或者采取什么手段就坏事了。

“什么手段？”郑暖夏一愣，望向了石硞。

石硞没有说话，只是盯着郝家那扇黑漆漆的大门发呆。

“你知道了？”郑暖夏的心猛跳了几下。

石硞没点头也没摇头，默认了。

“对不起，是我拖累了你……”郑暖夏将会见到女儿的兴奋突然压了下去，“如果不是我，你可能不会被停职。”

“飞刀又不是你逼着我做的。不过，我想让你从这里离开，越快越好，不要让郝家人知道你住到了对面。”他开始将郑暖夏刚取出来的东西往箱子里塞。

“不要，我要见箐箐！”她又把那些东西往外取。

4

“郑暖夏，你脑子里装的是大便吗？我停职无所谓，可我不想你受到伤害。我，我不想，也不允许你再像上次那样一消失就是十年……”石硞说到这里眼睛红了，“过了这个年，你就 35 岁了，人生还有几个十年可以任性地出走、挥霍？你在折磨自己的时候，也在折磨那个……那些关心你、爱你的人……”

石碏抹了一把眼睛，打住不再说了。

郑暖夏内心织得很密实的网，忽然被谁拿着利刃给划开了，包裹得严严实实的委屈和愧疚奔泻而出，眼睛不由也红了。

“石头，我……对不起……”她抽着鼻子，“我知道，我这辈子是还不清你了，可是我，我……”

两个人就那样对视着，只有一米的距离，却像横亘着十万座大山。

为了郑暖冬，郑暖夏当初选择了和郝子玉在一起，之后她和石碏就从亲密无间变得再也无法靠近了。

窗户上突然传来“咚”的一声响，将二人从石化状态中唤醒了。他们转身望向窗口，见结实的钢化玻璃完好无损，便走到窗前，撩开纱帘朝外望去——只见院子里圆拱形的欧月架前躺着一个足球，看来那便是这响动的罪魁祸首。

铁艺大门外，一个梳着羊角辫的小身影站在那里，透过缝隙朝里张望。门明明开有半扇的，她却没有走进来，而是怯生生地探头问：“请问有人吗？”

“暖夏——”石碏看着她失声叫道。

白净的瓜子脸上，眉眼弯弯，嘴巴像个新鲜的菱角，向上翘着，声音软糯甜美……这张脸从6岁那年就镂刻在了他的脑海中，任岁月也无法腐蚀磨平半分。

眼前的这个小女孩，完全是郑暖夏的翻版！

“箐箐——”郑暖夏使劲捂住了嘴，生怕自己喊出来会吓到她。

那张小脸进入视线的瞬间，郑暖夏就中了母女蛊，体内的血液像涨水的海潮，一浪高过一浪，眼泪喷涌而出。

“韩爷爷在家吗？我的球不小心掉到你家院子里了，我能进来取走吗？”那个小人儿的脑袋又往里面伸了点。

郑暖夏杀伐果断地扯起盖在沙发靠上的纱质长巾充当纱巾，将头包裹住后，匆匆走了出去。

她抬眼望去，发现郝家的门仍旧关着，并无人出来后，才大着胆子朝那个穿着粉色羽绒服的小身影走过去。

“阿姨您好，不好意思，我们踢球，不小心砸到玻璃上了……”那孩子站在原地，很有礼貌地冲郑暖夏微微鞠了个躬。

“没事的，进来，拿，回去就好。”这几个字郑暖夏说得无比艰难，从一个字到另一个字，仿佛需要翻山越岭才能抵达。

“谢谢阿姨。”小女孩笑着点点头走进了院子，右边脸上浮现出深深的酒窝。

遗传的力量再度把院子里的郑暖夏和屋子里的石硞吓住了。郑暖夏不由伸手摸了下自己的右脸颊，那里有个一模一样的酒窝。

“谢谢阿姨，”小女孩抱起球再次道歉后准备离去，郑暖夏忍不住伸手拉住了她。

小女孩惊诧地望着她，眼睛里飞出了一丝惊恐。或许是把她当成人贩子了吧，之前她毕竟不住在这里。

“能告诉阿姨你叫什么名字吗？别怕，阿姨不是坏人，就是看你挺可爱的，很喜欢。”郑暖夏望着那张粉妆玉砌的小脸，强忍着想把她紧紧抱在怀里的冲动。

“我叫郝箐箐，家就在对面。韩爷爷他们去哪里了？你是他家亲戚吗？”女孩自报过家门后，开始警觉地盘查郑暖夏。

原以为郝家将箐箐抱走后会给她改名字的，没想到依然沿用了她给女儿的名字，蓦然间，郑暖夏对郝家的恨意减了那么一丝丝。

“哦，我是他们家亲戚。他们去上海了，我来帮他们给花浇浇水。”说着她冲箐箐举举手中的钥匙。

还好，进门后她随手把钥匙放进了口袋里，不然指不定真会被亲生女儿当成坏人。

“哦。那阿姨您忙吧，我走了，他们还在等着我呢——”箐箐抱着球，朝左指了下。

郑暖夏顺着她的手望过去，果然看到三个同龄的孩子在不远处朝这里张望。

箐箐已到长到自己的胸口高了，衣着和教养都很好，看来郝家把她养得不错……郑暖夏再次泪眼蒙眬，仍然拉着箐箐没有松开。

“阿姨您怎么了？”箐箐看到了她的眼泪。

“哦，有灰尘进眼睛里了……”做了十年的编剧，此刻却只能为这些来历不明的眼泪找个蹩脚的借口。

“呀，那快用清水洗下，不然会感染的。这是老师说的。”箐箐特意加上去有说服力的后缀。

“没事，眼泪冲刷得差不多了，再用纸巾擦下就好。”郑暖夏一手拉着箐箐，一手在口袋里翻着，却没能找到纸巾。

箐箐从口袋里掏出一个独立包装的纸帕：“阿姨你蹲下来，我给你擦。”她踮起脚也没能够着，只好要郑暖夏蹲下。

郑暖夏顺从地蹲了下去，让她用那块散发着淡淡香味的纸帕将泪水擦拭干净。透过箐箐的指缝，她望着自己的童年版，觉得自己为她差点丢掉性命是值得的，不由自主轻轻拥住了那小小的腰身。

她不敢抱紧，怕吓着箐箐，继而斩断以后重逢的路。

“阿姨你很疼吗？要不要去医院看下……”见她抱住了自己，箐箐有点慌乱。

“没事的，让叔叔来看看，叔叔就是医生。”石碏大步从屋里走了出来。

他待在屋里，本想给她们母女独处的时间和空间，郑暖夏却陷在母女相逢的幸福沼泽中不可自拔了，他要是再不出面，担心她会吓着箐箐，或被郝家人出来撞上，那十年前的悲剧将会重新上演……

而后者对郑暖夏的打击是毁灭性的。

石碏暗自用力，将郑暖夏环着箐箐的手拿开，装模作样地看了下她的眼睛，说没事了。

“没事就好，叔叔阿姨我走了啊……”箐箐有礼貌地和他们说着，从地上捡起球就要走。

“等下，”石碏柔声叫道，“你叫箐箐是吧？”

箐箐点点头。

“好美的名字，好美的小姑娘。这个阿姨最喜欢漂亮的孩子了，她肯定想和你合影的，却不好意思说，我替她说出来。”

石硞知道郑暖夏此刻的大脑里全是糨糊，看到女儿只知道哭，连张孩子的照片都不留，岂不是将上天送到眼前的良机给错过了。

果然，但凡女性，上至八旬老妪，下到3岁的小姑娘，没有不喜欢听人夸美的，箐箐笑得眉眼弯弯，乖巧地站到了郑暖夏身边，由着石硞拿出手机咔咔嚓嚓记录下了这一幸福时光。

“郝箐箐你快点啊——”几个小伙伴等得有点不耐烦了。

“叔叔阿姨我走了——”箐箐朝石硞和郑暖夏微微颔首后，抱起球转身跑了。

郑暖夏不能自持地跟着她就想往外跑，却被石硞死死地拉住了。

“放开我，我想看他们踢球，我保证只是看看就好，不会过去打搅她的。”郑暖夏哀求着。

“然后呢，郝家人出来找箐箐，你被逮个正着……后果是什么你知道吧！”石硞低吼着，几乎是拖着将她弄进屋的。

等石硞一松开，郑暖夏撒腿就往楼上跑，站在三楼的窗前，将那个望远镜架好，调转镜头捕捉几个孩子在空地上玩的场景。

刚刚10岁的箐箐，身高大概有一米四了，俨然一副队长的模样，发动进攻，组织防守，带着几个孩子踢足球，表现很突出……郑暖夏看着，不时鼓着掌，恨不得冲出去给孩子们做啦啦队，可看着身边黑着脸的石硞，只能老老实实地待着。

郝家的大门无声打开了，黄帆的喊声传来：“箐箐，箐箐回来吃饭了……”声音温柔慈祥，一副好奶奶的形象。

她喊完孩子，眼眸无意间扫了下韩家。

隔着门扉和玻璃，郑暖夏就像感受到两枚咆哮而来的导弹，下意识地往后躲了下。

“赶紧收拾东西离开。”石硞不由分说，将郑暖夏的东西又全部塞回箱子里，扣好。

“我，我……”她结巴着，有万般不舍，可心里明白石硞说的是正确的——她住进这里很快就会被郝家发现，她想要回箐箐，甚至想见到孩子，会变得难上加难。

就这样，郑暖夏在搬进韩家两个小时后，又悄然撤了。不过今天能见到箐箐，也算是灰暗的天空中升起了一线希望之光。

回去的路上，石碚默默地开着车，郑暖夏默默坐着车，那辆老福特仿佛行驶在一个无声的世界里。

“下午回去接邓阿姨吧。”快到郑暖夏住的小区时，石碚说。

她的心魂仍在另一个世界游荡，拽不回来。

“把箱子拿进去就出发。”他替她做了决定。

“我午饭没吃。”她总算回魂。

“路过小城人家再吃吧。”去竹坞的路上恰巧路过那个饭店。

“我下午还有事。”

“今天年三十了，单位里已经放假，你有什么急事要处理？”

“每件事都得向你报备吗？”

那辆老福特站在了涛声依旧小区外。

“你是箐箐的妈妈，但你也是……邓梅的女儿。”石碚缓缓地说。

5

“不用你提醒，我知道我不是孙猴子，我的生物学母亲是邓梅。”郑暖夏突然像被踩到了尾巴，疼得叫了起来，怒气冲冲地开门下车。

石碚连忙拉好手刹，从尾厢里拿出那两个大箱子想给她送进去，却被她拿瘦弱的肩膀撞开了。而后，她麻利地将他往旁边挤了下，一手一只箱子推着朝小区里走，路过门岗的时候还特意叮嘱保安：“别放那个人进来，他是拉私活的，刚才宰客，我已经投诉了。”

说完还挑衅地拿尖尖的下巴努了下石碚，声音高得足够让几米外的他听个一清二楚。

门岗看了一眼那辆上了一把年纪的老福特，点点头相信了她。

石碏又好气又好笑，但只能目送她推着两个硕大的箱子离去，颀长的身影像棵会移动的瘦松。

这些年她都经历了什么？能这么坚强，又那么脆弱！石碏知道她的坚强是装出来的，脆弱和柔软才是内在的核。

可他今天想赌一把，于是便坐进了车里。

二十分钟后，郑暖夏提个食品袋姗姗走了出来，坐进了"拉私活"的车里。

"车费五十，只收硬币。一手交钱，一手出车。"石碏窃笑着朝她伸出了手，她则没好气地取出个素包子放进了他手里。

"都一点了，先垫一下，免得还没走到小城人家就饿晕了。"

石碏笑得像捡到了狗头金，把包子塞进嘴里，三两下便吞完了，发动车，轰着油门朝前跑去。

车载音乐响起，《听闻远方有你》飘来——"听闻远方有你，动身跋涉千里，追逐沿途的风景，还带着你的呼吸，真的难以忘记，关于你的消息，陪你走过南北东西，相随永无别离……"

郑暖夏闭目将头向后靠去，泪水像涓涓的细流，慢慢向下淌。她早已失却了"爱情"功能，全身心充斥的都是伤感，被亲人和亲情折磨得千疮百孔，却无力挣扎。

"过了前面的红绿灯，路南就是小城人家了。这个点了，顾客应该不多，咱一会儿大吃一顿，犒劳一下五脏庙。"石碏扯着嗓子说，想把郑暖夏从颓废的状态中拉出来，不然自己看上去就像个押解犯人的官差。

"大年三十了，你知道过年，人家就不知道啊。"郑暖夏仍是那副要死不活的样子。

石碏这才明白她为什么塞包子给自己。他的手机突然响了，见屏幕上显示为肖小艳，心里蓦然一惊，这是停职后她第一次打电话，不好的预感袭来，连忙接了起来。

“柳翠花不见了……”她的声音里夹杂着哭腔。

随着一声刺耳的刹车声，石硞猛打方向盘，将车停在离小城人家饭店两百米远的路边。

“怎么回事？”

“她一直吵着要找你，这两天情绪格外激动，今天上午输液时竟然自己揪掉了针，我看到后批评了她几句，液体滴完拔针后她就不见了……”

“打电话给福利院了吗？”

“打了，院长说她没有回去，正组织人到处找呢。”肖小艳的鼻音很重。福利院把柳翠花送到医院后，监护权就自动转交了。具体说，就是转到了普外三的护士手里，肖小艳要负主要责任的。

“知道了，我这就回去。”石硞调头朝市区驶去，边走边给邓梅打电话，说暂时回不去了。

“我和你一起去找吧。”郑暖夏突然支棱了起来，像棵蔫了的青菜洒水后又恢复了元气。

石硞没有推托，默许了。

“有柳翠花的照片吗？”

他想了下摇摇头。

郑暖夏便拿过他的手机，给肖小艳发微信：把柳翠花的照片发来。

郑暖夏将柳翠花的照片转发自己后，保存并配上“寻人启事”的文字，转发到自己所在的当地群、朋友圈微博等社交媒体，又从通讯录上查找报社和电视台的人，分别转了过去，留言请他们帮忙找人。

她在内心感谢程主任把对接媒体的工作扔给了自己，这些人力资源在关键时刻派上了用场。虽和大多数人相识不久，但为了找人，只好硬着头皮上了。

还好，几乎所有的人都在第一时间回复——会尽力帮忙的。

石硞见郑暖夏电话、微信语音加文字飞快地忙碌着，心里一阵暖暖的，加大油门朝前冲去。

半个小时后，石碚将车停在自家小区大门口。他下车，跑过去举着手机问门卫有没有见到照片上的人？

门卫认真看着，仔细辨认一番后，说她半个小时前来这里，嚷嚷着要找弟弟，可颠三倒四地说不清弟弟叫什么名字，哪个单元的？感觉她精神有问题，便不再理她，后来她就不知道跑哪去了。

石碚恨不得抽自己一个嘴巴。有一次柳翠花问他“我们家是哪里的”，他急着要去会诊，却被她缠着不放，只好把自家地址说了出来，谁想她竟然记在了心里……

根据肖小艳的描述，柳翠花大概率是发病了。这大冷的天，他不敢想象她会发生什么事情，便开着车开始四处寻找。

郑暖夏不停地翻看手机，可没有消息反馈，不由焦急起来。虽然柳翠花不是石碚的亲姐姐，和自己素未谋面，但她心里莫名地对那个精神异常的女人格外亲近。

或许因为某种程度上，她们属于同类人——都是被家庭和亲人遗弃的。

柳翠花格外依赖石碚之事，郑暖夏当然也听闻了一些风声。大家是当生活调味品讲的，她却看到了自救和救赎。柳翠花像抓救命稻草般抓住了石碚，石碚虽然累得够呛，但担心她沉下去，任由她紧紧地抓着。

怀清虽然不大，但这样漫无目的地寻找一个人难度很大。郑暖夏和石碚找了几条街后，她突然叫停了这种无效行为。

“我们不能再这样找下去了，得想个好办法……”她咬着唇想了下说，“走，去派出所报案——”

“失踪没有二十四小时，不会立案的。”石碚摇摇头。

“凡事不试试怎么知道结果，听我的。”郑暖夏果断地说。

从小到大，两人但凡一起行动，指挥权总是掌控在看似柔柔弱弱的郑暖夏手里。这次也不例外，石碚顺从地将车开进了中心医院所属辖区的派出所院内。

已是大年三十，平时热热闹闹办手续、办证件、处理各种纠纷，甚至铐着小偷的派出所里，也安静下来。

石碏和郑暖夏说明来意后，民警开始做笔录。

“同志，能不能帮忙调出来各个路口的监控查找一下？”郑暖夏问。

民警想了下，请示上级后，便带他们去了分局的网监大队。

网警调出来石碏家所在的竹林西苑小区门外的监控查看，发现柳翠花出现在那里的时间大概为一点十分，她在那里待了半个小时左右，又向南走了。

经过几个小时的奋战，网警发现柳翠花最终消失在城南的张庄村口，时间为四点十分。

现在是四点十五分，也就是说柳翠花刚进村五分钟，人应该还在张庄村里或者村庄周围。

民警连忙联系了张庄的管片民警，片警又联系了村委会。

柳翠花是在张庄村南的一个机井房外面找到的。当石碏和郑暖夏赶到时，那个穿着大花棉袄的肥胖身躯蜷缩在墙角，眼睛呆滞地望着吐着井水的管道，像一个被冷风吹得瑟瑟发抖的大花枕头。

村主任说他们找到她后，想把她带回村委会暖和一下，可谁过去拉她，她就咬谁。他说着举了举自己的手，手背上赫然一排鲜明的齿痕。

石碏走过去拉她。柳翠花“嗷”的一嗓子叫起来，抓住石碏的手就要咬，可在坚硬的牙齿铡下去的瞬间，认出了手的主人，猛然松开了。

“弟弟——”柳翠花一下子就将石碏抱了个结实，“你是个骗子！大骗子！你说不会再丢下我的，可是过年了，人家都回家了，你却不来接我，连看我都不来看我了，你又不要我了是不是？”

村主任嘴里的凶悍女人，突然就变成了一摊泥，鼻涕一把眼泪一把地控诉着石碏的十大罪状。

“你，”石碏不知道说什么好，只觉得鼻子酸得不行，“柳翠花，你想见我就和护士长说啊，为什么跑到这里来？要是没被找到会冻死的！”

石碏表情凶狠地训起她来，眼泪却很不争气地缴了械，顺着眼眶往下滚。

“你告诉我，咱家住在竹林西苑，我去了人家却不让我进去……”她边哭边捶打着他。

6

“那你就在那里等啊，等我回家的时候不就好了！你乱跑什么呀——”

“我怕你又像上次那样把我丢了啊。我想起来咱家门前有条小河，就找啊找啊找到了这里，我想等你来带我回家。”

“你是笨蛋啊，刀口刚拆线没几天，再这样作会死人的知不知道？”

“你是个坏弟弟，你说不会丢下我的，你骗人，你是个大骗子！”

柳翠花的眼睛里大雨滂沱，石碏的眼睛里细雨蒙蒙，一个紧紧地抱着另一个，另一个任由她紧紧地抱着，还被鼻涕眼泪蹭了一身。

他们相互控诉着对方，画面令人格外动容，几个跟过来看热闹的女人不由拿手擦拭着眼睛。

“小伙子，以后可要看好你姐姐……”

“是啊。还有这位姐姐，以后可不能乱跑了啊，看把你弟弟给急的……”

大家七嘴八舌地说着，真把石碏和柳翠花当成了亲姐弟。

“天都要黑了，估计你们也饿了，吃点东西垫下吧。”村主任好心地让老婆拿来几个刚出锅的肉包子。

郑暖夏道谢后，接过食品袋走向石碏和柳翠花。

“吃点东西吧。”

闻到包子的香味后，柳翠花松开了石碏，拿起一个就往嘴里塞，狼吞虎咽地吃了起来。两个腮帮子撑得圆圆的，像左右各含了一枚鸡蛋。

怕她噎着，石碏吓得赶紧去掰她的嘴，她却挣扎着不肯张开。无奈之下，他只好使劲捏着她的胖脸颊，拿手去掏，逼着她吐出来一口。

“给我吃，我饿——”柳翠花使劲挣脱他，将手中剩下的小半个包子全塞进了嘴里，还没嚼两下，便噎得又是打嗝又是翻白眼。

郑暖夏赶紧把手里的矿泉水递了过去。石碚拿着水瓶对着她的嘴灌。

“病魔没有战胜你，包子就先把你收了……”石碚气得使劲拍打着她的背，包子才过五关斩六将被咽了下去。

石碚凶巴巴地训斥她是饿死鬼托生的，拿手轻轻擦去她嘴角的包子屑和水渍。

郑暖夏的眼泪被这个画面泻了洪，扑簌簌地往下掉。

石碚和郑暖夏将柳翠花送回医院时，天已经完全黑了下来。

林院长、常主任、刘杰斌、肖小艳和福利院的翟院长等人齐刷刷地站在普外三的电梯口迎接。

石碚大大方方地和他们打招呼，除了翟院长外，几个人神情都讪讪的。他们明白，幸亏柳翠花被找了回来，不然医院的麻烦就大了……

柳翠花的伤口也恢复得差不多了，常主任怕再出什么差错，经林院长同意后，特事特办连夜给柳翠花办了出院手续，交给了福利院。

石碚送柳翠花上翟院长的车时，她低着头站在那里一动也不动。

“刚才还说不会丢下我的，现在又不要我了……”她似乎知道自己给医院和福利院惹了多大的麻烦，声音低低的，眼泪“吧嗒吧嗒”地往下掉，没再像之前那样理直气壮地抱着石碚不撒手。

“听话，先跟翟院长回去，我明天保证去陪你过年。”石碚小声哄着。

柳翠花仍站着不动，只是拿抽泣声回应。

林院长是第一个扛不住的，鼻子酸酸地冲石碚挥挥手：“你送她回福利院吧。”

石碚无奈地点点头。柳翠花这才破涕为笑主动上了车，手没有松开石碚，他只好跟着她上车坐下。

林院长紧走几步，来到车前低低和石碚说：“安心在家待着，坚持就是胜利。”

“院长新春快乐。”石碚朝他笑笑。

“新春快乐。”林院长大声说着，“啪”的一下子把车门关上了。

刘杰斌和常主任对视一眼，眼睛里飞出了十万个问号，却只能闷着。

没有了烟花炮仗加持的年，像美味佳肴中缺了一味盐，对于爱热闹的人来说，这样的年淡而无味，可对于郑暖夏而言，经过 365 天的跋山涉水，总算蹚过了铁蹄踏踏的终日忙碌，到达一个平和的清晨，允许她梦着自己的梦，就是个自带玫瑰镶边的美好日子。

大年初一的早上，她醒来已是八点半。难得睡得踏实的一晚。

打开手机，拜年的信息“叮叮咚咚”纷至沓来，她慢吞吞地一一回复后，又编辑了一段文案给京城的老板发了过去。

郑暖夏是个投之以木桃，报之以琼瑶的人，老板虽没能带她走向更大的辉煌，但她打内心感激在自己最潦倒时能遇到老板，在她的旗下过了几年衣食无忧的日子。

郑暖夏是个有半升米便会不思进取之徒，若不是大环境及对女儿箐箐的思念重到了无法负荷的地步，仍会很没出息地待在老板身边吧……

这十年间的每个大年初一，她都会手持一串糖葫芦，游走于帝都的大街小巷，看杂耍，听曲儿，或者猫身于哪个小剧场看演出……如今她回来了，从对着电灯泡才能成双的日子里挣脱了出来，生命便由清汤素面升级为打卤面，除去相看两相厌的母亲外，还有那个她欠了几生几世都无法还清债务的石碚，最最重要的是，她找到了女儿，那个小可爱是这碗豪华面食中的主角。

郑暖夏翻出与箐箐的合影，两根纤细的手指将女儿的身影放大再放大，待那张粉妆玉砌的脸蛋将屏幕占满后，对着她重重地亲了一口。

硬邦邦冷冰冰的手机屏幕，愣是将寂寞老母亲的心肺烧得滚烫滚烫的。

“宝贝儿，箐箐，你在干吗呢……”她梦呓般问。

“我吹过你吹过的风，算不算相拥……”突如其来的《听闻远方有你》的缠绵歌声，伴随着石碚自认为迷倒众生的傻笑大头照，硬生生将女儿可爱的脸蛋挤出了郑暖夏的视线。

这首歌最近挺火的，忘记昨晚在哪个网页上看到的，郑暖夏顺手设置为铃声了，没想到第一个打来的竟然是石碚。

有点恼他打扰了自己和女儿的独处，她硬是将那首歌听了三次后，才懒洋洋地接了起来。

“喂……”

“十分钟后出来，回竹坞。”他没给她拒绝的机会，便挂断了电话。

郑暖夏愤愤地对着手机“呸”了一声，发了两秒钟的呆后，起了身。

身上还留着不愿意退场的懒惰，她走到窗前，“豁”地一下子拉开了窗户——清冽的空气扑面而来，整个人便精神了很多。

她快速走进卫生间，洗脸刷牙简单化了个淡妆，整个过程行云流水般不过五分钟，可她站到衣柜前时却停滞下来。

一柜子的衣服，不知道该宠幸哪一件。

高挑的身材，使得郑暖夏的衣柜像座长裙的森林，环肥燕瘦林立于斯。她像检阅队伍般，眼睛从左扫到右，又从右扫到左，总算停在那款紫红色的长裙上。

她纤长的手伸过去，将那抹红色从中检选出来。

过去的一年对于她处处狼烟滚滚，她想用喜庆的红色洗涤去心头的尘埃，便拎出来套在身上，外面穿了件水墨国画风的长款羽绒服，配了条米白色的羊绒围巾，换上双米色雪地靴，急匆匆地出了门。

走出小区时，那辆老福特已像卫兵般守候在那里。

透过车窗，石碚怔怔地望着郑暖夏，失了神。高挑的身姿，国画风掐腰的长款羽绒服，令她看上去更加袅袅娜娜，亭亭玉立，安静地散发着深邃的香气，像是从民国青巷里走出来的女子，又好似从唐诗宋词里滑落的，那股浓妆淡抹总相宜的诗书气质，无须任何风景陪衬，自生成一幅温婉的画卷……

他就这样呆呆地望着那幅画越来越近，打开车门。

“出什么事情了？”郑暖夏发现他变成一块石头后，以为又出了什么事情，吓了一跳。

“呃，哦，刚才有只燕子飞过去了……”他的魂总算回来了。

“大冬天的哪来的燕子？”她惊异地扭头望去，除了阴晴不明的天空，哪有什么燕子。

“哦，最近刷手机太多，眼睛出问题了，可能是只喜鹊。”他连忙打着火，往前驶去。

“过年好。”石碚说。

她本来想说被他喊出来一点也不好，可想想今天是大年初一，只好不扫兴地回了句“过年好”。

“给——”他将一个红包放进了她手里。

打开后发现里面放着两千块钱，她不由眉开眼笑：“谢谢老板，祝老板财源滚滚，福禄安康，顺风顺水，长命百岁，遇山开路，遇水架桥……踩到狗屎摔不倒……”她贫着嘴，吐出一长串的祝福语，还不忘夹杂着贬损。

“不是给你的，回家拜年时给阿姨。”怕她没有准备给母亲的过年红包，他包自己的那份时，帮她包了个。

不管怎么着，他今天必须带她回趟竹坞，陪邓梅过个年。因此大早上就跑到福利院，陪柳翠花吃了碗饺子，完成了对她的承诺后，赶场般跑到郑暖夏的小区外。

“祝老板踩上狗屎后，顺便再摔个狗吃屎。”她的声音突然就成了硬邦邦的钢筋。

“不喜欢还给我，大年初一不是应该只说祝福的话吗？”他伸手去夺。

“不还。泼出去的水哪有收回的道理？”她耍赖地将红包捏得死死的。

“切——”

第九章 | 杀了个回马枪

1

两人就这样斗了一路的嘴，车驶上小镇的青石板路时才偃旗息鼓，鸣金收兵。

街两边店铺的门上全贴着大红的春联，内容很是与时俱进。“文明经商心常乐，礼貌待客业自兴”“实业人创千秋业，长春花开万里春”“聚四面八方产品，保千家万户需求”等，替代了传统的“迎新春事事如意，接洪福步步高升”“春归大地人间暖，福降神州喜临门”“福临宝地千秋盛，财进家门万事兴”……

这些红彤彤的对联，像两个身穿红色长袍的人站在那里给大家伙鞠躬作揖送祝福，给古镇平添了节日的祥和喜庆。

街道上，三三两两衣着光鲜的行人，带着礼物走家串户走亲戚。偶有小童提着一串焰火舞动着，于街角或路边格格地笑着……郑暖夏看着看着，眼角竟有了湿意。自己和石碚曾经也是他们中的一员，一次不小心“玩火自焚”，他被烧焦了一撮头发，自己的辫子炸成了朝天椒……

那些快乐的时光都被时光那个小贼偷走了，再也讨要不回来了。

郑暖夏痴痴地看着，一个熟悉又陌生的背影蓦然闯进了镜头——她站在唯一开着的店铺前，将泡好的丸子往滚烫的锅里倒，不时喊上两嗓子“肉丸滚肉丸”……

“停——”郑暖夏急急地吼。

老福特便很听话地刹住了。

郑暖夏下车，朝那个瘦瘦的身影跑过去。十多年没见，那个圆润的肉丸西施的头发几乎全白了，挺直的身躯如今佝偻得有点厉害。

“香香姨——”郑暖夏轻声叫道。

那个往锅里舀丸子的手仿佛被点了穴，手柄长长的大铁勺掉进了滚烫的锅里。还好，没有烫到人。

程香香眯起眼睛，定定地看着眼前这个像从画中走出来的姑娘，喃喃道：“是，暖夏吗？”

郑暖夏拼命点头，哽咽着说：“是我，香香姨。”

她仿佛被解封了，上前拉住郑暖夏，不由分说将她摁坐到了桌子前，麻利地拿出碗，从另一个滚烫的锅里舀出来一碗牛肉丸子，在上面撒上翠绿的香菜葱花，放到桌子上，取双筷子塞进她手里。

郑暖夏的手微微颤抖着拿起了筷子，夹起一个牛肉丸子塞进了嘴里，慢慢地嚼着，真香，香得她的眼泪止不住地往外淌。

曾经，她和石碚每每从这里经过，程香香都会脆生生地喊上一嗓子“暖夏石碚来吃丸子啦……”。

可那时郑暖夏从不敢光明正大地跑进来。

那时郑暖冬犯了错，她代其受罚饿肚子时，程香香就会适时出现，悄然向她招手，带她走过一条人迹罕至的小胡同，从后门入店，给她盛上一大碗。

为了那碗热气腾腾的丸子，曾经有一段时间，她竟盼着郑暖冬犯错。

这些香喷喷的肉丸，已成为记忆中的一缕，是她味蕾上不可或缺的一味。上次回来，她曾在林立的店铺中寻找过，“程香香肉丸”的招牌仍在，门扉却是紧闭的……

石碚也端着一碗滚烫的肉丸坐到了郑暖夏对面，他碗里比她的多了小半勺刚炸的干辣椒，吃得满头冒汗。

“香香姨，你刚出院怎么又开门了？老赵那家伙是怎么下的医嘱，回头我找他理论去。”石硞边吃边埋怨。

郑暖夏的眼睛像两把锐利的小砍刀，在石硞身上剐着。这家伙，知道程香香住院了，竟不告诉自己。

“没，没事的，就是胸口不舒服，在石硞他们医院住了几天。我这人一闲下来啊，就浑身骨头疼，还不如开门干点活呢。”程香香像个犯错的孩子，不敢看郑暖夏，不住地搓着两只粗糙的手。

“您的冠心病够严重了，一定要注意了。”石硞不以为意地继续和肉丸奋斗，任由郑暖夏拿眼刀剐他。

他的电话响了起来，看了下程香香和郑暖夏，比了个噤声的手势，接了起来。

“石硞啊，来福尿不出来，一直待在猫砂盆里，叫得很厉害，偶尔尿出来点好像还带着血……你能不能快点过来看看它，我很担心。”郑梅凄惶的声音传来，焦急的情绪一览无余。

“来福”两个字在郑暖夏的心头炸了个雷。

来福的全名叫“朱来福”，是十年前郑暖夏离开怀清前捡到的一只流浪猫。

那天她去郝家找箐箐，被他们打了出来，头发被扯得乱七八糟，身子拖行了几十米后多处擦伤，狼狈如丧家之犬般奔窜的途中，遇到了朱来福。

那时它还是只小奶猫，在树丛下面瑟瑟发抖，喵喵地叫着。她蹲下去看它，竟被它死死地抓住了裤管再不松爪。仔细打量，发现它浑身湿漉漉，眼很大，一点也不好看……她固执地认为它是被母亲和族群抛弃的，便将它带回了家。

郑暖夏记得很清楚，自己抱它入门时，郑暖冬和母亲嫌弃的眼神。郑暖冬冲上去夺过它扔到了大门外，她跑出去又抱了回来。郑暖冬又抢过它想扔掉，她操起了拖把，准备和郑暖冬决一死战。

小绵羊突然变成了恶狼，郑暖冬有了几分胆怯，眼睁睁看着郑暖夏将它抱进门，在家里安营扎寨。

郑暖夏为它起名“朱来福”。“朱”是皇帝贵姓，她希望它能带来好运，改变一下自己的福薄命浅。

朱来福是只土猫，但不妨碍郑暖夏对它的喜爱。码字赚那点小钱实在辛苦，自己舍不得消费，却买来牛奶罐头等喂养它。不管朱来福怎样淘气，她都不会责罚它。有一次朱来福趁她离开时，小爪子摁着电脑 Backspace 键，硬是将她写的两个章节删除得一字不剩，还自作主张地关掉文档没保存。

她回来后刚瞪起眼睛，朱来福便钻进了床下面，任她叫破嗓子也不出来。

郑暖冬嘲笑她自作自受，她却说朱来福是知识分子猫，应该表扬。

朱来福听到不会被惩罚后，便从床下钻了出来，小心翼翼地爬上她的膝头，拿粉色的小舌头舔她的掌心，那眼神让人心动。

母亲郑梅不会明着训斥朱来福，但只要它凑近，就会拿手赶它，拿冰冷的眼神盯它。猫是多么聪明的动物啊，很快就明白，这个家里除了郑暖夏外，没人喜欢自己。从此它便只屁颠屁颠地跟在她身后。

在郑暖夏的精心照顾下，朱来福长成了一只很漂亮可爱的猫。

后来郑暖夏伤痕累累离开怀清时，流着泪将朱来福送到了梁小蔻那里，谁料她还没到帝都，就接到了梁小蔻的电话，说朱来福丢了……再后来，她除了给母亲寄汇款单外，和家里所有人都切断了联系，谁曾想朱来福竟然回到了家里，母亲竟还收留它至今！梁小蔻家离自己家可有十几公里呢，一尺多点的朱来福得走多久啊？

年前回去时，她只顾着和母亲在暗潮汹涌中较劲了，根本没注意到朱来福竟也在……按照人的寿命推算的话，朱来福如今应该是一只耄耋老猫了……

“好的阿姨，你别着急，我们已经到……我们一会儿就到家了。”石碏是个说谎困难户，怕自己不小心暴露了实情，连忙挂断了电话。

“朱来福，这些年一直在家里？”郑暖夏的声音是颤抖的。

石碏点点头。

“为什么没有告诉我？”

“怎么告诉你？”石碏反问。

郑暖夏一时语塞。十年前她离开怀清后，除了给母亲寄汇款单外，切断了和家里的所有联系。

“放心，阿姨把朱来福照顾得很好。”石碏飞速吃着肉丸。

他的电话又响了，见还是邓梅后，看了眼忙碌着给他们拿糖蒜、花生米等配料的程香香，心虚不敢接。

郑暖夏暗自苦笑，母亲似乎有某种特异功能，但凡自己和程香香接近，她就能感应到，以种种出人意料的方式阻止她们在一起。年少的时候是这样，长大了还是这样，如今自己已是个10岁小姑娘的母亲了，依然没变。

怕在程香香这里吃丸子的事情飞进母亲的耳朵，郑暖夏和石碏加快了嘴上的进度。

“香香姨，我回来了，以后有空就来看您。”郑暖夏轻轻抱了下程香香，不敢看那双噙着泪水的眼睛，和石碏匆匆走了。

原以为那天愤而离开后，这个年她不会再回家看母亲，没想到又被石碏拉了回来，没想到还能见到阔别多年的朱来福。

她在内心开始和自己搏斗。暗中发誓，不管母亲今天说什么做什么，自己都不会再反抗，反正母亲现在跑也跑不过自己，若顶不住火力就跑，没什么大不了的。

郑暖夏手里紧紧地捏着那个鼓鼓囊囊的红包，这是石碏给的，借花献佛总是一件不坏的事情。虽说上次回家已将一个装有五千块钱的信封悄悄地压在了放年馍的竹筐下面了，但她觉得多给点，世人嘴里的“不孝”大棒落下来时就会轻点吧。

2

郑暖夏现在每个月仅有不到四千块的工资，除去日常用度后没什么余粮了。但她不想欠任何人的，就算自己的亲生母亲也不例外。曾有一度她想自己若是哪吒的话，会割肉还母的，既然做不到，就只能用微薄的金钱来补偿。这是她能想到的最好的方式。想让她用中国传统的承欢膝下的方式孝敬母亲，扪心自问她是做不到的，因此对于石磊拉她回来有些消极抵抗。

石碚和郑暖夏进门时，看到邓梅蹲在猫砂盆旁边，满脸揪心地望着那只黑白相间的朱来福，眼中有泪。

虽然两人是一起进来的，但邓梅的眼里却只有石碚。他进屋后，就被她拉住了。

“石碚你快看看来福，两天都没怎么吃东西了，还一直叫……”

好像为了配合她的说辞，朱来福发出几声凄厉的嘶叫，仿佛正遭受着五马分身之痛。

郑暖夏心里一阵抽搐，心尖上仿佛被无形的钢丝给勒紧了。十年的时光，将一只可爱的小奶猫变成了老态龙钟的老猫，黑白相间的花纹明显灰暗了下去，体态却比原来大了两倍，是个名副其实的肥猫。

她伸手去摸朱来福，它却向后躲去，“喵呜”地叫了声，躲瘟疫般向后闪。朱来福不认识自己了，郑暖夏心中有些伤感。

石碚检查了猫砂后，果然看到了几点红，拿出电话拨打。

“老丁你放假回来了没有？我带着小猫过去给它检查一下。”

老丁是石碚的大学同学，毕业后没操手术刀，改行在省城开了家宠物医院。随着养宠物人群的激增，他的事业风生水起，开了多家连锁店，老家竹坞也有一个，平时交给他弟弟打理。

今天大年初一，石碚推测他应该在家的。

“我是在家，可是昨晚喝醉了现在头还疼着……我让我弟去店里，不过需要做手术的话，他可不会……”

老猫又是一声凄厉的嘶叫，郑暖夏和邓梅娘俩不约而同都哆嗦了一下。

“废话少说，赶紧让你弟过去。我怕是结石，耽误下去小猫的老命要是交代了，看我怎么收拾你！”石碚凶巴巴地说。读书时那家伙没少虎口夺食从他这里打牙祭，现在他发达了，石碚当然不会和他客气。

石碚说完，就想去抱朱来福。

老猫虽说疼痛难忍，但为维护猫的尊严，仍冲他张牙舞爪地开启了生人勿近模式……无奈中邓梅只好抱起它朝外走去。

一路上邓梅的脸都紧紧地贴着老猫，“吧嗒吧嗒”无声掉泪……郑暖夏从后视镜中观察着心神俱乱的母亲，不知道该怎么办。这只被自己收养，又遭自己放弃的猫，竟得到了母亲的呵护，她对朱来福的羡慕无声无息地在心中升起。

和母亲相识三十多年，郑暖夏第一次看到她如此手足无措和软弱无助。当年和父亲离婚，她一滴泪都没有掉，甚至连父亲遭遇不幸去世，都平静得像一汪老潭水。

老丁的宠物医院就在小镇的最北边。

石碚三人到时，老丁的弟弟小丁已经在等着了。

郑暖夏吃惊地发现，一家乡镇宠物店的设施竟这么齐全——彩超、X 光等设备一应俱全。

经过一番检查，果然像石碚推断的，朱来福是结石症。硕大的结石堵住了尿道口，才导致它陷入悲惨境地……这种情况只能手术了。

“哥，我这里只有邵大夫能做手术，可他过年回家了……”小朱有点为难地说。

“他家是哪的？”

“山西紫陵的，就是产醋的那个地方。”

石碚知道，那家伙就算是兽医界的华佗，也无法在今天赶回来给老猫做手术了……

朱来福疼得又抓又挠很是急躁，一声接一声凄厉地叫着，可怜兮兮地望着石碚，用眼神向他说“救救我”。

郑暖夏和邓梅很是心疼，心急如焚。

“我来做吧。”石碚犹豫了一下说。之前去省城办事时，赶上老朱忙不过来时，曾被他拉去给猫猫狗狗做过手术，给朱来福做个结石手术应该没什么问题。刚才之所以问店里的兽医，是觉得当着郑暖夏的面给动物做手术有些尴尬，怕过后被她打趣。

“不许笑话我！”临进手术室前，石碚恶声恶气地和郑暖夏说，掩饰内心的尴尬。

她无比严肃认真地点点头，答应了。朱来福是她捡回来的，原以为丢了，这些年一直倍受良心的拷问，谁曾想还有相见的时刻，石碚的出手相救她感激都来不及呢。

从事外科工作的前提是熟悉解剖，包括动物的。石碚对猫的组织器官分布和血管神经当然了然于心。动物的结构和人略有差别，从哪个部位动刀子他很清楚。

小丁把朱来福洗好、备皮后，抱进手术室插上了呼吸机。石碚小心地划开猫皮，在B超的引导下切开膀胱，发现里面有充血水肿，像花生米大小的结石卡在尿道口。他麻利地切除后，细细地缝合好，丝毫不敢马虎。

石碚在里面做手术，邓梅和郑暖夏在外面等。

邓梅坐在椅子里，透过落地的大玻璃窗，呆呆地望着外面，沉默不语。

母亲的样子，让郑暖夏想起了自己曾经采访过的独居老人，儿女离巢后，孤独寂寞，终日与宠物相伴。虽然母亲看上去并没有那么苍老，但她的心上可能长了很多皱纹了吧。

郑暖夏站在母亲身边，几次张嘴想和她说话，却始终没能说出口，只能默然将石碚给她的红包放进了母亲手里。她发现，自己在心里垒砌的防御攻势，真正面对母亲时，没有任何用武之地。

邓梅捏着那个厚实的红包，像之前收到的众多汇款单一样，仿佛抓住的又是烧红的烙铁……她现在身处动物医院，没办法把烙铁丢进抽屉里，只能攥在手心，任由它把自己烙得皮开肉绽。

手术结束后，朱来福在麻药的作用下昏睡。石碚抱着它走出手术室时，已是中午。

见他额头有汗，郑暖夏从包中取出纸巾想给他擦，可中途又停了下来，伸手去接朱来福。

还没等她碰到朱来福的毛，母亲就抢先一步抱住了它。

郑暖夏苦笑着向后退了一步，将纸巾塞给了石碚。

老猫得救了，三个人的心都放了下来。

老福特行驶在熟悉的街道上，车里却没有过年该有的喜庆，基本上都是石碚一个人在说话。

“阿姨，今天忙过后，你收拾一下，咱带着朱来福去市里住几天。”石碚说。

老猫动过手术了，还有什么需要忙的？郑暖夏心里无解，却没有问。

“不了，你要照顾暖冬，我去了会给你添麻烦。再说养只猫对我们暖冬的病也不好。”邓梅轻抚着朱来福说。

“我们暖冬”四个字像消音器，再度让车里陷入了寂静。

郑暖夏坐在副驾驶的座位上扒拉着手机相册，箐箐依偎着自己的照片映入眼帘，眼睛蓦然湿润了。若女儿此刻能在眼前，就算前面是地狱，她都会毫不犹豫地跳进去。

她努力将眼睛从手机上挪开，透过后视镜看向了紧紧地抱着朱来福的母亲，缓缓地开了口：“晚上我订了饭店，过去一起吃顿饭吧。昨天本想着接你去吃年夜饭的，有点事情耽误了。”母亲收留并善待朱来福，她内心是感激的。

郑梅没有回答，把脸使劲往老猫身上贴了贴。

“去吧，我就陪你吃顿饭，然后你去看下郑暖冬吧，陪她待一晚上也好……”郑暖夏幽幽地说。

郑暖冬可是母亲的心肝宝贝，她不相信一只老猫会是母亲不去照顾郑暖冬的根源。想想曾经不可一世的郑暖冬躺在床上昏睡了十年，心里就很不是滋味。

不管郑暖冬当年做过什么，她都希望她健康地活着。只有面对一个健康的郑暖冬，她才能举起报复之枪吧。

郑梅依旧没有说话，视线从朱来福身上转向了窗外。

“放心，我不会跟过去戕害郑暖冬的。我保证吃过饭就滚回自己那里，不打扰你们一家三口过团圆年。”她很努力地伸出了橄榄枝，母亲却不接，郑暖夏不由火大，话中夹枪带棒起来。反正从小到大，自己在家中都是阑尾一样的存在，说这些也没有什么不妥的。

“我不是不去，是怕到家后就出不来了……”郑梅平缓地说。

“为什么会出不来，不过就是一只老猫。我们带上你，你带上朱来福不就行了，回家拿点猫粮就成。”郑暖夏对母亲的话不以为然。

郑梅却没接话，闭上了眼睛。

放假的孩子和大人，汇成了缓慢而奔腾的河流，将小镇装扮得热热闹闹。石碏专心地开着车，郑暖夏和母亲的对话，像西北风似的，从他的左耳朵钻进去，又从右耳朵刮出来。

短短五分钟的车程，像过了五个世纪般漫长煎熬，令郑暖夏有种窒息的感觉，希望这艰难的旅程快点结束……可当车停在胡同口后，她就被眼前的一幕搞得不知所措了。

3

郑家所在的胡同里，两人一排，绵延成一个长长的队伍，像一尾蜿蜒的龙，不见龙头，只见龙尾静止在胡同口。所有的脸都整齐划一地朝后扭着，仿佛在静候神仙出没。

在家人的陪同下，他们有的吊个胳膊，有的拄着拐杖，有的是被大人抱在怀里的孩子，还有被孩子抱在怀里的小兔子……

郑暖夏发现，自家所在的胡同成了医院的候诊通道……这才明白石碏说的“今天忙过后”，和母亲所说的“到家后就出不来了”是何意。

居委会的刘老三穿着一身簇新的衣服，手里拿个小红旗，冲大家喊：“石头回来了，大家排好队，不要拥挤，不要插队，大过年的，咱都图个喜气哈……”

从娴熟的动作可以看出，这事他不是第一次干，维持秩序的经验很丰富。

石碏对这一幕仿佛早就了然于心，竟从车里拎下个出诊包来，朝胡同里走去。整个人瞬间进入了工作状态，一路走过去，不时和大家打招呼，问过年好，并道歉说给老猫做手术耽误了点时间，让大家久等了。

穿着白底蓝色花朵扎染棉袍的邓梅，抱着朱来福跟在他身后，微微冲大家点头致意，嘴角噙着淡淡的笑意。她的衣着和言行举止，将她定格在古董商家大小姐这一身份上。

眼前的一切令郑暖夏目瞪口呆。待石碏和邓梅走出去几十步后才醒过神来，连忙踩着他们的脚步跟了上去。

郑家绿漆斑驳的柏木大门外，蛋糕、火腿肠、罐头、饮料、方便面等礼物已堆成了一座小山。不用问，是这帮求诊大军带来的。

开门进院后，郑暖夏低声问：“怎么这么夸张，今天可是大年初一啊，他们不是应该到药王庙三叩九拜烧香拜佛的吗？”

在郑暖夏的记忆中，大年初一这天，小镇上的很多老百姓都会起个大早，独自或成群结队地爬上药王庙，在香烟袅袅中三叩九拜后，于功德箱里留下孝敬钱，才算完成了新年祈福的所有仪式。据说为了抢到头炷香，有人竟在春晚的新年钟声敲响后就从家里出发了。

石皓和邓梅径直朝屋里走去，没人理会她，更不会为她解惑。

看样子是无法吃饭了，邓梅将朱来福安置好后，拿出一盘牛肉丸子，放进微波炉加热后放在了桌子上。

石皓象征性地捏取两枚放进嘴里垫巴了一下，便从里屋取出一件白大褂穿上，将香椿木的餐桌挪到门前，把出诊包放上去，打开取出来听诊器、血压计、体温计、手电筒等。

邓梅则走到大门口，朝外面喊："01 号……"

眨眼间，郑家就变成了一个小型诊所。

见两人配合得非常默契，郑暖夏暗自思忖，此情此景，在自己缺席的那些年里应该经常上演的。

排在第一个的是个拄着拐杖的中年人，被老婆搀扶着走了进来。他老婆将他的裤管往上撸了撸，石皓揭开那块绷带看了下。

"伤口愈合得还不错，回头再去诊所换下药就好。"说着他拿起听诊器放在那人的心口听了下，又给了他量了下血压。

"心率和血压都没问题。"

那人和老婆千恩万谢地走了。

"02 号……"邓梅又冲外面叫道。

一个衣着很潮的女人，被老公半扶半抱着弄了进来。

"医生我晕头晕脑的，一早上到这会儿了……"她哼哼唧唧着说。

"她最近在减肥。"她老公补充。

石皓给她量血压后问："是不是有低血糖？"

"有的有的，都是减肥闹的，"她老公连忙说，"可是给她吃了糖还是这样，一点也没有好转。石医生，我老婆会不会得了啥绝症啊？她可不能有点啥，我儿子还小……"

"你给她吃的什么糖？"

"哦，我带来了，就是这——"那男人连忙从口袋里取出来一个精致的方形小铁盒，大概有五六厘米见方。

石硞接过去查看后，一副无可奈何的表情。

她老公见状腿都软了："大夫，我媳妇真的得了绝症了？"

石硞却答非所问："没事，我这里有神药，专治她这种病。"说着冲旁边的郑暖夏挤眉弄眼："把柜子里的红色盒子拿出来，里面有味可可味的神药，给她吃一块。"

郑暖夏望着忙碌的石硞和邓梅，暗想自己完全成了局外人，入不了他们的戏，见石硞吩咐自己做事情，连忙跑到柜子前，翻出来他说的"红色盒子"，发现所谓的"可可味的神药"，竟然是巧克力，强忍着过五关斩六将冲到舌尖的笑声，取出来一块，递给那个妆容浓得看不出庐山真面目的女人。

那女人吃下后，神情似乎好了点。

她丈夫满脸讨好地望着石硞问："大夫，您这神医开的神药就是灵啊，给俺们开几瓶，我买来放家里，她要是再犯病就用得上了。"

"镇上前街的超市里，零食柜那排随便哪个品牌的糖买点。"

"啊，您给她吃的是糖啊？"她老公吃惊的神情，不亚于看到老鼠变成了老虎。

"嗯。"石硞不再伪装。

"为啥您开的糖就能治病，我家的却不行呢？"

石硞拿起那个精致的小铁盒，指着上面的一行字。

郑暖夏赫然发现，竟然是"无糖薄荷糖"，很不厚道地"扑哧"一声笑了出来。

"记住了，就算去超市买，也不能是这种无糖的糖。"石硞强调。

时髦女人立马满脸通红，挥起拳头就朝男人来了一下。他挠着头，嘿嘿傻笑着。

"03 号……"邓梅又喊。

多年编剧生涯，郑暖夏有随身携带平板的习惯。见石碚在小本子上记录病人的病情，便从包中取出平板，帮他做记录。

一口气看了十来个人后，见石碚累得口干舌燥的，邓梅停止了叫号，从冰箱里取出包好的饺子下锅开煮。这是她一早起来就包好的。

邓梅离岗后，郑暖夏便身兼了两重身份，跑到大门口叫过号，再回到屋里做记录，整理病历。

石碚看完第 13 个后，饺子出锅了。他狼吞虎咽地吃了十几个就放下了筷子，开始了新一轮的战斗。

14 号是个四十来岁的中年女人，由白发老苍苍的老父亲陪着来的。她很瘦，却穿着一件极不合体的宽大羽绒服。

“部小花，哪里不舒服吗？”抬头看到是她，石碚的声音明显柔和了几个度。

“石大夫，其实也没有什么不舒服，知道您今天回竹坞，就是想，想过来看看……”她说着，脸上露出小女孩般的羞涩，手无措地相互搓着，脚使劲地在磨得像镜子般光滑的青砖上蹭着。

石碚拿听诊器放在她胸前听了下，又拿血压计给她量了下血压，笑眯眯地说：“80，120，挺好的。”

她捏着自己衣角，看了下旁边的郑暖夏，脸突然变成了一块大红布。

“没事的，她也是我们医院的，我……带过来的助手。”石碚给郑暖夏的身份重新下了定义后，轻轻撩起了部小花的衣角看了下。

非礼勿视的道理郑暖夏很明白，但那女人的神情勾起了她的好奇心，控制不住地瞄了一眼，发现她的腹部赫然吊着一个小茄子般的软橡胶袋子。不用问，应该是传说中的人造粪袋。

石碚戴上手套，认真检查后说：“没问题，挺好的。”

“石大夫，我，我是想问，我这样还可以结婚吗？”女人的头低得不能再低了。不知是羞怯，还是伤心。

“可以呀，只要……注意一些就好。”因为郑暖夏在身边，石碚没有说什么时候注意一些，在场的每个人却都听懂了。

“谢谢谢谢……”那个满头白发的老父亲朝石碚鞠躬致谢，“小花很小就没有妈了，是我一把屎一把尿带大的，我啥也不求，只求她平平顺顺就好，哪知道会得了这个病。自从她带个粪袋回家后，那混账东西不是摔东西就是没事找事吵架，俺闺女实在过不下去了才离婚的。唉！”

老头说到这里打住了，眼眶红红的。

“爸，看你，大过年的和石大夫说这些干啥。”女人拉着老父亲，阻止他再说下去，“我现在不是好好的吗，大军说他不会嫌弃我的。”

女人的直肠癌手术是石碚做的，肿瘤切除后，直肠改道造瘘，于是肚子上就多了那个粪袋。石碚记得很清楚，她现在的前夫、彼时的丈夫，很少到医院看望，偶尔来一次也是恶声恶气的……那时他就预感他们的婚姻之路不会走得太远了，果然……

“恭喜你啊部小花，找到了另一半……”石碚由衷地说，调皮地朝她挤挤眼，“人生的下半场同样精彩哦。秋天才是收获的季节嘛。”

4

“应该谢谢您，石大夫，要不是您一直鼓励，我早就……”女人的眼睛红了，将一大袋喜糖放在桌子上，对石碚深深地鞠了一躬后，和老父亲一起离去了。

她今天来，是想确认自己带着粪袋再次步入婚姻殿堂是否合适，另外就是想听到石碚的祝福。

“向那个接受碚小花的男人致敬。祝你们相亲相爱，白头偕老……”石碚朝离去的两个背影喃喃着。

这是个不需要记录的病例，郑暖夏却低着头在平板上不知道写着什么，比刚才那女人的头低得还低。

待石碚脱下手套，从卫生间回来时，看到一个女人拉着个十来岁的小女孩站在那里。

石碚的脸忍不住抽了一下，迟疑了一下，但还是走了过去。

“石大夫，纤纤的病一定要……？”女人的声音是哽咽的，看了一眼旁边的小女孩，后半句话和着唾沫咽了下去。

“走，跟奶奶去看小猫去。”邓梅过来拉住女孩走进了旁边的房间。那里曾是郑暖冬和郑暖夏的卧室。

女人这才嗫嚅着说：“石大夫，纤纤一定要把胃切除掉吗？”

“纤纤是中晚期了，最好是腹腔镜辅助根治性全胃切除。”石碚的声音格外低沉。少儿胃癌极为罕见，这个罕见的铁锤却砸到了不幸的小纤纤身上。

时钟拨回到一个多月前，那是石碚停职前，一天他在坐门诊，纤纤妈妈带着纤纤来找他，说小女孩拉出了黑乎乎的大便，还吐了血。石碚问了一些情况后，安排她们去做胃镜，发现孩子胃里有一个直径两厘米多的肿瘤。

纤纤妈妈听到这个消息后，身上像突然坠了块大石头，重重地坐到地上，半晌都没起来。石碚后来被万主任喊到一个急诊手术上，不知道这母女俩是怎么离去的。

“胃全切了，孩子以后怎么吃饭啊？”女人拿手抹着眼角的泪。

石碚耐心地和她解释，全胃切除并不影响吃饭，只是进食会有一些需要注意的地方。

女人万般无奈地点点头，又问：“做了手术，我闺女就能保证治好吧？”

石碚沉默一晌后说：“你知道我已经停职了……但我相信，这个手术不管哪个医生做，都会尽力治好纤纤。但凡事有个万一……”

他越说越低，不敢再看女人那张期盼的脸。

“做手术需要住多长时间医院？”女人的泪大颗大颗地往外涌。

“不确定……”

“她很小的时候我男人就不在了，我一个人带着她，每个月做清洁工赚那两千来块钱，仅够吃饭……”她的右手紧紧地攥着左手，犹豫了一晌后硬着头皮问，“你知道我们没有医保，我七借八挪地只凑了八千块钱，够不够啊？”

“不够。”石碚回答得很肯定，却恨不得钻进桌子底下。

“那，这个手术下来要花多少钱啊？”

石碚的喉结蠕动着，艰难地说：“大概要四五万吧。”

女人的头低了下去，像棵弯腰驼背的老树。

“好了没有啊？怎么那么久……”外面传来候诊人不耐烦的催促声。

“我就这一个闺女啊，我咋能不救她……可给她爸看病欠的一屁股债到现在还没还完，让我怎么办啊，我要是能替她生病的话就好了……”女人痛苦地捂着脸抽泣。

箐箐眉眼弯弯的脸在郑暖夏眼前晃着，同为人母，她能体会那种感觉，泪不受控制地往外涌，抽出两张纸巾递给了纤纤妈妈。

她接过去小心翼翼地擦干净脸上的泪痕，起身去房间拉着纤纤出来了。母女二人对着石碚深深地鞠了一躬后，转身走了。

“哎——”郑暖夏失声叫了下。从小女孩红红的眼睛推断，她在里面显然听到了母亲和石碚的对话。

那对母女扭头看向她，两双泪汪汪的眼睛里散发着求生的微光。

“多保重……”郑暖夏最终吐出的却是这三个毫无建设性和帮助性的字，眼睁睁看着她们肩头耸动离开了。

最后一个病人离去，已是晚上八点半了。从坐诊的石碚，到做记录的郑暖夏，都累得精疲力竭，肚子咕咕地叫着，唱起了空城计。

还好，邓梅在叫号的间隙，已经弄了几个菜。

那张香椿木的桌子挪回到原位，擦拭后，就变回了餐桌。见邓梅将饭菜往桌子上端，郑暖夏犹豫了一下上前去帮忙。

几分钟后，小车牛肉、菊花鱼、怀牛膝炖土鸡、麦香山药脆，凉拌怀地黄丝，炸素丸子就摆满了桌子。

石碚洗完手出来，拉了张椅子坐下。邓梅见老猫清醒过来不再哀叫，坐了下来。

“回家了，该不会把自己当客人要人伺候吧？”见郑暖夏蜡像般立在那里，石碚打趣她，想以此化解她的尴尬。

她犹豫了一下，坐在了桌角。桌子的整个颜色是旧绿色的，郑暖夏坐的桌角有块颜色却稍显新色。三个人都知道，在那块新绿色下面，掩藏着“叛徒郑暖夏”五个刻得歪歪扭扭的字，那是郑暖冬上学识字后干的。

十多年前离开怀清前，那里一直是郑暖夏的专属座位。“叛徒郑暖夏”五个字镂刻在她的五脏六腑里，一层薄薄的新漆根本无法盖住。因此她仍旧坐在了那里。

邓梅见郑暖夏坐到了桌角，嘴唇不由颤动了一下，很快又恢复如常，若无其事地拿起筷子夹块鱼放进了石碚的碗里，然后自顾自吃起来，由着郑暖夏瞪着那块绿漆发呆。

今天是大年初一……郑暖夏想起之前的自我告诫，不想和母亲再起烽烟，舀了一小碗鸡汤后，又夹了只肥美的鸡腿放进碗里大快朵颐起来。

石碚好像想起了什么，跑进厨房，从冰箱里取出来饮料，倒进了杯子：“阿姨，暖夏，新年快乐。”

郑暖夏望着他，感慨他比自己还像个主人。

三只倒着饮料的玻璃杯子轻轻地碰在了一起。石碚一饮而尽，邓梅略微沾了下嘴，郑暖夏小口地啜着……

较之十年前，邓梅做的饭菜更加美味了，可吃进三个人的嘴里，却是不同的滋味。

“这些年，每年都这样吗？”郑暖夏硬着头皮打破了沉默。

“嗯。”石碚点点头，“本来想把阿姨接去市里过个除夕，今天早上再回来的，谁想人算不如天算……”

郑暖夏没想到，这么多年来，石碚和母亲都是把大年初一作为义诊日过的。石碚千年烂好人的性格她还能理解，可以自己对母亲的了解，那么一个精致的人，怎会允许家里来那么多乱糟糟的病人，还让他们用卫生间，免费提供茶水……

郑暖夏的心里风起云涌，邓梅却老神在在地吃着饭。

“这些病人都哪来的啊？听口音很多不像是咱竹坞的。”郑暖夏问。

“哪的都有。本镇周边村庄的多些，也有不少是别的镇的，别的县的，甚至还有外省的。”石碚不以为意地答。

“他们……为什么非要挑这么个日子啊？”

郑暖夏问完就后悔了，因为答案就在问号后面。本镇的把这当成一个免费义诊的好机会；外镇、外县、外省的患者都是慕名而来，从石碚能准确地叫出很多病人的名字看，他们是他的老患者，近期他被停职了，大家只能挑今天过来了。

“暖冬的饭安排好了吧？”邓梅将另一只鸡腿夹起来给了石碚，似乎怕被郑暖夏再掠夺了去。

“安排好了，让钟点工阿姨帮忙喂。”石碚略有诧异，这些年每年不都这样吗？今年为什么会强调性地问。当他看到瞬间黯淡下去的郑暖夏，恍然明白了邓梅的用心，不由摇头苦笑。

邓梅却没有就此打住：“石碚啊，我知道，我们暖冬这些年给你添麻烦了，但你应该明白她为什么会变成这样。我希望你能好好对待她。”

这个弱肉强食的社会，好人总比坏人更容易掌控。邓梅知道，“良心”就像孙猴子头上的紧箍咒，只要她轻声念上两句，石碚立马就会被制服。

果然，石碚不再和郑暖夏说笑，埋头和饭菜苦战。

“暖夏啊，不管怎么样，你也是暖冬的姐姐，希望你能拿出当姐姐的样子，好好爱护妹妹。况且，暖冬变成这样，和你也是有关系的。”邓梅若能见好就收，这个大年初一或许会成为她们母女冰释前嫌的萌芽期，可她却想乘胜追击。

郑暖冬是郑暖夏伤口上的那个痂，母亲的话一下子就把痂揭掉了，疼痛让她忘记了“顶不住母亲的火力就跑”的誓言。

5

郑暖夏没有迎着邓梅的武器而上，反而来了个迂回战术。她放下筷子，拿起手机举到石碏面前：“看看那天你帮我和箐箐拍的，怎么样，我闺女比我小时候漂亮可爱吧？”

自从生下箐箐后，郑暖夏就从一只温驯的兔子，变成了咬人的兔子，她若能乖乖就范，就不会是邓梅的女儿。

邓梅整个人就石化了，手中的汤勺“当啷”一下子掉进了碗里，鸡汤溅到了脸上。她连忙扯过纸巾擦拭着。

见她故意戳邓梅的痛处，石碏的长腿穿越桌子，轻轻地碰了下她。她抬脚就不客气地踹了回去。他便将那条越界的腿收了回去。

“石头，你还没回答我呢，我闺女漂亮吧？是不是和我小时候特别像？”郑暖夏不依不饶。

石碏是她们母女相逢的见证者，也是那张照片的缔造者，怎会不知道箐箐是郑暖夏的翻版？可他不想在郑暖夏同邓梅的母女大战中站队，不置可否地点了几下头了事。

邓梅的脸色像被谁拿着墨汁厚厚涂了一层，黑得伸手不见五指。她“啪”的一下子将筷子放下，走到了朱来福卧的荆条筐前，往盘子里倒了些食物说：“没良心的东西，把屎把尿养你那么大，没图你知恩图报养我老，你倒还想气死我……”

这种指桑骂槐的戏码郑暖夏从小看到大，而且还是其中的参与者“槐”。她想了下，也离开桌子走了过去。

石碏的汗毛全部竖了起来，紧张地瞅着那娘俩。

郑暖夏笑眯眯地将手机举到邓梅面前：“妈，被您亲手抱走送人的亲外孙女，现在不仅会喊姥姥，还会写‘姥姥’两个字了，可她的生活中却没有了姥姥。怎么样，是不是和我小时候很像？”

邓梅闭上眼睛，将脸扭到了一旁。郑暖夏又转到她面前，手机再次举到她面前。

邓梅闭着的眼睛睁开了，颤抖着手接过去手机，两手扒拉着屏幕，将照片放大了看——当她看清箐箐的长相后，眼泪突然夺眶而出，将手机塞回给郑暖夏，脚步踉跄着朝卧室走去。

“郑暖夏，今天可是大年初一！她有三高你又不是不知道！”石碚咬着牙低声说。

郑暖夏的眼泪瞬间夺眶而出，握着手机蹲到地上，抱着双臂无声地啜泣。

相爱相杀，用在她们母女身上，再准确不过。

大年初一的夜格外寂静，老福特孤独地在黑魆魆的公路上奔驰。满脸倦容的石碚默然开着车，满脸悲凉的郑暖夏默然坐着车。

郑暖夏母女晚饭时唱的那一出针锋相对，破坏了过年的气氛。后来石碚进里屋给邓梅检查，发现情绪波动并未波及她的身体后，便和郑暖夏匆匆收拾了一下碗筷，告辞了。

从小到大，郑暖夏和母亲过招无数，她从原来的被动挨打，到后来披着羊皮装软弱，一次次躲过了劫难……但从母亲一手缔造了她和女儿箐箐的生离后，她决定不再原谅母亲！

郑暖夏努力将母亲老泪纵横的画面从大脑中删除，转向另一个关注的问题。

“那些人，就是你不去老刘那里的原因吧？”虽然石碚一副不想搭理自己的模样，郑暖夏还是鼓起勇气问。

石碚点点头，算是承认了。

“这种形式的义诊，你每年做几次？”

“不确定，五一、十一、中秋、春节……平时周末有空也会去。”他淡然地说。

别人的节日，成了他的义务劳动日，郑暖夏一时不知道该说什么好。见石碏的神情不太好，以为他在为自己和母亲的相互攻讦苦恼，郁郁地说：“当着你丈母娘的面儿，以后可不敢和你随意说话了，妹夫！”

她将“妹夫”两个字咬得特别重，几乎是拿牙齿当刻刀雕出来的。

石碏对“妹夫”两个字的敏感程度，不亚于头孢遭遇酒精，这次他竟没头没脑地说了句：“过完年我去趟妇联。”

“瞧你那点出息，被我挤兑两句，就找妇联告状！”郑暖夏嗤之以鼻。

“像纤纤这样的病例太多，凭个人的力量救助不过来，我想找找妇联，看能不能通过他们帮纤纤筹到一些治疗费，纤纤妈妈独自带着纤纤不容易。”

浓密的夜色，将空气都压缩成了一块瓷实的铁，令人窒息。郑暖夏将车窗打开了一条缝隙。纤纤和纤纤妈妈绝望的神情，也一直在她的心头挥之不去。小女孩和箐箐同岁，她想下就异常心痛，痛到无法呼吸。

“我曾经的一个小病人，患了胰腺癌，家属放弃治疗后不久就……”难过到了一定程度，必须通过肢体来表达。石碏的右手离开了方向盘，在半空握成拳，想击打什么，几秒钟后却无力地又落回到原处。

“梁小蔻在妇联。明天我就联系她，看能不能通过她，为纤纤募捐一些治疗费。”郑暖夏声音低沉地说。

梁小蔻是他们初中、高中六年的同学，也是欺负郑暖夏的主力军之一。高中毕业的聚餐，郑暖夏本不想参加的，却架不住石碏的软磨硬泡去了，没想到梁小蔻竟然当着大家的面，大大方方向她道歉了，说自己之所以欺负她，源于嫉妒。帝都某大学的录取通知书让她明白，郑暖夏是真的优秀。

她梁小蔻只臣服于真正的强者！

或许是，少年人稚嫩的胸膛尚不足以容纳太多的怨怼，一对系得很死的疙瘩就此解封了。从那以后，除石碏外，梁小蔻竟成了郑暖夏在怀清唯一愿意走近的人。

“好。”石碏答。

梁小蔻大学毕业后，受父母之命回到怀清考入体制内，现在市妇联上班。郑暖夏决定找她想下办法，挽救一条鲜活的生命。

那是一朵初春的花蕾，应该更好地绽放、盛开，不应该被命运抛弃。对于许多家庭来说，四五万块钱并不是个可怕的数字，可纤纤爸爸生病已欠下了二十多万元，纤纤妈妈月收入仅有两千元，四五万元就成了压在她们母女身上的大山。

从医这么多年来，石碚最怕面对的就是病人家属不该放弃，却被迫无奈地放弃。这让他有种憋闷感。纤纤的病，只要切除了，等身体慢慢修复后应该有个不错的未来……但他又不能打包票会万无一失。

夜深人静的时候，石碚常在心里无数次呐喊——下辈子不做医生了，最起码不再做中国医生，太痛苦。

大年初五，俗称破五，在怀清地界有“赶五穷”的风俗。所谓五穷，指的是——智穷、学穷、文穷、命穷、交穷。在这天，人们会放鞭炮，打扫卫生，以求辟邪除灾，迎祥纳福。

民间传说，正月初五是财神的生日。郑暖夏觉得自己不仅需要除去“五穷”，更需要财神大驾光临，一向疏于和同学们联系的她在这天下了英雄帖，邀请四五个同学小聚，主角当然是梁小蔻。

为人母的梁小蔻除了身材稍显丰腴外，面目仍然姣好。已荣任怀清市妇联副主席的她，身上有了那么一点的小官僚气息，比如，身为五个同学中唯一的副处级领导，不等他人礼让，便当仁不让地坐在了主位，喝酒时喜欢强迫别人比她多喝那么一点点，说话时喜欢打点小官腔……除了这些瑕不掩瑜的小毛病外，其他一切都还好。

“最了解你的一向是你的敌人。无利不起早，郑大才女，说吧，把我们请到清云小馆的真正目的是什么？”

清云小馆环境雅致，菜肴美味，价格不菲，当然，位子也不是随便可以订到的……可见郑暖夏为了这场聚会下的功夫。

初高中的六年里，为打败郑暖夏，梁小蔻是下了真功夫的，除了学业上埋头苦干外，还搜罗了郑暖夏的私家信息——知道她一直暗中打零工和写稿子攒大学学费，怕回请别人花钱，从不参加同学聚餐等活动，人送外号“铁公鸡夏”。

稚嫩的肩膀扛着供养自己的重任，难度和抓起头发将自己从泥潭中拔起来有得一拼，所以不管梁小蔻怎样“欺负”郑暖夏，在她眼里，郑暖夏都是当时唯一让她尊敬的“敌人”，后来才有了高中毕业时的郑重其事的道歉。

“主席果然是主席，有着不同于我等草根的大智慧，那我就不绕弯子了，当然有事相求……”

和梁小蔻这种人精打交道，最好的办法便是实话实说。郑暖夏将大年初一回竹坞义诊的事情和盘托出。

同为母亲的缘故，梁小蔻听了纤纤的事情后，眼圈刹那就红了，拍着胸脯说这事交给她了。虽说妇联是个穷单位，但她可以打着这个旗号向一些企业和有油水的单位化缘。

都是亲同学，饭吃得实在，酒也喝得干脆，就连在饭局上一向偷奸耍滑的郑暖夏，为表达对梁小蔻的感谢，也满上一杯干了。

谈完正事，话题转向了石碚被停职。没有那些虚头巴脑的问候安慰，大家只是各种想办法。

第十章 | 普外三我回来了

1

梁小蔻逼着郑暖夏和石碚分别喝了三杯后，才指点道："郑暖夏你的聪明脑袋里装的是豆腐吗？到了关键时刻就掉链子。石碚拿手术刀就算了，你现在可是中心医院的一支笔，不能写个通讯给报社吗？人家有三分颜色就能开染房，你们倒好，守着个偌大的颜色铺子，不，颜料矿，都不知道吆喝一声。"

梁小蔻的话像一记榔头，把喝得醉眼惺忪的郑暖夏敲醒了。她好赖在影视圈里混过，一些明星如何洗白并包装的，心里还是有点数的，何况石碚是真真正正为人民服务。

年来得匆忙，走得也迅速，随着正月初八的到来，假期便画上了句号，大家将松散的心绪紧了下螺丝后回到了工作岗位。

由郑暖夏发起的一场"造星"运动，悄然进行着。

《怀清日报》和怀清电视台先后大篇幅推出了"石碚过年不放假下乡义诊"的报道，市卫健委和中心医院的公众号分别转发了这一消息，并配以石碚义诊时的照片和专访镜头。

让怀清医疗界大跌眼镜的是，省《卫生报》竟将石碚作为全省好大夫的模范人物整版推出了，除了宣传石碚义诊之外，还把他去山区看望患者、送医送药、上门期间果断救治难产孕妇的事情翔实地报道了出来。

在那篇文章的最后，有这样一段话：

外科医生，总是从年头忙到年尾，日夜无休。有收不完的病人，做不完的手术，所谓的“公休日和节假日”在救治生命面前，就是一文空纸。他们的工作时长简直毫无人性可言，因为患者不会选日子生病。他们常年是五加二、白加黑……人们喜欢称他们为“白衣天使”，可这种天使是血肉身躯，有着普通人的生老病死，会疲惫，会懈怠，会有情绪低落的时候……但不管处于怎样的泥泽中，他们只能用十二分的昂扬斗志，努力将那些摁响死神门铃的人拉回来……

这些文章虽说全出自郑暖夏之手，署名却没有一个是她。自己人夸自己人的说服力毕竟小一些，她便将功劳让给了报社的记者们。

这些报道当然也被林院长看在了眼中。他正为寻找合适的借口让石碚回来上班发愁呢，眼见有个好理由从天而降，没有不用的道理。

初十这天，石碚回到了医院上班。走进科室后，他先到常主任那里报了个到。

“不错，好好干。”常主任坐在办公桌后面，寥寥五个字，就包含了一切。

石碚明白他已经看了那些报道了，没再多做解释。一些事情，描得过重，不光越描越黑，还会把实实在在的一件事情弄得虚头巴脑的。

见常主任没兴趣多聊，石碚便起身告辞进了办公室，穿上白大褂后查房去了。

一如他被停职前一样，普外三仍旧忙忙碌碌的，就像刘杰斌说的，少了谁地球一样转动。

爱吵架的 8 床和 9 床都出院了，22 床梅小慧出院了，那个喜欢黏着自己喊弟弟的柳翠花也出院了……石碚心里颇有些欣慰。

石碚管床的病人中，苗老太太是少数没出院的几人中的一个。他走进老太太的病房时，黄夫人和二宝正在收拾东西。

对于他的出现，姐弟俩似乎一点也不奇怪，和石磊说刘主任已经开过出院证了，他们准备接老太太回家。

不管怎样，自己是苗老太太的主治医生，石磊仔细给老太太检查了一番，见她恢复得还不错，挺开心的，说了几句祝福的话后，便离开了。

办完所有手续后，黄夫人和二宝亲自给科室送了几束鲜花和几箱水果，感谢他们对母亲的照顾。

常主任和刘杰斌笑眯眯地接过花和礼物，让几个年轻医生和护士拿走发了下去。作为管床医生，石磊想说点什么时，那姐弟俩仿佛没怎么注意到他的存在，转身走了。

刘杰斌亲自推着轮椅将苗老太太一路护送到了停车场。待黄夫人扶着老太太坐进车里后，二宝见刘杰斌欲言又止的样子，拍拍他的肩膀低声说了几句，他的神情才放松下来。

石磊在郑暖夏“造星”计划的推动下，顺利回到了医院。原本就够光鲜的他，被媒体炒得更加金光灿灿，较之原来，病人越发多了起来。

小张和小李本已萌生了离开的念头，见石磊这根定海神针回归了，都安下心来。

病人多了，收入当然也会水涨船高，护士长肖小艳和一帮护士开开心心地忙碌着。

因“飞刀”事件和中层干部调整带来的震动似乎完全烟消云散了，普外三和原来没什么两样，可两只脚不可能同时踏进同一条河里，就算石磊甘心只做“一把刀”，他的处境和以前还是不一样了。

周三的例行大查房原来是由万主任带队的，现在当然是常主任带队了。

15 床是个 22 岁的女孩，大学毕业准备考研，放寒假回家过年时却病了。她是石磊这次回到医院的当天收的病人。

当常主任带着石磊等人来到 15 床的床前时，问石磊具体什么情况。

“发热、腹痛住进来的，CT 检查发现右侧髂窝有个鸡蛋大小的肿块，都包住了右侧的输尿管，考虑是回盲部肿瘤侵及输尿管，制定了方案，下周手术。”石磊将情况讲述了一遍。

“这个手术你准备怎么做？”

“剖腹探查，有可能会右半结肠切除，右侧输尿管松解手术。”

常主任闻言，眉头紧紧地皱在了一起。

“小石啊，咱们是外科医生没错，但不是所有人住进来，都必须要开肠破肚做大手术。这么年轻的女孩，怎么可能患上那么严重的肿瘤……”

常主任话没说完，女孩妈妈灰暗的眼睛里蓦然升起了一丝希望之光，连忙取出来胶片递给了常主任。

“我就说啊，我家妞妞平时身体很好的，才 22 岁，怎么可能得啥肿瘤，主任您帮着瞅瞅，要不是的话就太好了……”

常主任的眼睛已经开始老花，他接过去后只能眯起眼睛看。刘杰斌也凑了过去。

“我觉得普通化脓性阑尾炎的可能性更大，应该不需要做那么大的手术……”常主任说。

“我也这样认为，可以先进行抗感染治疗。”刘杰斌补充，他说着看向了旁边的年轻医生。

“哦，或许，大概，可能不需要做大手术吧。”那年轻医生曾跟着石磊做过手术，这种场合本不想发言的，但在常主任和刘杰斌的注视下，不得不硬着头皮出声。

“或许只做个腔镜阑尾切除手术就可以，不需要切那么大的口子，一个未婚小姑娘，肚子上留个大伤疤多难看，还要承受很大的输尿管损伤风险。有个万一，鲜花般的生命就凋谢了……”常主任摇头叹息。

15 床和母亲先是吓得脸色煞白，几秒钟后，又相拥喜极而泣。毕竟，和肿瘤相比，阑尾炎根本就不能算是病了。

“谢谢，谢谢常主任，谢谢刘主任，你们真的是，真真正正为我们患者着想的好医生啊……”

母女两个激动万分地感谢完常主任和刘杰斌后，又拿眼睛狠狠地剜了石碚一眼。

“我是读了那篇专访才来中心医院找你看病的……”出于修养，15 床没有直接指责石碚，却将意思表达得很清楚了——她们慕名而来，他却只是沽名钓誉，并没什么真水平，差点将她推向深渊。

小张和小李对视一眼，想帮石碚说话的，却被他用眼神制止了。

众口铄金，三人成虎，既然主任、副主任和别的医生都发话说不需要做，那他这个普通管床大夫再强调做手术，只会招来家属的反感，甚至是憎恶。

“过度医疗”一直被大众所诟病，何况是“误诊”。在一个没有肿瘤的小姑娘的肚子上开个大口子，他会被家属打掉满嘴牙的。

石碚被常主任和刘杰斌联手钉在了“人品有瑕疵”的柱子上，他想反驳，却又不知道说什么好，只能接受那对母女愤怒的眼神洗礼。

大查房结束后，常主任刚回到办公室，15 床的妈妈就来找他，要求换主管医生。

犯错被停职的石碚，像英雄凯旋般回到了岗位上，这让常主任心中极度不舒服。今天当众否定他的治疗方案，就是想敲打一下他，让他摆正自己的位置，没承想家属竟要求换掉主管医生。

这可是个烫手山芋，无论谁接住，都会烫手……常主任正犯难的时候，刘杰斌走了进来。

“主任，15 床我来吧。”

见副主任愿意做女儿的主管医生，15 床的妈妈感恩戴德地走了。

“这……从别人手里抢病人，不怕石碚对你有意见吗？”常主任问。

“管他呢，有意见就有吧，大不了他在背后骂我几句，又不能打我一顿，只要不让您为难就好。”刘杰斌憨厚地笑笑，没多说什么就走了。

2

常主任望着他的背影，欣慰自己当初没有推荐错人，关键时刻敢于顶雷。否则家属闹着要换管床医生，其他人不愿意得罪石碚肯定不会接，那自己就陷入了尴尬的境地……

刘杰斌脚步轻快地走进了办公室。见石碚坐在那里发呆，便敲了下桌子。

“麻烦把15床的资料转我。”他用十分客气的口吻，做着强盗的事情。

石碚的大脑短路般一片空白。从医十年，第一次遭遇中途被换掉。他不在乎一个病人带来的绩效，只是感觉被从天而降的狗屎砸中了。

“刚才家属找常主任，强烈要求换主管医生……”刘杰斌坐进椅子，幽幽地说。

石碚仍然坐着没动。

“唉，我和你实话实说吧，家属说……你就是个网红医生，人家娘俩感觉上当受骗了，要是我们不答应，她就要找院长反映情况。”

刘杰斌的手有节奏地在桌子上“叩叩叩”地敲击着。

石碚像坐进了深邃的庙堂里，周围全是“梆梆梆”的木鱼声，震得人心神俱碎。他的手紧紧地握着听诊器，若那是个人的脑袋的话，可能就被捏碎了。

以石碚的经验和直觉，15床明明就是肿瘤，却被当成了普通的阑尾炎。但他又找不出足够的证据证明常主任和刘杰斌的话是错误的，没有剖腹探查前，他们那样说也完全行得通。

肿瘤这种东西，像外侵生物般生长迅猛，继续耽误下去，他不敢想后果。那么年轻的生命，若因延误诊治而让生命发生了质的改变，他的余生将会在良心的拷问中度过。

“石大夫，我能理解你的心情，但这是家属要求的，坚持下去对谁都不好。”刘杰斌的声音客气节制。

经过一番“断舍离”后，石碚放下了手中的听诊器，将15床的相关资料从文件夹中找出来，转给了刘杰斌。

他捏着15床的资料没有走，有点磕巴地问：“那个，过年，家里还好吧？”

自从那晚在石碚家楼下窥视被他撞到后，刘杰斌就没敢再去那里蹲守。他的胸膛里有一头猛兽在暴跳如雷，想撞破内心的牢笼，杀进石碚家里，和他来一场血流成河的争斗，夺回那个眉眼弯弯的女孩。

刘杰斌实在无法忘怀郑暖冬甜美的样子。十多年前她来找石碚时，他不止一次陪她等在手术室外。而她只对和石碚有关的一切感兴趣，他只好顺着那条线，从石碚聊到了医学，以及外人眼中很是神秘的“外科手术”。他的话题果然成功地引起了郑暖冬的注意，两人相谈甚欢。

不知不觉两个多小时过去了，石碚走出手术室后，她就毫不犹豫地将和自己的聊天踩下了急刹车，朝石碚跑去。

石碚看到她，却像看到了洪水猛兽，猛地后退了一步，害得郑暖冬差点摔个狗吃屎，幸好自己眼疾手快接住了她。

刘杰斌看出石碚并不喜欢郑暖冬，心里升起了一万只欢快的鸽子，对她展开了热烈的攻势。可她仅会在生石碚气时，才对自己“柔情似水”……

明知那些巧笑颦兮是塑料的，刘杰斌仍旧珍宝般珍惜着……可惜，这一切却在某天被石碚亲手给毁了。

因此他恨石碚。对郑暖冬的关心，又让他的内心有只小虫在爬，痒得令人无法忍受，只能硬着头皮问石碚。

“带薪休假，挺开心的。”石碚的右手搓着左手的拇指关节。

“那个，弟妹的身体……家里，有需要帮忙的话，尽管说。”刘杰斌似乎结巴了。

石碚做手术时像台精密的数控机床，洞察人心却是块粗糙的原木，以为刘杰斌抢了自己的病人良心起了涟漪，揶揄道："黄鼠狼装成兔子也是黄鼠狼，吃肉不吃草。刘副主任，谢谢关心，我家里一切安好，不劳您费心。"

说完这句，他就开始写病历下医嘱，丝毫没有走为上策的退让之举。

其他几名年轻大夫要么拎着听诊器逃出去看病人，要么低头奋笔疾书写病历，恨不得拿根隐形草把自己藏起来。

两头大鳄打架，他们这些小鱼小虾最好埋在水底不要露头，否则不是被吃掉就是被拍死。屋里一时像台没上发条的钟表，停止了转动。

"石大夫，27 床好像不太好，你快去看看吧。"肖小艳匆匆走了进来。

27 床是工厂里的工人，春节后上班没几天就被大卡车给撞了，肝胆脾胃都有损伤，肝切除小半个，脾脏完全摘除，手术虽然及时，但因为受伤过重，生命体征一直很不好。

她刚满 27 岁，儿子才八个月大。因是下班后出的事，不属于工伤范畴，而卡车司机是花光所有积蓄买的这辆车，还没赚到钱便出了大事故，仅凑了五千元就再也拿不出钱了。

27 床来自农村，家里没什么钱，父母、公婆和老公借钱也想把她治好，但她已进入多脏器衰竭阶段，情况很不好，随时都有可能从这个世界上消失。

患者的老公是个憨厚的农村小伙子，除了守着妻子掉泪外，就是哀求医生、护士救救媳妇。

"我闺女还小，我媳妇和我说过的，闺女将来出嫁的时候，她一定要穿上城里人喜欢穿的旗袍去送我闺女，求求您救救她——"昨天石碚查房时，患者老公跟出来跪在地上泪流满面地求他。

27 床的母亲跟过来拉起女婿后，自己继续哀求石碚，说想把孩子抱来让她见见，怕这是她们娘俩见的最后一面了。

来来往往的医护人员和家属无不为之动容，眼睛湿润，石碚也未能幸免。

外科是生死最直接的见证者，纵然他们见惯了这一切，心里还是像被一把锋利的手术刀切割着。石碚答应她今天把孩子抱进病房。

听肖小艳这么说，石碏抓起听诊器冲出了办公室。

他到病房门口时，看到27床的母亲抱着她八个月大的胖闺女也到了。石碏冲她摆摆手，要她在门口停留片刻，自己先走了进去。

看着监视器上各项体征数据，石碏明白她的生命之歌已接近了尾声，便让护士拔掉了身上的各种插管，这样不会吓到孩子，然后让她母亲抱着闺女走了进来。

“小琴啊，我把月月抱来了，你看看她吧。她好着呢，你看一眼也就放心了……”她母亲哽咽着语不成调。

八个月大的孩子已经会通过气味和面目特征识人了。看到妈妈，嗅到她身上的味道后，那个原本哭闹不休的小胖妞竟然甜甜地笑了起来。

或许是感知到了女儿的到来，27床紧闭的双眼竟然奇迹般睁开了。她很努力地将脸朝向小胖妞，冲女儿笑笑，可那个笑容却瞬间凝固了，头无力地歪在那里，再也无法动弹，眼角有两行热泪涌出来，打湿了雪白的枕头。

小胖妞或许感知到了妈妈的远去，笑容瞬间就化成了响亮的啼哭，充斥着整个病房。

肖小艳和钱护士的眼睛鼻子都是红的，默然开始收拾器械。

白色的被单将27床年轻苍白的脸完全罩住后，石碏脚步沉重地走出了病房，眼泪再也忍不住夺眶而出。

他想起了母亲，她离去前也是这样，明明已经去了，在自己握住她的手后，竟然流出了两行清泪。

从医后，他送走的生命不止一个，可27床最让他无法释怀。或许因为她是位母亲，或许是那一家人的克制懂礼。一些家属在病人抢救无效离世后，心中的悲伤会化为愤怒，肆意朝医护人员发泄。这和学历、身份、地位等无关。

等那个年轻的母亲被送进太平间，病房里的东西收拾完后，她丈夫、那个憨厚的农村小伙边抹眼泪，边将一筐土鸡蛋硬塞进石碏手里，说是丈母娘让妻妹从乡下捎来的，谢谢他这几天对妻子的照顾。

这一天郑暖夏过得也不太平。

春节期间她为石碚写的那几篇报道虽说没有署自己名字，但每个人的行文都有自己的特色，办公室里的同事还是从别具一格的文风中精准地捕捉到了熟悉的身影。

郑暖夏没有出现前，石碚户口本上的“配偶”一栏虽不是空着的，但被大家有意无意地忽略了。她出现后，就提醒了石碚并非单身这一铁的事实。

石碚是郑暖夏的妹夫，她不遗余力帮他也在情理中，但让程主任不爽的是，郑暖夏事先竟然没有和自己通个气，便私自做主干了这惊天动地的大事。市卫健委打电话朝她要宣传石碚的材料，并说出石碚在《柳叶刀》上发文章一事，还说是林院长告诉他们的。

林院长虽说一年前就兼任书记了，但大家仍喜欢这么叫他。因为旧称呼可以彰显出是旧相识，很亲切。

以程主任对石碚的了解，他不会主动把在《柳叶刀》上发文章一事告诉林院长，这消息肯定是通过郑暖夏传递的。

3

郑暖夏是林院长亲自招进来的，她和林院长走得近也是众人皆知的事情，程主任表面上绝对服从于林院长的指挥，私下却和常务副院长李院长更亲近。

风传近期市里两会开过后，李院长就要担任院长一职，林院长则完完全全变成了“林书记”。当李院长的权力可以和林院长抗衡时，程主任当然会紧跟李院长的步伐不掉队。

程主任早已修炼成精，当然明白林院长和李院长看似一团和气，关键时刻还是有楚汉之争的。比如这个石碚，在大家眼里就是林院长一派的主力干将，前些时选石碚或刘杰斌做普外三的副主任时，林院长和李院长就有过一番暗潮涌动的博弈，权衡再三后，林院长忍痛放弃了石碚，李院长获胜，刘杰斌成功上位。

而郑暖夏和林院长走得近，一旦她在中心医院站稳脚跟扎下根，自己这个医办主任将来坐不坐得稳当都是个巨大的问号，如今的用人制度是“干部年轻化、知识化、能力化”，无论哪一条，她程迎春都无法和郑暖夏匹敌……

“小郑啊，今天你下趟县吧，怀清县下属有个乡镇想和我们医院结成医联体，请我们过去谈谈……”程主任低头吹着保温杯里飘出来的袅袅白烟，头也不抬地和郑暖夏说。

所谓医联体，就是为了解决区域患者“看病难”和“看病贵”的问题，让患者可以享受到更优质的医药服务，充分利用医疗资源，医院之间在管理、技术协作、信息共享、人才交流与培养、科研发展、医疗服务领域开展交流与合作，为患者提供全方位、多层次的医疗服务，形成长期稳定的医疗联合体系的合作模式。

年前，石碚在竹坞卫生院给老高侄媳妇做剖宫产手术时，就和郑暖夏聊过，若能和对方结成医联体，偏远山区的老高等人看病就医就方便了很多。大年初一当天回竹坞义诊了一天后，他再次向郑暖夏提及此事，她相当认可，但这不是他们两个可以决定的，程主任现在竟然主动提了出来……郑暖夏内心不由窃喜，外表却不动声色。

郑暖夏到院办的时间虽不长，但已从一些芝麻西瓜的小事大事中总结出，程主任是个南辕北辙型人格，也称之为专门和下属作对型人格。比如，你想往东，就必须告诉她要去西边，她把你的脸扳正了朝向东，才能到达自己的目的地；你若想将墙刷成白色的，给她打报告时，就需申请为黑色的，她再改批为白色，方达到预期目标；你若想去看春暖花开，就要强调自己想去喂马劈柴……

因此，郑暖夏此刻绝对不能暴露自己的真实想法。

怀清县是怀清市下面的一个县，郑暖夏家所在的竹坞镇就属于怀清县管辖。虽不知道怀清县想合作的具体是哪个乡镇，她觉得如果自己马上应允的话，程主任翻云覆雨的手一拨弄，可能就事与愿违了。

“主任，这，我……”郑暖夏规规矩矩地站在程主任面前，满脸为难。

“怎么了？”郑暖夏的表现让程主任很是满意，看来她是不情愿跑这趟腿的。她决定，就算郑暖夏今天说出一朵莲花来，也无法改变她下县的命运。

大冷天的让她跑一趟怀清，算是对她自作主张的小小惩罚。

“主任，我，我没车，市区到那里三四十公里呢……”郑暖夏的声音压得很低，脸上写满了“极度不情愿”。

程主任乐得都要笑出声了，却努力绷着。

“小郑啊，你可是咱院办最优秀的年轻人，这次和怀清县卫健委的谈判非常重要，关系到基层老百姓看病难的问题，也牵扯我们医院的利益，这是一项互惠互利的合作，你的责任非常重大，不能推脱哦……”程主任将一片熟地黄放进嘴里细嚼着，慢条斯理地说。

程主任果然好手段，将此行拔高到解决基层百姓看病难和中心医院生存的关键之举，压得郑暖夏无法拒绝。

郑暖夏的脸上虽无一滴汗水，还是拿纤细的手狠狠地抹了一把光洁的额头，以示被吓得冷汗直冒。

程主任对她的表现更加满意。

“那，能不能让医院的车送我一趟？”她谦卑地问。

“这个，可能不行，今天几个院长都有事，没有闲下来的车呀。小郑呀，你就坐公交去吧，半路再遇到个义诊什么的，或许还能再写篇报道，宣传一下咱们医疗系统的正能量。再说了，不是还有车补的嘛，不会亏着你的。”

见程主任一本正经地说着“半路遇义诊”的扯淡话，郑暖夏这才明白她为什么要安排自己出这趟短差……

“那，好吧，我就……去了。”她神情严肃，带着“风萧萧兮易水寒，壮士一去不复返”的悲壮，慢吞吞地回到自己的格子间，慢吞吞地收拾东西，慢吞吞地从衣钩上拿下羽绒服穿上，慢吞吞地走出了办公室……

程主任呷着保温杯里的枸杞茶，望着她俏丽的背影，露出一抹得意的笑。

郑暖夏用龟速离开办公室，转过走廊的拐角，脱离了程主任的监控范围后，便以风速朝前奔去，边跑边掏手机打电话给梁小蔻，那家伙昨晚打电话说已经给纤纤募捐到一部分治疗费了，今天再和怀清县妇联联合搞个募捐活动，地点设在怀清县城主街道上的“好妈妈饭店”门前，那里是纤纤妈妈原来的工作地点。

梁小蔻邀郑暖夏今天一起前往，她怕程主任不准假，才先来单位上班，准备找借口溜之大吉时，程主任竟派她下县。

出了办公楼后，郑暖夏觉得天也蓝了，水也清了，心都长了翅膀，暗忖程主任若知道这些，肠子是否会悔青呢？

“梁大主席，到哪里了？”她恨不得仰天大笑三百回合。

“五分钟后到。”

“好，我两分钟后在南门等。”郑暖夏挂断电话，蹦蹦跳跳地朝医院的南门跑去。

梁小蔻的时间观念非常强，五分钟后，一辆喷有“公务用车”字样的黑色帕萨特停在了中心医院的南门外。

郑暖夏拉开车门上车。

听郑暖夏绘声绘色地讲了办公室的故事后，梁小蔻先是笑得前仰后合，两分钟后，又一本正经地对她说：“马上打电话给程迎春同志，告诉她你要先参加完这场募捐活动，再去县卫健委谈合作。”

“为什么？”郑暖夏的眼睛里飞出一万只惊讶的鸽子。

“一点政治觉悟都没有！”梁小蔻拿眼皮子夹了木讷的郑暖夏一眼，“我们的活动是为患者募捐啊，你作为中心医院的代表出席这次活动，充分体现了医院治病救人的大爱和医者仁心的精神，这是宣传你们的大好时机啊，充满了正能量。你给程迎春汇报，等于是和她说：亲爱的程主任，这个算在您的功劳簿上，对她，对你们中心医院，都是借花献佛和锦上添花的好事，她肯定会乐得屁颠屁颠的。”

郑暖夏恍然大悟，不得不承认岗位锻炼人，梁小蔻确实比自己政治觉悟高，更了解人心的曲径通幽之道，连忙拿出电话打给了程主任。

铃声响了三次，那边才接了起来。

“小郑啊，又怎么啦？年轻人，要学会迎着困难上嘛……”程主任的声音幽幽传来。

郑暖夏拿着电话冲梁小蔻晃晃，撇撇嘴，耸耸肩，才对着手机讲：“主任啊，我在去怀清县的路上，刚接到了咱市妇联的电话，说他们准备为一个患者募捐治疗费用，邀请我们医院一起出席，您看我是去呢还是不去？”

“咳咳咳……”那边传来一阵咳嗽声，看来程主任被这个消息给惊到了，随即是高八度的喜悦之声，“去去去，我们院办想患者所想，出人出力为患者募捐治疗费，这对患者来说是多大的福音啊。小郑啊，这事你一定要做好。”

郑暖夏挂断电话，梁小蔻便狂笑着和她来了个胜利三击掌，发现司机正通过后视镜打量她们后，又秒速收起笑容，正襟危坐了。

“切——”这次换郑暖夏拿眼皮子夹她了。

“她还不知道那个患者是石硞的病人吧？”梁小蔻问。

“我没说。”

“呵呵，好。”

募捐活动在上午，郑暖夏联系怀清县卫健委，说下午过去谈合作的事情。对方说镇卫生院的领导去省里开紧急会议了，让她下午先去怀清县医院，拟定和市中心医院合作的医联体名单里，也包括他们。

怀清县妇联对这次的募捐活动准备得十分充分。受经济大环境的影响，县里今年的经济形势并不好，令郑暖夏和梁小蔻感动的是，县爱心人士对募捐活动很积极踊跃，短短两个多小时，就为纤纤募捐了近五万元。

4

活动结束已是中午，郑暖夏陪着梁小蔻一起吃了顿工作餐。

饭间，县妇联的马主席听说郑暖夏下午要去见县医院的朱院长，一脸的讳莫如深。

“怎么了？”郑暖夏感觉其中有文章。

马主席却矜持着不愿意说。

梁小蔻和郑暖夏对视一眼，猜测不会是什么太好的事情。

“这可是我亲闺蜜，也是咱怀清县出来的大才女，她下一步的工作可和咱怀清老百姓的健康是息息相关的。”梁小蔻强调着郑暖夏的身份，以及她此行的重要性。

马主席身处基层，接待过形形色色的人。梁小蔻是她的上级领导，虽不想在背后论人是非，迟疑了一下还是开了口：“哦，其实也没啥，就是，那个朱院长来之前，县医院入不敷出，人心涣散，老百姓看病常常过门而不入，去别的医院。朱院长来了以后，开始大刀阔斧改革，各方面都蒸蒸日上，医院从二乙升为了二甲。”

“这位朱院长挺有能耐的嘛……”梁小蔻笑笑，觉得只是这样的话，马主席不应该吞吞吐吐的。

果然，马主席话锋一转，继续说：“可是，听说，我只是听说啊，这位朱院长对下面的医生，和对病人的态度完全是冰火两重天。”

“怎么个两重法？”郑暖夏的兴趣被勾了起来。

“病人们对朱院长无不交口称赞的，说他对他们非常好，会给没地方休息的家属送床送被子，要是遇上家人不在，还会亲自陪护……医生们却对他颇有微词，说稍有失误便扣绩效，大会小会训斥声不断，不论资历年纪，还对医生们爆粗口，大家跟着他收入虽说高了，心里却很不痛快。”

背后议论人这事，只要开了个口子，就像决堤的江河，后面会滔滔不绝而来，马主席用“听说”，将朱院长的故事一口气讲了出来。

“这个朱院长还挺有个性的嘛……”梁小蔻和郑暖夏相视而笑。

“朱院长是什么时候到怀清医院的？”郑暖夏忽然想起了什么。

“大概十多年前吧，具体哪一年忘记了。”马主席答。

郑暖夏若有所思地点点头，没再说话。

冬日的午间总是短暂的。梁小蔻和马主席下午要去一位“三八红旗手”那里参观，见午饭结束已接近两点了，便直接将郑暖夏送到了县医院门口。

“我那边结束后过来接你。”梁小蔻放下车窗冲郑暖夏摆摆手。

“好。”她的手在背后冲她胡乱晃了两下，就朝里面走去。

“郑暖夏——”梁小蔻突然叫。

郑暖夏不明所以地扭头望向她。

“祝好运。”梁小蔻撂下这句话，就让司机迅速调转车头跑了。

朱院长只是对医生们有些凶，又不是长着三头六臂吃小孩的妖怪……郑暖夏甩甩头朝里面走去。

向保安打听后，得知朱院长的办公室在后面，她看了眼腕上的运动手环，两点十分，离上班还有二十分钟，便利用这段时间打量周围的风景。

其实医院里哪有什么风景，她没敢和梁小蔻说，自己对这个医院并不陌生，因为十年前她生箐箐前曾来这里踩过点。那时郝家也在县城，就在离医院不远处的一个小院子里。

彼时，怀清县医院刚从一个老旧的街道深处搬迁到这里，崭新的病房、崭新的被褥、崭新的病号服……石碚带着郑暖夏来这里看过后，决定让她在这里当一名崭新的母亲。

彼时挺着大肚子的她，没敢直接回竹坞镇的家里，怕给终其一生讲究脸面的母亲丢脸，被石碚安置在县城一个老旧家属院的楼房里，那是师兄老刘一家搬到市区后遗弃的旧巢。

郑暖夏的初潮是石碚发现的。从那以后，她的生理期也都是在石碚的提醒下才做准备的。所谓的准备，就是任凭石碚往她书包里塞卫生巾和写有“这几天不许吃生冷，忌辛辣”等内容的小纸条，有时候还会画上个凶巴巴的头像，警示满不在乎的她。

石碚少年时期懂得这些，是因为长期服侍母亲，跟着父亲和医学书籍学到的基本生理常识。

郑暖夏怀孕也是石碚发现的，而不是那位说要给她“七大洲四大洋”的爱的郝子玉。一次他塞卫生巾给她时，她皱着眉头说好像没有想来大姨妈的征兆，比如乳房肿痛，小肚子冰凉等……她正说着突然排山倒海地呕吐起来，直至吐得昏天黑地无物可吐，把黄黄的胆汁也一并倾泻后，才无力地坐到了地上。

石碚麻利地买来了早孕试纸，测试出来她怀孕后，他脸上的惊诧和她脸上的惊喜形成了巨大的反差。

之后，郝子玉突然忙碌起来，极少回到他们的出租屋，石碚便陪着郑暖夏开始了在帝都的辛苦养胎之旅。郝子玉完全消失后，石碚又陪她回怀清找他。

石碚就读的医学院是五年制。推算出郑暖夏的预产期和自己毕业考试的时间冲突后，他只能给她准备好一切，将照顾她坐月子的任务交给了邓梅。

临走前，石碚一步三回头向邓梅叮嘱：纸尿裤我放在卧室的柜子里，很多，应该够她和小箐箐月子里用了；小米和红糖我也买了，在橱柜里……县医院的朱院长是我同校的师兄，虽然不认识，我托认识的校友联系了，让他关照暖夏……

“知道了，我生过两个孩子。”母亲邓梅说完这句后，就像尊陶瓷佛像般站着，没说好，也没说再见，任由石碚从唾沫星子飞溅讲到口干舌燥后恋恋不舍地离开。

郑暖夏挺着笨重的大肚子拼命地朝他挥手，泪眼婆娑地于内心喃喃自语：石头，如果有下辈子，我做牛做马报答你。

石碚走的第三天，郑暖夏的羊水破了，邓梅却没有按照石碚安排的带她去医院，而是请来个医生在家里给她接生。母亲说那是朱院长派来的全县经验最丰富的妇产科大夫。

医生麻利地戴上手套给郑暖夏检查，说顺产，不用担心，在家里完全能搞定。

郑暖夏经过一天一夜撕心裂肺的疼痛，才算给这场鬼门关一日游画上了句号。见她口干舌燥的，母亲便拿起小勺喂了她两口水，随后她便昏睡了过去。

她一觉醒来已是下午，身边空空的，没有预想中绿色的小襁褓，那是石碚送给箐箐的见面礼，便拿眼睛询问母亲。

“箐箐在哪？”

“生下来就没气了。”母亲端着一碗红糖小米粥，神情平静，仿佛在说隔壁老张家的母猪下了个小猪仔，死掉了。

“我的箐箐还活着，我听到她 / 他哭了！”硕大的子宫，失去了需要保护的小生命后，开始收缩，阵阵疼痛再度把郑暖夏吞噬了。她强忍剧痛腾地一下子坐了起来。

“你听错了，孩子的确没了。”邓梅神情淡定，吹着小勺子，往她嘴里送小米粥。

郑暖夏猛然推开了碗，滚烫浓香的小米粥泼洒出来，邓梅的手上顿时结了颗黄豆大的水泡。她将脸伸向母亲，等待清脆悦耳的巴掌声响起。

从小到大，母亲那双纤长的手打起她来向来利索干脆，毫不拖泥带水。

邓梅却从床头柜上扯了纸巾，擦拭干净手后，继续端起碗喂郑暖夏。

郑暖夏定定地瞪着母亲，母亲定定地回瞪着郑暖夏，像两头犄角顶着犄角的老山羊和小山羊，谁也不肯认输——老山羊坚持往嘴里送，小山羊使劲咬着不锈钢的小勺子不松齿。

老山羊的手腕一抬，小米粥流进了喉管，热乎乎的，小山羊的犄角突然松开了，老山羊的小米粥一勺勺顺利地灌了进去。

小山羊每喝一口，老山羊的眼泪就成双地往下掉。

郑暖夏大病了一场，她的双脚刚能在地上站稳的第二天，便跑到了怀清县医院，到妇产科找那个给她接生的医生，被告知根本没有这个人，于是又冲进了朱院长的办公室。

朱院长是怀清县按照高级人才引进政策引进的，年纪轻轻就坐到了院长宝座上，眼睛是在头顶上焊着的，眼镜还镶了金边。

当郑暖夏冲进去管他要孩子时，他端着一副高高在上的做派，称自己是接到了老刘要他照顾她的电话，但他根本就没见她来住院生孩子，更没有派人上门接生，这是违反规定的。

不管郑暖夏怎样胡搅蛮缠，朱院长咬定青山不放松，坚称自己没有那么干。

时隔十年，郑暖夏旧地重游，昔日崭新的一切，已成了旧容颜。一楼的妇产科像年代久远的永磁体，吸引着郑暖夏的脚步。当年石碚曾陪她来过这里，最终虽没在此生下箐箐，但再次走进来还是想过来看看。

5

偶有医护人员经过。或许是她身上那股子与众不同的气场，路过的人几乎都会看她几眼。

都说近乡情更怯，郑暖夏却迎着他们的目光而上。她明白朱院长说的是实话，还是禁不住想从他们中间揪出来那个接生的医生。郝子玉的母亲黄帆是夺走女儿的主谋，自己的母亲和接生的医生是帮凶。

郑暖夏沉浸在对往事的追忆中时，电话响了。

“喂，我到单位了，你过来吧。”简单粗暴地讲完重点后，便咔嚓一声挂断了。

郑暖夏笑笑收起了手机。

朱院长十年如一日，还是在那幢灰色的小楼里办公，还是那间办公室，碍于办公用房规定，当年气派的大办公室被几个柜子隔成了十多平方米的小房间，办公桌后面坐着的身躯却比原来扩张了最少两三倍。

“我叫郑暖夏，是市中心医院院办的。”她笑笑。

有人进来汇报事情。

“朱院长，那个，明天的招聘会，财政局的刘局长推荐的人，您看怎么处理……”他拿着一张纸想放到桌子上时，被朱院长给打断了。

“这么点屁事也找我，要你们是干什么吃的？自己搞定，我只要结果！出去——”朱院长挥大手赶人。

那人的脸上青一阵红一阵，想说什么，忍了忍转身走了。

看来县妇联马主席的“听说”是真的。郑暖夏尬在那里，不知该怎么办。

“坐。”朱院长努力将口吻放平和，简短地对她说，倒了杯白水放在她旁边的茶几上。

见他并没有认出来自己就是当年大闹他办公室的人，郑暖夏长长地舒了口气。

“医联体这个事，怎么说呢，我们是挺感兴趣的，但是目前条件还不成熟……”

他正说着的时候，一个女人敲门走了进来，很有礼貌地朝他点头后站在了那里。

“朱院长，您好，我是 × 局 ×× 局长介绍的，想给我妈办个转院手续……”

她说着将一张转院证明放在了他面前，静候他签字。

朱院长丢过去几个白眼珠子。郑暖夏想，若那是炸弹的话，女人已经粉身碎骨了。

“什么病啊非要转院？”

“哦，半月板损伤，需要修复一下。”女人恭恭敬敬地把胶片递了过去。

“这么简单的手术，咱县医院就做了，我就做过很多例，转到省医院简直就是浪费医疗资源。”朱院长的嘴撇到了耳根子。

“我被借调到省里了，我妈在家里没人照顾，转过去做手术的话，我可以就近照顾……”大冷的天，那女人愣是被他的白眼珠子炸出了满头汗。

“借口，托词，这种理由我听多了。你这不符合转院标准，非要转院的话，我们是要背处分的……”

女人拼命吞咽着不快：“这，我，我这不是 × 局长介绍的吗，您就高抬贵手，行个方便……要不，我让他再给您打个电话？”女人捏着手机，话中有话地看着朱院长，态度看似温和，实则软中带硬。

那个局可不是一般的单位，若他们想，分分钟便可捏住医院的死穴，不费吹灰之力就能让他们把赚进去的钱再吐出来。

气势逼人的朱院长这才住了嘴，拿过那张转院证明，龙飞凤舞地签了，笔像惊堂木般拍在了旁边，吓得郑暖夏赶紧坐直了身子。

女人气得手都是抖的，拿过那张金贵的纸走出去了。

中心医院和他们结成医联体，无论从人员技术支持，还是设备互补，都是件互惠互利的好事，可从他给女人办转诊的情形看，这位朱院长轻易不会让“肥水流入外人田”的。

短期看，这种做法或许对医院的创收有好处，但长此以往，对患者和医院的良性发展并无益处。

郑暖夏知道今天和朱院长谈不出什么结果了，便起身告辞。

从县医院出来后，郑暖夏给梁小蔻打了电话，还好，她那边一切顺利，仅让郑暖夏喝了半个小时的西北风，便接上了她。

刚上车石碚的电话就来了。

“怎么没在办公室？”电话一接通，他就没头没脑地问。

梁小蔻一脸的坏笑，大着嗓门说：“哦，石大夫，她和我在一起，怎么，你有意见？”

没想到梁小蔻会在，石碚一时语塞。

“我拉着郑大美女下县可是为的你，纤纤的治疗费解决了。”

“哦，谢谢梁主席，谢谢。晚上我做东，地点你定。”石碏反应过来，连声给梁小蔻道谢。

“改天吧。临时想不出什么好地方，等我找到又贵又难吃的地方再通知你。”梁小蔻坏笑着说。

因被郑暖冬拖累，石碏这些年过得紧巴巴的，哪能让他破费。再说纤纤的事，他也是好心为了患者。

“好吧，恭敬不如从命。”石碏也不和她客气。

“对了，亲爱的石大夫，你找我们郑美女啥事啊，这么急吼吼地杀到了办公室。”

同学们都知道石碏娶了郑暖冬，但不代表着他们认可二人的夫妻关系。在他们的眼里，郑暖夏和石碏才是金童玉女般的一对，何况石碏照顾了郑暖冬这么多年，也算仁至义尽了。这次郑暖夏归来后，大家嘴上不说，却在发自内心地期望，他们走到一起。

郑暖夏当然知道梁小蔻的心意，猛地一下子将手机拿远了，靠着左侧门说：“一会儿就到市里了。”然后飞快挂断了电话。

郑暖夏看着她，欲言又止。

“怎么了？”梁小蔻意识到她有话说。

“你认识不认识一个嘴角有颗黑痣的妇产科大夫？女的。”郑暖夏记得很清楚，那个给她接生的女大夫嘴角有颗痣。虽然她知道了箐箐的下落，但想让女儿回到身边，还得从那个神秘的妇产科大夫那里入手，不然困难会很大。

梁小蔻摇摇头。

车驶入市区后，已是下班时间。郑暖夏说有东西落办公室了，要回去一趟，让梁小蔻把自己送到中心医院的南门。

走过门岗，躲到门诊楼的拐角处，郑暖夏拿出手机打给了石碏。

“在哪？”

“科室。”

“我回来了。”

“哦……”

“哦什么哦，你不是有事和我说吗？”

“请你吃饭不行吗？”

“脑子抽了你？等我到这会儿就为了请吃饭？”

那边便不再说话了。

“到底出什么事情了？”无缘无故的石碚绝对不会去办公室找她。

“见面说吧。”他总算开了口。

第十一章 | 爱而不得辗转反侧

1

正值下班高峰，郑暖夏和石碚站在人来人往的走廊上大眼瞪小眼。石碚建议去明月斋，说那里的老板一直想请自己吃饭，今天正好一起过去。

明月斋是个素食餐馆，环境清雅别致。郑暖夏对肉食的兴趣不大，明月斋的菜很适合她。

“不就说点事情嘛，没必要吃饭吧？梁小蔻都不忍心花你钱，要让她知道你请我吃饭，那还不得世界大乱……”

郑暖夏有点尴尬。她不是不想和石碚一起吃饭，而是不敢。两人如今身处怀清小城，而非帝都。帝都大得无边无际，再怎么光芒万丈的人到了那里都会被淹没。而怀清小得城北咳嗽一嗓子，城南都会感冒。

石碚在怀清可是个名人，“飞刀停职”更是让他稳居小城的八卦榜首，鬼脸老李甚至都挖出了他和郑暖冬的往事……他刚平静没几天，若让人看到他和她这个大姨子单独吃饭，估计会再生事端。

郑暖夏不想因为这顿饭再将石碚送上风口浪尖。

石碚不是不明白郑暖夏的心思，可他今天像是中了蛊，就想和她一块儿吃饭。

石碚就那样直挺挺地站着，目不转睛地盯着郑暖夏。“脸面”这个东西谁都想要，但若因为眼前的这个人，他可以拱手让出。

脱掉白大褂的他，像一株挺拔的白杨，惹得路过的人连连驻足。当然，女同事占路人中的大半壁江山，尤其那些年轻漂亮的小护士，看向他时的笑容灿烂热烈得连座冰山都能融化掉。

“有啥事就在这里说吧。”

他却什么也不说，眼巴巴地望着她。

“就想一起吃顿饭？”

“嗯。”

“那顿饭有那么重要？”

“嗯。”

“为什么？”

被女孩子用爱慕眼神追逐的小得意从石碚脸上消失了，他像个在外面受了天大委屈的小男孩，回家后又被家长诘问，只差哭出来了。

“你不说我就不去。”郑暖夏也赌上气了，眼睛略显紧张地左右扫射着，生怕被同事们看到。

“到底去不去吗？”他恶声恶气问。

“去。”郑暖夏突然鼻塞了。她从他的眼睛里读出了“孤独入骨”四个字。

那种眼神她一共见过三次，第一次是6岁那年两人第一次相逢，他用凶神恶煞掩饰着初到怀清的恐惧；第二次是她宣布要和郝子玉在一起时；第三次是他和郑暖冬领结婚证前，问她能不能和他在一起？若能，他就算负了全天下也在所不惜，她回答“不”时。

石碚的眼神立马灵动起来，拿出手机将定位发给了她。

“知道你不想和我一起走。”说完他奔向了车棚，骑上那辆电驴，七扭八拐地出了医院。

郑暖夏有气无力地走出医院，打辆车，按导航直接奔向明月斋。

她走进三楼的一个雅间时，石碏已经到了。房间不大，清一色的原木装饰，桌椅矮矮的，窗边挂有风铃，配以淡绿色的窗帘，现代风中透着古意，果然是谈心的好地方。

桌子上摆放了几样精致的小菜，旁边放个黄灿灿的小铜钵，钵里是热水，水里泡着两瓶清酒。

见郑暖夏进门了，石碏便从热水里取出酒瓶，往杯子里倒酒。

郑暖夏脱下羽绒服挂到旁边的衣架上，坐了下来。

“这不是素食馆吗，怎么会允许喝酒啊？”郑暖夏问。

“因为老板肠穿孔差点挂掉，是我把他从牛头马面手里抢回来的。”石碏瓮声瓮气地说。

她不再多问，端起杯子和石碏碰了下，一仰脖子喝了下去。

石碏也是一口闷了。

从小到大，很多时候他们看对方就像在照镜子，一举一动都了然于心。她知道他今天心中有事。

“怎么了？”她拿过酒壶，给两个人都满上了。

“我……”石碏捏着酒杯，仰起脸，眼睛望着天花板，眼泪不听命令地在眼眶内打转，只好依靠这个姿势在她面前维持男人的自尊。

仰头将那杯酒喝下去后，把27床不幸离世简单地讲了一下。

“我那么努力，还是没能救活她。就这样，世界上多了一个没有妈妈的孩子……”他说得潸然泪下。

到中心医院上班的时间虽说不长，郑暖夏也见识过几次病人和家属的生离死别，看过他们悲痛欲绝的模样，听过撕心裂肺的哭声，很能理解石碏的感受。

她拍拍他的手，给他倒上了酒。

“兄弟，干了这杯酒，和过去的痛苦告个别，还有更多的人等着你救呢，比如纤纤。”

石碚红着眼睛点点头，和郑暖夏碰了下杯子，喝了，然后握着空杯子，半晌没有说话。

郑暖夏读出他另有隐情。

“有话说，有屁放……”她的声音软软的，行动却毫不拖泥带水，夹起一筷子菜送进嘴里嚼了起来。

2

稍微停顿后，他将手术方案受质疑、病人要求换主治大夫、刘杰斌从自己手里要走病人资料等一股脑儿讲了出来，随后神情僵硬地耷拉下了脑袋。

郑暖夏戏谑的表情一扫而空。她自顾自倒了杯酒喝了下去，沉默两分钟后，突然口吐莲花。

石碚的委屈无处诉说，只能向郑暖夏倾诉。而她能做的，就是为他冲冠一怒骂骂人，安抚那颗浊浪滚滚的心。

年少丧母的石碚，内心其实还是一个孩子，可身上背负的却太多太多了。

“石头我问你，医生，是真的为了患者好吗？”郑暖夏突然问。石碚刚才说的让她想起自己目睹的一件事——她去某科室送材料，遇到科主任在谆谆教导年轻医生。年轻医生说做手术的话，病人还有生存的希望，但回家肯定是死。主任说危险系数高的手术坚决不能做，没有十分的把握可以救活，他那样处理是对的，不要有心理负担，在这岗位上再磨炼几年就适应了。

年轻医生听后，脸色很是沉重。

郑暖夏觉得其中有故事，就悄悄问一个和院办走动较多的护士，得知年轻医生按主任的吩咐，劝说一个癌症晚期患者出院，说病人的肿瘤太大，位置不好，与门静脉太近，搞不好会大出血，做了手术也不一定能救活，还要花去一大笔钱，给家人造成很大负担。家属虽然很难过，还是很感激医生的仗义执言，准备带上病重的媳妇出院。

两人正说着的时候，家属已经办完手续，推着媳妇从病房里走了出来。那女人应该不到 40 岁。郑暖夏看到她眼中隐隐有泪，却不敢哭出来。

那是满满的求生欲啊……

“石头你回答我，医生真的是为了患者好吗？”见石碏沉默不语，郑暖夏追问。

“为什么这样问？”

她将见到的讲了出来：“告诉我，你有没有放弃过病人？”

石碏的头低了下去，半晌后才肯定地说：“有。不过有一点我可以肯定，除了极个别人外，绝大多数医生是为了患者好。但是患者的命运不是由医生决定的……唉！”他长长地叹了一口气。

“医生为什么不告诉病人和家属，动手术的话或许还有一线生机，不动手术回家后只有等死，让他们自己去做那道生死选择题？”郑暖夏目光咄咄地逼视石碏。这一刻她站在患者的角度，因为每一个人都有可能成为病人。

石碏一时语塞。曾经他也和那个年轻医生一样血气方刚，想救所有求助的病人，可是……

“曾经我也和他一样，诘问过手把手教我的万主任，也曾在内心诘问过自己，后来我才明白，只有在保全自己的情况下，才能救治别人。”

“什么意思？”

“虽说手术前会签《手术知情同意书》，但那不是生死状，一旦患者在手术台上死亡，不管责任在不在医生，不少家属还是会追究的，有的甚至会带人围堵医院，一旦舆论甚嚣尘上，就会导致当事医生的执业资格证被吊销，甚至被开除另行追究责任……那样的话，什么救死扶伤手，什么安民济世心，全都废了！”

石碏的话让郑暖夏也沉默了。她不得不承认，他说的是真实存在的，这也导致了许多花样迭出的拒诊。

两人对视着，任孤寂烟雾般在屋里袅袅飘浮。被沉重的尘埃覆身，没谁不想突围，这并没有错。

“不过，我不否认，确实有些医生的行为有问题……”良久后，石碚缓缓开了口。

“比如？”郑暖夏问。

他却没有回答，给两人的杯子倒上酒，左右手拿起来碰了一下，递给郑暖夏一杯，自己仰起脖子一饮而尽。

一些东西，在没有形成确切的证据链前，他无法下定义。

常主任和刘杰斌蛊惑15床换主治医生一事，除了让他有点无奈和羞辱外，倒没太大的影响，但另一件事情却在他的胃里塞了块巨大的橡皮，无法消化。

他和小钱核对手术耗材时，发现科室里竟有串换、虚记高值药品和医用耗材的，数额还不小……这可是骗取医保基金啊。

医保基金是老百姓看病的救命钱，任何违法违规使用医保基金的行为，医保部门都是以“零容忍”的态度严肃查处的。

之后，石碚开始暗中查对科室里的用药和耗材记录，发现其中一种高值药的线索直指药商张总，和高值耗材有关的则是一个叫保尔的公司。钱护士悄悄告诉石碚，听说保尔公司是张总和二宝联手成立的，刘杰斌和常主任同他们走得很近，是否暗中参股，只有天知道了。

在万主任退休、常主任接普外三的主任后，张总的药就进了中心医院的药房，当然，也顺顺当当地进了普外三，却因价格问题没有上医保的名单。石碚曾听张医生和李医生提过，一些管床大夫竟向病人家属推荐了那些高值药，尤其家庭条件看上去还不错的病人，成为他们推销的主要对象。

石碚知道暗中存在的利益链条，张总或他手下那位美女医药代表一定暗中做过什么。小张和小李曾躲躲闪闪地和他说，出于无奈，他俩也曾开过几次高价药。

后来他又查了 保尔公司，却没什么线索可循……

石碚神情凝重，久久不语，气压开始降低。

吃饭吃的就是开心。该骂的人也骂了，该问的问题也问了，至于有没有答案，留给时间去解答吧。

“不为过去的哀伤，不为将来的忧愁，不因无法掌控的事情苦恼，莫辜负这寒夜热酒的惬意，我命令你——干了！”郑暖夏端起酒给石碚倒上，气壮如牛地说。

他便乖乖地干了那杯酒。她脸上浮起了盈盈笑意。

老板殷勤地将一罐绣球菌汤端了进来，弯腰给他们盛时，被石碚制止了，便识趣地退去了。

石碚起身舀了一小碗放在郑暖夏面前。

“尝尝吧，老板密制的红枣枸杞绣球菌汤，专门给你点的。”

郑暖夏接过去尝了一下，清淡可口，略带甜味，十分好喝，便开始豪饮。

她在他面前向来不装。

石碚已微有些酒意，他摇摇头，遵从她说的将烦恼努力甩去，静静地看着郑暖夏。

她的脸上被酒精和热汤印上了一层淡淡的粉，眉眼弯弯的，令人怦然心动。

从 6 岁那年初见，他的心一直为她跳动了二十多年，至今未改变。

“暖夏……”石碚的手突然伸了出去，离她的脸只有二十厘米的时候，她将一碗盛好的汤塞进了他的手心。

“汤好喝，也不能贪碗。按我们几十年如一日的老规矩，见面分一半。来，为了我们美好的未来，干汤。”

他的手只能接住那只温热的碗，和她的碰了下。

3

“你认识的妇产科大夫里，有没有一个嘴角有颗痣的女人？”郑暖夏没头没脑地问。

石碚的大脑像高速运转的电脑般开始搜索，一个人影闪电般一闪而过。

“我见过，但想不起来在哪里见的。”

“是不是咱医院的？”

“不是。”石硞很笃定。

“哦……”她的声音里满满的失望。

“怎么了？”

“当初就是她给我接生的。她是帮凶，帮着我妈和郝家把箐箐从我身边夺走了。只有找到她，才能通过正当途径把箐箐夺回来……”郑暖夏的尾音里隐含哽咽，手紧紧地捏着酒杯。

石硞再也忍不住，手覆住了她的手，感知那只白皙纤长的手在哆嗦。

她的泪再也忍不住夺眶而出。

失去父亲后，郑暖夏就被“家”这个温暖的字眼给开除了。母亲和郑暖冬是一个家，她只是寄居者，受尽孤独的凌迟，因此发誓要自己给自己多制造一些亲人，所以遇到郝子玉后，不是真的迷恋于他“七大洲四大洋”的爱无法自拔，只是目的明确地想让他配合自己好好制造亲人……谁料她怀胎十月，九死一生才生下的女儿却被人抢走了。

那种痛，石硞很理解。

他们就那样静静地坐着，仿佛被时间遗忘了。

服务员送水果的敲门声将两人从遥远的往事里拉了回来，郑暖夏这才意识到自己的手被石硞攥着，像被蜜蜂蜇了般连忙甩开他，坐好了。

石硞抽回空空如也的手，有种踏空的失重感，鼻子酸酸的。

他们希望明月斋的夜色是一望无际的，可快乐的时光是长翅膀的，任你再珍惜，还是会飞走。

“回去吧，郑暖冬还在家里呢……”郑暖夏看了一眼时间，已近十点了。

“下班前我回去了一趟，给她喂过饭了。”他闷闷地答。

郑暖夏点点头没再说话，起身，准备穿外套。

石硞快她一步将羽绒服从衣架上取下来。她慌乱地从他手中夺过衣服，自己穿上，朝外走去。

失重感再度袭来，他怔了片刻，跟在她身后朝外走去。

郑暖夏疾步走在前面，石碚推着电动车在后面怎么也追不上。

郑暖夏感觉背部热热的，知道他的目光像舞台上的追光，在追逐着自己。

在酒意的怂恿下，她“豁”地一下子转过身，想像小时候那样命令他——“石头，背我回家”，可她张张嘴，却发不出声音来。

石碚越来越近了，她胸膛中“咚咚咚”地擂起了小鼓，越来越响，直至他走到面前。

“你怎么回去？”他问。

她深呼吸了一口气说：“跟你回去。”

他的目光瞬间像出炉的爆米花，“嘭嘭嘭”地炸了起来，豪情万丈地拍拍电驴：“上来。”

从小到大，无论是刀山火海，还是钉板油锅，但凡郑暖夏敢迈出第一步，他都会紧跟着踏出第二步。只要有她在身边，哪怕世俗的眼光是枚核弹头，他都无所畏惧。

大不了起诉和郑暖冬离婚，后半辈子背着陈世美的骂名开心地过日子。

“走回去吧。反正这里离你那儿也就两三公里。”

长长的街道，像个巨大的风道，初春的凉风直通通地袭来，将两人身上微薄的酒意扫荡一空。虽有厚厚的羽绒服护身，郑暖夏还是打了个寒战。石碚想去脱身上的衣服为她披上，却被她阻止了。

“我，我想去看看郑暖冬……”她颤巍巍的声音里像注入了水，湿漉漉的。

“哦……”他的声音从悬崖边坠落到谷底，中途还淋了雨，也是湿漉漉的。

“毕竟，我是姐姐呀……”郑暖夏长长地叹息了一声。

“嗯。”

从小到大，她用多少个“我是姐姐呀”截和了自己的幸福，连带地，也把石碚的快乐和幸福给埋藏了。

郑暖夏的眼泪突然涌了出来，她拿手去抹，可擦来抹去，却怎么也擦不干，便加快了脚步。

她怕自己心软，她不允许自己心软！

她去看望郑暖冬，不是原谅了那个生物学上的妹妹，而是想让那张和自己一模一样的容颜，将自己蠢蠢欲动的心思再次冰封起来。

石碚能不顾一切追随她，她却不能让他担那么大的风险。这个社会，看似宽容无比，留给情感的却只有那么一点点，以石碚的能力，一定会有个骄人的前程，她欠他的够多了，不想让自己再度成为他的累赘。

石碚的心中像有把刀子在绞，但必须忍着。因为这刀子是郑暖夏捅进来的。他知道，哪怕她递来一碗砒霜，他都会义无反顾地喝下去，静候毒发身亡的那一刻。

酒意突然又回归了，石碚的脚步踉跄起来。

郑暖夏跟在石碚身后，走进了他家。

她打量着，屋子里收拾得干净整洁，很符合石碚的处女座特质。

他拿下巴指了下主卧的门，郑暖夏的心开始狂跳起来，搬个泰山来都压不住地狂跳。

她的手在胸口摁了下，鼓足勇气推开了那扇淡蓝色的门。

石碚的手越过她的肩头，打开了旁边的开关。

橘黄色的灯光柔顺地充满了房间。郑暖夏望去，一张淡蓝色雕花靠背的大床静静地卧在那里。

她慢慢地走近，那张和自己一模一样的脸进入了视线。

十年了，郑暖冬竟然一点都没有变，而自己的眼角却多了些浅浅的细纹。山中方数日，世上已千年……生活对她们两个真的不公平。

有那么一瞬间，郑暖夏希望躺在那里的是自己，那样她和石碚的人生就都无憾了。

屋里的暖气很足，郑暖冬身上盖的是一条夏凉被。

郑暖夏的手颤抖着想去掀被子，石碚替她掀开了。

郑暖冬身上穿着米白色的睡衣，四肢没有萎缩，身上没有任何长期卧床之人的褥疮，看来石碚把她照顾得非常好。

“你那么要强，知道我看到你这个样子，应该跳起来打我才对啊……”郑暖夏的眼泪夺眶而出。其实她更想说的是——你后悔不后悔当初用那么卑劣的方式夺走石碚?

石碚在旁边木讷地看着她们，一言不发。他知道，今晚郑暖夏是来和往事干杯的，他内心波涛汹涌，却什么也不能做，什么也不能说。

他知道她的用心，但不能戳破，就像当初她明明知道自己爱的是她，却拼命躲闪，不惜和郝子玉那样的人“制造亲人”，来逃离他。

郑暖冬静静地躺着，听不到她的话，也看不到她的泪。

“现在我知道我妈为什么不常来看郑暖冬了，”郑暖夏吸吸鼻子，“因为你把她照顾得太好了。”

“谢谢表扬。”石碚闷闷地说。

郑暖夏轻轻地给郑暖冬盖好被子，眼睛顺着雕花的靠背向上看，定格在她和石碚的结婚照上。

那个在自己面前飞扬跋扈的郑暖冬，竟能笑得这么甜美，看来她是真心地爱石碚……看来，自己导演的和郝子玉在一起的大戏还是有依据的，只是苦了石碚。

郑暖夏的眼睛只在照片上停留了几秒钟，就像被烫伤般扭到了一旁。

石碚毫不犹豫地走过去取下了照片。之前他也不止一次取下来过，但邓梅偶尔来探望郑暖冬时，又坚持要他挂了回去。

再后来，他习惯了。再后来，他看看照片上的郑暖冬，竟减轻了对郑暖夏的相思之苦，只是当时他不明白自己的心，以为那是“恨”。

“不早了，我走了。”时间的轻蹄已嗒嗒地踏上了十一点一刻，郑暖夏知道自己不能再停留了。

“好，我送你。”

郑暖夏低头走在前面，石碚闷头跟在后面，下电梯，摁下门禁走出楼道，将她送到了小区大门外，帮她拦下一辆出租车，拉开车门，目送她消失在人流车流中后，才怏怏地往回走，上了楼。

4

石碚和郑暖夏都心事重重的，没有留意到楼下的车棚里，一支明灭可见的烟头鬼火般闪烁着，旁边还有两个黑魆魆的身影。

刘杰斌向石碚打探家里的情况，没有得到郑暖冬的任何信息后，便把记忆使劲儿往前倒带，直至郑暖冬那张美得有点妖冶的脸出现。

十多年前，郑暖冬常常坐很久的长途汽车跑来医院找石碚。那时候，石碚跟着万主任疯狂做手术，她来后，大多只能坐在手术室外面等他。只要没手术，刘杰斌便坐在那里和她一起等，除了送她巧克力、蛋挞等女孩子们喜欢吃的东西外，还特意买了本《简·爱》送给她，并在扉页上写了句“愿你手不释卷，从读书中，开启人生的多种可能”。“多种可能”四个字他特意在下面画上了着重号，想告诉她——世上不只有石碚一个男人，她还有更多的选择。

郑暖冬将那本书在手中掂了两下，连封面都没翻开，打量了一眼腰封，说“我和这个作者不熟”，就宣判了书的死刑。

刘杰斌先是诧异，继而莞尔，傻傻地跟了句“我也不认识她”，内心越发喜欢她的坦率。

石碚恰巧下手术出来，一脸鄙夷地看着两人，说“你们要是认识她的话就真见鬼了”，大步向前走了。

郑暖冬看到他后的兴高采烈，一下子就被霜打了。

刘杰斌为她抱打不平，对着石碚的背影做了一连串的踹打动作，却没勇气追上去来点实质性的。

时间是味毒药，十多年过去了，刘杰斌对郑暖冬的思念毫无减退，反而历久弥新，折磨得他心烦气躁。这晚他约了苗二宝、鬼脸老李等人晚上一起吃饭，喝得七分醉后，被老李送了回来。

鬼脸老李搀扶着想把他送回家，刘杰斌酒意上涌，扯着身子往石碚家的楼道走，胡乱摁着门禁，想冲进去，任老李怎么拽都拖不走。

他的脚像是钉在了地上，死活不动。

楼道里传来了石碚的声音，刘杰斌的醉意突然清醒了几分，扯着老李就往旁边的车棚里钻。

不一会儿，石碚和郑暖夏的身影一前一后走了出来。

虽然两人无任何交流，刘杰斌和鬼脸老李还是嗅到了一丝不寻常，胳膊相互碰了碰。

“郑暖夏这么晚了来石碚家干吗啊？莫非那个神秘的第三者真的是她？呵呵，刘主任，你可真是我的福星，送你回家，顺手摘了这么大的瓜……”鬼脸老李兴奋得直搓手，一篇十万加的公号文有了素材。

“石碚这小子，吃着碗里的盯着锅里的，暖冬那么好的女孩子，他还要红杏出墙……”如果有光的话，可以看到刘杰斌的脸都绿了，他口吻随即又缓和下来，“郑暖夏是郑暖冬的姐姐，她来家里看妹妹也在情理中的。”

刘杰斌努力梳理着思绪。虽然郑暖冬现在无法感知外界的伤害，他潜意识里还是想保护她。

“呵呵，我说有奸情就有奸情，就算他们浑身是嘴，也得当个冤死鬼。”鬼脸老李的脸在黑暗中拉得长长的，牛头马面般阴森。

“这样瞎猜也不太好吧……”刘杰斌摸着下巴，犹豫起来。

“好啦，别忘了，石碚暗中还在查你乱用耗材的事情呢，要是被他知道保尔公司你也参了股，想想后果吧。妇人之仁会断送大好前途的！”

鬼脸老李拍拍刘杰斌的肩膀，见他的酒意似乎完全清醒了，便告辞走了。

出了小区后，他掏出手机翻看相册，欣赏着刚才偷拍的照片——石碚和郑暖夏并肩走着，虽说只是背影，却无法掩饰彼此间的情愫。当时郑暖夏不知踩到什么踉跄了一下，石碚伸手拉她的样子那么亲昵自然……这一幕也被他拍了下来。

不得不赞叹他们是金童玉女般的一对，只是运气不好，遇到了他老李。他本就是靠吃人肉生存的，哪有送到嘴边的肥肉再放走的道理……

鬼脸老李的手指轻轻地弹打着屏幕，感谢自己刚买的新款手机，夜间拍照效果丝毫不逊于白天。

刘杰斌的身体里有一万只蚂蚁在咬噬，回家后翻来覆去无法入睡。最近母亲催促他相亲的次数越来越频繁，他实在找不到理由拒绝了……37 岁了不谈恋爱不结婚，始终是老娘心口的病，曾吞吞吐吐问他是不是有什么暗疾?

他总不能告诉老娘，问题不在自身，在石碚家里。另外让他头疼的是，石碚复职后，居然留意到一些高值手术器材和药品的使用……

第二天上班后，刘杰斌简单地查了个房，就将肖小艳叫进了后面的储藏室。

“那批进口器材的事，除你之外还有谁知道？”

“没谁吧……怎么突然问起了这个？”肖小艳的神经绷紧了。

“石碚好像知道了什么。”

“他怎么会知道的？”肖小艳满脸的狐疑。

刘杰斌似笑非笑地望着她，没说话。

肖小艳惊异地叫了起来：“你，你不会是怀疑我吧？”

“别急嘛，我也不知道这事谁捅出去的，所以才问下，以后要多留意。要是捅到上面，后果你是知道的。”他慢悠悠地说。

他曾和肖小艳一起，将一些没有纳入医保的高值医用耗材和药品，换成可以报销的名目入了账，这事若被捅上去，有骗取医保的嫌疑。

虽基本可断定这事和肖小艳无关，临走时他还是撂下了一句话：“长得再帅也只能骗骗眼睛，当不得吃，当不得喝……”

石硞这次回到科室后，肖小艳和几个护士和他打得挺热乎的，刘杰斌想借这个事情敲打一下她。

“我……”肖小艳满肚子委屈，一时又不知道怎么说。

刘杰斌出去两分钟后，她才走出了储藏室。

在推荐科室副主任的事上，肖小艳投了刘杰斌的票，内心总感觉欠了石硞什么，因此不想让谁看到自己和刘杰斌走得近，怕这事传进石硞的耳朵里。

肖小艳刚拐过弯，便看到石硞和钱护士凑在一起说着什么。

他说得很用心，她听得也很用心，还不住点头，不时用近似崇拜的目光望着石硞。

“崇拜是爱情的基础”，不知怎么的，这句话突然闯进了肖小艳的大脑。尽管她和石硞再无可能，尽管她已做了背叛他的事情了，仍不希望别人染指他，连藏在心里都不行。

离得远，肖小艳听不到他们说了什么，加紧了脚步。

“小钱，石大夫，什么事情啊，分享一下？”她努力拼凑了一脸的热情。

“哦，一会儿要来个病号，胃癌晚期，我和小钱交代一些注意事项。”石硞向她点点头走了。

市妇联帮着筹到了治疗费，他和纤纤妈妈联系后，约在今天来住院。

肖小艳一脸狐疑。她不明白，仅是收治一个病人，钱护士有必要一脸崇拜吗？可她又不能问。

“小钱啊，一些事情能做，一些事情不能做。一些话能说，一些话说出来对谁都不好。”她撂下几句颇有禅机的话，扭头走了，心头却浮起巨大问号——高值手术耗材和用药的事情，是不是她告诉石硞的？

钱护士一头雾水，摇摇头，给纤纤准备病床去了。

两个小时后，纤纤妈妈带着纤纤走进了普外三。

石碏如此重视的患者，当然也引起了肖小艳的高度重视。当她发现对方仅是一个十来岁的小姑娘后，心上像坠了铅块般沉甸甸的，默然将那娘俩带进了最里面的一个病房。

“护士长，我给单纤纤准备的是25床啊……”钱护士莫名其妙地望着肖小艳，不明白护士长为什么亲自上阵了？最里面的病房安静，朝阳，通风好，设施较新，是医院特意留给一些特殊群体的。

苗老太太之前就住在那个房间。

“就让那孩子住48床吧。”肖小艳幽幽地说。

石碏正给纤纤下医嘱、开检查单时，常主任走进了办公室。

“小石啊，这么大的事情，怎么不早点和我们说呢。”常主任亲昵地埋怨。

“什么事情啊主任？”石碏莫名其妙地看向他。

“刚才林院长接到市妇联的电话，说为我们，具体地说，是为你管床的一个病人筹集到了治疗费，一会儿要来咱们科室做个爱心捐助仪式，要我们配合一下。”

常主任是笑着说的，眼睛里却没有一丝温度。

石碏这次做的，在他眼里不过是网红的又一次炒作，而市妇联竟还要配合他一起玩。

“哦，梁小蔻，也就是妇联的梁副主席昨天给我打电话说了，今天上班忙起来就给忘记了。”石碏连忙起身。

“林院长说他们一会儿就到了，我们得出去接一下。”

石碏跟在他身后向外走去。

5

常主任、刘杰斌、石碏和肖小艳在电梯口等了几分钟后，梁小蔻在林院长、程主任和郑暖夏的陪同下，走进了普外三，身后还跟着几名报社和电视台的记者。

“梁主席，感谢你们对患者的关心爱护，积极为患者筹集治疗费用。我代表中心医院也表个态，我们将组织全院最好的专家团队精心为孩子治疗。单纤纤的费用，我们能免的免，能减的减……”林院长边走边说。

“我们妇联抛的砖，引来了林院长的玉，哈哈，这正是我们想要的效果。”梁小蔻笑眯眯地说着看向了石碏，“林院长，这事啊，还得感谢石大夫，纤纤是他义诊时的病人，后来也是他替纤纤妈妈向妇联求助的，有这样人帅心美的大夫，是中心医院的福气啊。”

梁小蔻这番话既是对林院长说的，也是对身后的媒体人讲的。年前石碏被整得那么惨，身为同学，她得趁机为他说几句话。

“那是，石大夫的确是个很优秀的年轻人。”林院长附和。

说话间，一行人来到了纤纤的病房。

早春的太阳慵懒地洒在房间内的每个角落。窗户开了个缝隙，窗帘在微风中轻轻摇曳。

纤纤安静地坐在床边，拿着练习册在做题。妈妈在旁边给她剥橘子。

郑暖夏发现，和大年初一见到纤纤时相比，她更瘦也更苍白了，握着笔的小胳膊像纤细枯萎的干树枝，仿佛大风轻轻一吹就会断掉。

见他们进来，纤纤乖巧地起身，努力堆起笑容向他们问好：“医生叔叔、护士阿姨好，哥哥姐姐们好。”

发现进来的是一群人后，小女孩有些不知所措，不知道该怎么称呼这么一大堆人，搜肠刮肚才找出这几个词。

“我是医生哥哥……”石碏口吻轻快，想缓解一下那孩子的紧张。

郑暖夏将手中的毛绒玩具和几本儿童读物送到女孩手里。

纤纤接了过去，很是开心，连声对郑暖夏说“谢谢姐姐”。

郑暖夏连忙向纤纤和妈妈介绍了梁小蔻和林院长等人，并告知治疗费就是梁副主席帮忙筹集的。

当梁小蔻将那个写着“爱心捐助伍万元”的捐赠牌交到纤纤妈妈手中时，她拉着女儿“扑通”一下跪在了地上，含泪说了一连串的“谢谢”，表示用不完的话一定退还妇联，用于其他病人的救助。

在场的人鼻子都是一酸，连忙拉起了母女俩。

“石医生叔……哥哥，我做了手术，就能回学校继续上学了吧？”纤纤的大眼睛忽闪忽闪地看着石硞，期待他能给自己一个健康的未来。

小女孩觉得他更喜欢被喊“哥哥”，便把到嘴边的“叔叔”改了。

“好好配合治疗，哥哥和你一起努力战胜病魔。”石硞摸摸纤纤的头，给出了一个模棱两可的答案。

石硞有很大的把握将纤纤治好，却不敢百分百打包票。凡事都有万一，他只能说，这个手术的成功是大概率事件。

“我和单小雯说，等我看好病回家了，就带她去看黄河。单小雯没见过黄河。”纤纤的大眼睛骨碌碌地在大家的脸上扫描着，想让他们给自己一个确切的答案。

10岁的小女孩已经有了单纯的小心机，见石硞没有直接回答自己，开始向其他人求助。

“单小雯是谁啊？”梁小蔻的儿子只比眼前的小女孩小一岁，她第一个绷不住了，将话题拐到了那个陌生的名字上。

“那，那是纤纤养的小狗。”纤纤妈妈涨红了脸，嗫嚅着说。

“石医生哥哥，我的病可以治好的吧？我和单小雯拉了勾的，不能说话不算数。”纤纤执拗地看着石硞，想让他给出答案。

平时还算能说会道的石硞，此刻变成了水泥柱子，僵硬地立着。

这种情形，换任何医生都无法给出病人和家属想要的答案。

“纤纤，石医生哥哥还有其他病人要看，不要这样追着人家问，很不礼貌的，明白吗？”纤纤妈妈连忙出了声。

纤纤也意识到自己的不妥，小声说了句“对不起”。

“病痛无情人有情，感谢梁副主席和市妇联对单纤纤的救助，感谢林院长对病人的关心，感谢普外三常主任、刘副主任和石大夫对患者的关爱救治，各位大记者也等得有些着急了吧？下面咱们把时间交给他们，让人家把今天的作业也完成一下。”程主任舌绽莲花地把现场所有的人表扬了一遍，然后推出媒体采访，化解了现场的小尴尬。

记者们要纤纤和妈妈抱着那张捐赠牌同大家站到了一起，用镜头记录下了这一刻的眼泪和感动，见证了人间的真情大爱。

媒体采访过单纤纤母女后，又采访了梁小蔻和林院长，最后将镜头对准了石碚。

石碚却将常主任推了出来，想让他讲几句。几个记者仿佛没有读懂他的意思，镜头和话筒追着石碚不放。无奈中，他只好简单地讲述了一下纤纤的病情，说希望通过手术可以还小姑娘以正常的生活。

“石大夫，据说您曾创下过一天十台手术的记录？‘石一刀’这个外号就是这么来的，对吗？”一个女记者语不惊人死不休地问。

当着常主任和刘杰斌的面，石碚不知道该怎么回答。见郑暖夏拿眼皮子夹他，只好清清嗓子说：“所谓的十台手术，是大家共同努力的结果，我只是整个团队中的一个，因此功劳应该归大家所有。”

“那也很厉害了啊。”女记者崇拜地望着他。

常主任和刘杰斌的脸色阴沉得能拧出水来。

石碚轰轰烈烈地复职，再在电视和报纸上露个面，岂不是加深了领导们对他的印象……这是他们最不愿见到的。

林院长已从常主任和刘杰斌的神情中明白了他们的想法，岔开了话题：“小石啊，纤纤的手术大概安排在什么时候？”

“我正在开单子，等检查结果出来，指标一切正常的话，越快做越好。”

“好。常主任，刘主任，咱们普外三要用一切力量，救治单纤纤。”林院长说。

常主任和刘杰斌的脸色这才缓和下来，点点头，保证竭尽全力救治小姑娘。

此行的目的已经达到，梁小蔻和林院长说了几句场面话后，朝石硞和郑暖夏悄然眨了下眼睛，在林院长的陪同下朝外走去，为这场善行画上了句号。

第十二章 | 手术台上生命是平等的

1

郑暖夏目送梁小蔻那辆黑色的商务车离去后，时间已接近中午。她正准备去食堂吃饭时，接到了怀清县卫健委关于医联体的反馈电话，说竹坞镇卫生院有意向合作，并点名想要石碚做他们的名誉院长。

春节前石碚为老高的侄媳妇做的剖宫产手术，虽说只是个普通手术，可经由老高一家子和当班医生的传诵，他的名气在竹坞越发大了起来。

有名医，就能保证患者不外流；有了患者，医院的收入才能有保障。再者说，解决本地百姓看病难本就是基层医疗机构分内的事情，因此他们很乐意促进此事。

郑暖夏心中蓦然升起了一丝阳光，和对方客套了几句后挂断了电话。这个好消息她不想马上告诉那块大石头，想等万无一失后再和他说。

想起他在明月斋的样子，她心里就有说不出的惆怅。那个看似聪明能干的家伙，实则仅想做个好医生，却总被生活蹂躏。

面对生活的重拳，有能力还击的人很少，大多只能忍痛将被打掉的牙齿往肚子里咽，石碚也是。

郑暖夏跑到食堂胡乱扒拉了几口饭，就回了办公室，打开电脑，“噼里啪啦”地开始草拟医联体合作方案，想等下午上班后将这一情况向程主任汇报，但对方有意让石碚做荣誉院长的事她打算隐瞒。后者和医联体本就是两个独立的事件。

万事不到最后，不能走漏半点风声。这是郑暖夏从业这么多年的感悟。她急切地拟合作协议也有点小私心。她和石碚都是从竹坞出来的，尤其是她，简直是连滚带爬逃离的，发誓有生之年再也不回去……然，恨也好，爱也罢，她还是想让程香香及大年初一跑到她家义诊的乡亲们都能就近看病。

想起程香香，郑暖夏心中就有一抹柔软的隐痛。

当年父母离婚时，母亲咬牙切齿地告诉她和郑暖冬——程香香就是拆散她和父亲的“狐狸精”。郑暖夏闻言仿佛看到了三只脚的鸡，或者四方形的鸡蛋，惊得下巴差点掉下来。

父亲去世后，那个“狐狸精”一如既往对自己很好。她一面躲避着程香香，一面又忍不住热腾腾的肉丸和她身上暖烘烘的母性的诱惑，往她那里跑，为此没少被郑暖冬骂“认贼作母”。

十年生死两茫茫，这次她从帝都归来，被小镇人称为“肉丸西施”的香香姨竟然患了冠心病，若竹坞卫生院能和中心医院结为医联体，她再犯病就不用跑市里住院了吧?

那天义诊的队伍里，有不少是郑暖夏年少时的爷奶叔婶，能为他们做点什么，也不枉自己是那里的孩子。

不管她愿意不愿意，竹坞都是她的家，她的根。她突然想起网上的段子：不管你在大城市里叫“Linda、Nina 还是 Kevin”，回村后都是“小红、阿花和狗蛋”……

她哑然失笑，眼中有了湿意。某种思绪将大脑撑得胀胀的，怎么也回不到文案上来，干脆趴在桌子上，静等一切恢复正常。

屋里的暖气很足，不知不觉间，她竟然迷迷糊糊地睡着了，不知道过了多长时间被电话声惊醒了。

程主任推开办公室的门，打着电话走了进来。

“什么？他们想让石碚做名誉院长？这事我还不知道，哦，是和小郑说的啊，她可能在忙，没和我说。嗯嗯，我知道了，这事得向领导汇报，谢谢啊……”程主任挂断电话后，打量了一眼空荡荡的办公室，离下午上班时间还有半个小时，以为还没有人来。

“石碚”两个字像一串叮当作响的铃铛，将郑暖夏的大脑敲得嗡嗡作响，她的头趴得低得不能再低，耳朵却竖了起来。

程主任挂断电话后又开始打电话：“喂，李院长，给您汇报一下医联体的进展情况，刚才怀清县卫健委的一个朋友来电话，说想聘石碚做荣誉院长……哦，好，那等院委会决定吧。不过这事肯定绕不过医务科的，您知道王科长对石碚……嗯嗯……”

上班时间到了，同事们陆续回到了岗位。程主任又“嗯嗯啊啊”了几声后，挂断了电话。

郑暖夏使劲地吞咽了一口唾沫，明白石碚去竹坞做荣誉院长的事情有了变数，一时不知道该怎么办。

石碚的手术日是明天，午饭后他去看了纤纤，见一切良好想回值班室休息时，急诊上突然转来了两个病人。

一个是四十来岁的建筑工人，高处作业时不慎坠落，胸部 X 片结合 CT 诊断右侧第七、第八前肋骨骨折，腹部超声检查提示腹腔积液，并可见肝脏有不规则裂痕，有明显出血征象，诊断为肝脏破裂，必须紧急手术。

另一个是本市某局的魏局长，早上开车上班的途中，为躲避逆向车辆，撞到了立交桥下的水泥礅上。当时觉得没多大事，可过了几个小时后腹部疼痛加重，来医院就诊，腹腔穿刺后，发现小肠损伤较重。

魏局长和李院长是朋友，他来之前便和李院长联系了。李院长亲自陪同将他安排到了普外三，由常主任主刀为他做手术。

两台手术将同时进行。石碏在手术室内的走廊上遇到了常主任，正同他打招呼时，突然接到了李院长的电话。

“石大夫，常主任那台手术换你来做吧。魏局长的爱人亲自提出来的……”

手术室安静得掉根针都能听得一清二楚，何况李院长是大着嗓门说的。

石碏看了一眼身旁的常主任，连忙说：“李院长，我这边有个受伤很重的急诊病人……”

李院长却打断了他：“这事不是我决定的，是魏局长的爱人提出来的。魏局长的爱人是谁你知道的吧？是咱省里的……”

石碏当然不知道魏局长的爱人是何方神圣，他也不想知道，但他知道魏局长的手术自己不能做，建筑工人受伤严重，需要骨科和普外科协同作战，况且常主任的眼睛像两把气割枪般正瞄着他呢，不可能和自己调换去给建筑工人做手术，刘杰斌在另一台手术上，普外三现在已经抽不出来能做这种大手术的医生了……

“对不起啊李院长，我已经在手术台上了……”

石碏说着就关闭了手机，朝常主任点点头进了更衣室。这时候不管说什么都会被常主任当成驴肝肺，所以不开口为妙。

常主任面无表情，目光如锯，锯着石碏的背。

这台手术持续了近四个小时，石碏从手术上下来时天已昏黑一片。他拖着两条千斤重的腿走出手术室的门时，发现林院长等在那里，脸色阴沉得能下场冰雹。

“下来了？”林院长双手抱胸，定定地看着他。

“嗯。”他用鼻孔回答，然后就像僵尸般直挺挺地躺到旁边闲置的担架车上，闭上眼睛休息。

连着几个小时下来，他累得连呼吸都觉得奢侈。用脚指头想，都知道林院长出现在这里的原因，绝对不是为了表扬他的救死扶伤。

“石碏啊石碏，石碏啊石碏……”林院长背着手围着担架车转圈，看着他脸上未干的汗迹和疲惫的神情，想说什么，又咽了回去。

“夸我的话可以说，批评的话就省略吧。”石碏有气无力地说。

“你还有理了？！”林院长抬抬手，似乎想揍他，又放下了。

“那您说说我错在哪？”

“我……”这下换林院长结舌了，“魏局的爱人从省里赶回来了，一下午我都围着人家赔礼道歉呢，你说你错在哪？”

“她把魏局接去省里不就行了。”

“你是水泥做的木头吗？”林院长语无伦次，显然被他气到了。

“魏局马上就要高升了，他受的伤说大不大，说小不小，要是转到省里，那不就说明情况严重吗？身体原因会决定组织任命，万一到手的官帽子再飞了怎么办？所以才留下来做手术的。”

“常主任下来了吧？”石碏猜测他的手术应该结束了。

“下来是下来了，可人家已经找过我了，说他那个主任该让贤了，给年轻人腾位置。我夹在上边领导和下属辞职之间，换你，你该怎么办？”

“他们找的不应该是李院长吗？下命令让我做手术的是李院长，又不是你。”石碏知道自己给林院长惹麻烦了，但还是厚着脸皮打哈哈。

“你个浑小子，还敢狡辩！”林院长气得抬脚照他的小腿肚子上来了一下。

2

石碏一骨碌从担架车上坐了起来，无比严肃地看着林院长：“林院，就算这件事再来一次，我还会这样选择。常主任业务能力很强，做那个手术完全没问题。再说生命是平等的，没有高低贵贱之分！”

“你，你小子……”林院长指着他，恨不得再来一下子，“你怎么那么死心眼啊？人家巴结领导都来不及呢，你倒好，到手的机会推走。不过你这种性格我喜欢，有我年轻时的那股子劲儿。”

“您到底是表扬我，还是批评我呢？”石碏诈尸般从担架车上蹦了下来。

“我是替你以后的日子担心。虽说你拒绝给魏局主刀，可这让常主任很尴尬，都提出来辞职了，这梁子可就结大了，同时还得罪了魏局，他高升后万一分管我们呢？”

石硞明白林院为自己好，打内心感激，却又不知道说什么。

“天生的躺枪命啊，那就听天由命吧！”他脸上一副“我能怎么办，我也很绝望呀”的表情包模样，“嘭”的一下子又躺到了担架车上。

“马上给我滚起来，我找你还有事呢！”林院长朝他的腿上又是一脚，转身走了。

石硞这才有气无力地爬起来，扒拉了一下凌乱的头发。

“小郑和我说了，竹坞卫生院想聘你做他们的名誉院长。”进了办公室，关上门，林院长开门见山地说。

石硞怔怔地站着没说话。

“这事呢，本来医务科就能处理好，可现在要上院委会……我有点担心花落别家啊。这节骨眼上，你不仅得罪了未来的主管领导，得罪了常主任，连李院长打电话你都敢关机，你小子是不想在中心医院混了吗？”

“下去担任名誉院长有什么好处吗？”石硞愣愣地说。

“我——”林院长气得抬高了手，要是他儿子，非揍死他不可，“你说有什么好处？人家可不是白聘的，每年是给钱的。而且有了这个头衔，下去做手术不就正大光明了？还会有飞刀的事情发生吗？听小郑说，你一直希望我们医院和他们能结为医联体，若签约成功了，你也算为竹坞做了点事情，毕竟你和小郑都是从那里出来的。”

林院长一口气把话说完，有点头疼地揉着太阳穴。

石硞见状，连忙一副狗腿状，反客为主地倒了杯水给他，又是按头，又是捏肩膀。

“纤纤的检查结果出来了，各项指标正常，我决定把她的手术安排在明天。”

“嗯，单纤纤的手术一定要做好，媒体可能会回访。”林院长叮嘱。

“哎，知道了。”

万主任在任的时候，知道石磊家里的情况，极少给他安排夜班。这次他复职上班后，发现值班表上明晃晃地排着自己的值班时间。

第二天是手术日，除了纤纤外，石磊另外还有两台手术，今晚会有许多事情和病人沟通。从林院长的办公室出来后，他直奔车棚，骑上电驴，开出医院大门，在院前街上快速蛇行穿梭，停在一个新疆烤馕店前，买了几个馕放进车筐里，刚想走的时候，被卖义乳的侯三拉住了。

“石大夫，我这里刚进了最新款的义乳，听说明天你有个全乳切除手术……”他拿着一张购物卡想往石磊口袋里塞，被他一巴掌拍开了。

“我的乳房又不切除。”石磊拧着车把加电门想跑，却被他一把攥紧了。

“那个，听说 33 床挺难缠的，和原来的 22 床梅小慧有得一拼，我不敢去，怕她……打我，听人说，33 床就听你的话，石大夫我不会让您白帮忙，真的，您吃肉兄弟喝汤还不行吗？”

这家伙消息可真灵通，连 33 床的脾气都打听清楚了，相信他将对方家底殷实、在繁华地段有几家店铺的事情应该也摸了个门清。石磊没再说话，使劲扒开他的手，走了。

回到家里，他热了杯牛奶就着馕吃了后，用料理机将煮熟的山药和煮鸡蛋打碎，晾至温度适宜，拿大针筒给郑暖冬喂饭，然后开始给她按摩身子……指腹上传来的热度吓了他一跳，连忙将手背放在她额头上试探，感觉烫烫的，赶紧找出来体温计放到她的舌下，几分钟后取出来发现那条红色的细线直逼四十度……

郑暖冬发烧了！石磊的眉头不由皱了起来，拿出听诊器听了下她的心肺部，有明显的湿啰音，明白是肺部感染了。

他从药箱里取出来头孢针剂，给她注射后，就像个陀螺似的在房间里走来走去，不时打量着床上的人——往常稍显苍白的脸，变成了异常的绯红色……

眼看接班的时间一点点逼近，石磊只好打电话给常来家里的钟点工阿姨。

“不好意思啊石大夫，今天我儿媳妇晚班，我得在家照顾孙子，没办法去您家了……”钟点工阿姨匆匆挂断了电话。

别看石硞的女性追随者不少，但他深交的几乎没有。可除了自己外，他不放心将郑暖冬交给任何男人，哪怕像小张和小李那种师徒兼朋友的都不行……这和她是自己户口本上的另一半没有关系，纯属为人的道义，何况她还是郑暖夏为数不多的亲人……

思来想去，石硞给郑暖夏打了微信电话。

“石大夫好，有事吗？”郑暖夏客气的声音传来。

石硞一怔，意识到她身边有外人，且不是梁小蔻等熟悉的人。

“你，在哪里？”他迟疑了一下问。

“哦，我在外面吃饭呢，有事吗？”她的声音很矜持，石硞却听出了一丝慌乱。

“是这样的，我今天夜班，包括纤纤在内，明天有三台手术，今晚必须去医院和病人、家属们再沟通一下，可郑暖冬突然发烧了……我给她打过针了，你要是方便的话，今晚过来陪陪她，怎么样？”

“好，我马上过去。”她答。

石硞这才长长地吁了口气，怔怔地望着床上方的结婚照，郑暖冬能甜掉二十四颗牙齿的笑容像两排闪闪发光的刀片，割得他的心生疼。

他走过去摘下来，将照片倒扣着放到了衣柜的上面。

大概半个小时后敲门声传来。石硞开门，郑暖夏微喘着气站在那里，看来是一路小跑来的。

郑暖夏自顾自从门口的鞋凳上找到一双拖鞋换上，推开他进门，直奔郑暖冬所在的主卧，手放在她的额头上。

“这也太烫了！石硞，她不会有事吧？要不要给我妈打个电话啊？”她被郑暖冬身上的温度吓到了。

“你刚从外面进来，手太凉了。”石硞连忙阻止她。

这个一向淡定的女人，却在“敌人”发烧时手忙脚乱起来……石碚不由在心中叹息血缘的伟大。

“我给她注射过头孢了，体温已经有所下降，你进来前我刚量了下，三十八度，过一会儿应该还会再降下来一点。”

“哦，她怎么会突然发烧了啊？”

“可能是肺部感染了。”

“好端端的为什么会肺部感染啊？”郑暖夏的神情又紧张起来。

“长期卧床的病人，没办法有效咳嗽，痰液不能正常咳出来，很容易出现肺部感染，这种情况叫作坠积性肺炎……”

石碚边看表边和她解释，马上得去接班了。

郑暖夏有些手足无措。虽然自己讨厌，甚至憎恨郑暖冬，可在得知她成为植物人后，还是查过很多相关资料，其中一条让她很担心——很多植物人最后都死于反复肺部感染。

3

床头柜上放着一个大针筒和一个小碗，碗里有一些粉状物。石碚没时间磨叽了，指着它们说：“那是退烧药，如果她后半夜持续发烧的话，就把那个用温开水调和一下，给她打进去。”

郑暖冬的鼻子里拖着一根长长的鼻饲管，郑暖夏伸手碰了下它，不由鼻子发酸。那么一个臭美的人，去趟小卖铺都得涂上口红和睫毛膏，如今竟成了这般模样……

“知道了，有事我打电话给你。”她点点头答应了。

石碚朝客厅走去。

“石头，她不会有事吧？”郑暖夏不放心地跟了出来。

石碚在穿外套，正要回答她时手机响了。

“喂，石大夫吗？刚才护士长通知说明天的手术取消了，怎么回事啊？”电话里的声音很焦急。

“您是？”石硞问。

“我是33床的家属，你们怎么可以这样不负责任啊，说好的手术怎么说取消就取消了……”

“我半个小时后就到医院了，见面说吧，电话里说不清楚。”那边喋喋不休地质问，石硞却一头雾水。他这个主管医生没说话，肖小艳怎么有权利取消33床的手术呢？

石硞挂断电话，和郑暖夏说了句“有事打电话”后，匆匆出门了。

郑暖夏呆愣了几秒钟，又回到了主卧。

她拉张椅子坐到床前，伸手摸着郑暖冬的额头，感觉还是有些烫，便去了卫生间，在水池里接了些温水，将毛巾浸透后稍微拧了下，返回主卧在郑暖冬的脖子、腋下、腿窝处擦拭着。

她和郑暖冬是双胞胎，小时候无论做什么事情都很一致——她若打哈欠，郑暖冬铁定会伸懒腰；郑暖冬拉肚子，自己也一定会腹泻。每次她们发烧，母亲都会这样用毛巾给她们降温……当然，那种记忆只停留在父母离婚前。

小时候的一些记忆浮上心头，郑暖夏停下擦拭的动作，拿手摸摸自己的额头，她的体温是正常的，不由摇头苦笑：看来她们真的已经成为路人，不会再一起生病了……

眼前的郑暖冬让郑暖夏有种照镜子的不真实感，伸手去触碰那张和自己一模一样的脸，素颜的她，比原来妆容浓得连亲娘都认不出是谁的她要美上一百倍。

郑暖夏掐了下郑暖冬的耳垂，哽咽了：“你是多么争强好胜的一个人啊，你不是防贼防盗防郑暖夏吗，怕我抢走石硞，怕我抢走咱妈的爱，所以你一次次制造谎言，离间我和咱妈的关系，破坏我在石硞心中的形象，可现在你却成了这样……不管咱妈喜欢不喜欢我，现在只有我能喊她妈；不管你用了什么手段让石硞和你领了那张证，如今我和他在一个单位上班，相差不过几百米，还登堂入室进了你家……”

郑暖夏的眼圈突然红了，她抬头想看下那张结婚照。上次来时，郑暖冬灿烂的笑容刺痛了自己的眼睛，今天却鬼使神差地想再看看，竟发现那幅结婚照不翼而飞了。

她知道石碚此举的用心，不由鼻子发酸，拍了下郑暖冬的脸：“郑暖冬你睁开眼睛看看啊，你那么喜欢石碚，那赶紧醒过来呀，石碚把你们的结婚照拿掉了。你这个傻子，知道有多少小姑娘虎视眈眈地盯着石碚呢，你要再这样要死不活地下去，就变成前妻了！”

说出这句话，郑暖夏的眼泪夺眶而出。

她们的父亲是个粗线条的人，生活精致的母亲常和他战火不断。每当此时，胡同口石家的诊所便成了郑暖夏的避风港，大她几个月的石碚是她最好的玩伴。

父母离婚时，追随父亲净身出户的郑暖夏，在父亲不幸离世后又回到了家中，小小的她用尽所有方式讨好母亲——洗衣服，收拾屋子，吃饭时自觉坐到桌角，筷子从不敢伸向那些好吃的……

她的乖巧也曾换得母亲的片刻动容，可每当此时，郑暖冬便会在母亲耳边煽风点火，而“肉丸西施程香香”便是郑暖冬百试不爽的利器。

不管郑暖夏有没有和程香香在一起，郑暖冬都会用“听说郑暖夏去程香香那里了”造风造雨造谣生事，母亲勃然大怒中，会毫不留情地用笤帚疙瘩、细竹竿、鸡毛掸子等招呼郑暖夏。

一天晚上，郑暖夏想念父亲了，在父亲的车祸现场附近坐到了天亮，郑暖冬却告诉母亲她在程香香家里过夜了，于是她的小腿肚子上就多了那道月牙形的伤疤。

那时候，郑暖冬的书包由她背着，作业由她代写，考试的时候，直接和她交换写完的试卷，要是老师监考严格，事后郑暖冬还会把成绩烂归功于郑暖夏捣乱不让她学习……母亲会根据郑暖冬的话来惩罚郑暖夏。

初中时，向来不爱学习的郑暖冬，为了和石碚一起进英语兴趣小组跟风买了英语磁带，却把它们锁在抽屉里睡大觉，后来不知道怎么不见了，便指责是郑暖夏偷了。再后来，郑暖夏的球鞋就不翼而飞了。她问郑暖冬有没有看到自己的球鞋？当着石碚的面，郑暖冬嗤之以鼻说谁会穿她四十码大脚的鞋？并指责她是小偷……

当时郑暖夏恨不得找个地缝钻进去，强调自己的鞋子是三十八码的，磁带也不是自己偷的，她的抽屉上锁呢，自己怎么能够偷走？

郑暖冬却红口白牙说瞎话，死咬着就是她偷的！

郑暖夏当时气得浑身哆嗦，完全昏了头，撸下胳膊上的手表摔了个粉碎。那是父亲留给她的唯一念想，比她的命还要金贵，郑暖冬几次讨要她都没给，为此还被她撕毁过作业本，谁料自己却亲手毁了它……她后来跑了很多钟表店都没能修好。

那块碎了的表，成了郑暖夏心头一块无法修复的伤疤。

为医好那块疤，她一直试图逃离那个家。可办法只有一个，就是考上外地的大学。

在母亲郑梅的计划表里，没有为郑暖夏设置大学这一栏。母亲执意和父亲离婚后，就把自己定位在“被抛弃”的角色上，担心成为街坊邻居们茶余饭后的甜点，不想在他人的食指下讨生活，便鼓励郑暖冬努力考重点大学，好将她这个妈妈从甜点变回正餐。

怎奈书是郑暖冬的催眠曲，看不了三行就得和周公亲热一番。她清醒的时候又很忙，漂亮的脸蛋像块磁铁，吸引着一帮追求者，哪有时间和书本促膝谈心。

凡是郑暖冬扔掉不要的，才有郑暖夏的份儿，她甘之如饴地在头悬梁锥刺股中读完了三年高中。

当郑暖夏将重点大学的录取通知书放在母亲面前时，在半明半暗的光线中，母亲的脸像个素净的盘子，不喜不悲不怒不嗔，说暖夏你要想读大学，就得自己供自己。

她回答说好。

除了石碏、梁小蔻等极少数的几个人外，没人知道她为了这一天蓄谋已久。高中的三年里，郑暖夏头悬梁椎刺股不光是为了学习，同时还为多个报纸杂志供稿。散文、随笔、小说，在她的笔下开出大朵大朵灿烂明丽的花，结出不菲的稿费。编辑不止一次问她，你一定生活得很幸福吧，所以字里行间充满了爱。郑暖夏说是。

她没敢告诉编辑，她的“幸福”只存在于编织的故事里，而不幸才是生活常态。尤其当郑暖冬用无耻的手段将石碏和箐箐硬生生从她身边夺走后……

她至今还记得，当时郑暖冬很邪性地看着自己，用柔软的红唇讲出最恶毒的话：郑暖夏，就算你知道是我陷害石碏的也没用，你要是敢再接近他，这辈子都别想再见到箐箐！

郑暖冬用最甜美的笑容和最残忍的刀子剜着郑暖夏的五脏六腑，眼睁睁地看着 DNA 和自己几乎完全相同的人血流成河、瘫地成泥。

好运不会总眷顾一个人，尤其是作恶多端者。

往事如穿堂的冷风，呼啸着从痛苦的深渊往外刮，郑暖夏不由抱紧了自己的双肩。她看着床上的郑暖冬，恨意陡然战胜了血缘。若不是她，自己的命运也不会如此多舛……她的上牙紧紧地咬着下唇，手颤抖着伸出去，大拇指和其他四根手指呈八字形，慢慢扼住了郑暖冬修长光洁的脖颈。

一个声音在郑暖夏内心深处嗡嗡作响——郑暖冬加诸你身上的痛苦宛如十万座大山，只有推翻它们，你才有重生的希望……在这个声音的召唤下，她想使劲合拢手指，可是怎么也用不上力！

几秒钟后，郑暖夏颓然收回手，放到了郑暖冬的额头上，她的温度几乎正常了，脸上的潮红已慢慢退去，恢复成原来的瓷白。

看来石碏的药和她的物理降温起了作用。

4

郑暖夏在床边重新坐下，就那样怔怔地盯着郑暖冬。墙上的温度计显示室温为 25 度，可她的牙齿还是止不住地上下打架。

回怀清这么久了，之所以一直不敢和郑暖冬独处，就是恐惧。她的心里一直住着一头小象，从小被郑暖冬虐待，就算身躯已成年了，看到她仍然连灵魂都会颤抖。

石碚打来了电话。

“喂，情况怎么样？”他磁性好听的声音传来。

“还好，温度降下去了。”

“辛苦你了……”

虽然他在努力掩饰，可郑暖夏还是听出来了疲惫无力，心头一紧，问：“和家属沟通得怎么样了？”

“还好……郑暖冬没事的话，你到我房间，哦，客厅的沙发上休息一下吧，柜子里有干净的被子，卫生间有新牙刷……”停顿了一下，他又特意解释，“一次性的，出差时酒店里带回来的。”

“嗯。”她用一个字果断地剪断了连线。

她知道他那边肯定有事，但他不想说，那就让他省点心神，好迎接明天的手术。

夜已深沉，梦已熟透，月亮又大又圆地挂在窗外，清冷冷，明晃晃的，像面照妖镜，照着人间的叵测。

石碚坐在办公室的电脑前浏览病情记录，控制自己不去看旁边站立的人。

他是 33 床的丈夫老穆。一个小时前，他刚和石碚大吵特吵了一通，一度操起凳子想砸石碚。

33 床患了乳腺癌，原本定好了明天的手术，可晚饭后常主任突然走进病房，看了各项检查结果后，有些生气地说：“这种情况，普通放疗配合中药治疗就可以了，根本不用做手术，这个石磊啊，为了网红医生的光环，对患者太不负责任了！”

说完气冲冲地走了。

33床和她老公面面相觑，一时不知如何是好。

几分钟后，护士长肖小艳进来告诉他们，明天的手术取消了。

33床和丈夫都一脸蒙。之前他们通过关系，将片子传到省肿瘤医院让专家看过，诊断结果和石磊判断的一模一样，建议手术切除……现在手术却突然被叫停了。两口子商量来讨论去，认为常主任没有理由阻止这个手术，难不成真的是石磊和省里的专家都看走眼了？

33床的哥哥有同学在上海某医院，两人临时抱佛脚，用微信将检查结果传了过去。过一会后那边回复了，和省里专家及石磊的判断一模一样，必须做手术。

医院虽是治病救人的场所，有时候也是消息集散地，家属们空闲时会聚在一起闲聊，那些和医生、护士相关的信息尤其吸引他们。

33床的丈夫老穆突然想起来，晚饭后他去洗碗时，曾在水房听到两个家属小声议论，说有护士说，因为一台手术，石磊从上到下得罪了一圈人……

常主任虽是普外三的主任，但在很多患者心目中，石磊才是中心医院的第一把刀，病人和家属对他的信任往往大过对常主任的信任。

结合听到的小道消息，33床和丈夫认为手术被叫停可能和传闻有关，忧心忡忡地给石磊打了电话。

当石磊匆匆赶到病房时，常主任已经离开了。他问值班的肖小艳什么情况，肖小艳说她也不知道，说是主任吩咐的。

石磊走进普外三后，老穆便一直跟着他。

“石大夫，我媳妇明天的手术真要取消吗？”老穆的眼睛像狙击步枪一样瞄准了石磊，他的回复若不是自己希望的，便会扣下扳机。

“老穆你先别急，等我问问主任怎么回事……”石碚拿出手机拨打，却无人接听。

这个时候手术室的电话打了进来，告知已将33床从明天的手术排单中删除了。

石碚急得汗都下来了，可无论怎么解释，那边都以“常主任安排的”为由，不再更改。

石碚很是沮丧。他虽拥有正高职称，可在行政事务上，必须服从常主任的安排。老穆见状急了，两只大眼睛双管猎枪般瞄着石碚，让他无处遁逃。

还好，纤纤妈妈找了过来，说小姑娘好像有点紧张，想请他过去一趟。

石碚借机逃离了老穆的监控，走进纤纤的病房，和小姑娘说了一会儿话，并给她推荐了几部动画片，说等她康复那天，自己送她一套柯南。

纤纤闻言很是开心。

石碚见纤纤逐渐放松了下来，又安慰几句后，走出了小姑娘的病房，远远地看见肖小艳站在护士站，朝他这边张望。

知道她有话和自己说，便径直走了过去。她左右打量了下，见没人注意后，起身进了护士站里面的房间。

石碚跟进去后，肖小艳紧张兮兮地关上了门。

“这么神秘干吗？要是被你家老韩看到会拿刀砍我的……”他强装一脸轻松和她开玩笑。

“哎呀，都什么时候了你还有心瞎侃。”肖小艳拿手打了一下石碚。她虽然背叛过石碚，还是忍不住关心他。

石碚的笑容迅速云散雾敛了，等她继续往下说。

“知道为什么会突然停你的手术吗？”

石碚摇摇头。

“你，你可真是块石头。”肖小艳急得跳脚，“33床暂时不做手术不会有生命之忧，但这也不是个法子，继续发展下去肯定是要命的。这还只是给你一个下马威，照这么下去，等着你的不知道还有什么呢！”

“中心医院又不是他常文成一个人开的。”石硞闷闷地说。

“就说你是块石头吧！敢这么大摇大摆地停你手术，会是他一个人吗？”肖小艳有点恨铁不成钢。

石硞猛然想起了林院长的话，说他一下子得罪了未来的主管领导、李院长和常主任三个人。

“这么说，33床的手术是真不让做了？我因为救人上别的手术有错吗？！”石硞苦恼地扯了下头发。

“唉……算了，你也别多想了，那种情况下，换谁也会那样选择，毕竟我们是医院，你是医生啊！回值班室休息吧，有事了我叫你，明天还有两台手术呢。”

肖小艳说着摇摇头，拉开了门，却发现老穆像根石柱子般立在门外。

“石大夫，我老婆的手术不能做了，是吧？”老穆瞪着石硞说。

石硞一时无语。

老穆突然就冲过来，一把薅住他的衣领，奋力地摇晃：“你们他妈的还算是医生吗？你们之间的那点破事竟然牵扯到我老婆，她要是有个好赖，看我不，我不……”他的眼睛左右打量着，拎起了旁边的凳子。

肖小艳吓得使劲掰着他的手，想把凳子夺下来。可她的力量远远比不上愤怒，无法撼动老穆半分。

“有什么话好好说，好好说嘛……”她眼睛四处打量着，想找个人过来帮忙。走廊里却空无一人，平时喜欢扎堆窃窃私语的家属们这会儿竟然无影无踪了。

石硞平静地看着老穆，指指自己的头：“老穆，如果砸死我能救你老婆，就往这儿砸——”

他眼中的无畏和坦然，缴了老穆的械。他手中的凳子颓然放下，蹲到地上，双手捂住脸呜呜地哭了起来。

“我老婆是个好女人啊，结婚这么多年，她跟着我一起还债，一起照顾瘫痪的老娘，现在生活刚有了点起色，她就得了这病……要是耽搁了真的没救了，我可该怎么办啊！我还有俩读书的孩子呢——”

年近 50 岁的中年人哭得像个孩子，尽量压抑着嗓音，怕打扰到其他病人。

石硞懂他的心思，拍拍他的肩膀，长叹一声说：“老穆你放心，我一定不会放着你老婆不管的。”

他绕过老穆去了另一间病房，看了明天手术的另一个患者，和家属交谈后，才回到值班室。

这期间，老穆一直默默地跟着石硞，他已从刚才的激怒中冷静了下来。

见他像个会移动的树桩般尾随着自己，石硞心中酸涩难忍。他接触过太多无助的病人和家属，很能理解老穆此刻的心情，回到办公室检查明天的手术方案，也任由老穆跟着。

石硞在电脑上细细地查看着，老穆默默地站在他身边。可能是站累了，屁股无意识地沾了下旁边的椅子，仿佛坐到了烧红的烙铁上，烫得“咻”的一下子就又站了起来。他的两手搓啊搓的，像个犯了不可挽回的错误的孩子，完全没了刚才拎凳子砸人的气势。

“石大夫，您得罪哪个领导了？回头我带点礼物去瞧瞧人家，让他放咱这一马，您看成不……”老穆左右看了下，靠近石硞的耳朵说。

石硞握着鼠标的手僵在那里，扭头默然看了他一会儿，说：“老穆，你相信我。”

老穆便打住不再说了，只是呆呆地望着石硞。

“相信我能处理好这个事情，不会耽误你老婆的治疗。”石硞摁动鼠标保存文档，关了机。

老穆知道石硞明天还有手术，便选择了相信他。他深深地朝石硞鞠个躬后说：“石大夫，那就拜托您了。早点休息吧。刚才……对不住了，不要生我的气，您知道我的心情……”他哽咽了。

石硞起身拍了拍他的肩膀，出去了。

5

老穆跟着他朝外走去，到门口时，他摁了下墙上的开关。空无一人的办公室瞬间回到了黑夜的怀抱。

石碚左拐走了几步，进了医生值班室。

老穆将值班室门外的一团空气当成石碚本尊，再次深深地躹了一躬，又说了句“对不起”后，才转身回了病房，眼角的泪水在灯光下晶莹地闪烁着。

他可以将老婆转院到省城治疗，但两个上学的孩子和家里瘫痪的老娘怎么办？老穆感觉自己像条鱼，被生活放进了忘了关火的煎锅里，从里到外都焦煳一片。

石碚躺在床上烙大饼，翻过来倒过去无法入睡。他努力想将烦心事赶出大脑，从过往中刨出来一些开心的点滴慰藉此刻的煎熬，可往事中除了郑暖夏，似乎没有什么可怀念的。

同他一样，郑暖夏此刻躺在他家的沙发上，也翻来覆去无法入眠。她拿出手机想找个人说说话，可翻遍了通讯录，除了石碚外，没有一个可以随心所欲、随时随地打扰的……可此刻又不能打扰他，于是在朋友圈写下：孤独一旦在心田冒了头，便会像病毒般疯狂复制粘贴……好吧，我和地球约个会，一起观潮起潮落、花开花谢。

她本来想设置为“私密”的，可点错了，公开发布了出来。

石碚也在扒拉朋友圈。她刚发上去，就进入了他的视野，刚想评论时，却发现已被她删除了……知道她不想打扰自己，便闭上眼睛，让思绪开始泗游——和郑暖夏在一起的日子，无论痛苦还是开心，都吸引着他，就连伤口，也镶了道玫瑰花边。

郑暖冬从小学五年级就开始出入网吧，初中、高中学习紧张时期依然风雨无阻，她将母亲给的零花钱败光后，便会拉上郑暖夏买单。

而郑暖夏，当然会拉上自己垫背，美其名曰——护花使者，实则是充当她们的金主。

郑暖冬坐在那里大呼小叫打游戏，郑暖夏戴上耳机，将平时构思好的文字，下指如雨地在电脑上编织成故事，用邮箱发给杂志和报纸。石硞则默然在网页上帮她查找资料，寻找素材。那些很狗血的故事是她最喜欢的，因为根据那个写出来的文章过稿率高。

郑暖夏留的通信地址是自家的诊所，收件人名字则写着“石硞转”，稿费由自己或爸爸代领后存入一个卡中。这个办法是她自己想出来的，因为那些汇款单一旦进入邓梅和郑暖冬的视野，她的大学梦就破碎了。

大学报到前，郑暖夏才启动了那张卡。发现上面的钱已经过万了，留下学费后，她毫不犹豫地将剩下的取出来买了台粉色的笔记本电脑，之后便用它开启了赚钱养自己的生涯。

大学四年，郑暖夏除了上课外，就是穿一件宽大 T 恤，坐在电脑前“奋笔疾书”。

因为写作，她常常忘记吃饭，他就买来一包包的零食往她宿舍送。可她只是偶尔拿零食垫下肚子，从不过量，说那些高糖高盐的东西毁健康，她要活成一个脑子、脸蛋、身材、身体都漂亮的人。

那时候的她是怎样一个坚强、美丽、乐观的女孩儿啊……若说这个世界上真的有人自带发光的话，就是郑暖夏，自己是那么为她着迷。

转瞬，四年的时间就被小鸟叼在嘴上飞远了。毕业前夕实习时，她和自己一前一后回到了怀清。郑暖夏在县文联，他则来到了医学院对口的市中心医院。

虽然两人不在同一个地方，但周末都会回竹坞。他们约好在镇上的十字路口见面，一起偷偷跑到程香香的店里帮忙，做完后再回郑家，把邓梅留给郑暖夏的所有家务干完……最后去石家帮父亲收药材、归整药物、打扫卫生……然后一起吃饭。郑暖冬缺席前面所有的劳动环节，却会在吃饭时精准到达。

三流大专毕业的郑暖冬，那时已进入镇上的一家私立幼儿园做幼师了。石硞知道，虽说老爸的厨艺不错，但郑暖冬来石家不是为蹭饭，她的醉翁之意是自己。

他和老爸虽不喜欢好吃懒做的郑暖冬，但两家同住在一条胡同里，加上郑暖夏的关系，只能对她客客气气的。

这种和谐共处的时光并不长，但打破它的不是郑暖冬，而是郝子玉。

怀清县文联的主管单位是怀清县委宣传部。郑暖夏一次去宣传部送材料时遇到了部里的实习生郝子玉。

郝子玉个头不足一米七，单眼皮、少言寡语。他见到郑暖夏后，就变成了像断网后又来了网的播放器，说个不停。

据郝子玉后来说，他对郑暖夏只一眼便万年。她不知用了什么魔法，在他心里种了草。

从此，郝子玉每个周末都会骑着一辆黑色的赛车摩托车等在文联大门外。郑暖夏总是选择性地忽视他，径直骑着自行车跑十几公里回竹坞。

一个周末，当郑暖夏推起自行车正要走时，发现车胎没气了，而她和石硞约好要早点回去帮程香香进食材的。不远处修车的大爷那天竟然没出摊，郑暖夏只好将自行车推回了单位的院子里，准备去汽车站时，郝子玉又骑着摩托车出现了。

郑暖夏犹豫了一下坐了上去。她报了目的地，戴上他递来的头盔后，就成了一尊会呼吸的瓷娃娃，一路上连句话都没和他说。郝子玉的嘴却长摁着讲话键，一路上“噼里啪啦”地讲着自己的家庭和就读学校的情况。

他轻松抛出来的某“家属院”是怀清县城的神秘场所，里面住着掌控怀清县命运的大人物和家属们。而他竟然也在帝都读大学。

那天石硞像往常的周末一样，站在镇上的十字街口等郑暖夏。远远地，他看到一辆赛车摩托车伴随着地动山摇般的“嘟嘟嘟”声驶了过来，不由眉头微蹙。

小镇青石板街的两旁，迅速集结起看热闹的队伍，大家伙抻长了脖子打探来者为何方妖怪。

在小镇人朴素的认知中，骑这种摩托车招摇过市的，都不是什么好鸟，他们用“黄鼠狼过街，一溜骚道”为那些人下定义。

摩托车接近十字街口时慢了下来，在石碚面前刹住了车。郑暖夏跳下车，摘下红色的头盔递还给驾驶员，向他道谢后，拉着石碚走了。

石碚知道这种拉风的赛车摩托车对女孩子的吸引力，就像丑女孩遇到美颜相机或美图软件。待那“嘟嘟嘟”声走远后，他像头犟牛般不肯走了，拿眼神追问郑暖夏是谁？她回答“路人甲”后，留下他大步朝程香香的店里走去。

他追上前问名字，她低声说“郝子玉”。

石碚以为郝子玉放下郑暖夏便回去了，可当他们帮程香香干完活回到郑家时，竟看到他大剌剌地坐在那里喝水，顿时有种外来生物入侵的不安全感……尤其看到邓梅恬淡闲适地做饭待客，更令他惊慌不安。

那天石碚也留在了郑家吃饭。面对这场意外的聚餐，几个人中最高兴的是郑暖冬，叽叽喳喳地向郝子玉问一些感兴趣的事情。

除郑暖夏外，邓梅偶尔会给他们三个人夹菜，没有刻意讨好谁，也没有刻意冷落谁。

石碚乐于见到郑暖冬的目标不再是自己，开始向郑暖夏献殷勤，不仅将邓梅夹给自己的菜转移到她碗里，还反客为主地从盘子里夹菜给她吃。

郑暖夏却怕母亲和郑暖冬秋后算账，在桌子下面狠狠地踹了他一脚。他却被踹得很开心，抿着嘴偷乐。

郝子玉就那样在郑家横空出现了。不管郑暖夏坐不坐他的车，他都会在她回到家时出现在郑家。不管郑暖夏看不看他，他的眼睛都像强力胶般黏着她。

石碚的脸色越来越黑，直到有一天忍无可忍地端起脸警告郑暖夏：不要再让郝子玉来家里。

郑暖夏第一次乖乖地听话，当着他的面和郝子玉讲：请你以后别再来我家了。他点头答应了，可下一周还是准时出现。这让石碚炸了毛。

某天他们正在郑家吃饭时，文联的电话突然追踪而至，说上面明天下来检查，要郑暖夏连夜赶回去加班……她看了下窗外暗下来的天空，又期期艾艾地看了下石碏，坐上郝子玉的摩托车走了。

望着那抹消失在暮色里的尾灯，石碏一拳捣在河卵石砌成的院墙上。血顿时流了出来，可他完全感觉不到疼，因为心更疼！

当内心的伤痛不能自愈时，只能通过惩罚身体的方式获取短暂的安宁。

再后来，他便喊了老朱等同学在镇上的小饭店里喝得酩酊大醉。他没想到，自己借酒浇愁的后续故事，竟让他和郑暖夏再也回不去了！

第十三章 ｜ 把你从心头切下来

1

石碚躺在那里，大脑自动启动了屏蔽模式，暂时把自己从救死扶伤的角色中剥离出来，用一道厚厚的防火墙隔开，让灵魂在和郑暖夏的往事里徜徉……当曾经的痛苦快进到她回到怀清，进入中心医院工作的场景后，内心的疼痛像水渗入沙子一般，消退了。

他把自己蜷曲成婴儿在子宫里的模样，黑夜成了母亲，抚摸着他的伤悲，不知不觉间沉沉睡去。

第二天早上，护工阿姨过来后，郑暖夏见郑暖冬完全退烧了，叮嘱她一些注意事项后上班去了。

今天上午十点要开院委会，程主任昨天吩咐她做的材料还没有弄好。

在郑暖夏心中，"素食斋"和石碚吃的那顿饭，是他们两个的告别宴，不是生活中的告别，是情感上的切割——她彻底将他从心上切下来了，挥刀之锋利，比石碚的"石一刀"还要稳、准、狠。

以往，她离开他，或者说抛弃他，是为了自己；这次却是为了他才将灵魂从他身上强行剜下来……不打麻药，没有缝合，也不展示给任何人看。现在的疼痛和未来丑陋的伤疤，只有自己看得到。

虽说如此，她仍会站在石碚身边，为他执甲而战。

郑暖夏很久都没有见老周了。春节假期后上班的第一天他就约她了，她婉拒了。之后他又约过两三次，都被她推掉了。

年过四十的老周，早已褪净了青涩的绒毛。此后他除了偶尔的早安晚安问候，没有进一步的表示。

昨天是农历的二月二。在怀清，二月二是个非常重要的节日，家家户户都会炸菜角和麻烫等食物，以庆祝“龙抬头”后的春回大地，万物复苏。

昨天下班时，郑暖夏正准备今天院委会的材料时，接到了老周的电话。她刚想拒绝，却看到会议议程中竟有表决谁去竹坞做荣誉院长一事。虽说林院长支持石碚，但郑暖夏仍担心像中层干部调整那样，在各种利益权衡之下，林院长最终会妥协……

“喂，小郑啊，在听吗？晚上一起去怎么样？”老周在电话中小心翼翼地问。

“嗯，好。”她很爽快地答应了。

“那好，我一会儿过去接你。”

“谢谢。”挂断电话，郑暖夏竟含情脉脉地打量了一眼手机，感谢这个及时雨。见时间临近，她放下手头的工作，精心准备了一番，才施施然去赴约。

饭局上，郑暖夏破天荒地开始为老周挡酒。他借着酒意，手有意无意地覆在她手上时，她一面告诫自己那是男人的熊掌不是蝎子，一面又感觉像被毒蛇咬了，恨不得拿把刀把手背上那块肉割下来，不，是将整个左手都剁下来……正在这时石碚打来电话，要她帮忙照顾郑暖冬。

石碚的这个电话，将她从水深火热中解救了出来。

他们吃饭的地方离石碚家不远，郑暖夏便一路小跑奔向目的地，却在小区大门外停住了，打电话给饭局上的老周。

“我们医院明天上午开院委会，讨论谁去竹坞做荣誉院长的事，竹坞卫生院想聘请我妹夫石碚，可是……您多用点心哈。”不等老周回复她便挂断了，她怕被拒绝。

程主任认为郑暖夏有抵触情绪，才会在材料上拖拖拉拉。郑暖夏刚进办公室后，她劈头盖脸就扔过去一通训。

“小郑你看看几点了？八点半了才到单位。院委会的材料呢，你这是对我有意见呢，还是对院委会有意见？”

“对不起主任，昨晚我妹妹发烧，石碚又值夜班，我过去照顾她了……材料我都整好了，打印出来装订一下就好。”

郑暖夏脱下外套，挂好包，坐到电脑前调出文档，摁下打印键，然后一溜小跑到复印机前，将打印出来的文件拿到办公桌上铺开分页装订。

程主任石化了一般站在那里，怔怔地望着郑暖夏说不出话来。

若不是郑暖夏的出现，中心医院所有人都忽略了郑暖冬的存在……忽略是在知道的前提下的故意无视，如今经郑暖夏提醒，她想象一下，都明白石碚那点工资养着一个植物人的窘迫，知道那个荣誉院长对他而言是何等地重要，可是……

程主任用力摇摇头。

这天的院委会扩大会议开得十分热闹，从上午十点一直开到中午十二点半。期间交锋之激烈，不亚于打了一场小范围的战争。据说林院长和医务科王科长一致支持石碚，可李院长、常主任和程主任等人支持的却另有其人，其他众人则沉默着看神仙打架，不表态。

程主任虽然同情石碚，但“怜悯”这种东西是鸡肋，她程迎春只对肉质丰美的食材感兴趣，鸡肋一概不会动筷子……当然，她更懂得站队。

前几天全市领导干部调整，传言原本要升迁的林院长不仅原地踏步没动，还将“院长”的乌纱让给了李院长，仅剩下书记这一职务了。错过了这个机会，他已无年龄优势，唯有退休那条孤独寂寞冷的路可走了……程主任对“良禽择木而栖”情有独钟，虽说自己是林院长提拔起来的，但关键时刻还是站到了李院长那边，因为他的身后是即将荣任副市长的魏局长。

但林院长毕竟还是中心医院的书记，讨论虽然针锋相对，最终却没能得出结论，李院长没敢以举手表决的方式将石碏淘汰出局。

往竹坞派荣誉院长一事暂时搁浅了，等条件成熟后再说。

会议结束，郑暖夏进去收拾会议室时，林院长打来了电话。她左右看了下，见同事已走，才接了起来。

“喂，林院……”

“小郑啊，石碏这小子太倔了，一口气得罪了几个人。不过这虽然不算是好结果，也不算坏结果，悬而未决，就有争取的可能性。”

“谢谢林院……”郑暖夏惆怅万千地说。

“这事我记着呢，你和周主任都放心……”林院长悠悠地说完这句挂了电话。

郑暖夏从这个电话中得到的信息是，老周给林院长打招呼了，只是事情的复杂程度超出了他的预期。她将文件从座位上一一收起，放进旁边的柜子里，摇摇头朝外走去。接近一点了，石碏还在手术上，对这场和他有关的会议毫不知情。

石碏早上起来后就收到了郑暖夏的微信，告知他郑暖冬一切安好，要他安心手术。口吻平淡如水，他却从中捕捉到了她的关心，胸腔里有一块从未用过的肌肉骤然紧缩，随即又无可奈何地放松了。

他匆匆在水池前洗脸刷牙后，冲进食堂扒拉了几口饭，便回到了科室。

今天常主任来得有点晚。八点五分了才姗姗走进普外三。石碏刚要上前问他33 床的情况时，他“啪”的一声关上了主任办公室的门。几分钟后他穿上白大褂走了出来，面无表情地从石碏面前走过，进了医生办公室，朝等在那里的医生和护士们点点头，交接过班后，就带头查房去了。

石碏明白他不想给自己提问的机会，只好随同查房的队伍，浩浩荡荡地开进了病房。

常主任带队将病房转了一圈，滔滔不绝地说着，每个病人都要问上几句，给他们解惑，并进行常规性的安抚。刘杰斌等人附和着。石碏沉默不语，跟随他们来到 33 床。

老穆看到他们进来，“腾”的一下子从凳子上站了起来，眼睛像强力胶，紧紧地黏在常主任和石碏身上。

“常主任，我觉得 33 床还是得做手术……”

常主任像把锋利的剪刀，齐整迅速地剪断了他的话：“石大夫，不能因为做手术赚钱，就给不需要动手术的患者强行手术，那是不负责任的行为！”

他的口吻很轻，石碏却像听到了响亮耳光，电光石火间，左右脸热辣辣地疼。

常主任绕过 33 床朝 34 床走过去，任石碏和老穆泥塑般呆在那里。

老穆知道就算常主任的判断是错误的，自己也不能当面提出抗议，毕竟普外三是他说了算，只能拿眼神刷着石碏的良心。

查房结束，纤纤的手术时间也差不多了。石碏收拾了一下，准备去手术室时，发现老穆守在电梯口。

老穆左右看看没有普外三的医护人员后，将石碏拉到了旁边，小声问：“石大夫，您不是说您能处理好这个事吗？”虽然只是早春，老穆却满脑袋的汗珠子，可见内心的焦灼。

“今天下手术和你说。”石碏拍拍他的肩膀朝电梯走去。

2

石碏进去时，纤纤还没麻醉。小姑娘的大眼睛骨碌碌地看着他，手紧紧抓着被单。

“纤纤，是不是想单小雯了？”石碏摸摸她的头问。

“嗯。”她蚊子似的哼哼。

“单小雯可爱吗？”

“可爱。我们俩出去玩时，我走累了，它会趴着让我坐。”想起心爱的狗狗，小姑娘的紧张稍微缓和了一些。

石碚看过单小雯的照片，那是一只憨头憨脑的金毛，身躯庞大，足能承受住纤纤的体重。

“回头带哥哥见见单小雯，我也想让它给我当椅子。”石碚捏捏纤纤的鼻子。见麻醉师老许在旁边朝他比手势，知道要麻醉了，便朝旁边退去。

麻醉师老许忙完后走了过来，拿肩膀碰了下他。

“你可真死心眼。山不来就我，我还不能就山啊？”

石碚茫然地看着他，不明白他的意思。

“榆木疙瘩，找胸外科的晁大错啊。他在8号手术室呢，估计你这里下来，他那里也就完事了。”

石碚恍然大悟，说了声“谢了”，朝6号手术室走去。纤纤将要在那里做手术。

据不完全统计，我国每年大约有四万名儿童不幸患上癌症，而纤纤就是其中的一员。

因之前做了周密的手术方案，加上和小张小李两位医生配合默契，纤纤的手术很顺利，不到两个小时便结束了，切除得很彻底，清扫了胃周的淋巴结，足有五十多枚。

主要部位做完剩下缝合时，石碚将任务交给了小张和小李，提前下了手术。

出来后正好看到赵护士长从8号手术室里走了出来。

“美女小姐姐好，晁主任下来没有？”石碚露出招牌微笑问。

“快了。石大夫今天吃蜜汁山药了，嘴这么甜……”石碚那声“美女小姐姐”让赵护士长心花怒放，眼角的皱纹都笑深了两毫米，开心地打了他一下，朝前走去。

石碚抬眼看了下墙上的钟表，离下个手术开始还有些时间，便像个蜡台般焊在了 8 号手术室外。

几分钟后，晁主任走了出来。

“晁主任，商量个事呗……”石碏拽着晁主任，将他拉到了一旁。

晁主任和万主任相交甚厚，对石碏是爱屋及乌。

“什么事啊，弄得这么神秘，搞得像地下党接头。”晁主任有点摸不着头脑。

石碏又左右看了下，发现空空的走廊上就他们两个后，才靠近他的耳朵低低地说着什么。

晁主任的眉头皱了起来。

“您就答应了吧，不然病人耽误了怎么办啊……”

“你小子这通骚操作万一让常主任知道了，我就里外不是人了……”晁主任一脸的为难。

“您本来就不是人嘛……”石碏朝他挤眉弄眼的，眼看着晁主任气得抬脚要踹他时，才连忙补充，“您是神嘛。但凡您做的手术，肯定不会出大错，所以您才有晁大错的美誉嘛。”

“少给我灌迷魂汤。”他嗔斥着。

“您放心，这事常主任铁定不会知道，他又不是院前路上摆摊算卦的刘瞎子。再说，以您的威名，就算常主任知道病人跑胸外科了也不会往那方面想，只会以为是您的威名把患者吸引了过去。”

“这病人和你什么关系啊，这么帮她？”

“一个中年老阿姨，能和我有什么关系，别满脑子不健康的思想。”石碏故意曲解他的话。

“你小子找打不是？”晁主任说着又要抬脚。

“真没有关系。”见他要发飙，石碏赶紧一本正经地回答。

“好吧。病人愿意的话，明天就可以到我们科。”晁主任见石碏被套路了，才得意地笑着朝前走了。

“和万老头一样，也是个怪老头……”石碏笑着摇摇头，开始准备下一台直肠癌手术。

石碚做手术向来以精细规范著称。而常主任素以手术快闻名于中心医院，尤其是直肠癌手术，他做得确实很熟练，行云流水一气呵成……但他做手术是有选择的，喜欢做中早期的常规病例，对疑难、晚期或风险大的手术，一般都不收，绝大部分病例做的都是根治术。

石碚认为，手术做得快，必然不可能做得很精细，还有可能省略重要步骤。他今天做的这台是腹腔镜的直肠癌手术。

穿刺、腹腔探查、肠系膜下动脉主淋巴清扫……肿瘤标本取出及近端肠管处理……直至最后的腹腔检查、用物清点、腹壁缝合——整个手术做下来大概用了近四个小时。

走出手术室已接近下午两点。虽然有点疲惫，但心情是愉悦的。

过了饭点，医院的食堂已关门了。石碚打电话给老穆，问他 33 床有没有异常情况。

老穆闷闷地回答“没有”后，就不说话了，却不愿意挂断电话。

“老穆，你老婆现在一切正常的话，出来陪我吃个饭，我刚从手术上下来……”

“哦。”老穆答应一声，几分钟后和石碚在南门口会了面。

“走，去吃碗烩面吧。”石碚没看他丧眉耷眼的样子，带头走进了对面的烩面馆，点了一碗烩面和一盘牛肉。他是真的饿了。

服务员将牛肉端上来后，石碚夹起一块送进嘴里，用力地嚼着。

老穆拿眼皮子夹着石碚，没说话，脸却抽搐了一下，仿佛吃的是他的肉，

“好了，知道你吃过饭了，才没要你的份。再拿白眼珠子砸我就不和你说了！”石碚喝了口水。

“说，快说，您要是有法子救我媳妇，别说牛肉，您就是想吃龙肉，我上天下海也给您弄来。”

“切，我吃个牛肉，你都恨不得拿眼神杀死我，要是真点了龙肉，还不得用

原子弹轰我啊。”石碚没好气地说。

服务员把热气腾腾的烩面端了上来，他大快朵颐，不再理会老穆。

“您倒是说呀——”老穆急得抓耳挠腮的。

“好了，不逗你了。这样，一会儿回医院，我就给你老婆开出院证……”

“你，你，石碚，你什么意思啊？你就是这么对待病人的？我告诉你，这是拒诊，我要去告你——”老穆的怒气又爆发了，腾的一下站了起来，眼睛通红，恨不得再拎个凳子砸向他。

“急什么，坐下！”石碚在和烩面搏斗的间隙，不温不火地呵斥了一声。

老穆喘着粗气，久久地盯着和烩面鏖战的石碚，忍了又忍，忍无可忍，却还是忍住又坐了下来。

“你先办个出院手续，然后我让胸外科那边给你开个住院证明，让你老婆住进胸外科。”

老穆这才明白了他的意思，还是不放心地问：“住到胸外科谁给我媳妇做手术啊？”

“我。”石碚猛喝了一口汤，弄出很大的响声。乳腺病普外科可以做，胸外科也可以做。

老穆这才明白了他的意思，拍了下大腿朝服务员喊：“你们店里最贵的是啥菜？再来几个——”

石碚连忙拉住了他：“别，你想害我破产啊。点那么多超出了我的消费能力。”

“说了我请您吃，我请您吃啊！”老穆急赤白脸地强调着。

“老板和我有夺妻之恨，来这里吃饭，只收我的钱，别人代付一律不收！”他边说边朝柜台后面的胖男人挤眉弄眼。

老穆听得目瞪口呆，明知他在说谎，却无法反驳，因为胖老板连连点头表示认同，顺便还要服务员端上来一盘卤大肠，凶神恶煞地冲石碚吼了一句：“这个原价翻倍，少一分看我怎么收拾你！”

石碏冲他比了个 OK 的手势，开开心心地夹起一块送进了嘴里。

石碏吃饱后把剩下的菜打了包，走到柜台前敲敲桌子：“从我卡里扣就好……”尔后扬长而去。

老穆看看那个黑衣黑裤、圆头圆脑圆身子，还戴着根金链子的老板，想问点什么时，对方的眼神箭一样射来，吓得他赶紧跟着石碏溜了，却在内心嘀咕石碏怎么惹了这个混子？

3

回到医院时大家都上班了。老穆去找了常主任，和他说不动手术的话，继续在医院住下去也没多大意义了，想办出院。常主任也没多问，让他去找主管医生办手续。

老穆走进医生办公室的时候，石碏已经开好了出院证。他拿着那张纸办完出院手续后，又办了个住院手续，然后搀扶着媳妇下 8 楼，走进了 7 楼的胸外科。

忙完老穆媳妇的事情，石碏赶紧去了纤纤的病房。

他走进去时，纤纤已经醒过来了。

“石医生哥哥，有点疼……”纤纤说。

“麻药劲儿过后是会疼，不过手术很成功，我相信坚强的纤纤能打败一切小怪兽，加油哦！”

“谢谢石大夫，谢谢石大夫。”听闻手术很成功，纤纤妈妈一直绷着的神经舒展开了，喜极而泣地摸着女儿的头发。

竹坞卫生院想聘请石碏做荣誉院长的事黄了。好笑的是，当事人石碏对此一无所知。郑暖夏本想告诉他，想想会让他徒增烦恼，就缄口不言了。

自从陪郑暖冬待了一晚后，郑暖夏蓦然发现，自己对她的厌恶虽像毒瘤一样存在，但可以正视那个镜中影了，不会再因害怕而躲避。石碏工作忙的时候，她便代替护工姨去给郑暖冬喂食，还网购了专门照顾卧床不起的病人的专用工具，独自给她换纸尿裤、翻身擦拭、按摩，顺带收拾一下屋子，给石碏做顿饭，但从不留下来和他一起吃。

他回来，她将郑暖冬的情况交代清楚后就离开。没有过多的交流，眼神像一泓清澈的纯净水，无任何杂质。

“听说你将一个病人转到胸外科了？”郑暖夏将洗好的衣服放进柜子后，问刚进门的石碏。

“你怎么知道的？”他惊愕地问。

“中心医院不是一个藏得住秘密的地方。”

“这么说……常主任和刘杰斌他们都知道了？”

“大概率是。”

“知道就知道吧。”石碏的眉头皱了下，继而又松开了。他给老穆媳妇换科室做手术，除了住院部的人外，胸外科的人也都知道……这么多的缝隙，任何一缕风吹过来，消息就不胫而走了。

这个世界上，如果你表现得像一个捕食者，它们就会像猎物。你只要忽视它们，慢慢前进就好。

“想好应对的方法了吗？”郑暖夏有点担心地问。

“以不变应万变。”他走进卫生间洗手去了。

“那就好。给郑暖冬喂过饭了。我走啦，你的在桌子上——”她歪着头冲他喊了一嗓子，开门出去了。

“哎，天黑了，路上慢点。”他拿消毒凝胶在手上搓着，探着头朝外面说。

他们混成了上下铺的兄弟。即便如此，两人也非常满足——能共享一城，共处一室，彼此相距不过一米之遥。

老穆媳妇的手术定在两天后。转入胸外科后，石碏和晁大错主任进行过一次会诊，根据省里及帝都专家的意见，制定出周全的手术方案。

极具戏剧性的是，老穆媳妇从普外三转入胸外科，33 床还是 33 床，编号竟然没有变。

“这事要是被捅出去，不许出卖我。”两人走出病房，晁主任警告石碏。

晁主任大名晁刚，之所以被叫作晁大错，是因为他曾创下过几十年没有一起医疗事故或被家属投诉的神奇纪录，他喜欢把“不能出大错”挂在嘴上，因此人送外号“晁大错”。

“行，到时我到广播室用大喇叭向全院人民喊话：这事和晁大错无关，是我拿着刀子逼他收下病人的。”石碏嬉皮笑脸地回答。

晁大错气得抬脚就想踹他。除去他和万主任的关系，石碏实习时也跟过他，他这当师父的踹徒弟两脚也当得起。想起那天的院委会上，林院长推荐石碏去竹坞做荣誉院长时，自己为了不出错，没敢站出来投他一票就分外愧疚，便容忍了他的放肆。他答应 33 床转过来，和这事不无关系。

“小子你给我听着，常主任这人……你要小心再小心。”他摇摇头。

“嗯，您放心好啦，他真要知道了，就推到我和老穆身上，绝对不会把您拉下水！”石碏一脸认真地说。

晁主任这次真的在他屁股上狠狠踹了一脚：“你把我晁大错，不，我晁刚想成什么了，我虽然不惹事，但也不怕事。手术好好做，需要时我过去支持。”

晁主任拍拍石碏的肩，进了自己的办公室

石碏怔怔地站在那里，一晌没有动。晁主任之所以叫晁大错，除了职业生涯中不出大错外，还有个特点——他是个树叶掉下来都怕砸出脑震荡的人……这么一个胆小如鼠的人，为了自己竟然不怕事了……

石碏感慨万千地走了。手术方案还要再完善一下，确保万无一失。

33 床的手术是在两天后的傍晚进行的。麻醉师还是老许。

“你们外科这帮家伙，是把我们麻醉科的人当牲口使呢，从早上到这会儿，都不让人喘口气的……”老许给过药后，站在旁边盯着监视器上的心率等指数嘟囔。

很多人以为，麻醉师像注射室的护士，给手术患者打过麻药针之后就回去睡大觉了，其实他们要全程监控病人的血压、心率等生命体征，才能保证整个手术的平稳进行。若说外科医生以手术刀为农具，在病人身体上精心劳作的话，麻醉师便像个沉默的影子，跟在旁边盯着病人，根据情况小心翼翼地掌控给药剂量。

"行了老许，谁不是像牲口一样活着。这是我今天的第四台手术了……"石碚拿着手术刀在33床做了标记的乳房上试了下，见她毫无反应，明白已经麻醉好了，麻利地切开皮肤，在小张和小李的协助下，游离乳腺皮瓣膜，切除对应的乳房组织，显露腋窝，清除那里的淋巴结……止血缝合。

整个手术过程大概两个多小时，并不长，可由于手术的特殊性，石碚格外尽心费力。

"全身酸痛，下班后我得去按摩一下。"旁边的器械护士转动着肩膀，一阵轴承卡壳的"咔吧咔吧"声传来。

"羡慕嫉妒恨……感觉我的脚后跟都长疔疮了，好想找人舒舒服服地按个摩……"石碚摇晃着生锈般的脖子，长长地叹息。

"我约了理疗科的小苏，下了手术一起去？"护士妹妹发出了邀请。

"无福消受啊，晚上还有个会议。"石碚摇摇头。

所谓的会议，是林书记要石碚为新上岗的医生们讲课。林书记像帛主任一样，也因为荣誉院长一事对他心怀愧疚，想通过这个方式，让他多拿一份讲课费。虽说钱不多，但蚂蚁腿也是肉，对石碚来说是个安慰奖吧。

时光之贼向来是个无情客，一路喜新厌旧，抛却春天，奔向初夏的怀抱。

郑暖夏这天下班后去了嘉禾小区，她想在女儿开学前再见见她。她不确定这次能不能见到箐箐，但馅饼不会从天而降，总得自己创造机会。

自从见过女儿后，郑暖夏虽没有搬进嘉禾住，但隔几天就悄然跑去。怕黄帆起疑心，她借上班期间去卫健委或别的单位办事时，挤出点时间过去。到那里后，她一边像个影子般打理韩家的花花草草，一边打量着对面的郝家，可箐箐却像和她捉迷藏，她去了很多次，女儿只出现过一次。

这天她去报社沟通下个季度的宣传，结束得早，便打车跑到了嘉禾。她站在韩家二楼的落地窗前，借着窗帘的掩护，正给一棵巴西木浇水时，郝家的铁艺大门“吱呀”一声开了，一个身穿格子裙的身影出现了……

进入这个小区后，郑暖夏的每根毛发都武装成了一部军事雷达，即便没看清那个小姑娘的面孔，也知道是自己的女儿。

她扔掉手中的水壶，连蹦带跳地朝楼下奔去。在离一楼地面还有两个台阶时，看到箐箐从报箱里取出报纸往回走了，便有点急了，直接跨向地面，却没能站好，脚一崴坐到了地上。

郑暖夏顾不得脚踝的抗议，像颗炸弹般起来就朝门外跑去……可箐箐已经进了院子，随后进屋关上了门。

郑暖夏的心便被那扇赭红色的门给狠狠地夹住了。她奋力地往里冲着，却再也钻不进去，只能夹在那里，鲜血如注般向外淌。

4

钻心的疼痛袭来，郑暖夏笨拙地拖着受伤的脚踝想回屋里时，汽车发动机低哑的嘶吼声传来，一辆蓝色的宝马车停在黄家门前，黄帆随即下了车。在进大门前，她竟回头望向了这边。

郑暖夏的心骤然猛跳起来，满满的求生欲迫使她迅速躲向旁边的柿树后面。可柿子树太小，她只有平躺下来，用一排低矮的冬青做掩护，才能不被发现……这让她想起自己在剧本中写过的尸体，有点后悔当初把他们写得过于惨态百出，现在遭到了报应。

看来笔和嘴一样，都需要积点德的……郑暖夏胡乱地想着，好分散心中的恐惧。时隔十年，她对黄帆的恐惧依旧梦魇般难以散去！

十多年前，郑暖夏和郝子玉一起制造亲人前，曾问过他：你的兄弟姐妹犯了错，你妈会打你吗？他说不会。她又问：吃饭时你都必须坐桌角吗？他说不是。她继续问：你会捡别人的旧衣服穿吗？他摇摇头。她顶着一双哭红的眼睛盯着郝子玉半天后，鼓足勇气再问，你妈妈对你好吗？他说好。最后她问：那她会对我好吗？他说我喜欢你，我妈肯定也喜欢你。

于是，在一个三伏天的傍晚，郝子玉骑着他的摩托车，载着郑暖夏驶进了怀清县一个家属院的大门。

看清楚门旁悬挂的牌子后，郑暖夏身上的汗瞬间蒸发了不少。虽然第一次走进，但她知道此处是平民百姓的禁地——在那里进进出出的大人个个庄严肃穆，那里面的孩子从幼儿园到高中，极少和郑暖夏这种出身的在一个教室里读书……虽听郝子玉提及过他的家庭，她仍然懊恼没有认真分析研究一下，再决定要不要和他交往。

那是在石碏和郑暖冬突然闹出幺蛾子后，她才慌不择路地将橄榄枝伸向了郝子玉。

那天在郝家，郝子玉的父母端着一脸恰到好处的客气，给郑暖夏端茶拿水果，不疾不徐地问她的家庭情况，脸上的笑容像塑料模具般规整、好看，却没温度。

晚餐也是在彬彬有礼的氛围中进行的。郑暖夏坐的是客座，不是桌角，可一桌子的山珍海味却被她吃成了棉花套子，里面还藏着刺，咳不出来，咽不下去。

走进郝家前，郑暖夏对郝子玉一直是颐指气使的，可那会儿，她和他讲话突然没了底气。最让她苦恼的是，她猜不出他母亲黄帆是不是喜欢自己。

回去的路上，郑暖夏木讷着没有说一句话。郝子玉却要她放心。

几天后，黄帆突然出现在郑家的胡同口。她的脸上仍端着那副恰到好处的客气，说郑家的情况她已经了解了，郝子玉和她不合适，像她这么漂亮的姑娘找个好人家是轻而易举的事……黄帆的眼角眉梢都透着在骡马市场买卖牲口的味儿，只要毛光水净牙齿好，甲相不中，总还有乙嘛。

郑暖夏明明汗流浃背了，却像被人扔进了冰窟窿里，上下牙齿直打架，说不出话来。

黄帆要她好好保重，然后往她手里塞了个厚厚的信封。郑暖夏以为那是郝子玉的分手信，打开才发现是钱。她手指颤抖地检阅着那些百元大钞……彼时她和这个世界已握手二十二年，第一次见到那么多的钱！

郑暖夏像被蛇狠狠地咬了一口，将钱塞回信封，将信封塞还黄帆，说让郝子玉来和我讲就好。

黄帆脸上的客气立马谢了幕，换上冷冰冰的新幕布，转身走了。

那是她和她的第一次交锋。

两人的第二次交锋，是郑暖夏怀着箐箐、大着肚子跑回怀清寻找人间蒸发的郝子玉。她来到郝家，黄帆仍然一脸客气地给她端茶倒水，一脸客气地告诉她，郝子玉出国了，和一个美籍华裔女孩结了婚。

那时，她脸上的塑料笑容变成一块块大石头，劈头盖脸地砸向郑暖夏，郑暖夏吐了口血摇摇晃晃地坐到了地上。幸好石碚陪在身边，连抱带拖将她送进了医院，不然她早就一尸两命气绝身亡了。而黄帆仍堆着那满脸客气，看着他们像两只丧家之犬般逃离。

郑暖夏和黄帆的第三次交锋，是她生下箐箐孩子被抱走后。她找到朱院长的办公室大闹了一通，回去又大病了一场。她想孩子的失踪肯定和郝家有关系，刚能下地便找到了郝家。

她是循着孩子的哭声去的。生病的那么多天里，箐箐的哭声一直萦绕在耳边，就连睡着的时候，都能长了腿脚追进梦里。

那些哭声是一柄柄锋利的刀，将郑暖夏剐得肝肠寸断。

那次黄帆看到她后，之前的客气突然连根铲断了，连推带搡把她往外赶，并叮嘱门卫，再放她进来，就让他卷铺盖滚蛋。

郑暖夏认准的事情是九头牛也拉不回的。但她再次去郝家所在的家属院时却被老虎闸拦了路。自从门卫被警告过后，就开始对她特殊防卫，任她从大哥喊到叔叔，都没有放她进去。

明明天热得划根火柴就能点着了，郑暖夏却将衣服一层一层往身上裹，整个人包成了一只大水桶，又用眉笔在脸上大小不一地点了几颗黑痣，嘴上涂了血红的唇膏，戴上一顶阔檐帽，一瘸一拐地竟顺利通过了老虎闸，来到郝家门前。

黄帆带着保姆推着婴儿车走了出来，发现一个丑得可以吓死亲娘的女人后，怔在那里。

母亲的天性，只一眼，郑暖夏便认出婴儿车里是自己的女儿！她迅捷地抱起孩子，紧紧地嵌在胸前，转身就跑。黄帆反应过来，大喊有人抢孩子，周围顿时多出来很多保安和左邻右舍，拼命朝郑暖夏追过去。

箐箐在怀里撕心裂肺地哭了起来，郑暖夏的心被乱箭射穿了，哆嗦着安抚箐箐——宝贝不哭，我是你妈妈。

可能是母女心意相通吧，奇迹就那样发生了，箐箐竟然不再啼哭，安静地偎在她的怀里。后面的追兵越来越多，郑暖夏奔跑得像只灵巧的羚羊，就在她马上突破最后一道防线时，老虎闸突然关闭，她成了瓮中之鳖。

拿着棍棒的保安和邻居们一步步逼近了郑暖夏。她脚下一滑，朝前摔去……千钧一刻时，她使出神一般的力量，硬生生将背朝下重重地摔在地上。

她的眼前金星闪烁、烟花灿烂，小箐箐却安然无恙地躺在她的腹部“咯咯”地笑着。

保安使劲从她手里夺走了孩子。郑暖夏拼命冲过去想再夺回孩子，却被棍棒和拳脚给拦住了。郑暖夏瑟瑟发抖着，双手仍紧紧抱在胸前，想留住那缕还未散去的奶香味儿，带着对那个不知道是男是女的孩子的惊鸿一瞥昏死过去。

临晕过去前，她听到黄帆客客气气地对保安说：刘师傅，麻烦您把她弄出去吧。

郑暖夏被保安拖出了家属院。那天是石碚把郑暖夏背走的。他背着昏死的她，走过那条幽深宽阔的石板路，走进了医院。

检查后发现她只是皮外伤，并未伤及骨头和内脏，他打车送她回了竹坞。

那次交锋后，黄帆就成了郑暖夏的梦魇，她怕她，可为了箐箐又极度渴望见到她。

和黄帆交锋的记忆中全是伤痕，因此郑暖夏对她的恐惧是刻进骨子里的。待黄帆走进那扇铁艺大门、关上褚红色的屋门后，她才心有余悸地从地上爬起来，一瘸一拐地回到韩家的屋子里。

她站在窗前打量对面，几分钟后，一辆浅绿色的电瓶车停在了郝家的门前，一个女人从上面下来摁响了郝家的门铃。

郑暖夏总感觉她有点熟悉，却想不起来在哪里见过，便羚羊般跳到三楼，站在望远镜前，可郝家厚厚的窗帘将视线拦截了。

大概二十分钟后，黄帆送那女人走了出来。郑暖夏调转镜头，对准了她的脸——最先映入眼帘的是嘴角那颗痣！埋藏在灵魂深处的导火索被点燃了，她正是那个曾经给自己接生的妇产科大夫！

郑暖夏再次冲下楼，站在一楼的门前，透过落地的玻璃窗盯着黄帆进院子后，箭一般将自己射了出去，拔腿就朝那辆浅绿色的电瓶车追去……可两条腿怎么也跑不过电机运转的速度，心脏和胃仿佛在比赛谁抽得更厉害，最终她气喘吁吁地跌坐在小区内的喷泉旁，眼睁睁地看着那个身影越跑越远……

5

一天几台手术虽然很累，石硞下手术还是好好地洗了头冲了澡。作为强迫症患者，他不想以蓬头垢面的形象出现在大家面前。

走出手术室后，石硞到食堂简单吃了点，便匆匆走进了会议室。今年新招聘的员工加上实习生，三十多个年轻人已经坐在那里，准备聆听他的传道授业。

石硞站到讲台上，清清嗓子，试图讲出点什么时，发现脑子像台卡壳的机器，无法运转了。此刻他的感觉只有一个字——累！外科医生不仅要让病人和家属满意，同时各项指标还要让领导称心，这两点想完全做到，就只能无限压榨和透支自己……可他不能将真实感受传递给大家，怕吓到这帮踌躇满志的年轻人。

石磊清清嗓子说："不知道大家听说过外科专业的鄙视链没有？"

大家一脸蒙地看着他。

他笑笑，接着说："就是搞颅脑的看不起搞心胸的，搞心胸的看不起搞普外的，搞普外和肝胆的又看不起搞胃肠的，搞胃肠的还看不起搞甲乳的，搞甲乳的又看不起搞骨科的……"

人群中发出一阵笑声，他们或多或少都听说过这根隐形的鄙视链。气氛顿时活跃起来，石磊卡壳的大脑也顺畅了，继续说道："从某种意义上讲，这反映了外科医生对高级别、高难度、高风险手术的推崇。但随着医疗技术的进步和治疗观念的更新，这种观点已有点过时了，因为在内窥镜时代，大手术可能用小切口，甚至不需什么切口就可以进行，手术的大小与切口的尺度无关……"

他的思路像被无形的刷子刷去了封尘，浮雕般的内核清晰起来，开始侃侃而谈。

那些刚成为医生，或准备成为医生的年轻人不时发出一阵阵热烈的掌声。

刘杰斌站在会议室外，神情格外复杂。都说文无第一，武无第二，他感觉无论是讲课还是拎刀子做手术，自己都不输于石磊，但此刻站在讲台上的是他，而非自己。

好为人师是大多数人的特质。刘杰斌认为除了招蜂引蝶的皮囊外，石磊哪个方面都不比自己强。

他在内心骂了一句，将手中那根没有点燃的烟狠狠地揉成一团，扔在了地上，拿脚使劲搓着，直到它被五马分尸后才转身离去，仿佛那是石磊。

石磊这晚走进家门时，看到郑暖夏抱着腿怔怔地坐在那里发呆。

"怎么了？"他吓了一跳，知道她有事。

"哦，没事。网上促销搞活动，我买的几包纸尿裤到了，送了过来，"她指指主卧，"放到柜子里了。给她喂过饭了，你回来了我就走了。"

她起身准备走人。

“到底怎么了？”石硞的眉头拧成了细小的黑麻花。

“我，准备买辆二手的新能源车，回头你有空的话，带我遛遛车。”怕他担心，不敢告诉他自己跑去嘉禾的事。

“哦，你住的地方离医院远，是该有个代步工具。钱不够的话，我这里有。”前几天老爸不由分说给他转了五万块钱。

石家爸爸手头并不宽裕，不过是将老家的几间房子出租给一个开民宿的人，收了点小租金。他怕儿子不收，所以直接转到了他账户里。

“叔叔还好吗？”郑暖夏的鼻子一阵酸楚。

“嗯，前两天和我视频时还问你了。”

“他知道我回来了？”郑暖夏心头一热。那个把自己当亲生女儿疼的石家爸爸，一心想让她做他的儿媳妇，自己却背叛了他。

“嗯。他说你刚回来，用钱的地方多，需要的话就拿去用。”

“不用了，那车是梁小蔻淘汰下来的。她非要我直接开走，但我还是想打点钱给她，把车过户到自己名下更合适，这样万一肇事了不会牵连她。她答应就收一万元，要是多给的话就不给我用了。”郑暖夏解释。

石硞点点头。

“那我走了……”郑暖夏惆怅万千地朝外走去。

“有点晚了，我送你吧。”他拿起桌子上的车钥匙。

“不用了，周主任说一会儿过来接我。”她朝他露出一个比哭还难看的笑，不敢看他的表情，出了门。

石硞被一颗生锈的钉子死死地钉在那里，无法动弹。

郑暖夏走出楼道，一阵疾风吹来，她被打了个措手不及，双手抱臂才站稳了，大步朝外走去。

不管将来会走向何方，她都不会再退缩。

走出小区，老周的那辆黑色奥迪果然停在那里。她拉开门上了车。现在能帮她和石碏的，可能只有眼前这个男人了。

“你真的考虑好了？”老周操纵着车无声地向前驶去。

“嗯。如果你害怕的话可以撤退，我不怪你。”郑暖夏点点头。她想在头上插根稻草，可也得有愿意买她的恩客。

“我一个赤条条来去无牵挂的人，怕什么？”他安抚地拍拍她的手背。

老周没有说谎。他唯一的女儿在国外，而他和那个相看两相厌的人早已放飞了对方。

“那就好。”

“明天我把李院长叫去问问。”

“嗯，但愿石碏可以成为竹坞的荣誉院长。”她的左手手心反转向上，握住了他的右手。

她在黑暗中独自摸索太久，被欺辱过，被殴打过，踩到过狗屎，被唾沫星子淹过，渴望生命中出现一根擦燃的火柴，点起蜡烛，帮她将黑暗逼退回角落。

第二天上班，石碏正要查房时，被常主任叫到了办公室。

“昨晚的课讲得不错嘛。”常主任笑眯眯地夸奖。

“您去看了？”石碏有点惊愕。

“哪里，咱科室实习的那俩孩子把视频发抖音上了，我无意间刷到的。讲得很好，值得推广，让更多初入门槛的年轻人学习。”

“主任过奖了。”石碏有点不好意思起来。

“不要谦虚嘛。石大夫，我为前几天的赌气行为向你道歉。人老了，就会倚老卖老耍点脾气，别在意啊。”

常主任没有讲他所谓的“赌气行为”是什么行为，石碏当然更不能说“没关系”三个字，但他知道常主任后面肯定还有话。

果然，两人心照不宣打了两句哑谜后，常主任说：“是这样的，咱们医院响应卫健委‘乡村振兴医疗下乡’的号召，决定派出专家团队支农，下沉到基层医院，我们普外三要出一个人，放眼全科室，你的技术最硬，因此决定让你去。”

常主任将底牌亮了出来。

石碏心里咯噔一下，问：“主任，下乡需要多长时间啊？”

“分批次，每次一周吧。”

“您知道的，我家里有病人……”

常主任却避而不谈这个，说：“之前你做得一直很好嘛，连着十来台手术都不叫苦不喊累的，下乡就需要你这样的青年人才。”

还没等石碏回复，常主任便拿起手机，把一份表格发给了他。

“《城乡医院对口支持帮扶项目表》发给你了，我们科室的帮扶对象是文武县的大风乡。你没能去竹坞做荣誉院长，到大风一样可以为人民服务嘛。”

“竹坞的荣誉院长？”石碏惊愕地问。

常主任意识到这件事情他并不知道，心里也挺惊讶的，却装作没听到，端起杯子喝水，一副端茶送客的样子。

石碏知道自己再说下去也无益，便出去了。

他刚走，刘杰斌就闪身进入。

“主任，昨晚我发给您的视频看了吧？石碏昨天那课讲得意气风发啊……还有，我听说他所谓的让 33 床出院，竟然是转到了胸外科……”

常主任打断了他：“格局大一些，石碏这也是为病人着想。”

“话虽这样说，可是，可是，大家要是知道他把咱普外三的病人转到胸外科去做手术，那以后……”

“没事的。明天他就下乡支农了，有这样高风亮节的人才，是我们普外三的福气。”常主任的手指轻轻地叩击着桌面，一脸的风轻云淡。

刘杰斌脸上的义愤填膺瞬间变成了惊讶，接着是阳光灿烂。竖着大拇指拍马屁：“主任就是主任，高！他下乡了，就没办法再管病房里的事情了。就算他有通天本领，也无了用武之地。对了主任，他下乡多长时间啊？”

“一周。”

刘杰斌脸上的笑容又被这个消息收割得一干二净了。

“那一周后他还是要回来的啊……”

“大风乡一周，还有别的乡镇啊。呵呵，怀清虽然不大，但把基层医院都走一遭，也够一段时间了。”

刘杰斌的眼睛再度亮了起来，仿佛被塞进去两枚小小的聚光灯：“高，实在是高！”

他左右两只手的大拇指都竖了起来，恨不得生有三只手，那就会多一根拍马屁的大拇指。

第十四章 | 如果奔跑是我的使命

1

“趁着这段时间，赶紧把那些高值药和耗材的使用情况处理干净了。”常主任说完这句，从衣架上取下白大褂穿上，拎着听诊器去了病房。

魏局出院了，另有新贵住了进来，他要好生伺候着。

刘杰斌跟了出去，但没有去新贵的病房，直奔办公室。

他走进去时，石硞刚给小张和小李交代完事情，叮嘱要时刻注意纤纤的情况，小姑娘目前恢复良好，但还有待进一步的观察，化疗副作用大，不到万不得已尽量不要做。

小张和小李看到刘杰斌后，说了声“刘副主任好”，转身离去了。

虽然他们态度谦恭，刘杰斌却被那个“副”折磨得生疼。

石硞不拿正眼看他，自顾自忙着，把刚入院的两个病人的检查都开了，然后开始写手术记录、处理医嘱……

刘杰斌像一个会呼吸的烛台，直直地站在那里，想问什么，又没法子开口。良久后，他颓然走到对面，在自己的位置上坐了下来。

荣升副主任几个月了，他还在大办公室办公。这是普外三的传统，除科室主任外，其他人是没有独立办公室的。

这天是郑暖夏难得不那么忙碌的一天。她坐在自己的格子间里，端着一杯浓浓的黑咖啡，微闭着眼睛，任那股袅袅的香气包围着，缓缓地喝上一口，苦涩的丝滑顺着喉咙向下，被身子淹没。

窗外，太阳正慢吞吞地往上攀爬。风吹着窗外的一串铜风铃，抱怨似的撞击着窗棂。

郑暖夏在等老周的消息。他昨晚说今天一上班就找李院长过去谈谈，还答应帮她在全卫生系统寻找那个嘴角上有痣的女人。

两杯咖啡下肚后，微信响了。她打量了一眼，是老周发来的——找个地方通个电话。

郑暖夏放下咖啡，导弹般弹射起来，出了办公室，跑到走廊拐弯处，拨通了老周的电话。

“喂……”她的声音怯怯的，隐含着希望之光。

“是这样的，刚才我借聊工作把你们李院长喊到了办公室，问了竹坞想聘请荣誉院长的事，他说他们很希望石碏去，可是他已经报名去大风支农了，还当场把名单发了过来，说是他主动要求的……”老周的声音里满满的疑惑。

“不可能！”郑暖夏叫了起来，意识到不妥，赶紧又压低了声音，“您听我说，这事不可能。他要是下乡了，郑暖冬怎么办？”她有种想哭的冲动。

“我刚才又给林书记打电话了，说那事是李院长办的。而李院长是魏副市长的人，既然李院长说石碏是主动要求下乡的，不管真假，我都不能再干预了，不然吃亏的还是石碏。”

郑暖夏知道老周的话是对的，可她一时还是有些难以接受。若郑暖冬好好的，就算他们让石碏随火箭去外太空工作，她除了担心他的安危外，不会有别的想法。

她感觉有液体从眼睛里涌了出来，可什么也不能说。

“你也别难受了，毕竟你回来了，就算石碏下乡了，你还可以去照顾你妹妹嘛。”老周察觉到她的异样，安慰着。

“嗯。”她应了一声，准备挂断时，他又补充道：“对了，我问了下面的人，说市妇幼有个刚办过退休手续的女大夫脸上好像有痣。”

郑暖夏的身子像过电般抖了一下：“她叫什么名字？”

“尤玲。”

挂断电话后，郑暖夏想了下，朝住院部走去。她等不到下班了，必须要找到石硞问明情况。

她走进办公室的时候，刘杰斌仍盯着石硞，一副欲言又止的模样。

“那个，石大夫，家里有什么需要帮忙的尽管说，我一定会帮忙的。”他这话说得很困难。

“谢了。”石硞仍飞快地敲打键盘，写着病例。

“那个，暖……冬最近还好吗？”他再也忍不住了，胸膛深处掩藏的火山开始爆发，炙热的岩浆喷涌而出。

石硞抬眼看看他，不知道他想表达什么，没有回答。

“暖冬最近挺好的。刘主任这么关心我妹妹，谢谢啊。”郑暖夏觉察出刘杰斌的异样，走了进来。

都说女人的第六感觉很厉害，刘杰斌像偷采隔壁花朵被抓到的孩子，有点尴尬和手足无措。

“应，应该的。石硞可是我师弟。”他挠着头说。

“听说你主动报名下乡了？”郑暖夏问石硞。

“嗯。”石硞点头承认。不主动能如何？还不如大度承认自己主动呢，虽然他是“被主动的”。

郑暖夏的声音陡然跨越了几个八度，高声道：“你的责任心呢？郑暖冬怎么办？你家里还有一个病人需要照顾呢！不行，我去医务科找王科长……”

她脖子上的青筋蚯蚓一样愤怒地弯曲着。

石碚仿佛第一次见识郑暖夏发飙，吓得的鼠标“啪”的一下子掉到了地上。

刘杰斌也有些傻了。在他印象中，她应该是个温和的人。

“别，别去，这事，这事……”石碚像吃了磕巴药，结结巴巴的。

“怎么，有什么不可告人的吗？”她像被泼辣鬼附体了，“啪”地拍了下桌子。

“哪，哪有……”石碚像受气的小媳妇，低垂着头不敢看她。

“石碚啊石碚，我听说你原来不值夜班的，突然间开始值夜班了，现在又主动申请去支农……你都是正高了，还要和别人抢机会，不觉得害臊吗？能不能把评优、评先的机会让给后辈？依我看，你这么干就是为了躲避郑暖冬。你是不是嫌弃她了，想当陈世美呢？”郑暖夏拿出写台词的功力，咄咄逼人地盯着石碚。

她的声音很低，杀伤力却很强。

办公室门口不知何时围了群看热闹的人，肖小艳、小张、小李等都在其中。

常主任不知什么也过来了，郑暖夏的话让他脸上一阵青一阵红，抬腿想进去劝两句时，她接下来的话却让他打住了。

“石碚，你这是欺负我们郑家没人啊。我最恨的就是忘恩负义之徒！告诉你，我郑暖夏从不惹事，但也不怕事！谁要想找事，尽管放马过来吧！”

这句话像是对石碚说的，又像含沙射影骂他人……常主任心中五味杂陈，扭头走了。

2

郑暖夏冷彻入骨的语调将石碚杀得节节败退，他像是犯了什么滔天大罪，头低得不能再低，恨不得钻到桌子下面去。

肖小艳从没见石碚这样子过，怒火直逼脑门，冲了进去：“这里是普外科，不是院办，请你先离开吧。”

肖小艳气冲冲地站到郑暖夏身边后，竟被她高挑的个头、优雅冰冷的神情压得喘不过气来，铆足火力的她，最终只能说出来这几个字。

"好，我这就去找王科长。王科长要是协调不成，我就去找李院长和林书记。"郑暖夏长长地吁口气，在内心感谢了肖小艳后，踩着半高跟的鞋子，咯噔咯噔出去了。

幸亏肖小艳出面了，不然她还不知道得嚷嚷到什么时候才能刹车。

"哎，别呀，别去……"石碚唯唯诺诺地站起来，追了上去。

"别管她，爱找谁找谁，整个一泼妇骂街！"肖小艳想拉住石碚，他却像条鱼般滑过她的手，追着郑暖夏大步朝前。

石碚亦步亦趋地跟着郑暖夏走出普外三，进入电梯，摁下顶层的键，来到了楼顶。

"噗，哈哈哈哈哈……"刚走出顶楼平台的小门，郑暖夏就实在忍不住了，大声笑了起来。石碚跟着她也笑了。

从小到大，为了应付邓梅，两人配合着唱红脸和白脸早就如同呼吸、喝水、吃饭一样娴熟了。郑暖夏刚张嘴发飙，石碚便明白了她的意图，配合她唱起了双簧。

郑暖夏的话可谓句句带刺，扎得一些人的心里很不舒服。按传统思想，"打掉牙和着血往肚里咽，忍常人所不能忍"才是正确选择，但当两人中的任何一个被欺负了，另一个铁定会出拳，打得过就将对方打得满地找牙；打不过，也要揪下来对方几根头发，不会让他（她）任人宰割。

两人对视一眼大笑起来。可笑着笑着，却又都沉默下来。

"竹坞那事我知道了……谢谢你。"石碚轻声说。

"没告诉你是因为……"郑暖夏说到这里戛然而止了，她根本不用解释，他明白她的意思的。

"箭在弦上，我也只能先下乡去。没特殊情况的话，每天晚上应该可以回来。"

"可这样你在科室就被边缘化了……"郑暖夏有些愤愤不平。

“没事的，大风那边有我的老病人，他们也都希望我过去。”

“你，真的不考虑去老刘那里吗？”郑暖夏迟疑了一下问。

“他又让你当说客了？”

“嗯，如果你想去，郑暖冬我来照顾。”石碏翱翔蓝天的翅膀是被她们姐妹剪掉的，她想努力帮他补回来。

石碏却沉默了，眼睛越过她的肩头看向远方，然后又收回视线看向了她。那是他见过的最深邃的峡谷。

郑暖夏迅速撇过了脸，在两个人的视野中打了一堵墙，最少是建了一圈栅栏。

石碏的手机响了。他举起来将屏幕对着她晃了晃。

“说曹操曹操到，老刘……”

老刘打的是视频电话。接通后，他的大嗓门就传了过来：“兄弟，这是我们刚成立的乳腺病治疗中心，这里的实验室可以供你做任何想做的实验……来，师兄我免费带你参观一下……”

通过晃动的镜头，一个个宽敞的房间，一台台先进的设备和精密的仪器出现在眼前……石碏的喉结不由自主地吞咽了几下，显示出羡慕之情。

他的细微动作被老刘收入眼中：“兄弟，还等什么，来吧……”

郑暖夏的神经像被拉直的橡皮筋，紧张地看看镜头，又看看石碏。

来找石碏前，她给老刘打了电话，告诉他现在是劝说石碏去他那里的最佳时机，才有了这通电话。她知道，怕虫子、怕一切冷血动物的石碏，之所以考医学院，是因为他母亲的病。

石碏的妈妈患乳腺癌离世后，他就产生了挽救更多生命的念头，尤其是那些患乳腺癌的女性，她们让他想起了母亲生前的无助……正是这些，促使胆小如鼠的他拿起了锋利的手术刀。

郑暖夏至今还记得他在医学院第一次解剖小兔子的情形。那天下课后他跑到学校找她，眼睛红红的。她问他发生什么事情了，他摇摇头表示没有，却在和她去食堂吃饭时，隔着玻璃看到红烧兔头后“哇哇哇”地吐了起来。

后来他竟然克服了所有困难，将外科进行到底。虽然他依然怕虫子，怕一切冷血动物，但可以指着一盘烧大肠说这肠子很健康，一边说他们刚解剖了癌症患者的肠子，比这个难看多了，一边面不改色地大快朵颐。

怀清是个小城，提供给石碚的舞台太小。而且他在这里生活得并不开心，何况成为一名乳腺外科专家一直是他的心愿。

“好风凭借力，送我上青云”，若有机会，郑暖夏会不顾一切做那股送石碚上青云的好风。

“石头，哥问你呢，什么时候来，哥用鲜花、豪车、大房子迎接你。”老刘见石碚一副垂涎三尺的模样，乘胜追击。

石碚使劲儿吞咽了一下口水，回答：“二师兄你有点不厚道啊，知道我没办法去，还这样引诱我。不和你多说了，我一会儿还得去趟实验室呢……”

他说着就想挂断电话，被老刘阻止了：“哎哎哎，石头你先别挂，是不是偷偷在做什么新课题，不让师兄知道？”

“没没没，就是带了几个年轻医生，给他们讲一些小常识。”石碚果断地挂断了电话。

其实老刘猜中了，他正在进行一项课题研究。现在的胰十二指肠切除术的吻合难度较大，容易出现吻合空漏和狭窄，为解决这个难题，他一直在尝试和实践一项新的吻合术，目前尚未成功，不想过多宣扬。

郑暖夏拿眼神质问他为什么不去老刘那里，却读到他的平静祥和。

“遭遇这么多不公平对待，真的不觉得委屈吗？”她有些疑惑地问。

莫听穿林打叶声，何妨吟啸且徐行。竹杖芒鞋轻胜马，谁怕？一蓑烟雨任平生。

他用苏轼的《定风波》来回答。

她沉默了下，被他的情绪感染了，接着吟诵：

料峭春风吹酒醒，微冷，山头斜照却相迎。回首向来萧瑟处，归去，也无风雨也无晴。

《定风波》是苏轼蒙受冤屈，遭遇一百多天的牢狱之灾，又被贬到黄州后所作，和石碏此时此刻的境遇有点像。

《定风波》也是郑暖夏的最爱。她和石碏一起吟诵《定风波》可追溯到大学时期。那时，郑暖夏所在的语言文学系要成立文学社，社长一职成了一些人争夺的蛋糕。彼时郑暖夏写作只是为赚钱，根本无心于社长竞选，怎奈班长青睐她，非要让她参选，志在必得的同班同学小U便视她为眼中钉肉中刺。

郑暖夏之前曾被小U陷害过无数次，想割地求和平，主动表示自己挂个副的虚职就好，社长的王冠归于小U。

小U欣欣然接受了。

令郑暖夏大跌眼镜的是，在文学社的成立大会上，小U不仅没有给郑暖夏设座牌，宣读副社长简介时故意隐去她广为人知的笔名，改用真名，众多作品也被阉割了一空。小U在介绍自己时，连写的朋友圈都算成了作品，并宣布身兼社长和秘书长两职。她嘴上说要大家举手表决，可没等到大家举手就宣布自己全票当选了。

会后聚餐时，郑暖夏为赶稿子不想去了。小U怕班长责难，死拉活拽把她请了去，却又将她从主桌上撵了下去。因为某杂志社的编辑要去，小U怕编辑成为郑暖夏的资源……

自己走是一回事，被人撵是另一回事。一向与人无争、与世无争的郑暖夏像吞了只苍蝇般恶心，感觉受了羞辱。

石碏知道郑暖夏受了委屈，连着两天都陪在她身边。

她却淡淡地吟诵了这首《定风波》，尔后说："仇已报，恨已雪。"

他问："为什么？"

她说："狗咬了人，人总不能再咬回去吧？因为人就是人，有善良背书，有理智束缚，有道德托底。因此狗只能是狗，做不了人。对于咬人滋事的狗，人要做好防护，除了打狂犬疫苗，还要把自己武装到牙齿，提防下一次被狗咬。"

十多年过去了，她当时的样子依旧镂刻在他的脑海里，尤其念那句“竹杖芒鞋轻胜马，谁怕？一蓑烟雨任平生”时，咬字格外清晰有力，美极了。那是天使的模样，于是他跟着她也背会了《定风波》。

3

如今石碏受了委屈，郑暖夏陪着他重温了这首《定风波》。

“暖夏，谢谢你。”他说。

“你放心下乡吧，我会照顾郑暖冬的。”她说。

石碏闷在胸口的那口气儿顺畅了许多，从天台下来后他就回了科室，想把一些工作交代给小张和小李后再离开。

可刚到科室门口，老高的电话打了进来。

“石大夫，我姐，我姐病了，肚子疼，疼得死去活来的……”老高的声音都是颤抖的。

“人现在在哪？”石碏一惊。因家族性结肠息肉的基因，他们整个家族已经有三四个成员查出来结肠癌了，都是他做的手术，他怕高氏家族癌变的人中再增添新成员。

“去医院的路上呢，我和她不在一起，她和我外甥去市里办事，突然发作了，我让他们赶紧往你那里去。”

大概半个小时后，老高的姐姐在儿子的陪伴下，来到了中心医院。

“疼死我了……”她呻吟着，开始呕吐。

“来，我看看。”石碏要她平躺下来检查。

“这里疼吗？”他敲击着，并按压着她的上腹部问。

“疼，疼，疼……”她呻吟着。

“怎么个疼法？”

“胀疼，恶心，一跳一跳的。”

“医生，我妈不会和我舅舅一样吧……”她儿子在一旁急得要死。

“瞎说，我，我为了不犯病整天烧香拜佛，把咱怀清所有的庙都拜了个遍……还从庙里的老神仙那里求了药……一天喝三回……”老高的姐姐断断续续地驳斥着儿子。

石硞的眉头皱了起来：“神仙给你开的什么药？”

“什么药啊，就是香灰。我不让她喝，她非要喝！我看就是那些香灰闹的！”老高的外甥气呼呼地说。

“呸……呸……别，瞎说……”疼痛加剧了，老高的姐姐怕儿子冒犯了神仙，斥责他。

石硞已有了判断，迅速开单子，要那小伙子带妈妈先去做个拍片检查。

在他们做检查时，他打电话给小张和小李，要他们一起上手术。小张在另一台手术上，他只好叮嘱小李喊两个实习生做准备。突然上腹部疼痛、腹肌紧张、压痛、反跳痛明显……根据临床症状，应该是消化道穿孔。

果然如石硞判断的，CT 检查显示腹腔有积液，膈下有游离气体，诊断是消化道穿孔，需要马上手术。

待那娘俩办好手续后，石硞起身准备去手术室时，对面的刘杰斌突然开了口：“需要的话，我也上吧。”

石硞说了声“好”，脚下生风地走了。

刘杰斌认为，以石硞的智商，早已猜出很多事情和自己有关——比如闹得沸沸扬扬的“飞刀事件”，比如这个科室副主任，他明知道自己做了小人却没有任何反应。

石硞不和他计较，是一种赤裸裸的“傲骄和轻蔑”，这让他产生过诸多恨意。现在他这么痛快地答应自己一起上手术，又让刘杰斌有种被认可的窃喜。

他胡思乱想了几秒钟后，连忙起身跟了出去。

老高姐姐的病因很简单——长期喝“神仙水”引起的胃穿孔。但肚子切开后，胃液和渗出液、食物残渣，臭烘烘的流得满肚子都是，必须清洗干净才能找到穿孔的地方……这对于有洁癖的石碚来说，绝对是个挑战性的难题。

他却很认真地清洗着，仿佛面对的只是普通泥浆，没一点嫌弃。刘杰斌不由心生感叹：每个发光人物的背后，都有能忍常人所不能忍的坚韧。于是开始认真配合他，一起清理病人肚子里的秽物。

将那些臭烘烘的东西清理干净后，在胃和十二指肠的球部发现一个 1~2 厘米的穿孔。石碚和刘杰斌、小李分工合作，止血，小心缝合修补，清洗腹腔，然后在穿孔处放入腹腔引流管……

结束后，刘杰斌跟在石碚身后走了出来。行走在空荡荡的走廊里，他觉得一些话盘踞在胸膛里，压迫着肺叶，挤出里面的空气，“嗖嗖”地形成了冷风。

“石头，你下乡后，如果家里需要就喊我。包括照顾暖冬，当然我不会一个人去的，会带上我妈一起。”快走到走廊尽头时，刘杰斌终于开了口，还很自然地喊了石碚的昵称。

“谢谢，不用，暖夏在呢。”石碚扭过头冲他淡然笑了下。

石碚回到科室，给小李和护士长肖小艳交代了几个病人的情况后，收拾些东西便离开了科室。刘杰斌、肖小艳、钱护士等人目送着他的背影，突然有种“风萧萧兮易水寒，壮士一去兮不复还”的感觉。

他仿佛没有觉察到背上汇聚的目光，自顾自走了，没有回头。

这天晚上，药商张总做东，请常主任和刘杰斌吃饭。

刘杰斌开车载着常主任，路上有一搭没一搭地聊着。

“今天石碚那个手术怎么样？”常主任的眼睛看着窗外问。

“是石碚的老病号介绍的，担心家族性肠息肉转变成癌症，长期烧香拜佛喝香灰，结果却胃穿孔了……小张在别的手术上，见他没人可用，我就上了。”刘杰斌不由将方向盘抓得更紧了，他没想到常主任连这么小的事情都关注到了，连忙把前因后果讲了个清楚。

“哦……”常主任的手指有节奏地敲打着窗户的边缘，表情不嗔不喜，让人捉摸不透。

刘杰斌用眼角的余光悄悄打量着他。

“这种人我们老家很多，明明是身体生了病，却要四处向神仙问命运，在神仙的指点下吃了所谓的仙药后，能自愈的，便归功于神仙；治不好的，就说成实症，必须到医院，由我们来背书。愚昧，无知，自作聪明，以为向神仙求救，神仙就能保他的命啊？”

常主任的声音轻飘飘的，刘杰斌却听得心惊肉跳，总觉得他的话里刀锋霍霍，不由将脖子往衣服里面缩了缩。

“是，太愚昧，太无知了。”他顺着常主任的话茬，脸不时向右微微偏一下，观察常主任。

“有什么事情吗？”常主任注意到了他的反常。

“主任，那个 15 床，就是原来石磊怀疑是回盲部肿瘤的小姑娘，后来我们不是按阑尾炎做的吗，她出院后情况好像不太好，昨天她妈妈给我打电话了……”刘杰斌嗫嚅着。

“哦，那不是你从石磊手上抢走的病人吗？你们两个商量一下看怎么办，建议她们去省里治也行。”常主任的眉头皱在了一起。

刘杰斌心中“咯噔”了一下。自己明明是给常主任背锅，他却把自己择得干干净净了。

这晚的饭局很小，除了张总和二宝外，就是常主任和刘杰斌。期间，张总巧舌如簧，刘杰斌却没怎么说话，只是苦大仇深地和一堆食物鏖战。

“常主任，耗材和药品的事情现在什么情况？”服务员将菜端上来后，张总殷勤地将辽参往常主任面前的小碟子里放。

“呀，味道不错。”常主任毫不客气地吃着，没接话。

明面上看，保尔公司的股东只有张总和二宝，常主任和刘杰斌却占着50%的暗股。其中常主任占了30%，但他却想做影子股东，连刘杰斌都不让知道。

张总心里暗骂了句老狐狸后，便看向了刘杰斌：“刘主任，石碚还在查吗？”

刘杰斌摇摇头：“常主任高瞻远瞩，让他送医疗下乡，支持乡村建设去了。”

“这话说得有问题，我那是好钢用在刀刃上。石大夫可是我们普外三实力最强的年轻医生，我是响应市卫健委的号召，按照中心医院的安排，忍痛割爱让石碚到更广阔的天地去的。”常主任义正词严地驳斥。

“对对对，常主任站位就是高。”张总连连附和。听闻石碚那个大麻烦解决了，他心情开挂般飘了起来。

刘杰斌和二宝也连连点头、

“老娘现在怎么样了？”刘杰斌问二宝。

“哦，年纪大了，回去后还是不太好，我姐想让她再去你们那里住几天，可老太太死活不愿意，正僵着呢。”二宝摇摇头。

“回头我过去看看……”

这顿饭刘杰斌虽吃得满嘴流油，却像塞了一肚子橡皮，难以消化。

结束回家时，他再次来到石碚家楼下，点燃一支烟，望着那扇亮着灯的窗户发呆。

窗内，石碚正指导郑暖夏如何给郑暖冬按摩。

他下乡后没特殊情况晚上可以回来的，但郑暖夏还是要他教她这些。随着时间的推移，她发现自己对郑暖冬的恨意在一点点减退——这个静静地躺在床上的郑暖冬，比原来穷尽一切办法欺负她的郑暖冬可爱多了……这可能就是血缘的奇妙之处吧，可以化解原本以为不能化解的东西。

4

“石头，我有种感觉，她似乎在清醒……”郑暖夏揉捏着郑暖冬的腿，看向正按摩胳膊的石碚说，“有时候我觉得她在对我笑。”虽然是冷笑，她心里补充。

石碚看向郑暖冬的脸，还是那样地不嗔不怒，平静如镜，哪来的笑容？就算她脸上真的浮现出笑容，也不能证明在苏醒，因为植物人偶尔出现的类似笑容的表情，是无意识的……但他不想打击郑暖夏，便忍着没说。

石碚笑着说：“但愿吧。郑暖冬但凡有点良心也该醒了，不枉我们这样照顾她。”

“应该是不枉你照顾她这么多年。”她说。

“呃，谁让她是……你妹妹嘛。”石碚故作轻松地说。

郑暖夏沉默不再说话。曾经有过多少次，她替郑暖冬背锅被石碚埋怨后，总是用“她是我妹妹”来辩解……谁料这句话却成了加诸石碚头上的紧箍咒。

“对不起啊石头……原来我以为，逃跑是解决一切麻烦的法宝，后来却发现，麻烦还在原地，而自己逃掉却伤害了……那些很重要的人。”

石碚知道她说的“很重要的人”就是自己，眼圈微微泛红，但他不敢过多期望，因为没有期望就不会有失望。

“那个刘杰斌，之前就认识郑暖冬吗？”郑暖夏似乎想起了什么。

“嗯。”

“怪不得……”她突然停了下来，神情有些怪异。

“他是不是……骚扰你了？”石碚脸上的表情风云突变，“哼，就知道他加你微信没安好心，看我怎么收拾他！”

他倏地放开郑暖冬，转身就朝外走。

郑暖夏连追几步拉住他：“怎么听风就是雨，听我说完嘛。”

石碚这才停了下来。

“我们第一次见面是医院大门口，他看到我时很是吃惊，连喊了几声‘暖冬’。我当时急着打卡，没理会他直接跑了。但他看我的眼神，好像不是在看我，像是看一个认识很久的人……还有，当时他眼圈都红了……”

抓狂的石碚突然冷静下来，继续给郑暖冬按摩，还给郑暖夏示范：“肢体和躯干都要按摩，手法最好是揉和捏，不要搓，长期卧床循环不好，容易搓破皮肤……”

“你是不是有什么事情瞒着我？”她狐疑地问。

石碚继续着手上的动作，没有回答。

“你倒是说话啊——”她有点急了，过来推了他一下。

石碚想了下，将郑暖冬原来到医院找他时刘杰斌喜欢陪她，她出事后，他时不时就问自己家里需不需要帮忙，不止一次看到他在楼下朝自家张望的事情说了出来。

“哦……”郑暖夏这个“哦”字拖得很长，像无限不循环的一组数据。她本想说“他是不是对郑暖冬有什么非分之想”的，可此情此景，她什么也不能说。

石碚的电话响了，是小张，要他去小区门口拿点药。

小张老家是大风的，他知道石碚明天要去大风，便给他常年生病的婶子买了点药要他带过去，可门岗却不放他进来，只好打电话要石碚下去拿。

石碚出去后，郑暖夏继续给郑暖冬按摩。她按着按着停了下来，恶作剧地捏了下她的鼻子，深深地叹息：“郑暖冬啊郑暖冬，我该拿你怎么办？你看上去像个天使，怎么尽做些恶魔般的事情。当得知你所谓的石碚非礼你是你一手缔造的后，你就拿箐箐威胁我，让我远离他。可你知不知道，爱情不是礼物，转赠了也不一定幸福……再说你不是没人喜欢啊，那个刘杰斌就挺喜欢你的。我觉得你不是爱石碚，而是喜欢抢走属于我的东西……唉，你呀你呀，用自私自利制造了我们三个人的悲剧人生……”

提及那段撕心裂肺的往事，郑暖夏的愤怒按捺不住地往外涌，不由又使劲捏了一下郑暖冬吹弹可破的脸蛋。她松开后怔住了——她看到郑暖冬细细的眉毛拧了下，那是她发飙前的标志性动作。

郑暖夏以为眼花了，使劲揉了揉眼睛再看，发现果然是眼花了——郑暖冬仍然静静地躺着，细细的眉毛像两弯黛色的弯月，没任何变化。

“怎么了？”石碚的声音突然响起。

郑暖夏吓了一跳，她根本没有听到开门、关门和他的脚步声。

“你什么时候进来的？”

“刚进来。”

其实他准备进电梯时，小张从里面走了出来。和门卫费了一番口舌后，还是放他进来了。

石碚接过药打发小张走后就回屋了。只是郑暖夏沉浸于和郑暖冬的情景剧中，一切响动都成了静音。

“真的刚进来？”她似乎不相信。

“嗯。”他冲她晃晃手中的药。

郑暖夏这才松了口气：“我刚才好像看到郑暖冬皱眉了，再看却没有了，应该是我眼花了。她要真能皱眉多好啊，哪怕她跳起来和我打一架呢……”

郑暖夏给郑暖冬盖好被子，颓然坐下，暗自庆幸他并没有听到自己的话。

石碚点点头，返身将药放到客厅的电视柜上。看似平静的他，内心已掀起了滔天巨浪——原来她知道自己是被冤枉的，但为了箐箐她只能远走他乡……他跳起来匆匆进了卫生间，打开水龙头拧到最大，捂着脸坐在马桶上，任由喷涌的眼泪伴随一声声哽咽流淌。

中心医院下沉到文武县的首批医疗队伍一共有八人，由医务科的王科长和院办的郑暖夏一起陪同前往。

大风乡卫生院离怀清市区近五十公里，为了晚上可以赶回家照顾郑暖冬，石碚自己开了车。

医务科王科长看上去刻板，却很细心，出发时表示自己想坐私家车，拉上郑暖夏一起上了石碚的老福特。

“那个，小石，去竹坞的事情我很抱歉……”车驶出中心医院后，王科长说。

“抱什么歉啊，这破车能载到人美心善的王科长，是给我脸……”石碏边开车，边挤眉弄眼地朝她抛媚眼，把满脸严肃的王科长逗得“咯咯咯”笑了起来。

“其实我一直想去大风的……”待王科长的笑声偃旗息鼓后，石碏幽幽地再次开了口。

“为什么？”王科长惊异地问。

“大风境内有个酒厂知道吧？”

她点点头。那个酒厂的产品因纯粮酿造、口味甘醇，成为怀清当地的知名品牌。

“近水楼台先得月，当地的老百姓很喜欢喝酒，有的早起不吃饭，整两口酒就下田或出工了……大风人的饮酒量是整个怀清地区最高的，因此慢性胰腺炎和胰腺癌高发。可现在的手术技术不仅难度大，还容易出现吻合空漏和狭窄……”

“你是不是在研究什么新的手术方法啊？”郑暖夏问。最近他经常往实验室跑，还带回家里很多这方面的资料，神神秘秘的，不知道在鼓捣些什么。

石碏点点头。

“说下你的想法，可行的话我去说服林书记，让医院给予大力支持。”王科长的脸上熠熠生辉。

“我在尝试一种新的手术方法，去年在两个患者身上用过，术后吻合虽没有完全达到理想的程度，但比原来的传统方式要好很多。因此这次去大风，有机会的话，我想把这种新手术方法进行推广，在实践中寻找不足再提升，达到更好的治疗效果。”石碏侃侃而谈，仿佛他的目的地不是一所乡镇卫生院，而是一座医学珠峰。

阳光透过车窗洒在石碏身上，给他俊朗的面容镀了层淡淡的金色，看上去迷人又温暖。

郑暖夏和王科长被他的话给打动了。

“王科长，我们医院能不能和大风卫生院结为医联体啊？”郑暖夏心中一动问道。

“我看可以。这样吧，今天咱们到文武县城，和他们卫健委的同志见面打个招呼，将其他几个人安排好后，就直奔大风。”

“您认识他们院长啊？”见王科长一副胸有成竹的样子，郑暖夏问。

“不认识，但可以谈嘛。谈谈不要命，谈谈不要钱。”王科长淡定地说。

望着王科长，郑暖夏第一次觉得她很美，连那个锥子下巴也不再扎人了。

5

一行人到达文武县城，同当地卫健委的同志完成交接后，王科长和郑暖夏陪着石碚去了大风。

夏天来了。常青树没有注意到，但石榴树注意到了，它们在路的两旁，用火红的花朵为季节染上了一层热情。

老福特行驶在石榴花的注目礼中，格外轻快，仿佛年轻了十来岁。

大风因为有酒厂，较之文武县的其他乡镇更富裕一些，乡卫生院的硬件设施也不错。除了建医联体外，石碚还想在那里开设胰腺病专科，后者他已期盼几年了。

石碚边开车边轻快地吹着口哨。梦想有可能变现，他心里像长了对毛茸茸的小翅膀般欢乐。

“再有十分钟就到喽……”驶过石榴花海，又走过一条种着法桐的绿荫大道后，石碚说。

他话音未落，一声巨响传来。地动山摇中，老福特被巨大的冲击波横着推了几米远。石碚连忙踩下了刹车，但窗玻璃还是被震碎了，簌簌地往下掉。

“抱着头趴下！”石碚大声喊。

紧接着又是两声巨响。郑暖夏和王科长按他说的抱紧了头，她们冒出的第一个念头便是：第三次世界大战爆发了吗？

巨响过后，外面一片死寂。石碚慢慢抬起头朝右前方望去，看到有巨大的蘑菇云升起。他试了下，见车还能开，便打灯右转，踩着油门朝那里驶去。

“石硞你干吗去啊？”王科长有点害怕地问。

“应该是酒厂发生爆炸了。”

“可是，我们又不是消防队的……”王科长的大脑有点短路。

“石头，快——”郑暖夏望着右前方浓烈的烟雾说，她知道他要干什么。

石硞没再理会王科长，加大油门朝烟雾弥漫的地方奔去。

等他们赶到酒厂大门外时，尖叫声伴随着一群向外奔逃的工人朝外涌来，一张张惊魂未定的脸上，透着世界末日般的惊恐，一些人的身上、脸上还淌着血。

石硞将车停稳。郑暖夏率先下车，从尾厢里拎出了出诊包。她回怀清后，除了春节那次外，又陪石硞回竹坞义诊过几次，知道出诊包就在尾箱里放着，他还会经常补充里面的用品。

石硞看向王科长：“给文武县卫健委和市卫健委打电话，让调派更多的救援车辆和医护人员过来，情况看来很严重……”

王科长惊魂未定地拿出手机开始拨打，寻求救援。

随即，急促的消防车的呼啸声由远而近。

郑暖夏指挥着劫后余生的工人们站到旁边，要他们给消防人员让开通道，安慰大家不要慌，让受伤的人到旁边等待包扎。

石硞接过出诊包，开始为伤势严重的人简单处理伤口，等待救护车辆的到来。

不一会儿，消防车、救护车、警车也先后到达了现场，全力投入了救援。

随着救援力量的增加，陆续有工人从里面被抬出来，大多是烧伤，也有因建筑和物品倒塌被砸伤的。石硞、郑暖夏、王科长和陆续赶来的医护人员，将伤者简单处理后往救护车上送，现场充斥着惊恐的尖叫声和痛苦的呻吟声。

郑暖夏到中心医院才几个月，从没见过这么大的阵势，被吓坏了，腿都是哆嗦的，但还是强撑着，白色的棉麻长裙上斑斑驳驳地沾了很多血迹，有的干了，有的新鲜，散发着浓烈的血腥味儿。

“快，我们组长被压在里面了，受伤很严重，肠子都出来了，快救救他啊……”一个工人头发上冒着烟，连滚带爬地从大火里面逃了出来。

爆炸发生时，两名在酒罐上空进行焊接作业的工人被冲击波炸飞到一堆建筑材料上，其中一人肚子挂破了，又被倒塌的建筑物重重地压住了。

两名消防战士抬着担架迅速冲了进去。石碏给那个工人包扎了流血的胳膊后，也朝里面冲去。

“石头你干吗啊——”郑暖夏惊叫一声，拉都没拉住。

还好，被困工人并不在火场的中心地带。两名消防战士赶到后，想把他救出来，可建筑残体太重，二人根本搬不动。

伤者发出了痛苦的惨叫声。

此时石碏冲了进来，目测加上自己，他们三个也无法挪动压在伤者身上的物体，而他的肠子像堆软体动物般趴在肚子上，血汩汩地往外冒……

石碏跑过去，毫不犹豫地将裸露在外的肠子重新塞回伤者肚子里，脱下身上的棉质T恤，死死地摁住伤口，压迫止血。

“求求你们救救我，我媳妇怀孕了，我想见到我儿子……”那男人流着泪说。

石碏的胸膛像被什么东西戳穿了，锐利的疼痛瞬间传遍了全身。他将出血的位置摁得更紧了：“再坚持一会儿，马上就能把你救出来……我是医生，你一定会没事的！”

就在这时，又是几声巨响，上面残破的建筑物完全坍塌下来。二次爆炸发生了……关键时刻，两名消防战士用自己的身子护住了石碏和受伤的男人。

还好，这次爆炸威力没那么大，伤者没有再遭重创，两名消防战士也无大碍，但石碏的腿却被碎玻璃划了个大口子，不一会儿，血就湿透了米白色的长裤，他却无暇顾及自己。

“医生，我是不是要死了？”男人的声音弱了很多。

“没事的，坚持一下。我是市中心医院的医生，相信我会救活你的……”一向怕疼的石碏，痛得脸都皱成了核桃仁，却安慰着伤者。

又有几名消防战士冲了进来，几人合力将建筑物残体挪开，把他们救了出来。

石碚光着上半身，使劲捂着工人的伤口，一瘸一拐地跟着担架车向外撤退。

走出废墟，他看到郑暖夏红着眼睛想往里冲，却被王科长死死地拽住了。

见石碚光着膀子出来了，两人吓了一跳。

“石头——”看到他后，王科长才松了口气，郑暖夏趁机挣脱朝他奔了过去。

“我没事，腿上受点皮外伤……”石碚解释。

“血都把裤子湿透了还没事……”郑暖夏快哭了，跟着他朝一辆救护车跑。

“快，多拿些绷带来……”上救护车后石碚大喊。伤者的血已经完全浸透了他的 T 恤。

随车的医护人员都在现场救人，司机从驾驶室过来，找出绷带递向石碚。他一把抓住全捂在伤者的肚子上。

郑暖夏找剪子剪开石碚的裤腿，拿纱布给他包扎住伤口。

“你们是哪个医院的？”石碚问司机。

“文武县医院的。”

“好，马上送我们到大风乡卫生院，需要马上手术。”

“可是，我们的人——”

“这里离大风乡卫生院最近，再耽误下去他会没命的，他需要马上做手术！”石碚大吼。

司机还是有些犹豫：“可是，我们的医生一会救出人了没有车怎么办？再说就算去了大风也没有能做大手术的医生啊！”

“我们是市中心医院的，这是外科的石碚大夫，他应该够资格给他做手术。”郑暖夏严肃地说。

司机听闻是石碚，马上坐回驾驶座，发动了车。

郑暖夏伸手从石碚的裤子口袋里掏出手机，从通讯录里找出大风乡卫生院办公室的电话，打了过去。

“喂，您好，我们是市中心医院的，从酒厂救出来一个受伤严重的职工，需要马上手术，请你们的手术室做好准备。石碚石大夫在车上，由他主刀。”

“好，好，知道了，马上准备。”那边连声答。

救护车一路呼啸着直奔大风乡卫生院。

待卫生院的医生接收伤者后，石碚跑到急诊科，让值班医生给他处理伤口。

郑暖夏本想搀扶他的，没想到石碚救人心切，瘸着腿都比她跑得还快。

石碚腿上的伤口足有四厘米，必须进行缝合。别看他整天拎着手术刀在患者身上切切割割缝缝补补的，但让人在自己身上下针还是第一次。

他将头扭到旁边，闭着眼睛不敢看。郑暖夏站在旁边，拿毛巾给他擦拭额头上的汗和黑灰。

“没事的快点缝，我得赶紧进手术室，不然那哥们可能真就挂了……”石碚咬牙催促，“他媳妇怀孕了。”后面的话他是内心嘟囔的，不小心说出声来。

给他缝合的医生和郑暖夏的心头都是一紧。

第十五章　|　与命运对垒

1

完成术前准备工作后，石碚站到了手术台前。

打开伤者的腹腔后，一切如石碚事先判断的，主要出血原因是肠系膜破裂和脾脏破裂。

拿止血钳夹住出血部位，将腹腔内的淤血清干净，切除坏掉的肠道和脾脏，缝合……整个手术进行了整整三个小时。

缝完最后一针，脱掉手术服，清洁完自己，换上借来的T恤和裤子后，石碚一瘸一拐地走了出去。

衣服是向矮胖的陆院长借的，他穿上去后横看松垮有余、竖看短小不足，像个搞笑的滑稽剧演员。

郑暖夏和王科长等在外面。

看到她们，石碚露出孩子般的梦幻笑容，张开双臂就要来个魔性拥抱，可还没碰到她们的肩，整个人便软软地坐到了地上。

郑暖夏吓坏了，使劲想把他拉起来，却怎么也拉不动："石碚，石碚你怎么了？"

王科长的手轻轻地搭到他的腕上，把了一会儿脉说："应该没事，早上吃饭到这会儿都五六个小时了，连累带饿的，喝点葡萄糖应该就好了。"

郑暖夏惊异地望着王科长，没想到从事行政工作的她竟然还会看病。

"我是中医专业。"她淡然说。

刚好有护士推着输液车路过。王科长和她说了下情况，拿起一瓶葡萄糖，用剪刀开口后，给石碚往嘴里灌。

外面又一辆救护车呼啸而至，一辆担架车随即被推了下来。一个工人躺在上面，双手紧紧地捂着一截被血染红的木头棍子，棍子的另一头还在肚子里。

"石大夫从手术上下来没？这人伤也很重……"两名医护人员踩着风火轮般推着担架车边跑边喊。家属跟在后面哭号。

前一秒还软趴趴的石碚，下一秒就打了鸡血般从地上一跃而起，帮忙推着担架往手术室里冲。

郑暖夏和王科长呆呆地望着他，手伸开，又无可奈何地握住了。她们帮不上任何忙。

外科手术是团队作战，两名助理医生此前在中心医院进修时，石碚带过他们。

石碚拔出那根肇事的棍子，切开伤口检查时，发现那棍子简直成精了，一头扎进去竟没有伤及脏器，仅仅将肚皮穿透了。

"他应该是个积德行善的好人，看着这么吓人，却只是皮肉伤。"石碚松了口气。

"石老师，您看这是啥？"助手大魏的手在伤口里翻弄检查，看其他地方有没有受伤。

石碚顺着他的手望去，在重重叠叠的肠深处，竟有块糜烂。他俯身拎起那截大肠，看到了大面积溃疡。进一步仔细检查后，发现是结肠穿孔引起的感染。

"把情况和家属说下，看同意不同意进一步手术。"石碚说。

不一会儿，家属在手术单上签了字。

这个手术难度倒不大，只是石磊和两名助理忙到这会儿又累又饿的，腿都开始微微发抖。

“清瓷医院的事故听说了没有？”石磊边切肠子边问。为让他们打起精神，他决定插点儿花絮。

大魏和另一名助理小王对视一眼，茫然地摇摇头。

“据说他们给病人的左腿做手术，却把右腿切开了，发现切错了，赶紧又去切左腿……就这样买一送一给人家俩腿都切开了。”

“手术前不是要做标记吗……”大魏摇摇头，有点不理解。

“嗯。消毒的是个刚入职的年轻人，唯恐做得不好，擦得很卖力，就把标记给擦掉了。”石磊讲着，手上的动作并没有丝毫怠慢，“还好主刀医生依稀记得是左腿出问题了……”

“既然记得为什么还会切错啊？”小王纳闷地问。

“因为那人的病灶在腿后方，手术时体位翻转，左右腿就调了个儿……”石磊悠悠地说。

“那就等着被问责吧。”大魏和小王摇摇头想笑，可想到病人承受的痛苦，又绷住了。

“所以啊，标记还是很重要的。无论什么时候，做手术都得严肃认真，不能有半点马虎。”

大魏和小李点点头，明白石磊利用这个事故教导他们要认真对待每一台手术。

溃疡的部分切除干净，准备缝合时，一个护士急匆匆走了进来：“石大夫，刚才家属又说这人的屁股后面还长了个大脓包，问能不能顺便给处理了？”

三人对视一眼，有点不厚道地笑了。他们刚说了体位翻转切错地方，这就得来个体位翻转。

伤口缝合好后，几个人小心翼翼地将患者翻过来，果然发现他右屁股上有个很大的脓包。

“右边……不过咱们不会切错地方。”大魏嘟囔着，引得手术室里所有的人忍不住笑场了。

消过毒，切开后，他们像看到外星生物般盯着那人的屁股傻了眼——那个大脓包里竟然有一坨玫瑰红色的东西，里面还有一些黑黑的小籽儿，不知道是什么东西。

“咋有点像火龙果啊……”小王说。

石硞拿器械挖出来，放在盘子里，确定地说：“不是有点像，而是……”

他说到这里突然想干呕，强忍住了。

“而是什么，石老师？”大魏问。

“是什么我也不知道，等病理化验结果吧。结肠穿孔引起的腹壁或臀部感染的概率不高，一般消化道穿孔首先引起腹膜炎、腹痛胀、发热等腹部症状。只有特殊部位穿孔，譬如结肠后壁穿孔，靠近腹膜后紧贴腹后壁，才会慢性感染化脓，直至腹壁或臀部化脓感染。文献和临床工作中偶尔会发现此类病例，今天我们都很幸运地亲眼见证了。”

石硞的胃中已翻江倒海了，却强忍住呕吐给他们讲解。

百例手术难遇一个的病例被他们遇到了，大魏和小王像发现了新大陆，瞪大了眼睛聆听，不住点头。

石硞却感觉有股洪荒之力推动胃液向上袭击，他将手术器械扔进盘子说：“接下来这点儿活你们俩处理吧。”

不等两人回答，他就脱掉手套匆匆朝外走去，冲进卫生间，对着马桶大吐特吐起来……却因胃中空空，什么也吐不出来。他推测那坨东西是火龙果。它们在肠穿孔后，随着一堆腐败食物朝外烂，在屁股上形成了一个大脓包。

石硞很喜欢火龙果。昨天郑暖夏买了切好放在餐桌上，他下班进门便将一整盘全吃了，今天却和它在手术上不期而遇！

外科医生绝对是项高强度的体力劳动，连着几个小时下来，石硞像从游泳池里被捞出来一样，内衣、洗手衣、无菌衣，里外三层全部湿透了，连头发都往下滴水。

他好不容易止住干呕后，朝外走去。

身子明明沉重得像个巨大的铅疙瘩，走起路来却腾云驾雾般飘忽，两个肩膀上扛着一颗沉重的脑袋进入浴室，麻木地将身子胡乱冲了下，穿上了陆院长借他的第二套衣服，摇摇晃晃地走了出来。

已是晚上八点多了。郑暖夏和王科长在走廊上走来走去，一长一短，像两根纤细的芦苇般晃荡着。

陆院长看到石碚飘飘忽忽地从手术室出来了，他腾地一下子站了起来，迎了上去。“石大夫饿了吧？走，办公室的人在饭店订了房间，咱吃饭去——”

郑暖夏拧开一瓶水递了过去。石碚像拳击比赛中场暂停的拳手，闭着眼睛张开了嘴。她只好往他嘴里倒，小心翼翼，怕呛着他。

“饿。”他嘣着单音字。

“咱准备有饭啊。说实话我也饿了，嘿嘿……”为证明自己的确饿了，陆院长拍了拍西瓜般又圆又大的肚子——肠胃早发着“咕咕”的抗议声。

“谢了。陆院长你快回去吧，小心二娃妈追来砍我们……”石碚有气无力地和他说。

2

有次周末在省城开会时，石碚和陆院长住一个房间。

陆院长出差后，媳妇一个人在家带俩娃。孩子们打闹把花瓶打碎了，媳妇收拾过后，当场发飙把视频电话打了过来。 当时陆院长刚冲完澡出来，身上还裹着浴巾呢，媳妇无视他的窘状大发雷霆，并直播了狠揍俩娃的动作片。

陆院长看着两个孩子哇哇大哭，心疼得要死，却不敢怒也不敢言。

媳妇临挂断电话还发出了一声狮吼：以后休息日再不在家带娃，就离婚！

医生超长时间的工作，不利于稳定婚姻关系。陆院长在医疗体系多年，早来、晚走、值班已成了他日常生活的一部分。

今天酒厂爆炸，他们医院因离得近收治了不少人。陆院长忙前忙后协调救治，老婆打了 N 个电话都没接。去他家给石碏取衣服的人回来说，前后两次嫂子都是把衣服扔出来的……陆院长不知道今天回家后等着他的是榴莲壳还是搓衣板，现在抢救进入了尾声，他的确想回去了。

“陆院长您快回去吧，食堂送的盒饭还有呢。”郑暖夏善解人意地说。

陆院长却看着石碏。

“快去吧，不然我都不好意思吃饭了。”石碏冲他挥挥手，微微张开了嘴。

郑暖夏便拿起旁边的盒饭，打开，夹起菜来往他嘴里塞。她送，他张嘴，两人配合得十分默契，仿佛三十多年都是这样过来的。

陆院长以为他们是对情侣，眼睛突然有些湿意。曾几何时，他和媳妇也是这样的甜蜜，可岁月这把杀猪刀，送给他们一双可爱的孩子，却切去了彼此间的柔情蜜意。

他朝他们挥挥手走了，心里盘算路过十字街口时在甜品店给媳妇买两串糖葫芦。恋爱时她最爱吃的就是这个，他已记不得有多少年没有买给她了……

陆院长走出几步又停了下来，扭头看向闭着眼睛吃饭的石碏：“石大夫，那个事我考虑了，东边的三层小楼可以用。”

“谢啦。”石碏睁开眼睛冲他眨了眨。

那晚在省城，陆院长被媳妇骂完后向他诉苦，他安慰了几句后两人天马行空闲聊起来，提到大风乡高发的胰腺病，石碏说想开个胰腺病专科……两人一拍即合，陆院长说回去后好好谋划一下。

郑暖夏见饭已经下去一半了，知道石碏艰难的肠胃已渡过了难关，便将盒饭塞进他手里。

他像个耍赖的小男孩，嘟着嘴不想接，却架不住她眼睛里的威胁。见王科长在一旁奇怪地瞪着他们，他不敢再造次，闷闷地接过去继续吃饭，心里还是有些小窃喜的。

王科长紧紧地捏着手中的包，眼睛在两个人的脸上扫来瞄去，探究他们的过往。

“哦，他是我邻居，小时候被他讹惯了。”郑暖夏连忙解释。王科长点点头，算是认可了这个答案。

“那个，小郑，回去后要好好写篇文章，狠狠地表扬一下我们石大夫。要不是他，今天的事故可能就出现了死亡人数。”王科长清清嗓子说。

郑暖夏感激地向王科长点点头。这个酷似鲁迅先生笔下“细脚伶仃的圆规”的女人对石碚挺好的。这种好，闪烁着母性的光辉。

“谢谢荷花般美丽高洁的王科长。”石碚将盒饭一扫而空，端起旁边的汤呼呼喝完后，接过郑暖夏递来的纸巾抹了把嘴。

明知他是信口拈来胡乱夸她的，王科长却当真收下了，还配合着笑了两声。石碚今天的表现算是给中心医院长脸了，不管林书记还是李院长，都很爱这种“脸”。

事后统计，这场事故共投入近30部消防车、近200名消防官兵，经过五个多小时的紧急扑救，才将大火扑灭。

晚上回去时，因石碚腿上有伤，加上他做手术累得筋疲力尽了，郑暖夏自告奋勇坐到了驾驶椅上。

“你，行吗？”想起那次在山里她将车撞到树上，石碚现在还后怕。

“把那个‘吗’字去掉，上车！”郑暖夏神情淡然地冲他挥挥手。

“那我坐前面，小石你腿受伤了，又连着上手术，躺到后面好好休息一下。”王科长坐到副驾驶的位置，将后座让给了石碚。

经她的提醒，石碚腿上的伤突然钻心地疼了起来。他嘴里发出“嘶嘶嘶”的吸溜声，一瘸一拐地走到后面，拉开车门坐了进去。

“郑暖夏，你确定不会再撞到树上吧？”他僵硬地坐着，不敢躺下。

郑暖夏没再理会他，打火挂挡，老福特快速地将夜色分成黑暗和光明两个截面，朝前驶去。

梁小蔻最近下班后常开车来接郑暖夏，先是载她到人少车稀的路段练上个把小时车，再带她去参加饭局，美曰其名为了锻炼她的车技和扩大她的社交圈，实则是想找个免费代驾。

不管怎样，这招的确让郑暖夏的车技突飞猛进，为下一步接手那辆新能源车提供了技术支撑。

石碏的拳头握得紧紧的，直至老福特安全地驶出去三四公里后，才渐渐舒展开来，平躺到后排座椅上。

“小郑，想不想来医务科？”王科长望着车灯制造出来的那团亮光问。或许因为一起经历了这场事故，她和郑暖夏之间似乎有了某种联结。

“只要程主任放人，我举双手加双脚赞成。”郑暖夏轻声回答。她知道，以程主任的脾气，断然不会答应的。医院里，医务科的科长是绝对的实权派，当初程主任志在必得，却输给了看似古板无趣的王科长，这让她很是不爽，之后但凡有机会，都会给王科长使点小绊子，怎会将多功能的郑暖夏拱手让出去？

老福特下高速后，郑暖夏看到老周、林书记、李院长、常主任、程主任等人等在路口的灯下，同时等在那里的还有电视台和报社的记者们。

在这场酒厂爆炸事故中，市中心医院的医护人员率先出现在现场救人，已经在怀清市全卫生系统传开了。就像郑暖夏和王科长预想的，林书记和李院长都觉得石碏给中心医院长了脸，也等于给他们长了脸，一致认为这事值得宣扬，两人特意跑了一趟卫健委，将石碏带伤做手术之事如实地向老周做了汇报。

老周听说郑暖夏也参与现场救人了，心就提了起来，却佯装镇定地要他们做好迎接英雄的准备……于是便有了眼前的这一幕。

郑暖夏将车靠路边停了下来。王科长笑眯眯地下车，走向后面拉开车门，轻拍着还在熟睡中的石碏：“石大夫，醒醒，院领导来接你了……”

石碏揉揉睡意惺忪的眼睛，看着王科长的脸，一时没搞清楚身在何处。

老周带头朝他们走来。郑暖夏见势连忙脸朝后对石碏喊：“赶紧下车，周主

任、林书记和李院长都来了！“

石碚这才清醒过来，忘记了腿上的伤，一骨碌坐起来，下车就想迎上去，却一个踉跄差点摔倒。

常主任本来跟在李院长身后，见状迅速向前扶住了石碚。程主任紧跟几步，将手里的花递给了老周。

“石大夫好样的，给咱们怀清医疗系统争了光，做了表率。”老周亲切地和石碚握手，将花递给他。

“周主任过奖了。”石碚手捧鲜花一脸傻笑，任由镜头一阵咔嚓，记录下这个瞬间。

3

石碚的疼痛感异于常人，他用十个加号的甜蜜笑容迎接鲜花和慰问，同时拿二十分的忍耐承受腿上的疼痛。

老周问候过石碚后，将机会留给中心医院的领导们去关心他，自己退到一边和郑暖夏说话。

“你说说你，水火无情，那么危险的事情，一个女孩子怎么敢往前冲啊，你要是出点什么事情，让……”周围还有无数双眼睛，他讲到这里只好打住了。

他将感情清空好几年了，竟被郑暖夏一点点又快填满了。

她眉眼弯弯地笑着说：“没事的，我不是好好的嘛，谢谢关心。”她的声音压得低低的，旁边人听不到，可那种欲说还休的模样却被有心人看了个一清二楚。

李院长早就听坊间传闻，说郑暖夏在和周主任交往，眼前这一幕证实了这一消息。他心里五味杂陈，有点后悔阻止石碚去竹坞当荣誉院长。然而，世间终是没有后悔药的，还是见机行事吧。

常主任也将郑暖夏和老周的神情看进了眼里，认为郑暖夏在科室指桑骂槐说她“不惹事也不怕事”是有依据的。他不后悔让石碚下乡，只是感觉石碚的狗屎运太好，随便救个人都能整得这么轰轰烈烈，凭借这个，他似乎又可以扭转乾坤了……

因石碏等人及时出手救助，酒厂爆炸事故中没有人员死亡，这让闻讯赶到现场的市长和市委书记松了口气，等卫健委将医疗系统主动作为、参与现场救援的事汇报后，市领导当即拍板，把石碏等人的行为定性为“见义勇为”，分别奖励五万元到五千元不等的奖金。

“这小子，行了大运了……”刘杰斌看着《怀清日报》的头版头条自言自语。报纸上，石碏和郑暖夏等人胸前戴着大红花，被市领导接见的镜头令他羡慕不已。

“刘主任，忙啥呢？”一个熟悉的声音蓦然响起。刘杰斌抬头，发现苗二宝站在眼前。

“哟，苗总，什么风把你给吹来了？”

“还能有什么事，还不是因为我家老太太。回家这段时间时好时坏的，天热了，我姐和我姐夫怕她在家里出点什么事情，想把她送回来再住一段，让我过来和你们打个招呼。”

“没问题，老娘啥时候来住，一句话的事情。”刘杰斌亲热地拍着二宝的肩膀说。石碏这次因祸得福获得了“见义勇为”奖，再次成为全怀清医疗系统学习的榜样，还受到了市领导的接见，让他有点羡慕嫉妒恨。据说医院准备成立普外四科，他正考虑怎样到新科室掌舵时，二宝就送来了大礼包。只要把苗老太太照顾好了，黄秘书长一句话就能让他愿望实现！

“谢啦！”二宝的眼睛黏着进来送资料的钱护士，那张漂亮的脸蛋让他骚动起来，“钱美女，好久不见，想我了没有？”

钱护士嫌弃地瞪了他一眼，转身出去了。

“你可真幸福，每天都能看美女。”二宝咽了下口水。

“钱护士扎针也很够味，稳、准、狠，一针见血……”刘杰斌把身体往后靠了靠，慢悠悠地说。

刘杰斌起身给他倒了杯水：“有个新闻看了没有？一个护士把占她便宜的男人给肢解了。”

二宝端着杯子的手不由颤抖起来，问：“护士学过解剖吗？”

“当然啊，不然哪会那么精准地把男人给肢解了，据说还用料理机处理了，发酵后当花肥用。说她家里一年四季鲜花盛开，很漂亮的……”

“刘主任，10 床的麻药劲过了，现在疼得厉害，家属想让开点止痛的……”钱护士走进来，发现二宝还在后，拿白眼珠子剜了他一下。

二宝觉得有两把明晃晃的手术刀隔空飞来，后脑勺一阵发凉。

“那啥，我回去给我姐汇报了，老太太有可能上午就进来。”二宝撂下这句话，仓皇逃了。

“好的好的。”刘杰斌客气地将他送到科室门口，目送他进电梯后，脸上的笑容立马冷了下来。他打内心看不起苗二宝，只是有所图才和他混在一起，因此才拿旧新闻编故事吓唬他。

常主任从另一部电梯里出来，见刘杰斌站在科室门口，奇怪地问：“在这里干吗？”

他便将黄秘书长两口子想要苗老太太回来住院的事情讲了。

常主任的眉头紧锁：“最好让她去肿瘤内科，不做手术的话，住咱们科室不太合适……”

刘杰斌不明所以地看着他。

“前几天苗老太太来复查了，李院长亲自陪同，当时把我也喊了过去，说苗老太太最近不能吃饭，咳嗽加剧，偶尔痰中带血，全身浮肿，脾气越发暴躁，有时连二宝姐弟都不认识了。检查结果出来后，肝脏有多发的转移癌，出现了腹水，这个时候我们最好不要招惹，否则一旦出问题，给菩萨烧香就变成了引火烧身。”

常主任边走边说。

刘杰斌恍然大悟，佩服常主任的深谋远虑，却又多了一重不寒而栗，怪不得他能杀出重围，成为普外三的掌舵人。

刘杰斌连忙打电话给二宝，想告诉他老太太不适合住在普外三，对方却一直在占线中，无法接通。

半个小时后，苗二宝的电话回了过来，说他姐姐已经和李院长沟通过了，医院派了辆救护车接上了老太太，等会儿就到医院了。

刘杰斌握着手机发了两秒呆，朝常主任的办公室跑去。

“天上掉馅饼还是砸陷阱，我们也挡不住啊，那是老天爷的事情。”常主任头疼地闭上眼睛，敲打着办公桌。

“咋办啊主任？”刘杰斌有点着急，围着他打转。

常主任作为一科之主不会亲自管床的，依自己和二宝的关系，苗老太太住进来后，大概率自己会是她的主管医生。

“石碚今天下乡就够一周了，明天应该能回医院上班了吧。”常主任的眼睛蓦然睁开了。

刘杰斌迷惑不解地看向他，突然间明白了他的意思，心头先是一阵轻松，继而又沉甸甸的，像被谁挂了个巨大的秤砣。

今年的天气有点神经质，副热带高压来到怀清大地的上空后，就死赖着不走了。持续的晴空万里，让处处热浪滚滚。

中心医院的脑病中心和康复中心建设，市政府先后投资了五百余万元，属于市卫生系统的“十大项目”。

怀清市卫健委组织的“十大项目”观摩活动这天在中心医院举行。因周主任带队，李院长特意叮嘱程主任，院办除了她之外，郑暖夏也要参与接待。

这是郑暖夏第一次和老周共同出席公共活动，内心有点小紧张。好在她只是“小虾米”，只需要跟着队伍即可。当然，还要学会察言观色，适时拿手机记录下领导们工作中的最佳状态。

观摩过程中，郑暖夏刻意和老周保持距离。可一行人走进新落成的睡眠中心后，他招手将她叫了过来。

“小郑，过来过来，藏到后面干吗，这墙上的宣传语出自你之手吧？”他指着墙上的“夜漫漫，愿君梦香眠甜”问。

这话不过是郑暖夏随手所写，自我感觉毫无才华可言，没什么值得夸耀的，见他这般刻意，只好讪讪地走了过来。

“尤玲主任，你今天可要好好看看，以后妇幼保健院成立睡眠中心时，拿来借鉴一下。”郑暖夏走到跟前后，老周反而看向观摩团的一个女人。

“妇幼保健院”“尤玲”几个关键词惊雷般在郑暖夏耳边炸响……举目望去，首先进入视线的是她嘴角的黑痣，顺着那颗痣往上看——只有半截的残缺不全的眉毛下，是一双三角眼，这副尖刻的面孔，郑暖夏至死都不会忘记，十多年前，就是她给自己接生的！

“谢谢周主任关心，今天真是收获满满啊。”被周主任点名，尤玲的三角眼都快笑成了一线天。临近退休，她从妇产科主任的重要岗位上退了下来，闲挂在院办。今天的观摩活动院长临时有事，让她来了。

见郑暖夏目不转睛地盯着自己，尤玲也拿三角眼打量了她，总感觉这张俏丽的脸蛋有些熟悉，一时又想不起来在哪里见过，却有股莫名的惊悚油然而生，就像夜路走多了，被两束不明的光源给盯上了。

郑暖夏的手不由握紧了，这才明白了老周的良苦用心。她的神经因突然遭受刺激，防御性地蜷曲起来。怕惊动了尤玲，她连忙举起手机为他们拍照，用硕大的屏幕挡住了自己的半张脸。

老周已从郑暖夏的神情中明白了一切，大步朝前走去。

众人跟着他往前走，尤玲的目光不得不从郑暖夏身上扯回来。

观摩活动结束已是中午时分。郑暖夏开着梁小蔻送她的二手新能源车，一路紧追着观光团乘坐的中巴车。

路过“临水居”小区时中巴车停了下，尤玲从车上下来，朝里面走去。

郑暖夏佯装是小区里的住户，想开车跟进去，可系统里没录入她的车牌号，被闸门拦在了外面。保安非要她报上是几号楼几单元几户的，才能人工放行。

尤玲的身影已在大门内消失不见了，郑暖夏不再和保安纠缠，沮丧地调头离开了。

午间的太阳像颗硕大的火球，在天空中燃烧着。郑暖夏驶出去几百米后，将车停在路边的一个小吃店前。

她下车入内，点了碗鸡汤米线，无滋无味地吃着，静候着某个时刻的到来。

4

下午两点半左右，尤玲走出小区，朝离小区几十米远的公交站走去。一辆浅蓝色的新能源汽车停在小区外，她路过时，总感觉有人从里面向外偷窥自己，不由朝那里望了一眼，可黑漆漆的车膜像块特殊材料的防火墙，完全挡住了视线。

公交车进站，尤玲上车。郑暖夏发动车尾随其后。

二十分钟后，公交车在妇幼保健院门前停下来，尤玲下车走进了单位。郑暖夏也将车开进了院子里。

她将车在停车场停好，戴着墨镜打着太阳伞下了车，进大厅，向前台咨询“尤主任在哪儿”，对方告诉她在院办。

站在门前，郑暖夏的心脏便自动开启了十面埋伏模式。她深呼吸了一口，才用颤抖的手敲响了那扇沉默之门。

“进来——”尤玲的声音从里面传来。郑暖夏推门进去后发现，像他们医院一样，这也是一间大办公室，离上班还有一些时间，仅有尤玲一个人在。

“你找谁？”尤玲的心莫名慌了起来。

“你。”郑暖夏用单音字节回答。她取下墨镜，让脸庞完整地呈现在尤玲面前。

尤玲“腾”地一下子站了起来。她上午在观摩的人群中见过郑暖夏，当时只觉得熟悉，现在才想起来是谁……十年了，这张脸动辄就闯进她的梦中，双手作九阴白骨爪状朝她要孩子，眼睛里层层叠叠地燃烧着愤怒。

“你，我不认识你，请你离开——”尤玲像被架上了电动筛子，浑身上下不由自主打战。

“把、孩、子、还、给、我！”郑暖夏一个字一个字地说。

噩梦中的声音追杀到现实生活中，尤玲吓得夺路而逃，朝门外走去。

郑暖夏在后面紧追不舍。

尤玲身高不过一米五多点儿，无论怎么逃都躲不开郑暖夏的追击，硬生生地被她逼进了三楼朝外开放的阳台上。

郑暖夏右手的拳头攥得紧紧的，左手紧紧地握着右手，生怕它脱离控制、愤怒出拳，将尤玲暴打一顿。她想杀了她的心都有！

“我，我，你知道的，那事不怪我，是黄主任让我干的……”尤玲抱着肩膀瑟缩成一团。

“想保住退休金的话，就出面帮我作证。”郑暖夏慢慢松开了拳头，冷静了下来。生活已经把她变成一个粉碎专家，擅长把各种情绪捣碎成可以贮存的尺寸。

“怎么作证？”

“出庭作证！”

“可是，黄主任不会放过我的。其实，黄主任很喜欢箐箐，真的，而且箐箐在郝家长大，比跟着你更幸福……”

“幸福”两个字，像颗核弹般击中了郑暖夏。

尤玲在妇幼保健院工作了三十多年，常年和妈妈们打交道，岂能不懂得为人母的心理？她已从郑暖夏有些黯然的神情中发现逃脱的钥匙。

“箐箐上的幼儿园是全市最好的，小学是全省最好的，高中、大学，甚至出国留学，都将会是全省、全国乃至全世界最好的，想想以你的实力，可以做到吗？”

郑暖夏成了一座摇摇欲坠的危楼，几乎站立不稳。

“我说得对吧？”尤玲的脸上已毫无惧意，神情中有了掌控局势的小得意。

“这个世界不是由金钱和权势支撑起来的，那些恶人，必须要为自己做过的付出代价。你，还有黄帆，我们法庭上见！”郑暖夏扔出这两句话后，像丧家之犬般先行逃离了。

她没有勇气再和尤玲对阵，怕对方再游说下去，自己也会站在“为了箐箐的幸福”的阵营上，把女儿卖了。

“不管箐箐将来在郝家，还是回到自己身边，必须由她自己选择……”郑暖夏想。她没有意识到，此时此刻自己已经陷入了迷茫，潜意识中害怕将箐箐讨要回来后，女儿离开优越的生长环境会恨她，继而让自己完全失去她。

郑暖夏开着那辆小小的车子，龟速往单位赶。老周的电话又打来了。这是上午观摩活动结束后他打来的第五个电话了，之前的四个郑暖夏都没有接。

她不是不需要他的关心安慰，但她知道，接纳别人，意味着给出自己的一部分。那是永远无法收回的割让，一如当年自己对郝子玉。

老周的电话却不屈不挠地继续打着。在第 N 遍铃声断掉的前一秒，郑暖夏摁下了蓝牙耳机的接听键。

“小郑你还好吧？”老周的声音里冒着焦灼的黑烟。

“还好。您，方便吗？”郑暖夏踟蹰着问。

“方便方便，你在哪？我去找你。”老周忙不迭地说。

他“嚯”地一下子从椅子里站了起来，拿起笔在纸上写下：待会儿的会让别人去吧，推给站在一旁等着批示的下属。

“我，在路上……”

“那，我们在小木屋咖啡见吧。一个朋友开的，很安静，可以说说话。”

“嗯。”郑暖夏挂断了电话，将车停到路边，打电话给程主任请假。

她终究还是屈服了。茫然无助得难以承受，她希望守住心，又渴望一个人的陪伴和倾听。

小木屋咖啡也在院前街上，离中心医院不到一千米。郑暖夏和老周一前一后走了进去。老周对这里很熟悉，对服务员低声吩咐了几句后就上了二楼，选了个临窗的位置，和郑暖夏坐了下来。

莫兰迪绿的书架将这里和外界隔离，独自成了一个相对安宁的小世界。空调的丝丝凉风降伏了夏天的暴躁难驯，空气中弥漫着若有似无的崖柏熏香。

“要了两杯黑咖啡。”老周望着郑暖夏，眼睛里是一望无际的蔚蓝海洋。记得一次她发朋友圈说喜欢喝不加糖的黑咖啡，他便默记于心了。

她低垂的头微微点了下，没有说话。

服务员将干果、水果、甜点等端了上来，然后是两杯浓浓的黑咖啡，还放了包纸巾。

纸巾应该是老周特意要的……郑暖夏心里一暖，鼻子便酸了，所有的委屈都汇成了滔天巨浪，咆哮着从眼睛向外冲锋陷阵。

老周扯出纸巾递给她。她接去贴在脸上，那张不算太薄的纸瞬间就湿了身，继而化作牺牲的泥。

他接着递，她接着擦……待桌子上纸堆成山、咖啡凉透后，汹涌的泪水才稍微刹了下车。

“确定了？”他问。

“嗯。”她答。

老周把身子沉沉地向后靠去，呼吸里含着细小的铅粒儿，端起那杯冷咖啡灌下一大口。

“尤玲就交给我处置吧！”从政这么久以来，他从没有真正得罪过谁，但对于尤玲这种情况是毫无商量的零容忍。

人生在世，一些东西必须要敬畏，比如做人做事的底线。违背者一定要受到惩罚。

“我想，只要她能出面作证，说箐箐是她抱走给郝家的，可以……原谅她……”郑暖夏艰难地说。

“以德报怨，则宽身之仁也；以怨报德，则刑戮之民也。”老周坚定地说。

“可是黄帆那里……”

“找她谈谈，若答应把孩子还给你，就不用对簿公堂了，否则该怎样就怎样，不用惧怕。”

“可这事还牵扯……我妈。”郑暖夏端起咖啡，慢慢地呷了一口，任由苦味充盈着味蕾。

“一些事情早晚是要面对的，脓包不揭开，伤口就一直不能痊愈。”他拿起一个碧根果，用器械剥开，放到她面前的小碟子里，“你看，要是没有这个，这果实你根本没办法下手，可只要用这个轻轻一撬，就可以了。”他挥挥手中银色的三角形的金属片儿。

郑暖夏捏起那枚果实放进嘴里，用力咀嚼。

“不要理会来自别人的压力或期许，无论什么时候，你都可以动用自己的力量去做选择，并改变自己的方向，”老周像个智者般娓娓道来，“而我，也是你力量的一部分。”

郑暖夏的眼泪再度涌了出来，红晕迅速飞上了脸庞。他的表白既含蓄又露骨，明明确确表达了对她的支持。

可想到石碚，她的胸口就是一阵疼痛。他是她的软肋，是她的痛感神经。为了郑暖冬她欠他太多，若这次再欠上一笔，她几生几死都无法还清了。

走出小木屋咖啡，已是黄昏。刚才在咖啡馆，老周的朋友特意送了两份鸡枞菌山药面，两人吃了点算作晚餐。

“到湖边走走怎么样？”老周看向西边的湖畔公园。

“改天吧，我还得去照顾郑暖冬。石碚每天从乡下回来都很晚了，好在明天就不用去了。”郑暖夏声音软糯地对老周说，脸上堆着得体委婉的笑。

望着她眉眼弯弯的样子，他心口突然跳得厉害。车水马龙的街景让他有些胆怯，但还是忍不住抱了她一下。

谁说爱情只属于年轻人？经由岁月这口大缸发酵后，中年人的爱是一味醇厚的酒，更让人沉醉。

5

郑暖夏像被一团巨大的火球烫到了，还好老周迅速放开了。她匆匆朝他挥了下手，上了车，连窗户都没敢放下，一溜烟跑了个没影。

郑暖夏回怀清，和老周不无关系。

在帝都最艰难的时候，一天子夜她发了那条“我被帝都摁在地上使劲揉搓，都疼得没感觉了”的朋友圈，配了张黑白滤镜处理过的自拍照——清灵的大眼睛茫然无措，让人有种说不出的心疼。

发出去不到两分钟，就接到了昵称为“怀清老周”的微信电话。

“回来吧。”他低声说。

郑暖夏忘记是什么时候加的老周，更不知道他是做什么的。因为总有一些人加上微信好友后，自己不发圈，也不和别人互动。这种人常被戏谑地称为“圈内卧底”，她会定期清除一批，这位“怀清老周”不知怎么会成为漏网之鱼。

那晚两人聊了两分钟后，郑暖夏才搞清楚，“怀清老周”就是身处怀清的老周，是怀清市卫健委的副主任，是通过校友群加上的。原来他们曾就读于同一所高中。

老周劝郑暖夏回乡发展。她没答应也没反对。怀清对于她来说，是一块涂了毒药的烙伤，能医她伤口的灵丹妙药一天没找到她就一天不敢回首，更不敢踏上返程的列车，怕会见血封喉。

隔着电磁波，老周似乎看穿了郑暖夏的内心世界，说不试试怎么会知道结果？曾经难以回首的往事，再回首说不定就是一件漂亮的装饰呢。

她望着黑洞洞的窗外，沉吟片刻后说：好，我试试。

人是很奇妙的动物，一些看似在别人的提醒或怂恿下做出来的决定，其实自己内心早就有了答案，只是需要一个借口。

随后老周和郑暖夏互换了电话号码，叮嘱她回到怀清后有什么需要的，就联系他这个“师兄”。

两天后，郑暖夏退了房，将一些物品寄存在狐朋狗友那里，提着行李箱回来了。

她在怀清踏上求职之旅后，遭到了现实的毒打——用人单位只要看到她履历表上的“34 岁”，就会摇头。仿佛人超过或临近 35 岁，就成了一块开始腐烂的行尸走肉，到哪里都会被嫌弃。

虽说处处碰壁，郑暖夏仍没有联系老周。好在小城的消费比帝都低很多，账户里仅有的几万块钱足够她支撑几个月的，压力比在帝都时小很多。

那个虚拟又真实的老周，总能隔着时间和空间洞察到郑暖夏的一举一动。在她第 *N* 次求职碰得鼻青脸肿后，他竟然发来了中心医院招聘的链接。

郑暖夏抱着试试看的心态去应聘的，没想到一路过关斩将被顺利录取了……事到如今也能猜出答案，老周肯定暗中帮忙了。

她的眼睛再度湿润，紧紧地咬着下唇，思索着下一步该怎么走。

今天是石碚去大风满一周的日子，郑暖夏特意买了几样他爱吃的小菜和几个大包子。从小到大，面食都是石碚和她的最爱。记得 12 岁那年，一次程香香蒸了两屉包子，他俩替她搬完煤球后，一口气吃了一屉半。程香香吓得半死，怕把他们撑坏了，拉着他们跑到石家的诊所，直到石爸爸说半大小子吃穷老子，保证两人没事后，她才放了心。

郑暖夏将车子停在竹林西苑小区的外面。想起老周说他是她“力量的一部分”，灵魂突然鲜活起来，哼哼唧唧地哼着歌，朝里面走去。

进电梯，摁下 18 楼后，她的胸口莫名地乱跳起来。曾经，但凡郑暖冬遇到事情，她便是这种感觉，难道……她的心突然像一辆失控的拖拉机般“突突突”狂跳不止。

下电梯她就朝石碚家冲去，却见一个人影静静地坐在门外的换鞋凳上，身边卧着一只老猫。

原来是母亲来了！她失去控制的心跳开始平稳回落。

“怎么不打电话？”她边掏钥匙开门边问。

邓梅的眼睛钢刷一样在她身上刷来刷去，似乎能把那套浅米色的职业套裙给刷出个洞来。

母女俩一前一后进了门，朱来福摇摇晃晃地跟在她们身后。

郑暖夏将东西放进厨房后，给母亲倒了杯水，又拿了根火腿肠切碎了，放进盘子里搁到朱来福面前。

朱来福的嘴早被邓梅养刁了，视那盘碎肉为无物，视察般这个房间走走，那个房间逛逛。

“你个馋嘴的老猫……”郑暖夏好笑地扯了下它的耳朵。朱来福厌烦地拿爪子拨拉开她的手。她便不再管它，走进主卧给郑暖冬换纸尿裤。

“你怎么会在这里？”仿佛郑暖夏在杯子里加了砒霜，邓梅碰都没碰那杯水，跟着她进了主卧，却并没有上前看郑暖冬，而是审贼般盯着郑暖夏。

“石碚下乡了。”郑暖夏给郑暖冬换好纸尿裤后答。

“你，每天都来这里吗？”邓梅又问。

郑暖夏没再回答，给郑暖冬盖好被子后朝外走去。

邓梅亦步亦趋地跟着她进了厨房，朱来福亦步亦趋地跟着邓梅也进来了。

郑暖夏将熏鱼和凉拌耳丝放进盘子里，端到了餐厅的桌子上，返身又进厨房准备再烧两个菜时，被邓梅拦住了。

“我问你话呢，是不是每天来这里？”邓梅的声音像被利刃割裂了。

“是。您还有什么要问的？”郑暖夏的声音陡然冷了下去。

“可，可是，这里是暖冬的家，是你亲妹妹的家！”

“不用您提醒，我也知道这是郑暖冬的家！我不来怎么办？您来照顾她吗？”她有点恼火地问。

“你，你没有回来前，石碚不也把她照顾得好好的！郑暖夏我告诉你，以后离暖冬远点。”邓梅尽量把声音压得低一些，但激动的情绪还是毫不掩饰地流露出来。

“您更想说的是，要我离石碚远点吧？”郑暖夏的声音里毫无情绪，“本来不想和您说的，既然您这么害怕我伤害郑暖冬，那我就让您放心吧。”

她说着从包里掏出手机，打给了老周：“喂，在哪呢？”

“刚到家门口，怎么了？”他听出了她声音里隐含的异样。

“是这样的，我妈从竹坞来了。要是方便的话，晚上一起吃个饭怎么样？”两人本已在咖啡馆吃过了，郑暖夏还是硬着头皮说。

“好，没问题，我来安排。一会儿把位置发你。”

邓梅怔怔地站在那里，一时没反应过来。她想问那是谁？张开嘴却又合上了。

“正好，我也有事问您呢，”郑暖夏走进客厅，从手机相册里找出尤玲的照片，拿手指扒拉着放大了举到母亲面前，“还记得她吗？”

看着尤玲嘴角那颗痣，邓梅一眼就认了出来。这些年来，大脑无数次把尤玲的模样翻出来，拿刻刀一遍遍地重复刻画着……十年了，记忆从来没有放过她！

“她已经承认了，说是经你同意，才把箐箐抱给郝家的。说你收了黄帆的钱，卖了自己的外孙女。所以你那个濒临倒闭的小五金店才又满血复活了，那是你拿箐箐换的吧？”

郑暖夏说得很慢，声音很轻，却像利箭一般冷飕飕、锋利无比地穿透了邓梅。

她不由腿一软，跌坐进沙发里。

“箐箐姥姥，我准备起诉箐箐奶奶呢，尤玲已经答应了出庭作证！”

“你想告就告吧，连你亲妈一起送进去。”邓梅的嘴唇哆嗦着，手紧紧地握着，眼睛又干又红，却没有丁点儿的泪意。

朱来福跳上了桌子，丝毫没把自己当外猫，将那盘五香熏鱼吃得一干二净。或许嗅到了郑暖夏和邓梅之间的剑拔弩张了，它从桌子上跳下来，站在两人之间，看看这个，望望那个，不知道怎么站队。

钥匙转动的声音传来，石碚开门进屋。他和朱来福一样，也觉察到郑暖夏和邓梅娘俩又发生了战争，但不能选择站队。

郑暖夏的微信电话响了，她接起来并摁下了免提：“喂，暖夏啊，定位收到了吧？我在怀府饭店订好房间了，需要的话，我现在过去接你和阿姨……”

老周热络的声音传来，石碚的神情瞬间黯淡了下去。

“您不是担心我抢了郑暖冬的男人吗，我带你去见我男朋友！走吧，他在怀府饭店订好了房间！”

郑暖夏拿起了包。

石碚的薄唇紧抿着，蹲下身去安抚朱来福。动物比人的神经更敏感，老猫已嗅到了山雨欲来风满楼的紧张气氛，在地上蜷曲成了一团。

“走吧妈，妹夫也一起去吧。”就算石碚的心痛是刀山火海，她也要赤脚蹚过去。

“今天在大风又是一天手术，有点累了，你们去吧。”他闷闷地说，感冒般鼻音很浓。

“去吧，就算替郑暖冬帮我把把关，将来他很可能就是你们的姐夫了……”郑暖夏咬着牙说。

石碚慢慢起身，低头盯着自己的脚不说话。

“妈，妹夫，走啊——”郑暖夏催促。

石碚的头垂得更低了，一米八多的个头瞬间矮了几厘米。

郑梅猛然起身，伸手就在郑暖夏脸上狠狠掴了一巴掌：“你还是人吗？从小到大，石碚是怎么对你的，是怎么对我们一家子的？我怎么生出你这么个东西来！”

她的胸脯剧烈地起伏着，怒视着郑暖夏。

第十六章 | 该来的总会来

1

“阿姨您干吗啊？有话能不能好好说。从小到大，您就没有给过暖夏一个好脸色，不是打就是骂！”石碚用身体将邓梅和郑暖夏隔开了。他气恼自己反应太慢，让她挨了一巴掌。

悲愤到极致的郑暖夏并不领情，猛地将他推开了，直面母亲：“您是好人，郑暖冬是好人，石碚是好人，就我一个坏人啊！我不找男朋友您担心我勾引石碚，我找了男朋友，您又嫌我气到了石碚！您说，您让我怎么办？让我去死吗？我死了你是不是就安心了？！”

邓梅摇摇欲坠，跌坐进沙发里。郑暖夏的话像烙铁，烙到了她的心窝，滋滋地冒着白烟，疼痛万分，却无力反驳。

主卧突然传来“嘭”的一声响，及时挽救了三个情绪沦陷的人。他们拔脚就往那里冲，郑暖夏跑在第一个。

进去后发现，好端端放在床头柜上的玻璃水杯竟然摔到地上，五马分尸了。而郑暖冬一如往昔静静地躺在床上。三个人的目光四处打量着，找不到任何可能造成这场事故的肇事者。

朱来福慢慢吞吞地跟了进来，见三个人都看向了自己，做出一副无辜样，摇摇尾巴，丧眉耷眼地转身又出去了。

从石碏那里出来后，郑暖夏去了怀府饭店。老周订的是个小包间，雅致温馨。见她一个人来了，他没有问原因，点了个小米海参粥，盛进小碗里放到她面前。

郑暖夏喝着，哭着。

两小碗粥下肚，她才缓缓说："那事是我妈联合尤玲和黄帆干的，我不知道该怎么办。"

老周说："你决定怎么做后告诉我。"

她点点头，试探性地问："石碏想在大风乡卫生院成立一个胰腺病专科……"

"大风是胰腺病高发区，石碏的想法很好，需要我做什么尽管说。"他毫不拖泥带水地表明了态度。

"谢谢啊。"郑暖夏有些动容，如今敢拍板表态的领导太少了，"这几年一直有人在挖他，他完全可以起诉和郑暖冬离婚，去大城市发展……唉！"

老周的神情凝重起来："石碏什么态度？"

"他就一死脑筋，不愿意扔下郑暖冬远走高飞……"她心里明白，石碏不走并非完全因为郑暖冬，顿了一下又说，"他真的是被我们家拖累惨了。"

老周略微松了口气："石碏不走就好，不然我们市又少了个外科好苗子。近几年大城市一些医疗机构到中小城市挖人的现象越来越多……必须想办法留住人才，才能保障小城人有医可看，有病能治。"

"怎么留啊？若不是你帮忙，我回来后可能连个工作都没有……"郑暖夏摇摇头。她这个曾经的小镇做题家，倾尽一切努力，才连滚带爬混入了帝都，十多年后被打回原形回来时，却发现家乡已经没有了她的立锥之地。

她回到怀清半年多了，除了工作，就是想尽办法悄悄看一眼箐箐，剩余的时间就被石碏、郑暖冬，及偶尔回竹坞看望母亲，再相互伤害占据着，很少和外界交流。

每次陪梁小蔻应酬，她就像穿梭在熙熙攘攘人群中的过客，热闹是别人的，和她无关。她和怀清，成了两根包了绝缘体的电线，彼此紧紧依偎，却擦不出任何火花来。

“唉……”老周的叹息声像加粗加重了的感叹号。从她空洞的眼神中，他读出了深入骨髓的孤独，内心不由一片湿漉漉的。若她愿意，他可以做她暗夜里的灯，下雨天的伞，路上相伴的良人，给她三冬暖，护她春不寒。

他的手伸过去，紧紧地抓住了她的手：“嫁给我吧……”

他指腹的温度浓酸重碱般灼到了她。她强忍着热辣辣的疼痛，想来个饮鸩止渴，泪却涌了出来。

“对不起，我暂时不能答应你。我，想先把女儿找回来……”郑暖夏的理智回了魂，努力从他的手掌中逃脱出来。

在普外三的历程表上，石碚从大风回来后将被派到北部山区的某个乡镇，然后是另一个……总之，未来的几个月内，他将承包科室里所有“医疗保障助力乡村振兴”的任务。

因郑暖夏和邓梅发生了争吵，第二天石碚本想在家里休息一天劝解一下邓梅的，却接到了刘杰斌的电话。

“喂，那个，那个原来的 15 床又回来了。”他在电话中支支吾吾的。

“15 床住了一茬又一茬，谁知道你说的哪个。”石碚没好气地说。

“就是你怀疑是回盲部肿瘤的那姑娘……”他没好意思说是被自己抢走的病人。

“据说刘主任的阑尾炎手术做得很漂亮哦。”石碚揶揄说。

“就别再恶心你师兄了，今天来上班吧，我把手术安排在下午，帮忙一起上，怎么样？”刘杰斌向他求救。

石碚本不想答应的，但想下那女孩花朵般的年龄，还是不落忍。挂断电话后，他和邓梅交代了一下便上班去了。

邓梅望着他的背影，想说什么，却没能说出口。

石碚刚走进科室，一个戴着大粗金链子的脖子就映入了眼帘，顺着那根金链子往上看，发现了它的主人苗二宝。

“哟，石大夫，来啦——”二宝热情地和他打着招呼。

石碏笑着冲他点点头，朝里面走去。

“对了，我老娘，哦，不，是常主任正找你呢。”二宝对着他的背影喊。

石碏怔了下。他回来上班并没和常主任说，他是怎么知道的？

果然，他还没来得及进大办公室，便看到常主任站在他的办公室门口冲自己招手，只好硬着头皮走了过去。

“石碏啊，下乡辛苦了。”常主任客气地给他倒水。

石碏接住没敢喝，等着他暗戳戳的箭射出来。

“下乡的确累，最近你就在科里歇歇吧。”

“谢谢主任。”

“苗老太太又要回来了。”常主任将老太太的近期病情简单说了下。

“不做手术的话，她应该去肿瘤内科吧。”石碏放下那杯水，庆幸自己还没喝。

“不是说了嘛，那倔老太太非要来咱们科室住，还点名要你当她的主治大夫，不然就不住院了。”常主任习惯性地拿手指敲打着桌子，仿佛和尚敲木鱼般执着而认真。

石碏总觉得哪里怪怪的，一时又说不上来。

“这事就这么定了啊。”

他只好应了声，出去了。

石碏刚走进办公室，护士长肖小艳就跟了进来。

“腿上的伤怎么样了？下乡刚结束，怎么不在家里歇几天啊？”见这会儿办公室里没其他人，她的语气里多少带了些嗔怨。

“刘主任喊我下午上他的手术，总得先来看看什么情况啊。”桌子上放着15床的检查结果，他拿起来翻看，眉头皱了起来。

不用说，是刘杰斌特意放在那里给他看的。

“那个，苗老太太的情况很不好，你要有心理准备。”肖小艳欲言又止。她和石碚一样，感觉事情怪怪的，但又找不出原因。

“没事。”

肖小艳的电话响了，她接了起来：“老太太到了啊？好的好的，病房已经安排好了。”

挂断电话，她朝石碚努了下嘴，走了。

不管他们情愿不情愿，人已经来了……石碚只好跟在她身后去迎接苗老太太。

刚走出办公室，就见黄秘书长和二宝把苗老太太用轮椅推了进来。小半年不见，老太太比原来更瘦了，脸上的皱纹刀刻般深，眼睛晦暗无光。

“石大夫好。”苗老太太极力向他露出一丝笑意。

石碚连忙走近了，向她和黄秘书长分别问了好。他敬佩这老太太，敢于直言放弃生命，一般人很难做到。

常主任和刘杰斌也过来了，对老太太嘘寒问暖的。她打起精神想和大家聊几句，怎奈连张嘴的力气仿佛都没有了。

石碚见状便阻止她说话，推起她朝病房走去。

安顿好后，石碚向黄秘书长和二宝详细问了一些情况，他们说老太太吃饭很少，每天一次大便倒还正常。石碚随后给她检查，按压肚子也不疼，但还时常咳喘，双腿有点浮肿。

二宝将前两天的检查结果递给了石碚。他看了下，胸部CT、腹部彩超和血常规什么的，都表明老太太肠道通畅，肝脏和肺部有几个阴影，胸腔和腹腔有少量积液。

从苗老太太病房出来，常主任请黄秘书长到自己的办公室喝茶。黄秘书长看出石碚有话说，冲他招了下手，示意一起过去。

“常主任，石大夫，老太太的病情可以直说。”黄秘书长开门见山地说。

“秘书长放心，我们一定会照顾好老太太的。”常主任没有正面回答。

石碏犹豫了一下说："老太太今年 89 岁了，晚期结肠肿瘤手术后，目前看不排除腹部和胸部转移的可能，肺部也有感染，我的建议是最好住到呼吸内科，或肿瘤内科进一步检查治疗。"

2

"咳，你说的我们也想到了，可老太太死活都不愿意住院，我好说歹说才住进来的，却点名非要住到你们这里，还指定要你做主治医生。"黄秘书很无奈。

他的话也辅证了常主任和刘杰斌没说谎，石碏一时语塞。

"感谢老太太和黄秘书长的信任，我们一定竭尽全力把老太太照顾好，"常主任泡了杯明前的毛尖，端到了黄秘书长面前，"当然，这个重任要落在我们普外三，不，应该是全中心医院最优秀的石大夫肩上。"

石碏像被人强行架到了火上烤，却无力挣脱。

送走黄秘书长后，刘杰斌就喊石碏一起去看那个回盲部肿瘤的姑娘了。她叫刘莞，上次住院时 22 岁，这次进来便是 23 岁了。本以为切了阑尾，就可以欢天喜地回学校拿毕业证，然后准备下次考研，身体却把她留了下来。

这是刘杰斌从自己手中抢走的病人，石碏本不想再插手的，但他今天回到科室，刘莞的妈妈就如影随形一直尾随着他。

石碏看过了刘莞这次入院后的检查和之前刘杰斌接手后的病历，她的阑尾切除得并不冤枉，红肿发炎，切下来后手术刀轻点了一下，便当场爆开了。

石碏去看苗老太太时，刘莞的妈妈就将跟踪对象换成了刘杰斌。她虽一言不发，刘杰斌却从她铁青的脸色中听到了千军万马的叫骂声。他害怕单独面对她，不敢待在办公室，起身到各病房转悠。

可是他去哪儿，她就跟到哪。她对石碏是相隔十米的尾随，对刘杰斌则一米都不到。肖小艳、钱护士等知道内情的人，看到他们后倍觉尴尬，能转身的转身，实在无法转身的，就收拾资料、给病人换液体等，假装很忙。

这边石磊一腾出手来，刘杰斌便要他和自己一起去看刘莞。那女人见状才结束跟踪，变队尾为队首，朝女儿的病房走去。

刘莞比几个月前瘦了很多，脸色苍白，说话都很费劲。她妈妈站在旁边，面露羞愧，不敢和石磊对视。当初是她极力要求换主治医生的。

“石大夫，对不起……”刘莞的母亲哽咽了。

“这个手术石大夫会和我一起做。”刘杰斌仿佛怕石磊变卦似的，赶紧说。前两天他从省里请来专家会诊，结果证实刘莞的确是回盲部肿瘤，才把手术定在了今天下午。刘莞的母亲却要求石磊来主刀，他只好硬着头皮给石磊打了电话。

“石大夫，您保证会上手术吧？”刘莞的母亲不放心地问。她刚才之所以跟着他，就是想问他这个，却不好意思张嘴。

刘莞塌陷的大眼睛也望着石磊。

“嗯。”石磊点点头。莫名飞来两座大山压在头上，不管他愿意不愿意都得扛着。那是病人和家属对他的信任和期待。

也好，忙碌的工作让他暂时忘记了郑暖夏和邓梅母女的纷争。

郑暖夏是顶着两个桃子眼来上班的。

刚进办公室，程主任便派下了任务：“小郑啊，把这季度的招聘资料整理好打印出来，院委会上要用的。”

“哎……”她有气无力地回答，打开电脑开始忙碌，按报名顺序将应聘人员的资料汇编，制成表格，打印出来给程主任过目。

“把这个，还有这个的顺序调到前面。”程主任指着其中的两个人说。

郑暖夏不解地望着她。

“按我说的去做吧。”程主任拿过另一摞资料开始看，不再理会她。

“唉……”她在内心一声叹息，无可奈何地回到位置上修改排名顺序。

“小郑啊，名单改好打印出来给几个院长都送去一份啊。”程主任喊。

“好。”郑暖夏头也没抬地答，然后点击打印按钮，将文件打印出来，装订好，拿着出了门。

中心医院除了林书记、李院长外，还有一个院纪委书记和五个副院长。郑暖夏拿着资料上了六楼，开始给领导们送面试材料。

她从李院长办公室出来后，迎面遇到一个中年妇女，身后还跟着一个十来岁的小女孩。

“你好，请问李院长办公室在哪儿？”中年妇女问郑暖夏。

“就是这个。”她指指身后的门，准备去敲下一个副院长的门时，目光无意间落在小女孩的脸上，顿时怔住了——翠绿色的雪纺裙子，梳着俏生生的羊角辫子，眉眼弯弯，皮肤细白，像个精致的瓷娃娃，虽戴着粉色的口罩，郑暖夏还是认出了她——箐箐！

“箐箐啊，你是跟我一起进去，还是在这里等？”那女人看着小姑娘问。

“你们大人说话我又听不懂。姨奶你进去吧，我在这里等好了。”箐箐盯着手中的游戏机，头也不抬地说。

“哎，好。那你可别乱跑啊，一会儿姨奶出来找不着你，会被你奶奶骂死的。”

“好啦好啦，姨奶您快进去吧，我又不是小孩子了。”箐箐不耐烦地说。

郑暖夏内心的龙卷风几乎要冲破皮囊了……她强忍着站稳，走近了女儿。

“箐箐，打的什么游戏啊？”她轻声问。

箐箐抬头看向郑暖夏，因她也戴着口罩没能认出来。

她连忙取下口罩：“是我啊箐箐——”她怕女儿认不出自己来，连忙从手机里翻出来两人的合影给她看。

“哦，阿姨您好，”箐箐连忙和她打招呼，“您怎么在这里啊？”

“我，在这里上班啊。”郑暖夏强掩哽咽，怕孩子听出来。

“哇！”小女孩的眼睛里闪烁起亮晶晶的光芒，以为郑暖夏是医生或者护士。

在大家眼里，医务工作者是个很神秘的群体，救死扶伤的天职让他们自带光环。

郑暖夏明白女儿的崇拜打哪来，柔声问：“想不想看看医生是怎么给人看病的？”

“可以吗？”她兴奋地问，游戏暂时失去了吸引力。

“当然哦。”郑暖夏答。

“太好了！”箐箐差点跳起来。

“那咱们出发吧——”郑暖夏拉着箐箐的手就要走。

“可是姨奶不让我乱跑……”小女孩有些犹豫。爷爷奶奶和这位带大她的姨奶整天唠叨不能跟陌生人说话，小心被他们拐走，箐箐却认为这位漂亮的阿姨是可以信任的人，她喜欢她身上那股甜甜的味道，和她软糯温柔的声音。

“没事的，大人们说起话来一般都要很长时间的，等咱们回来你姨奶都不一定能出来。”郑暖夏帮她找理由。

“嗯。我好烦听他们讲话，又不敢反对，奶奶说女孩子要有教养。”箐箐吐吐舌头，跟着她开开心心地走了。

郑暖夏拉着箐箐，轻快地出了办公楼，走向住院部。那只温软的小手，让她的胸膛里灌入了一大罐蜜蜂，甜蜜得有些恐惧，唯恐一不小心就化掉了。

两人走进普外三后，第一个遇到的是肖小艳。她惊愕地望着她们——两人的脸上虽说都戴着口罩，但那眉眼弯弯、那走路的姿势和由内而外的气质，完全是从一个模子里刻出来的。

石碚和刘杰斌刚好从刘莞的病房出来，看到郑暖夏母女后，就呆住了。

“暖夏，箐箐怎么……”石碚脱口想问她，却马上闭了嘴。

“阿姨，是上次给我们拍照的那个叔叔啊，原来他是医生，好棒啊……”箐箐看着石碚身上的白大褂，两眼放光。

“嗯，这位叔叔可是咱们怀清很有名的专家哦，人送外号‘石一刀’。”郑暖夏自豪地给箐箐介绍。

3

“石一刀叔叔您好——”箐箐乖巧地给石硞鞠了躬。小孩子最喜欢这些貌似很厉害的绰号了。

“箐箐小朋友好。”石硞内心的郁闷一扫而空，朝她露出最灿烂的笑容。

“好帅哦，好像明星……”箐箐感叹，随即又纠正，“叔叔我不是小朋友了，我已经是少女了。”

石硞和郑暖夏忍不住笑了起来。旁边的刘杰斌也跟着笑了。他虽然不知道这小姑娘的来历，却从她身上看到了似曾相识的影子。

“石大夫，箐箐想来看看你是怎么给病人看病的。”郑暖夏解释。时间珍贵，答应女儿的她要做到。

“这位漂亮阿姨原来就是我的病人，我现在给她复查，你观摩，怎么样？”石硞虽理解郑暖夏的心情，但带小姑娘去看那些病人却有些不妥，一是怕对孩子有不好的影响，二是对病人也不够尊重。

想到他曾经给自己看过乳腺增生，郑暖夏的脸就红了，有些恼怒地瞪他：“她是跟着亲戚来找李院长的，一会儿人家谈完事出来找不到人该着急了。”

“走，箐箐，叔叔带你给这位阿姨听下心脏，量下血压吧。”石硞带着箐箐朝医生办公室走去。

郑暖夏这才放心了，跟在他们的后面。

郑暖夏坐在那里，石硞拿起听诊器放在她的胸口上。箐箐兴奋地瞪大眼睛看他操作。他听了一会儿，取下听筒放到了箐箐耳朵里。

“来，听听你……阿姨的心跳。”石硞本想说“你妈妈”的，话到嘴边意识到错了，赶紧拐了弯。

郑暖夏秒懂了他的语意，眼睛一下子涨了潮。还好，箐箐被耳朵里的声音完全吸引了，并没发现他们的异样。

“哇，原来心跳是这样子啊……”“咚咚咚”的声音让小姑娘既兴奋又紧张。

“嗯，你阿姨心跳规律有力，心脏很健康。”石硞说。

“嗯嗯嗯，”箐箐小大夫一样连连点头，突然又叫了起来，“啊，怎么突然跳快了呀……”

郑暖夏怀她的时候，在医生的协助下听过胎心。当时她在自己的肚子里仅有三四个月，却一样的弹跳有力……那么小小的一块血肉，长成了眼前的小少女，还拿着听诊器像模像样地听妈妈的心跳……彼时彼景和此时此景交错轮回，在郑暖夏眼前回放，她感觉自己的心跳一分钟都能跑十公里了。

“你……阿姨昨晚没有休息好。箐箐，我们来给你郑阿姨量下血压怎么样？”石硞当然明白郑暖夏的心情，红肿的眼睛出卖了她昨晚离开后哭得有多么惨烈。

“好呀好呀。”箐箐立马放下了听诊器。

石硞将电动血压计的套筒套到了郑暖夏的左胳膊上，指着一个按钮说：“箐箐，来，按下这个。”

“这个我知道，我奶奶每天都要量一次。”箐箐伸出手指摁下了开始键，然后紧紧地盯着屏幕上跳动的数字。

“70~100，血压有点低。以后多吃些猪肝、牛奶啥的，补补。”石硞取下了血压计。

“帅叔叔，阿姨不用吃药吗？我奶奶血压高，每天早上都会吃药的……”箐箐一本正经地问。不知为何，她突然担心起这个只见过两次面的阿姨了。

“她要吃的药医院没有卖哦……”石硞摇摇头，将血压计收了起来。

“哪里有卖啊？”箐箐着急地问。

“你就是我的药啊……”郑暖夏内心默念着这句话，说出口的却是：“箐箐，时间差不多了，你姨奶办完事出来找不到你会担心的，咱们走吧。”她虽有万般不舍，但知道不能再拖延时间了。

贸然将箐箐带离是个危险举止，保姆出来找不到孩子肯定会打电话给黄帆，那她见箐箐的事情就会曝光，接下来孩子被转移的危险性会增大。

箐箐点点头说：“阿姨您别着急，我和我爷爷奶奶说下，让他们帮忙给您买点药。”

郑暖夏再也忍不住了，拉过箐箐，将她紧紧地抱进怀里：“谢谢箐箐，你是我见过的，最可爱善良的孩子。阿姨……爱你！”

这个画面和谐温馨，仿佛本就该如此，从石碚、刘杰斌，到站在门口围观的肖小艳，都没觉得有违和感。

郑暖夏一手拿着还没有送完的资料，一手拉着箐箐上了办公楼的六楼，远远地看到郝家的保姆举着电话，满脸惊慌地四处打量，寻找箐箐。

李院长跟在旁边，神情也很紧张。

箐箐的手机响了，她拿出来看了下，发现是保姆打的，没接。

郑暖夏拉着孩子躲到了柱子后面：“箐箐，阿姨就送你到这儿吧，方便的话，加个微信好吗？”

“嗯嗯。”箐箐迅速扫了郑暖夏的微信二维码。

“快过去吧，你姨奶在找你呢。”郑暖夏说着眼睛红了，“就说你自己……”

“阿姨您放心，我就说自己跑去玩了。”箐箐人小鬼大，冲她眨眨眼，朝焦急寻找自己的保姆走去。

望着她的背影，郑暖夏的泪水小溪般顺着脸庞向下流淌，感叹血缘的神奇：这个小小的人儿，竟本能地想保护妈妈。

“小祖宗你跑哪了？让我找这么一大晌……不是说就在门外等吗……”保姆一把拉过她，埋怨着。

“我去楼下溜达了一下，参观参观嘛……”箐箐的小手放在身后，朝柱子后面的郑暖夏比了个“V”。

保姆看向李院长说：“李院长我们走了啊。谢谢你，我家宗耀的事情让您费心了。”

“都是自己人嘛，回去代向黄主任问好啊。”李院长客气地说。

郑暖夏躲在柱子后面，怔怔地望着保姆拉着箐箐从自己面前走了过去。“宗耀”两个字有点耳熟，她连忙拿出资料，发现程主任让自己往前调的两个人名中的一个就叫“李宗耀”。

“呵呵……”她内心发出无可奈何的笑，想了下，拿出手机给箐箐发微信：宝贝箐箐，今天见到阿姨的事情回家后别给爷爷奶奶说，好吗？免得他们责怪阿姨带你乱跑了。

“OK。这是我们两个的秘密嘛。”箐箐回复。

郑暖夏笑眯眯地将手机放回口袋，右手无意识地在肚子上抚摸了一下，仿佛里面还住着那个小精灵。怀箐箐七八个月的时候，小家伙常在肚子里踢来打去，她常根据肚子上的隆起形状，来判断兴风作乱的是手还是脚……

刘莞的手术排在下午三点多。中午下班后石碚回了趟家。

邓梅没有走，烧了两荤两素四个菜，在等他回来。

“石碚啊，我想把那个五金店卖了。”邓梅幽幽地说。

“不想做的话，就卖了吧。”石碚闷头吃饭。

“卖了我就来这儿吧，帮你照顾暖冬，你也好腾出手来好好工作。”她抚摸着旁边椅子里的朱来福。

“喜欢来住就来吧。”他本想和她说今天见到箐箐了，可话到嘴边卡住了。

“我喜欢不喜欢都得来。”邓梅声音软软地说，却不无敲打的意思。

石碚微微皱了下眉，明白她是想监督自己和郑暖夏，想说什么又忍住没说。

随着钥匙的开门声，郑暖夏走了进来。

“你来干什么？”

“吃饭了吗？”

邓梅和石碚同时问。

看到石碚，郑暖夏有点惊讶。以为他在手术上她才跑来的，想和母亲单独谈谈。一些话，她不想当着他的面说，怕她们母女间难以调和的矛盾让他遭受无妄之灾。谁知还是撞上了。

“石头你回避一下好吗？我想和我……妈单独聊一下。”郑暖夏说。

“一个女婿半个儿，这么多年了，我一直是把石碚当成儿子看的，有什么话你就当着我们娘俩的面说吧，不用藏着掖着的。”邓梅收拾着碗筷。

“虚伪……”郑暖夏在内心说。母亲这么多年的确是很喜欢石碚，但真要是当成亲生儿子疼爱的话，为什么要折磨他？

邓梅的背影没能听到她腹诽。她将碗筷放进水池后返身回到客厅，泡上茶，优雅淡定地坐到桌子前喝茶。

“讲啊——”她说。

郑暖夏的胸脯剧烈起伏着，从手机里翻出来尤玲的照片：“我准备起诉这个人贩子，还有买家黄帆。”

石碚从郑暖夏手里拿过手机，看到了尤玲嘴角的痣后，心猛地揪成了一个疙瘩。

4

“你是想让我这个卖家坐牢吧？”邓梅像调慢了速度的播放器，一句话几乎用了一个世纪。

“我只想要回我女儿！”

“行，我等着警察来抓我——”邓梅的声音突然跨越了几个八度，声嘶力竭的。

“您这是……逼我在生我的人和我生的人之间做选择吗？”郑暖夏的眼泪终于涌了出来。来之前她在心中告诫自己——不哭，为了箐箐她不能哭，一定和母亲硬抗到底。

十多年前为了母亲和郑暖冬，她没敢去告郝家，这次决不再后退半步了。“为母则强”四个字，在失去箐箐的日子里，像淬了毒的刀子一样在郑暖夏心口剜个不停，导致那里一直溃烂，不能痊愈。

“我没有生你，你是我从路边捡来的；我没有养你，你是喝着西北风长大的；我是卖掉你闺女的人贩子，赶紧喊警察来抓我吧！一个读过大学的人难道不认识1、1、0三个数字吗？要不要我替你打呀——”

邓梅猛地站了起来，声音悲怆，像一只受伤的母兽，拿着手机冲郑暖夏吼。

“阿姨，暖夏，你们能不能听我的，坐下来慢慢说……”

可两个人没谁听他的。

“怎么了，没胆子打吗？你不是认为是我害死你爸的吗？那还等什么，让警察抓我啊——”

“你别逼我，别逼我——”郑暖夏不由自主向后退去，声音也尖厉起来。

就在这时，主卧里突然传出来“嘭”的一声响。像上次那样，这个声音成了邓梅和郑暖夏争吵的消音器，情绪激动的三个人随后都冲向了那里。

床头柜上的钢琴八音盒摔在了地上，玻璃盖脱离了主体，像刀片般躺在地上，明晃晃地切割着人的心扉。

郑暖冬大睁着一双眼睛看着他们。

石硞以为看错了，急忙走上前，拿手在郑暖冬面前晃动。

“你，们，别，吵，了……”她吐出来的是极弱的单音字，在场的三个人还是听了个一清二楚。

邓梅先是一愣，继而用手捂住了嘴，蹲到地上嘤嘤呜呜哭了近一分钟，才起身走到床边，俯下身子，紧紧地抱住了郑暖冬。

郑暖夏不由自主地朝她们走过去，伸出手想和她们抱在一起，却又停住了。

“我的儿啊，暖冬啊，你总算醒过来了……”邓梅高亢的哭声响起。

“妈，你，好，烦……”郑暖冬嫌弃地呢喃着。

“你知道妈这么多年是咋熬过来的啊，妈每天都很想你，却忍着不敢来看你……妈以为你见不到我，就会生气，气着气着或许就能醒过来。暖冬我的亲闺女啊，妈以为蹬腿儿前也等不到这一天了……”邓梅昏天黑地地哭号。

“您是不好意思来看她吧。要不是您支持，怎么会有那场婚礼，没有那场婚礼，她怎么会遭遇横祸？”郑暖冬醒来，郑暖夏是开心的，却控制不住说了这些尖刻的话。

“郑，暖，夏，你，讨，厌……”郑暖冬细细的眉毛拧了起来，努力想拿个东西扔过去，可身子仿佛不属于她了，胳膊软软地塌在那里抬不起来。

“闭嘴！暖冬刚刚醒过来，你这么恶毒干啥啊？”邓梅猛然扭过头，恨恨地瞪着郑暖夏。

时间仿佛又往回穿越了三十年，回到了小时候的那个家。母亲永远是郑暖冬的母亲，和郑暖夏无关。她怔怔地望着她们，不自觉地朝后退去。脚步很轻，连石碏也没有发现，他正忙着给郑暖冬检查。

郑暖夏轻轻地退出主卧室，退出客厅，退出了石碏家……转身朝电梯口奔去，可两台电梯均停在顶楼怎么也不下来，便转身往楼梯间跑去，拉开逃生门，低头往下猛冲。

石碏家在18楼，每层楼有18级台阶。郑暖夏感觉身后跟了一条恶狗，追着她咬。为了逃命她一口气跑下了324级台阶，感觉还是没能逃离，被狠狠地咬了一口，连皮带肉，一嘴见骨。

跳下最后一个台阶，她“扑通”一声跪跌在地上，挣扎好久都没能起来。

“暖夏……”随着惊讶的叫声，刘杰斌走过来扶住她，使劲将她搀扶起来，“怎么回事啊？”

郑暖夏推开他，像被掏空内脏的木乃伊般踉踉跄跄，干瘪枯瘦地跑了。

刘杰斌狐疑地看着她，进了楼道。电梯正好下来，他走了进去，摁下18，来到了石碏家。

见门敞开着，他犹豫了一下走了进去。

喊着“暖冬”的哭泣声传来，他骤然紧张起来，急急走进主卧，看到站在床前嘤嘤哭泣的邓梅，和拿着听诊器给郑暖冬检查的石碏。

床上，郑暖冬愠怒地瞪着他们。

“是郑暖夏害的我？”她的记忆不知道停留在哪个时段。

郑暖冬醒过来了！！！三个感叹号像三个明晃晃的太阳，照得刘杰斌睁不开眼睛……他腿一软，差点坐到地上。

刘杰斌的电话响了起来。见是手术室赵护士长的号码，才想起来这里的目的。

“石硞，下午我们有手术。打你电话没人接，我就跑过来了……”他哑着声音说，“暖冬醒了啊，真好，真好。”他喃喃着想上前，走了几步，又转身出去了。

郑暖夏一口气跑出了小区，开着车，在忙碌的城市道路上胡乱奔突着，像一只被关进牢笼的小兽，试图咬出一个逃生的口子来。

通过岁月的关隘，她回溯往昔，往事像由不同画面组成的一连串电影镜头，每一帧画面中自己都从未改变，但取景框一直在运动——时间拖着沉重的脚步奔跑了这么多年，母亲还是那个母亲，郑暖冬还是那个郑暖冬……

而自己，还是那个爹不疼娘不爱的郑暖夏。

车轮不知道将这个熟悉又陌生的小城丈量了多久，最后停在市政大厦门前。她将头深深地埋在方向盘上，任泪水顺着指缝往外涌。良久后，她抬起头，拿出手机输入一串数字，打了出去。

“暖夏，你好……”黄帆的声音还是那么客气，较之前多了许多温柔。

郑暖夏一愣，以为自己打错了。

“我知道你有事情找我，正好我也想和你好好谈谈。这样吧，见面聊，可以吗？半个小时后，市政大厦旁边的茶社见。我让老板留个房间给我们。”

挂断电话两分钟后，黄帆发来了信息：听雨茶社三楼“听雨轩”。

十分钟后郑暖夏坐在了听雨轩里。

“不好意思暖夏，让你久等了。”又过了十几分钟，黄帆拎着包，穿着得体的真丝连衣裙进了门。大暑的天里，她仍系了条精致的小丝巾，脸上堆满了客气的笑意。

郑暖夏上上下下地打量着她，满腹杀气腾腾的刀枪剑戟竟无法挥舞起来。

“我知道你找过尤玲了，也知道你见到箐箐了，咱家宝贝可爱吧？这些年啊，她可是我这个奶奶的心头肉哦。小小年纪，琴棋书画样样精通呢……”

“黄主任，我不是来和你聊这些的。箐箐是我的女儿，请你把她还给我。”虽然很想听她多讲一些女儿的事情，郑暖夏还是打断了她。

“可以呀。”黄帆呷了口茶说。

郑暖夏准备拼死一搏撞倒一堵墙时，那墙却自己轰然倒塌了，而自己由于用力过猛摔了个鼻青脸肿。

她呆了足足一分钟没有说话。

黄帆姿态优雅地呷着茶，脸上浮现着恰到好处的微笑，欣赏着自己制造的效果。

“那，什么时候把孩子还给我？”

“随时都可以。”

郑暖夏完全傻了。又是一分钟之久的沉默后，鼓足勇气问：“那我现在就想见箐箐。”

“没问题。不过你以后准备让箐箐住哪呢？你现在住的出租房？暑假结束后，她就要回省城读书了，那是全省最好的学校，每年学费十万多元，你现在那点工资，不够给她交学费的吧……当然，学费不是问题，我们可以负担，毕竟是我孙女嘛。”

黄帆的话题扯来绕去，郑暖夏不知道她的中心含义是什么。

“不管怎么样，我不会让箐箐没地方住的。我在哪，我女儿在哪，我不会让她受委屈。”郑暖夏梗着脖子说。

“呀，暖夏呀，你误会了。你是箐箐的妈妈，怎么会让她受委屈呢。我是说，箐箐跟着我们住惯了大房子，无论是学业，还是兴趣爱好，她在同龄孩子中都是出类拔萃的。你见过她的，应该知道我没说假话哦……我是说你忍心让女儿失去这些，跟你住简陋的出租屋，读普通的学校，丢掉学了半截的琴棋书画吗？”

黄帆的话和尤玲的如出一辙，让郑暖夏有些招架不住。

5

除了她母亲郑梅外，哪有母亲忍心看着孩子受苦的？

“你，想怎么样？”郑暖夏突然回过味来，明白黄帆痛快答应把女儿还给自己，应该是有条件的。

“暖夏啊，我向你道个歉，希望你能原谅我们。你也做妈妈十年多了，应该理解我们当初为什么要拆散你和子玉，我们只是希望儿子更幸福嘛……”黄帆说着泫然欲泣，眼眶都红了。

不管她是不是表演，这些话都让郑暖夏无力反驳。箐箐将来万一带个自己看不上的男孩子回来，她不知道自己会是什么反应……

“只要把箐箐还给我，我……可以不追究你们对我做过的事。”郑暖夏艰难地说。

“由俭入奢易，由奢入俭难。你忍心让箐箐降低生活标准吗？”黄帆的话题又转了回来。

“那，那是我的事情，不劳您费心！”郑暖夏觉得有辆超载的大卡车从身上压了过去，她忍着碎成齑粉的疼痛继续说，“把箐箐还给我，恩怨从此两清，尤玲不会因此事受牵连、临近退休了再丢掉公职；你也不会涉嫌买卖人口和我对簿公堂，甚至，我还可以让箐箐定期回去探望你们。”

这是她能做的最大的让步。

“暖夏啊，我都说了，我为拆散你和子玉向你道歉。前些时子玉从国外回来了，你们复合怎么样？这样的话，箐箐就有了爸爸妈妈，我孙女也不会再像个留守儿童了……”黄帆的眼中泪花闪烁，一副好奶奶的慈祥模样。

郑暖夏却从那泪光中看到了隐隐的笑意，那是老猎人将猎物逼得走投无路、看着它一步步掉进陷阱后的得意。她的天空中炸起了蘑菇云，明明捏得紧紧的景德镇茶杯“当啷”一声掉到了桌子上，洁白如玉的杯身蹦跶两下后，摔到地上香消玉殒了。

石碚给郑暖冬检查后，发现她的心跳、脉搏、呼吸竟然非常稳定，感觉有些奇怪。按常理，她昏睡了十多年刚醒过来，应该不会一下子恢复得这么好……但他巴不得她立马就能活蹦乱跳，那他就可以早点儿起诉和她离婚。

在黑洞洞的路上走了十来年后，石碚终于看到了希望的曙光，因此下午在手术台上情绪异常饱满。主刀的刘杰斌看上去反倒有些心神恍惚。

“不舒服吗？”石碚问。

他额头上满是虚汗，点头承认了。

“要不我来？”见他这样，石碚主动说。

“那就有劳了，谢谢。”郑暖冬的清醒对刘杰斌的冲击很大，他的内心已成了没有头绪的乱麻，见状正好顺坡下驴。

回盲部在人体的右下腹部，是回肠与盲肠互相交接的部位。人体回盲部发生的肿瘤多属于恶性肿瘤，一旦发现就要及早采取有效方法进行治疗，手术切除是主要方式。好在刘莞年轻，耽误了几个月，病情虽朝着严重的方向发展了，但此时切除仍可以挽回。

石碚下刀很是麻利，根治性切除了右半结肠以及末端十多厘米的回肠，同时扫清了右半结肠的淋巴结，将末端回肠与横结肠吻合，右侧输尿管松解……最后把被癌细胞侵犯的组织一并切除了。

“后续还得化疗一段时间。”石碚边缝合伤口边说。

刘杰斌突然想起了什么，问：“你那个课题怎么样了？”

“哪个？”

“你不是在做‘泛素化调控在恶性肿瘤细胞凋亡机制中的分析’的课题吗？”

石碚不知道他为什么突然问这个，点了下头，没继续探讨，淡然道：“还在进行中。刘莞这个不适合，术后可以结合中药治疗。”

他是在做相关的课题，但目前还不成熟，不想多谈。

刘杰斌见状没再发问，向两个年轻医生解释：“一些中药可以帮助患者提高身体素质，抑制和杀灭体内死伤的癌细胞，还能缓解化疗引起的不良反应，减少转移和复发的概率。”

走出手术室后，刘杰斌跟在石碏身后：“石头……”

“刘主任有什么吩咐吗？”石碏回头看向他。

他讪讪着说：“没，没啥事。石碏，恭喜啊，暖冬终于醒过来了。”

“这个恭喜我接受。”

“还，还有，那个啥，你下乡的那段时间，医院让申报重点学科带头人，每个科室让推荐两个，常主任让我看着报，我把你和常主任报上去了。”他嗫嚅着说。

“哦……谢啦……”这事倒真的出乎石碏的意料。

文无第一，武无第二，若外科是武林的话，某些从业者自认是独领风骚的“一代宗师”，谁都不服谁，恨不得拎着手术刀来场华山论剑……刘杰斌能将名额让出来，着实让石碏惊讶。

“我把你发在《柳叶刀》上的那篇文章作为评审的学术论文提交了。咱们医院评出来的前三名，将参加全市的学科带头人评选，全市的前三名将代表怀清市去参加省里的评选……”

石碏点点头，笑了下，又说了声“谢谢”后，转身欲走。

“那个，石头——”他又叫道。

石碏只好再次停下来。

“我，我妈说她挺喜欢暖冬的，回头我能不能陪老太太去看看暖冬？”他的声音很低。

石碏的鼻子突然一酸，说：“想去就去吧，不过邓家老太太在，不要让俩老太太吵架就好。”

他知道爱是什么——既能让人神魂颠倒，也能榨干一颗心。

《柳叶刀》素有医学界的“黄河、泰山”之称，刊载的文章含金量可想而知。凭借那篇文章，石碚顺利进入中心医院的前三名，将参加全市的学科带头人评选。

石碚对成为学科带头人的兴趣并不大，只是被动地按照医院的要求填写表格。可“名医”效应给医院带来的“流量”是肉眼可见的，因此这个荣誉对林书记和李院长来说格外重要。为在市里的评选中脱颖而出，他们特意叮嘱院办，让给评选出来的三篇论文重新进行包装，设计了封面，并请全国闻名的外科专家写了推荐语。

石碚以为将申报学科带头人的表报上去就万事大吉了，没想到顺利杀入医院的前三名后，麻烦事接踵而至。

院办通知要他配合做各种宣传，打破了正常工作秩序，令他既头疼又无奈。

这天妇科给患者切除卵巢肿瘤，在等待病理检测结果的时候，主刀医生通过腹腔镜突然看见有肠液流出来，意识到情况不好，连忙联系了石碚。

石碚匆匆赶到后，根据情况判断是肠道破裂了，经家属同意后重新进行了剖腹手术。他打开腹腔，发现小肠和肠管血管均有多处断裂，只好进行了腹部清洗，把坏掉的小肠组织切掉，重新接上，再利用肠造瘘回纳术进行小肠造瘘，待长好后再进行二次手术，将那部分组织放回腹腔，重新缝合。

医学最大的特点是风险性和不确定性，没什么治疗是绝对有效的，更没有什么治疗能保证绝对成功，名医不过是经验相对丰富的医生，就算华佗再世，也有很多难以治愈的病案。因此不管大手术还是小手术，石碚都小心翼翼地对待，绝对不敢掉以轻心。

可就在手术进行过程中，院办却几次将电话打进了手术室，问石碚还有多久可以下来？要他下了手术立马赶过去，说《怀清日报》和怀清电视台的记者在等着……

医生的一个小举动，可能就是患者一辈子的幸福，石磊虽没受电话的影响，旁边的妇科主任还是格外恼火。

“喂，石大夫下手术了没有？”这个电话是程主任亲自打的。之前她让刚招来的新人打了几次，都被妇科门主任用委婉的态度给强悍地挡了回去，她想让郑暖夏再打时，却发现她尿遁很久了还不见人影，只好亲自上阵了……因为医院花真金白银请来的媒体记者们焦躁地等在会议室。

“马上，五分钟后”。门主任刚要再怼回去时，石磊赶紧出了声。因为郑暖夏也在院办，他不想因这个让她难以做人。

就这样，石磊一身墨绿色的手术衣，顶着满脑门子的汗，努力露出微笑出现在媒体前。整个补救手术做了近五个小时，其间连口水都没喝……若人是植物的话，他脸上的笑容应该是蔫巴拉几的。

因之前和媒体几次过招，石磊知道他们想要的是什么，先是简单介绍了今天手术患者的一些情况，接着回答了自己一天做几台手术、每天几点睡几点醒、不是在做手术就是在去做手术的路上等等他们所关心的问题。为让效果更形象逼真一些，枯瘦低矮的李院长还把自己身上的白大褂脱下来，硬给石磊套上去，让他摆拍出各种工作状态给媒体拍。

第十七章 | 阳谋干不过阴谋

1

领导都亲自过来给他站台了，石碏只得强行将饿得有些打战的腿站直溜了，努力挤出来一脸灿烂的笑容，按需求进行各种摆拍，总算将这出大戏演完了。

几天后，中心医院门诊大楼的走廊两侧，摆放出石碏大幅的宣传照——一边穿着墨绿的手术衣，一边身着雪白的白大褂，并配有“中心医院学科带头人”的字样，前来就诊的病人驻足观看一番后，石碏在门诊的办公室便被挤爆了。

郑暖冬清醒过来后，邓梅留下来专心照顾她。石碏两周一次回竹坞义诊却风雨无阻地进行着。

因被评上了中心医院学科带头人，石碏的义诊就不再是个体行为。这周他去竹坞的前一天，医务科王科长将他喊了去，告诉他医院要派内科、外科、妇产科等几个科室的人员一起前往。

当然，作为中心医院的笔杆子，郑暖夏也是必须参加的，今天她还多了项任务——从石碏出发就开始用镜头记录，这是林书记和李院长特意交代的，他们已将标题为“神秘医生带你去义诊”的直播预告发出去了，报社和电视台的记者们也已把直播设备架在了竹坞，等待他们的到来。

医院的中巴车送去保养还没开回来，这趟出行，大家只能开自己的车。

郑暖夏拍了一组石碚拎着出诊包走出住院部大楼、上车等镜头后，关闭设备，准备去开自己的车，可想到梁小蔻就是因为车的续航里程出现了问题才淘汰给自己的，担心它在半道上玩罢工，她便站在那里扫视同事们的车，考虑坐谁的……

石碚那辆老福特停到了她面前。

“郑老师，上车吧。”他笑得像朵花。

他竟然喊自己郑老师？郑暖夏愣了下，见同事们的车队紧跟其后，只好上了贼船。

郑暖冬的突然醒来，让郑暖夏不知道该如何是好，而母亲又住进了石家，她怕再搅浑一池水，开始躲着石碚。他几次找她，她都像鱼一般溜了。他感觉到了，却拿她没办法，今天终于逮到了机会。

郑暖夏低头玩着指甲，努力平复着情绪：“郑暖冬怎么样了？”

“蒸蒸日上。”

“恭喜！”她由衷地说。

“同喜，”他回答，“等她完全康复后，我就起诉离婚，净身出户。”

郑暖夏的嘴巴张得大大的，情绪瞬间开始海啸。

“这次不准再逃，不然……我不会再原谅你。”见吓到她了，他的声音轻柔下来。

郑暖夏感觉天上掉下来了一座五指山，将她压得死死的，不能动弹。

“最近和箐箐联系过吗？”不想给她太大压力，石碚转换了话题。

郑暖夏的心却“怦怦”地乱跳起来，试探着问：“你听到什么了？”

“听到什么了？”他有点莫名其妙。

她提到嗓子眼的心又放回到肚子里：“哦，没什么，我担心那天咱们见箐箐的事被黄帆知道。”

那天她杀气腾腾地想从郝家要回箐箐，可当黄帆提出来让她和郝子玉破镜重圆后，她便如丧家之犬般逃跑了。

“郝子玉那个混蛋，他这辈子最好都待在国外，胆敢回来看我怎么收拾他！”石碏使劲捶打着方向盘。想起郝子玉带给她那么多的伤害，他的气就不打一处来。

他孩子气的举止让郑暖夏既好笑又暖心。

十多年前在帝都，她怀孕后郝子玉就变得沉默寡言了，烟却抽得越来越凶。某天他接了个电话后，一脸慌张地告诉郑暖夏，说他母亲生病住院了，他得回去看看……从此便斩断了和她的所有联系。

临产前，石碏陪着她回怀清找郝子玉，黄帆却一脸客气地告诉她——郝子玉出国了，和一个美籍华裔女孩结了婚。

郑暖夏从小就没有了父亲，她不想让自己的孩子再失去父亲才回来找郝子玉的，没想到结果却是这样。那天，她上演了一场很影视剧的情节—— 吐了一口鲜血后倒在了地上。

信誓旦旦要给她“七大洲四大洋的爱”的郝子玉，从此就留在了记忆中。十多年来，她努力想将他留下来的恶臭从大脑中铲除，没想到他竟然又回来了！

郑暖夏知道，处理掉这泡狗屎的艰巨任务除了老周外，没人可以帮到她……那天她从茶楼出来，直接跑去了他的办公室。果然，老周打了几个电话，便拿到了标准答案：郝子玉那个外国老婆是个瘾君子，某次她嗑药后一脚将他踹下了楼梯。在那场事故中，郝子玉摔断了腿。再后来，他离婚回国养伤，到现在还瘸着一条腿。

郑暖夏打探郝子玉并不是为了复合，她只是想弄明白黄帆的态度为什么变了。得知真实情况后，她明白想让箐箐回到身边只能从长计议了……好在郝家对女儿足够好，让她稍感欣慰。

“答应我，不要再逃，好吗？”往事的陈渣从心底泛起，伤感席卷了石碏。

他的难过袭上了郑暖夏的心头，压迫着她的肺叶，挤出了里面的空气，令她感到窒息。

这么多年，她逃了太多次，而他一直在原地。她之所以敢逃，是因为有个随时可以容她转身的人……可是，如果石碚离婚和她在一起，母亲、郑暖冬、郝家以及老周，这几方面的力量会纠缠成一根坚韧的绳索，将他们紧紧地勒住，她不敢想象会给他带去什么样的灾难……

“我离婚后你不要再逃了，好不好？”他继续强调。

郑暖冬醒来后，郑暖夏已预感到石碚会离婚，因此最近她都是溜着墙根走，既躲他，也躲老周，同时还躲避黄帆。

那天和黄帆在茶社聊过后，她竟然隔三岔五打电话要郑暖夏过去吃饭。

半路上，媒体记者不停打来电话和郑暖夏沟通直播的事情，让她没有太多时间应付石碚。

因事先将义诊预告发了出去，这天来就医的队伍有点吓人，目测至少上百号。还好竹坞镇卫生院给予了大力帮助，一切进行得有条不紊。

石碚一旦进入工作状态，就旁若无人了。整个直播过程中他只是询问病人、同他们交流，并没怎么看镜头，但直播的气氛却是热烈的，在线人数一度达到了二十余万。

次日，《怀清日报》头版头条推出了题目为“两只起死回生手，一颗安民济世心——记‘小城大医’石碚”的新闻报道，将他这些年默默下乡义诊等事情作了详细报道。

市学科带头人的评选关系到将来的财政拨款。为争这个荣誉，所有的参评医院都是八仙过海、各显神通——有给评委打招呼说情的，有请评委吃喝送礼一条龙的……

当刊发石碚义诊的报纸放在林书记和李院长面前后，两人格外开心，认为石碚入选怀清市学科带头人应该没什么问题了……

为确保万无一失，林书记还是把郑暖夏叫进了办公室。

“小郑啊，周主任不是你好朋友吗？去找找他，和他说下，让评审的时候多关照一下咱们医院，尤其是咱们的石碚石大夫，论年龄，论成绩，评个市级的学科带头人那是绰绰有余的。”

“我试试吧……”郑暖夏的头垂得低低的，脸涨成了西红柿。

她最怕一些内卷的事情，可这事关系到石磊，还是书记亲派的官差，不去是不行的，只好怏怏地开着车出了医院，蜗牛一样在路上爬着，最后竟然来到了市妇联的大门外。

2

看来是天意。郑暖夏只好将车在停车场停好，朝里面走去。

走进梁小蔻的办公室时，她正埋头在一堆材料中忙碌。猛然抬头看到郑暖夏后，吓了一跳。

郑暖夏将事情简单讲述了一下。

“那你直接去找周大主任啊，这肤白貌美大长腿……简单粗暴就能搞定。”她貌似出了个不错的馊主意。

“哼哼……”郑暖夏没好气地拿鼻孔招呼她。

“好啦，逗你的。就算周主任想帮石磊，也不能直接干预评委的工作，所以这事啊，还得从评委那里入手。石磊好像出过一本什么医学专著，给我送过来几本……”

“干吗？”

梁小蔻没好气地解释：“全怀清医疗界可以称之为专家的也就那么几个，咱给他们送本书，让他们提前了解一下石磊的实力，加上他发在《柳叶刀》上的那篇论文，评个市级的‘学科带头人’还是没有问题的！”她细黑的眉毛挑了两下，露出狡黠的笑。

郑暖夏深以为然地点点头，冲她伸出了大拇指：“高，实在是高！专家名单都有谁，我好让石磊签名。”

梁小蔻拿起手机，编辑了几个名字发给她：“评委大概率会在其中……”

郑暖夏点点头，旋风一样刮出了门，留下一地尚未过河就拆桥的碎片。

石碏的确出了本叫《消化道肿瘤手术技巧和并发症预防》的书。当初为了评职称，他和师兄老刘将之前发在医学期刊上的文章汇集了一下，合著出了这本书。

郑暖夏匆匆回到医院，让刚招进来的小常通知石碏，要他火速送来几本书，并按照提供的名单给每个专家签好名。

拿到签名版的书后，她迅速给梁小蔻送了过去。

“凭石碏的成绩，在怀清市评个学科带头人还是没问题的，所以我觉得这书送不送都行。”梁小蔻说的是真心话。给郑暖夏出过主意她就后悔了，无论成就、职业素养、年龄、职称等，石碏评个市级的学科带头人都不是个事，却要“摧眉折腰事权贵”，让她心里很不舒服。

“这事不是你觉得，而是要评委们都觉得才行。这个奖不仅对医院意义重大，对石碏影响也很深远，他想在大风建个胰腺病专科，拿下这个奖的话，从上到下，反对的声音会小很多。”郑暖夏解释。

“那好吧。我是看在你和石碏两个人的面子上才这么干的……”梁小蔻的声音拖得长长的，像彗星的尾巴，“和我一起去送书，凭什么要我替你们打工啊！”

就这样，梁小蔻开着她的新车载着郑暖夏跑了六七个地方，给几名专家都送了本《消化道肿瘤手术技巧和并发症预防》，用一副低到尘埃里的姿态请他们多提宝贵意见。

碍于梁小蔻的金面，专家们的心中不管怎样兵荒马乱，收到书后大多会客客气气地夸奖几句，但一个叫吕千里的却格外遗世独立。他接过郑暖夏恭恭敬敬递上来的书，只拿余光瞟了一眼，便开始挑剔书的封面设计有瑕疵，里面的纸张太薄，印刷质量差、专家推荐语放在书的后封了等问题。

梁小蔻和郑暖夏看着那张扑克脸，依旧满脸笑容，做出一副虚心受教的样子，等他尽情发泄完，又说了一堆石碏对他格外尊敬和崇拜的话后才告辞。

以石磊的实力，加上中心医院从上到下为他成为怀清市学科带头人所做的努力，大家一致认为他被评上是板上钉钉了。

周四的上午，医院的门诊大厅一如既往地忙乱。挂号的、排队的、推着担架车急急忙忙喊着“让让”的……各种痛苦的、欣慰的、麻木的脸，组成一幅色彩焦灼的画面。

今天是石磊坐门诊的日子。八点钟刚上班，诊室外的走廊上就排起了长长的队伍。一上午他忙得连口水都没顾上喝，厕所也没能去。

医务科王科长捏着手机进来时，石磊正在观片灯上看CT片子，旁边站着一个女人，脸、脖子、手、胳膊等裸露在外面的皮肤全部刷了层黄土色，是真真正正的“黄皮肤”，身体瘦弱得一阵大风仿佛就可以吹跑了。

“石大夫，我媳妇……到底怎么回事啊？城南医院的医生怀疑是……胆管癌……”她丈夫见石磊的眉毛皱在了一起，腿都软了。

“应该不是，CT上看不到肿瘤，可是黄疸却很高，肝部有损伤……”

听闻不是癌症，那两口子总算松了口气，随即又满面愁容。

“不是肿瘤的话，到底什么情况啊？”她老公追问。

石磊好像想起了什么，看向那女人：“你平时吃什么保健品吗？

“保健品……”她想了一下答，“我喝三七粉。”

“服用多长时间了？”石磊问。

“四五年了吧。”

石磊看看片子，又看看她，思忖了一会儿说：“从各项检查数据看，你不像是胆管癌，应该是硬化性胆管炎，这是自身免疫性肝炎……这样吧，先把三七粉停掉，再输点保肝的药，观察一段时间看。”

他坐下来开始开药。

“石医生，我的病和吃三七粉有关系吗？”那位女患者气若游丝地问。

“这个不好说，我怀疑是药物性肝损伤。一些补药对身体虽然有很多好的功效，但是药三分毒，长期服用容易造成肝损伤，轻度的话，把吃的东西停掉再用点药就可以恢复，严重的话，是……需要换肝的。所以，保健品虽好，但不能贪吃哦。”石碏在电脑上开方子，摇头叹息。

那两口子大惊失色，没想到花不菲的价格买的补品竟成了毒药！

“大夫，我能治好吗？”女患者一屁股跌坐进椅子里。

“放宽心才有利于恢复。除了液体外，我再开点阴黄补肝汤，先治疗一段时间看看。”石碏安慰道。

他不敢也不能回复病人“能不能治好”。临床医学，与其说治疗，不如说在摸索。由于病情的复杂性、个体的差异性以及各种未知的原因，不能确保所有诊治的病人都有好的结局，所以才会有那句“很少能治愈，总是去安慰”的名言。

王科长捏着手机站在那里，静静地看着石碏忙碌，感慨万千，却不知如何开口。

那两口子走后，没有新病人进来，石碏总算可以歇息一下了。他拿起杯子准备喝口水时，看到王科长门神般严肃地站在那里。

“哇，王科长大驾光临，蓬荜生辉……”他放下杯子，煞有介事地拿袖子将患者刚坐过的凳子擦了擦，冲王科长弯腰行了个绅士礼，“请坐——”

3

王科长将手机捏得更紧了，没像往常看到他搞怪就会配合着笑得花枝乱颤。她严肃得像张一丝不苟的扑克牌。

“怎么了？”石碏意识到了不对劲儿。

“我发你的看了吗？”

“发什么了，没有呢。这一上午忙的，放个屁都没工夫，哪顾得上看手机啊……”石碏怪叫着四处打量找手机，“怎么了？”

当他从一堆胶片、检验单等东西下面刨出手机时，王科长已打开了自己的，举到了他眼前。

手机屏幕上是一个打开的文档。石磊接过去，发现是市学科带头人的评选结果，入选的三个人里并没有石磊。

“隔空恭喜一下张主任，回头得让他请吃大餐。”见上面有普外二的张主任，石磊由衷地说。

“你傻啊，明明就是为了照顾我们医院的情绪，才给弄上的一个……”王科长压低了声音，“不否认张主任是个好外科大夫，但无论是临床还是学术成就，谁都知道这个荣誉该给你！”

行家一伸手，便知有没有。只一眼，石磊便知道这个结果有问题。即便如此，又能如何？

“管他们呢，评不上也不影响我给人看病，更不影响吃喝拉撒睡。不就五万块钱奖金吗，咱努力做手术，绩效拿到让他们眼红。”他见王科长气得五官都挪位了，赶紧安慰她。

“你可真是块石头啊！怎么可能不影响？这个要是评不上，你想在大风建胰腺病专科就成了大饼。”王科长气呼呼地说。

“大风乡卫生院的陆院长答应了啊，而且房子也准备好了。”

“有房子就行了吗？人员呢？设备呢？你一个人能撑起来一个专科吗？你不可能每天在那里坐诊吧？最多每周去一天。”

王科长的话点了石磊的穴，他一下子愣住了。

“设备，我之前和林书记说过，他答应了的……”

“设备是一毛钱两毛钱能解决的？表面上只是失去个荣誉，实际上阻断了针对胰腺病专科的投资。”

“咱们医院，张主任不是评上了吗？”石磊嗫嚅着问。

“我都说了，这是对你的投资。你以为卫健委的领导傻啊，他们不可能给老张投资的，人家针对的是你这个优质资源的投资，可你没能拿到学科带头人，他们就师出无名……”

石磊这才意识到了问题的严重性，神情凝重起来，拿出手机要打，被王科长拦住了。

“别打了，改变不了事实。结果出来后，周主任第一时间就问过你为什么落选了。主管这事的魏科长拿出了评委们打的分，据说五个评委没一个给你打高分的，有三个打分还超低。领导们都知道你的实力，却不得不尊重评委们的意见，而且……”王科长说到这里，咬着嘴唇没再说下去。

“而且什么？”他问。

郑暖夏急匆匆地跑了进来，看到王科长后，便明白石硞已经知道了一切。

“王科长，我们就这么认了吗？”郑暖夏气呼呼地说。

“不认又能怎么样呢？”王科长的脸色黯淡下来。

“可是，可是，他们也太可恶了！石硞评不上就评不上吧，凭什么四处散播谣言，说他人品有问题？”

“我人品有什么问题？”石硞叫。

“这事不怪你，怪我和梁小蔻。不对，也不能怪我们，怪林书记和李院长，不对，也不能怪院领导，领导们也是好心……要怪只能怪那个吕千里！评选结果出来后，为掩盖评审的不公平，他四处散播谣言，说我们在评审前给他送书了，有贿选行为，想让他照顾石硞，还说石硞根本算不上什么名医，是个医德有问题的网红……”郑暖夏义愤填膺地说着。

“哦，我医德有什么问题？”听到“吕千里”三个字，石硞突然雾散云消，坐下来端起杯子开始喝水。

“他说你不好好做学问，不沉下来研究技术，整天在媒体面前露脸，还搞什么直播义诊吸引眼球。还有，说你直播那天穿的白大褂太合身了，根本不像医院里发的工作服，肯定是请高级裁缝量身定制的。他说你作为医生，把心思全部用在这些上面，纯粹是资产阶级的小资情调，不接地气，没群众基础……”郑暖夏越说越气，拳头都握紧了，“这都什么人啊，简直是外表正直，灵魂肮脏丑陋！”

王科长的头越来越低，脸上的肌肉抽动着，不敢看石硞和郑暖夏。

石硞再也忍不住“扑哧”一声笑了出来。

郑暖夏意识到了不对劲儿：“这个吕千里……你们认识吗？”

王科长见无处可躲，不得不面对郑暖夏：“嗯，认识十几年了。”

“那回头见到他要好好骂骂他。什么人啊，人家都是静悄悄做坏事，他倒好，做坏事还留名，这不，还发了条微博，显摆他当评委了，还信口开河谈论石碚的为人处事，连穿件得体的工作服都要被指责。对了，据说评审结束后，他还跑到卫健委的领导面前告石碚的状了……”

“他，他告石碚什么状？”王科长猛然抬起头，眼睛像两个待发射状态的火箭炮。

“先是把石碚的工作服充满资产阶级情调的说辞又重述了一遍，然后说石碚的论文学术性不强，所以才被刷下去的。还说，他吕千里能当怀清市普外科专业委员会的主任委员，其他人也可以当主任委员，唯独石碚不行！”

“王科长，咱市的普外科专业委员会要换届了吗？”石碚问。

王科长无奈地点点头：“是，让每个医院报候选人，我推荐了你。”

石碚玩味地敲起了桌子：“呵呵，这躺枪还挨得挺有艺术水平嘛……吕老师高，实在是高！”

“你还夸他，我看就像梁小蔻回复的！”郑暖夏找出来那条微博，扒拉着下面的回复给他和王科长看。

吕千里发的那条微博下面，有个叫“豆蔻年华”的回复：你可真是又蠢又坏。石碚想贿选的话，不应该送钱送贵重礼品吗？你见过有谁把学术专著当成礼品行贿的？

石碚忍不住“嘎嘎”笑了起来。

“咱们林书记对这个评审结果不服，打电话质问卫健委的人，吕千里知道后竟又跑到咱医院，到林书记和李院长面前告你的状。”

“他，他还跑到林书记和李院长办公室告了？”王科长摇摇欲坠。

“吕老师在院领导面前都夸了我什么啊？”石碚将气得就要原地爆炸的王科长扶着坐了下来。

“他说你发在《柳叶刀》上面的文章没文采，晦涩难懂，仔细看，就是一篇辞藻华丽的散文，根本不像医学论文。”

“着实可恶！”王科长死死地捏着手机。如果那是吕千里的脖子的话，就快将它拧断了。

“好啦，亲爱的王科长，咱不和那个‘不讲武德’的吕老师一般见识，不生气，咱不生气，”他说着看向了郑暖夏，“吕老师批评我的话当成秘密烂在心里吧，表扬我的可以说出来。”

“吕千里是不是和你们有什么过节啊？”郑暖夏觉察出他们和吕千里的关系有些不一般。

“是我两个儿子的爹！”王科长咬牙切齿地说。

郑暖夏石化了。呆了一会儿，她看向了石碏：“你怎么得罪吕老师了啊？”

“没有，石碏还帮过他。”王科长揉着头说。

“那，为什么……”明明做亏心事的是吕千里，郑暖夏倒像做了坏事，吞吞吐吐起来。

“他们两个虽然相差十来岁，但实习时都是万主任带过的学生。当年老吕想留下来的，可万主任没要他；几年后，万主任四处托人说情把石碏留在了身边；石碏虽然比他小，却比他早两年进了高级职称；石碏做的科研课题比他多，发表的学术论文比他多……这些点点滴滴累积起来，就成了老吕的心病。还有就是，他一直盯着市普外科专业委员会主任委员的位置很久了，担心再败给石碏，才会这么干吧。”

4

反正这些石碏都知道，王科长便毫无保留地和盘托出了。她之所以对石碏好，一是出于正义，更多的是对吕千里所作所为的补偿。

“吕老师给我打的分低可以理解，可其他四个评委为什么啊，这都谁呀……”石磊有些茫然。

王科长说出了“A、B、C、D”四个名字，说除了他们家老吕外，这四个也盯着普外科专委会主任委员的位置呢。本着敌人的敌人就是朋友的原则，形成了统一战线，将傻乎乎的吕千里推出来当出头鸟。

“对不起啊石磊，我替吕千里向你道歉。他再敢胡说八道，看我怎么收拾他——”王科长铿锵有力地扔下这句话后，逃也似的走了。

郑暖夏和石磊四目对视，陷入了沉默。

面对诽谤，没谁会太过洒脱。石磊刚才装作不在乎，只是不想让王科长尴尬和难过。

郑暖夏的微信电话响了起来，是程主任打来的。

“小郑啊，这个，这个吕千里也太不像话了！我刚听说的，他竟然跑去找普外科专业委员会现任的主任和几个副主任了，罗列了石磊的十大罪过，说他直播义诊就是为了留名，说石磊太高调了，没一点内涵，这次换届坚决不能推荐石磊，让大家推荐他。你也知道的，那场直播明明是医院组织的，凭什么让石大夫背锅啊，这不是欺人太甚吗？人啊，不能太善良了！”

石磊一字不落地把电话内容听进了耳朵，一脸的苦笑。无论是吕千里，还是其他四个评委，自己不仅没有得罪过他们，还不止一次帮过他们。但凡需要，只要喊一声，无论多忙自己都会跑过去参加他们的会诊、上手术等，义务给他们帮忙……不图他们知恩图报吧，也不能恩将仇报啊！

石磊重重地坐进了椅子。已接近午时了，却没有一点胃口。

这个世界上，最深的就是人心，看不清，难测……他们见自己时笑得比向日葵还灿烂，扭过头就成了食人花。他怀疑他们连笑容都是精心计算过的。

程主任这个电话的信息量很大，单纯地理解成替石磊抱打不平就是个笨小孩了：一是印证了那些诋毁石磊的话的确属实，二是程主任明明白白在怂恿郑暖夏和石磊——人不能太善良，对待恶人就要用恶人的方式进行反击，最好拎着刀子和对方干起来。

郑暖夏拉过椅子，坐在那里静静地望着石磊，一时不知如何安慰他。有时候，一个人想弄死另一个人，并不是有什么深仇大恨，只不过你的成功就是他的失败；你的存在就是他的障碍。他绝对不能容忍你，哪怕比你少了一道皱纹，都不行。

而她和石磊，都是“两耳不闻窗外事，一心只读圣贤书”的人。尤其石磊，无论是专业还是为人处事，都可以用“纯粹”和“楷模”来定义，但阳谋怎能干得过阴谋呢?

石磊的电话响了两遍他才接起来。

“石磊呀，什么时候回来吃饭呢? 暖冬把你布置的锻炼任务都完成了，她可开心了，想要表现给你看呢。”邓梅温和的声音传来。

虽没能完全听清楚内容，但“暖冬”两个字还是刺一样卡住了郑暖夏的喉咙，她猛然起身朝外遁去。

郑暖冬苏醒过来后，严格执行着石磊制订的康复计划，恢复得挺好的。

石磊望着郑暖夏身后的一团空气，沉闷地说：“中午约了病人，不回去了。”

挂断电话，他只觉得胸口压了块大石头，起身朝病房走去。他并没有撒谎，的确有术后的病人需要查看，上午家属打了两三个电话给他。

从门诊到病房，需要经过一条宽阔的长走廊。一路上，他路过药房、检验科、核磁共振及 CT 室等，每个窗口或每扇门前都排着焦灼的队伍，连空气中都弥漫着一股子忧心忡忡。

时不时地，有一扇门打开，走出一个，再传来一声：“下一个。”

偌大的走廊上，人来人往。不时有家属推着轮椅或担架车走过，上面或坐着被一圈圈绷带和纱布包裹着的外伤患者，或躺着戴着氧气面罩、气息奄奄的老人，有的眉头紧皱、表情痛苦，有的冰冷疏离、神情漠然。

走过这条走廊，石磊压抑的心情有些缓解了。他盯着自己那双救过许多生命的手，感恩自己还可以行动自如，还能够看见这个多姿多彩的世界。他庆幸于自己还拥有健康。这些看似寻常的东西，却是那些病人和家属用尽一切办法追寻的。

如幸运，他们还可以寻得到，但大多人是不幸的，因此才有了那句——“偶尔去治愈，常常去帮助，总是去安慰”。

下了电梯，走进普外三后，因是午饭时间，一些熟悉的面孔穿梭在走廊和病房间。9 床的老伴提着饭盒，看到石碚后温文有礼地问了声“石大夫好”，他心头翻涌的情绪突然就偃旗息鼓了。

都说要学会做情绪的主人，可是怎样才能驯服情绪却是门大学问。石碚自知没这种本事，那就做好能做的一切吧，他想。

看过昨天手术的病人后，他到食堂匆匆扒拉了几口饭，就去了实验室。“细胞自噬技术在消化道恶性肿瘤组织细胞转录过程中的调控及应用”的实验到了关键时刻。前些日子刚来了几个学生，石碚从他们身上看到了当初的自己，越来越喜欢留在实验室。

沉浸在科研项目中，他才感觉自己完全活了过来，都没注意几个学生不知何时回来了。

下午上班后，程主任踩着“恨天高”的高跟鞋，“咯咯噔噔”走进办公室后，眼睛像 X 线一样四处扫描，看到格子间里的郑暖夏后，算是找到了目标。

“小郑啊，你去趟卫健委吧，他们打电话让去取张主任的学科带头人证书。”她边往衣架上挂包边说。

“好的主任。”郑暖夏应道。办公室里黑压压一片人头，程主任单单点了自己，用眼睫毛都能看出来她用心良苦。吕千里和一些评委针对石碚的负面评价，是老周打电话告诉自己的，她还想当面问一些事情呢，拎上包就朝门外走。

“周主任，这些评委的水平比石碚高很多吗？”郑暖夏抱着张主任的证书，亭亭玉立地站在老周面前。

“暖夏，坐下来说话。”老周殷勤地给她倒了杯水。

“石碚不到 35 岁就被破格提为中心医院最年轻的主任医师、正高职称，手下带着一批学生，发表多篇 CNS 级别的国际论文，先后斩获过国家级的人才项目和重大科研项目基金，在国内的青年学术圈，每每都有他的传奇故事。他那么多的成绩，却连咱们市的学科带头人都评不上，您不觉得搞笑吗？”郑暖夏气呼呼地说着，一副宁折不弯的样子。

“唉，那个吕千里啊，空有千里的志向，却没有行走千里的实力和品德。”老周感叹。

5

“五个评委呐，也不能光拿吕千里说事吧！不同的观点在公开学术场合的辩论叫探讨和交流，如果在私下进行不公正的评判，就太低劣了。别的领导也就算了，您可是学医出身的，这种专业性很强的评审，您难道不能说句公道话吗？”

“你说的我都明白，但看问题不能只看表面。依我看，这事和市普外科专业委员会换届不无关系。现在的学术界啊，风气极其不正，嫉贤妒能……”老周也是一脸怒容，接下来的话锋却转了，“但结果都出来了，我能怎么办？说评委评得不行，我们看好的人选没有被评上，让推倒重新来？这是不现实的，会被人质疑和诟病。”他摊摊手，尽显无奈。

郑暖夏明白他说的是实情，却又不甘心：“您可是说过的，要想办法把石碚留下来，连个地市级的学科带头人都不给他，还拿什么留人啊！”

“是啊。暖夏啊……”老周起身走到门口，左右看了下，见走廊里没人后，轻轻地关上了门，返身对她说，“石碚是你妹夫，咱们都是自己人，我就直说了啊，我是特别想留下他，但我只是个副主任，上边还有书记和主任。这次的学科带头人没评上，石碚在大风建胰腺病专科的心愿就很难实现了，如果外边给的条件足够优厚的话，就劝他去吧。怀清虽然是家，我们都热爱这个地方，但小地方有小地方的局限性，不仅无法提供更大的舞台，还总发生‘木秀于林风必摧之’的事情，让人遗憾。以石碚的锋芒，不可能藏得住，难保此类事件以后不会再发生。”

老周的话郑暖夏焉能不明白？大城市虽说生存压力大，但那是个汪洋大海，不管你是亿万富翁，还是才华横溢的业界精英，都能被它包容于其中……不受瞩目，便能安全地存活。

“我试着劝劝他吧。”郑暖夏艰涩地说，她没有把握能劝石硞离开。

“别生气了，晚上一起吃饭怎么样？芙蓉巷刚上了新菜。”老周柔声问。

“这个，黄帆喊我过去呢……”她的气势一落千丈。

老周身上没有中年男人的油腻劲儿，喜欢读书，有情趣和浪漫情怀，郑暖夏实在挑不出他的毛病……可“爱”是由感觉和灵魂来支撑的，她对老周既缺少怦然心动的感觉，也没有灵魂交错缠绵的荡气回肠，有的只是感动与温暖。

过了年，郑暖夏已经35岁了，按世俗的眼光，已没有多少空间和时间供她挑挑拣拣、恣意妄为了。她明白老周是个理想的丈夫人选，可就是下不了决心和他以“结婚为目的”进行交往。

“你，不会想和郝子玉……复合吧？”他试探着问。

“我只想要回箐箐。”她坚定地回答。

老周紧张的脸上露出了一线线的喜悦，正要说什么时，郑暖夏的手机响了。

瞥了一眼又是黄帆后，她冲老周晃晃手机，没接。

加上箐箐的微信后，郑暖夏时不时会悄悄问下女儿在干吗，向她推荐一些有趣的书和动漫，前几天刚给她推荐了一本热门历史漫画，箐箐边读边嘎嘎笑着和她通话，说好喜欢那本漫画。

如果说想念女儿是熊熊烈火的话，母女间星星点点的交流就是泼上去的油，令她思女之火燃烧得更猛烈。郑暖夏迫切地想让箐箐回到身边，可黄帆隔三岔五打电话要她“回家吃饭”，在她火烧火燎想见女儿的心上，兜头浇了一盆冰水。

黄帆的强势是从不掩饰的，电话不屈不挠地又打了进来。

郑暖夏看了一眼老周，撇撇嘴，冲他做了个“拜拜”的手势后告辞了。

一个人的问题和烦恼都与过去或未来有关。但过去和未来，都是由现在决定的。所以，现在的所作所为，决定人的过去和未来。

石碏是被卷入学科带头人评选旋涡的，结果出来后，却让他受伤严重。他不愿意想太多，便埋头于工作。

接下来的一段时间内，他不是在手术中，就是在手术的准备中，或者泡在实验室做课题。

除了“细胞自噬技术在消化道恶性肿瘤组织细胞转录过程中的调控及应用”外，他同时做的项目还有“泛素化调控在恶性肿瘤细胞凋亡机制中的分析”，工作是治愈一切最好的良药，他想用它来治愈内伤。

“石老师，为什么我做手术时切口不是靠前就是靠后？”

一个肝局部切除的手术上，学生问石碏。

“哦，下去后，买几个猪肝来练练手。”他看似毫不在意地回答。

那男生有点呆愣，以为他在说笑。

“我刚开始跟着常主任做肾脏手术时切口也不准确，后来去屠宰场花一个月工资买了一堆猪腰子练手，一个动作最少练两天，后面就顺手了很多。”他边娴熟地做着手术，边给几个学生讲课。

“哦……”大家这才恍然大悟。

“我刚毕业时也和你们一样。这个阶段看似辛苦，其实也挺幸福的，因为有进步的成就感，出了错，还有上级医生在旁边盯着，可以及时查缺补漏。背后有力量，心中无恐惧，会做得越来越得心应手的。”他将剪刀“当啷”一下扔进盘子里，冲他们眨眨眼。

“那，做多少台后，才可以像您这样呢？”一个小女生十分崇拜地望着他，脸都羞红了。整台手术，他做得行云流水，帅极了。

“嗯，我想想啊，大概也就七八千上万吧。”石碏像个小男生般调皮，冲女生眨了下眼，她的脸便像个熟透的柿子般红过了耳际。

他却话锋一转，一本正经地开始教学：“俗话说熟能生巧，等做过一定量的手术后，再站在手术台前，便有一种弹钢琴的感觉，听着手术刀有节奏地划开皮肤的声音，会非常享受那种可以救人于水火的畅快感。当然，练习阶段，必须要靠勤奋和坚持，别人吃饭的时候我在练习；别人吃喝玩乐的时候我在钻研；别人休息侃大山的时候，我在典型病例中汲取营养……当你真正钻进去后，就不会觉得苦和累。”

大家纷纷点头称赞。

“生活就像爬楼梯，总是受困于一阶又一阶，迎接我们的，几乎是无休止的刻板和劳累，但等你爬上去后会发现——让你流泪流汗的每一个困难，都成了你成长的阶梯，最终迎接你的将是无限的风景。”

石碚慷慨激昂地将自己当初的挑灯夜战，当成鸡血打给了这帮风华正茂的年轻人，然后结束手术，朝门外走去。

今天是他回竹坞看望程香香的日子，另外还要在竹坞卫生院来一场小型义诊，却因为上午这个手术耽误了两个多小时。

走出手术室后，发现林书记等在门外。

“有事吗，敬爱的林书记。”他油腔滑调地开玩笑。

这些年林书记对石碚非常照顾，此刻他只能故作轻松，才能让林书记心里有所安慰吧。

“王科长说把表格发到你邮箱了，你却不愿意填。赶紧填一下发给她。”林书记着急地说。

“不知道啊，什么表，不会给我弄个全国劳模吧？这个可以笑纳。”他一脸无辜地继续打哈哈。

“你个臭小子，”林书记气得抬脚就踹他，压低了声音，“别以为那张省学科带头人的表唾手可得啊，是我拉下这张老脸向省里争取，才多要来一个名额。”

石碚的笑容仿佛被谁开着收割机给割了个一干二净，闷闷地说：“谢谢林书记一片好心，可是……这事我不想整了。”

“为什么啊？卫健委的领导也挺支持你的。这次咱们把省学科带头人一举拿下，看怎么打那帮人的脸！”

这句话的版权在王科长那里，“那帮人”的原词为“吕千里”。王科长拿到那张表后，从牙缝里挤出了这句话。其他评委她无法评论，吕千里是可以骂的。这阵子她都在和吕千里冷战，不光因为学科带头人的事儿，还因为他的毫无底线。

《地藏经》中关于口业的果报是十分严重的，“百肢节内，悉下长钉，拔舌耕犁，抽肠剉斩，烊铜灌口，热铁缠身，万死千生，业感如是，动经千劫，求出无期。”

林书记和王科长一样，特别憎恶那些嚼舌根的，听闻吕千里等人诋毁石硞的话后，十分痛恨。

“算了，咱市里都评不上，何况参与全省的精英评比啊……俺还是有自知之明的。”石硞懒洋洋地说。

“你个臭小子，不许妄自菲薄……你，不会是想替省肿瘤医院参评吧？我怎么听说他们让出来一个名额，说专门给你留的？”林书记有点担心地问。

第十八章 | 让暴风雨来得更猛烈些吧

1

石碏一时不知如何回答。省肿瘤医院的常务副院长的确给他打过电话，想要他辞职过去，并希望他能代表他们医院参评省学科带头人。他想也没想就婉拒了。对方是一片好意，把这些讲出来显然不尊重人家，说假话又不是他的做派，只好保持沉默。

肖小艳的电话很应景地打了过来：“石大夫，23 床的情况不太好，你下了手术赶紧过来看一下。”她的声音很焦急。

“对不起林书记，我得马上回科室，昨晚出车祸的一个患者，内脏破损严重，做了手术也不一定能挺过去。”石碏抱歉地冲林书记笑笑，走了。

林书记手抱于胸来回踱了几趟后，跟着石碏也去了普外三。

作为一个医院的掌舵人，他本可以打个电话将石碏叫过去谈话，但知道这小子受委屈了，便亲自跑了过来。

林书记担心，若不能给石碏以公平公正的待遇，他真有可能展翅飞走了。

石碏在病房里抢救病人，林书记便静静地坐在办公室等他。

刘杰斌殷勤地给林书记端茶倒水，问有什么事情吩咐自己就好。林书记心事重重没理他，他只好悄悄给常主任发了条信息，告知书记突然空降普外三。

常主任参加专家会诊去了，收到微信后，忙不迭回了科室，将林书记请进了办公室。

得知他的来意后，常主任满脸感激："谢谢林书记想着我们科室的人。省学科带头人当然要报，凭什么不报啊？这次太委屈石碚了，但愿能在省里拿个奖！这不仅是石碚的荣誉，也是我们整个普外三的荣誉。您放心好了，我一定说服他申报。"

林书记本想等石碚忙完再和他说道一番的，但院办打电话说督导组的人快到了，只好对常主任千叮咛万嘱咐，要他一定监督石碚把表填好后走了。

石碚忙完后被常主任叫进了办公室。他可以和林书记软磨硬泡拒绝填申报表，却不能和常主任这样，只能沉默不语地站在那里。

"塞翁失马，焉知非福。书记都亲自跑来了，你就填一下吧……"常主任幽幽地说，。

他不明白常主任指的是什么，只好说了句"我再考虑一下吧"，走了。

石碚发现差一刻都十二点了，看来竹坞的行程只好取消了。在内心叹息着那些繁杂的和工作无关的事情，回到办公室闷头写病历。

第二天有个关于药物管理的会议，郑暖夏把文件打印出来送去给林书记。"林书记，明天的'药事管理与药物治疗学会议'的文件给您送来了。"

"小郑……"林书记看着郑暖夏欲言又止。

"怎么了书记？"在她的印象中，林书记不是一个优柔寡断的人。

"那个，省学科带头人的名额其实是周主任要的，他怕其他医院有意见，把功劳给了我。如果能评上省里的学科带头人，不仅打了吕千里等人的脸，更重要的是，为下一步市普外科专业委员会的选举奠定了基础。放眼全市，能力、技术、人品、影响力等多方面综合考虑，石碚才是最适合的人选啊！"林书记语重心长地说。

商品的价值是在竞争中体现的。林书记知道石碚是个优秀人才，但省肿瘤医院若没有来挖，他还没有意识到中心医院抑或整个怀清市对这个难得的青年人才的重视度严重不足。

林书记和郑暖夏一样，生于怀清，长于怀清，对怀清有着深厚的感情。若人才都流水般奔涌向“大城市”的海洋，小城市会逐渐枯萎退化，怎么可能有欣欣向荣的明天呢？他想通过省学科带头人将石碏留住。

留住人才，才能留住怀清的未来啊！

听闻是老周要的指标，他清俊的脸庞幻影般突然出现在郑暖夏面前……但一个人的性格即命运，她清楚地知道，自己不爱他，只是……将他当成一堵温暖的墙依靠着，且仅仅是虚虚地靠着，不敢踏踏实实地依靠。

郑暖夏的内心一直渴望着结实的东西——结实的感情、结实的肩膀、结实的生活。

“谢谢书记和周主任为石碏所做的。”虽然老周才是幕后英雄，但郑暖夏还是识时务地把林书记排在了感谢名单的首位。

“小郑啊，你去劝下石碏怎么样，他好像有情绪，不愿意填表。”林书记叮嘱。

“好。”

郑暖夏到普外三找石碏，他却不在办公室。想打电话给他，又怕他在手术上不方便接，便走向了护士站。

恰好钱护士在，她问：“小钱，石大夫呢？”

钱护士朝换药室的方向努了下嘴，郑暖夏便知道石碏在那里，扭头朝那里走去。

她敲了两下，推开了门。

“啊，疼啊——”伴随着一阵杀猪般的号叫，一个明晃晃的大屁股导弹般炸进了视野——石碏手拿手术刀，在上面切一个硕大的囊肿，几道脓血顺着屁股往下流……

郑暖夏吓得猛然捂住了眼睛。

石碏扭头看到了她，连忙用身子挡着问："有事吗？"

那个明晃晃的大屁股是吕千里的。在怀清，民间常用"头顶长疮、脚底板流脓"来形容一个人的坏。吕千里虚胖，加上最近亏心事做得太多，屁股上竟然长出了一个大脓包，又疼又痒的，搞得坐卧不宁。他本想找本医院的同事给切掉，可他的破嘴把外科的同事得罪个精光，怕人家挟怨报复，便来找老婆王科长。

王科长本不想理他，见他痛苦成那个样子，又不忍心，只好要他到普外科找常主任。吕千里站在常主任办公室门口刚要进去时，石碏走了出来。

吕千里吓了一跳，以为石碏会抬手打他，至少也得骂上几句的，他却冲自己客气地笑了下，打了个招呼。心思活泛的吕千里据此判断：自己四处诽谤石碏之事他并不知道，央求他给自己做手术。

尽管吕千里四处诋毁石碏，身体却很诚实地信任他。切个囊肿对常主任来说不过是小儿科里的小儿科，他还是觉得由石碏来做更放心一些。

石碏很爽快地答应了。由于吕千里长期酗酒，身体对麻药不敏感，加上病变面积大，麻药注射得不是那么到位，动刀子的时候，他像头被宰杀的肥猪般疼得大喊大叫。

十几分钟后，石碏给吕千里处理好伤口回了办公室。

郑暖夏仍然等在那里。她本想约他找个僻静的地方谈，又惧怕和他单独在一起……反正这事也没什么好隐瞒的，索性在办公室大大方方开说吧。

"林书记要我转告你，老老实实把省学科带头人的表给填了。"

"麻烦你转告书记，不填。"石碏倔强地说。

"这可是老周，哦，周主任亲自跑了趟省卫健委给你要的名额，别不识好人心啊。"她有些气恼石碏的一根筋。

2

"是你希望我报，还是周主任希望我报？"他问。

“我，我们都希望。”她掏出一个口香糖，剥去外包装，扔进嘴里咀嚼壮胆。

“那好吧，我答应。”他觉得有无数只小虫子往牙根里钻，又痒又疼的。

“那，现在就填吧，填好了我好给书记和王科长交差。”她说。

石碏果然坐了下来，从邮箱里下载表格开始填，键盘像被十个小铁锤用力地击打着，发出痛苦的噼里啪啦的呻吟声。

吕千里提上裤子捂着屁股，一瘸一拐地出了换药室。路过办公室的时候，将郑暖夏和石碏的对话听了个一清二楚。原来火烧火燎的屁股更加钻心地疼起来，五官都变了形，扭头进了常主任的办公室。

“老常，你说，石碏要是顺利当选省学科带头人的话，那市普外科专业委员会换届的事儿，他是不是顺理成章就成了主任委员？”

“很有可能。”常主任笑眯眯地给他端茶倒水。

“这都叫啥事啊……难道你就眼睁睁看着一个网红医生变身市普外科专业委员会的主任？”他“当当当”地敲打着桌子，发泄不满。

“人家可刚给你做过手术。”常主任端起自己的杯子呷了口茶水，眼底闪过一团白乎乎混沌不清的雾，看不懂是喜是忧。

吕千里迅速换上一张苦瓜脸，埋怨着说：“还说呢，我不是来找你做的嘛，可你没在。那个网红非要给我做，差点疼死我，要是有个三长两短的，看我不告得他只剩下一条内裤！”

常主任眼里的雾气突然散去了，若有所思地又呷了口茶：“告得他只剩下一条内裤……呵呵……”

在郑暖夏的监督下，石碏将表填好发给了王科长：“你让我做的照单全做了，那我说的，你是不是也得执行一下？”

郑暖夏警惕地望着他：“什么事情？”

“下班后去我家吃饭吧。我丈母娘和我老婆都想你了。”他定定地说。

她颓然地坐了下来。郑暖冬醒来这么久了，她始终没敢再去石碏家，腿上那枚月牙形的伤疤大晴天也开始隐隐作痛了，虽然母亲不会再拎起火钳子打她，郑暖冬也无法再欺负她了，她还是怕……

她怕面对亲人间的断杀和抉择。

但，该面对的早晚要面对，她就算退出地球，也不得不面对。

“好吧。”郑暖夏点头答应了。

经过两个月的康复，郑暖冬在不锈钢拐杖的辅助下，终于可以蹒跚学步了。

郑暖夏被石碚押着进门时，看到郑暖冬坐在沙发上，刘杰斌眉飞色舞地给她讲着什么，逗得她咯咯直笑。

见他们回来了，刘杰斌讪讪地站了起来：“那个，石碚，我，我今天有事出来早了一会儿，就过来看看暖冬，她恢复得挺好的，不用拐杖都能走几步了。”

“小刘呀，都到下班时间了，付大姐应该做好饭了吧……”邓梅走出厨房，将烧好的菜放到桌子上，温和地对刘杰斌说，并没有留他吃饭的意思。

“哦，是，我妈在家等着呢，那我走了啊。暖冬再见，回头我再来。”他并不觉得尴尬，笑着冲大家挥挥手，准备闪人。

“去把付阿姨接过来一起吃吧。听说这些天你们没少过来照顾暖冬。”石碚说。

邓梅和郑暖冬瞬间就患了面瘫症，各自盯着自己的手，沉默不语。

刘杰斌笑了下说：“不了，我妈肯定都做好饭了。”然后就以光速消失了。

郑暖冬这才重新抬起头，看到郑暖夏后，五官立马就从横向转换为竖向：“你来我家干什么？”

岁月并没有在郑暖冬身上刻下痕迹，她还和十年前一样漂亮霸道。

“要不是主人邀请，你觉得我会来吗？”郑暖夏没好气地说。这段时间母亲不止一次打电话给她，核心意思是提醒她：暖冬醒过来了，希望她和她们从此井水不犯河水。

“我也是这房子的主人，我要你立马走人——”

“暖冬，你没醒过来前，暖夏照顾过你很长一段时间的。”石碚的眉头皱了下，拉过椅子要郑暖夏坐下来，然后走进厨房帮邓梅端菜盛饭。

“郑暖夏你皮痒了不是，听到没有，我让你走人——”郑暖冬固执而蛮横地说。

“不学习真可怕，《新婚姻法》的实施不知道了吧，这房子是婚前财产，是石爸爸给石硞买的，和你没有半毛钱关系。”郑暖夏轻蔑地说着，感觉手机振动了一下，拿出来后发现箐箐发了张自拍照，并发来一段语音：暖夏阿姨，我放学了，周末回去约吧？爱你哟，么么。

郑暖冬带来的乌云霎时烟消云散了，她也自拍了一张给女儿发了过去，留言道：宝贝箐箐，阿姨也爱你。等你回来，阿姨带你去竹坞吃炒凉粉，那是我小时候的味道，一万个么么。

郑暖冬看到郑暖夏对着手机又是自拍又是傻笑，完全无视自己，不由怒了，拿起抱枕朝她扔了过去。

抱枕砸中郑暖夏的头后，又弹起来掉到了地上。她弯腰捡起来，生气地瞪着郑暖冬。

“怎么，想打我吗？郑暖夏，你还想不想要你女儿了？”郑暖冬得意地压低声音说。

“你——”郑暖夏为之气结，将抱枕扔向了沙发，并没有砸中郑暖冬，她却故意叫了起来。

“妈，郑暖夏欺负我——”

“郑暖夏你想干吗，暖冬刚醒过来你就欺负她——”邓梅“咚”的一声将一盘凉拌木耳重重地放在了桌子上。

石硞端着粥走了出来，打量一眼剑拔弩张的母女三人，轻声说：“都过来吃饭吧，我有事想说。”

三人支棱起来的羽毛缓缓地放下了。

邓梅过去搀扶郑暖冬，她却猛然甩开母亲的手，要强地自己站起来，缓慢挪步坐到桌子前。

“石碚啊，遇到什么事情了吗？”邓梅轻声问，她已从他严峻的神情中预感到暴风雨要来临。

“阿姨，暖冬，我想离婚。”

“当啷”两声，邓梅和郑暖冬手中的筷子脱手掉落了，砸得碗里的粥溅了出来。

“暖冬，我并不爱你，之所以会和你领了那张证，也是因为暖夏。你曾经对我做过什么，对暖夏做过什么，自己心中最清楚。现在你康复得也差不多了，我们结束吧。”石碚卷好一个饼，递给了郑暖夏。

邓梅像被抽去梁檩的老房子，瘫坐在椅子里，无法动弹了。

“郑暖夏，看来你真的不想要你闺女了！”郑暖冬咬牙切齿地瞪着郑暖夏。

“郑暖冬，来，给你看看这是谁？”郑暖夏打开微信，找出和箐箐的对话框，将女儿的照片放大了举到她面前，“好好看看这是谁？从她身上，是不是可以找到我们小时候的影子？她现在虽然没有喊我妈妈，但她是我女儿的事实谁也改变不了！”

郑暖冬猛然夺过手机，只一眼，便确定小女孩就是郑暖夏的女儿，那弯弯的眉眼，简直就是自己和郑暖夏的翻版。

“郑暖冬，她身上也有你的血脉啊，你为什么那么狠心呢！”郑暖夏从她手中夺回了手机。

那天郑暖夏和黄帆在茶舍见面时，黄帆告诉她，在她临产之前，是郑暖冬找到郝家要他们把孩子抱走的，说她们家不要野孩子，不然就要去黄帆两口子的单位大闹，让郝家再也抬不起头来做人。

深藏于暗窟中的往事被郑暖夏拎到了阳光下，郑暖冬一下子傻掉了，呆若木鸡般坐着，仿佛再次变回了植物人。

“石碚啊，一些事情过去就算了，暖冬也知道做错了，所以，你别，别和她计较了行吗？一日夫妻百日恩呢，暖冬刚醒过来没多久……”邓梅异常艰涩地开了口。当初郑暖冬的所作所为她不是完全不知情，只是睁只眼闭只眼罢了。

3

“阿姨，过去的事情我不会再计较，但有件事情我得和您讲清楚，虽然我照顾了暖冬十年，但我和她从来都不是夫妻，所以这个婚我离得问心无愧。”

这个答案四个人全知道，但被他如此直白地说出来，还是让邓梅和郑暖冬有些无法接受。

“说得谁好像很喜欢你似的！”郑暖冬一如既往地梗着脖子，做出一副无所谓的样子。她不能在郑暖夏面前表现出软弱。

“可是，可是……要是离婚了，你让暖冬……”邓梅嗫嚅着。

“阿姨您放心，就算离婚了，您和暖冬仍可以住在这里。毕竟，你们是暖夏的亲人，也是我的亲人。我爱暖夏！”石碚勇敢地抬起头，看向了郑暖夏，伸手想握住她，她却往后缩了下。

“石碚啊，暖夏没有告诉你吗？郝子玉已经回来了啊，郝家也不再反对他们在一起了。”邓梅摁着胸口平复着情绪。她快速跌向深谷的情绪，被横空出世的树枝给接住了，有种化险为夷的小确幸。

前几天她出去买菜时，在小区门口“巧遇”了黄帆。她热络地向邓梅打招呼，并向她道歉，提出来想让郑暖夏和儿子重新和好。 邓梅当然明白她是专程在这里堵自己的，什么也没说，仓皇走掉了。

若不是郑暖冬的利益受到侵害，她也不会说出来这些。

石碚如遭雷击，直直地望着郑暖夏，半晌后才问：“真的吗？”

郑暖夏本想找机会和石碚讲这些的，却被母亲抖搂出来，一时不知道怎么样给他解释。

蔫了下去的郑暖冬突然又鲜活起来，怒斥道：“郑暖夏你脸皮怎么那么厚啊？吃着碗里扒着锅里，惦记自己的妹夫你好意思吗？这要是传出去，让石碚在医院怎么做人？要是让郝家知道了，还不得把他生吞活剥了啊，你要是还当我是妹妹的话，就放过石碚吧，不管他爱不爱我，我都是他的合法妻子！”

石磄的电话响了，他坐着不动也不接，任由*Almost Lover*伤感的旋律变得焦灼万分，连着响了三遍后暗自熄灭。

郑暖夏的电话也突然响了起来，见是个陌生号码，她犹豫了一下接了起来，肖小艳急促的声音传来："你知道石磄在哪吗？苗老太太情况不好，让他赶紧回医院。"

屋里静得掉根针都能听得见，她的话一字不落地钻进了其他三人的耳朵。

"苗老太太是谁？"她捂着话筒看着石磄。

他没理会她，"噌"的一下起身朝门外走去。

几个月来，苗老太太又出院入院过两次，每次都指定由石磄做主治大夫。这次入院是两周前，开始几天还能吃些饭，后来滴水不进，肠子被转移瘤压迫得不通了，肚子胀得厉害。黄秘书长和苗二宝姐弟俩都不愿意让她再做手术，石磄只好用止痛药和输液来对症处理。再后来，老太太疼得连止痛药都无法减轻症状后，几次悄悄央求石磄给她拔掉管子，可在家属的坚持下，他也无能为力。

近几天，苗老太太肺部的感染越来越重。见她实在痛苦，黄秘书长两口子这才同意不再输液。

待石磄赶到病房时，苗老太太终于走到了生命的尽头。她走得倒是平静，神情安详，就像睡过去一样。家属心中早有预感，已经准备好了后事，直接联系殡仪馆来接人。

"谢谢你，石大夫，辛苦了。"黄秘书长拍拍石磄，再三向他和科室里的人表示谢意后，护送着老太太的遗体走了。

对这个结果，家属们和逝去的苗老太太一样，都有种如释重负的感觉。石磄的目光，追着渐行渐远的身影，看到了热火朝天的殡仪馆，看到了一座座冰冷的墓碑……他不明白，亡者为什么会喜欢将石头压在自己头上？就算雕刻得再精美，那也是座山，难道还嫌生前背负的不够沉重吗？

一个人，不管生前的头衔和荣誉如何加身，都会在逝去后归还于社会。

石磄有些羡慕那些死去的人。他怕疼不怕死，死是一了百了，疼是没完没了。此时此刻，他就疼得痛不欲生。他强令自己从疼痛中拔足，在病房看了几个病人后，去了实验楼。

“石大夫，您怎么来了？”

石碏进去后，发现他带的那名女学生竟然在。看到他，她慌忙站了起来，两手背到身后，仿佛做坏事被逮到的小学生。

“在干吗呢……”石碏见她试图拿身子挡住案子，有点奇怪。

“没，没什么，我是……”她的头低了下去。

石碏有点好奇地走过去——那里放着一块被切割得七零八落的猪肝，她显然将他那天的话听了进去，正在发奋努力。

“对不起石老师，我不应该在实验室做这些，可是宿舍没办法做……”那女孩的脸涨得通红。

“你叫什么名字？”石碏轻声问。

“成敏儿。”

“敏而好学，好名字……”石碏取了副手术手套戴上去，走到被划得伤痕累累的猪肝面前，拿起手术刀给她示范，“肝癌手术一般有开腹和微创两种方式。开腹的话，由于肝脏比较大，而且大部分人体肝脏都在右侧肋骨的后方，通常选择右上腹斜形大口，你看，最少要切到这里，长度大约二十五六厘米，以充分显露肝脏……”

成敏儿连连点头，拿起旁边的钩子，钩住切口，以便看清楚里面。

“如果要做大范围肝脏切除的话，就要切成类似于三角的星状口了，这种切口又称之为‘奔驰切口’。微创的话，切口的选择根据需要切除病灶的位置决定，一般是在病灶附近选择性做腹腔镜微创小口，靠左开孔位置就在左侧，靠右就在右侧……目的是尽量将手术区域充分暴露出来，方便主刀医生操作，保证手术顺利进行。”

郑暖夏站在走廊上，隔着玻璃墙看着这一幕，感觉像坐在飞机上，透过舷窗看外面翻滚的云层。

成敏儿这个年纪，如同茶叶上的露珠，虽然渺小，但有丁点的阳光，便能折射出七彩的虹来。想当初自己和石碚也是，一个发誓要写出鸿篇巨制，拿鲁奖、茅奖，冲刺诺奖；一个发誓要成为旷古神医，医好天下难医之人。

可如今，一个被文山会海的公文磨砺得连说话都像是在做报告；一个被现实的砂纸打磨得棱角尽失，又被人情世故的牛皮包裹着，怎么努力都闯不出一条理想中的金光大道。

“谢谢您，石老师……”没承想上了堂小课，成敏儿的眼中满是崇敬的光。

现场教学结束，石碚放下手术刀，边脱手套边说：“当做的手术达到一定量后，你就可以成为一名技术过硬的外科大夫了。那时候，操着手术刀，就会有种画家酣畅泼墨、舞蹈家尽情舞动、音乐家手舞指挥棒演奏的快感了，因为手术成了一种艺术。不过艺术的最高境界不是模仿前人，而是创新。外科大夫也一样，我们要不断挑战难以治愈的疾病，改进临床方案，提升诊断的有效率。”

“所以，您才一直在尝试和探索新的课题，对吗？”

石碚点点头，问：“今晚就你一个人吗？其他人呢？“

成敏儿犹豫了一下说：“有同学来找他们玩，都吃饭唱歌去了。”

石碚语重心长地说：“小成，时间对于所有人来说都是公平的。我认为，把有限的时间用在做那些有意义的事情上，用在将来可以写进简历的事情上，会更有意义。因为你的过去和将来，都是由现在的你决定的，你做得很好。”

清脆的掌声蓦然响起。石碚抬头望去，发现郑暖夏站在那里。

“暖夏……”他有些错愕。

“石头，我想找你谈谈。”郑暖夏迎着他的目光。

他叮嘱成敏儿走时记得关掉所有灯，便跟着她出去了。

她在前面走，他在后面跟，两人穿过长长的走廊，走过沉默的操场，上了郑暖夏的车。

石碚没问她去哪，由着那辆小小的新能源车无声地向前驶去，出了主城区，来到了城外的沙河堤上。

他们是彼此的伤口，又是彼此的创可贴。

郑暖夏将车停在一块空地上。两人下车，沿着种满银杏和枫叶的道路朝前走去。

月亮没心没肺地挂在天上。他们踩着月亮的影子，走过一小段青色的柏油路，穿过种满南天竺的小径，走上了防腐木铺就的栈道。

4

今天是农历的七月十四，远处闪烁着明灭的火烛和纸钱的亮光，近处沙河亲吻着岸滩发出了阵阵的轻喃，偶有水鸟破水而出一箭冲天划破了夜空……使得一切诡异又亲昵。

郑暖夏的手紧紧地抓着防腐木的栏杆，似有千言万语，一时又不知从何处说起。

“你是不是想再回到郝子玉身边？”石碚感到胸膛中塞进去一口沸腾的大锅。

“郝子玉回来的事情，没有和你说，是因为我已经有了答案。”她握着栏杆的手很用力。

他的手心里全是汗，沉默着等待核弹的爆炸。

“就算这个世界上只剩下郝子玉一个男人，我也不会再多看他一眼，可是因为箐箐，我暂时不能和郝家闹得太僵……”她的声音糯糯的，像一团刚出锅的糯米糕。

“那你准备怎么办？”

“我想通过法律途径要回箐箐的抚养权，已经找了律师，正在准备起诉材料。”她定定地说。

“可是，要涉及邓梅阿姨啊……”石碚喃喃着。

“嗯。我之所以一拖再拖，也是因为涉及我妈。不过我咨询了律师，说我妈把箐箐送给了奶奶家，不是外人，不算是拐卖，可能不用追究刑事责任。为了慎重起见，律师说回头帮我再问下检察官。”

郑暖夏仰头望天，那轮月亮兑了水似的在天空中晃荡着，令人眼花缭乱，头晕目眩。

“这些你怎么不和我说啊！两个人的力量总比一个人的大。”石碚不无责备地说。怀清虽是她的家乡，她却像浮萍一样寄养在这片土地上，在人情的牵连和支撑方面，还不如他这个异乡人呢。

“石头，爱我是你的权利，选择不和你在一起却是我的权利。 这事和郝子玉无关。这就是今晚我想对你说的话。”郑暖夏定定地望着石碚，声音坚定有力。

石碚使劲抓着栏杆才没有让自己倒下。

“郑暖夏，你知道的，我爱你，从 6 岁那年看到你的第一眼开始，就爱上你了！这么多年从没有改变过——”他像一头受伤的野兽，强摁着伤口挣扎，不想就这么逃掉。

“我说了，爱我是你的权利，选择不和你在一起是我的权利。”她复读机一样重复着。

“你，难道不爱我吗？从来就没有爱过我，是吗？告诉我！”他无法控制地抓住她的胳膊摇晃着问。

“你懂得爱情是什么吗？我不懂……我想，罗密欧与朱丽叶也不懂，懂爱情的是莎士比亚。因此你所谓的爱情，不过是命运这支笔，在错误的时间里给你写下了错误的几笔，等时间这个橡皮擦一撇一捺地擦掉后，就会明白爱情不过是一场风过无痕的梦。”

石碚止不住颤抖起来，无力地放开了她：“是因为老周吗？”

若此刻讨论的“爱情”话题和他们两个无关，他会为她的这番言论鼓掌喝彩。从小到大，他都那么欣赏和崇拜她的才华，可是，当这种才华用来为他们的感情下定论时，他就被强行塞进了一把黄连，从嘴苦到了心。

“我这把年纪了，就算想做个青春借贷人，用花样年华放高利贷，换大利息，也有点过气了啊。”她并不正面回答他。

“是因为郑暖冬吗？我说过的，你要再因为她弃我于不顾，我就再，再也不会……等你的！”

石碚的嘴唇颤抖着，勇气像拔掉气门芯的轮胎，瘪了下去。

“石头，人不是商品，只要付了钱，就可以毋庸置疑地支配一切。就算你花尽金钱、精力和心血，也不可能随便将一颗心变成你心头的胭脂痣。我知道你为了我，为了我们家付出了很多很多，可是真的对不起，我不能骗自己！你为了救治病人动了那么多的刀子，为了救你自己，也请你把我……从你的心头剜下来吧。”

郑暖夏说得情真意切，并没意识到此时此刻操刀的正是她自己，每一刀都稳、准、狠地切在石碚心头上，使得他鲜血淋漓，无药可救。

“好，我知道了。谢谢。以后不会再打扰。不过我先和你说下，郑暖冬完全康复后我会离婚的。当然，这事和你无关，和任何人都无关。我只是……不想再勉强自己。”

他说完转身离去，看上去仍然步伐矫健，可郑暖夏知道他连灵魂都在打着趔趄……

天上那个兑了水的月亮突然老得布满了皱纹。

市普外科专业委员会的换届工作紧锣密鼓地进行着，很多人去找卫健委主管的领导想谋个职务，当然，紧盯“主任委员”一职的更是大有人在，石碚却对此不管不问。

王科长让他填表他就填表，让他发简介他就发简介，其他的事情他概不过问，但江湖传言还是甚嚣尘上，说他将要接主任委员了。

这天他刚下手术回到科室，刘杰斌就朝他挤眉弄眼道：“石主任，上任后可要拉我一把啊。”

石碚瞥了他一眼，严肃地问：“你打破头皮争来的副主任要让给我了？”

刘杰斌最近常往石碚家跑，郑暖冬向他控诉石碚想当“陈世美”，还将石硞拟好的离婚协议拿给他看了，说石硞最近经常借口值班，在家过夜的次数越来越少。

石硞最近在工作上确实像个疯子，几乎一整天都泡在手术室，下了手术后，晚上要么自己值班，要么替别人值班，要么在实验室一待就是大半夜……浑身上下像有使不完的劲儿，活脱脱一个铁人。

石硞素以好脾气闻名于中心医院，最近脸上的笑容却越来越少，像被谁开着收割机给割了个一干二净，这两天则完全变成了火药桶，动不动就来个爆炸，离他三尺远都能闻到火药味儿，

刘杰斌认为这和他闹离婚有关，暗自窃喜，此时被石硞噎得难受也不反抗。只要他能和郑暖冬离婚，就算被他打一顿自己也会很开心。

“听说你要接市普外科专业委员会的主任委员了，自家兄弟，提前恭喜一下嘛。”刘杰斌讪讪地笑着说。

“哦。你没听说我还要当联合国秘书长吗？”石硞打开了电脑，“噼里啪啦”地写病历，不再理会他。

人的耳朵像台雷达，总能迅速侦察到最新鲜的八卦好料。几个大夫和护士迅速围到刘杰斌身边。

他们七嘴八舌地议论着，石硞却淡定地仍在写病历，直至常主任背剪双手走进来，“咳咳咳”几声无病之咳后，大家才作了鸟兽散。

常主任走到石硞身边，笑眯眯地说：“石大夫，恭喜啊，等做了市普外科专业委员会的主任委员，对我们普外三可要多关照啊。”

若是往常，石硞肯定得客气谦虚几句，今天却只是皮笑肉不笑地点点头，一句话也没有。

常主任没再说啥，背剪着双手又走了。

第二天石硞依旧有两台手术。本来不是他主刀的，但刘杰斌最近总有事，好多手术都让他带着小张小李做了。

下了手术，法制办的一个小伙子竟等在门外。

5

“石大夫，赵主任请你过去一下。”小伙子应该是刚招进来没多久的，石硞和他打过照面，却不知道叫什么名字。

“哦，有什么事情吗？”石硞愣了下。但凡被法制办传唤，都不会有好事。

“这，这个，我也不太清楚，您见了赵主任应该就知道了。”小伙子面红耳赤的，显然不善于撒谎。

石硞拖着疲惫的身子朝前走去。他的脚上明明穿着一双休闲鞋，却仿佛什么也没穿，走得格外飘。

光脚的还怕穿鞋的？谁下战书他都接着。

果然，进了法制办，赵主任殷勤地端茶倒水后，开始切入主题。

“苗翠花在咱们医院死亡，家属起诉到法院了。法院委托医学会医调委鉴定调查这事。”

石硞瞬间石化了。除了第一次做手术外，苗老太太后来几次住院，他都不赞成她住在普外三，但不管是老太太本人，还是黄秘书长两口子和苗二宝，以及医院的领导和常主任，都要她住进那里……作为她的主治医生，石硞仔细回想了苗老太太的整个诊疗过程，无论是治疗、服务态度，还是效果，自己认为还是满意的。

“赵主任，既然鉴定委员会介入了，就等结果吧。”石硞自信应该有一个不错的结果，至少不会对自己很不利。让他有点不明白的是，老太太去世的当天，家属的心情明明都很平静，为什么现在竟然起诉了自己？

“石硞啊，有时间还是去见见黄秘书长或者其他家属比较好。”赵主任语重心长地说。

石硞胡乱答应了一声，点点头就走了。他不愿意想那么多，心里已被郑暖夏挤压得没有空间了。

医院法制办是医院里的医疗调解部门，主要负责医疗纠纷和医疗事故处理，依据责任对主管医生和科室负责人进行处理。

石碏刚走出去，就听刚才喊他的小伙子在问赵主任："主任，石大夫要负主要责任的话，会怎么处理啊？"

"轻则扣发奖金，停职待岗，直至开除公职，重的话可能要负刑事责任……"

石碏对自己充满了信心，感觉不会有什么大事，淡然笑了一下快速离开了，却在回科室的电梯里遇到了郑暖夏。

那晚在沙河畔分开后，两人在医院便有意无意地躲着对方，若不小心在走廊或食堂遇到了，会迅速躲开，实在躲不过时，便一左一右，互视对方为无物。

这会儿电梯里就他们两个，方寸空间，不容他们隐藏自己。

"情况怎么样？"石碏准备眼观鼻、鼻观心时，郑暖夏冲他问。

"什么情况？我能有什么情况……"他故作莫名其妙，摁下了 8 楼。

郑暖夏不再理会他，直接将 8 摁灭，然后摁下了顶楼的按钮。

电梯门开，石碏不想下去，她伸手就将他推了出去。

"不是说好了，我们——"

"闭嘴，我不是来和你谈情说爱的。刚得到消息，你这次的事情没那么简单！"

"你吃过的饭，都不一定有我切下来的肉多。"对她的关心，石碏内心微有些窃喜，嘴上依旧嗤之以鼻。

"据说是苗二宝找律师起诉的。"

"他是家属，不奇怪。"

"可是，据说起诉书都还没有写好，卫健委的领导就已经全部知道了，说考虑将你从普外科专委会主任委员的候选名单里除掉。"

"爱咋咋，不就是换个届，谁爱当那个破主任就当去。我退出，任它洪水滔天吧！"石碏脸上露出一丝冷笑。他是单纯，但并不蠢，立马意识到这事和换届有关。

郑暖夏心头一哆嗦，正要斥责他时，他的电话却响了。

石碚接起了电话。

“喂，是石碚石大夫吧，我们是鉴定委员会的，麻烦你过来一趟好吗？法院委托我们对苗翠花的死做医疗鉴定……”

郑暖夏的脸色顿时苍白如纸。

挂断电话，石碚假装若无其事地说：“没事的，不用担心。好歹我也是江湖盛名的‘石一刀’，那帮人不会不给面子的。”

郑暖夏没有说话。

“这种情况，一般就是主管医生出席，讲讲整个治疗过程，对家属的疑问进行解答，不会有事的。”

他说完转身朝电梯口走去。

郑暖夏无力地望着那个高大的背影，在内心里默念着“平安顺利”，一遍又一遍地重复着，想用意念编织出一枚平安符，佑他无恙。

为了让箐箐早点回到自己身边，郑暖夏今天特意请了假，让律师陪她去法院交起诉书。律师在法院大门口遇到了同行，打招呼时，对方嘀嘀咕咕说了苗二宝状告中心医院和石碚之事。

知道郑暖夏也是中心医院的，律师转头便当成八卦讲给了她。

郑暖夏闻讯大吃一惊，顾不得自己的事，匆忙跑了回来。

尽管石碚说得云淡风轻，她的心头却被一团乱麻缠绕着。

初秋的风，失魂落魄地刮着失魂落魄的人。郑暖夏孤零零地走下天台，准备回办公室销假时，在走廊上遇到了迎面走来的王科长。

“小郑你跟我来一下。”做事一向有板有眼的王科长今天好像有点慌乱，拉起郑暖夏就走向一旁的角落。

“怎么了王科长？”郑暖夏的心扑通扑通地狂跳起来。

“那个，有人向省里举报石碚出了医疗事故，正打着官司呢，市卫健委刚才打来电话，说他申报省学科带头人的名额作废了。”

“谁，干，的？！”这三个字是从郑暖夏紧咬的齿缝间挤出来的，带着死里逃生的愤怒。

“不知道，听说是联名举报。”王科长嗫嚅着，不自觉地握了下手。

无论王科长怎么憎恨吕千里，两人毕竟生育了两个儿子，她不能把内情告诉郑暖夏，只能焦急万分地找她想办法。

“那怎么办啊，石碚刚被鉴定委员会叫去了……”预感的坏事真的降临了，郑暖夏也有些慌乱。

“那个，暖夏，你不是……和周主任关系不错嘛，去找找他，他能够出面过问一下的话，应该会好一点。”

“我，试试吧。”由牙根蹿起的一股疼痛，直袭郑暖夏的大脑。她可以“不爱”石碚，但看到他有事却不能坐视不管。

就算豁出这条命也要帮他！

十分钟后，郑暖夏开着车出了中心医院的南门。院前街像不适的肠胃，塞满了车辆，她左奔右突想杀出一条口子，却总是被围困着，只好随着车流缓慢向前行驶。

四十分钟后，她忐忑不安地敲响了老周办公室的门。

“进来。”温厚的声音传来后，她走了进去。

见是她，老周连忙起身泡了杯茶，放在她面前。

“我……”郑暖夏张张嘴，想说什么，却又不知道说什么。

“我都知道了，事情发酵得太快了，有点不太好控制……”老周摇摇头。

“那个，学科带头人不让参评就不评吧，鉴定委员会那里，您能不能……”她的十根手指搅在一块儿，乱成了一团。

“这种情况，都是先封存病例，家属写出对医疗的质疑，再由涉事医院和家属一起随机抽出鉴定专家，但中心医院是要回避的，所以这次的鉴定专家是从本市其他几个医院抽的。”老周给她解释着鉴定程序。

“专家们会不会……像……评学科带头人那样啊？”一听“专家”二字，郑暖夏浑身的毛发就像遇到静电般齐刷刷地站立起来。

“一般情况下，会从专家里选出一个德高望重的作为组长，主持鉴定程序。”

“组长……不会是吕千里吧？”她感觉心都要从胸膛里跳出来了。

“是郭世佳，我问过了，他和石碏的关系应该还不错。听说老郭进高级职称的论文还让石碏帮着改过呢；市里组织专家疗养，石碏也把名额让给了他……”老周说到这里又连忙解释，“哦，虽然他比石碏大，却比石碏晚进高级职称。”

第十九章　|　心会像落叶一样失去希望

1

“那就好。”郑暖夏才稍微放了些心。

“可是……”老周却欲言又止。

“怎么了，有话您就直说吧。”虽然老周之前向她求过婚，可郑暖夏对他仍然很尊敬，和他说话一直用的是“您”这个字眼。

“你过来看下吧……”老周将电脑屏幕转向郑暖夏。

她凑过去，发现那是“老李侃（砍）怀清”的公号，上面文章的标题竟然是“著名外科医生石碚疑似出轨神秘女子，向刚苏醒的植物人妻子提出离婚”，配了几张图，第一张是去年冬天她去看郑暖冬石碚送她下楼时两人的身影，第二张是他们从小城人家吃过饭出来上车时的，最后两张赫然是农历七月十四那晚她和他在沙河边的……所有的照片都很清晰，不过自己的脸显然被处理过，模糊得看不清楚五官。

郑暖夏快速浏览着那篇文章，内容大多为杜撰，大意是指责石碚是个十恶不赦的败类，不仅和别的女人出轨，还要抛弃刚从植物人清醒过来的结发妻子郑暖冬，而她十年前是为保护他才受重伤的。

这是一个相信坏人多过好人的世界。当坏消息和好消息同时摆在面前，绝大多数人会选择先看坏消息，且深信不疑。

老周看似什么也没说，但他要她看的举止已经告诉她，他知道那个所谓的“神秘女人”就是自己。

“这是我。”郑暖夏梗着脖子说，没有解释为什么会在深更半夜和石碚出现在河边“看月亮”，而是从手机里找出当天晚上的导航递给了老周。

他看了一眼，不明白什么意思，又将手机还给她。

“你查下日期是农历的哪一天？”她提醒。

老周想了下，恍然大悟：“七月十四。看来这是一场精心策划的阴谋，有组织，有分工。”

将约会时间选在农历七月十四的晚上，才是真的见鬼了。老周早已活得百毒不侵了，明白郑暖夏没解释必是另有原因，并不追问。

“可他们为什么要保护我呢？我可是石碚的妻姐，让我的真实面目曝光，对他的打击岂不是更大？”

“是啊，为什么要保护你呢……”老周捏着下巴，突然明白了什么，“或许是……为了保护郝家！”

这个理由显然很有说服力。郑暖夏暗忖，这事或许和郝家还脱不了干系，自己刚要去起诉黄帆，就出了这么一档子事。

那个网页上面突然又跳出来一个弹窗，老周打开后，神情凝重起来。郑暖夏也凑过去看，“老李侃（砍）怀清”刚更新了，截图转载一篇有人匿名举报石碚收家属红包、乱用医疗耗材、论文造假等事情的帖子。

几分钟内，阅读量已经突破十万了。辱骂的留言一条接一条地跳出来，像一个个跳梁小丑在歇斯底里地表演。

这是要把石碚往死里整的节奏！两个人都明白，放任舆情发展下去，无罪的石碚就算跳进白漆都洗不白了。

“帮帮我们，好吗？”郑暖夏方寸大乱，眼圈都红了。

“你先别慌，让我先捋捋。”老周眉头紧锁，不住拿手拍着脑门。此事看似乱成了一团麻，却有个隐形的线头，只要扯出来，一切就都理顺了。

郑暖夏像个陀螺般在屋里转着圈，几分钟后突然停在了老周面前，脸像随意拉伸的手柄般，杵到了离他的脸仅有十厘米的地方："你以前说过的话，还算数吗？"

"什么？"他使劲咽了口唾沫，把身子往后撤退了一尺。

"你说……"她雪白齐整的门牙像一排亮闪闪的刀片，使劲咬在柔软的下唇上，"你说，要我嫁给你，还算数吗？算数的话，马上去民政局。"

她热乎乎的微带薄荷般的气息喷到了老周脸上。若在往常，这是一股幸福的气息，今天他却嗅到了血腥味儿，那是把自己的胸膛剖开了，拎出来一颗血淋淋的心往祭坛上放的味道。

"暖夏，这都六点了，民政局下班了啊。"

"那明天，明天上班就去。"她急切地想要吃一块刚出炉的蛋糕似的。

"如果只是想让我帮石硞的话，在不违背原则的情况下，我会尽最大的努力。你现在还有更重要的事情要做……"老周直接将郑暖夏的心思点破，然后指出当务之急。

"什么事情？"她早已方寸大乱，急切地想抱住老周这根救命稻草。

"回去找你妹妹郑暖冬，要她站出来发个声明，就可以把石硞'抛弃结发妻'这个罪名抹去。"

"呀，对啊——"她像个癔症患者突然清醒过来，转身就朝门外跑，却被老周拉住了。

"不要慌。我说过的，我是你力量的一部分。"他轻轻抱了下她，又放开了她。

郑暖夏点了下头，以光速冲了出去。她不敢多作停留，眼泪已开始在眼眶内涨了潮。

若说以前是因为需要老周，才和他若即若离交往的话，现在已为他的人格折服。可是如果用房子来比喻人心的话，她的房间里，一半被箐箐占着，一半被石础占着，很难再分出来空间给别人。

这次的鉴定专家，是从城南医院和其他医院抽来的三个医生。除了组长郭世佳外，其他两名医生石础也认识，经常在市里的业务会议上见面，私交也不错，他在大风开胰腺病专科的想法和他们还探讨过，都期待进一步合作。

鉴定会照例是在医学会的大办公室进行。石础从手术上下来，连卫生间都没顾上去，就急匆匆来了医学会。人有三急，上了楼后，他直奔卫生间，出来时，在洗手池旁边遇到了郭世佳。

郭世佳左右看了下，发现没人后低声和石础说："周主任打电话了，要我多照顾，放心吧。"

"谢谢组长，谢谢谢谢。"石础拱手连声道谢。

保洁人员走了进来，两人便一前一后走了出去。

进了医学会的大办公室后，郭组长跑来跑去忙活，客气地给大家倒茶拿椅子，要大家依照规则全程关闭手机。

苗二宝没有参加，委托了洪律师全程参与。

洪律师是医疗纠纷方面的专业律师，熟悉关于医疗的各种规章制度。之前石础做鉴定专家时，他们不止一次打过交道。

洪律师和所有人都亲切地打了招呼，包括石础。

石础感觉头疼得厉害，眼皮肿胀，暗想自己是不是血压高了？他在内心安慰自己，整个治疗过程清晰明确，没有丝毫违规和不合理之处。病人都下葬三个多月了，苗家人并没有表示任何不满，不明白苗二宝为什么突然又掀起了风浪？

整个鉴定过程围绕着"诊断是否明确，治疗方法是否合理；病人死亡的主要原因和医疗行为是否有关系，若有关系，是有多大关系；医疗行为是否有明显的过错"等几个方面进行的。

以上问题最后会形成一个鉴定意见。当然，这个是在没有家属和事故双方人员的参与下独立形成的，最终鉴定专家们签字后才生效。

洪律师显然深谙此道，对第一次手术过程并没有深究，而是针对后面几次住院情况问得很细很深。

“手术后的病人应该住在消化内科或肿瘤内科的，住在普外科是不是合理呢？”洪律师直击了要害部位。

“这个，我当初也给家属和常主任这样建议过，可是苗老太太出于信任我，要求住在普外科，还指定要我做主治大夫。这个你们可以问下黄秘书长和苗家姐弟。”石磊连忙解释。

洪律师一脸不置可否的笑容，耸耸肩膀继续说：“麻烦石大夫和各位专家解释一下，化疗方案是否每个大夫都可以制定，在化疗过程中有没有风险？医院有没有进行必要的检查和预防措施？”

石磊心中“咯噔”了一下。这些问题是没有正确答案的，属于两头堵的死命题，他怎么回答都有漏洞。之前他和常主任、刘杰斌就这些问题反复讨论过，但按惯例，谁的病人就由谁制定化疗方案，可现在洪律师却拿这个作为撒手锏来质疑……

石磊用求助的眼光看向鉴定组长郭世佳。

郭组长低头看病历，眼角的余光扫视着其他两个鉴定专家。那两个专家也都在认真研读病例。他们的前方仿佛竖了个屏蔽器，完全屏蔽了石磊发出的信息。

昨晚，苗二宝以姐夫的名义请他们吃饭，席间黄秘书长打来电话，要求大家一定要秉公鉴定，不徇私情。黄秘书长即将就任更重要的岗位，最近正在征求意见期，他的“不徇私情”四个字像四个沉甸甸的铅块，压在了大家心头。

见没人理会自己，石磊又喝了大半杯水后，开始详尽地解释治疗的每一个细节和所有用药的合理性，像一头死心眼的驴，一心一意围着一盘磨转，试图通过这些向大家证明自己努力做到了最好。

2

陈述完后，石磊和洪律师一前一后走了出去，等待专家们的鉴定结果。

站在走廊上，石碏的目光落在洪律师身上。

他像被火苗烫到了，迅速转过头，透过落地的窗户看向外面忙碌繁杂的世间。

郑暖夏发来了微信：有我呢，不要怕。

石碏回了个苦笑的表情，继续盯着洪律师。他已嗅到了山雨欲来风满楼的那股子土腥味儿。这次和去年的“飞刀”事件不同，他感到有无数个黑洞洞的枪口瞄准了自己。

求生的本能驱使石碏把电话打给了林书记，接通后他只是说了声“我在开会呢”便挂断了。他又打给了李院长，却无法接通。

石碏的目光再次落在洪律师身上。

洪律师缓缓扭过头，看向他：“石大夫，据说，市学科带头人评选前，有人请评委们吃饭了，还送了红包。当然，这只是空穴来风听说的，权当咱们茶余饭后的胡侃，没任何法律效力，你可别当真，也别出卖我，呵呵……”

石碏的目光像一勺滚烫的粥泼在了他的脸上，他感觉脸皮都起泡了，只好拿之前的事情提醒石碏。

石碏从眼神到火热的心，瞬间都冷却下来。他明白了一切，那股子躁动不安忽然就消失不见了，身子重重地砸进了旁边的椅子里，抱着头不想再看这个世界。

他知道，自己又被人家联合起来算计了。如师如父的万主任曾多次对他们说过，医生每天要接触形形色色的人，想在职业生涯中平安地干下去，实现自己治病救人的美好愿望，除了具备高超的专业技能外，还要深谙与人相处这门大学问，更要学会洞察人心的叵测。

人就是以这种方式一次又一次长大的，心同样也是一次又一次这样死去的。影视剧中总爱用那句“正义会迟到，但不会缺席”来安慰观众，现实中却是——正义常常缺席，甚至根本都没打算出席。

石碏抱着头不知道在那里坐了多久，直至郭组长喊他们进去，说鉴定结果出来了。

果然不出所料——苗老太太后面几次住院，应该入住相关内科，住在普外三属于跨专业收治病人的违规行为；主管医生系外科医生，没有肿瘤内科医生会诊意见、提供化疗方案，违反了医师法的相关规定；患者化疗期间没有对相关指标进行检测，对化疗的并发症没有进行防范和预处理；患者虽患有恶性肿瘤，但死亡不能排除和化疗有直接的关系。

综合以上鉴定，得出的结论为：患者死亡和医疗行为有直接关系，医院科室和主治医生负主要责任。

整个鉴定会气氛很好，大家脸上都端着“一团和气”四个字，桌子下面的手里却攥着明晃晃的刀，要剜出石碚的心看看是黑还是白，最终却只是血肉模糊的一团。郭组长和另外两名专家还打着朋友的旗帜，对他干了比敌人还要残忍的事情。

而且没有偷偷摸摸，直白得近乎当街杀人放火。

石碚浑浑噩噩地走出医学会所在的大楼后，忘记了自己是骑着电动车来的，摇摇晃晃地向前走去，手机在裤子口袋里振动着，熄灭后，又顽强地活过来继续振动……这样不知道轮回了几生几世，他才接了起来。

“老石你到底怎么回事啊？同学群里都在 @ 你，打你电话也不接……快看一眼微信，我刚发了个链接给你，你又上了当地热搜了，唉……”

从石碚的内心到大街，吵闹得像一个偌大的施工现场，他完全听不清后面的话，只好挂断打开了微信，发现同学群里几十条 @ 他的，私信也有十几条。点开后，都是同样的两个消息：一是“老李侃（砍）怀清”推出的“著名外科医生石碚疑出轨神秘女子，向刚苏醒的植物人妻子提出离婚”，二是“有人匿名举报他收家属红包、乱用医疗耗材、论文造假”等事情。

石碚只觉得从天而降了一坨热乎乎巨大无比的狗屎，严严实实把自己罩住了，且带着金属的质感和橡皮筋的弹性，无论他怎么努力都无法挣脱，只能由着自己被搞臭、淹没、呛死，然后尘归尘，土归土。

怀清是他的第二个家乡。他原本以为怀清很大，可以容纳他小小的梦想——守在这里，守着他心爱的姑娘，为像母亲那样不幸患上疾病的人们努力解除病痛，可是……

这棵生于南方的弱柳，在北方已成长为健壮的白杨，此刻却脆弱得像根草芥。

他趺趺撞撞地向前走去。

正值下班高峰，街上密密麻麻的人群，一张张脸冰冷而凶狠。

红灯亮了，他不懂得止步，继续机械地向前迈动腿脚，来来往往的车辆不得不躲着他。

一辆蓝色的宝马车里突然伸出个怒吼的脑袋："找死啊你……"

他像被抽去了灵魂的行尸走肉，置若罔闻地继续朝前走。

郑暖夏火急火燎地赶到石碚家，拿出钥匙开门时，却发现锁已经换过了。不用问，一定是母亲和郑暖冬的杰作。她擂鼓一样开始砸门，听到有踢踢踏踏的脚步声奔向门口。

在郑暖夏响如战鼓的擂动中，邓梅终于受不了把门打开了。见是她，脸上立马结了层薄冰。

"你来干吗？"

"郑暖冬呢——"

自从上次争吵过后，郑暖夏几次想过来看她们，都被母亲拒之门外了。还好郑暖冬向来不是个安静的人，郑暖夏刷抖音时刷到了她的账号，看到了她的恢复过程——从坐着轮椅到蹒跚学步，到扔掉拐杖可以稳健行走……

见郑暖冬一天天好了起来，郑暖夏由衷地开心。如果石碚没有深陷旋涡，她也不会来找郑暖冬，只要她健康地活着就好。

郑暖冬拿着鸡毛掸子追着朱来福出来了，边走边骂："又偷吃我的牛肉干，咋和你的主人一个样啊，看我不揍死你……"

朱来福“喵呜”一声，藏到了郑暖夏身后。

“郑暖夏你来干什么？赶紧从我家出去——”看到她，郑暖冬细细的眉毛拧了起来，一副拧巴的模样。

“看看你干的好事——”郑暖夏扒着手机，找出那篇文章举到她面前。

郑暖冬夺过手机，只看了标题和几张照片后，便气得要跳起来。

“别以为打个码我就不知道是你了。郑暖夏你的脸呢，竟然半夜三更和石碚出去浪，是不是很久没被收拾皮痒痒了，看我不打死你——”她捡起刚才打朱来福的鸡毛掸子，挥向了郑暖夏。

郑暖夏不再是那个无力自保的郑暖夏了，往旁边躲了一下，郑暖冬因用力过猛向前栽去，要不是郑暖夏扶她一把，就撞到了墙上。

“还敢躲，你竟然敢躲了！妈，郑暖夏欺负我，呜呜呜……”因为没打着郑暖夏，郑暖冬气得开始向母亲告状。

郑暖夏冷冷地望着她，又好气又好笑。时间飞越了十多年，郑暖冬却还是那个郑暖冬，没有一点点改变。

“郑暖冬你是猪脑子吗？我和石头那是有事要说。有谁约会选农历七月十四的晚上！你昏睡了十年，石碚想抛弃你是分分钟的事情，还用得着等你醒过来了再和我暗度陈仓？”

“好啦，你俩都别吵了，到底什么事情？”邓梅难得没有拉偏架，她从郑暖夏手中接过手机，放大字体，眯起眼睛看完那篇文章后，意识到了事情的严重性。

“石碚怎么了？”邓梅的声音都变了。

郑暖夏坐到沙发上，红着眼睛没说话。

郑暖冬却仍旧一副理直气壮的样子：“怎么了，人家说错了吗，他石碚要是没有闹着要和我离婚，我能把这事说出去吗？”

“郑暖冬你个混球！知道你给石碚惹了多大麻烦啊，现在人家是有组织地想弄死他。他不离不弃辛苦照顾了你十年啊，你能活下来，能站在这里追打朱来福，能和我继续吵架，都是因为石硞。没有他就没有你，甚至我也不知道能不能活到现在！”郑暖夏骂着骂着，蹲到地上泣不成声地哭了起来。

“到底怎么回事，你倒是说呀——”邓梅很是着急。

郑暖夏拼命咽下眼泪，将事情全部讲了出来。

郑暖冬一下子傻了眼，嗫嚅着说：“这事，那事，不是我给他们说的，我根本不认识这个该死的‘老李侃（砍）怀清’，怎么可能给他说这些？”

“石硞提出离婚的事情你给谁讲了？”

“我想想啊，哦，刘杰斌常过来，我和他抱怨过……”

“你不是混球，还是个傻瓜！刘杰斌当初为了争副主任，设圈套让石硞陷入‘飞刀’事件，不然普外三的副主任就是石硞的！”

“这个混账东西，看我怎么收拾他——”郑暖冬细细的眉毛竖了起来，起身就要往外冲，可脚一软，坐到了地上。

3

“你还没好利索呢，激动什么，要去也是妈去。我去找他，这个小刘，平时看上去热心稳重，怎么能办这种缺德事呢。”邓梅将郑暖冬扶了起来，准备出门去找刘杰斌，被郑暖夏拦住了。

“现在不是追究责任的时候。当务之急，是要赶紧把这条对石硞不利的负面消息平息下去！”

“怎么平息啊？”郑暖冬呆愣着不知如何是好。她昏睡了十年，和这个社会几乎脱节了，最近还是在刘杰斌的帮助下，才从抖音等社交软件上学习了一些东西，目前的状况出乎了她的认知范围，不知道如何解决。

“你发个声明，声称和石硞感情好着呢，出轨的事纯属子虚乌有。”郑暖夏想起来老周教她的办法。

“可是人家拍到他和你在一起啊！你俩在闹鬼的晚上跑去那儿瞎浪什么

啊！”郑暖冬又朝她吼了起来。

郑暖夏望着郑暖冬的眉眼弯弯，突然笑了起来：“有了。你马上发条朋友圈，微博、抖音同步，说石碚不辞辛苦照顾了你十年，你们的感情很好，那张打了码的照片上的人是你，他带着你去河边看月亮，却被别有用心的人给利用了。不然让他们把打的码拿掉，看看所谓的神秘女人究竟是谁？”

和郑暖冬对视的瞬间，两人照镜子般看着对方，让郑暖夏抓住了那一闪而逝的光。反正她们的脸一模一样。

“我，你，我……”郑暖冬不得不说这是个好主意，却不想就这么遂了郑暖夏的心愿，“我凭什么听你的？那明明是你，为什么要让我假扮你？”

“从小到大让我假扮你的事少干了吗？你所有没通过的考试，不都让我替你补考的？”郑暖夏不屑地撇撇嘴。

“暖冬，现在不是任性的时候。除了这个，没有更好的办法救石碚了。”邓梅焦急地说。

郑暖冬使劲跺了跺脚，不甘心地“咚咚咚”跑回了房间，像借道的大象般地动山摇地从屋里拿出来手机，噘着嘴瞪郑暖夏：“文案写好发来！”

郑暖夏摇摇头，飞快地在手机上编辑了一段话，用手机信息发了过去。

“你个死郑暖夏，不加我微信，皮又痒了不是……”她嘟嘟囔囔着，还是飞快地按照郑暖夏说的做了，并在微博上 @ 了“老李侃（砍）怀清”，特意加了一句：我和石碚保留对诽谤我们的人的追责权，限你在三天之内澄清事实，还石碚清白，否则法庭上见。

郑暖夏走进书房，坐在石碚的电脑前，一边噼里啪啦地将郑暖冬那则声明写了个详细版，一边不停和各路媒体记者沟通。这些人中，有些是她的大学同学，有些是她在北漂的十年里结识的。

大学期间，郑暖夏为养自己每天埋头码字，很少和同学们互动往来，这会儿有事了临时抱佛脚，不是每个人都愿意帮忙的，但还是有几个人答应试试看，说今天肯定是不行了，因为版面全排满了。

不管帮忙与否，郑暖夏都连连道谢。此刻她像个独自奋战的战士，只要有人愿意加入，或者不成为阻力，就阿弥陀佛了。

将稿子发给所有答应帮忙的媒体人后，她揉揉头，准备关闭电脑时，邓梅走到了身边。

“你，是不是要去法院告郝家？”她欲言又止地问。

郑暖夏吃惊地看向了母亲：“你怎么知道的？”

怕打草惊蛇让黄帆有了准备，这件事她一直都是秘密进行的，连石碚都没有说。

“唉，黄帆昨天打电话给我了，说你可以随时回去看箐箐，还让我劝你不要那么任性，不然大家可能都有些难堪。”

郑暖夏一怔，她以为自己做得悄无声息，没想到还是被郝家知道了……她的大脑突然开启了写剧本时的逻辑推理能力：看来很多事情不是独立存在的，她想起诉，黄帆劝她和郝子玉复合，苗二宝状告石碚，石碚被曝光抛弃结发妻，揭发石碚收红包、乱用高值医疗耗材、论文造假……一系列事情看似是单个事件，背后却有只隐形的手将它们串了起来。

她猛然想起来老周曾说过，黄帆和黄秘书长是堂姐弟，这些箭看上去是冲着石碚射过去的，但拐个弯就和自己扯上了关系……若她的推理成立的话，一切就合理化了。

仿佛有个从天而降的大铁锤砸在了身上，郑暖夏的灵魂被震出了九霄云外。她瘫痪般趴在桌子上，一时不知道该怎么办。

“有可能是我害了他……”

郑暖夏突然被人一脚踹进了冬天，冻得上下牙齿不住地颤抖。

“唉，石碚这孩子啊，被我们家拖累惨了。”邓梅幽幽地扔下这句话，转身朝客厅走去。

郑暖夏像个被拔去底座的不倒翁，轰然倒塌了。

“老李侃（砍）怀清”的号一直在跟进“苗老太太的医疗纠纷案”，鉴定委员会的结果出来后，第一时间添油加醋将过错百分百地推到了石碏身上。

在“老李侃（砍）怀清”的推波助澜下，网络上的情绪一时高涨，不明真相的吃瓜群众被带着节奏赤膊上阵声讨石碏，有要求严惩“网红医生石碏”的，有让吊销他的执业医师证的，甚至还有让判处他死刑的。

在网络舆论的推动下，原本答应郑暖夏要帮石碏发声的媒体集体失声了，有的为了流量竟还转载了那些消息。

在巨大的舆情推动下，怀清市卫健委不得不要中心医院表态，为此他们只得召开党组会研究。

会上，林书记表示等法院判下来后，视情况再启动对石碏的处理；李院长却想要石碏先停职检讨。其他几个副院长则端着膀帮子看两个神仙打架。

“不能因为舆论就冤枉一个好人吧？”林书记有些生气。

“我们已被架在火上烤上了，您说怎么办？”李院长毫不退让。

“你们也都看了，那个所谓的出轨事件，就是石碏和他媳妇嘛，还有那些莫名其妙的收红包、乱用耗材，纪检部门的调查结果还没有出来呢，凭什么就把这些帽子扣在石碏头上！”

“我的林大书记，您的心情我理解。我和您一样，也惜才爱才，可是您要明白，我们要面对的是汹涌的舆情，水能载舟也能覆舟，要是不给老百姓一个合理的解释，下课的就是我们！”

“下课就下课，我还不信了，难道还没有天理了！”林书记也急了，拍案而起。

“您敢情快熬到退休了，我们在座的各位呢？”李院长青筋暴起，脸上、脖子上像趴了几条青紫色的小细蛇。

会议室的门突然从外面被推开了，一个胡子拉碴的人走了进来，身上的衣服皱巴巴的，如同被嚼了几口又吐出来的巨大菜叶子拉展后裹到了身上，头发乱蓬蓬的，眼睛红彤彤的，像熬了几天几夜没睡觉。

没有一个认出来那是谁，都以为是看病的走错了门。

“这里正开会呢，看病请去门诊——”李院长毫不客气地下逐客令。

他却没有动，嘴唇剧烈地蠕动着，嘴巴像被胶粘住了，无法说出话来。

郑暖夏急急忙忙地跑进来，想把他拖出去，他却钉在那里似的拉不动。

“石碚你听话好不好，会有办法解决的，相信咱们院领导可以处理好……”她的声音近乎乞求。

大家的目光齐刷刷地盯着那个和叫花子相差无几的“陌生人”，努力从那似曾相识的脸上找出石碚的五官来。

现场陷入死一般的沉寂，掉根头发都能变成一场瓢泼大雨。

“林书记，李院长，各位院领导，我自愿辞职接受调查，将来法院判下来，不管什么后果，我都接受，就算要我……坐牢，也没问题，你们不必为这个烦恼。”石碚的声音像是穿过几万里的深谷传出来的，幽暗低哑得让人心里发慌。

“石碚——”郑暖夏的声音哽咽了。

他将辞职信放在那张长长的大会议桌上，朝大家深深地鞠了一躬，转身走了。

那抹背影孤独而狼狈，像个打了胜仗的将军，得胜还朝后却锒铛入狱了，满是辛酸和不甘。

4

林书记颤抖的手想拿起那封辞职信，它却千斤重似的，他怎么也捏不起来，重重地一拳砸在了桌子上。

该来的还是来了……大家明白，石碚可能真的要离开中心医院了，或者说，要离开怀清了。

龙困浅滩原本就是一出悲剧呵。

郑暖夏追着石碚跑出了办公楼。天空中下着雨，不紧不慢，不疾不徐，一阵刺骨的寒侵袭着他们，有种连眼泪都流不出的绝望弥漫在天地间。

“你怎么那么冲动啊？”她好不容易追上了他，“我都说了，我会有办法的。”

“你有什么办法？别告诉我，你想把自己贱卖给郝子玉替我赎身，我会看不起你的！”他凶狠地盯着她，她有些心虚地低下了头。

尔后，他头也不回地冲进了雨雾里。

郑暖夏的手机响了，她看都没看就接了起来。

“暖夏呀，箐箐今天生日，晚上一起吃饭怎么样？明天是周末，我让司机去省城接她了，一会儿就该到家了。”黄帆热络的声音传来。

最能让人低头的就是孩子。这么久以来，为了郝子玉，黄帆高傲的头一直低垂着，这次她用箐箐来逼郑暖夏低头了。

“好，饭店位置发来。”郑暖夏咬着牙说。

儿生母受苦。11 年前，她是在怎样的撕心裂肺的疼痛中将箐箐带到这个世界上来的，这一天永远烙在她的记忆中，不会因为时间的推移而有丝毫的模糊。

郑暖夏早就给箐箐买好了礼物，是福布斯年度力荐的儿童教育编程机器人，郑暖夏贡献了一个月的工资才买下来，这两天因为石碚的事情焦头烂额，她还没想好用什么样的方式将礼物送给箐箐，恰好黄帆给了机会。

该来的总会来，就算将自己碾压成泥，她也要豁出去一搏，为石碚，为箐箐，那是她今生的挚爱。

郑暖夏此刻的身体里流淌的不是血液，而是清醒剂。她从未有过的清醒，她爱石碚，他为她付出了二十多年，她也该不惜一切保护他一次了。

黄帆订的饭店在新区，是个网红打卡地，环境清新别致，很受箐箐这类小女生的喜爱。

郑暖夏将车在角落里停好，爬向后座，换上一件银色的长裙和一双同色的小牛皮高跟鞋，然后从包中取出化妆盒，补了个淡妆后下了车，撑起淡紫色的伞，提上礼物，袅袅娜娜地朝里面走去。

银色的高跟鞋“咯噔咯噔”地叩击着大理石台阶，拾级而上。她明明行走在故乡，却像是在空中飘浮，且没有保护的绳索。可她走得挺拔有力，无怨无悔。

因为弱，她只能通过强硬的方式，来保护自己和心爱的人。

几分钟后，郑暖夏撩开由珠帘打造的门帘，进入一个如梦如幻的空间，发现箐箐已然坐在那里，郝子玉坐在她的左侧，右侧空着，显然是给她留的。

黄帆和郝子玉的父亲堆着满脸客气的笑容，坐在那里。

“暖夏阿姨，我想死你了……”看到她，箐箐像头开心的小鹿，跳起来撞进了她怀里，不由分说将她拉到右侧那个空位上。

看来黄帆已为箐箐编造好了郑暖夏出席的理由，不需她多作解释。世界是个舞台，人人都有当演员的天分，她便笑吟吟地演了起来，客气地向黄帆两口子点头问好后坐下来，将礼物放在箐箐面前。

“箐箐，这是玩具编程机器人，不知道你喜欢不喜欢？”第一次送孩子礼物，她有些忐忑不安。

“喜欢。我们班同学有人买了，我也想要呢。谢谢暖夏阿姨！您太好了！”箐箐抱着郑暖夏的脖子摇晃着。

郑暖夏更用力地抱紧她，忍不住在她的小脸蛋上亲了一口。

郝子玉和父母望着模样相似的一大一小两个人，脸上的表情如同天空中的云，迅速翻涌着，心内五味杂陈。

“咳，暖夏，你好……”郝子玉的手绕过箐箐，主动伸了过去。

“郝先生好。”郑暖夏客客气气地迎上去，却只拿食指尖碰了下他就迅速收回了。

十年没见，郝子玉那张原本普通的脸上，多了些疙疙瘩瘩的赘生物，鼻尖上布满了草莓似的小红点，身子发福了，肚子圆滚滚的，腰上如同绑了块五花肉。

看来他不光呼吸了西方的自由空气，还让身体膨胀了起来。

箐箐一脸严肃地批评郝子玉：“爸爸，你不是说和暖夏阿姨是好朋友吗，暖夏阿姨身材这么好，再看看你——”

他像一台被卸掉轴承的机器，卡在了那里，半晌后才故作无所谓地摊手耸肩，用看似很洋派的做法来掩饰尴尬。

“箐箐啊，既然暖夏阿姨来了，咱们就开始吧……”黄帆连忙打圆场替儿子解围，要服务员点燃了蛋糕上的蜡烛。

“箐箐，许个愿吧。”郑暖夏轻声说，将蛋糕上取下来的皇冠轻轻地戴在了女儿头上，眼睛里隐隐有了泪意。

这个场景无数次在她梦中出现过，没承想今天成真了。

箐箐很认真地闭上眼睛，双手合十，花瓣般的嘴唇微微蠕动着，不知道说了些什么，然后睁开了眼睛。

服务员将刀递了过来。小姑娘接过来分切开蛋糕，很懂事地先给爷爷奶奶各盛了一块后，又给郑暖夏和郝子玉分别盛了一块，最后才是自己的。

戴着皇冠的箐箐，漂亮得像从童话里走出来的小公主，四个大人就那样静静地望着她，眼睛里流露出万般爱意，没谁舍得先吃第一口。

“爷爷，奶奶，爸爸……暖夏阿姨，你们猜猜刚才我许了什么愿？”小寿星歪着小脑袋打量大家，突然发问。

四个人都摇摇头。

“我希望我妈妈可以早点康复，”她的神情黯淡了下来，可怜兮兮地打量着郑暖夏，“早点回来，我很想她。”

郑暖夏觉得有一支利箭穿过万水千山，直直地射中了自己的胸膛，疼得说不出话来。

现场一片寂静，唯有蜡烛燃烧发出的嗞嗞声。

“箐箐，你……妈妈生病了吗？”良久后，郑暖夏问。她的手心里满是汗水，很想告诉女儿，她就在这里呢。

“妈妈生了奇怪的病，昏迷不醒，在美国治病呢……”

黄帆两口子和郝子玉格外尴尬。

“箐箐呀，蛋糕真好吃，我们的小寿星快尝尝。”黄帆连忙尝了一小口蛋糕。她怕孩子再说出什么话来让他们更加难堪，破坏了她正下着的一盘大棋。

小姑娘便冲大家吐吐舌头，甜甜地笑了，开始吃蛋糕。

郑暖夏用抓着头发将自己连根拔起的力量，压迫着就要夺眶而出的泪水，脸上浮起淡淡的嘲讽，看着黄帆两口子和郝子玉，感谢他们没有告诉女儿自己死掉了，给她留下活着回来的梗。

这顿饭，除了箐箐外，大家都吃得小心翼翼。郝子玉的父亲从始至终没怎么说话，只是不时将好吃的夹给箐箐，眼中的宠溺一眼可望到底；黄帆不住给郑暖夏夹菜寒暄，将她当成了贵宾；郝子玉左顾右盼，挑好听的同箐箐和郑暖夏讲话，生怕惹她们不开心。

不了解内情的人，一定会认为这是场温馨的家庭聚会。可郑暖夏每吃一口菜，吞下去的都是锋利的针，扎得她五脏六腑都血淋淋的。

箐箐晚上还有网课。小姑娘的自律性很强，生日本来有理由偷懒，吃饱后却主动提出来要回去上课。虽说每个人都在努力地扮演着自己的角色，她还是感觉到大人之间有话要谈。

“我也吃好了，我和箐箐一起回去吧，”郝子玉的父亲起了身，冲郑暖夏客气地笑笑，“暖夏你慢用啊，我们先走一步。”

他拉起箐箐朝外走去。

“暖夏阿姨，我想你了可以去看你吗？奶奶说你工作忙，不让我打扰……”小姑娘随爷爷走到门口了，又扭头看向了郑暖夏。

“随时欢迎。”郑暖夏克制着想跑过去抱她的冲动，眉眼弯弯地冲女儿笑着。

血缘是这个世界上最神奇的东西，虽然没有相认，箐箐还是对郑暖夏产生了强烈的好感，很想接近她。

见郑暖夏答应了，她笑意盈盈地比了个“V”后，开开心心地走了。

“我，我也吃好了，和他们一块走吧。妈，你和暖夏慢用啊。”郝子玉也站了起来，朝外走去。他很努力地想走得周正一些，可还是有些一瘸一拐的。

5

郑暖夏望着那个背影，脸上平静如水，无喜、无忧、无憎恶。当初，她并不是因为他外表的伟岸和内涵的高尚才和他在一起的，之所以在他失踪后疯狂找他，纯属是想让箐箐有爸爸。

他们走后，现场的气氛舒缓下来

黄帆倒了两杯香槟酒，一杯放到郑暖夏面前：“小郑啊，我知道你是带着问题来的，说吧，只要我们能解决的，一定全力以赴。”

“您不是预料到我会来找您吗，把条件说出来吧，要我怎么做，才可以放过石碚。”她眼皮子都没抬。

黄帆一愣，她以为郑暖夏会开口向自己求救的，没想到她竟直接指出了问题的核心所在。

“回到子玉身边吧。你也看到了，箐箐很喜欢你，也很想念妈妈。”黄帆亮出了底牌。

“这个您之前就说过的。”

“嗯，可是你没有答复我。”

“您现在是逼我选择您设置好的答案吗？”

“这个嘛，我尊重你的意见。”黄帆把球又踢了回去。

“如果我说不呢——”

“孙律师没有通知你吗，他不给你代理了。当然，你还会找钱律师、李律师……，但据我所知，想和郝家打官司，在怀清好像没人愿意为你代理。”黄帆喝了一大口酒。

郑暖夏仿佛被人打了一记闷棍，耷拉下了脑袋。片刻后，她一仰脖子将杯子里的酒全喝了下去。

“作为一个妈妈，错过了孩子的成长，可是会后悔终生的哦。”黄帆继续给自己加码。

郑暖夏脸上浮起一个比哭还难看的笑。她今天来，并不是为了女儿。

“石碚不仅无缘省学科带头人的评审，还会因苗家的官司赔偿一大笔钱，会失去做市普外科专委会主任委员的机会，会因为出轨名誉扫地无法做人……”黄帆一个筹码一个筹码地往上摞。

这是一场博弈，先乱了阵脚的人会败下阵去。郑暖夏使劲攥着酒杯，努力保持平静，等着黄帆将所有的筹码扔出来。

“当然，这些无风三尺浪的事情和我无关，但我可以帮你们搞定。”掀起了滔天巨浪后，黄帆又想把自己择出来。

因用力过猛，香槟杯子纤细修长的脖颈不堪蹂躏，在断裂的瞬间，用锋利的牙齿狠狠地咬了郑暖夏的手一下，血涓涓地流了出来，像一条细长鲜红的手链，狰狞地缠绕在她修长的手指上。

郑暖夏一动不动地坐着，并没有去擦拭。她仿佛想把自己弄得凶狠一点，好在这场较量中不至于败得那么惨。

“还有，石碚有可能会失去从业资格，这样的话，就算他离开怀清去大城市发展，也没有办法再做医生了，那可是他的梦想哦……”

石碚将会被剥夺医师资格成为压倒郑暖夏的最后一根稻草，一幢高楼大厦在她心目中轰然倒塌了。她的嘴唇剧烈地抖动着，像在风中飘零的枯叶，脸上是死寂的煞白。

她缓慢放下碎裂的酒杯说：“我答应你……”

“那行，周一民政局见吧。反正你和子玉的孩子都十多岁了，感情肯定是没问题的。”黄帆将服务员喊了进来，让她取来无菌棉和药水，格外温柔细心地帮郑暖夏包扎伤口。

“你们娘俩感情真好！”服务员在旁边说。

“那是，暖夏是我们家的大功臣。”黄帆一副好婆婆甚至是好妈妈的形象。

郑暖夏绝望得却连一滴眼泪都没有了。她像被人强行塞进去一把黄连，由嘴苦到了心底。

秋天的雨像个怨妇，凄绝哀婉地下了几天几夜还没有罢手的意思。

老城区的一幢老居民楼里，石碚坐在桌子前敲打着笔记本电脑的键盘。那天他向郑暖冬提出离婚后，就收拾行李搬了出来。

他在写一份材料，声明自愿放弃省学科带头人、市普外科专业委员会主任委员候选人等评选，准备发给市纪委的相关领导。

石碚写好后又认真读了两遍，才摁下了发送键。手机在旁边连响带振动地刷着存在感。他看了一眼，见是师兄老刘后就放着没管。

老刘的电话却不屈不挠地打着，手机像个小型震动器，让石碚烦不胜烦，只好抓过来接了起来。

“赶紧打包滚过来吧！”他的开场白很不客气。

“不去。”石碚斩钉截铁地答。

“脑子烧坏了？想继续被羞辱啊？”老刘的口吻也好不哪去。

“郑暖夏人在哪？”石碚突然将问题拐了个弯。

老刘一时没反应过来。

那天郑暖夏说要去参加箐箐的生日宴会后，就失去了联系。他到院办找她，程主任说她请假了；他又到她住处找她，吃了闭门羹；他找到梁小蔻问郑暖夏的行踪，她说不知道……无奈之下，他只好回家问邓梅和郑暖冬。邓梅的嘴巴像被什么特殊材质焊死了，任他怎么旁敲侧击，她都缄默着不吐露半点线索，郑暖冬却笑得很诡异……

无奈中，石碚只好厚着脸皮跑到卫健委问老周，他说自己也联系不上她。他咬咬牙又去了趟郝家，郝子玉顶着一张五花肉脸和他说，郑暖夏是箐箐的妈妈，早晚还是自己老婆，要他死了那个贼心。

透过重重迷雾，石碚看到了一个影影绰绰的答案：郑暖夏在躲自己，原因似乎和郝家有关。他在微信上给她留言：我会处理好一切的，不许为了我再跳进火坑。我们一起努力把箐箐要回来。还有，我不会再放任你跑掉的！！！

他最后加的三个感叹号像三把明晃晃的大砍刀，应该可以吓住郑暖夏的。可那条微信发过去就石沉大海了，她没有回复。

智商情商都不低的石碚，却在和人心的较量中败得一塌糊涂。他开始认真写那份放弃声明，希望可以用“割地”的方式求得和平，让那些加在自己头上的“莫须有”的罪名烟消云散。

石碚知道，师兄老刘能够这么快知道自己的事情，和郑暖夏不无关系，前些时她就不止一次地劝自己离开怀清，说不愿意去老刘那里的话，可以去省肿瘤医院。“人为刀俎，我为鱼肉”，他只有逃出怀清才能避免当鱼肉的命运，可他拒绝了。

“麻烦你给她带个话，说我可以处理好一切的，让她别再躲着我了，我不是……瘟疫！”石碚突然哽咽了。

老刘陷入了沉默。他突然想起了那句“问世间情为何物，直教人生死相许”，良久后幽幽地说：“为了郑暖夏，你愿意将自己陷进更大的灾难中吗？”

“粉身碎骨，在所不惜。”

“话别说得那么满。身体发肤，受之父母，想想伯父。”

“虽然她怀的不是我的孩子，但我陪她度过了十月怀胎；为了她，我照顾了她妹妹和她母亲十年；她不在家的十多年，是我替她给她爸扫墓的……为了她，我什么都愿意做。”石碚像一头死心眼的驴，一心一意围着郑暖夏这盘磨转。

他的胸腔像个木桶，里面盛放着一个强有力的肺，呼吸声连无线电波另一端的老刘都听到了。而他身上的肉却锈住了，像泡在醋里，老刘都能感知到他的痛苦。

“抓紧时间去民政局吧，不然郑暖夏就嫁作郝家妇了。别说是我告诉你的，不然她会拉黑我……”师兄老刘幽幽地挂断了电话。

这个电话当然是郑暖夏拜托老刘打的。她焦急万分地讲了石碚的处境，要他抓紧把那个死心眼的弄走。老刘反问她为什么不自己劝？她无奈地讲出了原因，还要老刘保密，怕会害了那个傻子。

作为旁观者，老刘很清楚石碏为郑暖夏做的一切是爱，而郑暖夏为了石碏准备嫁给残疾的郝子玉也是爱。

不管结局如何，老刘都要扔出去一根救生绳，他无法在别人的苦难面前转过头。

“怎么不早说！”石碏挂断电话，拿起外套就朝外面跑。

怀清市区有六个区民政局，郑暖夏和郝子玉很可能会去嘉禾小区所在的区民政局领证。石碏飞奔下楼后，一口气跑到车棚，骑上电驴，光速朝那里奔去。

道路两旁高大的梧桐并没有感觉到季节的变幻，还是那么没心没肺地绿着。风起，雨丝从树叶的间隙中不疾不徐地滴落，带走了尘埃，也把一些原本柔软的东西变得坚硬起来。

这个世界，如果自己不坚强，没有人会让你的生命变得坚强。

第二十章 | 对你的未来签订了承诺书

1

石碚跑进婚姻登记处时，因为是周一，也不是皇历上的良辰吉日，里面竟然空无一人。

他来到窗口，从手机里翻出一张照片举向工作人员："请问她来过了吗？"

照片上的郑暖夏穿了一件绿裙子，笑得格外甜美，仿佛是从画里走出来的。那是她被梁小蔻拉去当妇联的形象大使时拍的，是他从本地媒体的公众号里下载保存的。

"哦，他们没有带结婚照，去隔壁拍照片了，一会儿就过来了。"工作人员眯起眼睛看了一下说。

石碚的鞋底像装了弹射装置，弹跳而起冲向隔壁。

"美女，笑一下。那么美，再笑一下就倾国倾城了哦……"摄影师站在三脚架前冲郑暖夏喊，恨不得拿起旁边哄孩子的哗啦盘冲她摇晃几下。

她仍旧安静地坐着，像尊蜡像，不动也不笑。

"暖夏，听摄影师的，笑一下嘛。将来我的腿康复了，再骑摩托车载你去玩……"郝子玉扯扯她的胳膊。如果微笑可以捐赠的话，他恨不得将自己露出二十颗牙齿的笑容全摘下来捐给郑暖夏。

郑暖夏的身子终于不再那么僵硬了，却朝另一边挪了下，和郝子玉之间拉开最少十五厘米的间隙，脸和身子呈九十度，拿后脑勺招呼他的殷切期盼。

郝子玉的笑容便被点了穴。

“好，俊男靓女，看镜头，来，一,二……”摄影师见多识广，拍结婚照时什么样的情况没见识过？他准备就这么原生态地摁下快门时，一个高大的身影蓦然挡在镜头前。

随着一声“咔嚓”，相机里出现了一张半截胸像。

这情形摄影师还真没见过。在他和郝子玉呆愣的时候，石碚蛮横地拉起郑暖夏就朝外面走。

“干吗啊你——”她的脚像八爪鱼的吸盘，紧紧地粘在地面上。

“石碚，你这样做的后果很严重！”郝子玉气急败坏地站了起来，想追过去阻拦，可腿还没有完全康复，一个趔趄差点摔倒了。为了面子，他今天硬是甩掉拐杖来的。

石碚对他和摄影师的反应置若罔闻，两只大手像铲车的大抓斗，直接将郑暖夏抓起来扛到肩上朝外走去。

雨下得愈发大了起来，石碚将郑暖夏放到电瓶车的后座上，给她和自己分别戴上头盔，说：“抱紧我，不然就一起摔！”

郑暖夏拍照时的僵硬身子突然柔软了，慢慢地伸出手，抱紧了他的腰。

石碚加大电门，电动车像一尾黑色的燕子，将雨雾剪开了一道口子，冲了进去。

雨像奋进的舞曲里的鼓点，强劲地打在两人脸上，顺着脖子灌进了衣服。他们的身体浸骨的冰凉，心里却升起一轮初春的太阳。

郑暖夏的脸慢慢向前倾斜，紧紧地贴向了石碚的后背。

“石头，你不害怕吗？”她的泪和着雨，一起隐入他的衣服。

“不怕。”

“那好，我也不害怕了！”她的口吻格外坚定。

人心是无法探测的，她以为自己会坚强的时候，内心却脆弱了；她认为会脆弱的时候，却又坚强了。

“好，抱紧，我要加速了！”

电瓶车迅速朝前驶去，划破白花花的水，消失在茫茫的雨雾中。

从石磊将郑暖夏强势带走的那一刻起，他们就已对彼此的未来签订了承诺——承诺无条件地相互扶持，承诺一起走到天荒地老的人生尽头。

接下来，他们将一起等待一场声势浩大的暴风骤雨的来临，如同静候一只躲在隐蔽处的看不见的吃人恶虎。

婚姻登记处外面的马路边，老周坐在那辆黑色奥迪车内，目光透过雨雾，追踪着郑暖夏和石磊，直至他们的身影没入了胡同里。

昨晚郑暖夏打电话给他，哽咽着说了无数个抱歉和对不起，却没有解释原因。他结合最近发生的一系列事情，明白情况朝着他不愿意的方向发展了，联系了民政系统的朋友，要对方帮忙留心一下。

郑暖夏今天走进婚姻登记处后，老周就得到了消息。

他早石磊一步来到了这里，却没有勇气走进去。年龄，阅历，打拼这么多年得来的身份、地位和光环，使得他最终没能迈出那一步……唉！

苗二宝一纸诉状将中心医院告上法院，索赔一百八十八万元。

开庭的前一天，中心医院召开了院委会，研究对策。

会上气氛异常凝重。院纪委书记和五个副院长都主张庭外和解。

“我也想庭外和解啊，可是家属索赔一百八十八万元，这，这也太离谱了，简直——”林书记气得狠狠地拍了下桌子。

“唉，那个，石磊收受家属红包和高值耗材的事情调查得怎么样了？”李院长看向院纪委书记。

“查了，可查来查去，都是莫须有的事情……如果把这个结果对外公布，不仅没人相信，还会招来各种骂，说我们袒护自己人。”纪委书记苦恼地抓抓光秃秃的头。

“面对高涨不下的舆论，领导们很头疼，我们必须要有个态度了，明天就开庭了。”李院长说。

“什么态度？”林书记问。

“先让石碏停职吧。表面看是个处分，其实是对他的保护。”李院长说得很慢，眼睛在其他人的脸上来回移动，观察大家的态度。

之前石碏虽将辞职信放在了他们面前，林书记却力排众议，又让医务科还给了石碏，并捎信给他——说有自己在，要他安下心来好好工作。

“石碏可是个受害者，目前他可以依靠的唯有医院了。如果连我们都出卖他的话，会让全医院的医生们寒了心！”林书记的脸上刷了层霜。他知道，这次的停职不同于“飞刀事件”，若被上下压力所裹挟，将来可能演变得不可收拾。

“那我们对上、对外怎么交代？尤其是网上的舆论，不能因为他石碏一个人，让整个医院遭受池鱼之灾吧？书记，我知道您喜欢石碏，可眼前的形势容不得我们徇私情啊，不然明天开庭对我们很不利。”

李院长说的是实情。现在网上传得很邪乎，说中心医院的牙科医生把好牙当坏牙拔掉了，外科医生给原本没病的人动了刀子，心脏外科的给健康的心脏放上了支架……任由谣言蔓延，中心医院就变成了孙二娘开的包子铺了，不是治病救人，而是专干杀人越货的营生。

“呵呵，在座的所有人，谁敢说自己没有徇过私情？”

林书记的声音很轻，李院长的脸上却像被谁狠抽了一巴掌，尴尬地盯着自己的手不再说话。他为巴结郝家，将郝家保姆的儿子安排到了后勤岗位，可那位又懒又笨，受到大家诟病。这事林书记当然也知道。

“徇私情”三个字点了其他人的穴，本来赞成石碏停职的几个副院长和纪委书记开始沉默，只是看着林书记和李院长两个神仙打架。

林书记的电话响了，他看了眼号码，犹豫一下，还是接了起来。

“钱书记，这事容我们再想个两全之策，好吗？”

“把免提打开吧——”

林书记无奈地打开了免提：“我是卫健委纪委书记钱由理，石硞即刻停职，中心医院马上把这个消息公之于众，平息舆情。这是上面的意思……”钱书记声音低沉。

医务科的大办公室里明明坐着六七个人，可无论王科长要谁去通知石硞，都没人回应她。无奈之下，她只好硬着头皮去了普外三。

“石硞还在手术室救命呢，你们这么着急卸磨杀驴是不是有点缺德啊？”肖小艳的脸冷，话更冷。

医务科的王科长平素是大家争相巴结的对象，今天却臭了大街。她万分尴尬地转身去了手术室。

刘杰斌今天有一台腔镜直肠手术。本来进行得很顺利，可做完后，他感觉游离了左半结肠后，结肠系膜与后腹壁的空隙有点大，便想在十二指肠悬韧带外侧把横结肠系膜与后腹壁缝两针，谁料缝完之后，他夹着带针线缓缓地出针，当针持拿出套管针的时候，只有线，上面没有针，针不翼而飞了！

刘杰斌一下子傻了眼，心头万马奔腾。最近他除了往郑暖冬那里跑得勤快外，还格外努力地钻研手术，想在技术上赶超石硞，好赢得她的青睐。今天这台手术，他本可以不缝这两针就结束的，可为了追求“石硞式的完美”才这样做了……

异物遗留在患者体内，是每一个外科医生的梦魇，后果是他们所无法承受的，只能拼命找。

可要命的是，腔镜的扶镜手不是那么熟练，没能主动追踪主刀操作的意识。针到底掉在哪个地方，谁也不知道。

刘杰斌本想在郑暖冬面前露个脸的，却眼瞅着要露出屁股了，思来想去，能给他善后的只有石硞了，便打电话将他喊了来。

2

石硞现在上个班都像上刀山下火海，一不小心，就会被躲在门口的媒体人看到，然后官媒、自媒体、网红，甚至吃瓜群众的摄像机、手机、话筒等一堆器材便会冰雹般密集地砸过来。

不管他愿意不愿意，他都成了一台流量提款机。

“听说你专门有套房子用来存放收病人的红包，就像《人民的名义》里的贪官？”

“苗家向你索赔一百八十八万元，据说你已经准备了三百八十八万元，想用钱砸死他们？”

“听说你弄了个猪腰子，假装是从病人身上割下来的肾，后期还要病人化疗……”

“听说你从不法厂家那里进的两块钱的耗材，给病人做手术时收了两万元？”

“谈谈你和那个神秘女人的情史吧……”

“听说你抓着头发把结发妻子往墙上撞，逼郑暖冬发声明说河边的女人是她自己？”

他们追问的话题五花八门，却没人提及郑暖夏和郝家，这让石硞有些微的放心，但还是被各种轰炸式的“采访”搞得烦不胜烦，只好把大学时在戏剧社练的那点功夫又刨了出来——戴着演秃子用的乳胶头套，佝偻着身子，配了副廉价老花镜，才躲过了他们的围追堵截。

他一口气挨了那么多的冷箭，不知道该先拔出哪一支。于是，那个秃子头套就成了最好的隐身利器，戴上它，那个“十恶不赦”的石硞就和自己毫无关系了。还好，无论同事，还是病人及家属，并未因此对他投去异样的目光。

接到刘杰斌的求救电话后，石硞意识到了事情的严重性，匆忙进了手术室。

怕在走廊里遇到跟拍的人，他连头套都没来得及取。

“你说这针是拿胶水粘在线上的吗，我那么轻柔的动作都能掉了。”刘杰斌已被那根没长手脚，却溜得无影无踪的针搞得抓狂了。

“许老师，再给点药加深麻醉，手术时间要拖长。”石磊无视他的狂躁，对麻醉师老许说。

今天做器械护士的竟是手术室的赵护士长。石磊朝她挤了下眼睛说：“看下套管孔周围，会不会是我们刘主任眼睛花了，针拿出来掉在了台上，”说着又看向了巡回护士，“找下刘主任身旁。”

一张帅得可以和明星媲美的脸上，戴着个秃子的头套，模样滑稽搞怪，大家却谁都笑不出来，按照他的吩咐分头忙碌去了。

石磊有条不紊地吩咐过后，将镜头伸入套管孔观察，看针有没有卡在里面，然后和助手开始查找腹腔内的区域，有针对性地局部深入排查，轻轻翻动子宫，将子宫前、子宫后、盆腔术区都用腔镜仔细查了一遍。

然而并没有找到缝针。

“石头，不会找不到吧？”刘杰斌忧心忡忡地和他一起翻找。

“没事的，不要慌，只要它不是鬼怪，肯定能找得到。”石磊轻声安抚。

刘杰斌点点头。这是两人一起工作以来，石磊第一次用平等的口吻和自己讲话。他原来对自己虽挺客气的，但很多时候是以一种漫不经心的方式，刘杰斌认为他看不起自己，这也是他之前嫉恨石磊的主要原因。

两人心细如发，一点点推进寻找，终于在离手术部位距离最远的左上腹找到了缝针！

“我，我真的用力很轻啊，为什么还会弹飞，而且还飞那么远？”刘杰斌不无委屈地说。

“没谁知道为什么。我听到过比这还稀奇的，我师兄老刘，有一次明明做下腹部手术，针弹飞后，最后在右肝后面找到了。那次他做手术花了两个小时，找针找了六个小时，我们才找了一个多小时，比老刘幸运多了。”

石碏取出了那根缝针，脱下手套，拍拍刘杰斌的肩膀，朝外走去。

“石碏——”刘杰斌冲着他的背影喊。

“干吗？”石碏扭头看向他，“你这么深情款款的有点吓人啊，别说爱上我了！”

“相信一切都会好起来的，”他没理会他的调侃，握紧右拳举过头顶冲他挥了挥，“加油！”

“加油！”赵护士长冲他举举拳头说。

“加油！”麻醉师老许朝他举举拳头说。

“加油！”助理医生朝他举举拳头说。

石碏笑容灿烂地回了一个举拳动作，挥挥手出去了。那几个喊加油的人的眼睛却不约而同地湿润了。

出了手术室，石碏看到王科长像根细脚伶仃的圆规般站在那里。

“那个，石碏……”她一脸期期艾艾，石碏的电话响了，他接起来后，一个焦急的大嗓门传来：“石大夫，朱院长让问下您到哪里了？说我侄子的情况有点危险，让您赶紧过来。”

“好的老高，你让朱院先做应急处理，我马上出发。”他绕过王科长向前走去。

他刚下手术就看到了郑暖夏的微信留言，说老高的侄子出车祸了，被就近送到了竹坞卫生院，怀清县医院的朱院长也在，情况很复杂，请他过去联合手术。

老高给石碏打电话却打不通，便打给了郑暖夏。

“你去哪？都要被停职了还这么拼命干吗啊！”王科长紧追了几步。

“执业医师证没有吊销吧？”石碏连忙停了下来，神情格外严肃认真，没有开玩笑或揶揄的成分。见证过人心的黑暗，他不敢对人性再抱任何盲目的乐观了。

“目前没有……”王科长不敢保证以后。这次对石碏的攻击是一套来势汹汹的组合拳，威力还在持续加大。

“那就好。不管是停职还是除名，只要我的执业医师资格还在，就不算违法行医。我要马上赶到竹坞，有条命等着我救呢。”他朝她笑笑，朝前走去。

郑暖夏站在一楼的电梯口，和王科长一起，默然跟在石碚的身后，注视着他高大的背影越过长长的过道，穿过人潮熙熙，走过每扇开着的或闭着的门。

几个拿着拍摄设备和支架的身影，探头探脑地在不远处晃动，像苍蝇在捕捉传说中的血。

石碚迅速转身，背对着他们，将手里的秃子头套往头上套去，从口袋里掏出那个折了一只腿、拿胶布粘着的老花镜戴上，笔挺的身材驼下去，颤颤巍巍地、混在看病的人群中走了出去。

郑暖夏和王科长目睹了整个过程，湿润的眼睛里写满了敬意，不知道他能不能再昂首挺胸、堂堂正正地回到这里治病救人。

一家私房菜的雅间内，桌子上摆放着几样精致的凉菜。苗二宝、药商张总、鬼脸老李坐在那里喝茶聊天，似乎在等什么人。

“这个常主任，谱越摆越大了，这都几点了还没到，不会是不来了吧？”苗二宝呷了口茶说。

“可能是想避嫌。毕竟举报石碚用高值耗材、收红包等事是他一手策划的。”张总说。

“别说，这位常主任可真不是一般人呐，石碚算是他闺女的救命恩人了吧，这都能下得去手，呵呵……”鬼脸老李说。

“石碚可是我的人，我那样也是挥泪斩马谡！”随着愠怒的声音，常主任推门走了进来。

“我的常大主任，”苗二宝赶紧起身给他拉椅子，“要不是你的指点，我能想出来索赔一百八十八万元的好主意？只要兄弟有肉吃，少不了哥哥的那一份。”

“常主任举报石碚，也是为了我们大家嘛。石碚那头犟驴，不入我们的圈也就罢了，还想查高值耗材，这事要真被他捅出来，以后我们还不得喝西北风去。”张总连忙给他倒上茶水。

“就是就是，要不是常主任指点，蠢驴吕千里怎么会提供那么多素材，连着发几篇流量文，够我吃几个月了。”鬼脸老李起身从一盒软中华中抽出来一根烟，想给常主任点上，他却嫌弃地扭过头去。

三个人叽叽喳喳地说着，常主任却一言不发。

3

“那个，市普外科专委会换届的事情，我和郝子玉说了。他说，只要咱们把该做的做好，一切都不是问题。”

“上次黄主任胃不舒服来医院，我建议她去心内科再看看，最近不知道怎么样了。”见苗二宝端出了压箱底的话，常主任的脸色才有所缓和。

“哦，这事我还不知道，现在就打电话问下。”苗二宝抓起手机打了过去。

“喂，郝公子，忙什么呢？黄主任的身体怎么样了……”苗二宝的姐夫是黄帆的堂弟，他比郝子玉长一辈，只好这样称呼他。

“什么情况了？”郝子玉却不想和他闲扯，直扑主题。

“明天开庭。放心好了，咱们会让石碚赔得只剩一条内裤的。”为显摆自己和郝家关系非同寻常，苗二宝直接摁下了免提键。

“是你们，不是咱们！这事和我，还有我们家，没有任何关系，understand？”郝子玉毫不客气地说。

“除了这个，其他的怎么样了？”郝子玉又问。

“按原计划进行。法院判下来后，就算石碚不坐牢，想在怀清医疗界继续混下去也没那么容易了，您和黄主任等着吃瓜摘果子就好……”苗二宝滔滔不绝地讲着。

“话多了不是！我再强调一句，这事和我，和我们家没有任何关系！就这样吧！”郝子玉斥责着就要挂电话。

“哎，等等，那个，市普外科专委会换届的事情，没问题吧？”常主任的耳朵早就支棱成了两架小型军事雷达，苗二宝想让郝子玉把之前的承诺再复述一遍，好让他放心。

“但行好事，莫问前程。”郝子玉警觉到苗二宝身边还有其他人，怕他们录音，果断地挂断了电话。

常主任竖直的两只耳朵软塌了下去，身子懒懒地朝后靠去。

无论张总打工的跨国药业公司，还是后来他们一起注册的保尔公司，产品想在中心医院落地，都得通过常主任。

既然大家是同一根利益链条上谋食的蚂蚱，常主任的利益就是他们的利益，几个人才如此卖力。

好在苗二宝的脸皮够厚，被郝子玉不客气地挂电话也毫不尴尬，问常主任：“那个刘杰斌刘副主任怎么回事啊，最近完全请不动了，今天又以他老娘身体不舒服为由拒绝参加，不会有什么情况吧？”

“他就是那么个人，优柔寡断，瞻前顾后。这种性格有个好处，就是不敢反水。”常主任端起茶杯喝了口，咂巴着嘴回味，“老白茶，不错。对了二宝，明天法庭上真的没问题吧？狼捕食的命中率为什么那么高，就是咬住了绝不撒手，不给猎物逃走的机会。”

虽说苗二宝拍着胸脯给郝子玉保证了，他还是有点信不过他。

“放心好了，就算石碚是条长了翅膀的鱼都没用，咱给他布下的是天罗地网啊，怎么着都得捋下他几片鳞。你不信我，总该信郝家吧，他们不会就那么算了的。”苗二宝说得十分笃定。

“难不成江湖传言是真的，石碚和郝家是因为郑……”鬼脸老李双目炯炯，仿佛看到了一篇阅读量上千万的文章。

“好奇害死你个死鬼脸！”苗二宝打了他一下，闭嘴不谈这个，举起了杯子，“总之，只要我们兄弟齐心，就算石碚真的是块石头，也会给他磨成齑粉！来，干杯——”

三个人从“打倒石碏”的幻象中，嗅到了香喷喷的金钱和利益的味道。

四只狼狈为奸的酒杯碰在一起，四个人模狗样的人一饮而尽，集体往石碏的脚踝上套铁环。

石碏走出竹坞镇卫生院手术室时，天已经完全黑了下来。朱院长跟在他身后，一个劲儿说着“到县城吃个饭再走吧，我已经安排好了”。

石碏嘶哑着声音说：“好意心领了，谢谢。今天太累了，想早点回去休息……”

他说着朝车走去，抬头竟看到郑暖夏手抱于胸，靠着老福特站在那里，旁边的地上大包小包堆放着酱菜坛子、玉米糁、红薯、冬瓜等，不用问就知道是老高的杰作。

“天大地大，不如吃饭事儿大，”郑暖夏俏皮地笑笑，看向朱院长，“我说的对吧，朱院长？”

“对对对，美女说的是金科玉律。石大夫，给个机会吧。”朱院长十分诚恳地说。那张倨傲的脸，竟也可以生出这么平和谦逊的表情。

老高的侄子小高出车祸后，感觉左腿疼得不行，以为骨折了。恰逢朱院长陪同怀清县卫健委下来督查工作，被请过去救急。朱院长是个经验丰富的骨科专家，他处理过外伤后，发现小高并没有骨折，意识却开始模糊了，且伴随有呼吸浅弱、肚子鼓胀等症状。

朱院长意识到情况不好，询问后得知他们有家族性结肠息肉，告知可能需要普外科专家一同会诊，极有可能手术。老高强烈要求请石碏来。

石碏到后，分析是乙状结肠破裂，推测是小高发生车祸后肠壁受伤导致的逐渐缺血坏死和破裂，随时可能危及生命，同时，他怀疑小高极有可能也有结肠息肉，并有恶化的可能性。

对他的判断，朱院长有些地方持怀疑态度，但还是应石碏的要求，迅速从怀清县人民医院抽调了重症医学科、输血科等组成了严重创伤多学科救治团队，启动了快速应急手术方案，同时要竹坞卫生院通知麻醉科、手术室准备手术。

剖腹探查后，小高的情况果然如石磊所言——除了车祸造成的乙状结肠破裂、多发直肠破裂、小肠系膜多发挫伤等情况外，结肠内密密麻麻的息肉布满了结肠壁，像扩大版的鸡皮疙瘩，且有了癌变的迹象。

石磊以最快的速度对腹腔活动性出血止血后，对车祸复合伤展开了针对性手术，实施了直肠修补，将右半结肠包括部分回肠末端完整切除，空肠造瘘，同时进行了结肠血管根部淋巴结清扫等。

手术进行了四个多小时，心气颇高的朱院长自觉做了助理，配合其他学科的医生手术。行家一伸手便知有没有，朱院长明白，若不是石磊及时赶到组织了这场手术，小高很可能会因为体内出血量增多，引起休克和心跳骤停，继而导致生命危险。

八卦总是以光速传播，最近发生在石磊身上的故事早就在怀清市医疗界传开。朱院长见石磊身处飓风之眼，还能心平气和地做好医生的本职工作，打心里佩服，结束后主动邀请他到县城聚餐，反正他回市里也要路过的……谁料石磊却对他的提议没什么兴趣，这让朱院长有些尴尬。

郑暖夏的出现给朱院长递了梯子。石磊的肚子很配合地“咕噜咕噜”响了几声，他只好点点头，将车钥匙交给了郑暖夏。

“刘杰斌送我过来的。他怕你连着上手术太累。”郑暖夏开着老福特，跟在朱院长的车后向他解释。

“嗯。”他哑着声音答。

“有我哦。不怕。”她腾出右手，轻轻地覆盖在他的左手上。

“嗯，”一滴细小的泪珠从他的眼角渗了出来，“我爸早上来电话了，说想我了……”

“你要走了？”她的力度蓦然加大，紧紧地握住了他。

他没有回答，依旧闭着眼睛，一副很累很累的模样。

“想走的话，就走吧。”她的心疼得像被劈了两半，右手毫无意识地将他的手抓得更紧，指甲都掐进了肉里。

对面刺目的远光灯照来，郑暖夏不得不放开石硞，两手死死地抓着方向盘，仿佛那样就可以抓住他，抓住命运。

“好好开车。”他说。

“嗯……”她的声音里憋着一场瓢泼大雨，却不能畅快地倾泻而下。

4

朱院长安排的晚饭很丰盛。

他极力想把气氛弄得和谐一些，但因平时总戴着“生人勿近”的面具，一时揭不下来，说的笑话有些冷。

在各种尴尬中，这场纯为填饱肚子的饭局匆匆结束了。

朱院长满脸惆怅地将石硞和郑暖夏送到车前，似有千言万语，最后却只说了句：“人在江湖漂，焉能不挨刀。虽然我们是操刀者，在暗器面前仍需要把皮肉磨得再厚实一些。”

石硞点点头，上了车。

郑暖夏感觉朱院长好像有什么话要说，但他没说出来，说明时机还没成熟，或许……她不愿意多想，对他说了句“谢谢朱院长盛情款待”后，上车走了。

天阴沉得厉害，像是太平洋倒扣着挂在了天空，雨水从万米高空直接往地上浇注，伞和雨衣成了装饰品，但凡穿行其间，必是落汤鸡。

苗老太太的案子这天还是准时开庭了。原告苗二宝委托洪律师出庭，自己并未露面；中心医院也找了律师，但石硞还是决定亲自出席。

当他顶着落汤鸡般的脸走进法庭时，顿时愣住了——偌大的审判庭内，竟人满为患。林书记、李院长等领导班子成员悉数到齐，刘杰斌、护士长肖小艳等本科室的同事及其他科室的许多同事也都来了；怀清县人民医院的朱院长、大风乡卫生院的陆院长、竹坞镇卫生院的许院长等也来了；梁小蔻等同学都来了；最出乎意料的是还来了很多老百姓——有的是竹坞镇的，有的是石碚治愈的病人和家属，最醒目的当数老高和他的族人们，每个人手中都拿着自家田间地头长的和房前屋后喂的，有的是一把青菜，有的是新碾的小米，还有个大哥怀中抱着一只老母鸡。当然，最醒目的要数穿着大红裙子的柳翠花，那是郑暖夏送她的本命年礼物。

郑暖夏、郑暖冬、邓梅三个坐在前排，程香香拎着一篮子热乎乎的素包子，紧挨着郑暖夏坐着，不时扭头看向门口，等待石碚出现。

邓梅对程香香从年轻恨到现在，一向是三米之内不能见其影踪，否则定有一场唇枪舌剑，今天却出奇地平静，容许她存在于一米线内。

法庭里安静极了，除了那只鸡偶尔“咕咕”地叫两声。

石碚望着一张张熟悉的脸，雨水改道跑进了眼里。他努力让表情平静下来，冲大家笑笑，朝被告席走去。

柳翠花使劲捏着裙带子，想控制住自己不乱动，在石碚经过时，还是忍不住跑过去，紧紧地抱住了他。

“弟弟，弟弟，我帮你打坏人……”她满脸泪水地喊叫，泣不成声。

石碚使劲掰开她的手，为她擦拭脸上的泪：“听话，安静坐好哈，这里是法庭。”

松开她，他继续向前走去。

“石大夫好——”

“石大夫好……”

“石碚哥好……”

“老同学好，加油！”

“加油！”

“加油！”

人群中不时有人向石碏问好，仿佛他不是来接受审判的，而是来参加什么大奖赛。

洪律师跟在石碏身后走了进来，眼前的场景让他羞愧地低垂着头，恨不得没有接这个案子。

但子弹上膛，不得不发。

整个审理过程并不复杂，法官依据控辩双方提供的证据，判定苗二宝胜诉，但驳回了他一百八十八万元的索赔，判中心医院赔偿原告一万八千元。

当法官敲下神圣的法槌后，法庭里响彻着经久不息的掌声。

石碏朝法官深深地鞠了一躬，又对着众人深深地鞠了一躬。

庭审结束，法官离席后，大家潮水般涌向石碏。

"石大夫加油——"

"支持石大夫……"

"石大夫是怀清最好的医生！"

"我们都爱石大夫……"

老百姓有着最朴素的感情，心中自有一杆秤。他们无法替代法律宣判石碏和中心医院无过错，却用这种方式表达他们对一个好医生的支持。

程香香硬挤了过去，从篮子里取出来一个热腾腾的包子塞进石碏手里："知道你肯定又没有吃早饭。"

石碏仿佛真的饿极了，拿起包子就狠狠地咬了一口，眼泪不受控制地突破防线往外涌。

"石大夫，你都瘦了，这是我喂的鸡，拿回去炖了补身子吧。"那个抱着鸡的大哥见状也往前挤，鸡却脱离了他的控制，扑扑腾腾地开始放飞自我。

石碏连忙几下将包子塞进了嘴里，腾出手帮他在人群中将肇事鸡抓捕归案。一根鸡毛落下，挂在他的头发上，分外滑稽。

鬼脸老李等人夹杂在人群中。他们本想凑过去，追问一些让石碏掉进坑里的话，见此情景，怕被大家给揍得满地找牙，只能悄悄溜掉了。

法庭外，天空依然阴沉得厉害。

众人走出法庭后，留下祝福，纷纷告辞而去。程香香也想走，碍于邓梅，郑暖夏和石碚一时不知道该如何是好。

十年后再回怀清，郑暖夏在邓梅面前再没有弯过腰的，此刻却有些求救地望着母亲，希望她能够开口留下程香香。

郑暖冬急匆匆地走向了他们，却被邓梅一把拉住了，扯着她硬拖上了刘杰斌的车。郑暖夏知道，那是母亲能对他们做出的最大善意了。

郑暖夏和石碚陪着程香香吃过午饭，等到了上班时间，又带她到医院找心内科的张主任做了检查。

这么久以来一直坚持吃药，程香香的冠心病没有恶化，维持得还算不错。结束后，石碚和郑暖夏想开车送她回竹坞，她却坚持自己坐公交车回去，两人只好送她到长途汽车站。

“暖夏啊，这个交给你吧。你长大了，这个应该由你保管。”程香香从包里取出来一个褪了色的暗红色的丝绒小盒子。

郑暖夏打开后，诧异地发现里面是一枚暗红中泛着暖色光圈的玳瑁戒指。这枚戒指她小时候曾经在奶奶那里看到过，后来奶奶去世后母亲怎么也找不到了，怀疑父亲偷偷送给了程香香。这也是导致父母离婚的一个重要导火索。

“这的确是你爸送给我的，但不是作为定情信物，是……他向我借钱给你奶奶看病，让我……保存的。”程香香艰难地说。

程香香什么也没说，郑暖夏却已经还原了整个事实真相——母亲邓梅和奶奶关系一直不好，加上那时候家里拮据，奶奶检查出食道癌晚期后，母亲不同意借钱给奶奶看病，父亲向程香香借了不少钱，无力偿还，只好将那枚戒指抵押给她。

以程香香的善良，肯定不会要，可父亲也是个欠不得人情的，坚持给了，以至于母亲误会他们有“奸情”，演绎出大半辈子的“夺夫之恨”。

母亲花了大半辈子去恨的人，真相竟是自己造出来的牢笼，她走不出来，别人也走不进去。而她的仇人，还替她照顾了女儿那么久……

发往竹坞的大巴车启动了，程香香转身朝车上走去。

“香香姨……”郑暖夏叫。

程香香转过身，微笑着看着她。

“对不起，谢谢您。”

郑暖夏跑过去紧紧地抱了她一下，然后放开，挥手送她上了车，目送着那辆蓝白相间的大巴车消失在视野里。

雨又开始间歇性发作了，郑暖夏滂沱的眼泪隐没在雨水中。

石碚撑开一把蓝黑色的大伞，在她头顶营造出一小方无雨的小世界，护着她上了车。

今年秋天，雨水特别稠密。

老福特像一枚老去的飞梭，穿行在凄风苦雨中。

“什么时候回香宁？”郑暖夏迟疑了一下问。香宁是石碚的老家，石爸爸离开怀清后，又回到了那里。

虽说法院判决的赔偿金并不多，但那股兴风作浪的暗潮还在汹涌澎湃，石碚已被停职了，不知道他的执业医师证会不会被那帮无耻、卑鄙的人给吞噬了……石碚在他们下手前逃离的话，是对他最好的保护。

两人虽没有就这个问题讨论，但心中都清楚。

离别像一柄剑，悬在他们的头上，让郑暖夏寝食难安。昨天石爸爸打电话给她，说自己越来越老，身边需要人了，希望她可以劝石碚回去。

石爸爸在竹坞时治病救人结下很多善缘，这些年他和那些老街坊们还保持着联系，石碚的事情他肯定有所耳闻了，所以才会打电话给她。

今天走出法庭后，郑暖夏就给石爸爸打了电话，告诉他石碚平安无恙。

石硞是郑暖夏灵魂上的一块肉，为让他开心生活，只有挥刀把他从物理空间上剥离，才能将他从心灵空间中屏蔽。

5

“什么时候回香宁？”郑暖夏追问。

石硞没有回答，却将一个信封交给她。她打开后，里面是聘请石硞为怀清县人民医院荣誉院长的聘书。

“上午从法庭出来时朱院长给我的。”

那个“不可一世”的矮胖子朱院长，在郑暖夏眼里刹那间变得高大英俊起来。

“那你……”她迟疑着问。

石硞的电话响了。他右手脱离方向盘，没看来电何人就摁下了免提键接听。

“儿子，我这两天身体有点不舒服，你方便了回来看看老爸好吗？”

“老爸，你是不是想念静云阿姨了，害的相思病啊？”石硞插科打诨和父亲开玩笑。静云是石硞老爸的青梅竹马，早年移居国外，听堂妹说前些时两人又联系上了。

石硞从程香香那里得知父亲一直在关注自己，只是老爸不开口问，他也不正面答，父子两个都回避着“关心”和“被关心”，怕给对方造成压力。

“你个臭小子，拿老爸开涮。爸爸老了，想让你陪在身边，不行吗？”

“行行行，最好再让您抱个大胖孙子。”

“能在闭眼睛前抱上孙子当然开心了。要不你带着暖夏一起回香宁吧，老爸这些年也有点积蓄，给你们付个首付买套房子……”

石爸爸不知道郑暖夏就在旁边，把该说的不该说的全说了。郑暖夏满脸通红，恨不得跳车逃遁。

“爸，你要是能说服她跟我回香宁，我立马就走。”这么久以来他的情绪第一次放松了，脸上露出了笑容。

“石爸爸，我帮您把他绳捆索绑快递回去。不管他愿意不愿意，都得回去陪您。”郑暖夏赶紧出声。

“暖夏呀，你俩在一起呢……”石爸爸喜出望外。紧接着却突然传来了“嘭”的一声响，那边完全没有了声音。

石碚紧急踩下刹车，打方向将车在路边停好后，又打给了老爸，传来的却是“对不起，您所拨打的电话暂时无法接听”的提示音。他顿时慌乱起来，不知如何是好。

“不要急，打给石莹，让她赶紧过去看看。”郑暖夏提醒。石莹是石碚的堂妹，和石家爸爸一墙之隔地住着。

石碚这才冷静下来，打电话叮嘱堂妹赶紧去找找老爸。

半个小时后，石莹打来了电话：“哥，大伯刚才去超市买菜回来的路上给你打电话时，被玩滑板车的小孩子给撞倒了，看情况不太好，怕是骨折了。”

“石莹你赶紧送，送，送我爸去医院，我这就买回去的车票。”

挂断电话，石碚立马打开网站下单买票，可他的手是抖的，操作几次都没有成功。

“我来吧。”郑暖夏打开了自己的手机，迅速帮他订好了高铁票。

怀清北依太行，南临黄河，素有太行山下小江南之称，极端天气极少光临这里，今年却有些例外，上个月气象部门就发出了红色预警，说可能会迎来前所未有的特大暴雨。市政府对此极为重视，从上至下制定了层层预案，以应对激烈天气的到来。可预警中的大雨仿佛被严防死守吓住了，犹抱琵琶半遮面地直到前几天才姗姗而来。

可这一下就没完没了。天仿佛都漏了，像四大洋联手进驻了中原，且一飞冲天地倒扣在上空。

这天郑暖夏准备先将石碚送到高铁站后再去上班。可早上醒来后，发现朋友圈被大雨刷屏了：市区的桥下和涵洞中满是积水，更为惊险的是，老高他们所在的山村遭受了洪灾——桥梁被冲垮，停电断水，村庄成了孤岛。

郑暖夏的心中揪成了一团，想打个电话问情况，可时间不允许了，只能先去接石碚。

还好，石碚借住的地方离她只有几百米。她接上他开出去不到一公里，马路就成了河道，艰难行驶的车辆宛如风雨飘摇中的小舟。

暴躁的大雨挥舞着无数的小铁锤，将车身击砸得叮当作响。郑暖夏将雨刷调到了最快，雨水还是瞬间就淹没了视线。

“暖夏我们赶紧回医院！很多设备都在一楼，实验楼一楼的窗户有些漏水，前段时间刚进了一批器材，这种雨势，弄不好会被淹掉的，得马上转移！”

“可是，石爸爸还在等着你啊，他这种时候更需要你吧，你可是他唯一的儿子……”郑暖夏紧紧地抓着方向盘，潮乎乎的，似乎手心里也下雨了。

昨晚石莹打电话说石碚的父亲的确是腿骨折了，连夜做了手术。

“我爸……没事的，有石莹照顾呢。”石碚的喉咙蠕动着，说着违心的话。

“你……都被停职了啊！”郑暖夏声音嘶哑地说。她不想说这句话的，里面隐藏着尖锐的利器，太伤人了。

“停职不影响我救援啊。我只是个义工，又不朝他们要工钱。”他的声音无比坚定。那些仪器和器材是医院花了几千万元购买的，能为他们的课题提供宝贵的实验数据。那些数据，将可以提高医疗效果，挽救很多生命。

车开到韩愈路与迎宾路的交叉口时，陆续看到有车辆被淹在水中。郑暖夏庆幸自己开的是新能源车，情况稍微好点。她不知道前面的水究竟有多深，停下来踟蹰着不敢前进。

“开啊！你不开的话，下来我来开——”石碚以为郑暖夏不想去医院，冲她吼。

她闭着眼睛，脚狠狠地踩了下去，那辆小车像个吃得太饱被噎住了的贪食者，打着嗝，踉踉跄跄地冲进几乎没过轮胎的水中，伴随着她的大叫：“石碚，我恨你——”

不管郑暖夏真恨还是假恨石碚，仍费尽千辛万苦将他送到了医院。

车驶进医院大门后，郑暖夏有些傻眼了——一切果然如石碚推断，雨水小溪般往一楼涌，从门诊楼到住院楼再到实验楼，无一幸免！

石碚下车就要往实验楼冲，郑暖夏追上来，将一件雨衣往他身上披。他胡乱穿上去，边往前跑边打电话，通知成敏儿等实习生赶紧过来，帮着把一楼的仪器、器材往楼上搬。

门诊楼有不少留观的病人。郑暖夏箭一般冲向那里，和医护人员一起搀扶着大家往楼上撤退。

正在人们奋力自救时，一声巨响后停电了。整个中心医院顿时变成了静止的孤舟——手术室正做着的手术停了，病人的呼吸机和监测仪停了，家属慌乱地找医生，医生慌乱地向后勤和医院领导求救……若不及时解决，分分钟都有死人的可能。

还好，医院快速启动了应急供电系统，才使得情况稍微好转。

有病人的地方就是最重要的地方，李院长指挥人手将备好的沙袋往门诊楼和病房楼的门口堵放。

林书记全面调度，电话打得都快冒烟了，总算协调好，由邻市派一台供电车赶过来支援，暂时维持医院的运转。

“呀，实验室……”他突然想起了实验室，转身朝那里跑，王科长、程主任、郑暖夏等人跟在后面一起朝那里跑去。

“刚花三千多万元买的啊……”林书记深一脚浅一脚地走着。

郑暖夏张张嘴想说什么，又忍住了。一切事情，只有让领导亲自去发现，才更有说服力。

一行人来到实验楼前时，露出了惊讶的表情——门口整齐地码放着沙袋，雨水并没有灌进去多少。进去后发现，一楼能搬走的仪器都不见了，器材也同样是。

“成敏儿，通知另外几个同学跟我回科室看看，估计这么一闹腾，轻症患者应该会大批出院，应急电不会太稳定，随时有可能再次断电，我们得赶过去帮忙——”

石碚浑身湿漉漉地站在楼梯上，仰头朝上面喊。

“哎——”

听到回答后，他转身快速下楼梯朝外面冲时，看到了林书记等人。

多双眼睛对上石碚的双目后，双方都有些意外。

“好，石碚，干得好！”林书记走过来用力拍打着石碚的肩膀。电话响了，他拿起来接听后脸色异常阴沉。

“怎么了书记？”程主任意识到有更严重的事情发生了。

“接到上面通知，怀清进入紧急状态了——沁河决堤、蟒河决堤、几个县区告急……”

大家面面相觑，都强作镇定，但担忧还是从眼睛中倾巢而出。所有在场的人，自记事起就没遇到过这么大的洪水。

李院长冒着雨跑了过来：“林书记，支援牧野的医疗队集结得差不多了，您要不要过去给大家讲几句，鼓个气？”

“哎，好。”林书记转身朝那里走去。

受特大暴雨影响，整个中原地区受灾极其严重，牧野市的灾情尤为严重。接到省卫健委的通知后，怀清市卫健委迅速从全市九家医疗机构抽调了三十八名医护人员，涵盖急诊、重症、心内、胸外、普外、呼吸、骨科等专业，组成了应急医疗救护队，驾驶十几辆满载应急物资的救护车，紧急驰援牧野。其中中心医院有十名队员。

第二十一章 | “石一刀”你不能爽约

1

住院楼宽大的廊檐下停着一辆中巴车。林书记和郑暖夏等人到时，带队的叶主任正焦急地四下打量，大喊：“刘杰斌，普外三的刘杰斌主任到了没有？”

回答他的只有喧哗的雨声。

“这个刘杰斌，关键时刻怎么总掉链子？这次他是主动要求报名的……”有同事在旁边嘟囔。

“刘杰斌的母亲早上突然中风昏迷不醒送医院了，他正在病房照顾妈妈呢，可能去不了牧野了。”郑暖冬从住院部里面小跑着出来了。

所有人都目不转睛地盯着那张和郑暖夏一模一样的脸，然后又诧异地看向了郑暖夏。“石碚出轨”一事发酵时，郑暖冬站出来发声还配了自己的照片，她一出现，大家立马就对上了号。

“这怎么办，差了个人啊——”叶主任有点着急。

“书记，我报名。”石碚走了过去。

“好，石碚，好样的。”林书记称赞。

“可是书记……”郑暖夏想将石爸爸住院的事说出来，却被人打断了。

“我支持你去——”郑暖冬端出一副“温良恭俭让”的贤惠模样，站到了石硞身旁，挑衅地朝郑暖夏撇撇嘴。

“暖夏我没事的，可以去。车钥匙给我，我去把行李拿来。”石硞说。

郑暖夏没有理会他们，继续说：“林书记，李院长，有个情况我得说明一下，昨天石家爸爸……”

“暖夏，我知道我爸想我了，等我从牧野回来就回香宁看他。”石硞的话像他的手术刀一样锋利，齐整地切断了郑暖夏的话，目光炯炯，神情坚毅。

郑暖夏知道，无论她怎么阻拦，他还是会不顾一切前往的，便在手机上飞快地操作着，说：“把你拉进群了，走，取行李去。”

“你，知道这个行动？”石硞呆了一下，看向她。

她没有回答，径直朝停车场跑去。他跟在后面。

几分钟后，两人扛着一大一小两个行李箱涉水走来。

郑暖夏昨天得知消息后，第一个报名参加赴牧野应急医疗救护队。早上她去接石硞的时候，已将自己的行李箱悄然放在了尾箱里。因石硞被停职和石家爸爸腿骨折住院，她没有和他说这事。

“叶主任，你是这次医疗援助队的队长，希望你将大家平平安安地带出去，再一个不少地带回来。只有保护好自己，才能救助别人，这就是我对你们的送别语。”林书记动情地说。

“好，谨遵林书记教诲。”叶主任答道。

大家随即鱼贯上车，中巴车鸣了两下喇叭，朝前驶去。

郑暖冬傻子般看着这一切，突然清醒过来，朝前追去。她边跑边喊：“石硞，你要好好回来，不许出意外！还有……郑暖夏，你也要答应我好好地滚回来，你要是好好回来了我就不恨你了！”

她的喊叫声被暴雨淹没了，脸上分不清是泪水还是雨水，横七竖八地淌着。

车窗内，郑暖夏拿着手机，迅速添加了郑暖冬的微信，飞快地输入：照顾好自己和咱妈。

放下手机，她长长地吁了口气，脸扭向外面，望着那团模糊不清的身影，泪眼迷蒙。

全世界的雨仿佛都下到了中原地区。不时有航班、高铁停滞的消息传来。马路上，被积水淹掉的车辆越来越多，像一艘艘失去动力的船飘摇在海面上。

在警车的带领下，救护队的中巴车战战兢兢地出了怀清市区，上了高速，直奔牧野而去。

救护队从牧野站下高速后，视野内的景象让大家心生惊惧。目光所及之处，一片汪洋。

叶主任与当地应急救援指挥中心对接后，准备执行转运牧野医学院一附院受困患者的任务。

洪水蛮横地灌进了牧野一附院，堵沙袋、抽水都不能阻止水的疯狂涌入。因配电房进水导致区域性停电，从而造成了医院停摆，转运病人迫在眉睫。

救护队克服艰难险阻，到达牧野一附院时，医院门口的道路俨然已是一条河流，仅有铲车凭借蛮横的力量可以破浪载人。红色、蓝色、黑色等各类冲锋舟来往穿梭，转移病人。

怀清市救护队的队员们分乘冲锋舟进入了医院。大厅分重症患者和轻症患者两个出口，大家拿着医院开具的“重症”和“轻症”证明在排队。

到处都是人。坐在轮椅上的病人，推着轮椅、胳膊上还挂着随身用品的家属，穿着白色工作服、抬着担架的医生，穿着粉色工作服、怀中抱着婴儿或帮病人拎着物品的护士，以及来回穿梭帮忙撤离的志愿者……一名男指挥员拿着一个“医术精湛”的锦旗，显然是从医生办公室里拆下来的，用绳子绑在竹竿上指挥，偶尔说一句“不许插队”。

现场一派忙乱，每张脸上都写满了沉重，充斥着对未来的不确定、迷茫和恐惧。

石碏的电话响了，他接听。

“石碚你们到哪里了？”

是他的大学同学，她是这里的产科主任。

“已经到一楼了。”

“好，赶紧上来 19 楼支援，我们急需要人手。”

因停电所有电梯停止运行，昔日灯火通明的医院全部暗了下来。这是多年以来从未有过的事情。

石碚将情况告知叶主任后，一行人找到步梯口，正准备走上去时，从上面跑下来一个小伙子。

“你们是哪个队的？能不能先到脑外帮下忙？我们有几个重病号需要转移，但电梯停运了只能抬，人手不够……”

“几楼？”叶主任问。

“16 楼。”

“好，袁医生、薛医生、陈医生，你们跟我去 16 楼，石医生、小郑你们几个去产科。”

“好。”

中心医院救护队一行十人分成了两个小组，向上爬去。

石碚等人走进产科时，发现科室已紧急启用了备用电源。楼道内站满了满脸焦急的家属，看到石碚等人，一下子围了过来。

“外面的水淹到哪里了？”

“俺村的人说一楼全淹了，结了穗的玉米连个梢梢都看不到了，家里养的猪啊鸡啊，全冲跑了……”他说着大颗的眼泪就涌了出来。

“我妈和妹妹还在县城的老街上住，不知道跑出来没有，电话也打不通。”

人们七嘴八舌地向他们打探外面的情景，诉说自己的遭遇，每张脸上都写满了焦灼。

石碚和郑暖夏等人安慰着他们，问旁边的护士苑主任在哪儿？护士指了指一个病房。

石磊等人过去后，看到苑主任正目不转睛地盯着监护仪。

监护仪发出的声音，让每颗心都提到了嗓子眼。

不时有病人探头问：“苑主任我们怎么办？”

“大家先回去守着家人。不要担心，我们一定会全力把大家转移出去的。已经和上面联系了，说部队的人正向这里赶来。大家放心。”

苑主任一边照顾病人，一边安慰家属。她知道，医护人员现在是大家唯一的主心骨。

石磊冲她招了招手，她发现他们已经到了，连忙走了出来。

“什么情况？”石磊将队员们向她作了简单的介绍。

“患者和家属们出现了恐慌情绪，要求紧急转移到别处。蓝天救援队的同志们在维持秩序，可人数太多，一时无法转移太多人，大家的情绪都有些焦虑。”

明白情况后，石磊等人协助苑主任迅速展开工作，有的帮着统计科室情况，有的帮助病人撤离，有的去看一些需要处理病情的患者。

“请大家务必照顾好自己的病人。拜托了！”一切部署好后，苑主任眼中含泪地向大家鞠了一躬。

她话音刚落，一名实习的女生就掉了泪，说她们的同学已经安全转移了，就剩下她们还没有出去。

“没事的，苑主任不是说了吗，部队的人马上就赶到了，请大家相信，这里不是一座孤岛。刚才在路上，我们看到还有很多别的救援队正往这里赶。”郑暖夏安慰那姑娘。她很理解这些二十来岁的小姑娘心中的恐惧，若在家里，她们还是父母掌心中的宝贝，许多人可能连碗都没有洗过，但在这里，她们不得不变成冲锋陷阵的战士。

苑主任看向了另一个文静瘦弱的女生。还没等她开口，那女孩就说：“主任不用安慰我，病人不走我就不走。”

“我，我也不会走，我只是有点害怕。”刚才说害怕的女孩赶紧说。

郑暖夏的手机振动了一下，牧野的朋友打来了电话。

接起来后，他情绪激动地说：“郑老师，我知道你们是来援助牧野的，可是我们这里已经全淹了，一楼进水，我们全家都跑到三楼等待救援。你一个女孩子，能撤的话赶紧撤吧……”他的声音是哽咽的。

2

对方是郑暖夏为杂志供稿时期结识的文友，笔会上见过几次，是个很实在的人。此刻由于情绪过于激动，他的声音格外高亢。

现场安静极了，大家将他的话全听进了耳朵，神情格外黯然，但没有一个人逃离。所有医生和护士都坚守着，随时准备应对出现的意外情况。

郑暖夏轻声说了句“谢谢，我们这里很安全”后，将手机关闭了。

“我再说一下，身体状况允许的产妇，能自行回家的就赶紧撤离。”苑主任又重申。

一个护士匆匆走过来：“主任，18 床产妇哭得很厉害，非要去找她老公。”

18 床刚生下孩子几个小时，因是在大雨中匆匆来的医院，准备的纸尿裤等必需品落家里了。向其他家属借了些应急后，她丈夫外出想就近再买一些，可走了很久都没有回来，电话也打不通。

“她爱人联系上了吗？”苑主任问。

“没有。”

“18 床和孩子需要马上转移，可她的会阴部有切口，现在根本没办法下床走路啊，电梯又不能用……”苑主任很着急。

“我背她下去吧。”石碚说。

“我抱孩子。”郑暖夏说。

“好，那就辛苦你们了。”

石碚点点头，叮嘱另三名队员配合苑主任转移其他人后，跟着护士走进了 18 床的病房。

郑暖夏帮产妇穿好衣服，将她扶到了石碚背上。

“还有我儿子……”18床喊。

“放心，我抱着他。”护士将孩子抱了来，郑暖夏接过去，跟在石碚身后朝科室外走去。

产妇怀孕后体重都会急剧增长。18床看上去最少得一百五十斤，一米八多的石碚背着她，有着泰山压身的负重感。

产妇怕掉下去，两只胳膊紧紧地搂着他的脖子，勒得他满脸通红。

郑暖夏怀中的男婴足有七八斤重，她抱着那个胖嘟嘟的小家伙，跟在他们身后。

一名护士搀扶着一个可以下床走动的产妇，和他们一前一后也向楼下撤离。

楼梯里黑咕隆咚的，上来的时候还好点，下去就有点吓人了。

石碚背着18床，摸索着下了两层后，心脏“咚咚咚”地跳得厉害，是那种需要安装涡轮增压才能支撑住的突破常规的跳动，肺部架起了风箱，发出了“呼哧呼哧”的声音。

由于黑暗，男婴“哇”的一声开始啼哭，一声高过一声。

郑暖夏生下箐箐后没抱过，对于抱这种小小的柔软的身子一点经验都没有。孩子用力地啼哭着，身子向后仰，她差点控制不住脱手，赶紧惊魂未定地抱紧，脚下却踏空了，向下栽去。

走在前面的石碚似乎预感到她的危险，背着产妇的身子往墙上靠了靠，挡住了郑暖夏，她才半跌半坐靠着墙停稳了，七八斤重的男婴被她拿胳膊紧紧地箍在胸前，自己的腿却狠狠地磕到了台阶上，钻心的疼痛袭来。

“嘶……”她发出了痛苦的呻吟。

“暖夏你怎么了？很疼吗？”石碚喘息着问。

男婴还在响亮地啼哭着，似乎想以此对抗外面的狂风骤雨。

“我，嘶——没事，继续往下走吧。部队的船应该快到了。”她艰难地说。

孩子是妈妈的心头肉，郑暖夏怕那位初为人母的新妈妈心疼，强忍疼痛抱着男婴继续往楼下走。

男婴仍然撕心裂肺地哭着，仿佛抱他的不是两只柔软的胳膊，而是巨大的蝎子钳，每走一步，都会咬他一口。

“宝贝你别哭啊，阿姨没有打你哦，也没有批评你哦……”郑暖夏没有育儿经验，只能用自己的方式极力安抚怀里的男婴。他每啼哭一嗓子，她就感觉有蝎子在自己的心口重重地咬了一嘴。仿佛怀里抱的是小时候的箐箐。

见她异常煎熬，产妇说道：“儿子你别哭啊，叔叔阿姨想把我们带到安全的地方呢……”

石碚停下脚步等郑暖夏。待她接近后，产妇伸出手，在黑暗中努力去触摸儿子的头。

或许是感知到妈妈的存在，男婴竟然不哭了。

郑暖夏拿脸颊轻轻地碰触他滑嫩的小脸蛋。皮肤的抚触，让小家伙总算安静下来。

眼睛总算适应了黑暗，郑暖夏抱着他，跟在石碚身后慢慢朝下面走去。

洪水已将一附院围困成了孤岛，近万人急需撤离。没有电梯，只身上下楼已经非常累了，很多医护人员还要抬着病人。

外面，军人和志愿者驾驶着冲锋舟来来回回送物资、转运围困人员。

石碚和郑暖夏夹杂在人群中向外面撤离。看到有冲锋舟驶来，石碚将产妇放到一个冲锋舟上，又回过头来将抱着孩子的郑暖夏扶了上去。

他正要上船时，苑主任打来了电话。

“石碚你能不能再上来一趟？”她的声音异常焦急。

“怎么了？”

“一个剖宫产的病人，几天了没排气，腹部胀痛，恶心呕吐，我怀疑是肠梗阻，可外科的医生都在转移病人，电话没人接，病人很痛苦，看情况需要马上手术，不然会出问题的……”

“手术室现在能用吗？”

“有应急电源，手术室目前有保障。”

“好，我马上回去。”

雨下得越来越大，轰隆隆仿佛要把天给撕破，水从四面八方涌来……郑暖夏担心地望着石硞，不知道说什么好。

“我得再回去一趟，有个病人需要马上手术，”他拍了下她的手安慰道，“没事的，做完我就撤。”

水越来越大，不敢多做停留，开船的志愿者喊了声“大家都坐稳扶好”后，调整船头朝前驶去。

郑暖夏怔怔地望着石硞越来越小的身影，满眼怅然。不知道为什么，她的心怦怦地跳得特别快，如同冲锋舟的马达般高速运转……当年父亲也说出去办点事就回来，却再也没有回来！

冲锋舟乘风破浪，在翻滚的洪水中行进。

船晃，水急，风高，人惊……郑暖夏心中害怕极了，将男婴抱得死死的。

风雨越来越猛，冲锋舟晃动得厉害。产妇出现了晕船症状，一阵阵地干呕着。郑暖夏的胃中也是一阵翻江倒海，她强忍着抱紧了孩子，解开衬衣下面的三四颗纽扣，撩起衣服将孩子的头包裹住，避免雨水呛到孩子。

腰侧雪白的肌肤露了出来，郑暖夏的脸烫得像上面摁了个烧红的烙铁。虽说是一个孩子的妈妈了，但她没有给孩子喂过奶，更没有当众裸露过身子。

冲锋舟上除了郑暖夏、产妇和驾驶员外，还有两个男病号，一个腿上打着石膏，一个头上缠着绷带。产妇挪动着身子，想用自己的身体挡住郑暖夏裸露的部位，可身子太疼了动不了。驾驶员的余光扫到了这些，主动扭过头，面无表情地控制着平衡和方向；石膏男和绷带男也分别将脸朝向了茫茫的水面。

郑暖夏的下巴隔着衣服轻触着孩子的头，眼泪止不住地往外涌……为这些无言的善良。

牧野一附院的手术室在20楼。

石硞刚负重一百五十来斤下19楼，又马不停蹄地爬上20楼，累得像头只能喘气的牛。

刚出楼道，就看到苑主任等在那里。急待手术的患者是她刚才在监视器前盯着的那位。

“情况怎么样了？”石硞问。

“水电解质及酸碱平衡紊乱，感染加重，肚子很硬，很明显的肠梗阻，不马上手术的话，恐怕……”苑主任摇摇头。

“好，明白了，准备手术吧。”

“大家都在撤退，缺人手……”苑主任急得满头大汗。

“麻醉师在不在？”

“在。”

“那就没问题，准备吧。”

“好，那我做你助理吧。”苑主任点点头。

患者的情况已经不容耽误了，不然会很危险。

3

雨像个不知疲倦的大力士，蛮横地继续向中原大地施虐。

郑暖夏护送男婴和孕妇到达岸边，和叶队长他们会合后，同其他志愿者一起将几名患者转运到三附院后，又和蓝天救援队的队员们一起来来回回转移了几批患者和家属。

郑暖夏看了下表，见时间已经过去两三个小时了，估算石硞应该下手术了，电话打了过去。

那边很快接通了。

“已经下手术了，位置发来，一会儿赶去和你们会合。”他的声音略带疲惫，却透着满满的调皮。

郑暖夏提着的心放了下来，挂断电话想发定位给他。大水造成不少通信设备损坏，屏幕上划着圆圈，信息怎么也发不出去了，她只好将电话又打了过去，可一直提示不在服务区，无法接通。

“小郑，吃点东西吧，都这会儿了，该饿了。”叶队长递来一根撕开包装的火腿肠。

她接过去无意识地咬了一口，依旧在拨打电话。

良久后，那边总算接了起来，信号却气若游丝，听不清楚，继而就再也无法接通了。

“石碚现在什么情况？”叶队长问。

“下手术了，说来和我们会合，定位却发不出去……”郑暖夏万分惆怅地望着手机。

手术结束后，苑主任用内线打到科室，得知所有患者都已安全转移了，她才护送病人上了专门接送重症患者的直升机。临走前她叮嘱石碚赶紧撤。

石碚点头答应了。可当他转身想走时，内线又响了起来，他接了起来：“主任，16 床下了两层楼后羊水突然破了，要提前生了，我们只好又返了回来。可是科里的医生护士现在只有我一个，应急电源也断了……这可怎么办啊？”

一名助产士在电话中慌乱地说着，伴随着产妇大声的呻吟。

“别慌，我马上过去。”石碚挂断电话就朝楼下跑，一口气冲进了产科病房。

这里黑魆魆一片。产妇痛苦的呻吟声传来，恐惧和焦躁在蔓延。

石碚将手机里的手电筒打开，和助产士一起把产妇搀进产房，把手机放在高处，将产妇放到产床上。

产妇紧张极了，指甲掐进了石碚的皮肉里：“医生我不会有事吧？你们一定要保住这个孩子啊，他爸爸已经不在了……”

“相信我，没事的，有上万个婴儿是经我的手接生的……”为安慰她，石碚只好硬着头皮吹牛皮，将自己做过的上万台手术全改成了接生。

产妇绷紧的肌肉这才放松下来，放开了他。

“我相信你……啊……”她又发出了撕心裂肺的呐喊。

“深呼吸，用力……”助产士引导产妇。

“如果有危险的话，一定要保孩子。他爸爸是警察，上个月执行任务时不在了……啊——”产妇的泪水伴随着疼痛的喊叫在黑暗中狂奔。

石碏的眼睛瞬间湿润了，在微弱的光线中亮闪闪的。

“没事的，有我在，你和孩子肯定会平安无事的！来，抓紧我，用力——”石碏将手又伸了过去，任由产妇的指甲再次狠狠地掐进皮肉。

还好，顺产。一个小时后，随着“哇哇”的啼哭声，一个六斤重的女婴出生了。

石碏抱着那个软软的小身子，柔声说：“宝贝你应该叫水笙，海水的水，笙歌的笙……你将来肯定会长成绝世大美女的。”

那位新妈妈望着他，浅浅地笑了，似乎已经忘记了疼痛。

石碏其实挺喜欢产科的。因为产科医生的手，是带领一个个新生命来到这个世界的神圣之手。当年要不是怕郑暖夏取笑，实习时就留在产科了。

处理好一切，助产士说：“石大夫我们必须马上撤了。”

石碏点点头：“我背产妇，你抱孩子！”

半个小时后，他们总算到达一楼大厅，稍作休息后，朝外面走去。

医院外面，依旧是一片汪洋。

天完全黑了下来。肆虐的大雨疯狂了几天，可能累了，暂时停了。月亮努力穿过厚重的云层，在水面上洒下希望，却被另一块云快速遮住了。

石碏等人坐在一只冲锋舟上，在雾气弥漫的洪水中行驶。

一个水浪拍过来，驾驶员努力想控制好平衡，可冲锋舟晃了两下，还是侧翻了。

水齐胸深，石碏努力站稳，将惊慌失措的产妇和助产士扶好后，看到驾驶员打手势要他过去帮忙，对她们说：“你们坚持一小会儿。”

“我，我，我晕水，我害怕……”产妇脸色煞白，身子不住颤抖。

“不许害怕！你现在不是一个人了，你有一个嗷嗷待哺的女儿需要照顾，那是……你和你丈夫的血脉！”石磊声音低沉，鼻子发酸。

他的话让产妇安定下来。她微闭着眼睛站好，伸手去扶瘦弱的助产士。

在驾驶员的指挥下，石磊钻进完全倒扣过来的冲锋舟下面。

驾驶员拉着捆绑在舟侧的红色救生绳，大声问：“准备好了吗？”

“好啦。”石磊在舟底答。

“好，一,二……三——”驾驶员拉着救生绳，使劲儿拖拽。

石磊在舟底用力顶，冲锋舟“嘭”的一声翻了过来。

船复位后，驾驶员上去恢复了动力。石磊过去努力将产妇送上了冲锋舟。

一个翻着白色水花的大浪快速朝这里袭来。石磊转身想去帮助产士上船时，那个大浪猛然将她冲出去了几米远。

助产士个头矮，水都淹到脖子处了，她努力将孩子托举过头顶，摇摇晃晃地有些站不稳。石磊连忙朝她走去，将孩子从她怀里抱了过来。

“你先上去！”

助产士点下头朝冲锋舟游去。

石磊抱紧襁褓，将孩子举过胸，缓慢向冲锋舟靠近。因为不会抱而将孩子抱得过紧，女婴“哇”的一声发出了嘹亮的抗议。

“水笙不哭哦，将来给叔叔当干女儿好不好……”石磊用自己起的名字安抚女婴。

一会儿的工夫，洪水就淹没了石磊的肩膀。他踮着脚，一只手扶着船，一只手用力把孩子托起，递向了助产士。

在风的推波助澜下，又一个滔天巨浪朝小舟拍来。在它砸中石磊的同时，他拼尽全力将女婴塞进了助产士的怀里，自己的身影转瞬就被浑浊的饕餮大口吞没了！

“石大夫——”助产士抱紧孩子惊呼。

虚弱的新妈妈惊呆了。她拿手捂着嘴，大颗大颗的泪水涌了出来。

在巨浪的冲击下，冲锋舟原地打了两个圈，驾驶员努力控制着船身。

石础的身影在几米外显露出来。他努力将头从水里抬起来，喊：“我没事，我水性很好，你们快走……”

又一个大浪狞笑着朝这里狂奔，狠狠地拍向他们。冲锋舟一个趔趄，差点再次倾覆。

产妇绝望地抱住了头，助产士将女婴紧紧护在胸前。

驾驶员一只手控制着机器，另一只手紧拉着边绳，收油门，努力控制船体。冲锋舟好不容易稳定下来。大家抬头去搜寻石础，除了滔天的洪水外，哪有他的影子？

水还在往上涨，大家的眼睛里写满了恐惧和惊慌。

“对不起……”

“对不起……”

“对不起……”

船上的人哽咽着说。

“大家坐好，抓好边绳——”眼瞅着新的风浪又要来临，驾驶员只好调整船头，对着浪过来的方向跑去。

郑暖夏和叶队长等人守在岸边，一边帮助转移的患者，一边等候石础的消息。

期间郑暖夏几次给石础打电话，一直是“对不起，您拨打的电话暂时无法接通”的提示音……直至助产士抱着孩子下船，哽咽着讲述了石础落水的事情。

郑暖夏仿佛没听到她说的，只是将带的干衣服给孩子和产妇换上，把他们送上转运车辆。

叶队长和几名队员神情凝重地站在一艘刚腾出位置的救援船前，等待郑暖夏过来。

他们上船后，冲锋舟快速朝前驶去。

郑暖夏怔怔地望着水面，拿牙齿使劲地咬着下唇，血涌出来都感觉不到疼痛。

天地间被洪水连为了一体。冲锋舟一路乘风破浪，快速朝一附院的方向行进。

同事们一边四处打量，一边呼喊。

“石碚，石碚你在哪儿啊——”郑暖夏一声接着一声喊，嗓子里像堵了一块大石头，声音哽咽沙哑。

“小郑你别太担心了，石大夫水性好，人也好，不会有事的。”同事担心她急出问题来，劝解着。大家曾喊石碚一起去报班学游泳，他说自己生在南方，水性好，不需要学。

4

“他只会一点狗刨啊！”郑暖夏哽咽着。他自吹自擂的所谓“水性好”，是因为时间全被照顾郑暖冬、回竹坞看望她们的母亲、下乡义诊等占据了，分身无术不得已才撒的谎。

前两天他理直气壮地从民政局带走她后，他们就订下了不再分离的同盟，决定在余生对彼此负责，可是……

“石碚，我要你说话算话……”郑暖夏喃喃着，眼泪夺眶而出。

回答她的除了风雨声，就是洪水的呼啸声。

黑沉沉的水面上，“突突突”地奔跑着救援的船只，灯火的暗影随着风浪荡漾着。

郑暖冬正沉浸在梦乡时，被郑暖夏的电话吵醒了。她气得直接挂断了，她却又不屈不挠地打进来。

“郑暖夏你个神经病，半夜三更扰人清梦，信不信我拿刀砍你！”郑暖冬像点燃的炮仗，噼里啪啦地炸着。

电话中除了抽泣声，什么声音也没有。

郑暖冬一骨碌坐了起来。她从若有似无的抽泣中，嗅到了混合起来的痛苦和绝望，像一根针缓缓地扎进了心脏，又像海潮有规律地涌过尚未愈合的伤口。

“你，怎么啦？”郑暖冬完全清醒过来，意识到郑暖夏不在怀清，和石碚去了牧野。

郑暖夏仍抽泣着没有回答。

“你到底怎么了，说话啊……郑暖夏你告诉我究竟出什么事情了？”郑暖冬仿佛被打掉了门牙，吐出来的每个字都漏着风。

“呜呜呜……”郑暖夏哭了出来。

一种不好的预感，冰锥般从脚底直直地戳进了身体。郑暖冬的声音猛然尖利起来，像根长长的利矛划破了黑暗的寂静：“石碚怎么了？你让他接电话，我要他接电话，郑暖夏——”

“他掉进水里了，暖冬，石碚被大水冲走了……他答应我会好好回来的，却没有……”郑暖夏放声大哭。

这是郑暖冬第一次见郑暖夏崩溃至此。从小到大，自己无论怎么欺负郑暖夏，她从没有号啕大哭过。郑暖夏珍藏的手表被摔碎了，她也只是无声流泪，那是父亲留给她的。

“你个骗子，郑暖夏你和石碚都是大骗子，你们答应我会好好回来的……”郑暖冬一下子软瘫在床上，她仿佛又被撞得变成了植物人。

其实在郑暖夏第一次发现她的手指动弹前，她就清醒了过来，当时她的记忆还停留在车祸前，心里对石碚和郑暖夏是怨恨的，就继续假装昏睡，任由他们照顾。

渐渐地，她从他们的言谈中明白了一切。十年的昏迷，似乎将郑暖冬的尖刻和精致利己磨圆了一些，开始审视自己对待郑暖夏和石碚的方式、态度，审视自己是否真的“爱”石碚爱到了要从郑暖夏手中横刀夺爱？答案竟然是不！只因为他是郑暖夏最在乎的，她才不惜一切手段把他夺走。

郑暖冬是那种明明知道错了也不会改的人，更不会道歉。

郑暖夏还在悲痛欲绝地哭着。

“对不起石碏，如果你能活着回来，我就在离婚协议上签字！不，我现在就签，就算他不在了，我也要让他当个自由鬼……呜呜呜……”郑暖冬边哭边在床头柜的抽屉里乱翻，找出石碏已经签过字的《离婚协议书》后，歪歪扭扭地在上面写下了自己的名字，然后拍照发给了郑暖夏。

“你把这个给石碏看，告诉他我答应离婚了，让他不要吓唬我了……”

回应她的只有呜呜咽咽的哭声。

郑暖冬挂断，改打视频电话。郑暖夏接了起来，可镜头里黑乎乎一片，只有一阵阵波涛的声音。

水面上，偶尔有救援的船只驶过，灯火被风吹得东摇西晃的，看得人胆战心惊。

“我咋看不到你的脸呢？郑暖夏你是在哪里呢？”郑暖冬哭得更厉害了。

救援队暂时在灾民安置点住，这里是个小学。五百米外就是洪灾区。郑暖夏劳累了一天仍然睡不着，就悄然走到水边发呆，幻想着石碏能从水中走出来。

一道明亮的闪电在夜空中炸出狰狞的笑脸，郑暖冬看到郑暖夏面前竟然是洪水后，吓坏了。

“郑，郑，郑暖夏你疯了，你竟然在水边待着，救援队的人呢？你赶紧去安全的地方好不好？我说了我签了离婚协议了，求你和石碏都好好地回来吧，呜呜呜……”

因当地受灾严重，车辆受阻，信号受限，队员们克服重重困难，徒步淌水迎上前，帮助冲锋舟上的患者安全转移到救护车辆上。每辆救护车为一个救治单元，第一时间做好各种救治工作，确保患者安全。

郑暖夏的睡眠像被这场特大洪水给卷走了，虽然一夜未眠，第二天仍旧随救护队一趟趟转运患者，最远的一次往返一趟一百五十余公里。

她紧紧地扶着一名脑卒中的老太太。老太太只有一个独生女儿，可老两口同时住了院，女儿在照顾父亲，撤离时老头老太太没能一起，郑暖夏所在的救护队负责转运老太太。

郑暖夏一路给老太太喂水喂饭，自己却一口东西都没吃。

“小郑，吃点东西吧。”同事递过来一个剥了皮的鸡蛋和一瓶矿泉水。

“谢谢，我不饿。”她摇摇头，继续给老太太按摩不能动弹的右手，蓦然想起这点手艺还是石硞手把手教的，眼中不由浮起了泪意，却咬着牙将它们又逼了回去。

望着她嘴唇上张牙舞爪的白皮和泡泡，叶队长难过地说：“我答应过林书记，要把你们毫发无损地带回去的……对不起，都怪我。”

“石硞一定会好好地回来的，他答应过我的。”郑暖夏机械地说。

知道石硞落水后，“石硞一定没事，一定会平安回来”就被郑暖夏挂在心里一遍遍默念着。

念念不忘，必有回响，她认为这份执念会被某种神奇的力量听到，从而庇佑石硞平安无事。那几个字像一枚平安符，被她来来回回地编织着，直至密实地编成一条希望和信念的链条。

若这几个字有棱角的话，早被她打磨得水光溜滑了。

无论精神和信念神游在何方，肉体永远活在现实中。郑暖夏不吃不喝连轴转运患者的途中突然晕了过去，才算为她的救援行动暂时画上了休止符。

因救援物资短缺，石硞把救生衣让给了产妇和助产士。被洪水的饕餮大口吞噬的那一刻，他感觉自己要完了。

洪水像个无情无义的负心汉，拳打脚踢着想把他从这个世界上除名。若在向郑暖夏承诺对彼此负责前，遭受了世间那么多蛮横的暴击，他可能就放弃抵抗了。现在，对她强烈的爱意和责任感，将他从孤独、幽闭的深渊里解救了出来。

她对他爱的回应，在他的身躯上打开了多扇门，使他被捆缚的灵魂得以解放，他想好好地爱这个人世间，爱郑暖夏！

冥冥之中，有个声音催促他保持清醒，告诉他渡过这个劫，就会变成那个本应成为的人，那个有着美好人生的人……石碏从刚落水的慌乱中冷静下来，四肢伸展，像个大字漂在水上。

一根浮木不知脱离了谁家的屋檐或门框，像个离家出走的孩子，在水面上流浪。

石碏的眼睛慢慢适应了黑暗。那根流浪的浮木进入了他的视野。茫茫天地之间，这根浮木仿佛是他的救命稻草。

石碏抱着这根直径大约三十厘米的浮木，不知漂泊了多久，终于在水中央的一处“孤岛”上着了陆。那里原本是一处自建房的屋顶。

雨时下时停。郑暖夏望着时有时无的月亮向郑暖冬哭诉的时候，石碏和她在看同一轮月亮，对着同一片洪水，直至部队的一艘救生艇路过，将他救出，让他重返人间烟火。

5

获救后，石碏想马上和郑暖夏他们取得联系，可手机装在口袋里，早已被大水泡坏了。他又借了别人的，却因无信号无法接通。

洪水肆虐下的牧野像在上演一部现实版的灾难大片，救助是第一要务，石碏顾不得太多了，他穿着湿答答的衣服，上了外市援助牧野的救护车，加入到其他转运的队伍中，埋头救助那些需要救治的群众和患者。

救护队转运的大多数人为重症患者，有淋巴瘤呼吸衰竭、多发肋骨骨折、小儿血管瘤并消化道出血、脑出血气管切开带呼吸机患者……一个又一个危重病人在石碏等人的专业救护下，安全送达医院。

将患者往牧野下面的县医院转运的路上，有一个地方积水很深，接连几辆救护车在此抛锚。车上一名多发肋骨骨折患者突然出现了胸闷呼吸困难等症状。

“大夫他不会有事吧？”家属异常焦急。

石硞转科时曾在胸外科待过一段时间。他迅速判断病情后，固定了患者的胸带以稳定胸廓，调整了胸腔引流管的位置。

“不要紧张，没事的，尝试着深呼吸，加大吸氧量……”他轻声安抚。

病人按照他的吩咐做着，呼吸渐渐平稳下来，脸色逐步恢复了正常。

“呀，有人晕倒了！”患者情况好转后，家属紧张的情绪松弛下来，无意间朝车窗外瞥了一眼，恰巧看到郑暖夏晕倒的那一幕，发出了惊呼。

郑暖夏等人所乘坐的救护车被淹后，只好抬着患者下了车，在等待其他救援车辆的过程中，她终因持续劳累和能量补充跟不上晕了过去。

她醒过来后，映入眼帘的竟是石硞的脸。他的手正搭在她的腕上测脉搏。

在他人的眼中，石硞此刻的形象为——胡子乱得像乡间田埂上的野草，从头到脚都脏兮兮的。可爱情的滤镜是自带美颜的，在郑暖夏眼里，“玉树临风”“气宇不凡”“仪表堂堂”“清新俊逸”“伟岸挺拔”等词语加起来都不如他十分之一帅，晃得她连眼睛都睁不开了。

她“嚯”地一下子坐起来，八爪鱼似的扑过去，紧紧地抱住了他。

“如果在天堂，我就蛊惑上帝开一家医院，我行侠仗义，你救死扶伤；如果下了地狱，我就煽动阎王爷开一家医院，咱俩狼狈为奸，一起从小鬼手里抢夺生命……”她语无伦次地说着，眼泪鼻涕胡乱地往他的衣服上蹭。反正他的衬衣黑不溜秋的已经看不出什么颜色了，再多两味也坏不到哪儿去。

“如果我们在人间呢，可不可以嫁给我……”石硞将她抱紧了，感觉她的悲喜交加已顺着指尖浸入了自己的骨髓。

“可以。”她梦呓般回答。反正两人肯定是不在人间了，何不痛痛快快答应呢？

6岁那年，他们像被人放在涂了树脂的篮子里的孩子，顺着河水漂进了对方的视野，开启了近30年的纠缠。兜兜转转了这么多年，终于明白，唯有收留了对方，生命才会不再残缺……

“不许反悔！”他迅速从口袋里掏出一枚戒指，套在了郑暖夏左手的无名指上。

这枚戒指是用两个钛合金的手术刀片做的，是石硞亲手打磨而成。去掉了锋利的刀刃，雕刻了精细的玉兰花。戒指的开口处，一边刻着“郑暖夏”，一边刻着“石硞”，可根据手指粗细调节松紧。线条雕刻得硬朗厚重，透着一股叛逆不羁，和郑暖夏纤细秀气的手指竟相得益彰，极其和谐。

郑暖夏摩挲着这枚造型奇特的戒指，慢慢回过神来。她试探着伸出手，去触摸石硞的脸。

“这感觉好真实。石头你告诉我，你还在呢，我们都没有死……”

“嗯，我们都好好的。”石硞低喃着，乱草似的胡楂扎着她的掌心。

“我知道你骗我的，我只求这个梦能做得长一点，最好永远不要醒来。”她的脸上浮现出近似绝望的神情。

“暖夏我们真的好好的，不信你使劲掐我一下。”石硞说。

“不，我不掐。你被我压榨了那么多年，我不想连梦里也欺负你。”

石硞像一个会呼吸的幸福木偶，硕大的泪珠顺着脸颊往下淌。他双手微微颤抖着，捧起她的脸正要吻下去时，却被蛮横的闯入者破坏了。

“石硞你还好吧？”苑主任大叫着跑了进来，却看到了一幕爱情悲喜剧。

石硞落水后她自责不已，觉得是自己喊他回去做手术才导致的悲剧。得知他还活着后，她脚不沾地往这里赶，然后就变成一把明晃晃的大剪刀，“咔嚓”一下将旖旎的爱情画面给剪断了。

“啊，郑美女病了吗？”她后知后觉地问。

郑暖夏看看石硞，又看看苑主任，完全清醒过来，羞得“哧溜”一下钻进被子里。

“苑晓靖你非要这么做吗？”石硞眼睛里喷着怒火。

“我，我不是关心你，你们吗？听说你还活着，赶紧过来看看，狗咬吕洞宾……”苑主任表情讪讪的，眼睛里却写满了幸灾乐祸。谁让他害她担心了那么久。

“知道为什么当年我们班就你一个女生，都没有人追你吗？你就是个少根筋的——”石碚气得哇哇大叫，连推带搡将她撵了出去。

郑暖夏回怀清后，石碚就暗暗开始做那枚戒指了。虽然她一而再地拒绝他，但他一直随身携带着……果然，成功偏爱有准备的人，今天终于顺利戴在了郑暖夏的手指上。

“哎，我手机呢，我得赶紧给郑暖冬打电话，告诉她你还活着。”苑主任走后，郑暖夏从被子里探出头，在枕头周边四处刨手机。

“她已经知道了。”石碚说。

得知石碚被大水吞噬后，郑暖冬发疯般在朋友圈、微博、抖音等社交平台上发布题目为“寻找为救人落水的好医生”的消息，并配了石碚的照片。

“救灾”成了最近压倒一切的头等大事，但凡和这个有关的信息总会被第一时间转发。

牧野这边，石碚救助的人群中很快就有人发现了他。

石碚这才知道郑暖冬在找自己，借了人家的手机，跑到地势较高的地方打电话给她。

郑暖冬先是哇哇痛哭了一通，然后坚持要和他视频电话，给他看了那张签了字的离婚协议书，霸气地说：“赶紧找到郑暖夏那个死心眼的，我要你们两个都好好地滚回来，不然就撕了这张纸！”

“谢谢你，暖冬。”石碚长长地吁了口气。他感觉生命经过种种痛苦的仪式后，终于摆脱了世纪冰期的桎梏，开始焕发出充满希望的光泽。

经过近三十个小时的连续奋战，怀清市医疗救护队共转运病人 78 人，其中重症 50 人、轻症 28 人，病人家属和随车医护人员 150 余人，以及牧野医学院一附院所存的地区食管癌标本，圆满地完成了这次援助任务。

风雨过后，必是彩虹。

怀清市城南的高速路口，彩旗飘扬，人头攒动。市卫健委全体领导班子和派出了援助队员的医院领导等候在这里，迎接英勇的怀清市应急医疗救护队。

市卫健委的领导们和几十名队员都握过手了，却没有见到石磁，有些诧异地看向了林书记和李院长。

“你们……那个石磁大夫呢？”卫健委的师主任问。他将“你们”两个字说得特别轻，当初让石磁停职也是他的意思。

林书记和李院长面面相觑，一时不知道怎么回答。他俩的脖子都伸成了长颈鹿，也没有发现石磁，同时不见的还有郑暖夏。

“说话啊，你们医院的石磁呢？”老周故意大着嗓门问。

“师主任，周主任，严格意义上来说，石磁在牧野做什么，和我们医院甚至咱们怀清卫健委都没关系了，我们严格按照上级指示将他停职了。”林书记一脸严肃地说着，仿佛石磁在牧野闯了什么弥天大祸一样。

石磁落水前救了因公殉职的警察的妻女，在牧野反响极大，当地媒体记者费尽周折找到他采访，问他是怀清哪个医院的？因被停职了，石磁一时语塞，只好落荒而逃躲了起来。

为寻找石磁，牧野百姓和媒体人自发组织了一场声势浩大的“寻找孤胆英雄”行动。

第二十二章 | 梦想开了花

1

救护队回来前，牧野媒体的电话就打给了怀清的同行，打探石磊的相关情况。由于石磊的特殊情况，怀清这边只能保持沉默。

接下来，怀清市政府在线的留言墙就被牧野百姓的感谢信挤爆了，其中被表扬次数最多的当数石磊和郑暖夏。尤其是石磊，被大家夸奖为孤胆英雄式的好大夫，强烈要求知道这位英雄是哪个医院的，请求怀清市政府给予褒奖。

市委叶书记在留言墙上看到石磊的事迹后，特意将师主任叫去询问了相关情况。得知此石磊和大风酒厂爆炸现场救援的石磊为同一人后，对他大加赞赏。

见叶书记点名表扬石磊，师主任决定在迎接现场好好表扬他一番。现在竟然找不到人了，便问林书记和李院长，他们只好拿眼睛问叶队长。

“石大夫和小郑刚才过收费站时下车了……”叶队长有些艰难地说，“听说石大夫的父亲在我们出发前就骨折住院了，他都买好了回香宁的车票，为了参加牧野救护队又退了票。他说不想面对镜头，只想安安静静地过日子，希望媒体不要再打扰他了。”

后面这句话是叶队长自己加的，但他知道那也是石磊的心声。

石碚和郑暖夏从收费站下车后，翻越栅栏，抄小道来到公路边，打车直奔市区。

窗外，被狂风暴雨肆虐了多日的天空终于放晴了，棉花一样的云朵飘浮在湛蓝的天空中，祥和安宁。

石碚紧紧地握着郑暖夏的手，她轻轻地靠着他的肩膀，两人静静地望着窗外。

出租车停在怀府饭店门前，郑暖夏和石碚下车，拉着行李箱走了进去。刘杰斌订了房间，给他们接风洗尘。一同参加的还有郑暖冬和邓梅。

这是一场家宴。一些事情，该面对的总要面对。

邓梅不住朝外张望，郑暖夏和石碚走进来后，她长长地吁了口气问："回来了？"仿佛两人只是上班去了。

"回来了。"

"回来了。"

石碚和郑暖夏轻声答。

郑暖冬的大眼睛中全是泪，抬脚就想去踹石碚和郑暖夏，却被刘杰斌死死地拉住了。

郑暖夏像头警觉的小鹿，猛然将石碚护在了身后，死死地盯着郑暖冬："郑暖冬，不管是法律上还是生活中，石碚和你已经没有关系了！还有，我爱石碚，从小到大，我只爱他。不管是谁，都不能再伤害他。"

她的话格外坚定，腿却不由自主地微微打着战。这是她第一次明确地对郑暖冬说了"不"。过去那么多年里，郑暖冬对她总是予取予求，她从不敢说"不"。

石碚握住她的手，一股幸福的力量打破泥土的桎梏重生了。她直视着郑暖冬，眼神慢慢坚定起来。原来，勇敢就是带着恐惧前行，爱可以穿透软弱与孤独；原来，做自己这么幸福！

"你们，你们两个大骗子，大坏蛋，差点，差点吓死我……"郑暖冬的眼泪夺眶而出。

“回来就好，回来就好。”邓梅缓慢优雅地倒了两杯茶，放到他们面前，声音依旧那么软糯好听，却隐含着浓浓的鼻音。

“妈，他们都快把我吓出心脏病了，你应该替我打他们几下。”郑暖冬继续嚷嚷。

“暖冬啊，小时候你爸教暖夏背唐诗宋词，只教了你两次就不再管你了，就算我求情也不再教你，知道为什么吗？”邓梅突然抛出一个风马牛不相及的话题。这是丈夫去世二十多年后，她第一次用“你爸”两个字给他定义。

“因为我背不会，还冲他大喊大叫。”郑暖冬说得理直气壮。

“你爸去会朋友，带的都是暖夏，很少带你，就算我央求他带上你，他也不答应，知道为什么吗？”邓梅又问。

“因为我不想走路，总让他背，还揍了那些叔叔阿姨们的小孩，还……朝程香香吐口水了。但那不能怪我，谁让她总想给我爸塞肉包子。”

“那是让咱爸带回家给我们吃的。”郑暖夏忍不住纠正。

邓梅却朝她摆摆手，继续往下问：“过年时，你爸去给你爷爷上坟，都是……独自带暖夏去，知道为什么吗？”

“因为他和我奶奶都喜欢郑暖夏呗，切——”

“那是你奶奶的意思。其实，在你们奶奶眼里，程香香才应该是她孙女们的母亲。算了，过去的事情不再提了。石碏，暖夏，你们能平安回来，真的太好了。”

她说得云淡风轻，郑暖夏内心里却有一口大锅开始沸腾，这才明白母亲对父亲和自己的怨念从何而来——奶奶喜欢的是程香香，父亲却选择了母亲，这是奶奶不喜欢母亲的缘由；郑暖冬从小就不是念书的料，导致父亲对自己的偏爱，从而导致奶奶对自己偏爱……于是母亲和郑暖冬两个“边缘人”就结成了情感联盟，加上她从小就贪程香香的厨艺，在父母离异时又选择跟随父亲，就成了母亲和郑暖冬眼里的“叛徒”。

原来，每个“怨恨”的背后都深藏着一份渴望。当年，母亲渴望得到奶奶的认可，渴望两个女儿一样被丈夫喜爱，可无论她怎么努力，自己、父亲和奶奶的三人世界，她和郑暖冬都好像挤不进去……

“妈，暖冬，对不起，让你们担心了。”郑暖夏心里酸酸的，起身给她们夹菜。

“说句对不起就行了啊？咱妈听说石碚被大水冲走后你在那里大哭，又是烧香又是磕头，跪着念经到天亮，还许愿：只要你们能回来，她不会再……阻挠你们……在一起。”

郑暖冬越说越慢，眼泪夺眶而出。生命之上，一无所有，只有他们都好好地活着，她的余生才能睡得踏实吧。

石碚和刘杰斌对视一眼，笑着，举杯浅尝，将时间和空间让给母女三人。

这顿饭，吃得寂静，却又格外祥和。不再坐桌角的郑暖夏，不再飞扬跋扈的郑暖冬，偶尔举杯相碰的刘杰斌和石碚，不时给每个人夹菜的邓梅，绘成一幅淡雅温馨的田园画。

“那个，石碚，一些事情对不起了。”刘杰斌将酒杯倒满，诚心诚意向石碚道歉，一口干了。

“好好对暖冬。”石碚满眼爱意地望着郑暖夏。她放下心结后，神情是那么舒展。

“我，不会让暖冬失望的，也不会让你和暖夏失望的，不管将来有多大的风雨，我都会扛着。你们，就看我的表现吧——”刘杰斌看看郑暖冬，又看看石碚和郑暖夏，兀自倒满杯子，再次一饮而尽。

石碚真诚地看着刘杰斌：“人生若是一个舞台的话，所有人都是没经排练就上场的演员，初次登台，哪有不犯错的？知错能改就好。”

“好！”郑暖夏带头鼓起掌来。

郑暖冬的手轻轻地握住了刘杰斌：“加油。”

邓梅目光摇曳地望着他们，端起茶水浅抿着，眼中的泪光映着灯光，像沉静的秋水般荡漾着。

周日的早上，郑暖夏开车到石碚借住的小区门口接他。

几分钟后，他穿着一身黑色休闲服，拎着行李箱出来了。

“这么早出发干吗，不知道多睡会儿美容觉吗？笨女人！”石碚将行李箱放好，纯属没事找抽型地嘟囔。

“八点四十的车，现在都七点五十了，这会儿正是早高峰，再晚会儿就赶不上高铁了。”她没好气地回他。

这里离高铁站虽只有十分钟的路程，可开的毕竟不是直升机，万一遇到堵车，那就没个准了。

“呃……高铁上六个小时的路程，准备了睡前故事没有？”他赖皮地将手放在她的头上，摩挲着她细软浓密的头发。

这个动作是克隆她的。最近他开车时，她总喜欢伸手过去抓住他的毛寸使劲扯，或将手背放在他的下巴上，让他硬硬的胡楂扎她的手背。

只有这样，才能感觉到他的真实存在。他在牧野落水对她的打击到现在都不敢多想，每想一下就会钻心地疼十下。

只有失去过，才懂得珍惜吧。

今天上午怀清市卫健委召开表彰大会，嘉奖赴牧野救援的队员们。石碚和郑暖夏昨天就接到通知了，却决定联袂缺席，一个回香宁看望父亲，一个去法院递交起诉书。

“我还有事，就不陪你回去了。喏，我给石爸爸买的营养品，拜托你带回去。”郑暖夏说。

因黄帆从中作梗，原来的律师不代理了，梁小蔻又帮她找了一个。她准备通过诉讼尽快讨回女儿的抚养权。不想让石碚担心，就没把这些告诉他。

2

“郑暖夏，你坚持自己买票就是为了不买票啊……”石碚瞬间炸了毛，凶巴巴的，一副想咬人的模样，“那我也不回去了——”他的嘴巴噘得可以拴下一头驴。

“切，爱回不回，权当石爸爸养了个白眼狼。”

“我爸确实养了个白眼狼，从小到大都当小棉袄疼，结果腿摔断人家都不去看望。”

他的话戳中了郑暖夏的软肋，她便不吭声了，伸右手抓起他的左手轻轻亲了下。

那柔软的触感便成了他聒噪不满的封印，石碚脸上的线条瞬间柔和下来。

郑暖夏打开了音响，苏菲 · 珊曼妮柔和治愈的声音弥漫开来，用 *Going Home* 讲述一个爱情故事。

车轮无声地向前行驶着，不知不觉已上了高架，来到高铁站的南进站口。

“准备下车吧。”郑暖夏万般依恋，却不得不提醒石碚已到站。

他的大眼睛里既有迷途的小鹿般迷茫，又有热恋男孩的炙热不舍。

“快点，停车超过三分钟可是要扣分罚款的。”她硬着心肠催促。

他猛然扳过她的头，在殷红柔软的唇上轻轻盖下专属印章后，打开了车门。

石碚的电话响了起来。他一边提行李箱一边划下了接听键，挂断后呆若木鸡地站在那里，又缓缓将行李箱塞回，机械性地坐进了车里。

“怎么了？”郑暖夏诧异地问。

“纪委要我马上去一趟，说配合调查一些事情。”他闷着声音答，双手捂住了脸。

郑暖夏的手指速冻般僵硬起来，怒火从丹田向上烧到发梢，什么也没说，调头迅速驶离了。

一路上她都单手开车，右手紧紧地握着石碚的左手。

到目的地后，他下车，她也下车。

“你干吗？”

“陪你一起进去。”她声音如鹅羽般轻盈，内心却发出一声又一声呐喊。

“快走吧，别让崔律师等太久了。”他转身朝大楼里走去，手背在后面冲她挥了挥。

自己的计划他竟然知道！她的眼泪蓦然造了反，不受控制地蜂拥而出。

“石头——”她叫。

他身子一僵站住了。

她跑过去，从身后紧紧地抱住他，泪水不怀好意地浸透了他黑色的衬衣，浓酸般腐蚀着他的皮肉，疼痛电钻般钻进了他的心扉。

他使劲掰开她的手，头也不回地朝里面走去。

“石头，不要害怕，把一切讲清楚就好。记着，正义会迟到，但不会缺席，天理昭昭，那些坏事做尽的人一定会受到惩罚的！”郑暖夏的双手在嘴边围成喇叭状，冲他的背影大叫，眼泪泉水般往外咕咕地冒着，怎么擦都擦不干。

她不想让他插手自己和郝家的恩怨，才想在他回南方时将箐箐的抚养权要回来，谁料莫名的乱箭还是朝他射来。

待石碚走进那幢庄严耸立的大楼后，郑暖夏转身上车，以亡命般的速度向法院狂奔。她想即刻起诉尤玲和黄帆，一刻也不能多等，也不想多等了！自己未婚生子已受到了惩罚，一手缔造她们母女分离的人，同样也应该受到应有的惩罚。

一个陌生电话打了进来，郑暖夏想也没想就挂断了。那个号码却不折不挠地打，她只好摁下了蓝牙接听。

“不是杀人放火的大事就不要和我说！就算你是老天爷也得给我闭嘴！”她像一头发怒的母狮般咆哮。

“暖夏，是我，我妈，我妈突然晕倒送来医院了，你在哪里啊？”一个熟悉又陌生的声音传来，夹杂着哽咽。

郑暖夏像被点了穴般僵住了，两只手紧紧地抓着方向盘，似乎要把它捏碎了。

“我知道你恨我，可是看在箐箐的分上，过来看看好不好？我不知道该怎么办，我的腿还使不上劲儿……”

郑暖夏的胸膛里像塞进去一台失控的马达，“突突突”地跳着。

那个强行让她命运拐弯的人，那个蛮横地让她和女儿生离的人，那个给石碚制造了那么多麻烦的人，她的生死与自己何干？

“奶奶你怎么了，你说话啊，你醒醒啊——”那边突然传来小女孩的“哇哇”大哭。

那是箐箐，她的箐箐！刚刚还巍然屹立的郑暖夏，像突然遭受核袭击的建筑般轰然倒塌了，颤抖着声音问：“你们在哪？”

“中心医院。暖夏我好害怕，真的好害怕……”郝子玉像只被抛弃的羔羊般茫然无助。

郑暖夏赶到医院时，箐箐被保姆紧紧地抱着坐在急诊室外面的椅子里。看到她，小姑娘挣脱出来，跑过去抱住了她。

“暖夏阿姨，奶奶，奶奶……”箐箐小小的身子不住地哆嗦着，泣不成声了。

郑暖夏已从保姆的眼神中读出了答案。她心疼得要命，却不知道怎么安慰箐箐，下巴轻轻地抵在女儿细密的头发上：“宝贝不哭，没事的，有我在，不要害怕。”

待箐箐的情绪逐渐平静下来后，郑暖夏将她交给保姆，走进了抢救室。

医护人员已经离开了。雪白的被单从头到脚盖着一个人。床前的轮椅里坐着的是那个曾经发誓给她“五大洲四大洋”的爱的郝子玉。留洋并没有给他一个锦绣前程，反倒断了腿，不到 40 岁就两鬓霜白了。

“暖夏——”看到郑暖夏，郝子玉伸手就想抱她寻求慰藉，她却躲过了。

郑暖夏绕过他直奔黄帆而去。

黄帆因突发心肌梗死离开了这个世界。郑暖夏颤抖着手，想掀开被单，看看那张将自己踹进万丈深渊的不可一世的脸，却在仅剩下两厘米时停住了。

自己曾经那么恨她，她曾千万次诅咒过她，希望她下地狱，可当她真的不会再呼吸，不能再戴着客客气气的面具欺负她时，她的脑筋就像被大水冲刷过的沙滩，那些关于恨的记忆被全部抹去了。

毕竟，箐箐身上也流淌着她的血；毕竟，她将女儿照顾和培养得那么好。

郑暖夏缩回手，留下雕塑般的郝子玉，退出了房间。

箐箐红着眼睛走到她身边，期待地望着她："阿姨，您可以留下来吗？"

郑暖夏轻轻地给女儿整理着头发："箐箐，以后阿姨会一直陪着你的。你先跟着姨奶，阿姨现在需要处理一些事情。"

小姑娘从她坚定的眼神中感知到了力量，点点头退回到保姆身边。

郑暖夏走到一旁，尝试着打电话给石碚。明知道他被纪委找去谈话是不可以接电话的，但她还是想打给他。

谁料电话竟然秒接通。

"暖夏我没事，有人检举医院……某些人受贿、收家属红包、使用高值药品和耗材的事情，喊我过来问一些情况。你在哪里？反正这趟车是赶不上了，要不干脆陪你打完官司，我们一起回香宁看望老爸怎么样？"迫于纪律，石碚用"某些人"替代了真实姓名。他的声音格外兴奋，像点燃的烟花般噼里啪啦地绽放着。

原来是虚惊一场！郑暖夏松了口气，低声说："你，回医院一趟吧，箐箐奶奶去世了。"

她明明不应该伤心的，声音却是哽咽的。此时此刻，她能依靠的唯有石碚了。

因郝子玉的腿伤没有完全恢复，他父亲在省里开会，接到电话后还在回怀清的路上，石碚叮嘱郑暖夏照顾好箐箐，自己跑前跑后帮忙办理手续。

箐箐的眼泪一直没停过。她扔下照顾自己多年的保姆，紧紧地拉着郑暖夏不松开。郝子玉像个未断奶的孩子，站在郑暖夏的另一侧，眼神凄哀地望着她。

在信任郑暖夏方面，父女俩出奇地一致。

此时此刻任何话语都是多余的。郑暖夏紧紧地抱住女儿，借由肢体传递对女儿的安抚。

石磊办好手续后，郝子玉的父亲匆匆赶到了，身后跟着一个秘书模样的人。

林书记和李院长闻讯也赶了来，见石磊和郑暖夏在，有些惊讶。

黄帆走得太过突然，郝子玉的父亲站在妻子身边掉泪。林书记和李院长站在他身边，说着无用的“郝主任节哀顺变”。

过了一会儿，郝父总算转过身来，温和地对林书记和李院长说：“谢谢两位了……”说着他看向拉着箐箐站在门口的郑暖夏，冲她招了下手。

郑暖夏只好放开女儿，硬着头皮走了过去。箐箐却紧走几步又攥住了她的衣袖。

箐箐是由黄帆带大的，在孩子心中，奶奶无异于父母复合体。黄帆的突然离世，她心中的彷徨恐惧可想而知…郑暖夏紧紧地握住了女儿的手。

“林书记，李院长，暖夏是我孙女的妈妈，拜托你们多关照。”这个在怀清可以呼风唤雨的男人，就这样轻飘飘地将箐箐的身世和郑暖夏与郝家的关系抛了出来。

3

林书记和李院长的表情不亚于十级地震，箐箐表现得反倒比大人们淡定，她将郑暖夏的手握得更紧了，布满泪水的小脸完全镶进了妈妈的身子里，除此之外，竟然没有特别激动的举止。

“哦，这个是我儿子郝子玉。”郝父介绍。

郑暖夏领教了郝父的厉害，几句话，便给自己贴上了“郝家”的标签。黄帆的后事，本来与自己没有半点关系的，这么一来，不管出于亲情还是道义，她都不能袖手不管……而此事过后，她身上就会压上“郝家牌坊”的大山。

她忐忑不安地用眼睛寻找石磊。他回以淡然坚强的浅笑。

以郝家的地位，黄帆的后事当然不缺帮忙的，但郑暖夏却被各种势力裹挟着参与到其中。还好，箐箐一直陪在她身边。

办完黄帆的后事恰逢周末，经郝子玉同意后，郑暖夏将女儿接了出去，准备带她到动物园玩。

黄帆去世前几天曾打电话给郑暖夏，说她和郝子玉都回来了，为了让箐箐和爸爸妈妈多培养培养感情，把箐箐转回本市上学了。

郑暖夏明白黄帆是想用女儿当绳索，将自己牢牢捆绑住，现在却又非常感谢她的自私，让她们母女相聚变得容易了许多。

郑暖夏开着车，箐箐坐在副驾驶上。

秋天的阳光，擦亮了母女二人的脸。行道旁的树像长着绿色翅膀的大鸟，纷纷朝后飞去……这场景，曾是郑暖夏梦的底色，谁曾想现在竟成了真。

“箐箐……”她的手伸向女儿，握了一下她的小手。

“我，可以喊你妈妈吗？”箐箐小声问，声音里充满了紧张。

郑暖夏的眼泪毫无预警地泄了洪：“可以可以，当然可以。我本来就是……妈妈啊。对不起，妈妈不该把你弄丢了……对不起对不起，我的女儿。”她不想吓到箐箐的，却还是不由自主地将车停在路边，伸手将孩子揽进怀里，小声啜泣起来。

“妈妈你别哭嘛……”箐箐抽出纸巾，小心翼翼地给郑暖夏擦脸，“妈妈乖，别哭别哭哈，奶奶说，爸爸一心想出国留学，你想留在国内发展，你们才分开的，不怪你的。”

郑暖夏愣了下，接过纸巾擦拭哭花的脸。黄帆竟然没有诋毁自己在女儿心中的形象，有点出乎预料。

“箐箐，奶奶什么时候和你说这些的？”她问。之前在女儿的生日宴会上，箐箐好像说过，奶奶告诉她妈妈生病去国外治疗了，怎么又变成了这样？

“嗯，就是那天我跟着姨奶去医院见到你以后。奶奶说我在医院见到的漂亮阿姨就是我妈妈，后来我想去找你的，可奶奶说必须要装作不知道，才不会把妈妈吓跑。那天我生日时，也是奶奶要我说……您去国外治病了，对不起啊妈妈，我不该瞒着你的……”箐箐吐了吐舌头。

看来那次箐箐在医院莫名走失，黄帆动用手段调看了医院的监控。

“箐箐，妈妈这么多年都没有回来找你，怪我吗？”

“没有，我从来没怪过妈妈……我只是想妈妈，虽然不知道您长什么样子，但我还是很想您。”

“我也想你，宝贝……”她将女儿抱得更紧了，突然又想起了什么，问，“将来我可能不会和你爸爸在一起，介意吗？”

“不会呀，都什么年代了。哎，妈妈，那个石大夫叔叔好帅哦，他是不是在追你啊？”箐箐人小鬼大地问。

“切，小孩子家家的懂什么追不追啊，他是我的小迷弟。”郑暖夏心虚地回答，但还是被女儿逗得满心欢喜，发动车轻快地朝前跑去。

她原以为这场对话会很艰难沉重，没想到如此轻松。

在郑暖夏忙前忙后帮着处理黄帆后事期间，石硞独自回了香宁。但那天郝子玉的父亲用温和的态度，强行给郑暖夏贴标签的行径令他惴惴不安。

还好，老爸看出他有心事，说自己没事了，催促他赶紧回怀清，并给他布置了任务——不久的将来，必须把那个叫“郑暖夏”的儿媳妇给带回来，否则就不认他这个儿子。

石硞连声说保证完成任务，拜托堂妹代为床前尽孝后，火速赶回了怀清。当然，他这么着急回来不光因为郑暖夏，更重要的是李院长的十二道催命金牌。

根据郑暖夏的内部消息，怀清市卫健委的常务副主任老周，两天前突然出现在李院长办公室，将参加“全国普外科高峰论坛”通知的电子版转发给他，要他当面查阅。

李院长在受邀的专家名单里看到石硞的名字赫然排在第三位后，惊得瞪大了眼睛，更让他吃惊的是，在石硞的专家简介中，“细胞自噬技术在消化道恶性肿瘤组织细胞转录过程中的调控及应用”和“泛素化调控在恶性肿瘤细胞凋亡机制中的分析”两项成果赫然入目！

“石碏这两项成果是我们全省医疗系统的骄傲。省卫健委的领导把祝贺电话打到了师主任那里……”老周幽幽地说。

前任书记退休后，师主任兼任了书记，目前是市卫健委绝对的一把手。

听闻省卫健委领导把电话打到了市卫健委领导那里，李院长脸上的汗“唰”的一下子就下来了。

关于石碏，褒贬不一，虽说那天的庭审现场让很多人动容，却没人敢拍板让他回来上班，因为不知道舆论的火会被暗风操控着往哪个方向烧。

石碏这两项医学成果奖的证书，王科长早就给林书记和李院长看过了。院委办开会研究后，在医院的公众号上第一时间发了喜报，想以此给石碏返岗做铺垫……谁料刚发上去不到两个小时，“老李侃（砍）怀清”就以此为由，又发了一篇题目为“谁在为黑心医生洗白”的文章，不明真相的吃瓜群众看都没看石碏取得的究竟是什么医学成果，便跟着转发怒骂，导致中心医院不得不关闭了评论。

针对此事，李院长主张即刻删除公号文章，息事宁人；林书记却说没必要，认为越是公正坦荡，就越应该在舆论面前保持定力、正面发声。两人为此再次争论得面红耳赤，最后不得不举手表决……结果却是大多数人都向舆论妥协了，他们虽然同情石碏的遭遇，但没人敢和舆论博弈。

“李院长，石碏呢？”老周的眼皮子耷拉着，李院长端的茶水动都没动。

“周主任，这事可不能赖我们，当初可是咱市卫健委的纪委书记亲自下令让石碏停职的……”李院长想申辩，老周却摆摆手不让他说。

“李院长，咱们都是自己人，我就实话实说了。纪委关于常怀亮同志的调查，希望你们好好配合，不许有任何包庇行径，不论牵涉谁，都要一查到底，同时还要把检举的同志保护好。”

常怀亮就是普外三的常主任。前一阵刘杰斌实名举报他违规用药、套取医保、开高值药和高值耗材、收取家属红包、违规入股保尔公司等等一系列严重的违规违纪行为。他在举报常主任的同时，也主动交代了自己参与的那些，主动上缴了非法所得。

纪委根据他的举报，经向石碚、小李和小张等人求证后，印证了刘杰斌所检举的大部分情况属实，开始全面彻查常怀亮。

看来常主任是保不住了……李院长的脸色有些苍白。常主任是他一手提拔起来的，他对他的一些行为有所耳闻，曾提醒过他收敛一些，他答应得挺好的，没想到背后竟变本加厉了。

钱果然是一味膨大剂和照妖镜，放大了人的欲望和野心……

“请周主任和卫健委的领导们放心，常怀亮的事我们一定配合组织调查，决不姑息。”李院长向老周保证。

老周点点头，这才端起茶杯浅抿了一口：“据说，石碚早就被几个一线大城市的大医院盯上了，你们要是不尽快拿出切实有效的人才挽留计划，就等着被挖墙脚吧。”

李院长只能将满肚子委屈使劲往下咽，当场打电话给石碚，要他马上回医院上班。

电话接通后，石碚却说自己回老家了。

李院长问他什么时间回来？他说等老爸腿伤好利索了、取掉里面的钢板再说。

“这样吧，医院派辆车去，把老爷子接到咱医院养伤，这样你就可以安心工作了。”李院长做了最大的让步。他明白，老周光临中心医院，不去找林书记却直奔自己的办公室，是意有所指的……必须确保石碚尽快回来上班，然后敲锣打鼓送他去参加全国普外科高峰论坛，才能化解这场危机。

4

于是，接下来的几天，李院长每天都会给石碚打几个电话，以关心他的名义催促他尽快回来。

除了李院长外，石碚的电话也快被老高等老病人和家属们打爆了，福利院的翟院长和护士长肖小艳也先后打来电话，说柳翠花见他不去看自己，就偷偷从福利院跑出去找他，却没有去医院……接下来又是一场全城大搜捕，最后发现她竟然蹲在他小区大门口，任谁拉都不走，非要等“弟弟”回来。

石碚在视频电话中好一通劝，答应买香宁的肉包子给柳翠花吃，她才满脸不高兴地上了翟院长的车。

石碚离开怀清不过十来天，却感觉日子一天天地在往身上盖，重得他都快顶不住了。下高铁出站后，他看到郑暖夏娇俏地站在秋阳细碎的明媚中。她依着那辆小小的新能源车，蓝色碎花的长裙在秋风中恣意地飘着，文艺雅致，有一种令人怦然心动的美……

只一眼，石碚身上的沉重便风化了，他轻快地拉着行李箱大步朝她奔去，心“咚咚咚”地跳着，像个情窦初开的少年，将她紧紧地抱进了怀里。

“想死我了！”他的脸在她的发丝上蹭着。

“欢迎回家！”她声音软糯地说，扒开他八爪鱼似的手。

新能源车无声地向前驶去。

“想我没有？”石碚盯着郑暖夏问。这是见面后他的第三次灵魂发问了。

对于恋人来说，肢体语言远比嘴里说出来的语言更可靠，因为它不会传达误会。石碚总感觉郑暖夏今天怪怪的，只要他一接近她，她就不由自主地像蚌科动物般缩了回去。

“你怎么怪怪的，是不是郝家……”

“别瞎想……”郑暖夏停顿了下，努力组织着语言，“石头，敢和我一起去见箐箐的爷爷吗？”

石碚一时没有明白她的意思。

“我觉得，我们不是一定要熬在痛苦中，我们有权力追求幸福，我想和你一起去见郝子玉的父亲，告诉他，我和郝子玉是不可能的，并且，我还想要回箐箐的抚养权。”

“万一他不答应怎么办？”

“不试试怎么知道结果。如果他不答应，我就通过法律途径解决。不管怎么样，我都想要回箐箐。”她的目光异常坚定。

“你要起诉的可是箐箐的爷爷和爸爸啊，她会不会难过？”

“就是箐箐鼓励我这么做的。她说她先和爷爷谈谈，如果爷爷同意她和我一起生活，她每周都会回去看望爸爸和爷爷，如果他们不同意，她支持我用自己的方式解决问题。”

“好。”石碏握了握她的手，眼睛盯住她拔不出来。

“郑暖夏快速向郝子玉家驶去。她已和郝父约好了今天见面谈谈。一向公务缠身的郝父答应得非常爽快，说下午在家里等她。

郑暖夏已缺席了女儿的童年，箐箐的少年时光里必须有妈妈的陪伴。

石碏和郑暖夏站在郝家黑色的铁艺大门前，连着深呼吸了几下，聚集全身的勇气和定力后，才摁响了门铃。

来开门的正是郝父。

“请进吧。”或许因为妻子的突然离世，郝父看上去清瘦了很多，态度一如既往地客气，让人无法看透心思。

保姆不在，郝子玉不在，箐箐在学校，偌大的家里只有他一个人。

“暖夏，石大夫，有什么话你们就直说吧。”他给郑暖夏和石碏泡了茶，完全无视两人紧扣在一起的手。

“那个，郝主任，我，我们……”郑暖夏有些结巴，像被拔掉气门芯的车胎，勇气无声无息地流走了。

“郝主任，我和暖夏来拜访，是想告诉您，我们是真心相爱的，她和郝子玉不可能再在一起了。还有就是，我们想要回箐箐的抚养权。”

“你们——”郝父的目光像锋利的矛一般刺向他们，“据我所知，目前你还是你，她还是她，‘你们’从何而来？”

郝父的脸上浮起淡淡的笑意，像一只将猎物摁在爪下逗弄的鹰。

“我们很快就会结婚的。”石磊抓起郑暖夏戴着戒指的手给他看。

“就算你和她成了‘你们’，可你们拿什么来争夺箐箐？凭你们房无一间、地无一垅？”

“过几天新区有楼盘开盘，我准备买房子给箐箐和暖夏住！”石磊掷地有声。他本想给郑暖夏一个惊喜的，却不得不提前将谜底说出来。

“如果我不答应把箐箐给你们呢？”郝父喝了口茶，仍旧客客气气的。

“那就法院见。诉状我早就拟好了。”

“呵呵，和我打官司，你们觉得法院会支持你们的诉求吗？官司打输了怎么办？”

“那我会继续上诉！而且，我不光想要回箐箐的抚养权，还要告尤玲，是她把箐箐从我身边抱走的。郝主任，据我了解，尤玲是您表妹吧？她刚刚退休，您不会想让她连养老金也拿不到吧？”郑暖夏毫不退让。

“好，勇气可嘉。”郝父看着她和石磊，不仅没有生气，还轻声笑了起来。

石磊和郑暖夏搞不清他是什么意思，不再贸然接话。

郝父起身走到了窗前，打量着外面已然染了霜色的树叶，良久后转身看向他们：“暖夏，其实你们不来，我也要让箐箐回到你身边的。箐箐奶奶不在了，子玉又是那个样子，一些人和事，错过了就是一辈子，我明白你和子玉不可能回到过去了。再过两年箐箐就进青春期了，有妈妈陪在身边，要比跟着爷爷和不成器的爸爸好很多。”

他满眼真诚地望着郑暖夏，“客客气气”不知道什么时候从脸上退场了。

本以为他会利用权势逼迫他们就范，没想到结果竟是这样，郑暖夏和石磊一时没有反应过来。

“箐箐和我谈过了。她说她爱妈妈，也爱爸爸，更爱无论多忙都会找时间陪她的爷爷。她说就算回到了妈妈身边，也会经常回家来看望我们，会永远地……爱我们！孩子的成长离不开妈妈，我……就是被我妈独自带大的，明白母亲对孩子意味着什么。”

提及箐箐，这个叱咤政坛多年、镜头里永远严肃、镜头外永远温和客气的男人，眼睛湿润了。他端起杯子猛喝了口茶水，强将泪意压了下去。

郑暖夏起身朝郝父深深地鞠了一躬：“谢谢谢谢……”她的词典里仿佛只剩下“谢”字了，除此之外，什么也说不出来。

她流离坎坷这么多年，以为错过的幸福再也找不回来了……谁想山河仍在，春天依旧在希冀之光中。

郝父真诚地说：“暖夏，一些事情子玉他妈做得过分了。但逝者已矣，希望你们可以原谅她。我替她向你们道歉。”

他虽然没有指明是什么事情，但郑暖夏和石碚已经觉得天也蓝了，水也清了，浑身轻松惬意。

“过去的就过去了，为了箐箐我们要向前看。”郑暖夏在心底佩服郝父的精明，轻飘飘的两句话，便将所有责任推到了黄帆身上。但逝者已矣，活着的人还要继续，原谅不仅仅是放过别人，也是放过自己。

石碚复职回医院上班这天，刚走进科室，就见常主任迎面走来。他张嘴正要和他打招呼时，却看到后面跟着两名警察，明白了什么，只得往旁边让了下。

常主任面无表情地走了过去，眼镜片后面隐藏着一团白，让人看不透、摸不清。

“不仅要走好自己的路，也得给别人留条活路啊。”常主任认为是石碚举报自己的，路过他身边时说了这么一句，身体像踩在棉花上，软软乎乎、摇摇晃晃的，仿佛轻轻一推就会倒。

石碚望着他的背影，五味杂陈。

“原来在咱们科住的那个赵大军是他朋友，和人打架被捅了，刀口本来不够轻伤标准的，常主任竟用手术刀给切成了轻伤，让对方判了刑；还有两个盗墓贼被抓后，他竟然给他们出具了肝硬化和亚急性肝衰竭的证明，让他们保外就医了，可就在保外就医期间，那俩人又因为盗墓被抓了……这就是压倒他的最后两根稻草。”刘杰斌不知何时站到了石碏身边。

5

常主任的嘴和心思，和蚌科动物有得一拼，石碏仅对他使用高值耗材和高值药、套取医保等方面有所察觉，就算纪委不找他，他也要把那些材料整理好后举报的，但刘杰斌说的这些是闻所未闻。

“种其因者，须食其果！”这八个字，石碏是从齿缝间挤出来的。

常主任有今天是咎由自取，怪不得他人。

“这下子可以凑齐一桌打麻将了……”刘杰斌对着常主任留下的一团空气絮叨。

石碏不明所以地望着他。

“苗二宝、张总、鬼脸老李都进去了，我也被记了大过……”他叹息着说，“网络不是法外之地，那个死鬼脸，到里面好好学习一下法律知识吧。”

石碏点点头朝里面走去。

“石头，其实原来我真没那个勇气，是暖冬鼓励我的，要不是她，我也会在那条路上越走越远……”刘杰斌跟在石碏身后继续叨叨。

“一会儿有个病人要来住院。”石碏截断了他的话。

“石头你给我个说话的机会嘛……”他满脸哀求地看着他。

张医生、李医生、肖小艳、钱护士等几个人站在不远处，手捧鲜花迎接石碏。当然，他们准备这些时，并不知道常主任要被带走。

“去去去，都先回各自岗位，等会儿再举行欢迎仪式，没看到我正和石专家研究事情嘛！”山中无老虎，猴子称大王，常主任走了，刘杰斌便端出一副主任脸，朝他们摆摆手。

大家集体拿眼皮子夹他，拿嘴皮子撇他，没一个照他的指示做的。刘杰斌只好拉着石硞进了办公室。

“那个，石头，咱们既是师兄弟，又是同事，你帮哥个忙呗……”他期期艾艾地开了口，仿佛在交代后事。

“什么事情你倒是说啊！”石硞没好气地说。

“我，那个，你劝劝暖冬呗，我按照她说的把坏人都举报了，她却不答应我，我的……追求。”刘杰斌哼哧半天总算把话说囫囵了。

“哦，你是为了美女才那样做的，不是正义感和责任心的驱使。”石硞逗他。

“看你说的，我就是在正义感和责任心的驱使下主动举报的！”刘杰斌的声音不由提高了，可看到门口站着的人，连忙噤声。

郑暖夏笑意盈盈地敲敲门，走到石硞身边，拉长声音说：“石——教授，林书记和李院长请您去一趟。”

“请讲清楚，是林书记请我，还是李院长请我？”石硞故意板着脸恶声恶气地说。

“胆肥了啊，敢用这口吻和我说话……李院长和林书记在书记屋里等你，满意了吧！”

石硞走进林书记办公室时，发现除了李院长和林书记外，怀清县人民医院的朱院长、大风乡卫生院的陆院长、竹坞镇卫生院的许院长也都在。除他们外，还有师兄老刘和一个陌生人。

陌生人是陆院长带来的，是即将举行的全国普外科高峰论坛的赞助商。他不知怎么得知石硞想建胰腺病专科，跑到大风乡卫生院找陆院长，陆院长把他带到了这里。

外来的和尚会念经。老刘虽然是从怀清走出去的，但今天是代表一线大城市的大医院来谈引进石硞的，身份自然尊贵，算是大庙里的“大和尚”。

石硞明白师兄的来意，和大家打过招呼后，堆起二十个加号的甜蜜笑容坐到了老刘身边。

“二师兄，什么风把您吹来了……”他嬉皮笑脸地小声问。

老刘没理会他的黑色幽默，询问的眼神望着林书记和李院长。

林书记和李院长像绷紧弦的弓，格外紧张。他们已将情况向市卫健委汇报了，办公室回话说周主任一会儿就到。

“刘教授，我们对石硞是很重视的，所以这个事情吧，我们……”李院长有点磕巴。

“李院长，林书记，只要你们愿意放石硞走，每年我们给中心医院人才引进费用 50 万。”老刘的五根手指头伸得像五座财大气粗的金山。

林书记和李院长的面部肌肉一抽一抽的，不知道如何回答。

“二师兄，我的肉啥时候比您的值钱了？”石硞恨不得拿手捂住老刘的嘴，把他拖出去。

老刘却不理会他，继续说：“知道咱怀清很重视石硞，但我们也不会亏待他的。我们院长说了，只要石硞过去，外科中心主任就是他的，还有丰厚的年薪，有配套的房子，另外……郑暖夏也可以一并引过去，在我们医院谋一份不错的差。”

林书记和李院长的眼睛瞪得比平时大了两倍，这才后知后觉地知道，石硞和郑暖夏竟然是一对儿。

若在原来，林书记会当场发飙踹石硞两脚，但此情此景，他哪敢动这个宝贝啊。

陆院长、朱院长、许院长有点蒙，看来和人才合作也是有级别的，如果老刘开的条件是真金白银的话，他们放在桌子上的医联体协议书和荣誉院长的聘书就是妥妥的空头支票。

那个千里迢迢跑来，想在大风投资建胰腺病专科的投资商也明白自己的机票钱可能打水漂了。

“林书记，李院长，这可是一本万利的事情，合同我都带来了，你们看看没问题的话就签了吧——”老刘取出合同，放在了桌子上。

林书记和李院长像被人逼到墙角的困兽，不知道该怎么办。

“来，我看看——”老周推门进来了。他走到桌前拿起那份合同，边看边啧啧称赞，“到底是一线大城市的大医院，不错，不错，如果我有石硞的那双手，早就动心了！”

“周主任，您是哪边的啊？”定力不错的林书记有点急了。

老周摆摆手，看向了老刘：“刘教授好，我是怀清市卫健委的常务副主任。我想说的是，我们好像忘记征求当事人意见了，如果石硞愿意走，我们想留也留不住啊……”他看向了石硞，“石大夫，恭喜你取得的成绩，刚才我们紧急开了个班子会，研究决定拨出专项资金在大风建胰腺病专科，同时支持中心医院和市区的几家医院同各县区、镇级的基层医疗机构建立医联体，让更多的老百姓享受到更多的优质医疗资源。这是你的心愿，也是我们所有医疗从业者的心愿。”

石硞激动地“嚯”的一下子站了起来，怔怔地望着老周，眼睛蓦然湿润了：“这，这是真的？”

“当然是真的！班子会上都通过了。当然，我们的条件无法和大城市的医疗机构比，你和小郑要是想走，我做主把这个合同签了。”

几双期待的眼睛探照灯般齐刷刷地打在石硞身上。

“我，我……我想留下来。”石硞使劲搓着两只手，转身看向老刘，“对不起啊师兄，这些年你一直关心我爱护我，但我还是想留下来。虽然我出生在南方，但怀清更像是我的家乡，我对这里的一山一水，一草一木，一人一物，都有着很深很深的感情。总而言之，我想继续给这里的老百姓看病。谢谢师兄。”

石硞弯腰给老刘深深地鞠了一躬。

老刘起身给了他一下子：“说的怀清好像不是我家一样，就你一个南方人爱我们怀清，我这个真正的怀清人倒成了逆子？”

大家都笑了起来。

“周主任，林书记，李院长，还有我这死心眼的师弟石硞，以后但凡有需要的就和我说，怀清也是我家啊，我当然希望她越来越好。”

老刘拿起那份合同书，又和大家寒暄客套了几句后告辞了。

石碏送他出去时，看到郑暖夏站在门外。

“书记，院长，还有周主任都在里面等着，你帮我送送二师兄吧。”他对郑暖夏说。

“你个忘恩负义的东西！”老刘没好气地在他后脑勺上来了一下。

“干吗打我？”石碏揉着头怪叫。

老刘扭头看了下，见身后那扇门关上后，一把搂过他的脖子小声问：“怎么样，你二师兄演得还不错吧？”

石碏怔怔地望着他，不明白什么意思。郑暖夏却笑眯眯的。

“合同是真的，我们开出的所有条件都是真的，但我知道你这个死心眼的犟驴是不会离开的，所以才拿着合同直接找你们领导，而不是和你这个傻瓜谈！”

石碏这才恍然大悟，感激地抱了抱老刘：“谢谢啊师兄。”

价值是通过竞争实现的，所以才有“抢来的馍馍味道最香”这一说。师兄老刘用这种方式让他的价值得到了体现，从而为他的梦想开花和结果奠定了良好的基础保障。

6

忙碌最容易让人失去时空感，在时光之蹄的奔跑中，转瞬就是两个月。

在这两个月内，怀清市中心医院另外开设了肿瘤外科，石碏任科主任；大风胰腺病专科的规划设计图已经完成；中心医院和大风乡卫生院、怀清县人民医院、竹坞镇卫生院分别签订了医疗联合体协议。

医联体协议签订后，许院长想进一步依托中心医院，将竹坞镇卫生院打造成基层区域医疗中心和基层医疗机构示范医院，以做好“一老一小”照护和妇幼健康服务。

这些想法得到了中心医院的大力支持。

日子是新的，也是旧的，因为一个日子的结束，为另一个日子的到来揭开了封印。在时间和季节的来回穿梭中，在武术队虎虎生威的表演和秧歌队的热舞中，竹坞镇卫生院基层区域医疗中心揭牌仪式启动了。

林书记致辞后，石碏作为重要发言人登了台。白杨般挺拔的身躯，得体的西服，俊朗的五官……今天的他格外帅气。

“尊敬的各位领导、各位嘉宾，金秋十月，我们相聚在素有太行山下小江南之称的竹坞……”

他刚开了个头，人群里便爆发出一阵热烈的掌声。其声音之高，足以把石碏讲话的声音盖个严实。他只好停了下来。

掌声持续响了近半分钟。其间无论石碏怎么摆手，都没人理会他，大家像过年放鞭炮那样自顾自拍着巴掌……

林书记刚才讲话时，掌声只是象征性地响了那么几下，仿佛为了说明竹坞人民是讲礼貌、懂规矩似的……给自己的掌声竟然盖过了领导的，石碏有些尴尬地打量着一旁的林书记，用讨好的眼神无声地写检讨。

还好，这阵长的令石碏脸红的掌声总算接近了尾声，他正要重续前话时，突然有人捧着一大束花跑了过来。

那是一个六十多岁的农民，岁月无情地在他的脸上、手上烙下了浓重的痕迹。花是从山野间采来的野菊，金灿灿的，苦香盈鼻，令人神清气爽。石碏道谢后接了过去，发现花后面竟然藏着 CT 片子。

那人笑得比哭还难看：“石大夫，上次您交代让我拍的片子……”

“九岩村的吧？”石碏想起他来。前些时回竹坞义诊，这人见到石碏“扑通”一下子就跪在地上喊救命，说神婆二姑说他得了不治之症，活不过两个月了。

二姑是十里八乡有名的神婆，石碏在竹坞义诊后二姑的生意差了很多，恼怒之下，她让这人带了张画满奇怪符号的黄纸给石碏，让他懂得敬畏神灵。石碏却将那张纸丢进了垃圾桶，见送信人咳嗽得很厉害，呼吸也有些困难，就建议他去拍个 CT。 他却不信，又去找了神婆二姑，直至二姑说他命不久了，给他开出天价仙丹，他才又到义诊现场找石碚。

“哎哎哎，是的是的……”见石碚记得自己，他激动得脸都红了。

石碚举起片子，将太阳光当成看片灯，眯起眼睛看片子。

“最近咳嗽怎么样了？有胸痛、咯血、呼吸困难、消瘦等症状没有？”

“没有，上次您开的药吃了就很少咳嗽了，胸口也不疼，呼吸正常，还胖了两斤，这都过去半个月了，您给看看，我是不是真的活不了几天了……”他脸上的惊惧很明显，显然神婆的话在心中生了根。

“哦……”石碚举着片子走到林书记身边，“书记，您可是资深的专家，给瞅瞅？”

“有个结节，不大，边缘光滑，无毛刺……没有其他症状的话，应该是良性的。”林书记满脸的愉悦。明白石碚要小花招讨好自己，不由乐了。

“大哥，我们书记可是这方面的专家，他说没问题就肯定没问题。是个良性的小结节，放心吧。回去后继续观察，再有不舒服的话去找我。还有，建议你和神婆二姑彻底断交，省下的香火钱可以多买几斤肉吃嘛。”石碚将片子还给庄稼汉。

“谢谢，谢谢石大夫，谢谢领导！”他脸上的阴郁一扫而空，欢欢喜喜、千恩万谢地走了，走出几步后又停了下来，“石大夫你们等等俺哈，俺回去给你们刨点红薯尝尝鲜。俺村很近的。”

然后就风一样刮没影了。

“吭吭……”石碚清清嗓子，刚要继续讲话时，又一阵热烈的掌声袭来。随后大家起立，变戏法似的，有的手里拿着片子，有的手里拿着病历，同时另一只手里提着胡萝卜、青菜、山药、玉米面……很自觉地排好队伍准备看病。

“石大夫，帮我也看看片子……这是给您捎的干竹荪。”

“石大夫，给我看看刀口，好像长得不太好……这是您喜欢吃的酸菜。”

“石大夫……”

揭牌仪式转眼就成了义诊现场。大家知道石硞不收费用，便用自家产的东西表心意。

林书记、刘杰斌、许院长等人被老百姓对健康的渴求和朴素的表达感谢的方式深深打动了，自觉加入了这场规模有些庞大的义诊。

人群中的郑暖夏、郑暖冬、邓梅和箐箐主动开始维持秩序，扮演起“导医”的角色。

“妈妈，石叔叔太帅了！”箐箐边忙碌边悄悄和郑暖夏说。

“是吧，你老妈的眼光怎么会差，想当初……”郑暖夏发现一个老太太颤巍巍的，赶紧过去扶住了她。

这场揭牌仪式，从早上八点多开始，进行到中午十二点半才结束。

最后一个病人离去后，大家发现他们被带着新鲜泥土的红薯、刚摘下来的栗子、红彤彤的辣椒、绿油油的青菜、两坛自家腌的酸菜、一篮子土鸡蛋、两箱柿子等东西包围了。

揭牌现场变成了早晨的农贸市场。石硞、林书记、刘杰斌、郑暖夏等人望着这些奇特的“诊金”不由笑了起来，笑着笑着，眼睛却又湿润了。

最高境界的喜爱，便是通过最淳朴的方式表白。

从秋天开始的故事，总是很美。

又是一个槭树集体酗酒的季节，花草、竹林和房屋和谐共处。不刻意，不张扬，随性而立，错落自然。

箐箐走在竹坞古镇的石板路上，手里拿着一串糖葫芦，两只羊角辫子晃呀晃。

“肉丸滚肉丸，香喷喷的肉丸，来吃哦……”程香香站在店门口，扯着悠长的怀清音吆喝。

“暖夏……”小女孩进入了她的视线，程香香手里的勺子“当啷”一下掉到了地上，失魂落魄地追过去，拉住了小女孩。

小女孩扭过头来——弯弯的眉眼，和当年的郑暖夏简直一个模子里刻出来的。程香香的眼泪“唰”的一下就出来了，以为自己走进了梦里：“乖妞你是从哪里来的啊？”

“香香姨，那是箐箐……”郑暖夏的声音从身后传来。

程香香转过身，只见郑暖夏、石碚、郑暖冬、刘杰斌、邓梅几个人朝这里走来。

“香香姨，还有肉丸吗？”郑暖夏问。

“有，有，有哩，咋会没有，我们暖夏想吃多少有多少。”程香香忙不迭地往店里跑，跑半截又停住了，再次看向了箐箐。

“香香姨姥姥，我叫箐箐，是郑暖夏的闺女、郑暖冬的外甥女，邓梅是我姥姥，所以我也要吃！”

“好，好，姨姥姥这就给我们箐箐和暖夏舀丸子去！”

“偏心眼，三十多年前就偏心，过了三十多年还偏心。那时候只让郑暖夏吃，现在只让郑暖夏和她闺女吃，我们也饿了。”郑暖冬嘟嘟囔囔提意见。

“都有，都有，想吃多少有多少。还有那个……你要不要也一起吃点？”程香香殷殷地望着邓梅。

“虚头巴脑，光耍嘴皮子，有心想请我们吃的话，赶紧舀去啊。”邓梅说。

“好嘞。”程香香笑眯眯地进了店。

石碚和郑暖夏相视一笑。

“妈妈，小时候你对石叔叔做了什么啊？”箐箐突然想起来郑暖夏没说完整的话。

“那个时候啊，我为了给你暖冬阿姨捞发卡，跳进池塘里弄湿了裤子，就让他脱……”

石碚的大手死死地封住了她的嘴，恶声恶气地吼：“郑暖夏你闭嘴，要是敢说出来，看我怎么收拾你！”

大家看着这一幕，不由嘴角向上弯成了菱角，就连风也开始谱写着乐章，引导路两旁的槭树起舞，发出一阵阵“呵呵呵”的笑声。

记忆开始洄游，定格在郑暖夏和石碚的第一次相见——

“6 岁的小孩，敢不敢上学啊？”她甜蜜蜜地说。

“又叫我小孩！”他气急败坏地跺起脚。

“嗯，就叫了，小孩，小孩，小孩，你想怎么样？”她笑得眼睛都成了弯月。

“我，我想和你做朋友。”他恶声恶气，很没出息地说。

……